天下文化
BELIEVE IN READING

Wolf Hall

狼廳

by Hilary Mantel
希拉蕊·曼特爾——著
廖月娟——譯

推薦序

歷史之後另有歷史，一部新經典的誕生！

南方朔

今天的英國，若按王室的譜系，被稱為「薩克斯—柯伯—哥塔—溫莎王朝」。這個王朝始於一九〇一年，後來因為英德交惡，遂將來自德國的的族裔傳統淡化，而只稱為「溫莎王朝」。今日人們談到英國女王伊莉莎白二世時，都稱之為「溫莎王朝」。

而在此之前的王朝遞嬗，由後往前推，則依序為「漢諾瓦王朝」（1714～1901）、「斯圖亞特王朝」（1603～1714）、「都鐸王朝」（1485～1603）……等。其中又以都鐸王朝的時代，最受到後人關注。

因為這一百多年，就大歷史的角度而言，乃是英國由教權至上轉移到君權至上，國家內部則是貴族政治轉移到統一王權的時代。英國剛打完一四五五年至一四八五年，長達三十年的內戰「玫瑰戰爭」，接下來就是漫長的宗教改革動亂，以及有政治和宗教因素的歐洲內部戰爭。動亂、殺戮、鎮壓，已成了那個時代的常態。

但是，從人類文明史的角度而言，這一百多年也並非都是漆黑一片。既黑暗又封建的教會勢力在政教之後趨於世俗化，稀釋出很大的人文發展空間，所以那個動亂的時代，同時也是英國文藝復興的黃金時代。莎士比亞就是那個時代的產物；當然，君權在脫離神權後開始擴張，其實也是替後來的「民族國家」發展打造了基礎，既是黑暗的時代，也是充滿希望的時代。這種說法在那一百多年裡就是最好的印證！

因此，這一百多年乃是英國舊秩序瓦解，新秩序正在蠕動的混亂中見光明，進步但也付出極慘烈代價的時代。

就好的一面而言，那個時代有一五三四年君權定於一尊的「王權至上法案」，有一五八八年的大敗西班牙無敵艦隊，有伊莉莎白一世文治武功的欣欣向榮，大英帝國的基礎就是在都鐸王朝時代被紮根打下。

而在壞的一面，都鐸王朝時代的亂七八糟，不但在英國古今罕見，縱使放在全人類的歷史上來看，亦屬少有。

那個時代的亨利八世，在一生中換了六個妻子，情婦還不包括在內，這六個妻子裡有兩個離婚，兩個被處決，一個死亡。除了荒唐的亨利八世外，還有「血腥瑪麗」瑪麗一世，她是天主教徒，把二百八十三名新教徒火刑而死。更有十六歲登基，只做了九天女王的珍女王，就被宮廷政變，送進倫敦塔監獄，遭到處決。都鐸王朝時代的宮闈祕史，既鹹又溼。數百年來始終膾炙人口，為人所樂道。

都鐸王朝一百多年的歷史，有兩個核心人物，一個是在位長達三十八年的亨利八世，另一個則是在位四十四年的伊莉莎白一世女王。伊莉莎白一世乃是亨利八世與他第二任妻子安妮．博林（Anne Boleyn, 1507～1536）所生。

亨利八世乃是都鐸王朝第一代君主亨利七世之子。亨利七世的父親是里奇蒙伯爵艾德蒙．都鐸（Edmund Tudor, 1431～1456），因此這個王朝遂以都鐸為名。亨利七世於一四八五年登基，一五〇九年逝世，在位近二十四年。但因長子亞瑟（Arthur Tudor, 1486～1502）早夭，遂由次子亨利八世繼位。而這個亨利八世，並非顢頇殘暴之輩，而是集合了太多過度因素於一身，因而顯得極端荒誕。

其一，乃是無論歐洲的國際政治及英國的國內政治，過去透過通婚而形成的封建宗親秩序，已因宗教革命的原因而解體。純粹根據利益而分合的「現實政治」開始抬頭，這也就是說，同時代馬基維利（Niccolò Machiavelli, 1469～1527）在《君王論》裡所敘述的現實政治邏輯，已在亨利八世身上表現無遺。近代政治哲學已承認這種「現實政治」其實也就是現代政治的前身。它瓦解了封建宗親的舊秩序，因而混亂度增加，但相對而言，政治的世俗性格也開始增強。「現實政治」講究謀略而變化多端的特徵，在亨利八世身上即具體可見。這也造成了他那個時代的政治混亂多變，為人臣者有伴君如伴虎的不確定感。

其二，在都鐸王朝之前，歐洲混亂落後，封建貴族內部的性關係也穢亂不堪。在亨利八世身上即可謂集穢亂之大成。他的第一位妻子阿拉貢的凱瑟琳（Catherine of Aragon, 1485～1536）乃是西班牙國王斐迪南二世之女，原本是嫁給亨利八世早夭的哥哥亞瑟，但亞瑟十六歲就過世，兩人究竟有無夫妻之實，乃是歷史公案。而後亨利八世娶寡嫂，但因凱瑟琳所生的兒子只活了兩個月，接著又只生女兒瑪麗一世。於是亨利八世遂以要有子嗣為理由，意圖休妻。他的離婚糾紛持續多年，英國與西班牙關係的變化、英國脫離教廷管轄、英國內部天主教與新教的血腥鬥爭，都和他的第一次離婚糾紛有關。而就在離婚未定之際，亨利八世又祕密與安妮．博林結婚，這次婚姻只維繫了三年三個月。伊莉莎白一世就是這次婚姻的結晶，安妮．博林在一五三六年被指控不貞而遭斬首處決。接著亨利八世又結婚了四次。

除了六次正式婚姻外，他還有別的穢亂事件，例如他的性啟蒙對象據說就是安妮．博林的母親；他和安妮．博林的姊姊瑪麗．博林也穢亂不堪，這些都見諸正式記載。亨利八世的宮闈不修，在他確定王權至高無上的同時，當然也使得他的宮廷政治鬥爭多出了一個軸線。亨利八世那個時代政治之亂已不難想像。

其三，在都鐸王朝之前的神權時代，教會和修道院不但在英國，甚至在全歐洲，都是最大的地主集團。教會和修道院的財富已妨礙到王權的擴張，因而亨利八世在確立王權至上的同時，收回教會及修道院的財產權遂成了首要目標。亨利八世總共壓迫威脅八百二十三個修道院，收回財富，這也是他任內得以建造擁有五十三艘船艦海軍，以及發動多次內外戰爭的原因。

因此，亨利八世的時代，乃是都鐸王朝的關鍵階段。後來他的女兒伊莉沙白一世能夠在文治武功上做出更大的開創，都是拜亨利八世所賜。而協同亨利八世開創那個既光明又黑暗時代的，厥為下述三人，他們都曾任首席國務大臣或樞密大臣的職位，前者相當於後代的首相，位高權重。

一個是樞機主教沃爾西（Thomas Wolsey, 1475～1530），他出身寒微，為屠夫之子，而後進牛津受教育而出任神職。由於擁有財權，對亨利八世地位的鞏固有過極大貢獻，但因為對亨利八世與凱瑟琳離婚糾紛無法得到教宗的恩准，因而失寵。一五三〇年被捕後逝世。

另一個則是著名的貴族及人文學家湯瑪斯．摩爾（Thomas More, 1478～1535），他是歐洲文藝復興的前期人物，與尼德蘭的人文學家伊拉斯謨斯(Desiderius Erasmus, 1466～1536）為至交。他反對馬丁．路德，使亨利八世得到「信仰守護者」之美名，但他反對亨利八世離婚，並拒絕宣誓擁護王權至上而被捕入獄，經審判後處決。他寫的《烏托邦》乃是人文經典之一。

第三個則是湯瑪斯．克倫威爾（Thomas Cromwell, 1485～1540）。他也出身寒微，為鐵匠之子，自小就離家，至歐洲大陸當傭兵，而後在歐洲經商大約十年，並自我學習。他返英後最先在沃爾西主教麾下工作，擔任理財與法律諮詢，沃爾西失勢死亡後，他獲亨利八世的欣賞而不斷拔擢。亨利八世的離婚，以及教會財權的收回等，他都厥功至偉，但因樹敵太多，一五四〇年被控叛國而入獄，未經審判即被處決。

有關亨利八世那個時代，他的離婚糾紛，以及被捲入而下場悽慘的三個大臣，在過去的歷史評價裡，多半都「倒果為因」而有所偏袒。亨利八世儘管荒唐離譜，但他終究創造出一個新時代。而他和安妮．博林所生的伊莉莎白一世女王更是英國史上的明君，這都使得人們不會對亨利八世及安妮．博林做出太苛的指責。至於湯瑪斯．摩爾，因為是那個時代的人文主義先驅，自然受到更大的歌頌，特別是一九六〇年波爾特（Robert Bolt）的劇本及改編的電影《良相佐國》（*A Man for All Seasons*），將摩爾塑造成偉大的受難英雄，更使他的偉大性被確定。而相對的，則是出身寒微的沃爾西及克倫威爾，長期以來都被視為是小丑及惡徒。沃爾西貪汙腐化，克倫威爾則簡直就是個僥倖的弄臣！

但這種長期以來的刻板印象，現在終於被打破了。它就是英國當代作家希拉蕊．曼特爾所寫的這部卷帙浩大的歷史小說《狼廳》，由於這部小說已替歷史小說開創了新視野，它遂獲得了二〇〇九年英國文學最高榮譽的曼布克獎！

長期以來，我對英國史情有獨鍾，對都鐸王朝和接下來的斯圖亞特王朝更特別愛好。而在長期的閱讀裡，對歷史舊作的許多評價標準也始終有些疑惑。譬如說，像大哲學家大衛．休姆（David Hume, 1711 ~ 1776）所寫的五大卷《英格蘭史》，為何對亨利八世那麼缺乏批判性？為何對克倫威爾那麼輕輕就帶過？而且在古代文學史上，人們早已知道亨利八世的第二任妻子安妮．博林乃是個有點花心的人物，為何許多舊作都要把她寫成一個可憐的小女人？難道她的女兒伊莉莎白一世偉大，人們對她的母親也必須特別美化？

而這些疑惑，終於在《狼廳》這部作品裡有了豁然頓開的體悟。《狼廳》這部小說之所以傑出，乃是它無論在思考方法及呈現方式上，都打破了「歷史小說」這個類型過去的條條框框。當條框被解除，可能更真實的歷史面貌就告出現：

一、希拉蕊．曼特爾很有自覺地體會到，歷史乃是我們被教導因而熟悉的過去，它會倒果為因，反過來左右我們的判斷，這樣子寫出來的歷史小說，不管怎麼去添加細節，都不可能找出新意，而只是反芻被教導過的條框而已。正因有這樣的自覺，她遂以「現在式」而非「過去式」的筆法來寫《狼廳》。

因為一切已變成了現在，這等於作者已把空間留給了小說裡的角色去做出反應，這時候小說角色裡真正人性的那些部分就會出現。作者相信，「每件歷史的背後，都有另一個歷史」。《狼廳》所要呈現的，就是那些「另一個歷史」！

小說人性化之後，過去被扭曲的判斷標準即告消失，於是我們看到的亨利八世，乃是個權力極大，慾望也大，但也煩惱、焦慮，偶爾也很人性的君王；安妮．博林則成了擅於精打細算，自我保護感極強，因而變得報復心極重的大女子而非小女人！至於湯瑪斯．摩爾則成了活在概念世界裡，有自我偉大的一面。但整肅起新教路德派，他的殘酷嗜殺，一點也不輸給別人；至於沃爾西，雖然財權極大，而且有奢侈的一面，但他厚道助人，慷慨大度的一面也同樣浮現；至於主角克倫威爾，他就不再是人們眼中的小丑，而是成了一個新型態的平凡悲劇英雄。

二、《狼廳》裡除了藉著將歷史現在化，而恢復歷史人物的人性，不再受到歷史解釋的約束而善惡極端化之外，更重要的乃是經過這樣的轉折，歷史更大的軌跡因而浮現。克倫威爾出身寒微，過去的貴族文人及人文主義學者自然不會給予青睞，但希拉蕊．曼特爾透過思考及閱讀，加以綜合性反思歸納，卻給了我們一個更大的文明發展架構：那就是都鐸王朝的亨利八世時代，舊秩序已告解體，「現實政治」抬頭，為政者已需更大的親和性、更融通的待人處事態度、更多的機智謀略、更好的說服技巧，甚至於更大的果斷性格。這是現代政治的前身，已需要不同政治性格的人物始能應付。正是這樣的背景，才使得「白手起家」（self-made）的克倫威爾有了走上舞台的機會。克倫威爾出身鐵匠之家，不堪父親暴力而自小離家去當傭兵，而後經商自學，他會背誦整本《新約》聖經，會替貴族之家做理財及法律顧問。他會安慰及說服別人，懂得權益變動，也能體會下層人的感受，因而人緣廣闊。他能獲得沃爾西主教、亨利八世，前後任王后凱瑟琳及安妮等人的信任，他對這些人忠誠，對自己的親人、後輩更是特別體貼照顧。他其實是個非常現代的政治領袖。他可以遊刃有餘地肆應那個王室及貴族間互派間諜以及諸如下毒的政治氛圍，只是在那個絕對王權的時代，最後還是難免「走狗盡，鳥弓藏」的命運。希拉蕊．曼特爾曾以《更安全之地》（*A Place of Greater Safety*），書寫法國大革命，對激進領袖羅伯斯庇爾（Maximilien Robespierre, 1758～1794）這個同樣「白手起家」的人物特別著墨，《紐約客》雜誌上喬安．阿柯希娜（Joan Acocella）即指出，曼特爾對白手起家人物特別偏愛，更獨厚他們存在的意義。這大概也是她自己出身平民之家，父親是個小職員，母親做過紡織女工的經驗之投射。

《狼廳》原著長達五百餘頁，它一氣呵成，為歷史小說這個文類打開了一個在思想方法及敍述上，都完全不同的新境界。一部現代文學的新經典已誕生了！

（本文作者爲知名文化評論家）

導讀

都鐸王朝解密

李若庸

如果要讀者票選一位印象最為深刻的英國國王，那麼都鐸君主大概掄元無疑了：從結束「玫瑰戰爭」的亨利七世、娶了六次妻子的亨利八世、化身「乞丐王子」的愛德華六世、登基九日便踏上行刑臺的珍．格雷，到「血腥留名」的瑪麗一世，以及「永遠的處女」伊莉莎白一世，都鐸君王人人有段讓人傳誦不已的纏綿故事。如果再加上倫敦塔內無數的斧下亡魂、漢普頓宮出沒的傳聞鬼魅，以及沉冤愛爾蘭外海的西班牙無敵艦隊，都鐸王朝的魅力誰人能擋？

都鐸時代令人低迴不已的魅力還不止於此：倫敦劇場的喧嘩、宗教改革的混亂與封建時代的落幕，及議會政治的催生相互呼應。這是一個打敗海上第一強權的「輝煌時代」，卻也埋下了「清教徒革命」的導火線。套一句狄更斯在《雙城記》中的老調名言：「這是最好的時代，也是最壞的時代。」而《狼廳》的主人公湯瑪斯．克倫威爾便是在這個充滿機會，卻也危機四伏的年代活躍著。

從歐文．都鐸談起

閱讀都鐸王朝的歷史得從歐文．都鐸談起。這位都鐸家首位晉升青史的年輕人出身威爾斯的仕紳家庭（意謂著他連「英格蘭人士」都攀不上）。他本是沒沒無名之輩，進入亨利五世遺孀凱瑟琳王后的家宅服務後，發揮其家族特有的「大膽無畏」精神，積極追求主母，最後竟贏得凱瑟琳的青睞，兩人結為連理。歐文的冒進引來朝野譁然，他曾兩度下獄，卻都機警脫逃。他與凱瑟琳生下三子三女，次子艾德蒙便是亨利七世的父親。

歐文的崛起具有雙重意義：他除了展現都鐸家無視規範的特殊企圖心，也造就了該家族的歷史能見度。歐文與凱瑟琳的子女成為亨利六世（亨利五世獨子）僅有的世間手足。亨利六世對於同母兄弟相當友愛，艾德蒙與賈斯伯．都鐸因此加官授爵，出入宮廷。

「雙色玫瑰」的宿命？

《狼廳》的場景設置在都鐸王朝的第二位國王亨利八世時代。亨利八世最為人所津津樂道的是他娶了六任妻子，並且為了與第一任妻子凱瑟琳「解除婚約」（亨利宣稱他們的婚姻無效，因為凱瑟琳本是亨利七世為其長子亞瑟聘下的太子妃），發動了改變英國歷史軌跡的宗教改革。

亨利八世的「頻繁換妻」在西洋史上確實無人出其右（不過比較東方，乃至中國的皇帝，他仍瞠乎其後）。這一切固然歸功於亨利本人「倜儻風流」、「喜新厭舊」的人格特質，但追求一位「合法男嗣」卻也是亨利王朝君民揮之不去的共同焦慮。

都鐸王朝建立在三十年「玫瑰戰爭」的動亂基礎上[1]。出身「紅玫瑰」家族的亨利六世國王因為幼主即位，引來「白玫瑰」家族的愛德華（後來的愛德華四世）的覬覦，「玫瑰戰爭」於是爆發。這場持續了三十年之久的戰爭將所有流著點滴王室血統的成員都捲進來，亨利．都鐸（後來的亨利七世）也不例外。

亨利七世身上流著的英格蘭王室的血液相當「稀薄」。他的父親承襲自歐文，完全沒有王位繼承的正當性。他的王室血統來自於母親博福德夫人（Lady Margaret Beaufort）。博福德家最早可追溯到愛德華三世的血統，不過該家族從來只是王室的旁支，而亨利七世的旁支血統還是來自繼承傳統薄弱的「女性」——母親。

長期的戰爭也讓英格蘭社會充斥著暴戾之氣，王位更迭頻仍，以武力競逐漸成為常態。如何讓英格蘭人民體認「都鐸王朝不是另一波的王位競賽？」這是亨利七世最重要的功課。為了宣示內戰結束，家族和解，「紅玫瑰」的亨利遂迎娶「白玫瑰」的伊莉莎白（Elizabeth of York）為后，創造出「紅白相間」的「都鐸玫瑰」（Tudor Rose）。亨利八世

1、「玫瑰戰爭」因相爭的兩家族分別以「紅玫瑰」（蘭開斯特家族，House of Lancaster）與「白玫瑰」（約克家族，House of York）為家徽而得名。但有一說認為約克家族固然以「白玫瑰」代表，但因「紅玫瑰」相當普遍，是以並不專屬於蘭開斯特家族。這兩個家族都可追溯至愛德華三世的血統。愛德華三世發動中世紀著名的「英法百年戰爭」。百年戰後，敗陣的英格蘭因為挫敗的壓力，接著發生「玫瑰內戰」。可以說，在都鐸王朝建立以前，英格蘭已經歷了近一百五十年的戰爭狀態。

與其長兄亞瑟便是這「紅」、「白」玫瑰結合的具體成果。亨利七世的用心良苦，彰顯的是都鐸王朝建立的背後艱辛。「為什麼要兒子？」「女孩不行嗎？」這是「雙色玫瑰」家族的另一番宿命。女男平等不存在於都鐸時代的英格蘭。而之前的「女王統治」經驗極為失敗：亨利一世之女瑪蒂達女王（Queen Matilda）引得英格蘭最後走向分裂內戰。所有的都鐸人都相信，唯有「合法『男』嗣」才能確保都鐸王朝，乃至英格蘭王國的長治久安。

「公主童話」的破滅

亨利七世為了確保都鐸王朝的穩固，費盡心思為長子亞瑟聘來西班牙公主為妻。凱瑟琳在十五歲時來到英格蘭與亞瑟完婚，但婚後不到五個月，亞瑟就因急病去世。亨利七世眼看好不容易建立的盟約關係就要瓦解，遂提出把凱瑟琳「改配」次子亨利（即後來的亨利八世）的建議。

「兄嫂改嫁小叔」，這在以聯姻為結盟手段的年代並非匪夷所思，然而其中有「技術問題」需要克服。首先要面對的便是凱瑟琳為亨利「兄嫂」的身分。英格蘭方面主張：凱瑟琳雖然與亞瑟王子舉行過婚禮，但兩人未有「夫妻之實」，不算真正的夫妻。西班牙方面則透過教廷頒布赦令，宣告凱瑟琳與亞瑟的婚姻無效，來為新的婚約背書。

亨利八世與凱瑟琳初時相當恩愛，兩人可謂「公主童話」的真人版。亨利「王子」英俊、活躍、聰明、優雅，而且才華洋溢。他能說法文、西班牙文與拉丁文，撰寫過神學論著，還精通樂器（能彈大鍵琴與風琴）與作曲（曾寫過兩首五部的彌撒曲、許多樂器曲、合唱曲，以及一首聖歌）。他能騎、能射，擅長當時最風行的網球運動。曾有外國使節望著亨利，留下這樣的喟嘆：「看他打球是世界上最美麗的事：他白皙的肌膚，透過上等布料做成的襯衫，閃耀著。」而凱瑟琳「公主」也不徨多讓：她端莊美麗、才德兼備，並且是當世第一顯赫的西班牙王國的公主。兩人的婚姻乃佳話一段。

然而，當「如何獲得男嗣」成為亨利八世最關心的課題後，「公主童話」便開始變調。凱瑟琳婚後曾多次懷孕，但最後只有瑪麗公主一女存活（即後來的瑪麗一世）。兩人的感情在一五二〇年代生變：年過三十五歲的凱瑟琳逐漸對亨利失去了吸引力，而一直未有男嗣也令亨利焦慮不已。尤有甚者，西班牙與英格蘭的關係在此時陷入低潮。是以，亨利八世逐漸有了離婚的想法。

「如何擺脫這段令人『動彈不得』的婚姻？」亨利八世開始思考這個問題。他想起了凱瑟琳本是他兄嫂的陳年往事（當時他們已結縭近二十年！）。他找出《聖經》中的經文：「若有人娶了兄嫂，就是犯了不潔之罪，侮辱了弟兄，日後將無子嗣。」亨利以此來論證他與凱瑟琳的婚姻未獲上帝的認可，是違反律法的關係；兩人生下的子嗣不斷夭亡，便是最好的證明。

亨利八世要爭取他與凱瑟琳的婚姻無效，在執行上有其困難，因為他們的婚約曾得到教廷的背書。「婚姻訴訟」的最終判決掌握在羅馬教廷手中，如果教宗判定亨利與凱瑟琳的婚姻無效，則無異自掌嘴巴，因為替此項婚約背書的特赦詔書正是由羅馬教宗手中發出。教會法上的糾葛，讓亨利八世的感情與婚姻問題終於發展成為宗教議題：亨利八世唯有避過羅馬教廷，才能擺脫他已感乏味的婚姻；而避開教廷的唯一途徑，便是循著馬丁·路德的步伐，脫離天主教會。「王子公主童話」的破滅，最終造就了後世糾葛不斷的「英格蘭宗教改革」。

安妮·博林登場

安妮·博林，這位被稱為「英格蘭史上最具影響力的王后」走進亨利八世的生命，適時改變了英格蘭王國的行進方向。對亨利八世而言，安妮是謎一樣的女性。雙十年華的她甫從法國返英[2]。她不是傳統的美女，她的膚色灰黃，但那深褐色的頭髮、優雅的頸項，以及彷彿會說話的眼睛，緊緊抓住亨利八世悸動的心。有人說，安妮真正吸引人之處不在她的外貌，而是她的氣質。成長於歐陸宮廷的安妮，擁有一般英格蘭仕女欠缺的洗練。她能歌善舞，領導時尚。當代人這樣寫道：「從她的舉止，沒人會認出她的英格蘭出身；她是個地地道道的法國女人。」

安妮深深吸引著亨利八世的目光。不過慧黠的她明白，邀得國王的視線並不困難，如何讓國王的心駐足才是挑戰所在。她像個老練的獵人，深諳追逐之道。她推卻亨利的追求，拒絕像她的姊姊瑪麗一樣成為國王的情婦。野心勃勃

2、安妮·博林的生年不確定，一說一五〇一年，一說一五〇七年。

的安妮看到的不是華服美鑽，而是最名貴的那顆珍珠——鑲嵌在英格蘭王后冠冕上的那顆！

亨利在一五二六年間與安妮邂逅（安妮是凱瑟琳王后的女侍）。這位才華洋溢的疏懶國王在一五二七至一五二八年間寫了至少十七封情書給她，顯見他深陷情網。亨利初時並未考慮離婚，然而安妮的欲拒還迎以及對於男嗣的渴求，讓他毅然決定結束與凱瑟琳的婚姻，一勞永逸，一次解決兩項煩惱。亨利的求婚反轉了安妮的矜持，她接受國王的追求，兩人開始積極尋求婚約的落實。

伴君如伴虎

伊莉莎白時代的航海家雷利爵士（Sir Walter Raleigh）曾經這麼講：「如果所有殘忍君王的典型與形貌都遺失了，它們尚可從亨利八世的故事中重建回來。」歷史學者史托基教授（Charles Sturge）也說：「在回報他人方面，亨利八世性格裡有項突出又令人厭惡的特質——沃爾西、摩爾與克倫威爾；阿拉貢的凱瑟琳與安妮．博林——一個接著一個，一旦他們再無利用價值，即被他冷笑著摧毀或棄置一旁。」「伴君如伴虎」是對亨利八世宮廷最適切的描述：亨利八世一生處決了多名主政大臣（本書出現的摩爾、克倫威爾都列名其中；沃爾西則是等不到行刑，便在獄中「嚇死」）、兩任妻子、多名伯爵、一位公爵、一個伯爵夫人、三位樞機主教！他的斧下亡魂，竟然超過十指之所能盡數。

安妮也是亨利八世的刀下祭品。她在一五三三年一月與亨利祕密完婚（當時亨利八世「婚姻無效」之訟還在羅馬教廷審判）；六月一日正式加冕為后；九月，產下伊莉莎白公主。安妮產下「女兒」讓亨利八世頗感失望，不過他仍懷抱期望，認為男嗣遲早會降生。但安妮接下來三次小產，終於耗盡亨利所有的熱情與耐心，他決定放棄這位已令他失去興趣的女性。安妮在一五三六年被以「叛國罪」起訴，而「叛國」的理由是她與多名男性有染，有染的對象包括了她的親弟弟喬治．博林。這不僅是「通姦」，更是「亂倫」！安妮的下獄展現的不是博林家的淫亂（史家一般相信這是構陷之罪），而是「郎心如鐵」。曾經情深愛重的亨利國王如今身在何處？他正忙著追求他的下一任妻子。權傾一時的安妮王后在五月十九日身敗名裂，命喪刑場。而再度陷入愛河的亨利八世國王卻在隔日迎娶了他的第三任妻子。這位最終產下男嗣的「偉大」女性——珍．西摩，就住在「狼廳」！

閱讀《狼廳》

我們或許可以說，擔任亨利八世的主政大臣最重要的任務便是處理國王的婚姻問題（以及相關後續？）。如果我們閱讀《狼廳》還有需要了解的地方，那就是最後這個提問：「誰是克倫威爾？」克倫威爾是亨利八世宗教改革運動的得力健將，是天主教徒眼中的窮兇惡徒，是都鐸名家艾頓教授（G. R. Elton）口中懷抱平等理念的改革者。克倫威爾是評價兩極的人物。然而，「誰是克倫威爾？」這也是亨利八世宮廷最大的疑問：「鐵匠之子？布商之子？」「士兵？商人？法律掮客？」從來沒受過正式教育的無名之輩，竟站上國會的殿堂大放厥辭，伴在國王身邊呼風喚雨！而令歷史學家難掩尷尬的是，他們連克倫威爾哪一年出生都沒有把握：「應該不會遲過一四八五年吧？從日後的種種線索推算。」

克倫威爾的成長歷程沒有人清楚，因為他出身寒微。然而，他合該在都鐸王朝崛起，因為他擁有都鐸時代最重要的精神：務實、勇敢，以及毫無掩飾的野心！他不懂得中古貴族菁英的騎士精神，也沒有基督教會強調的節制美德。他是另一個奮力攀爬成功階梯的「歐文．都鐸」。他或許不必然是「鐵匠之後」，卻是如假包換的「都鐸之子」。

莎士比亞的《哈姆雷特》描寫丹麥王子為父尋仇的情節。後人以劇中「B咖」哈姆雷特的兩位友人的角度，編寫了《羅森克倫茲與喬登史敦死了》（*Rosencrantz and Guildenstern Are Dead*）一劇，以「配角」的角度，側寫丹麥宮廷中進行的「伊底帕斯」故事。《狼廳》一書展現了異曲同工之妙，以不同的視角揭露出新穎的趣味。至於克倫威爾這位「亨利八世婚姻六部曲」的關鍵「配角」，究竟是怎樣踏上都鐸王朝的絢麗舞臺？這個讓歷史學者無法回答的問題，就讓小說家希拉蕊．曼特爾的《狼廳》來解答吧！

（本文作者為國立台北大學歷史學系副教授）

獻給我那非凡的朋友瑪麗・羅伯森

「戲劇場景有三種，一種是悲劇的、一種是喜劇的，第三種則是嬉謔的，三種的裝飾都不相同，整體的設計也各異其趣。悲劇場景因人物多半為國王和貴族，常出現列柱、三角形楣飾、雕像等莊嚴宏偉的裝飾；喜劇場景則為有陽台和一排窗戶的私人住宅，就像尋常百姓的家；嬉謔場景則會出現樹木、洞穴、山巒等鄉野景色。」

———出自古羅馬建築師維特魯威（Vitruvius）《論建築》（*De Architectura*）

✿　✿　✿

幸福	穿斗篷的密謀者
自由	不帶髒字的辱罵
節制	愚蠢
莊嚴	災禍
奢華	貧窮
虛偽的表情	絕望
偷天換日	惡作劇

希望
糾正
謹慎
堅忍

———史葛洛頓（John Skelton）道德劇《莊嚴富麗》（*Magnificence*）中的角色

Wolf Hall

狼廳·目錄

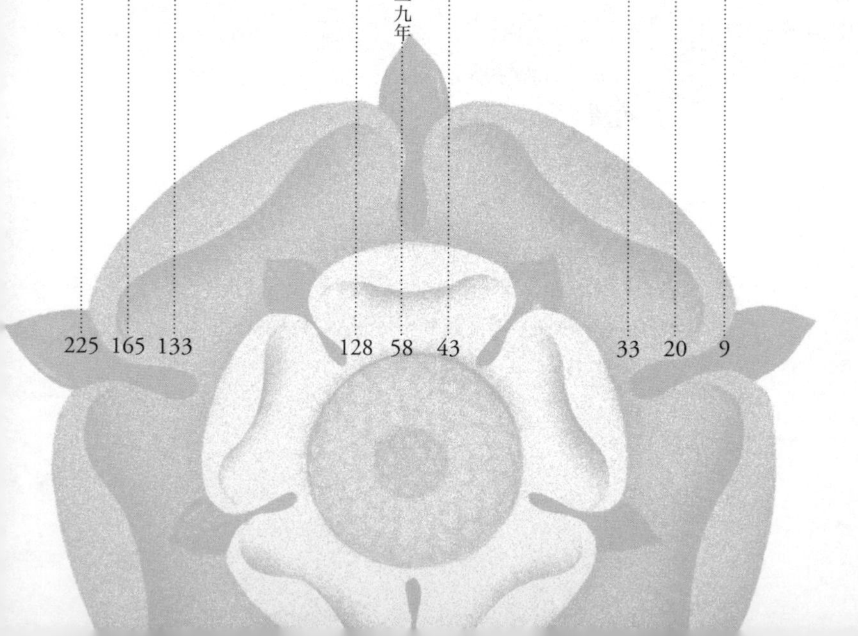

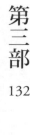

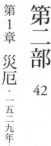

登場人物表

第一部

第1章·渡海

華特·克倫威爾(Walter Cromwell),鐵匠、釀酒商,湯瑪斯·克倫威爾之父。
湯瑪斯·克倫威爾(Thomas Cromwell),華特之子。
凱特(Kat),華特之長女。
貝蒂(Bet),華特之次女。
摩根·威廉斯(Morgan Williams),凱特之夫。

第2章·子嗣

史帝芬·賈德納(Stephen Gardiner),沃爾西主教機要祕書,後出任樞密大臣以及溫徹斯特主教。
湯瑪斯·沃爾西(Thomas Wolsey),約克大主教、樞機主教,以及首席國務大臣。
安瑟瑪(Anselma),與克倫威爾在安特渥普同居的寡婦。
麗茲·韋克斯(Liz Wykys),克倫威爾之妻。
凱瑟琳王后(Catherine of Aragon),亨利八世第一任王后。
克勉七世(Pope Clement VII),羅馬教宗(1523-1534在位)。
查理五世(Charles V),凱瑟琳王后的姪子,神聖羅馬帝國暨西班牙皇帝(1519-1558在位)。
亨利七世(Henry VII),亨利八世之父,都鐸王朝建立者(1485-1509在位)。
湯瑪斯·霍華德(Thomas Howard),諾福克公爵,為安妮·博林之舅舅。
雷夫·塞德勒(Rafe Sadler),克倫威爾之家僕。

第3章·家宅

葛雷哥利·克倫威爾(Gregory Cromwell),克倫威爾之子。
查爾斯·布蘭登(Charles Brandon),薩福克公爵,亨利八世之密友及妹夫。
丁道爾(William Tyndale),宗教改革者,英文版聖經譯者。
湯瑪斯·摩爾(Thomas More),律師、人文學者,著有《烏托邦》,繼沃爾西之後擔任首席國務大臣。
馬丁·路德(Martin Luther),宗教改革者,德國基督教新教「路德教派」創始人。
蒙茂慈(Humphrey Monmouth),倫敦布商,丁道爾之友。
亨利·韋克斯(Henry Wykys),麗茲之父,克倫威爾之岳父。
威克里夫(John Wycliffe),歐洲宗教改革的先驅,曾英譯聖經。

第二部

第1章・災厄

喬治・卡文迪希（George Cavendish），沃爾西主教之帶路侍從。
湯瑪斯・貝克特（Thomas Becket），十二世紀坎特伯里大主教。
薩克斯頓（Patch Sexton），沃爾西主教之弄臣。
威廉・華翰（William Warham），坎特伯里大主教，為全英之主教長。
湯斯托（Cuthbert Tunstal），倫敦主教，後接任德罕主教。
亨利・諾里斯（Henry Norris），亨利八氏之貼身侍從。

第2章・一段隱晦的不列顛史

安妮・博林（Anne Boleyn），亨利八世情人，受封彭布羅克女侯爵，後成為亨利八世第二任王后。
湯瑪斯・博林（Thomas Boleyn），駐法蘭西大使，安妮・博林之父。後受封為威爾特伯爵。
亨利・珀西（Harry Percy），諾森伯蘭伯爵繼承人，安妮・博林舊情人之一。
弗朗索瓦一世（François I），法蘭西國王（1515-1547在位）。
伊莉莎白・布朗特（Elizabeth Blount），亨利八世女侍，與國王育有私生子亨利・費茲羅伊。
亨利・費茲羅伊（Henry Fitzroy），亨利八世與布朗特所生之私生子，受封為里奇蒙公爵。
瑪格麗特・都鐸（Margaret Tudor），亨利八世之姊。
瑪麗・都鐸（Mary Tudor），亨利八世之妹，先嫁法王路易十二，後嫁給薩福克公爵布蘭登。
瑪麗公主（Mary Tudor），亨利八世與凱薩琳王后所生之女。
理查・威廉斯（Richard Williams），克倫威爾大姊凱特之子，父母雙亡後，改姓克倫威爾。
愛麗絲・韋斐德（Alice Wellyfed），克倫威爾二姊貝蒂之女。
克里斯多福・韋斐德（Christopher Wellyfed），克倫威爾二姊貝蒂之子。
愛德華・四世（Edward IV），即愛德華・金雀花，約克王朝的第一任國王（1461-1483在位）。
歐文・都鐸（Owen Tudor），亨利八世之曾祖父。
理查三世（Richard III），約克王朝最後一任國王（1483-1485在位）。
伊莉莎白・伍維爾（Elizabeth Woodville），愛德華四世之王后。
普雷朋（Blaybourne），英格蘭弓箭手，謠傳為愛德華四世的生父。
湯瑪斯・畢爾尼（Thomas Bilney），即「小畢爾尼」，克倫威爾的律師同行，因為宣揚宗教改革而殉道。
梅喜（Mercy），克倫威爾的岳母。
安・克倫威爾（Anne Cromwell），克倫威爾之長女。
葛蕊思・克倫威爾（Grace Cromwell），克倫威爾之次女。
裘安（Johane Williamson），麗茲的妹妹，克倫威爾的小姨子。
約翰・威廉生（John Williamson），裘安的丈夫。
喬治・博林（Goerge Boleyn），湯瑪斯・博林之么子，後受封「羅奇福德子爵」。
摩頓（John Morton），坎特伯里大主教（1486-1501在位）、樞機主教。
坎佩吉歐（Lorenzo Campeggio），義大利樞機主教，教宗特使，與沃爾西共同負責審理亨利八世離婚案。
史帝芬・弗翰（Stephen Vaughan），克倫威爾在安特渥普的友人。
瑪麗・博林（Mary Boleyn），湯瑪斯・博林之長女。
約翰・費雪（John Fisher），羅徹斯特主教，因反對亨利八世離婚案，最後遭到處決。

第三部

第1章・紙牌魔術

湯姆・懷特（Tom Wyatt），詩人、義大利大使，安妮・博林之舊情人之一。
羅德里哥・波吉爾（Rodrigo Borgia），教宗亞歷山大六世（1492-1503在位）。
賈斯柏・都鐸（Jasper Tudor），亨利七世之叔叔，艾德蒙・都鐸之弟。
波維西（Antonio Bonvisi），義大利商人，摩爾之友。
伊拉斯謨斯（Erasmus），尼德蘭人文主義思想家、神學家。
夏普義（Eustache Chapuys），西班牙駐英格蘭大使。
瑪莉・薛頓（Mary Shelton），博林姊妹之表妹。
馬克（Mark Smeaton），沃爾西主教之樂師，後進入宮廷擔任樂師。

第2章・摯愛的克倫威爾

舍斯頓（Thurston），克倫威爾的廚子。
湯瑪斯・克雷默（Thomas Cranmer），聖師，在華翰過世後接任坎特伯里大主教。
湯瑪斯・艾佛瑞（Thomas Avery），克倫威爾私人帳房。
湯瑪斯・黎奭籬（Thomas Wriothesley），克倫威爾家臣，但同時也為賈德納效勞。
威廉・羅波（William Roper），湯瑪斯・摩爾長女梅格之夫。
梅格（Meg More），湯瑪斯・摩爾之女。
亨利・帕汀森（Henry Pattinson），湯瑪斯・摩爾之僕人。
愛麗絲・摩爾（Alice More），摩爾之第二任妻子。
漢斯・霍爾拜因（Hans Holbein），十六世紀著名日耳曼畫家，為英格蘭宮廷畫了許多肖像畫。
威廉・布雷勒頓（William Brereton），樞密院文書官。
珍・西摩（Jane Seymour），約翰・西摩之女，為安妮・博林女侍。
約翰・西摩（John Seymour），亨利八世朝臣。
愛德華・西摩（Edward Seymour），西摩家次男。
湯瑪斯・西摩（Thomas Seymour），西摩家三男。
韋士敦（Francis Weston），亨利八世貼身侍從。

第四部

第1章・升騰

湯瑪斯・歐德立（Thomas Audley），下議院發言人，摩爾辭職後接任首席國務大臣。
巴茨（Butts），宮廷御醫。
約翰・波堤特（John Petye），倫敦富商。
露西・波堤特（Lucy Petye），約翰・波堤特之妻。
拉提摩（Hugh Latimer），劍橋大學學者，後出任伍斯特主教。
柯瑞澤（Nikolaus Kratzer），宮廷天文學家。
嘉禮三世（Pope Calixtus III），羅馬教宗（1455-1458在位）。

亨利・懷特（Henry Wyatt），湯姆・懷特之父。
詹姆士・班翰（James Bainham），中殿律師學院律師，因遭摩爾刑求而放棄異教信仰，但最終仍被處死。
法蘭西斯・布萊恩（Francis Bryan），博林姊妹之表兄。

第2章・唉，我該如何去愛

聖杰曼（Christopher St German），法學家、宗教改革支持者。
理查・李奇（Richard Riche），律師，後晉升為副檢察長。
迪克・帕瑟（Dick Purser），原為摩爾家僕，但因受虐逃出，被克倫威爾收留。
史托克思禮（John Stokesley），倫敦主教。
卡佩羅（Carlo Capello），威尼斯駐英格蘭大使。
伊莉莎白・巴頓（Elizabeth Barton），宣稱有通靈能力的女子。
亨利・柯特奈（Henry Courtenay），艾克斯特侯爵，愛德華四世之外孫。
帕聶爾（John Parnell），倫敦富商，摩爾之死對頭。
瑪麗・霍華德（Mary Howard），諾福克公爵之女。
卡斯提里翁尼（Baldassare Castiglione），義大利朝臣、外交官、作家。
威廉・史特福德（William Stafford），瑪麗・博林之第二任丈夫。

第五部

第1章・安妮王后

海倫・巴爾（Helen Barre），被克倫威爾收留之女子，後嫁給雷夫・塞德勒。
李羅倫（Rowland Lee），神父，克倫威爾之友。
卡魯（Nicholas Carew），亨利八世親信。
弗里思（John Frith），學者、新教殉道者。
慈運理（Huldrych Zwingli），瑞士宗教改革家。
德・丁特維爾（Jean de Dinteville），法蘭西駐英格蘭大使。
瑪格麗特・波爾（Margaret Pole），薩里斯伯里女伯爵，克拉倫斯公爵喬治之女。
亨利・波爾（Henry Pole），蒙太古勛爵，薩里斯伯里女伯爵之長子。
瑞金諾德・波爾（Reginald Pole），薩里斯伯里女伯爵三子，流亡海外。
亞瑟・金雀花（Arthur Plantagenet），愛德華四世私生子，萊爾子爵，後擔任加萊總督。
德・塞爾福（George de Selve），法蘭西王國拉佛爾主教。

第2章・魔鬼的唾沫

伊莉莎白・都鐸（Elizabeth Tudor），亨利八世與安妮・博林所生之公主，後成為女王伊莉莎白一世。
喬治・金雀花（George Plantagenet），艾德華四世之胞弟，克拉倫斯公爵。
法爾內塞（Alessandro Farnese），義大利樞機主教，後成為教宗保祿三世（1534-1549在位）。
瑪格麗特・博福德（Margaret Beaufort），亨利七世之母。
傑福瑞・波爾（Geoffrey Pole），薩里斯伯里女伯爵么子。

約克家族系譜

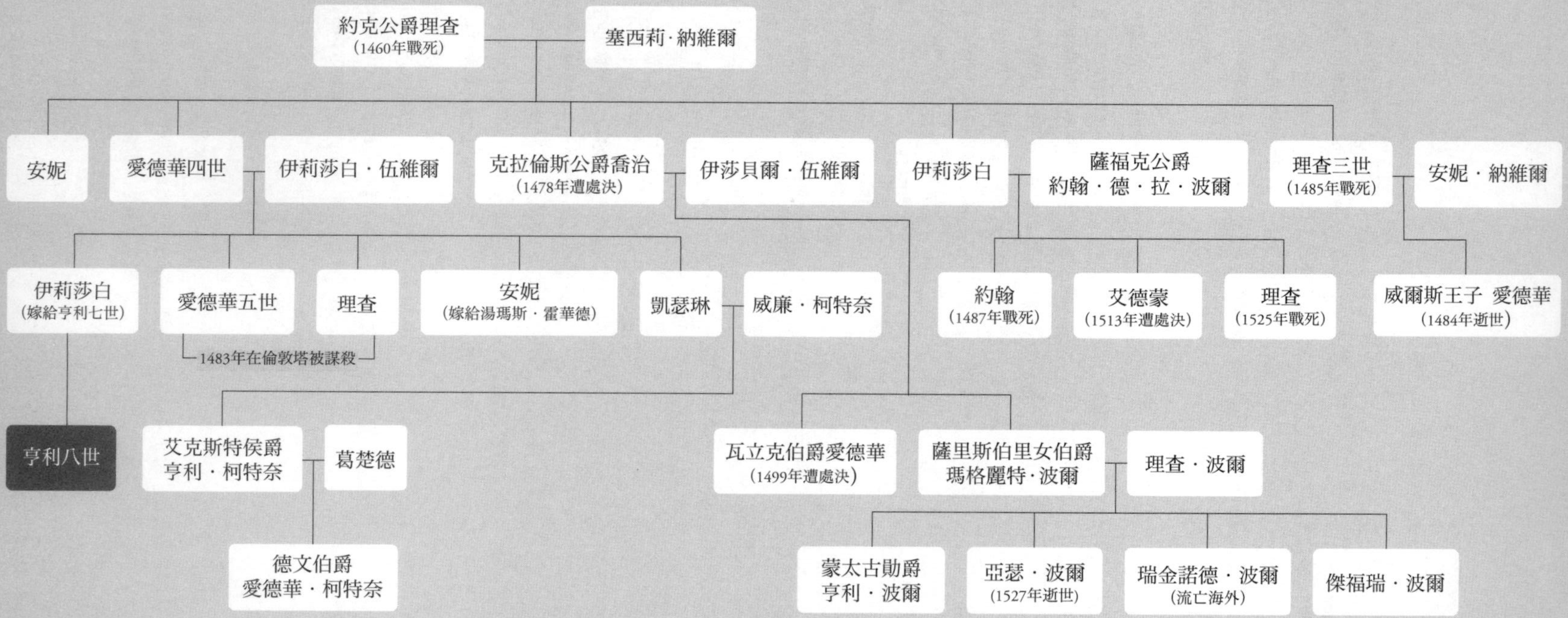

假若愛德華四世為私生子，則克拉倫斯公爵喬治的後代波爾家族擁有王位優先繼承權。

都鐸家族系譜

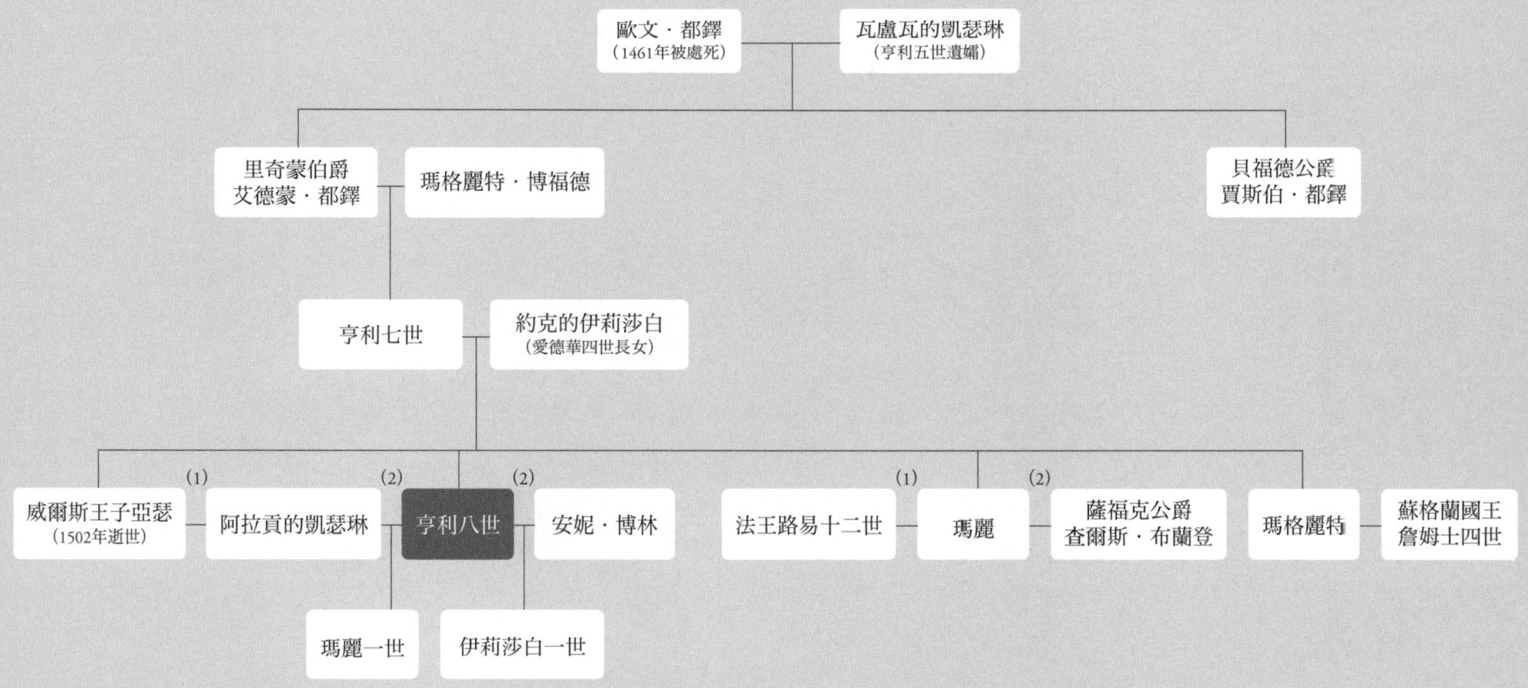

歐文・都鐸
（1461年被處死）
瓦盧瓦的凱瑟琳
（亨利五世遺孀）
里奇蒙伯爵
艾德蒙・都鐸
瑪格麗特・博福德
貝福德公爵
賈斯伯・都鐸
亨利七世
約克的伊莉莎白
（愛德華四世長女）
威爾斯王子亞瑟
（1502年逝世）
(1)
阿拉貢的凱瑟琳
(2)
亨利八世
(2)
安妮・博林
法王路易十二世
(1)
瑪麗
(2)
薩福克公爵
查爾斯・布蘭登
瑪格麗特
蘇格蘭國王
詹姆士四世
瑪麗一世
伊莉莎白一世

第一部

第1章・渡海

一五〇〇年，帕特尼

「起來。」

他跌倒了，整個人倒臥在院子的碎石地上，頭暈目眩，說不出話來。他把頭轉向側邊，眼巴巴地盯著大門，看有沒有人來救他。要是再來一擊，命中要害，他就小命休矣。

鮮血從他頭頂的傷口湧出，汩汩地流下臉龐。這就是他老爹華特幹的第一件好事。他覺得左眼前方一片黑，如果瞇著右眼斜看，依稀可見他老爹靴子上的縫線。那縫線有個地方脫落了，打了個硬硬的結。他的眉毛撞到那個結，因此又多了個傷口。

「現在，你給我起來！」他老爹吼叫，一邊盤算要從哪裡踢下去。他把頭抬起一吋左右，往肚子的方向挪動一下，然後把雙手小心藏好——他爹最愛踹他的手了。「你是什麼東西？鰻魚嗎？」他老爹說著，接著後退，然後加快腳步前進，準備再來一腳。

他被踢到魂飛魄散。他想，他就要斷氣了。他的額頭再次重重地落在地上。他躺在那裡等著，等他老爹踐踏他那柔弱的身軀。貝拉在狂吠，牠被關在外屋。他想，我會想念貝拉的。院子有啤酒味和血腥味，有人在河岸那頭大叫。也許因為全身上下都受傷，他已分不清究竟是身體的哪一個地方在痛。一股寒意在碎石地上方流動，鑽過他的顴骨。

「你看看，你看看，」他老爹說，一邊用單腳跳，像在跳舞似的，「你看怎麼了。我踢你的頭，結果害自己的鞋子開花了。」

不管他叫你鰻魚、蟲子，還是蛇，你都得低著頭，一吋一吋地往前爬。別激怒他。他因鼻血凝固而鼻塞，只能張開嘴巴呼吸。老爹現在只顧他的寶貝靴子，暫時沒空理他，他利用這個空檔大吐特吐。「好，」他老爹叫道，「你就吐個痛快，吐在每一顆石頭上。來吧，小子，起來吧，給我站起來。少裝了。你給我站起來！」

我哪是裝的？他想，老爹真是口不擇言。他把頭轉到一側，頭髮正好貼在嘔吐物上。狗在叫，老爹在咆哮，鐘聲飄過河面。他覺得地在動，骯髒的土地好像變成泰晤士河；他覺得自己的身體跟著河水漂浮、搖擺。他嘆口氣，長長的一口氣。老爹，這下子，你如願以償了吧。話語方落，他就此閉上耳朵，也許是上帝幫他把耳朵掩住了吧，然後隨著黑而深的潮水漂到下游。

✽　✽　✽

他悠悠醒轉，發現已近中午，自己正倒在飛馬居門口。姊姊凱特從廚房走出來，手裡端著一盤熱騰騰的派，撞見他這副模樣，派幾乎掉落到地上。她張大嘴巴，驚叫：「看你這樣子！」

「姊，別叫，妳一叫我就更疼了。」

凱特拉開嗓門叫她丈夫過來：「摩根．威廉斯！」她在原地打轉，眼神像瘋婆子，臉頰被爐火烤得紅通通的，「天啊，人都到哪裡去了？誰來幫我把這盤子端過去吧。」

他從頭到腳不住地顫抖，就像貝拉第一次從船上落水的樣子。

一個女孩飛奔過來稟告：「主人進城去了。」

「我知道啦，笨姑娘。」凱特見她弟弟這模樣，嚇得六神無主，才會忘了摩根不在。她把盤子塞給那女孩，說道：「要是妳把這盤子放在貓吃得到的地方，我就會賞妳耳光，直到妳眼冒金星。」凱特接著緊緊交握空出來的雙手，熱切地向上帝禱告。她問：「你又跟人打架了嗎？還是老爹幹的？」

是，是老爹，他猛點頭，鼻子又鮮血直流。似乎只要他一開口說「是」，老爹又會出現在眼前。凱特叫人端臉盆過來，臉盆裡要裝水，還要一條毛巾。真是活見鬼了，這死老頭簡直是魔鬼的爪牙，給我滾吧。「你坐下吧，免得腳一軟又倒下去。」他微微張開嘴巴，想要解釋說他才剛從院子爬起來。那或許是一個小時前，甚至可能是一天前的事。唉，今天的事，明天又可能重演。要是他還躺在院子裡，礙了老爹的路，說不定會被他一腳踢上西天，如果沒死，傷口的血應該可以止住一點。此時，他全身疼痛、僵硬，動彈不得。老爹對他拳腳相向也不是一天兩天的事了。根據過去的經驗，第二天的疼痛要比第一天更甚。「坐下。別說了。」凱特說。

臉盆端來了，凱特站在他身邊，用毛巾沾水輕觸他閉上的那隻眼，然後沿著他的髮際線輕推畫圓。她呼吸急促，空出來的手放在他肩膀上，無聲地碎碎念，咒罵那沒心沒肺的老頭，時而啜泣，一邊撫摸他的脖子後面，輕輕地說：「好啦，噓，好啦。」她像是在安撫他，要他別哭，其實他並沒哭。他覺得身體像要飄浮起來，但姊姊努力把他壓下來，不讓他飛上去。他想用雙臂抱著她，把臉埋在她的圍裙裡，聽她的心跳，但他不想讓她沾了滿身血，於是作罷。

摩根．威廉斯走進家門。他因進城辦事，身穿光鮮、體面的外套，看起來威風凜凜，就像高尚的威爾斯人。顯然，他聽到風聲，因此趕緊回家瞧瞧。他站在凱特身旁，盯著地板，氣得半天說不出話來，最後才說道：「看！」他對著空氣連出三拳，「看我的！非得給他點顏色瞧瞧！這死老頭，接招吧！」

「你退後一點吧。別讓湯瑪斯的血噴到外套了。」凱特說。

他後退幾步，但嘴裡還是說：「我才不在乎呢。看你這樣子，要是公平打鬥，我包管可讓那老頭做狗爬。」

「怎麼可能公平呢？」凱特說：「他來陰的，拿什麼東西當凶器從後面偷襲你，對不對？」

「看起來像是玻璃瓶，」摩根．威廉斯說：「是瓶子吧？」

他搖搖頭，鼻孔又血流如注。

「弟，別動。」凱特說。她的手都是血，於是在圍裙上抹淨。最後，那圍裙還是被血染得一片紅，方才他大可把頭靠上去。

摩根說：「我想，你可能沒看到，可你知道他到底是用什麼東西打你的？」

「他從後面襲擊，這才是重點。真遺憾，你沒當上法官。我還需要解釋我老爹是什麼樣的人嗎？他隨手抓到什麼，都可以當凶器。當然，這酒鬼有時會抓起手邊的酒瓶砸人。我就曾看過他這樣對付我的媽媽。連我妹貝蒂小時候都曾慘遭毒手。我親眼看到他毆打她的頭，天曉得我沒看到的會有多慘。其實，老爹那次本來要揍的人是我。」

「真不知道我娶的是什麼人家的閨女。」摩根．威廉斯說。

有的男人聽聞這種事會吸吸鼻子，有的女人則直喊頭疼；摩根．威廉斯則只是會說風涼話。男孩只得把這個姊夫說的當作耳邊風。他心生一念：老媽很早就死了，要是老爹以前常這麼對她，那她豈不是被他殺死的？不會吧。雖然帕特尼沒有法紀，但殺人還是會被抓去關的。由於老媽不在，凱特於是姊代母職，常為他牽腸掛肚、傷心落淚，而且會輕柔地撫摸他的頸背。

他緊閉雙眼，讓左右眼一樣陷入黑暗，然後睜開眼睛。「姊，我的眼珠子還在嗎？我怎麼什麼都看不到？」她說：「在，在，在。」摩根．威廉斯繼續探究事實。他做了個結論，那凶器可能是堅硬、尖銳、有點重的東西，但應該不是破酒瓶，要不然湯瑪斯的傷口就會是鋸齒狀，之後他老爹本來想把他踢瞎，但沒踢準，只踢到他的眉毛。他聽到摩根的推論之後，想說明一下那靴子、脱落的縫線和線頭打結的事，但他得費盡九牛二虎之力才能張口，還是別白費氣力吧。他大抵同意摩根的結論，接著想聳聳肩，但他肩膀只是動一下，就痛死了。他不但遍體鱗傷，還覺得全身都快散了，希望脖子沒斷。

「不管怎麼説，」凱特問：「你是怎麼把老爹惹火的？他不是常常睡到太陽下山才起來嗎？」

「對了，」摩根．威廉斯問：「他出手是有原因的嗎？」

「昨天，我跟人打架了。」

「你昨天跟人打架了？天啊，你到底是為了誰才這麼做的？」

「我不知道。」他已經忘了當初打架的原因以及為誰而打。他像頭骨掉了一塊那樣遺忘了那件事，他小心翼翼地撫摸自己的頭皮。玻璃瓶嗎？嗯，有可能。

「唉，」凱特説：「這一帶的男孩不是一天到晚都在河邊打架嗎？」

「我來重建現場，看這樣對不對。」摩根説：「他昨天回家的時候，衣服破了，指關節破皮，老傢伙見狀，於是問道，你是怎麼回事，跟別人打架嗎？他終於逮到處罰他的好機會，於是隨手拿起酒瓶，往他腦門敲下去。接著又在院子裡把他打倒在地，對他拳打腳踢，甚至從地上撿起一塊木板，把他全身上下毒打一頓……」

「是不是這樣呢？」凱特問。

「這一帶的人想必都知道了，人人在碼頭排隊等著告訴我這事。船的纜纜還沒綁好，他們就對我大叫：『喂，摩根．威廉斯，你岳父快把你小舅子打死了。他剩最後一口氣爬到他姊姊家門口。這可憐的孩子已經不行了……你叫神父來了嗎？』」

「噢，你們家的人就是這樣！」凱特説：「你以為你是這裡的大人物，每一個人都會排隊來向你報告。為什麼呢？

還不是因為人家跟你講什麼，你都信。」

「可我說得沒錯吧，」摩根大聲說：「我說得對極了，不是嗎？但不必叫神父了，因為他還沒死。」

凱特說：「對啦，你既然可以明察秋毫，辨別屍體和你小舅子的差異，將來一定可以當上法官的。」

「若我當上法官，一定要給你們那沒心肝的老爹戴上枷鎖。罰錢？罰再多都不夠。罰錢有什麼用？這種人的錢還不是找無辜的人下手，偷搶撞騙來的？」

湯瑪斯低聲呻吟，但他不想打斷姊夫的話。

「好啦，好啦，乖喔。」凱特在他耳邊輕柔地安慰他。

「現在的法官真是腦滿腸肥、尸位素餐，」摩根說：「那個老混蛋要是沒在喝酒，就是在公地非法養羊；要是沒破壞公地，就是在辱罵父母官；如果不是有點醉意，就是已經爛醉如泥。這種人要是不趕快死於非命，世上就沒有正義公理可言了。」

「你有完沒完啊？」凱特說。她轉過頭去，對弟弟說：「阿湯，現在你最好住在這裡。摩根．威廉斯，你說怎麼樣呢？等他傷好了，可以幫你做些粗活。他也會幫你計算。他會加法……嗯，另一項是什麼呢？好啦，別笑我了。我有那種老爹，會有多少時間學習算術？要不是我弟教我，我連自己的名字都不會寫呢。」

「爹，」他說：「會不高興的。」他現在只能吐出這樣簡短、明白的語句。

「你還管他高不高興？這種人應該覺得羞恥！」摩根說。

「他天生不知道什麼是羞恥。」凱特說。

「但家裡離這裡只有一哩遠，很容易就……」他說。

「很容易就會找上門來？那就來吧！」摩根揮舞著拳頭，一副躍躍欲試的模樣。

❀　❀　❀

凱特用毛巾輕柔地幫他把傷口拭淨之後，摩根．威廉斯不再繼續吹牛，也放棄重建案發現場。他累了，於是躺著小睡一、兩個鐘頭。這時，老爹帶了幾個人來興師問罪。他聽見有人大喊大叫，猛踢大門。由於聲音模糊，他想他必然是在做惡夢。但一個問題浮現在他心頭：我該怎麼辦？我不能在帕特尼待下去了。他會這麼問自己，是因為他的記憶漸漸恢復，想起昨天以前的事和早先的打鬥。他想起當初打鬥的時候，有一個人被刺了一刀。不管被刺的是誰，總之不是他，然而是他拿刀刺人的嗎？他不能確定。但是他老爹會如何，他再清楚不過。他想，我已經受夠了。我要是被他逮住，非把他殺了不可。如果我殺了他，一定會被吊死，就算要被吊死，也得死得有意義一點吧。

他在樓下躺著，話語聲在上方起起伏伏，不是字字句句都聽得清楚。摩根說他已焚舟破釜，凱特則後悔提出第一個建議。摩根說，要是留下這個弟弟做僕役，在飛馬居打雜，老爹必然會常常上門來找麻煩，不是嗎？他會說：「阿湯人呢？送他回家吧。誰花錢請他媽的神父來教他讀書、寫字呢？還不是我這個老爹！你這不要臉的傢伙竟然從我身邊把他奪走。把那小子還給我！」

摩根見他從樓下走上來，喜形於色地說：「你看起來好多了。」雖然姊夫口口聲聲說，有一天一定要把他老爹打到落花流水，湯瑪斯並不會因此而比較欣賞他。其實，摩根也怕他爹怕得要死，就像帕特尼大多數的人。那人惡名昭彰到連墨雷克和溫布敦的人都聞之喪膽。

「我要走了。」他說。

「今晚就住下吧。你知道的，第二天才難熬。」凱特說。

「我走了，他還能打誰？」

「這我們就管不著了，」凱特說：「謝天謝地，貝蒂已經嫁人，脫離老爹魔掌。」

摩根．威廉斯說：「如果華特是我老爹，我也會遠走高飛。」他停頓了一下，又說：「我們手上剛好有點現金。」

他停了半晌。

「我會還你的。」

摩根笑道：「阿湯，你要怎麼還呢？」

他不知道。他現在呼吸困難，但這不打緊，只是鼻子裡面卡了血塊。他的鼻子應該沒被打斷。他一邊摸摸鼻子，一邊沉思。凱特說，她已經換了件乾淨的圍裙，請他小心。她在苦笑，不想讓弟弟走，卻又不敢和老公唱反調。她可有這個膽子？不管在帕特尼或是溫布敦，威廉斯家都是望族。摩根非常寵愛她，一再提醒她，廚房活兒就給那些女僕去做，她只要像個高貴的夫人在樓上繡花。要是他去倫敦談生意，那就好好為他的成功禱告，也許一天兩次身穿華服在飛馬居掃掃地，管管家裡的事。這就是他理想的妻子。但他也知道她天生勞碌命，打從孩提時期就刻苦耐勞，非得說破嘴，她才肯像個雍容華貴的夫人般無所事事地坐著。

「我會還你錢的，」他說：「我打算當兵。我會把我的薪俸寄給你，說不定還能從敵人那兒搶奪到財物。」

摩根說：「但現在沒有戰爭。」

「總有地方在打仗吧。」凱特說。

「要不然，我也可以去跑船。但我放不下貝拉。我該回去把牠帶出來嗎？老爹把牠關起來，牠一直在哀嚎。」

「關起來就不會咬他的腳趾了嗎？」摩根用嘲諷的語氣說道。

「我希望帶牠一起走。」

「我只聽過船貓，還不知道有船狗。」

「牠很小。」

「牠總不能偽裝成貓吧，」摩根笑道：「不管怎麼說，你太大了，不能當船僮。船僮就像小猴子般在帆纜爬上爬下。阿湯，你看過猴子吧？你當士兵才像樣嘛。坦白說，有其父必有其子。在上帝出拳的時候，你不會是最後一個挨揍的。」

「說得好，」凱特說：「你的意思是不是這樣：一天，我弟阿湯跟人打架。他老爹為了懲罰他，就從背後偷偷摸摸拿著一種尖銳、沉重的凶器襲擊他。他倒下之後，還差點把他眼珠子踢出來。那老傢伙猛踢他的肋骨，並從地上撿起一塊木板繼續痛毆。他幾乎被打到血流滿面、面目全非，我若不是他老姊，恐怕就認不得他了。我老公說，阿湯啊，如果你去從軍，問題就解決了。你上戰場，找一個不認識的人，把他的眼珠子挖出來，踢他的肋骨，把他殺死，還能拿到錢。」

摩根說：「話說回來，在河邊跟人打架，會有什麼報酬？你看看他，如果我能呼風喚雨，就幫他召喚一場戰爭，讓他去打。」

摩根掏出錢包，慢條斯理地數著錢幣。錢幣一個接著一個掉在桌上：叮噹、叮噹、叮噹。

他撫摸青一塊、紫一塊的臉頰，沒破相，但那臉摸起來非常冷冰。

「聽我說，」凱特說：「這裡是我們土生土長的地方，或許有人會對阿湯伸出援手——」摩根瞪她一眼，好像在說：這裡有人敢和華特．克倫威爾作對嗎？難道不怕他上門興師問罪，把門板踹破？她似乎了解他的眼神在說什麼，接著說道：「也許沒人願意幫忙。但如果有這樣的好心人，不是再好不過？阿湯，你說是不是？」

他站起來。她說：「摩根，你看看他，無論如何，今晚不能讓他走。」

「我該走了。再過一個小時，等老爹酒足飯飽，就會找上門來。如果他知道我躲在這裡，一定會把你們的房子燒了。」

摩根問：「既然你就要上路，行李呢？」

他想轉過頭去對凱特說，他什麼都沒有。

但凱特已掩面哭泣。他想，她不是為他而哭，因為沒有人為他哭過。他命中注定是個沒人疼的孩子。她是為人生的無奈而哭。禮拜天上過教堂之後，所有的姊妹、妯娌聚在一起，互相親吻臉頰，疼愛地撫摸別人家孩子的頭，交換抱抱可愛的小嬰兒。男人則聊生意經，什麼羊毛啦、紗線啦、長度啦、船運啦、討厭的法蘭德斯人啦、漁權啦、釀酒啦、年度交易額啦、小道消息啦、互相幫忙啦、一點甜頭啦、家僕的事啦、我的律師說……，和威廉斯家結親就是這樣，因為他們是帕特尼地區的名門……，但她又覺得人生不盡是這般幸福美滿，有華特這種老爹真是大不幸。

他小心翼翼撐著僵硬的身子站起來。他覺得全身上下疼痛不堪，明天恐怕會更痛。等到第三天，淤青出現之後，他就得不斷解釋他是怎麼遍體鱗傷的。但到那時候，他已經走得遠遠的，到一個沒有人認識他、沒有人在乎他的地方，當然他也不必解釋什麼了。陌生人還以為他這個人就是常被打得鼻青臉腫的。

他把錢撿起來，用威爾斯方言說：「喂喲，摩根．威廉斯，謝謝你的錢。好好照顧我老姊，你自己的生意也要加油。後會有期啦。」

摩根．威廉斯睜大眼睛瞪著他。

他很想咧嘴而笑，但怕臉部傷口裂開，只能稍稍牽動嘴角。他以前常在飛馬居晃來晃去，他們可是以為他只是來吃飯的？

「祝你好運。」摩根慢慢地說。

「我就沿著河往前走就行了吧？」他問。

「你要去哪？」

「海邊。」

摩根．威廉斯臉上浮現一絲同情。唉，這可憐的小舅子。他說：「阿湯，你會沒事的。要是貝拉上這兒來找你，我不會讓牠空肚子回家。你姊姊會給牠一塊派。」

❁　❁　❁

他一定得設法賺到錢。他雖可一路往下游走，一路找尋工作機會，卻擔心被人看到，去跟他老爹通風報信，最後必然會被抓回去。老爹的眼線可多著，只要賞他們一杯酒喝，什麼事也願意幹。他第一個想到的是前往提爾柏里的巴金港，設法溜進走私船。但他既而一想，此時法蘭西該有戰事。他不怕跟陌生人攀談，在路上問過的幾個人也都這麼認為。那就去多佛港吧。打定主意之後，他就上路了。

如果幫人用推車運送貨物，通常可以跟著上船。他不禁心想，很多人真是笨得可以，走道那麼狹窄，還拖著一只大木箱筆直往前走，稍稍轉個方向，不是可以避免碰撞嗎？他也不怕馬。其實，他常跟害怕的馬兒在一起。他老爹除了釀酒，早上通常還得起來燒鑄蹄鐵，幫馬兒釘蹄。那時，他的酒意還沒完全消退。不知是他嘴巴的臭酒味、大嗓門，還是一副凶神惡煞的樣子，總之，一般不怕釘蹄的馬兒也猛搖頭、想要逃走。華特抓著腳蹄，可憐的馬兒抖個不停。這時，他就得一邊幫忙抱著馬兒的頭，輕撫馬兒頭頂——那地方的毛皮摸起來像天鵝絨——並一邊說馬媽媽多愛牠們，不要怕，再一下子蹄鐵就釘好了。

❁　❁　❁

他大概一整天都沒吃東西，因為實在是痛到食不下咽。好不容易走到海邊，他頭頂的傷口也癒合了。雖然他內傷不輕，但他相信他的腎臟、肺臟和心臟有足夠的韌性，可以自行修復。

他現在鼻青臉腫，不免引人側目。在上路前，摩根・威廉斯幫他檢查了一下全身裝備：牙齒還好端端地在嘴巴裡（這真是個奇蹟），兩隻眼睛都能看見東西，還有兩隻手臂、兩條腿。夫復何求？

他在碼頭上走來走去，逢人就搭訕：你可知道哪裡有戰事？

每一個人聽他這麼一問都瞪著他，後退一步，說道：「你告訴我好了！」

這無厘頭的問題挺逗趣的，大家都哈哈大笑，他乾脆這麼插科打諢。

到了要離開多佛港時，他身上的錢居然比剛到的時候還多。他曾看過一個人用三張紙牌表演魔術，於是學會那套老千招術。大夥看他年紀輕，也就願意捧場，沒想到錢給這個小鬼靈精騙走了。

他把賺來的錢和花費做個結算。偶爾他會花點小錢找女人共度春宵。在帕特尼、溫布敦或墨雷克哪能做這種事？一有什麼風吹草動，就會馬上傳到威廉斯家，引起三姑六婆、蜚短流長。

他看到三個上了年紀的人扛著大包東西，很吃力的樣子，於是上前幫忙。他們來自蘇格蘭低地，那大包東西軟軟的，原來是羊毛布料樣品。港務官刁難他們，說文件有問題，還對他們大吼大叫。他在官員後面鬼鬼祟祟，故意裝出一副傻裡傻氣的樣子。他指點那幾個老先生用錢打通關，並做了個手勢，暗示他們該花多少錢賄賂愛錢的狗官。其中一個於是掏出錢來，說道：「官爺，這些錢是多出來的，累贅得很，拜託一下，寄放在您那邊好嗎？」官員立刻眉開眼笑。那三個老先生也都笑容滿面，沒想到才花這麼一點錢就過關了。他們上船之際說道：「那孩子是跟我們一夥的。」

他們在等纜繩解開的時候，問他到底多大年紀。他說，十八。他們聽了哈哈大笑，說道：孩子，你就別唬人了。他改口說十五歲。雖然他們認為他的實際年齡不到，但說十五還過得去，於是不再為難他。他們又問，你的臉是怎麼回事。他雖然已準備幾個版本的說法，但還是決定說出真相。他可不希望他們誤以為他是盜匪，因為走投無路才跟他們上船。他們用家鄉話嘀咕半天，其中一個為他翻譯：「我們方才在說，英格蘭人對自己的孩子真是殘酷，簡直是沒心沒肺。老爸一回到家，孩子就得立正站好。對父母總是要畢恭畢敬地呼喚：『是的，父親大人』、『您好，母親大人』。」

他很驚訝。在這個世間，父母不都會虐待孩子，難道有對孩子好的嗎？他有生以來第一次覺得心中舒坦了些。他想，這個世界或許還有更好的地方。他不但說起自己的身世，也說了貝拉的事。他們聽了之後露出難過的表情，沒說什麼再養一隻狗就好了的蠢話。他還描述姊姊、姊夫住的飛馬居以及他老爹的酒坊。他說，他爹釀的啤酒品質惡劣，一年至少被罰鍰兩次，他也曾因為偷木頭、偷砍別人家的樹，以及在公地放養太多羊而被罰錢。那幾個老先生聽得津津有味。他們給他看羊毛樣品。三人不時討論羊毛的重量和織法，有時也會講解給他聽。他們認為英格蘭的布匹成品很多都是粗製濫造，英格蘭人看了他們的羊毛樣品必然會有驚豔之感……。最後說他們要去加萊[1]的原因，以及那裡的人有什麼不同，但他不知道他們在說什麼了。

他接著說起老爹的蹄鐵生意。會說英語的那個人好奇地問他：那你會做馬蹄鐵嗎？他模仿他那壞脾氣老爹把炙熱的蹄鐵釘上馬蹄的樣子。他們看了都捧腹大笑。其中一個說，這孩子真會說故事。

上岸之前，話最少的那個站起來，說了一段嚴肅的話。另一個人點點頭，第三個為他翻譯：「我們是三兄弟。這就是我們住的那條街。如果你來我們的家鄉，我們一定會為你準備一張床、火爐和食物。」

再會，他對那三人說。再會，祝你們好運。喂喲，我的布商朋友，祝你們生意興隆。接著，他要馬不停蹄趕赴戰場了。

天氣很冷，但海面平靜。凱特送他一個十字架，要他用細繩掛在脖子上。冰冷的十字架貼在他的喉嚨上。他解開項鍊，用雙唇親吻十字架，向上帝祈求好運，接著鬆開手，讓十字架咻一聲沒入水中。他會永遠記得看到大海的第一眼：好一片廣大無垠、布滿無數細紋的灰，有如一個殘夢。

第2章・子嗣

一五二七年

賈德納才剛進來，又走出去。外頭濕答答的，這個四月夜出乎尋常地和暖，但他還是穿著毛皮大衣，像是全身長了油亮、緻密的黑色羽毛。人高馬大的他輕輕撥弄衣服，有如長了雙翼的黑天使。

「來晚了。」賈德納一臉不悅地說。

他和顏悅色地問：「我嗎？還是你？」

「你。」賈德納在等他解釋。

「有人在河上喝醉了。船夫說，今晚是主保聖女之夜。」

「你向聖女禱告了嗎？」

「我向天主和所有的聖者祈求，直到安全上岸。」

「你竟然沒自己划槳，真教我驚訝。你年輕的時候不是曾在船上工作？」

賈德納總愛老調重彈，提到他那狼心狗肺的老爹、自己出身低賤云云。據說，賈德納是具有皇室血統的私生子[2]，在鄉下地方由從事布匹買賣的小老百姓撫養長大，因此他亟欲忘卻微賤的身世。然而，只要是做布匹買賣的，湯瑪斯・克倫威爾沒有不認識的，因此他知道自己的貧賤給賈德納帶來多大的安慰。他簡直是無父無母的可憐蟲！

賈德納憎恨自己的處境：他雖是國王的表親，然皇家不承認；雖然他治理教區有功，卻痛恨待在教會；他明明是

1、加萊（Calais）：法蘭西沿海城市，隔著多佛海峽與英格蘭的多佛相望，一三四六年，法軍戰敗，加萊因此成為英格蘭領地，直到一五五八年法軍才收復加萊。

2、史蒂芬・賈德納（1497?-1555）：時任沃爾西主教的機要祕書，後任樞密大臣、溫徹斯特主教。據聞父親是威廉・賈德納，母親海倫則為貝福德公爵賈斯柏・都鐸的私生女。

樞機主教沃爾西的機要祕書，夜半與沃爾西密談的卻另有其人；他雖然地位崇高，不過是個傀儡，沒幾個人支持他；要是他在深夜與湯瑪斯・克倫威爾碰頭，最後撣撣手、面帶微笑揚長而去的必然是克倫威爾。

「願上帝保佑你！」賈德納說，然後遁入這個暖和得不尋常的夜。

克倫威爾說：「謝謝。」

❁ ❁ ❁

樞機主教沃爾西低頭寫字，頭也不抬地說道：「湯瑪斯。雨還沒停嗎？我本來以為你會早點來的。」

船夫、河流、聖女。他一大清早就東奔西跑，這兩個禮拜幾乎都馬不停蹄地在為主教辦事，好不容易才從約克郡回來。他去了趟格雷律師學院，借了些布料，然後跑到城東詢問什麼船進港了，接著調查一些私下交易的貨物目前在哪裡。他不但忙到還沒吃飯，甚至沒踏進家門一步。

主教站起來，打開門，對忙碌穿梭的僕人喊叫：「櫻桃！什麼？沒有櫻桃？你說什麼？現在是四月？四月沒有櫻桃？那麼，我們要用什麼來款待客人呢？」他嘆了一口氣，「有什麼就拿什麼過來吧。不過，大概沒什麼好吃的東西。真是的，這些下人真是差勁！」

於是，整個房間活絡了起來，有人端吃的進來，有人拿酒，有人生火。一個僕人在他耳邊輕言細語，幫他拿濕了的外套去掛。主教府上的僕人讓人有賓至如歸之感，個個腳步輕盈，老是把對不起掛在嘴上，他也可以跟他們開玩笑。主教的每一個客人都受到相同的盛情款待：如果他十年來每個晚上都來打擾，不時跟主教怒目相向，就能成為他的座上嘉賓。

僕人退下，一個個消失在門口。「你還想要什麼嗎？」沃爾西主教問道。

「旭日東升，可以嗎？」

「唉喲！饒了我這把老骨頭吧。」

「那就破曉吧。」

主教對僕人點點頭，鄭重地說道：「我保證讓你如願以償。」僕人認真、嚴肅地低聲應和，然後退下。

他雙手交握，嘴角帶著笑意，長嘆一聲，就像一頭豹窩在一個暖和的地方。他尊重眼前這個為他辦事的人，而這個為他辦事的人也敬重他。沃爾西主教已經五十五歲了，還是和少壯一樣英俊挺拔。今晚，他穿的不是大紅袍，而是有細緻蕾絲的紫黑色長袍，看起來就像個樸實的主教。他的身高使人望之儼然，肚子圓滾滾的，讓人誤以為他好像經常坐著不動，其實他常走來走去。不管如何，他看起來還是威儀十足。他常把一隻巨大、白皙、戴著戒指的手放在肚子上。他的頭很大，顯然是上帝為他日後戴教宗禮冠設計的。他那寬大的肩膀佩戴首席國務大臣那金光閃閃的鍊條，真是再合適不過了（然現在不是時候）。主教頭微傾，說道：「告訴我約克郡那邊的情況吧。」他的聲音甜得像蜜，從這裡到維也納，無人不曉。

「爛透了，」他坐下來，說道：「那裡的天氣、居民、風俗、道德，全都可怕得很。」

「嗯，看來不是個好地方。我正想跟上帝商量一下天氣的事呢。」

「噢，那裡的東西難吃極了，因為離海口五哩，吃不到新鮮的魚。」

「如果要吃檸檬，豈不是比登天還難？他們到底吃什麼？」

「吃人啊，抓到倫敦人就吃。我沒看過這種異教徒。他們個子高，前額低，雖然住在洞穴，卻還在當地耀武揚威，以高尚人士自居。」沃爾西既然身兼約克大主教，應該親自去看看的，但他從未踏上這個轄區。「至於您要我辦的事……」

「我在聽，」主教說道：「其實，我愈聽你說，就愈著迷。」

主教臉上漸漸出現和藹、專注的皺紋，不時在本子上記下克倫威爾告訴他的數字。他啜飲美酒，最後說道：「湯瑪斯啊，你到底做了什麼好事？讓一個女修道院長懷了孩子？說不定有兩、三個修道院長都懷了你的種，是不？嗯，我猜猜看……你是不是一時興起放火燒了惠特比[3]？」

說起他的得力助手湯瑪斯．克倫威爾，主教津津樂道的笑話有兩個，有時還會把兩個串成一個。第一個是他在四月嚷嚷著要吃櫻桃，在十二月又吵著要吃萵苣。另一個是他會跑到鄉下為非作歹，卻口口聲聲說是在替主教辦事。除

3、惠特比（Whitby）：約克郡北邊的小海港。

了這兩個，主教還有別的笑話可說呢。

此時，差不多是晚上十點，燭火畢恭畢敬地向主教鞠躬，然後筆直站好。外頭的雨滴滴答答，雨點打在玻璃窗上。這雨從去年九月下到現在，真是沒完沒了。克倫威爾說：「您的計畫在約克郡恐怕窒礙難行。」

主教的計畫是這樣的：得到教宗認可之後，他打算把三十來個老舊、管理不善的小修道院合併成幾個較大的，並把部分修道院的收入挹注到他籌設、創辦的兩所學院——即牛津的樞機主教學院，另一所學院則是在他的家鄉伊普斯維奇。如此一來，他就可流芳萬世，人人都會記得他是個了不起的學者，而他父親不但是個虔誠而富有的屠夫、行會成員，而且是一家大旅館的老闆，招待各地來的貴客。問題在於……說來，他的問題還真不少。這位主教在十五歲拿到文學士的學位，二十來歲就成為神學學士，還精通法學，然而他最討厭種種法律程序造成的延宕，也等不及把房地產變為白花花的銀兩。如果多數事情都能像麵餅化為基督聖體那樣簡單、神速就好了。克倫威爾試著向主教解釋相關土地法規的一個細節……。沒關係，這不是重點……，他發現主教額頭冒汗說：湯瑪斯啊，這種芝麻蒜皮的小事，你就不必向我報告了！要是碰到困難，他則會說：想辦法去做就是了。假如他得知有人在阻礙他的大計畫，就會說：湯瑪斯，花點錢把那些人打發走吧。

主教低下頭來看他寫了一半的信。克倫威爾利用這個機會沉思默想。他抬起頭，欲言又止的說道：「湯……啊，算了。你還是告訴我為什麼你的臉色那麼難看。」

「那裡的人威脅說要殺我。」

「真的？」主教的表情流露驚訝與失望，「他們真會把你殺了？你怎麼想呢？」

主教背後有張與牆等高的繡帷，上面描繪所羅門王把手伸入黑暗之中，歡迎希巴女王的來到。

「我想，如果你要殺一個人，就殺吧！用不著先寫封信告訴他，也不必威脅恐嚇，讓他小心防備。」主教說：「如果你想卸下防備，請讓我知道，我想看看結果會如何。你知道那個人……。我猜，他們不會簽字的，是不是？但我不會放棄的。至於哪幾個修道院必須合併，我會親自小心安排。這件事，教宗已經同意了。反對的人必然是誤解我的用意。我又不是要把那些老修士趕到馬路上，讓他們餐風露宿。」

沒錯，修士都可以另外安置，也可以給他們退休金或補償金。如果用意良善，沒有什麼不好商量的。既然無可避免，只好聽天由命。「在採取行動之前，你就這麼對那些老人家說：請遵從主教大人的意思，感謝他像慈父一樣照顧他們，相信他必然會著眼於教會的利益。這些都是你在協商的時候可以運用的語詞。你要強調的是：貧窮、忠貞與服從。」

「他們沒誤解，」克倫威爾說：「他們只是想自己處理修道院的收入。大人，下次您去北方，一定要有護衛隨行。」

主教已為自己人生的終點設想好了。他請佛羅倫斯的一個雕刻師為他設計墓地。他將安躺在斑岩打造的石棺中，石棺上雕刻展開的天使羽翼。墓碑上有靜脈般的紋路，而他靜脈的血已經流乾，灌滿防腐劑，從此不朽。他的四肢像石頭，一生的功業懿德則以金色字樣刻寫在墓碑上。然而他創辦的那兩所學院才是活的墓誌銘，即使他已作古，學院依然生氣蓬勃，出身貧寒的年輕人和窮學者無不緬懷他的智慧、驚奇、對美的鑑賞力、對禮節與歡愉的本能以及高妙的手腕，讓這些美德在世間恆久流傳。難怪他搖搖頭，他哪需要什麼護衛？主教討厭這種耀武揚威。他認為這樣不夠文雅。有時，他手下的人——例如賈德納——來向他抱怨說城裡有些異教徒如何可惡時，他就會以真誠的語氣感嘆道，可憐喲，那些墮落的靈魂，賈德納，為他們禱告吧，我也會為他們祈求，看看能不能提升他們的心靈。別忘了要他們注意禮貌，不然湯瑪斯．摩爾會來把他們抓起來打入大牢。接下來，我們就會聽到慘叫聲。

「啊，湯瑪斯，」他抬起頭來，「你會說西班牙語嗎？」

「一點點。您知道，當兵是很苦的。」

「你曾幫西班牙人打仗，是不是？」

「我加入的是法蘭西軍隊[4]。」

「原來如此。你和同袍間沒有兄弟情誼？」

「沒那種交情。我倒學會用卡斯提爾語[5]罵人。」

「我會好好記住的，」主教說：「說不定你會有機會用得上西班牙語。現在嘛……我在想，我們最好多安插幾個朋友到王后的寢宮。」

4、一五〇三年，克倫威爾為了逃離父親，離鄉背井去當傭兵，在法蘭西波旁公爵查爾士的帶領下，與西班牙作戰。結果法軍在義大利中部的加利格里阿諾河被擊潰。
5、卡斯提爾語（Castilian）：西班牙中、北部方言。

他指的是間諜，以在王后寢宮窺視她的一言一行。王后在國王身邊快二十年了，但現在國王想要娶另一個女人為妻。只要能為他生下兒子，任何一個血統良好的公主都行。王后聽到這天打雷劈的消息，也許會一時氣結，無法以拉丁語說出外交辭令，私底下必然會用她的母語，也就是西班牙語，發洩一番。

主教把下巴靠在手上，用拇指和食指揉揉眼睛，說道：「今天一早，國王傳喚我過去。實在早得不得了。」

「做什麼呢？」

「要我憐憫他。因為時候很早，我們就一起做黎明彌撒，但他從頭到尾都在對我訴苦。我愛國王，上帝知道我多麼愛他，但有時我的憐憫之情實在有限。」他拿起水杯，從杯子的邊緣看過去。「阿湯，你想像一下。假如你正值三十五歲的壯年，身體強健、胃口良好、排便通暢、關節靈活、骨頭挺立。而且呢，你是英格蘭國王。但是……」他搖搖頭，「但是，假設他要的是再簡單不過的東西，像是魔法石、長生藥，或是神話故事中那個裝滿黃金的櫃子。」

「即使你拿走一些黃金，黃金又會自動填滿的櫃子？」

「正是。即使他要的是長生藥，或是自動裝滿黃金的櫃子，那都好辦。可我到底要如何才能幫他生個兒子？」

主教背後的繡帷晃動了一下。所羅門王向希巴女王鞠躬，希巴女王面露微笑，蓮步輕移——他不由得想起他在安特渥普與他同居的那個寡婦[6]。他們既然同床共枕，他該娶她嗎？沒錯，他是該給她一個名分，然而如果他娶了安瑟瑪，就不能再和麗茲結為連理了，他的孩子也不一樣了。

「如果你不能幫他生兒子，」克倫威爾說：「就得從聖經找一段來說服他，讓他寬心。」

主教隨即翻閱桌上的聖經。「有了，申命記說弟兄同居，若死了一個，活著的那個當盡兄弟的本分娶嫂為妻。他做得沒錯啊[7]。」他嘆了口氣，「但他就是不喜歡申命記。」

不消說，國王不會喜歡申命記的。如果申命記要你娶兄嫂，但利未記又說，若有人娶了兄嫂，就是犯了不潔之罪，侮辱了弟兄，日後將無子嗣，你只能接受這樣的矛盾。再說，二十年前，國王迎娶兄嫂一事，王室不是花了一大筆錢買通教長，教宗也發布教宗訓令表示同意？

「我實在不明白，國王為何對利未記說的耿耿於懷。他不是有個女兒還活著[8]？」

「大家都知道，聖經裡說的『子嗣』是指兒子。」

主教指的是希伯來文的聖經原文。他的聲音溫柔、祥和，如果有人表現出向學之心，他必然樂意教導。他們已認識多年[9]，雖然主教地位崇高，但卻當他是自己人，不拘泥於繁文縟節。「我有個兒子，」他說：「這事，你當然已經知道。都怪肉體的脆弱。上帝原諒我吧。」

主教的兒子叫做湯瑪斯．溫特。雖然他父親打算為他的生涯鋪路，然他似乎生性寧靜好學，寧可閉門讀書。主教還有一個女兒，但沒人見過她。他給女兒取名為朵若喜雅，意為「上帝的禮物」。她現在人在修道院，為父母祈福。

「啊，你也有一個兒子，」主教說：「或者，我該說你有一個兒子跟你姓克倫威爾，但還有不知多少個兒子在泰晤士河畔奔跑呢？」

「不會吧。我逃家的時候還不到十五歲。」

沃爾西不禁莞爾，他竟然不知道克倫威爾的年紀。主教以居高臨下之姿看著整個社會階層。他自己雖然是屠夫用牛肉餵大的，在他之下還有更低的階層，像是眼前這個僕人出生的地方，他連自己哪一天出生都不知道。他出生時，他老爹必然爛醉如泥，而他老媽可想而知，必定痛得死去活來，不知今夕何夕。幸好他姊姊凱特指定一天做為他的生日，他為此感激不盡。

「嗯，十五歲……」主教說：「但我想，你十五歲應該就可以當爸爸了吧？我就知道我已經可以。現在我有兒子，你的船夫有兒子，街道上的乞丐有兒子，你在約克郡的仇人也有兒子。等他們的兒子長大成人，就會來取你的性命了。而你夜夜風流、四處播種，河邊那一群成天幹架的渾小子說不定都是你的兒子呢。為何唯獨國王連一個兒子都沒有？這是誰的錯呢？」

「上帝？」

6、克倫威爾結束傭兵生涯之後，曾在義大利住了大約十年，幫那裡的商人管帳，一五一二年左右前往尼德蘭的安特渥普（Antwerp），當英格蘭商人的祕書，一五一四年回羅馬學商，後來回到倫敦，一五一六年和織布工人韋克斯（Henry Wykes）之女麗茲成親。

7、凱瑟琳王后出身西班牙王室，第一次的婚姻是椿政治婚姻，嫁給了亨利七世的長子威爾斯親王亞瑟，因而成為威爾斯王妃，然婚後不到幾個月，亞瑟就病逝。凱瑟琳在一五〇九年六月嫁給了亞瑟之弟亨利八世，並在西敏寺加冕，正式成為英格蘭王后。

8、凱瑟琳王后一共生下六個孩子，除了瑪麗公主，全數早夭。

9、克倫威爾約從一五二〇年起擔任沃爾西的法律顧問，也提供理財建議給其他貴族。

「上帝太遠了。近在眼前的那個人？」

「王后？」

「比王后責任更大的那個人？」

「那，不就是大人您了？」他不由得咧嘴一笑。

「沒錯，除了我，還有誰呢？我該怎麼辦呢？我告訴你我打算怎麼做。或許我會派賈德納去羅馬試探教廷方面的意向，但是我又需要他在這裡幫我辦事……」

沃爾西看著他的表情，不禁笑出聲來。這些下人就是愛爭寵。他知道他們出身貧賤，因而希望成為他最寵愛的兒子。

「不管你認為賈德納是怎麼樣的一個人，他熟諳教會法規，舌燦蓮花，只可惜說服不了你。」他在這裡停頓了一下，傾身向前，雙手捧著自己那顆巨大得像獅子的頭——如果在最後選舉的時候，什麼人該分到多少錢都能打點好，他就能戴上教宗禮冠。「我求過國王了，」主教說：「阿湯啊，我跪在地上，用最謙卑的姿態懇求他，希望他能打消再婚生子的主意。我說，陛下，請讓小的引導您吧。要是您想除掉這個老婆，肯定會有不少麻煩，而且不知道要花多少錢。」

「國王怎麼說……」

「他舉起一根手指，警告我說，別叫那個女人我的老婆。你證明給我看，為什麼她該是我的王后。在那之前，就叫她我的姊姊。她以前的確是我哥的老婆，叫她姊姊不為過吧。」

沒有人能從沃爾西主教口中聽到任何對國王不忠的字眼。「嗯……這個嘛，」他吞吞吐吐，「嗯，在我看來……這是矛盾的。當然，這只是我個人的意見，不會從這個房間傳出去的。無庸置疑的是，當時有人對教宗的特許不以為然。這麼些年來，還有一些人總愛在國王耳邊說悄悄話。我相信他一定聽到了，但充耳不聞。可您知道，國王是最寵愛妻子的。他不容許有任何懷疑的餘地。」他輕柔又端正地把手放在桌面，「任何懷疑都不容許。」

國王現在到底要什麼，這倒是毫無疑問：宣布他的婚姻無效。主教說：「他在告解的時候說道，過去十八年來他一直活在錯誤當中，因此他足足背負了十八年的罪過，需要上帝赦免。」

他在等克倫威爾做出讓他會心的小反應，但這個僕人只是看著他，心想告解不是應該保密的嗎？主教會洩密想必是他的權宜之計。

「如果您派賈德納去羅馬，」他說：「國王會不會想……」

主教點點頭，示意他可以繼續說下去。

「他會不會認為這是向國際宣示？」

「賈德納或許可以小心行事，請求教宗賜福給吾王。」

「羅馬可沒這麼簡單吧。」

主教無法反駁。他曾從映照在台伯河上的燦爛金光走進巨大的陰影之中，脖子覺得涼颼颼的，然後不由得回頭看。他知道在那倒下的梁柱和廢墟裡，竊賊就在那裡等著，某個跟主教上床的妓女也在那裡，還有某人姪兒的姪兒，有口臭的富人在那裡等獵物上鉤。想起這些，克倫威爾有時覺得他該慶幸能逃離那個城市，沒出賣自己的靈魂。

「簡而言之，」他說：「儘管賈德納還在整理行囊，尚未動身，教宗的間諜已經知道他的企圖，那些樞機主教和樞密還有時間敲定價碼。如果大人您一定要派他去，那他非帶鉅款前去不可，否則那些樞機主教是不會妥協的。他們早就信用破產了，最垂涎的就是一袋黃金，好向債主請求通融。」他聳聳肩，「這種事，我最清楚了。」

「我該派你去的，」主教興高采烈地說：「你可以向教宗克勉七世提議，說你可以借他一大筆錢。」

有何不可？他對貨幣市場瞭如指掌，也許可以安排一下。如果他是教宗，今年一定會借一大筆錢雇用軍隊守護領土。然而，現在或許已經遲了，因為如果夏天要打仗，必須在二月二日聖燭節前招募到軍隊。他說：「大人您可不可以先按兵不動？如果國王要打離婚官司，就讓他自己採取第一步，看這是不是他想要的。」

「這正是我的如意算盤。我打算在倫敦召集幾個臣子去見國王，驚惶失色地對他說：『國王陛下，這麼些年您的婚姻一直是不合法的。』國王最討厭有人說他做錯什麼。我們必須強調這點。也許這麼一來，他就會忘了先前的顧慮。他可能會勃然大怒，對我們大吼大叫，然後氣急敗壞地回到王后身邊。要不是這樣，我就得設法使他的婚姻失效。要是我能成功使他和凱瑟琳王后分開，就會幫他物色一門好親事，讓他娶某個法蘭西公主為妻。」

不消說，主教心裡已經有人選了，而且不只一個。主教老謀深算，早就不斷沙盤推演，為各種可能做準備。他雖然一面努力挽救國王與凱瑟琳王后的婚姻，讓英格蘭不至於和西班牙皇族決裂，然後請國王別再顧慮；但他同時也在為國王安排另一個選擇，幫他訴請婚姻失效，往後就不必擔心利未記的詛咒了。一旦婚姻無效確定，過去十八年的罪惡和痛苦就可一筆勾銷。他將重新調整歐洲的勢力平衡，與法蘭西結盟，形成對抗西班牙皇帝查理五世（凱瑟琳王后的姪子）的力量。經過一番安排與運作，種種結果都是可能的，甚至能盡如人意：一邊禱告，一邊施壓，一邊施壓，一邊禱告，一切皆在上帝的設計之中。只要經主教運籌帷幄，這樣的設計不但可預先設想，也可重新規畫。主教常說：「國王會做某某事」，然後又說：「我們會做某某事」，現在則說：「我就是打算這麼做。」

「王后呢？」他問：「如果國王把她趕走，她能去哪裡？」

「她可以在修道院過著舒舒服服的日子。」

「或許可以回西班牙吧。」

「這可不成。現在的西班牙就像另一個國家了。畢竟，自從凱瑟琳踏上英格蘭，已在這裡過了二十七個年頭。」主教嘆了一口氣，「我還記得她當年來這裡的模樣。那時天候險惡，海象惡劣，她不知在船上顛簸了幾天幾夜，好不容易才上陸。老國王堅持要去看她。她到了朵格斯梅菲德之後，先待在巴斯主教府，打算慢慢往倫敦前進。那時是十一月，雨下個不停，老國王迫不及待先趕去看她，但她的家僕堅持西班牙風俗：未出嫁的公主必須戴上面紗，直到婚禮當天，才讓她的丈夫掀開面紗，瞧見她的模樣。但你也知道老國王的個性！」

他哪知道老國王的個性？亨利七世流亡法國多年，在他繼承英格蘭王位，返國建立都鐸王朝前後，克倫威爾才呱呱落地。沃爾西說得活靈活現，就像他當時在現場親眼看到一切。他露出微笑，繼續說道：「老國王年紀大了，即使一點小事也會讓他起疑。他先故意後退，和隨從商量一下，然後從馬鞍上跳下來——當時他仍清瘦矯健——告訴那些西班牙人，他非瞧見凱瑟琳長什麼樣子不可。他說，你們既然踏上我的土地，就得遵照我的法律。我們的新娘是不戴面紗的。為什麼我不能好好看看她？你們是不是想騙我？她是不是長得畸形？我兒子亞瑟豈能娶妖怪為妻？」

克倫威爾心想，老國王真是沒必要擺出這種姿態。

「凱瑟琳的侍女已經把這可憐的少女送上床，並推說公主已經就寢。她們以為這樣就安全了。沒想到老國王氣沖沖地踏進主教府，看起來就像要把床單撕碎一樣。侍女趕緊幫公主穿好衣服。老國王衝進房間，第一眼看到她，竟然忘了拉丁文怎麼說。他結結巴巴，像個傻小子害羞得說不出話來。」主教呵呵笑了一下，「凱瑟琳第一次參加宮廷舞會的時候，亞瑟坐在台上微笑，一副春風得意的樣子。沒有人知道西班牙舞怎麼跳，於是凱瑟琳拉著一個侍女的手，和她一起跳。我永遠也忘不了她回眸一笑，迷倒眾生的模樣，秀麗的紅色長髮滑到肩上……沒有一個人不為她傾倒。其實，她跳得非常莊重……。啊，你知道嗎？那年，她只有十六歲。」

主教若有所思地望著前方。克倫威爾說：「上帝能原諒您嗎？」

「上帝原諒我們每一個人。老國王常常在告解的時候訴說他對年輕肉體的渴望。沒過幾個月，亞瑟王子死了，不久王后也駕崩，老國王曾想娶凱瑟琳為妻。但是……」他抬起肩膀，「因為嫁妝的事談不攏，這樁親事只好告吹。她的父親阿拉貢國王斐迪南二世是個老狐狸，要是欠他錢，那是一定逃不掉的。亞瑟王子大婚那年，國王陛下才十歲，但我想，那時他已經對新娘一見傾心。」

他們坐著，想了一下。凱瑟琳真是不幸，他們兩人都知道。老國王對她冷淡，把她留在國內，什麼都不給她，不願退回她的妝奩，連亞瑟死後該給她的遺產也不給，更不願放她走。然而這個可憐的小女孩在這幾年間反而學會了不少外交手腕，熟稔利益交換之道。亨利八世娶她那年才十八歲，還是個天真無知的少年。老國王一死，他就迫不及待占有凱瑟琳。她比亨利大上好幾歲，多年的焦慮讓她鬱鬱寡歡，當年的風華提早凋零。真實的凱瑟琳面容蒼白，不再是他心中那個嬌豔如花的凱瑟琳。亨利只是貪心，想奪走哥哥擁有的。凱瑟琳挽著他的手臂時，他可以感覺到她的手在微微顫抖，就像十歲那年他第一次碰到她的時候，彷彿當時她就表示她信賴他，彷彿她早就心知肚明，知道她和亞瑟只是名義上的夫妻，那美麗的藍灰色眼眸凝視的不是亞瑟，而是亨利，終有一天她將把她的處子之身獻給他——亨利曾這般告訴他的密友。國王說，她一直都是愛我的。有七年左右，因為外交情勢的顧慮，他不得親近凱瑟琳，但現在他什麼也不用怕了。教宗已經給他迎娶凱瑟琳的特許狀，官方文書也已備妥，盟國協議也已談定。我那可憐的哥哥沒碰她，因此她一直是處女；這樁婚姻使我和西班牙王室結盟；然而，更重要的是，我是因為愛她才娶她的。

現在呢？他對凱瑟琳的愛已然消逝，成了過往雲煙，而且還得用下半生來消除那段紀錄。

「那麼，」主教說道：「結果會如何？國王想照自己的意思來做，但她呢，她是不會配合的。」

關於凱瑟琳還有一個故事。一次，亨利帶兵去法蘭西打仗，把凱瑟琳留在國內。蘇格蘭人利用這個機會進逼英格蘭，卻被擊潰。蘇格蘭王的腦袋在弗洛登被砍下來。凱瑟琳提議把蘇格蘭王的頭顱用袋子裝起來送給在法國作戰的亨利八世，讓他高興一下。但英格蘭朝臣勸凱瑟琳別這麼做，說這樣太血腥、野蠻，不像英格蘭人的作風。凱瑟琳只得寫一封信給亨利，附上一個包裹，裡頭就是蘇格蘭王死時穿的外套。那件本來血淋淋的外套已經乾硬，滿是黑色血漬。

火已冷，木頭化成了灰，主教卻猶如在夢中。他站起來，踢了一下椅子，一邊看著腳下，一邊轉動指頭上的戒指，好像陷入沉思，最後才晃動一下身體，說道：「真是漫長的一天，辛苦了。回家吧。別讓那些約克郡的野蠻人入夢。」

湯瑪斯．克倫威爾現在四十出頭，個子不高，體格壯碩。他的臉部表情豐富，最容易解讀的一種莫過於他那壓抑的笑意。他的頭髮濃黑鬈曲，眼睛雖然很小，眼神卻精明銳利，尤其是在說話的時候。不久後，我們就會聽到西班牙大使提到這點。據說，他可用拉丁文把整部新約聖經背得滾瓜爛熟，要是修道院院長有一段一時想不起來，他就可以立刻接話，因此當樞機主教的僕人，再合適不過。他說話很快，聲音低沉，舉止合宜，不管在法庭、碼頭、主教府或旅館的院子裡，都如魚得水。他擅長起草合約、訓練獵鷹、繪製地圖；有人在街上打鬥，他是最好的和事佬；他會裝修房舍，也能搞定陪審團；他引經據典、博聞強記，不管從柏拉圖到普羅特斯，信手拈來，教人折服；他懂新詩，也能用義大利文吟誦詩歌；他夙夜匪懈，總是第一個起床，最後一個就寢；他會賺錢，也會花錢，而且賭性堅強，你要跟他賭什麼都可以。

他站起來，跟主教告辭。「如果您和上帝商量好了，等太陽升起，國王就會高高興興地和他的手下出去騎馬。他要是想開了，心情好，就不會繼續在利未記裡鑽牛角尖，您也可以輕鬆一點。」

「你並不完全了解他。他對神學的喜愛，不下於騎馬馳騁。」

他走到門口，沃爾西說道：「對了，宮廷內流言不少……諾福克公爵說我會用法術召來惡鬼邪靈，暗中跟蹤他。如果有人跟你提起這事……你就說這是胡說八道。」

他站在門口，慢慢牽動嘴角，露出一絲笑容。主教也對他微笑，似乎在說，好酒沉甕底，好戲還在後頭。主教伏案休息，他似乎不必睡覺，只要四個鐘頭的小憩就可容光煥發。等西敏寺的鐘聲一響，他就會起身迎接另一個濕漉漉、霧濛濛、灰撲撲的四月天。「阿湯，晚安，」他說：「願主保佑你。」

克倫威爾的僕人拿著火炬在外頭等著。他在史戴普尼有棟大宅，但今晚他要回到城裡的住處。家僕雷夫．塞德勒扶著他。他是一個有著淺色眼珠、個頭不大的年輕人。「約克郡那邊如何？」

雷夫的微笑若隱若現。因為下雨，他手上的火炬看起來朦朦朧朧的。他說：「甭提了。主教擔心我們會做惡夢。」

雷夫皺著眉頭。他今年二十一歲，長這麼大，從來沒做過惡夢。自從七歲那年，他一直在克倫威爾家過著安安穩穩的生活。他們以前住在芬邱奇街，現在則住在奧斯丁修士會區[10]。雷夫是個頭腦清楚、務實的小夥子，不會胡思亂想，晚上擔心的不外乎竊賊、野狗，或是沒注意路上的坑洞。

「諾福克公爵……」他說，然後改口，「啊，算了。我不在的時候，可有人來找我？」

街道溼淋淋，空無一人。霧從河面慢慢爬過來，星星全都被悶在溼氣和烏雲當中。城市上方瀰漫著一股腥臭甜膩，那是昨日罪惡的氣味。諾福克公爵跪在床邊，牙齒咯咯作響；主教深夜還在振筆疾書，筆尖劃過白紙，吱嘎吱嘎，像老鼠在啃咬他的床墊；雷夫向他報告當天府上發生的事；他在心中盤算，如果有人提到主教召鬼，他該怎麼說。「主教大人說這是無稽之談，他斷然不會召鬼來對付諾福克公爵。大人堅決否認此事。什麼無頭小牛啦、墮落天使變身為伸出舌頭的狗啦、用過的裹屍布啦、拉撒路[11]、動物屍體啦，都是一派胡言。主教絕不可能做這種事，他也不打算這麼做。」

有人在碼頭旁嘶吼，船夫在唱歌，遠方隱約有水花飛濺的聲音。也許有人被推到水中，要溺死了。「主教大人聲明，他的確擁有法力，可以召鬼恐嚇、折磨諾福克公爵，未來哪一天都可能，但他不會事先通知。他是不是要這麼做，就看他了。」

在這樣的天氣，舊的疤痕總會隱隱作痛。他大剌剌地走進屋裡，有如白日依舊。一想到公爵被嚇得不斷發抖，他就不覺莞爾。現在是子夜一點，他想，諾福克公爵應該還跪在地上，一個黑面小鬼拿著三叉戟在戳他那長了厚繭的腳跟。

10、奧斯丁修士會區在倫敦西北，十六世紀初成為高級住宅區，很多義大利富商都住在這裡、西班牙大使館也在此地。
11、拉撒路（lazarus）是《聖經》中的人物，死後四個月被耶穌基督復活，見《約翰福音》第十四章四十四節。

第3章・家宅

一五二七年

麗茲還沒睡。她聽到門口有動靜，湯瑪斯回來了，於是走出去。他的小狗在她臂彎裡掙扎、哀嚎。

「忘了你住哪兒了嗎？」

他嘆了口氣。

「約克郡怎麼樣？」

他聳聳肩。

「見了樞機主教？」

他點點頭。

「吃過了嗎？」

「嗯。」

「累了？」

「還好。」

「要喝一杯嗎？」

「好。」

「萊茵酒？」

「好。」

嵌板油漆好了。他走進暗綠和黃金色調當中。

「葛雷哥利來信了嗎？」

「嗯。」

她把信和小狗交給他，端酒過來。她坐下，也幫自己倒了一杯。

「他問候我們。瞧他寫的，這孩子的拉丁文真糟。」

「是嗎？」她說。

「我唸給妳聽。他希望妳很好，我也好，他可愛的妹妹安和小葛蕊思都好。他一切都好，不用掛念。沒時間了，就寫到這裡。你孝順的兒子葛雷哥利．克倫威爾敬上。」

「孝順？就這樣？」

「老師教他寫的吧。」

小狗貝拉[1]輕輕啃咬他的指尖，牠那天真無邪的圓眼睛亮晶晶，看起來就像異鄉的月亮。儘管麗茲忙了一整天，應該累了，但氣色不錯，她後方的蠟燭依然挺立。她戴著珍珠和石榴石串成的項鍊，那是他過年送她的。

「見到妳要比見到主教還令人高興。」

「這是哪門子的恭維？」

「我從約克郡回到這裡，一路上都在忙，」他搖搖頭。「啊！」他把貝拉抱起來，舉到半空中。貝拉高興得猛踢小腿，「生意怎麼樣？」

麗茲做了點絲線手工藝品，像文件封蠟的小墜飾，還有宮廷侍女用的髮網。她雇了兩個女孩做她的幫手，並留意最新流行款式。她老是抱怨中盤商很難纏，絲線價格太貴。他說：「妳該跟我去熱那亞。妳得學著抬起頭來大大方方地看那些供應商。」

「太好了！但我想主教不會放了你的。」

「他今晚才告訴我，要我跟王后身邊的人打交道，也就是她的西班牙家僕。」

「噢？」

1、湯瑪斯．克倫威爾養的每一隻狗都叫貝拉。

「我說，我的西班牙語不夠好。」

「不夠好？」她笑道：「你這隻老狐狸！」

「他又不是我肚子裡的迴蟲，哪裡曉得我知道的一切。」

「最近我去了戚普塞德街，」麗茲提到她去看一個老朋友，她老公是珠寶師傅，「你知道嗎？有人訂了個大翡翠，要做戒指，送給女人的。」她比給他看，那翡翠就像她大拇指那麼大，「翡翠送到安特渥普去切割，等了好幾個禮拜才送回來。」她輕彈手指，「沒想到竟然碎了！」

「這筆損失掛在誰的頭上？」

「切割師傅說，他被騙了，底座有瑕疵，他沒注意到。進口商說，那瑕疵從表面看不出來，他怎麼知道會這樣。切割師傅說，那就跟進口商求償吧……」

「看來這官司要拖好幾年了。可以重做一個嗎？」

「只好試試看了。我們大家都在猜，那一定是國王訂的戒指。在倫敦誰買得起那麼大的翡翠？可這戒指是要送給誰的？應該不是要送給王后的。」

小貝拉躺在他的懷裡，牠在眨眼睛，輕輕地搖著尾巴。他想，要是那翡翠戒指出現，他還真想瞧瞧。主教一定會告訴我的。他會說，這女人懂得欲擒故縱，放長線釣大魚。但我看，今年夏天他就會把她弄上床，然後到了秋天就會厭倦，用錢把她打發走。要是國王沒把她趕走，我也得幫他收拾這個爛攤子。如果沃爾西幫他找了個會生兒子的法蘭西公主，新婚那幾個禮拜絕不能讓失寵的妃嬪來攪局。沃爾西認為，國王對女人應該更無情一點。

麗茲本來想從他口中套出一點消息，然而等了半天，得不到任何暗示，只得作罷。「提到我們那寶貝兒子，」她說：「夏天快到了，留在這裡，還是去鄉下？」

葛雷哥利快十三歲了，在劍橋求學。克倫威爾安排他姊姊貝蒂的孩子，也就是他的外甥，跟葛雷哥利一起上學。夏天是度假休閒的好時光，在城市裡能做什麼？雖然葛雷哥利喜歡聽故事，對龍的故事和森林裡的綠色人種尤其入迷，對讀書卻興趣缺缺。要他讀一段拉丁文簡直像要他的命，總得說好說歹，說這一段會出現海怪或是幽靈，他才肯讀。他喜歡去森林打獵、在田野中漫步。他年紀還小，還會再長大，他們都希望他能長得又高又大。城裡每個老人家都說，國王的外公高達六呎四吋（他父親則比摩根．威廉斯高一點點而已）。國王高六呎二吋，沃爾西也跟他差不多高，可直視其眼。亨利希望身邊的人都像他的妹夫薩福克公爵布蘭登那樣高挑魁武。然而，如果在陋巷，人高馬大就不見得有什麼好處，在約克郡那樣的野蠻地方也是。

他抿嘴而笑。說起他的寶貝兒子，他會說至少葛雷哥利不像我少年時。如果有人問他，你是什麼樣的少年郎？噢，我常常用刀子捅人。葛雷哥利不可能做這種事。即使他的拉丁文字尾和字形變化一塌糊塗，又有什麼關係？他才不管別人怎麼想。如果有人跟他說葛雷哥利什麼都做不好，他會說：「他在忙著長大。」他想，他應該很喜歡睡覺，就替他可憐的老爸多睡一點吧。華特老是在家裡發威，他哪裡能睡。離家出走之後，他不是在船上，就是在路上，接著就去當傭兵了。

當兵其實不是一天到晚都在浴血苦戰，多半無所事事、怠惰懶散，等到要找食物吃時，才會有所行動。大家可能在水位不斷高漲的地方紮營，因為那是瘋子長官下的命令，也可能在半夜突然轉移陣地到一個難以防守的地方，教人如何能睡得著？裝備簡陋、狀況百出，火炮手常亂放炮，弩手不是喝醉了，就是在禱告，訂的箭遲遲未送到。眼見紀律散漫、前途茫茫，教人不禁心焦如焚。沒過幾個冬天，他就決定棄武從商。要是精力過盛，想找人打架，只要走到外頭，有人隨時奉陪。在義大利，夏天總有打不完的架。

❀ ❀ ❀

「睡著了嗎？」麗茲問。

「我沒睡。大概是在做夢吧。」

「卡斯提爾香皂來了，你從日耳曼訂的書也來了，包裝看起來很奇怪，我差點把送書來的那個孩子攆走。」

約克郡的氣味實在教人不敢恭維。那裡的人都不洗澡，身上披著羊皮，老是氣得青筋暴露、汗流浹背。他連做夢都會夢到卡斯提爾香皂。

「那個女人是誰？」麗茲問。

他的手放在她可愛的左乳上，聽她這麼一問，不由得把手抽了回去。「什麼？」她以為他在約克郡跟哪個狐狸精在一起嗎？他往後靠，心想她要如何才會相信他說的。如果可能，他願意帶她一起去，她自己去看看就知道了。

「準備戴翡翠戒指的那個啊，」她說：「我會這麼問，是因為大家都在說國王要做一件非常奇怪的事。我實在不相信，但城裡每個人都這麼說。」

真的？他去北方不過兩個禮拜，已經謠言滿天飛了。

「要是他真的想這麼做，」她說：「全世界有一半的人都會反對。」

他和沃爾西本來以為只有西班牙及其皇帝查理五世會反對。他在黑暗中微笑，雙手放在腦後，一言不發。什麼人會反對呢？他在等麗茲告訴他。「所有的女人，」她說：「全英格蘭的女人，所有只生女兒沒生兒子的女人、所有失去孩子的女人、所有無法再生育的女人、所有四十歲的女人。」

她把手放在他的肩膀上。此時，他們已經累得說不出話來，於是一起躺在床上，蓋著高級床單和土耳其鵝黃緞被，身體散發出微微的陽光和花草香。他突然想起，他會用西班牙語罵人。

「睡著了嗎？」

「還沒，我在想事情。」

「阿湯，現在已經三點了！」

再一眨眼就六點了。他夢見全英格蘭的女人都在推擠他，要把他推下床，索性起身，讀他的書，免得麗茲來煩他。

麗茲並不會跟他囉嗦，她只會說：「我讀我那本祈禱書已經很好了。」她的確會讀她的祈禱書。白天，有時她會心不在焉地翻看，一下子唸經，一下子指揮下面的女僕做事。那是一本按照日曆來排的祈禱書，是她的前夫送她的結婚禮物。她的前夫還在扉頁寫上她那新冠上夫姓的名字：麗茲．威廉斯。克倫威爾有時不免嫉妒，想在上面寫點別的。他雖然認識麗茲的前夫，但不代表對這個人有好感。他說，麗茲，那本丁道爾的新約[2]在這裡，就在上鎖的櫃子裡。鑰匙在這裡。她說，你要是那麼想讀，乾脆唸給我聽吧。他說，那本是英文的，妳自己讀就可以了。麗茲，妳要自己去讀才會驚訝，這本聖經少了哪些東西。

他以為這樣的暗示會吸引她去讀，但似乎不然。他無法想像自己唸書給家人聽。他和湯瑪斯．摩爾是南轅北轍的兩個人，摩爾有如另一個天空的星星。每次看到摩爾，他只是板著一張臉點點頭，就像是個落魄教士或失意的傳道人。摩爾不會問：你怎麼啦？或是我有什麼不對勁嗎？為什麼你知道的每件事、你學到的一切都印證了你的信念？而我所熟悉的一切、我相信的東西都一點一點地崩落？歲月如流，此生的必然性像磚頭，一塊一塊地被敲落，來生也是。請你指給我看，在這本聖經中，「煉獄」在哪裡？哪裡提到聖人遺骸、神父、修女？請告訴我，「教宗」在哪一頁？

他回頭讀他的德文書。國王在摩爾的協助下寫了一本駁斥馬丁·路德的書，教宗因而賜他「信仰守護者」的封號。他豈敢擁護馬丁·路德？他和主教都認為路德如果未曾出生，事情就好辦多了，但既然他已在這個世上，如果個性改一改，圓融一點，別那麼激進，也就不會引發這麼多風波。他繼續讀他的書。這書得來不易，是從英格蘭東部的小港灣偷運進來的。小小的船在月光下停靠在岸邊，有人偷偷摸摸把貨物送上岸，再把船推回海中，逃之夭夭。禁書的事，他向主教報告過了，因此在摩爾和他的神職朋友氣沖沖地前來抗議，嘴巴像會噴火似地譴責這些異端的時候，主教才知道安撫他們，說道：「各位，我早就已經知道這件事了。」沃爾西會焚書，但不會把人活活燒死。去年十月，他才在聖保羅大教堂的十字架前燒了一大批英文聖經，不知多少白紙黑墨盡付一炬。

他鎖在櫃子裡的那本新約是在安特渥普盜印的。這個版本要比日耳曼印的正版容易入手。他知道威廉·丁道爾這個人。在倫敦容不下他之前，丁道爾曾和布商蒙茂慈一起住了半年。他是個有原則的人、一個硬漢，但摩爾說他是野獸。他看起來好像這輩子從來沒笑過一樣。然而，如果一個人像他一樣，被迫離鄉背井、不得歸鄉，恐怕也笑不出來。他的聖經是八開本，用粗糙、廉價的紙印刷，書名頁本來該印出版社的商標、版權標記和地址等，上面卻出現「印刷於烏托邦」的字樣。他很想拿一本給摩爾，看他會有什麼樣的表情。

他闔上新書。天亮了，要幹活了。他有自知之明，他沒時間把這本書翻成拉丁文，小心翼翼地讓這本書流傳出去。他該請人來做，也許能找到熱心志工，再不然，看在錢的分上，也許有人願意做。其實，看得懂德文的人有些是

2. 丁道爾（1491?-1536）：天主教徒、通曉多國語言的學者，一五二五年在德國威騰堡把新約從希臘文譯為英文，參考路德版的德文聖經並加上注釋，在科隆印刷。當時羅馬教廷只接受拉丁文譯本聖經，禁止非官方翻譯，因此丁道爾翻譯成現代英文的聖經被視為禁書。凡偷運丁道爾版英文聖經到英國的人都會被處死。丁道爾譯本採用「長老」代替「神父」，又用「悔改」代替「告解」，既沒有煉獄，又沒有聽罪和告解，這兩個曾為教會帶來財富和權力的教義就失去效用。儘管丁道爾譯本提出這些不同譯法，後世學者大都贊同他的見解，認為他的譯法正確無誤，被譽為英文聖經之父。後來的欽定版聖經有百分之九十採用丁道爾的翻譯。

很熱血的。

七點，他已經刮好鬍子、吃完早餐，換上屬於自己的乾淨襯衣和深色高級羊毛衣。這時，他不免想起岳父。這個老好人總是起得很早，然後把手放在他的頭上，對他說，阿湯啊，你就替我好好享受這一天吧。

他很喜歡老韋克斯，他第一次來是為了問他法律的事。那時，克倫威爾大概二十六、七歲，不久前才從國外回來，常常一開始講的是一種語言，到了最後又變成另一種語言。韋克斯是做羊毛買賣的，是個精明的生意人，賺了不少錢。他老家也在帕特尼，所以他們是同鄉，但這不是他找上克倫威爾的原因，而是因為有人推薦，加上他收費便宜。他們第一次見面的時候，韋克斯把文件攤在桌上，問說：「你是華特的兒子吧，不是嗎？怎麼回事？在帕特尼，你不是最會逞凶鬥狠的壞小子？」

如果他知道怎麼說可以讓老韋克斯了解，他願意解釋。我放棄打鬥，因為我住在佛羅倫斯的時候，天天看溼壁畫，被藝術潛移默化？但他只是說：「我找到比較容易生存的方式。」

後來，老韋克斯累了，也放任生意下滑，但他還是會把寬幅細毛織品送到日耳曼北部的市場去賣。然而，寬幅布不好織，他正考慮改織比較輕的棉毛，經由安特渥普，出口到義大利。克倫威爾聽他訴說，耐心地聽老人家發牢騷，最後說道：「時代不同了，我帶你去看看今年的織品展吧。」

韋克斯知道他應該去安特渥普和卑爾根奧普佐姆露臉，但他不喜歡坐船。克倫威爾對韋克斯太太說：「我保證把老先生照顧得妥妥貼貼的。我有朋友住在那裡，他們是好人。我們可以借住在他們家。」

「好的，湯瑪斯，」她說：「千萬別給他喝奇奇怪怪的尼德蘭酒。不能找女人。別在地窖聽異端傳道。你做什麼，我都會知道的。」

「可是我們總得待在地窖。」

「這樣吧。我們約法三章：如果你不帶他去妓院，我就答應讓他聽傳道。」

威克里夫譯的英文聖經已在這個家族流傳了好幾代，就像眼睛、鼻子、柔順、熱情、強壯、冒險，已成他們家族的遺傳特質。他們偷偷把經書藏起來，把經文牢牢鎖在大腦深處。如果非冒險不可，那就去聽傳道，別找妓女。到了佛羅倫斯，別讓波狀熱上身，以免全身軟趴趴，關節無力。在那不勒斯則得小心別染上佛羅倫斯潰爛症。不管在歐洲任何一個地方，包括小島，禁慾保身才是明智的。我們的祖先可以過著豪放的生活，但現在傳染病當道，還是保守一點比較好。

上了船，他一樣豎起耳朵，聽同行旅客發牢騷：混蛋船員、巷弄都沒標示、英格蘭的壟斷、商業工會的人寧可自己去找人開船到葛雷夫桑德。日耳曼人雖然很賊，但他們知道怎麼把船開到上游。船一駛入大海，老韋克斯暈船想吐，他則待在甲板上幫忙。有個船員說，大人，您以前可是跑船的？在安特渥普上岸後，他們隨即尋找門板上有聖靈記號的那戶人家。僕人開了門，大叫：「是湯瑪斯！他來找我們了！」瞧他驚訝的樣子，好像克倫威爾死後復生。三個老人出來迎接。他們就是他第一次上船結識的那三兄弟。「噢，湯瑪斯，這沒人要的孩子、可憐的受虐兒，年紀還小就離鄉背井。歡迎，快進來吧，屋裡比較暖和。」

只有在這裡、只有這三個老人把他當成離家出走的受虐兒那樣憐惜他。三兄弟的妻子、女兒、小狗都過來熱情地吻他。他讓老韋克斯坐在火爐邊取暖。全天下的老人似乎走到哪裡都能彼此溝通，他們交換治療病痛的祕方，同情彼此遭遇到的不如意事，抱怨老婆頤指氣使、反覆無常。三兄弟當中最小的一個，像過去一樣為他翻譯：即使說到露骨的笑話，依然面不改色。

他和那三兄弟的三個兒子一起出門喝酒。他們笑他：「你和那老頭在一起做什麼？等他死了，娶他的老婆嗎？」

「才不是呢，我要的是他女兒。」他為自己脫口而出的話嚇了一跳。

「年輕嗎？」

「她雖然是個寡婦，還很年輕。」

回倫敦之後，他決心拯救老韋克斯的生意。他打算從每天的實務下手。「我已經看過你的存貨、你的帳戶，現在讓我看看你的夥計吧。」

克倫威爾已經掌握老韋克斯利潤流失的關鍵。沒錯，問題就在人身上。只要好好端詳一個人的臉，就可以看出他是否誠實，能不能勝任。他把可疑的掌櫃趕走，說道，你還是自個兒走路吧，不然我們法庭上見。他換了個說話結結巴巴的小夥計，大家都說他傻，其實他只是膽小。克倫威爾每晚都靜靜地盯著他，一發現他做錯或有什麼疏忽的，就好言好語指點他。不到四個禮拜，這個小夥子就變得精明幹練，像隻小狗忠心耿耿地跟著他。經過一個月的監督——有幾天他還特地跑到碼頭去查看，看是不是有吃裡扒外的傢伙——到了年底時，韋克斯的利潤就大有起色。

韋克斯看了克倫威爾給他的財務報告，拉著他跑回家。「麗茲呢？」他拉開喉嚨大叫：「麗茲！快下樓！」

她下來了。

「妳得嫁個新老公。這個人行嗎？」

她站在那裡，品頭論足地看著他。「啊，爸爸。你不是看上他的長相吧。」接著，她揚起眉毛問他：「你真想娶個老婆？」

「我是不是該讓你們兩個好好談談呢？」老韋克斯說。他想，這兩個年輕人或許該坐下來，簽個契約什麼的。

麗茲想要孩子，他則想在城裡娶個有錢老婆。不到幾個禮拜，他們就結為連理。婚後第一年，葛雷哥利誕生了。他親吻小嬰兒毛茸茸的頭，說道，我絕不會像我爹那樣粗暴，我會好好疼你的。要是一代不如一代好，生兒育女又有什麼用？

✽ ✽ ✽

這天早上，他醒得很早，心中有一個疑惑：我老婆為什麼要為生不出兒子的女人擔心呢？也許女人常會這樣將心比心。

這是男人可以學的。

八點。麗茲下樓來。她把頭髮塞在棉布帽裡，捲起衣袖。「噢，麗茲，」他笑著說：「妳這樣子就像麵包師傅的老婆。」

「你給我客氣一點，」她說：「你這酒館的渾小子。」

雷夫進來。「要先去主教那裡嗎？」他還能上哪兒？他把文件收拾起來，輕撫老婆，吻小狗一下。走吧。在他們抵達主教的宅邸約克府之前，濛濛細雨還下個不停，但天色明亮多了。主教果真料事如神。陽光迆邐，河面像檸檬果肉一樣蒼白。

第二部

第1章．災厄

一五二九年

樞機主教府被攪得翻天覆地。國王派來的人在每一個房間翻箱倒櫃，把所有的羊皮紙、卷軸、彌撒用書、備忘錄和主教的個人記事本全部綑綁、沒收，連墨水和鵝毛筆都拿走了，現正從牆上把畫有主教盾徽的板子拆下來。

這日是禮拜天，帶頭查封沃爾西主教家的是兩個來復仇的貴族：一個是眼神如老鷹那樣銳利的諾福克公爵霍華德，另一個則是殺氣騰騰的薩福克公爵布蘭登。他們已告訴主教，他不再是首席國務大臣，而且要他把國璽交出來。克倫威爾輕觸主教手臂，兩人交頭接耳了一會兒，接著主教從容地面對這群人，問道：你們可帶了國王的親筆信？沒有？噢，太輕率了吧。在這種情況下，還能保持冷靜，真是威儀過人，然主教還是設法保住面子。

布蘭登不可置信地說：「為了一份文件，你要我們再跑回溫莎堡？大人，你未免太不識時務了吧？」

他就是這樣的人，討厭法律文件這等繁文縟節。克倫威爾又跟主教咬耳朵。主教說：「湯瑪斯，我想我們還是得明白告訴他們……其實，事情既然到了這地步，我們也不想拖延……兩位大人，我的律師說，不管是不是有國王親筆信，我還是不能把國璽交給你們。我必須親自把國璽交給卷宗主事官。你們最好把他帶來這裡。」

克倫威爾用輕快的口吻說：「大人，你們該慶幸我們事先提醒，不然你們可能要跑三趟，不是嗎？」

諾福克公爵氣得咬牙切齒，這人就是喜歡耍嘴皮。他恨得牙癢癢地說：「多謝了。」

這群人離去之後，沃爾西轉過頭來擁抱他，喜形於色。這是最後一場勝利，成功的關鍵就是機智。這爭取來的二十四小時太寶貴了。國王是個反覆無常的人，也許很快就會回心轉意，他們也能轉危為安。其實，在這一刻，他們還頗為得意。沃爾西主教說：「你真知道卷宗主事官？還是你掰出來的？」

禮拜一早上，那兩位公爵又回來了。國王指示他們今天要把主教府邸所有的人都趕出去，因為他要派建築師和設計師入內重新裝修，送給他的新歡安妮，讓她在倫敦有個住處。

主教已有準備。他說，這是怎麼回事？這府邸屬於約克大主教。安妮女士什麼時候變成大主教來著？

公爵帶來的人如潮水，湧上階梯，但公爵也不知跑到哪裡去了，他不知要跟誰理論。此情此景，真教人不勝唏噓。有人說，就連克倫威爾先生也不敢挺身而出。現在主教大人不得不離去，但他要去哪裡呢？他在平常穿的紅衣外頭罩了件出遠門穿的斗篷。那斗篷不是他的，是他隨手抓來的。他衣櫃裡所有的衣服都被沒收了。時序入秋，雖然他人高馬大，可他實在怕冷。

所有的抽屜、櫃子都被打開、清空。東西滿地都是，包括教宗來信和歐洲各地學者寫給他的信，如烏特勒支、巴黎、孔波斯特拉的聖地牙哥[1]、艾爾福特、史特拉斯堡、羅馬等。他們把主教的福音書都帶走，準備充實國王的圖書館。書很重，書頁是用未出生或早產的犢牛剝下的皮製成，再飾以琉璃藍和草葉綠。他們搬得氣喘吁吁。

繡帷被扯下來了，牆面光禿。所羅門王和希巴女王都被捲起來，在纖維中依偎，他們的眼裡只有彼此，小小的肺在肚子和大腿之下呼吸。主教狩獵圖也被取下，那圖描繪的是世俗歡樂：農夫在水塘中嬉戲，水花四濺；做困獸之鬥的公鹿；獵狐犬在嚎叫；有人用絲線做的鏈條牽著小獵犬；戴著鉚釘頸圈的獒犬；獵人佩戴金屬鑲嵌的腰帶和刀子；仕女騎在馬上戴著時髦的帽子；池塘周遭鑲了圈白色水花；原野上有溫馴的綿羊；藍鳥棲息在樹梢上，然後簌地飛起，飛向遠方的白堊懸崖，消失在白茫茫的天際。

主教看著眼前這群禿鷹，對僕人說：「我們可有點心款待客人？」

公爵帶來的人在緊鄰走廊的兩個大廳用木板和支架搭出六公尺長的桌子，把搜刮出來的東西堆放在上面。金碧廳擺的是主教的金質餐具、珠寶和寶石等，他們正在估算主教究竟有多少寶貝，每件金質餐具都秤重、記錄。堆放在會議廳的則是銀器和局部鍍金的傢飾。主教府上的每一項物品都列在清單上，包括有凹痕的鍋子。他們在桌子底下擺了

1、孔波斯特拉的聖地牙哥（San Diego da Compostela）：位於西班牙，其中 Compostela 意為「繁星之地」。相傳九世紀一位法國隱士在星光的指引下，找到耶穌十二門徒中聖雅各的遺骸，因而成為著名聖城。

幾個籃子，把國王不屑一顧的東西丟進去。主教的司庫蓋斯柯因在大廳間走來走去，一邊講話，一邊指揮那群人去某個角落，看是否有文件或櫃子成了漏網之魚。

主教的帶路侍從卡文迪希亦步亦趨地在蓋斯柯因後頭跟著，露出受傷與驚恐的神情。他們把主教的長袍都拿出來。那一件件刺繡華美、飾以珍珠和寶石的袍子僵硬、挺立得就像可以站起來似的。來抄家的這些人對那些袍子下手，就像當年謀殺坎特伯里大主教貝克特[2]一樣。他們逐一登記，然後把袍子脊骨打斷，折起來，扔進箱子裡。卡文迪希懇求他們，說道：「看在上帝的分上，拜託各位大爺用雙層細棉布墊在箱子下面。這些可是修女耗盡畢生心血一針一線縫出來的精品，千萬別在運送途中毀了。」他轉過去對克倫威爾說：「大人，這群凶神惡煞在天黑以前會走嗎？」

「除非我們幫忙他們。既然這事非做不可，我們得好好看著。」

眼看統治英格蘭的首席國務大臣、樞機主教淪落至此，不由得教人掩面嘆息。他們還搜出多匹的高級荷蘭麻布、天鵝絨、羅緞、薄綢、塔夫綢。倫敦夏日酷熱，主教穿的是透氣涼爽的大紅絲綢；西敏寺白雪紛飛、泰晤士河雨雪霏霏，他就換上保暖的緋紅緞子。主教在公共場合只穿紅色長袍，儘管他的大紅袍輕重不同，還有各種織法以及不同的染色方式，每一種的料子都是最好的，全是市場上最昂貴的紅色布料。過去，主教總是一擲千金，面不改色地說：「好吧，克倫威爾，直接告訴我一碼多少錢就行了！」

這時，他會說：「我看看。」然後慢慢地繞著主教打轉，用食指和拇指抓著衣袖，後退一步，打量主教的腰圍。一年又一年，主教的腰也一吋又一吋地增加。最後，他告訴主教一個數字。主教高興得拍拍手，說道：「來，來，來，讓大家看著我們，好生羨慕吧！」每次主教出現在公共場合，總是行伍壯觀，除了銀十字架，還有手持鍍金斧頭的糾儀長。

就這樣，一天又一天，克倫威爾不斷滿足主教的要求，也盡力取悅他，讓這個主人的身價與日俱增。但現在國王派了大隊人馬來抄他的家。他很想把筆奪回來，在查封財物庫存清單上大筆一揮：沃爾西樞機主教乃無價之人。

「湯瑪斯，」主教輕拍他的背後說：「我擁有的一切都來自國王，是國王給我的，如果他現在要把約克府要回去，那就這麼辦吧。我們還有其他房子可以住，還可以在別的屋簷下棲身。你該曉得，這裡不是帕特尼。」主教抱住他，「我不准你出手打人。」他只得忍耐，擠出一點笑容，強迫自己的手臂擺在身體兩側，不要亂動。主教的手指在顫抖。

司庫蓋斯柯因進來，說道：「聽說大人您會被直接送到倫敦塔。」

「真的嗎？」克倫威爾說：「你是從哪裡聽到的？」

「威廉．蓋斯柯因先生，」主教說：「請你告訴我，我到底是犯了什麼滔天大罪，才會被國王送到倫敦塔？」

「你這人就是這樣，」克倫威爾說：「每次聽到什麼，都要說出去。難道散布惡毒的謠言才會讓你稱心快意？沒有人會被送到倫敦塔。我們即將前往——」所有的家僕都屏氣凝神地聽他宣布。其實，他也不知道，只是先隨便給個答案，「我們要去伊夏。你給我聽著，」他忍不住輕推蓋斯柯因的胸口一下，「眼睛張大一點，注意這些人，看他們從這裡拿走的東西是不是都按照規定繳交，絕對不可在途中遺失。東西要是不見了，看我怎麼修理你，讓你只好跑去倫敦塔猛敲大門，拜託守門的讓你進去。」

大廳後方傳來一些雜音，似乎有人在歡呼。這裡像是正在上演一齣戲，主教和他的隨從都是劇中人。只不過，這是齣悲劇。

卡文迪希額頭冒出大顆汗珠，拉著他焦急問道：「克倫威爾先生，伊夏的房子是空屋，沒有鍋子、刀子、肉叉，再說主教大人要睡哪裡。我們能幫他張羅一張可以睡的床嗎？那裡恐怕沒有床單，也沒有可以生火的木頭……再說，我們要怎麼去伊夏？」

主教對蓋斯柯因說：「別在意克倫威爾說的。這人有時說話過於魯莽，你可別放在心上。既然我擁有的一切都是國王給的，全部還給國王也是應該的。」他別過頭去，嘴唇扭曲、顫動。除了昨天取笑公爵，他已經一個月沒笑了。

「阿湯啊，」他說：「多年來我不是一直教你，要你別那樣說話？」

卡文迪希對他說：「主教大人的船沒被沒收，他的馬也還在。」

「真的？」他把手放在卡文迪希肩上，「那我們坐船往上游，盡可能讓大家都上船，到帕特尼上岸，馬兒可以在那裡等我們。然後呢，我們可以……借些東西來用。老兄，請你動動腦吧。把所有的人帶到伊夏有什麼難的？過去幾年，我們不是達成過更困難的任務？」

真的不難嗎？他以前沒注意過卡文迪希這個人，只知道他多愁善感，光是餐巾的事就可以講上大半天。但在這節

2、貝克特（1118-1170）：十二世紀坎特伯里大主教，因排拒國王對教會的干涉，使得英格蘭教會與英王亨利二世的對立急遽升高，最後遭到謀殺。

骨眼，他們必須並肩作戰，他非堅強起來不可，於是暗示他們是共同奮鬥的老戰友。

「對，對，」卡文迪希說：「我們趕緊去安排坐船的事。」

很好，克倫威爾說。主教說，帕特尼嗎？他想擠出一絲微笑。主教說，好吧，你去跟蓋斯柯因說。我一直不喜歡蓋斯柯因這個人。克倫威爾說，那你為什麼還留著他？主教說，唉，人就是這樣，有些事是很難避免的。主教又說，呃，我們要去帕特尼？

「不管這趟旅程最後會如何，我們都不能忘記，九年前，兩位國王在皮卡第會盟時，主教如何把那片潮溼的荒地化為錦繡田野[3]。自此，國王福慧漸增、聲譽日隆。這一切都是樞機主教大人的功勞。」

克倫威爾是說給每一個人聽的。不過國王那次法蘭西之行是為了和平。但在主教落難這一天，就像捲入戰事，只是不知這戰爭是否很快就會落幕，所以最好趕快動起來，為這場硬仗做準備，同時祈禱不會彈盡援絕。「我想，我們可以找到火鉗、湯鍋等卡文迪希認為一定要有的東西。記得當年國王去法蘭西打仗，糧食等補給都是主教大人準備的。」

「是啊，」主教說：「我們也都知道你的立場。」

卡文迪希驚嘆：「什麼？」主教說：「你難道忘了我的愛將克倫威爾當初在下議院[4]是怎麼說的。那該是五年前的事吧。那時，我們正為了新的戰爭為王室爭取特別津貼。」

「他跟您唱反調！」

蓋斯柯因一直豎起耳朵在聽。他說：「你不但沒幫忙說服下議會，甚至沒支持國王和樞機主教大人。我還記得你當初說了什麼。我敢說，其他人也都記得。克倫威爾，你真是個討人厭的人。」

他聳聳肩，無所謂地說：「我沒打算討好任何人。蓋斯柯因，我們跟你不一樣。我希望下議院從前一次經驗記取教訓，當作是前車之鑑。」

「你說，我們必敗無疑。」

「我是說，國家會因此破產。我得告訴你一件事，前幾次戰爭如果沒有主教大人在後面全力支援，結果會更慘。」

「一五二三年——」蓋斯柯因說。

「現在還要炒冷飯嗎？」主教說。

「當時，薩福克公爵進逼離巴黎僅八十公里之地。」

「是啊，」他說：「但是你知道在冬天對一個餓得半死的步兵來說，八十公里的路是什麼樣的挑戰？他們只能睡在溼地上、醒來冷得直哆嗦。你知道推著笨重、輪軸深陷在泥巴中的推車走八十公里是什麼樣的滋味？至於一五一三年的勝利——那是上帝的庇佑。」

「圖爾奈！泰魯安！」蓋斯柯因叫道：「你瞎了眼了嗎？我們攻下了兩個法國城鎮！吾王真是英勇善戰！」

他心想，要是此刻我們站在戰場上，我一定吐口水在你腳上。「如果你這麼愛國王，何不為他效勞？或者你已經是國王的耳目？」

主教清清喉嚨。卡文迪希說：「哪一個人不是為國王做事的呢？」主教也說：「湯瑪斯，我們都是國王造就出來的。」

❁ ❁ ❁

他們走到主教座船停泊之處。旗幟已經升起——都鐸玫瑰與康瓦爾紅嘴山鴉——飄揚在空中。卡文迪希瞪大眼睛，說道：「看，好多小船在河裡起起伏伏。」主教一度以為這些倫敦人是特地為他送行的，祝他一路順風。但他一上船，小船上的人便不斷對他發出噓聲。岸上也聚集了不少看熱鬧的人，主教的侍從要他們後退。群眾發現船槳動了，然而不是開往下游的倫敦塔，而是往上游，紛紛叫囂、謾罵。

主教癱軟，頹坐在座位上，這一路到帕特尼，不斷地自言自語：「這些人真的那麼恨我？我到底做錯了什麼？我不是竭盡所能讓他們生意興隆，對他們釋出善意？我什麼時候播下這些仇恨的種子？沒有，我不曾迫害過任何人。碰到小麥歉收的年頭，我總想盡千方百計幫忙他們。即使有人叛亂，站在絞刑台上，脖子套著絞索，我不也是老淚縱橫地跪求國王，請國王饒恕他們？」

3、一五二〇年，亨利八世到法國訪問，與法蘭西國王弗朗索瓦一世在皮卡第會盟媾和，雙方炫耀排場，史稱其地為「錦繡田野」。

4、克倫威爾在一五二三年成為國會議員。這筆王室特別津貼約當今日的三億英鎊。

卡文迪希說：「群眾要的是改變。為了求新求變，不惜拉下像主教這樣的權貴。」

「我擔任首席國務大臣長達十五年，二十年來都忠心耿耿在國王身邊服務，之前還為老國王效忠。總是晚睡早起……忙得沒有喘息的機會……」

「你們大家看看，」卡文迪希說：「難道這就是忠心事主的下場？世事真是反覆無常啊！」

「主子總是善變的。」主教說。他在想，要是我忘了我是誰，可能會把你們推下船。

可主教不但沒忘記他是誰，甚至回想年輕的亨利登基到今天這二十年間的事，「有人說，讓他管管國事吧。但是我說，他還是個年輕人，讓他騎馬比武、放鷹狩獵……」

「把玩樂器，」卡文迪希說：「摧花折柳、夜夜笙歌。」

「聽你這麼說，吾王有如尼祿[5]再世。」

「尼祿？」卡文迪希跳起來，「我可沒這麼說！」

「國王是全基督王國最慈愛、最明智的君主，」主教說：「我不許任何人詆毀他。」

「你們也不可以。」他說。

「然而，我還能為他做什麼呢？像跨過一灘小便一樣跨越海峽，」主教搖搖頭，「在馬背上睡睡醒醒，用念珠誦念……啊，二十年……」

「難道跟英格蘭人的本性有關？」卡文迪希急切地問道，他還在想方才在碼頭發生的騷動。即使現在，還有人在岸上追他們的船，一邊吹口哨，一邊比中指。「克倫威爾先生，你曾在國外待一段時間。相形之下，英格蘭人是不是比其他國家的人要來得寡情？在我看來，英格蘭人似乎只是想改變……」

「我不認為是英格蘭人的問題。人民總是希望變得更好。」

「但是改變就一定會變得更好嗎？」卡文迪希問：「把一隻吃飽喝足的肥狗換成一隻瘦巴巴的餓狗；把一個福福泰泰的人趕走，換一個飢腸轆轆的瘦子來，就會更好嗎？」

他閉上眼睛。河水滔滔，從他們腳下流過。他們已成命運寓言中的小人物，坐在中央的是失勢的神龍。卡文迪希靠在主教的右邊，就像是個好議員，不是在說些無關痛癢的話，就是在放馬後炮，主教大人把頭靠過去傾聽。而坐在主教左邊的克倫威爾就像撒旦。主教戴著石榴石和碧璽戒指的那隻手緊緊地抓著自己的另一隻手。這個卡文迪希只會說一些陳腔爛調，讓人愁上加愁，真該把他推到河裡。這一切是怎麼回事？他想，可能是賈德納搞的鬼。雖然不該說主教是隻大肥狗，但賈德納的確又餓又瘦，且現在已經高升，成為國王的樞密大臣。雖然主教手下有這樣的升遷並非破天荒，畢竟在沃爾西的門下接受調教，只要才能出眾加上勤勞不懈，總有出頭的一天。如果賈德納幹得不錯，不久就能成為國王的心腹，僅次於服侍國王如廁的侍從。他想，哼，即使賈德納爬到這樣的地位，又怎麼樣？

主教閉上雙眼，淚水從他的眼皮下方滑下。卡文迪希嘆道：「榮華富貴終成過往雲煙……」

他真想趁主教閉上眼睛之際，把卡文迪希勒死。然而他們倆只是愁眉對苦臉，一個太多嘴，另一個則太多愁善感，在言語與感覺之間要取得平衡真不容易。他的目光飄向泰晤士河岸。主教依然緊抓著自己的手，淚如雨下。

他們逆流而上。岸邊安靜下來，原來跟在船後頭叫囂的群眾已不見蹤影。並非帕特尼的人不思改變，只是還沒聽到風聲罷了。

❀ ❀ ❀

馬兒已在等候他們的來到。主教過去出巡雖然總是騎壯碩的騾子，然多年來，他每每與國王一同狩獵，跨下駿馬都讓每一個貴族豔羨不已。現在，主教的騾子披著大紅衣，抽動長長的耳朵，主教的弄臣薩克斯頓站在一旁。

「這個人在這裡做什麼？」克倫威爾問卡文迪希。

薩克斯頓走向前，跟主教咬耳朵。主教聽了之後，呵呵笑道：「很好，扶我上去吧。」

但薩克斯頓力不從心。主教似乎很虛弱，覺得掛在自己骨頭上的肉非常沉重。他於是從馬鞍上溜下來，對主教的三個僕人點點頭。「薩克斯頓，你幫忙抱著克里斯多福的頭。」薩克斯頓還裝傻，不知道克里斯多福就是那頭驢子，緊抱著他旁邊那個人的頭。克倫威爾說，拜託，老兄你先滾到一邊吧，不然我就把你裝在麻布袋裡拖著走。

頭顱差點被薩克斯頓夾斷的那個人站起身來，摸摸脖子，說道，謝謝你，克倫威爾先生。接著蹣跚地走向前，抓

5、尼祿（Nero Claudius Caesar Augustus Germanicus, 37-68）：羅馬帝國皇帝，喜愛奢華，對親人、臣屬卻殘暴不仁，為古羅馬的暴君。

著轡頭。他和其他兩人扶主教上馬鞍。主教滿臉羞愧，「阿湯，謝謝你。」他危顫顫地笑道：「薩克斯頓，瞧你說的鬼話。」

大夥兒準備上馬。卡文迪希抬起頭來，說道：「願聖人護佑我們！」這時，他們發現有人騎著快馬下坡，正朝著他們前進。「有人來逮捕我們！」

「就他一個？」

「看來是侍衛。」卡文迪希說，帕特尼雖然是鄉野，然沒有派遣斥候的必要。接著，有人大叫：「是亨利．諾里斯。」諾里斯縱身下馬，似乎有十萬火急之事。諾里斯是國王最親近的人，嗯，他就是服侍國王如廁的侍從。

沃爾西一看便知諾里斯不是國王派來抓他的。「諾里斯先生，你先歇口氣。什麼事那麼急呢？」

諾里斯說，對不起，主教大人。他脫下羽毛帽，用手臂擦擦臉，擠出迷人的微笑，溫文有禮地說，國王命他騎馬跟在主教後頭，然後趕上，送主教幾句安慰的話，而且要他把一只戒指交給主教。他伸出手，戒指在他戴著手套的掌心中。這戒指，主教再熟悉不過了。

主教在騾背上手忙腳亂，結果摔到地上。他接過戒指，然後輕吻。他在禱告，一直禱告，謝謝諾里斯帶來國王的祝福。「我沒有東西可以送給國王，沒有任何有價值的東西可以送給他。」他環顧四周，好像還在尋找合適的禮物。一棵樹嗎？諾里斯幫忙把他扶起來，結果跟他一起跪下。這個俊俏的年輕人和他一起跪在帕特尼的泥巴裡。他要傳達給主教的訊息似乎是這樣的：國王只是表面看起來不高興，但並沒有真的生氣，他知道主教的敵人等著看他落難，但他——亨利八世——可不是他的敵人。今天這一幕只是做做樣子，給主教的敵人看的，日後國王將給他雙倍補償。

主教淚如泉湧。下雨了，又起風，雨點打在他的臉上。主教把聲音壓低，飛快地在諾里斯耳邊說幾句，然後取下脖子上的項鍊，幫諾里斯戴上。項鍊不巧纏住諾里斯的斗篷。好幾個人上前來幫忙，但還是解不開。諾里斯站起來，一隻手抓著項鍊，一隻手拍拍身上的灰塵：「戴上吧，」主教懇求他，「希望你每次看到這條項鍊，就想起我這個老人家，在國王面前幫我美言幾句。」

卡文迪希顛簸了一下，和其他人並肩前進。他既震驚，又難過地說：「那十字架項鍊是真正的聖物，他就這麼送人了！」

「我們再幫他訂一條吧。我知道比薩有人會做這樣的項鍊，只要五到十弗羅林[6]。如果付現，想買一打也不成問題，還附加有聖彼得拇指印的證書，證明這是真品。」

「真丟臉！」卡文迪希一邊說，一邊揮鞭急抽，叫他的馬兒前進。

諾里斯已經轉達國王的意思，也準備走了。四個壯漢此時過來扶主教騎上騾子，好像這就是他們平常的工作。然這一幕已成低級滑稽插曲，難怪薩克斯頓會在這裡。克倫威爾跨上馬背，從馬鞍看著下方，問道：「諾里斯，你方才說的可以寫成白紙黑字嗎？」

諾里斯露出微笑，說道：「克倫威爾先生，幾乎不可能。這是機密，是國王私底下要對主教大人說的話，而且只對他一個人說。」

「那麼，國王說的補償呢？」

諾里斯又笑了，他總是愛用笑容來瓦解敵意。他悄悄地對克倫威爾說：「我想，這是國王的比喻。」

「我想也是。」加倍補償？國王不可能自掏腰包的。「其實，只要還給主教原有的家產即可。我們不要求加倍補償。」

諾里斯伸手去摸脖子上的項鍊，說道：「抄家是國王的命令，你不能說這是偷竊。」

「我沒說國王偷竊。」

諾里斯點點頭，若有所思地說：「你可不能這麼說。」

「但連主教穿的袍子都沒收，是不是太過分了？那是神職人員的袍子。接下來他們還要拿走什麼？主教的聖俸？」

「你們要去伊夏，不是嗎？那是主教大人擔任溫徹斯特主教的宅第。」

「又怎麼呢？」

「主教擁有伊夏的房子，也還保有主教的頭銜，但是……你們是不是也該從國王的觀點來看？主教要羅馬教廷來裁決國內的事，這不是蔑視王權嗎？」

「法律的事，不用你來教我。」

6、弗羅林（florin）：英國舊時價值兩先令的硬幣，相當於現在的十便士。

諾里斯低下頭來。

他想，今年春天情況不對的時候，我就該說服主教大人讓我處理他的收入[7]，把一些錢挪到國外，才不致於全盤皆輸。但那時他一口咬定沒問題，一副高枕無憂的樣子。現在說什麼都為時已晚。

諾里斯的手抓著轡頭，說道：「儘管主教大人現在遭遇困境，我希望他還記得我曾非常仰慕他。」

「困境？不會吧？你不是說這只是暫時的？」

他討厭這種迂迴，這種爾虞我詐，他很想一把抓住諾里斯，要他說實話。但這個世界不是那麼簡單。多年來主教一直要他明白這點。他心想，我已到這個年紀，難道還不知世事？在這世上，不是頭腦好，想到別人想不到的，就能出人頭地，聰明或強壯也不保證一定可以成功。要混下去，必須察言觀色、懂得機巧。他覺得諾里斯就是這樣的人。不知怎麼，他心生厭惡。他想趕走這種感覺，即使他討厭這個人，也得有道理。然而，現在他們身處劣境，主教站在泥濘的地上，狼狽不堪地被幾個人抬上騾背，他在船上說個不停，即使跪在地上，口中仍唸唸有辭。主教就像跟著一條大紅絲線往前走，然後進入一個紅色迷宮，迷宮中央有頭垂死的野獸。

「克倫威爾先生？」諾里斯喚他。

他無法把思緒化成言語，只是看著諾里斯，表情變得溫和多了，不再劍拔弩張。他說：「謝謝你為主教帶來安慰。」

「噢，別讓主教大人淋溼了。我會告訴國王，我已經找到他了。」

「請告訴國王，你們一起跪在泥巴中禱告，他一定會覺得很有趣。」

「好的，」諾里斯帶著憂傷的神情說：「但世事難料，我們永遠不知道事情會如何。」

這時突然傳來薩克斯頓的尖叫聲，似乎主教已經想到送什麼給國王當禮物。他打算把他的弄臣薩克斯頓獻給國王。他常說，這傢伙值一千英鎊呢。就讓他跟著諾里斯到國王身邊吧。但薩克斯頓寧死不從。四個壯丁上前要抓住他。他拚命掙扎，不但咬人，還拳打腳踢。最後，他被綁在載行李的那頭騾子上。他大哭大叫，還一邊打嗝；他的肋骨起伏，笨腿晃啊晃的；外套破了，帽子上插的羽毛也斷了。

「親愛的薩克斯頓，你聽我說，等我和國王誤會冰釋之後，我們就可以常常見面了。親愛的薩克斯頓，我會寫信給你，親自提筆寫信給你，我保證今晚就寫，還會蓋上大大的封蠟章。國王會好好疼惜你的，他是全基督王國最仁慈的人。」

薩克斯頓使盡力氣地啼哭，像是被土耳其人抓走似的。

他對卡文迪希說，國王不會只要他當弄臣的。他不該引人注目，現在已後悔莫及。

✿　✿　✿

沃爾西的伊夏老宅是已故溫徹斯特主教威恩佛斯特蓋的，旁邊有座八角形塔樓，入口有道防禦用的擋牆和走道，乍看之下頗為森然，但整棟建築是磚瓦砌成的，還有美麗的菱形裝飾。克倫威爾說：「這地方不可能再堅固了。我們用不著加強防禦。」卡文迪希不語。「你該說：『根本沒必要。』」

主教既然蓋了富麗堂皇的約克府邸，也就是漢普頓宮，怎會習慣伊夏老宅這樣的窮酸地方。主教手下已先寫信到伊夏，說主教將來入住，但他們什麼都沒準備嗎？克倫威爾說，讓主教大人休息一下吧，接著走到廚房看看。漢普頓宮的廚房總有水可以用，這裡則只有廚子的鼻水。卡文迪希說的沒錯，這裡的情況比他想的要來得糟。食品室幾乎空無一物，可見管理不佳而且常被偷竊。白白的麵粉裡爬滿黑黑的象鼻蟲；擀麵台上有老鼠屎；聖馬丁節(十一月十一日)快到了，這裡的人還沒醃牛肉；廚具簡陋得令人難堪，湯鍋都發霉了。幾個小僮坐在爐邊，只要給他們一點小錢，必然願意勤快刷洗。孩子總喜歡新鮮事，對他們來說，刷刷洗洗似乎挺新奇的。

他說，主教大人現在需要吃點東西、喝點水。雖然不知道他會在這裡待上多久……。不管怎麼說，這段時間他都會在這裡吃住。冬天快到了，廚房必須整理好。他發現有一個人會寫字，於是交代他把要做的事都寫下來。他一邊盯著廚房會計，一邊數著左手邊的東西，你先做這個，然後那個，接下來做這個；他用右手打蛋，然後放進盆裡，熟練得就像大廚，黏稠的蛋清從他指尖緩慢地滴下。「這蛋放多久了？換另一家買吧。我需要肉豆蔻。有肉豆蔻嗎？番紅花呢？」小廝面面相覷，以為他在說希臘文。薩克斯頓的尖叫聲仍讓他耳朵隱隱作痛。他用力錘打牆壁，沾滿塵垢的

7、沃爾西的年收入約當今天的一千七百萬英鎊。

天使從牆上高處望著他。

天黑了，他們不知要從哪兒弄張像樣的床給主教。主教的總管到哪兒了？他的會計呢？這時，他覺得他和卡文迪希的確是老戰友。這一夜，他們倆都沒闔眼，不是因為沒床可以睡，而是在想辦法看如何讓主教過得舒服一點。他們必須設法找到盤子，否則主教只能用撞得凹凹凸凸的白鑞盤子用餐。他們還需要床單、桌布、柴薪。「我可以找幾個義大利人去廚房幫忙。雖然他們脾氣火爆，但只要三個禮拜，廚房就能井然有序。」

三個禮拜？他想叫廚房那些孩子擦銅器。「這裡能買到檸檬嗎？」在他發問的同時，卡文迪希正丟出這個問題：「誰會當上首席國務大臣？」

他想，不知道那裡會不會有老鼠？卡文迪希說：「坎特伯里大主教呢？」

十五年前被沃爾西趕走的坎特伯里大主教？「不會吧，華翰太老了。」這老傢伙不但固執，而且不懂得迎合國王。「也該不會是薩福克公爵。」在他看來，布蘭登雖然很會打鬥、重視打扮、風流倜儻，但沒比主教的騾子克里斯多福聰明到哪裡。「嗯，不會是薩福克公爵。諾福克公爵不會讓他順利坐上這個位子的。」

「反之亦然。」卡文迪希點點頭，「湯斯托主教呢？」

「不會是他。湯瑪斯．摩爾？」

「但摩爾既非神職人員，也不是貴族，而且還反對國王打離婚官司。」

他點點頭，是的，是的，就是摩爾了。國王不是摸著良心做事的人，為了達到目的，不惜付出更高的代價。也許他希望摩爾能救得了自己。

「如果國王請摩爾出馬……我想，他不會接受吧。」

「他會的。」

「真的？那我們來打賭。」卡文迪希說。

他們決定賭注，然後握手表示一言為定，暫時忘記急迫的問題，像是鼠患和寒冷。再者，主教府有好幾百個家僕，伊夏的老宅這麼小，如何擠得下？主教府上所有的家僕，除了教士、法律文書人員、掃地的、洗衣的，差不多有六百個人，而且大概有三百個人馬上會過來。卡文迪希說：「既然到這地步，我們不得不把他們解散。我們沒現款付他們工資了。」

克倫威爾說：「要他們做白工、不支薪，他們一定會咒我下地獄。」

卡文迪希說：「不管怎麼說，你已經要下地獄了。在你說了那聖物的事情之後，已萬劫不復。」

他看著卡文迪希的眼神，兩人不由得哈哈大笑。至少他們還有好酒可喝，謝天謝地，伊夏的酒窖是滿的。卡文迪希說，接下來的幾個禮拜，大家有得受了，先乾一杯再說。「諾里斯說的是什麼意思？」卡文迪希問道：「國王會這樣三心兩意嗎？要是國王沒趕走他的意思，又何必抄他的家？國王何必對主教大人的敵人讓步？全天下的人，不管是誰的敵人，還不是要聽命於他？」

「沒錯。」

「還是因為那個女人？一定是她在搞鬼。國王只怕她一個。這女的真是巫婆。」

他說，別孩子氣了。卡文迪希說，這個女人真是妖孽，就連她的舅舅諾福克公爵也說她是女巫。

現在是凌晨兩點，一眨眼，三點了。有時真覺得冷到骨子裡了。他告訴自己，因為沒有床，就甭上床了。他沒想到回家的事。他要回去哪裡？他寧願在這裡跟卡文迪希窩在伊夏大廳的一角喝酒。他又冷又累，憂心未來，然後想到妻兒以及他失去的一切。

「明天，」他說：「我會叫文書從倫敦過來。我們一起研究主教大人還剩多少資產。這事不容易，因為所有的文件都被拿走了。原來借主教錢的人知道發生了什麼事，可能會抽銀根。法蘭西國王應該付他津貼，如果我記得沒錯的話……這筆錢已經逾期了……也許他會送一袋黃金過來救急，算是一筆天大的恩情，以後再等主教回報。至於你呢——你可以去搶劫。」

✿ ✿ ✿

第一道曙光出現時，卡文迪希就上馬了。馬兒精神飽滿，他則面無表情，眼神空洞。「設法搬救兵吧，舉國上下，幾乎每一個人都欠過我們的主教大人一份人情。」

現在是十月下旬，太陽才從地平線上彈上來一下子，就又掉下去了。「幫主教打打氣，」卡文迪希說：「跟他說話，不斷地說亨利．諾里斯告訴他的……」

「上路吧。如果你在聖羅倫斯那兒看到有人在烘烤煤炭，記得帶一點回來。」

「拜託，不要吧。」卡文迪希求他。昨天真是多災多難的一天，但他還能開玩笑，消遣那些聖人。昨夜他喝太多，現在一笑就會胃痛，但不笑恐怕更痛苦吧。卡文迪希垂頭喪氣，馬兒已蠢蠢欲動，他的眼裡盡是迷惑。「怎麼會這樣？」他問：「主教大人居然跪在泥巴地上。怎麼會這樣？這個世界到底怎麼了？」

克倫威爾說：「番紅花、葡萄乾、蘋果。對了，還有貓，我們需要飢餓的、大隻的貓。卡文迪希，你知道哪裡有貓嗎？噢，等一下！你想我們抓得到鷓鴣嗎？我們可以把鷓鴣胸部的肉切成一片片，用文火燉煮。不管怎麼說，我們想辦法張羅。主教大人不會被毒死的。」

第2章・一段隱晦的不列顛史

一五二二～一五二九年

很久以前，在無可記憶的遠古，有一個希臘國王，生了三十三個女兒，每一個女兒都起身叛變、謀殺親夫。國王很苦惱，不知自己造了什麼孽，才會生下這麼多叛逆的女兒。他無法下手殺死自己的骨肉，只好把這三十三個公主送上一艘沒有槳的船，把她們放逐到大海，讓她們自生自滅。

船上只有六個月的糧食。食物吃完的時候，風浪把她們的船吹到一塊陸地的邊緣。她們踏上這個被迷霧籠罩的島嶼。由於這是個無名島，大姊於是用自己的名字來命名：亞碧娜。

這群女羅剎上岸後瘋狂地找尋男人。她們飢腸轆轆，對男人的肉垂涎三尺。可惜，島上沒有男人，只有惡魔。這三十三個公主於是和惡魔交配，生下巨人。這些巨人又和他們的母親交配，生下更多的巨人。他們不斷繁殖，最後占據了整個不列顛。這裡沒有教士、沒有教會，也沒有法律，更不知今夕是何夕。

八百年後，此地被特洛伊人布魯特斯征服了。

布魯特斯生於義大利，是特洛伊戰爭的英雄伊尼亞斯的曾孫。母親一生下他就死了，而父親則意外被他射出的弓箭射殺。他於是帶著一群特洛伊奴隸離鄉背井。他們上了一條船，本來往北，不料被風浪吹到亞碧娜島，正如那三十三個希臘公主。他們上岸後與名叫嘉哥馬果格帶領的巨人族廝殺。巨人族被擊敗，首領被扔到海中。特洛伊的布魯特斯透過殺戮奪得王權，然後把王位傳給他的子子孫孫，直到被羅馬人征服。倫敦本來叫倫城[1]，更早的時候則叫新特洛伊。因此，他們都是特洛伊人。

有人說都鐸王朝的血腥、暴力遠勝過他們的老祖宗特洛伊的布魯特斯。傳說，君士坦丁一世的母親聖海倫娜就是

1、倫城（Lud's Town）：源於不列顛古代神話中的倫王（Lud）。

英人之後，而亞瑟王則是君士坦丁一世的孫子。亞瑟王娶了三個老婆，每一個都叫桂妮薇，死後葬在格拉斯頓伯里。其實，他沒真的死亡，而是等時機來到，東山再起。

亞瑟王的後代，英格蘭的亞瑟王子生於一四八六年，建立都鐸王朝的亨利七世就是他的父親。亞瑟王子娶了西班牙公主阿拉貢的凱瑟琳為妻，然英年早逝，十五歲即蒙主寵召，葬在伍斯特大教堂。要是他長壽一點，就可以當上英格蘭國王，他的弟弟亨利則會是坎特伯里大主教，如此一來也不至於苦苦追求一個女人（我們衷心希望他不要這樣）。樞機主教聽說她名聲不好，但亨利依然迷戀她到無法自拔的地步。主教掉以輕心，才沒把這女人看在眼裡。幾年後，果報來了：國王派公爵來抄他的家。在他落難之前，應該好好了解這段歷史的。

在每一段歷史底下，總還藏著另一段歷史。

✽　✽　✽

一五二一年的耶誕節，安妮在宮廷現身，身穿一襲鵝黃禮服翩翩起舞。那時，嗯，她才二十歲左右，是大使湯瑪斯．博林的女兒，少女時期曾隨父親待在勃艮第宮廷和布魯塞爾，不久前還在巴黎，跟著克勞德王后的車隊在羅亞爾河畔的城堡玩樂。現在，她說母語常帶著一點奇怪的口音，不時夾雜著幾個法文語彙，假裝一時不知英語要怎麼說。她曾參加懺悔節的化妝舞會，戴著面具化身為美德女士的一員，即「堅忍小姐」。她的舞步優雅、輕快，看起來精靈慧黠，露出冰山美人的微笑。不久，有些年輕人就像蒼蠅一樣跟著她，然而其中一個可是大有來頭。謠傳，她即將嫁給亨利．珀西，也就是諾森伯蘭伯爵的繼承人。

沃爾西把她父親拉過來，對他說：「博林先生，你去跟你女兒說，不然我去跟她說。我們召她回國，就是要她嫁到愛爾蘭，與巴特勒伯爵的兒子成親[2]。這樁親事為什麼拖到現在？」

「巴特勒家……」

博林才開口，主教就說：「巴特勒家怎麼了嗎？如果他們家有問題，我去幫你解決。我想知道的是，安妮已經準備嫁過去了嗎？你怎麼讓她跟某個渾小子在角落卿卿我我？我要明白跟你說：我不允許這樣的事，國王也不允許。請你立刻禁止他們往來。」

「近幾個月，我幾乎都不在國內。這會是我的陰謀嗎？主教大人您可別誤會了。」
「噢，是嗎？你想不到會這樣？這是你最好的藉口嗎？還是你無法管好自己的女兒？」
湯瑪斯．博林臉部扭曲，伸出雙手，正要說：「今天的年輕人……」但主教要他住嘴。主教早就懷疑他女兒嫌愛爾蘭的基爾肯尼城堡過於窮酸、那裡的社交生活貧乏無趣，而且討厭都柏林的爛泥巴路。
「是誰在那裡？」博林問道：「這裡可有人躲在角落？」
主教揮揮手，說道：「只是我的一個祕書。」
「請他出去。」
主教嘆了一口氣。
「他是不是在那裡記錄我們說的每一句話？」
「湯瑪斯，是你嗎？」主教喊道：「別寫了。」
由於全世界有一半人的人都叫湯瑪斯，只要聽到有人叫湯瑪斯，湯瑪斯．博林不敢確定那人是否在叫自己。
「主教大人，請聽我說。」博林用抑揚頓挫的語調說，正要展現一個外交官的語言藝術。他聽起來誠懇、深通世故。他的微笑彷彿在說，沃爾西啊，沃爾西，你也是個通達人情世故的人。「他們都是年輕人。」他做了個手勢，以表達他的真誠，「那小子對她一見鍾情，這是人之常情。和巴特勒結親的事，我一定會告訴她的。她該知道自己的身分。」
「很好，」主教說：「但巴特勒終究比不上珀西。我還沒提到兩個年輕人在溫暖的月夜躺在乾草堆上會幹什麼好事。」
「珀西家那兒子照理說該和瑪麗．塔博成親。」博林無所謂地說：「但他不想娶她，他希望自己選擇老婆。」
「自己選擇！」主教打斷他的話，「我怎麼沒聽說？他可不是什麼莊稼漢，是戍守英格蘭北方的貴族。如果他不知道自己的地位，那就好好學習，不然就別當伯爵了。他和舒茲伯利伯爵的女兒瑪麗．塔博不是門當戶對？這門親事是

2、愛爾蘭的阿蒙德伯爵七世死後，爵位由其女瑪格麗特與安繼承，然而他們的遠親皮耶斯．巴特勒認為自己才是爵位的繼承人。由於湯瑪斯．博林是瑪格麗特之子，也有意爭取爵位，沃爾西擔心引發內戰，於是安排安妮．博林嫁給皮耶斯．巴特勒之子詹姆斯，以解決這場紛爭。

我安排的，國王也同意。舒茲伯利伯爵要是知道他的準女婿和另一個女孩花前月下，必然嚥不下這口氣。」

「問題在於……」博林刻意在此停頓了一下，「我想，亨利．珀西和小女已經有點進展了。」

「什麼？在溫暖的月夜一起躺在乾草堆上嗎？」

克倫威爾躲在陰影中看著這一幕：他沒見過比博林更冷靜、狡猾的人了。

「這對小倆口告訴我，他們已在證人面前互許終身了。既然如此，如何能夠反悔？」

主教猛捶桌子一拳。「我告訴你，我會把亨利．珀西的老爸從北方叫來。如果那個渾小子敢反抗，那就甭讓他繼承爵位了。諾森伯蘭伯爵又不是只有他這麼一個兒子，他還有更好的兒子。你們家和巴特勒的親事如果搞砸，我保證讓你女兒滾到蘇塞克斯當老處女，你就準備養她一輩子吧。忘了那婚約和證人吧。那些證人是誰呢？我最了解這種人了。我要是找他們過來，他們根本不敢露臉。什麼山盟海誓？證人？婚約？都是狗屁！」

博林臉上掛著微笑，看起來泰然自若。他身體的每一條肌肉想必都經過精細的調整，才能保持那樣的笑容。

沃爾西還沒放過他。「不知道這事你和岳家的親戚商量過沒有？我實在不願去想這是你一手策劃的，而且霍華德家族都同意了。要是我聽說你大舅子諾福克公爵也知情，教我情何以堪。請不要讓我聽到這樣的事，好嗎？去吧，和你岳家的親戚好好商討。在謠言傳到都柏林之前，讓安妮嫁過去。這可不是我在說而已。人言可畏啊，全宮廷的人都在竊竊私語。」

「主教大人，您說完了嗎？」博林的雙頰出現兩朵憤怒的紅雲。

「是的，你可以走了。」

博林拂袖而去。他眼裡湧出的可是憤怒的淚水？雖然燈光黯淡，但克倫威爾的眼力極好，什麼都看得一清二楚。主教說：「且慢……」他的聲音傳到客廳另一頭把博林拉回來。「博林先生，別忘了你的家世。珀西家是地位最崇高的貴族。儘管你娶了霍華德家的千金，堆金積玉、身家傲人，可你別忘了你們博林家以前不過是做買賣的，不是嗎？你們博林家的人可不是有人擔任過倫敦金融城市長？或者我搞混了，那是另一個博林家，比你們要來得顯赫的？」

博林此時面無血色，頰上的紅雲已經消失，他已經憤怒到快暈倒了。走出大廳之時，他低聲咒罵：「屠夫的兒子。」

他打從克倫威爾身邊走過，看見他那粗壯的手臂懶洋洋地靠在桌子上，咬牙切齒地譏笑：「屠夫的走狗。」

✿ ✿ ✿

門砰地一聲關上。主教說：「出來吧，狗兒。」主教坐著哈哈大笑，手肘靠在桌上，雙手撐著頭。「聽好，一個人的出身老早就注定好了。我雖然是屠夫的兒子，可你比我更慘，是酒鬼、渾蛋的兒子。儘管如此，我們還是可以讓別人自慚形穢。既然規則是他們決定的，我說照規則來，他們也無話可說。珀西家本來就是在博林家之上。他以為他是誰啊？」

「好的策略總會讓人生氣嗎？」

「才不呢，像我就覺得很有趣。我過得太辛苦了，總得找樂子。」主教用溫柔的眼神看著他，心想也許今晚還可以消遣這個小子。方才博林就像橘子皮，被他剝成碎片，丟在地上，真是快意。「有什麼人可以讓人景仰的嗎？珀西？史塔福？霍華德？塔博？你根本可以拿根棍子把他們攪和在一起。至於博林嘛，國王還滿欣賞他的，說他很能幹。這也就是為什麼多年來他寫給國王的每一封信，我都得拆開來看。」

「主教大人，不知道您聽說了沒有？對不起，小的不敢說，怕汙染了您的耳朵。」

「什麼事？」

「那只是謠言。我想，我不該誤導大人。」

「不要這樣欲言又止，吊人胃口。說吧！」

「這是城裡做絲線買賣的女人和布商老婆說的。」他在這裡停頓一下，面露微笑，「我想，您不會有興趣聽的。」主教哈哈笑。他把椅子推到後頭，站起來，他的影子也跟著起來。燭火跳躍。主教的手臂伸得長長的，這手就像上帝的手。

他的手縮了回去，克倫威爾則回到牆邊站好。

主教後退。他的影子搖搖擺擺，最後停住。雖然他站著不動，後面那道牆還是把他呼吸的動作都記錄下來。他的頭傾斜。他在亮光中看著自己的手，手裡空無一物。他張開手指，火光照亮他的大手。他把手平放在桌上，手不見了，消失在錦緞中。主教回去坐下。他低著頭，一半的臉沒入黑暗。

湯瑪斯．克倫威爾把過去的自己裝在現在的身體當中（過去的他不只是湯瑪斯，也有人叫他湯摩斯、湯瑪索、湯楣斯……），接著他又回到過去。他的影子孤單地靠在牆上，不知主人是否歡迎他。哪一個湯瑪斯看到拳頭揮過來？記憶來襲的時候，他羞怯，閃躲，逃跑，或者把拳頭舉起，然後用力揮過去，即使要用意志攔阻，也沒辦法。如果手裡握著一把刀呢？謀殺就是這樣發生的。

他說了一句，主教也說一句。這兩句話就這麼斷了。主教依然坐著。他遲疑了一下，最後也坐下來。主教說：「我就是愛聽倫敦的蜚短流長。我不想逼你，你還是自己說吧。」

主教低著頭，皺著眉頭看桌上的文件。他還在等克倫威爾說話。他再度開口，語氣輕鬆、平和，就像茶餘飯後天南地北地閒聊，「在我小時候，我父親有個朋友臉色特別紅潤。說來，他是我父親的顧客。」主教碰一下衣袖來做比喻，「就像這紅袍的紅。他名叫雷威爾——邁爾斯．雷威爾。」他的手平放在桌上，掌心貼著桌上鋪的黑綢緞。「雖然這個人是個好人，喜歡喝萊茵酒……但我還是不由得認為他一定喝了血，臉才會那麼紅……。我大概從奶媽或其他傻孩子那兒聽過這樣的恐怖故事吧。我的想法被我父親的夥計知道後，他們就常常來嚇我：『雷威爾要來喝血了，湯瑪斯．沃爾西，快，快逃命吧……』我這個笨蛋，竟然被嚇哭了。我拔腿就跑，像被鬼追一樣，跑到市場的另一頭。我簡直是閉著眼睛跑的，從沒看路，幸好沒被馬車撞死。即使今天……」他拿起桌上的封蠟，轉過來，又轉過去，然後放下，「即使今天我看到一個臉色特別紅潤的人，像是薩福克公爵……，我總有一股衝動，想哭出來。」他在此停頓了一下，「我問你，如果你覺得有人要來喝你的血，儘管你是神職人員，可以逃走嗎？」他又拿起桌上的封蠟，用指尖翻來覆去。他看著克倫威爾，開始玩文字遊戲，「主教曾詛咒你嗎？教區祕書會使你焦慮？執事可曾讓你躑躅？」

他說：「有一個字，不知道英文怎麼說來著……法文是『estoc』……」

也許英文沒有對等的字彙：那是一把匕首，和敵人近距離搏鬥，可以從他的肋骨插進去。主教說：「那，那是……」

那是二十年前的事了。他已經得到刻骨銘心的教訓。寒夜、冰雪、在歐洲靜止的心臟；森林、銀白色的湖泊、夜空中的星宿；房間、爐火、一個人影溜進來，靠在牆上。他沒看到那人的臉，只看到他的影子在動。

「都一樣啦……」主教說：「那雷威爾已經是四十年的陳年往事。我想，這位老兄早就作古了。至於你說的那一位？」他遲疑了一下，「早就死了嗎？」

這種說法真是委婉。主教的意思是：你把他殺了嗎？

「我想，他應該已經下地獄了。希望主教大人對這個答案感到滿意。」

主教莞爾一笑，倒不是因為他提到地獄，而是這是屬於他管轄的範圍，「如果你攻擊年輕的克倫威爾先生，你就滾到煉獄裡去吧？」

「大人，您要是見過他，就知道他不適合到煉獄的。這人太髒了！即使羔羊的血具有救贖的神力，也無法使這傢伙潔淨。」

「我嚮往的是一個完美無瑕的世界，」沃爾西說，「你好好告解了嗎？」

「那是很久以前的事了。」

「你好好告解了嗎？」

「主教大人，我那時是士兵。」

「士兵也能上天堂啊。」

他抬頭看著主教的臉，不知道自己相信什麼。他說：「士兵、乞丐、水手、國王，誰沒幹過這種事呢？」

「所以呢，你年輕時是個血氣方剛的流氓，」主教說：「Ca ne fait rien[3]。」然後一副若有所思的樣子。「那個髒兮兮的傢伙……也就是攻擊你的那個人……不會是教會的人吧？」

「呵呵，我沒問他是幹哪一行的。」

「記憶會耍把戲，」主教說：「湯瑪斯，我得好好勸勸你。我們必須合作無間。」

主教細細端詳這個人，似乎有些疑惑。他們不久前才認識，這個人會有什麼樣的造化和性格，就看主教如何塑造他。目前他就像一件做到一半的作品。也許，主教就是在這個晚上生出靈感，看要怎麼塑造這個人。總有一天，主教會說：「我常常想，如何用修道的理想來教化年輕人。就拿我的僕人克倫威爾來說，他年輕的時候過著隱居的生活，幾乎都在齋戒、禱告、研究古代教會領袖的經典，難怪他現在變得如此狂放不羈。」

3、法文，「無所謂」之意。

大家聽了，不可置信地問：是嗎？就他們所知，他似乎極其謹慎、低調。他們說，真的？就是那個為你做事的克倫威爾？主教搖搖頭，說道，當然囉，我不知在他後面收拾多少爛攤子。他要是打破人家的玻璃窗，我就叫工人來修補，付錢了事。至於那一個又一個遭到始亂終棄的小姐……唉，可憐的女孩……我也用錢打發她們走了……

然今晚，他得辦辦正事了。他雙手緊握，像在把握時間似的。「拜託，湯瑪斯，告訴我最近的八卦消息吧。」

「那些做絲線買賣的女人說國王有了個新的……」他在這裡打住，「主教大人，如果一個妓女是騎士的女兒，要怎麼稱呼才好？」

「啊，」主教想了一下，「要是當著她的面，就稱她『女士』，但在她的背後——她叫什麼？哪個騎士的女兒？」

他對著主教前方的角落點點頭。十分鐘前，博林就站在那裡。

「哎喲，你剛才怎麼不說？」主教露出震驚的表情。

「這種事，我要怎麼說呢？」

主教點點頭，心想：說的也是。

「然而可不是那個最近在宮廷現身的博林小姐，不是亨利．珀西的心上人，而是她姊姊。」

「原來如此。」主教往後，靠在椅背上，「當然。」

瑪麗．博林是個對人親切、嬌小玲瓏的金髮美女，回國結婚之前大概睡遍了全法國宮廷的男人。妹妹安妮總是皺著眉頭當她的跟屁蟲。

「當然，我一直很注意國王的目光。」主教點點頭，「他們現在很親密嗎？王后知道嗎？」

他點點頭。主教嘆了口氣：「凱瑟琳王后實在是聖人。如果我是聖人，而且是個王后，或許會覺得瑪麗．博林不會傷害我。禮物呢？什麼東西？該不是什麼價值連城的珠寶吧？好景不常，她應該利用這個機會，好好把握。我不是說國王風流倜儻，見一個愛一個……有人說，國王在還沒登基之前，才十幾歲的時候吧，就是博林的老婆帶他初試雲雨，教他懂得男女之事的。」

「伊莉莎白．博林？」他很少這麼驚訝，「這個瑪麗的母親嗎？」

「正是。也許國王在這方面太缺乏想像力了。我不是很相信這樣的流言……如果我們在海峽的另一邊，」他指向多佛，「才不會去記國王有多少女人呢。例如我朋友弗朗索瓦國王，有人說他有一天對前一晚有過一面之雅的女士大獻殷勤，不但親吻她的手，問她芳名，還說希望他們的友誼能更上一層樓。」他的頭上上下下地動來動去，津津有味地述說法蘭西國王弗朗索瓦一世的風流韻事。

「我想，瑪麗不會帶來什麼麻煩的。她是會投懷送抱的女人，因為來得容易，所以不難解決。國王還可能搞上更難纏的女人呢。」

「但她的家人可不是容易打發的，他們想趁機撈點什麼好處吧。他們得到什麼了嗎？」

「把握機會為國王服務吧。」

主教在這裡停了一下，像是告訴自己要記住這點。他想像博林可能已經得到什麼，接著抬起頭來，說道：「所以，方才我那樣跟博林先生說話，是不是太過分了？應該如何？更尊重一點嗎？」

「主教大人，沒人比您更客氣了。他從這裡離開的時候，我看到了他的臉，真是滿面春風。」

「湯瑪斯，從現在開始，不管你在城裡聽到什麼，」主教撫摸綢緞桌布，「都要來向我報告。不必查證來源。誰說的都沒關係。是真是假，我自己定奪。我保證絕不會攻擊你。我說的是真的。」

「那事我早就忘了。」

「真的嗎？如果這麼些年，你還記得教訓，那就還沒忘記。」主教往後靠，思索了一下，「還好她已經結婚了。」他指的是瑪麗．博林，「如果她珠胎暗結，國王不一定要承認是他的種。布朗特的女兒不也幫國王生了一個兒子？他不想要有太多孩子吧。」

兒女成群，可能也會讓國王頭痛吧。歷史上不知有多少妃嬪勾心鬥角，使自己和國王的私生子得以獲得爵位或成為國王繼承人。國王目前唯一承認的兒子就是亨利．費茲羅伊。他是個金髮碧眼、俊俏的小男孩，就像國王的翻版，國王封他為索瑪斯特公爵和里奇蒙公爵。雖然他還不到十歲，已是全英格蘭地位最崇高的貴族之一。

可憐的凱瑟琳王后生下的兒子無一存活，還得默默承受這個打擊，真是情何以堪。

❀ ❀ ❀

他走出主教府，滿腹怒火。他回想起不幸的童年，被打個半死躺在帕特尼的碎石地上。然而，他並不同情當時的自己，甚至有點不耐煩：為什麼不爬起來？成年之後，雖然他仍會跟人打架，但至少是有原因的，而不是在莫名其妙的地方。對這段過往，他覺得羞辱，加上一種令人作嘔的焦慮。這個世界就是這樣：黑暗中的刀子。你從眼角瞥見有人打算對你下手，有人一而再、再而三地警告你，最後刀子就捅過來了。他說的讓主教震驚，但這不是他的工作。此時他為自己的工作下的定義是：提供情報給主教、讓他的情緒緩和下來、了解他的想法，以及為他的笑話添油加醋。會出事往往是時機出了差錯。要是主教不那麼急躁，他就可跟他打暗號，要他對博林口下留情。他想，我們這個民族不擅長用手勢表情達意。我們應該發展出一套手語系統，例如告訴主教：「退一步吧，國王正跟這個人的女兒打得火熱。」奇怪，義大利人在這方面應該很厲害，或許他以前沒特別留意。

❁　❁　❁

一五二九年，主教落難之際，克倫威爾不由得想起主教羞辱博林的那個晚上。

此時他在伊夏：這是個寒冷的暗夜，沒有亮光，沒有爐火。主教已經就寢（床鋪想必十分潮溼），只剩卡文迪希為他打氣。他問：「亨利．珀西和博林的女兒安妮後來呢？」

他只知道主教用不屑的口吻述說的版本。卡文迪希說：「好，我來告訴你。現在，你站起來。」他照做。「往左一點。很好，你想當哪一個？主教大人，還是亨利．珀西？」

「啊，我知道了，是不是要演戲？我不夠格扮演主教大人，還是你來。」

卡文迪希幫他調整一下位置，把他的臉轉向窗外，對著觀眾──黑夜和光禿禿的樹。他的目光停留在半空中，在這個黑暗的房間內移動的陰影，好像在凝視過去。卡文迪希說：「你能愁眉苦臉嗎？好像要做煽動群眾反叛的演講，但又不敢開口。不行，不是這樣。你要想像自己是個年輕人，有點笨手笨腳，頭低低的，而且臉紅。卡文迪希嘆了一口氣，「算了，克倫威爾，我想你這輩子不曾臉紅。這樣好了，」卡文迪希輕柔地調整他的手臂，「我們交換角色。坐這裡。你來扮演主教大人。」

此刻，卡文迪希就像變了一個人似的。他抽動臉部肌肉，一副手足無措的樣子，接著抽抽咽咽。他變成亨利．珀

「雖然她只是個單純的處女——」

西，一個戀愛中的男人。「我為什麼不能跟她成為一對？」他哭道：

「單純？處女？」

卡文迪希瞪他一眼，「拜託，主教不會說這種話啦！」

「沒錯，在這種情況下，他不可能這麼說。」

「好了，我現在是亨利·珀西。『雖然她只是個單純的處女，她父親只是個騎士，但她還是名門閨秀——』」

「她好像跟國王有點親戚關係，算是他的遠房表妹，不是嗎？」

「什麼有點親戚關係？」卡文迪希又變回自己，忿忿不平地說：「主教大人不可能打這種馬虎眼，他會把他們祖宗八代交代得一清二楚。」

「那我要怎麼做？」

「你只要假裝你是主教就好了！她的祖先也不是無名小卒，珀西為她打抱不平。但他愈激動，說得愈多，主教大人就愈不耐煩。珀西說，我們已經互許終身了，和真正的婚姻一樣……」

「是嗎？」

「沒錯，他的意思就是這樣：他和安妮已成一對名正言順的夫妻。」

「那主教大人怎麼回應呢？」

「他說，天啊，孩子，你方才說什麼？這是不對的，如果你執迷不悟，國王一定會知道的。我會請你父親過來，這件糊塗事就到此為止。」

「珀西怎麼說呢？」

「沒說什麼，只是垂頭喪氣。」

「我懷疑那女孩看得起他。」

「她看上的是他的頭銜，不是他的人。」

「原來如此。」

「不久，他的父親專程南下處理這件事。好了，現在你想當伯爵，還是演他兒子？」

「他兒子。現在，我會演了。」

他使出苦肉計，跳上跳下，好像在懲罰自己。主教和伯爵到走廊長談，然後一起喝一杯。他們喝的應該是烈酒。伯爵咚咚咚走過長廊，然後坐在小廝休息的長凳上。他把兒子叫過來，當著僕人的面給他難堪。

卡文迪希模仿伯爵，說道：「『你這孩子向來驕傲、放肆、目中無人，而且花錢像流水。』這個開頭不錯吧？」

「我喜歡，」克倫威爾說：「你記得真清楚。當時你寫下來了嗎？或者你改編了一下？」

卡文迪希露出狡猾的微笑，「就記憶力而言，誰比得過你？每次主教大人問什麼帳目，你馬上就說出來了。」

「或許那是我編造的。」

「噢，不會吧？」卡文迪希嚇了一跳，「長久下來，紙總是包不住火的。」

「老實說，這是一種記憶術。我在義大利學的。」

「唉喲，大家都很想知道你到底在義大利學了多少東西。」

他點點頭。嗯，當然囉。「好了，我們演到哪裡了？你說，亨利．珀西與安妮．博林私訂終身。此刻，做兒子的正站在他父親面前，他父親說——」

「如果他繼承爵位，肯定是最後一個諾森伯蘭伯爵。日後，這個貴族血脈就斷了。然後加上一句：『讚美我主。我不是只有你這個兒子……』然後就走了。亨利．珀西在原地哭泣。他全心全意地愛安妮，主教卻要他娶瑪麗．塔博。這對情人只好死心，如聖灰禮拜三[4]的枯木死灰。後來，安妮說話了。她說，總有一天，她一定要讓主教嘗到苦果。我們聽了，全都哈哈大笑。你能想像我們捧腹大笑的樣子嗎？這黃毛丫頭不過是騎士的女兒，竟然口出狂言，威脅主教大人！她因為得不到伯爵，氣得鼻子都歪了！可我們不知道她日後會如何平步青雲。」

他笑而不語。

「我們做錯了什麼？」卡文迪希說：「我告訴你，我們都被擺了一道，包括主教大人、亨利．珀西和他老爸、你、我——國王說，安妮不能嫁給諾森伯蘭伯爵的繼承人，其實另有內情。我想，國王老早就看上她了。」

「他一邊和瑪麗打得火熱，一邊想著她的妹妹安妮？」

「正是！」

「真奇怪，明明所有的人都在拚命迎合國王，國王卻覺得自己處處受阻。」國王覺得有人老是在阻撓他，破壞他的好事，不禁氣急敗壞。安妮是他挑的新歡，他要把老婆趕走，好跟安妮甜蜜廝守，這安妮卻拒絕跟他同房。她怎麼能拒絕？每一個人都百思莫解。

他們沒在演戲了，卡文迪希呆呆地盯著地板。「你累了吧？」他問。

「不累。我只是在想：主教大人怎麼……」卡文迪希想說的是：聰明一世，糊塗一時，但他不能說出這種冒犯的話。他抬起頭來，克倫威爾說：「繼續吧，接下來呢？」

❁ ❁ ❁

一五二七年五月，主教覺得腹背受敵、危機四伏，於是在自家府邸召開調查庭，看國王與凱瑟琳王后的婚姻是否合法。這是祕密法庭，沒要求王后出庭，也沒找她的代理人，甚至刻意瞞著她，但全歐洲都知道了。國王則必須出庭，並提出當初教宗同意讓他娶寡嫂為妻的特許狀。國王心想，沃爾西必然能找出這紙特許狀的破綻。沃爾西打算對國王婚姻的合法性提出質疑，但他也跟國王說了實話：他不知道再這樣下去這個法庭能幫他什麼，凱瑟琳必然會向羅馬方面申訴。

就世人所知，凱瑟琳和國王有六次機會生出繼承人，他們一直懷抱這個希望。主教說：「我還記得冬大出世的那個孩子。新年，王后突然陣痛，王子就早產了。他出生還不到一個小時，我把他抱在懷裡。窗外雨雪霏霏，宮內生了爐火，暖和而且熱鬧。下午三點，天就黑了，外頭冰天雪地，鳥獸俱寂。一年復始，萬象更新，所有的苦痛似乎已隨舊的年頭遠離。我們稱他『新年王子』。我們說，他將成為全世界最富有、最英俊、最虔誠的人。全倫敦都喜氣洋洋……但五十二天之後，他就不再呼吸。我數著他在世的每一天。我想，如果他今天還活著，國王或許會——嗯，我不敢說他會成為一個更好的國王，那大概不大可能——但至少可過得更滿足、更虔誠。」

4、聖灰禮拜三（Ash Wednesday）：四旬齋的首日。在這一天的彌撒前，主禮神父會把往年聖枝瞻禮祝聖過的樹枝枯葉燒成灰，盛在盆內。在祝聖儀式之後把灰抹擦在神職人員的頭頂上和信徒們的額角上，並口誦經文：「請牢記：你是昨日出於灰，來日也歸於灰。」

接下來出生的也是男孩，但出生不到一個小時就死了。一五一六年，王后生了一個女兒，也就是瑪麗公主，公主雖然是個小不點兒，但很有活力。翌年，王后又懷孕了，而且懷的是男孩，但不幸流產。接著出世的則是小公主，但不到幾天又嗚呼哀哉。他們以皇太后的名字伊莉莎白為她命名。

主教說，有時國王提到他的母后，約克家族的伊莉莎白，不禁淚水盈眶。她是絕世美人，個性沉穩，無怨無悔地承受上帝給她的不幸。她和老國王生了不少孩子，死了幾個。國王說，我父王和母后婚後不到一年，就生下我哥亞瑟，不久又生下一個健壯的男孩，那就是我。我跟凱瑟琳在一起快二十年了，為什麼只剩一個弱不禁風的女兒，其他的都早夭？

現在，這對結婚多年的夫妻良心正飽受煎熬。有人說，如果老天慈悲，就讓兩人分手，從此過著自由的生活。「可我懷疑凱瑟琳會這麼想，」主教說：「要是王后覺得良心過不去，一定會去懺悔，即使要懺悔二十年，她也願意。」

國王問主教：我到底造了什麼孽？我做錯了什麼？凱瑟琳又做了什麼？還是我們一起犯了什麼錯？見主子一副痛心疾首的模樣，主教雖然心在淌血，卻無法給他任何答案。他又能說什麼呢？然而他發現國王這麼問的時候似乎不是完全真誠。主教認為，如果上帝復仇心重，有理性的人是不會崇拜祂的，而國王應該是個理性的人。但他只有私底下和他的手下在一起時，才會這麼說。主教對克倫威爾說：「你看，大學者卡雷有二十一個兄弟姊妹，全數早夭，只有他一個人活下來。有人或許會認為這是上帝給他們家的懲罰。卡雷和他老婆一定是怪物，全基督王國的恥辱。然而，卡雷卻是倫敦金融城市長——」

「還兩度當上市長。」

「而且賺了很多錢。他非但不是上帝報復的對象，反而特別受到上帝的眷顧。」

我們的孩子不是上帝殺死的，帶走他們的是疾病、饑饉、戰爭、鼠疫、瘴氣和瘟疫，是農作歉收，就像今年和去年，是保母疏忽。

克倫威爾問：「王后今年幾歲了？」

「四十二吧。」

「國王說她生不出來了？但家母五十二歲才生下我。」

主教不可置信地看著他。「真的嗎？」他說，然後哈哈大笑。他那豪邁、歡樂的笑聲讓克倫威爾心想：當樞機主教還真不賴。

「她生我的時候，至少已經五十歲了。」他們克倫威爾家對生辰、歲數一向糊里糊塗。

「母子均安？真是可喜可賀。但這事，你很少跟別人說吧。」

瑪麗公主剛出生的時候非常小，大概只有一般嬰兒的三分之二。他和主教在宮廷見到她的時候，她和他女兒安看起來差不多大，但安還比她小二、三歲。

安．克倫威爾是個強悍的小女孩，可以把一個公主當早餐吃下去。她就像聖保羅的上帝，不把人看在眼裡。她的眼睛遺傳自父親，一樣小而堅定，要是有人敢惹她生氣，肯定會挨一記白眼。家人常愛開這樣的玩笑：要是安當上倫敦金融市長，倫敦不知道會變成怎樣。瑪麗．都鐸看起來就像是個洋娃娃，蒼白、聰穎，髮色像狐狸毛，說起話來比一般主教還老成。她還不到十歲，就被父王送到拉德洛當威爾斯公主。當年，她的母親凱瑟琳就是嫁到此地，而凱瑟琳的前一任丈夫亞瑟也在這裡撒手人寰。發生瘟疫那年，凱瑟琳也差點在此香消玉殞，她虛弱無力地躺在這裡，差點被遺忘。幸賴老國王亨利七世的王后好心腸，用自己的私房錢把她送回倫敦。國王把瑪麗公主送到威爾斯，凱瑟琳咬緊牙根面對這場生離死別，不讓一滴眼淚掉下來。她想，她的母親是西班牙的女王伊莎貝拉一世，為什麼她的女兒瑪麗不能統治英格蘭？她想，這是國王有意讓瑪麗當繼承人的徵兆。

現在，她知道，她錯了。

❁　❁　❁

在祕密聽證會召開的時候，凱瑟琳心中所有的悲傷再也藏不住，全部傾瀉而出。她認為這一切都是樞機主教沃爾西的錯。主教說：「我已經告訴過她，要她迎合國王的需要，配合他的意志。但她不聽。在她眼裡，國王完美無瑕，不可能要她做那樣的事。」

王后說，自從主教成了國王跟前的紅人，他就千方百計要使她和國王疏離，讓她不再是國王最親近的人，也要國王不再聽她的話。她說，主教就是要讓我變成國王的陌生人，我就無法知道他在搞什麼鬼，他就可以為所欲為地控制國王。他甚至不讓我和西班牙大使見面，還派間諜到我的寢宮——我的侍女都是他的間諜。

主教語重心長地說，我的心不是向著法蘭西，也沒偏向西班牙皇帝，我愛好的是和平。我從來沒阻止她見西班牙大使，只是要求她不要單獨和他會面，以防他有任何不良企圖。目前，她的侍女都是英格蘭淑女，由她們來服侍王后，再合適不過了。王后已在英格蘭待了將近三十個年頭，難道只能跟西班牙人相處？至於在她和國王之間挑撥離間，唉喲，冤枉啊，我怎會做出這種事？這麼多年來，國王常常提到：「這得讓王后看看。」或是「王后會想知道這件事，我們立刻去跟她說。」沒有一個女人比王后更了解她丈夫需要什麼。

沒錯，她早就了解，只是不願配合。

如果她柔順恭敬地配合，下場卻是被趕出王宮，那她還願意配合嗎？克倫威爾非常仰慕王后。他喜歡看高大的她在王宮的各個角落走來走去；喜歡看她把一顆顆寶石縫在禮服上，看起來不像是增添華美，反而像可抵擋利劍的盔甲。

她那赤褐色的髮絲不再亮麗，而且長出不少白髮。她常把頭髮綁起來，塞在帽子裡，看起來就像麻雀的翅膀。在她的后袍底下，她習慣穿方濟會修女服。沃爾西總是好奇別人袍子底下穿什麼。他小時候還以為別人袍子底下什麼都沒穿，只是皮膚。

* * *

主教說，國王目前遭遇到的難題並不是沒有解套的辦法。法王路易十二不是把元配休了[5]？也許法蘭西比較遙遠，近一點的例子如他姊姊瑪格麗特。瑪格麗特最先是嫁給蘇格蘭國王詹姆斯四世，她和第二任丈夫離婚後，又梅開三度。至於國王的密友薩福克公爵布蘭登，則娶了他最小的妹妹瑪麗，成了他的妹夫。布蘭登也當了好幾次新郎[6]，但沒有任何人提出異議。

雖然如此，教廷可不是離婚訴訟裁決所。如果教皇的離婚特許狀有技術上的瑕疵或任何可以挑毛病的地方，為什麼不能作廢，讓國王明正言順地再娶一個？沃爾西說，教宗克勉七世或許會這麼想。

國王聽他這麼一說，大發雷霆，對他大吼大叫。主教反正已經習慣了，這麼些年來，他一直是國王的出氣筒。克倫威爾在一旁看主教怎麼做。主教頭上好像烏雲密布，但他會露出一點微笑，帶著懊悔之意，平靜恭順地等待雲開見日。然而，這次主教卻有點不安。能解救他的只有博林家的女兒，不是投懷送抱的那個，而是那個胸部平坦的妹妹。只有她能說動國王，讓國王眉開眼笑。要是她能勸國王想開一點，別用聖經的詛咒為難自己，那就天下太平了。此時，他不是戀愛中的男人嗎？但有人說，她在跟國王講條件，有人說她想當新王后。新王后？主教心想，太可笑了吧。可是國王為她神魂顛倒，或許不會當著她的面拒絕。克倫威爾告訴主教，注意一下安妮・博林手上那只翡翠戒指，還說了那戒指的由來和價格。主教聽了，神色驚愕。

主教棒打鴛鴦，拆散亨利・珀西和安妮之後，設法把安妮送回希佛，和她家人住在一起。然而，她又神不知鬼不覺地溜回宮裡，變成王后的侍女。他永遠無法掌握她的行蹤，而國王為了見她一面，不管她在天涯海角，也要找到她。主教想要找她父親來談談。他要是不提他老婆與國王曾有一腿的謠言，又該如何暗示他的大女兒是個妓女，二女兒也一樣，要他好好管教自己的女兒？

「博林家的財務有點拮据，」克倫威爾說：「也許我們可以從這方面下手。要他的債主對他施壓。」

「好主意，」主教說：「你真務實，錢的事，就交給你了。我是神職人員，只能設法讓國王清心寡欲。」他把桌上的鵝毛筆擺好，把文件收拾起來。「湯瑪斯，有件事我想問你……如果……唉，該怎麼說呢？」

他不知道主教要跟他說什麼。

「如果有一天你跟國王變得很親近，那時我可能已經走了……」雖然主教已經叫人建造自己的墳墓，但死亡依然是難以啟齒之事。沃爾西無法想像一個沒有沃爾西樞機主教的世界，「是這樣的，我希望有一天你能為國王效勞。如果你有這樣的機會，千萬別退縮，問題是……」

他指的是帕特尼，他卑微的出身。由於克倫威爾不是神職人員，不能用教會的頭銜來彌補，就像極少有人知道主

5、法王路易十二即位後，為了掌控布列塔尼，迎娶布列塔尼的女繼承人安妮，以元配殘廢為由廢后。教宗亞歷山大六世特許離婚，史稱「最完美的離婚」。由於元配和安妮皆未生下兒子，後來又迎娶亨利八世的妹妹瑪麗・都鐸，但路易十二不到三個月後即去世。

6、布蘭登在一五〇六年之前，曾與瑪格麗特・納維爾（Margaret Neville）結婚，一五〇七年宣布婚姻無效。一五〇八年娶安・布朗（Anne Browne），三年後安死亡。一五一五年與瑪麗・都鐸結婚。

教原來是伊普斯維奇一個屠夫的兒子。

「不知道你是不是有耐心服侍國王？就像你拿著重要文件等了一整天，直到半夜，可國王還在跟布蘭登飲酒作樂。你不得不硬著頭皮要他簽字。但他說，我累了，我要睡了，明天我們還要去打獵……。如果你有一天陪伴在國王身邊，請別忘了，他就是喜歡逸樂。但他也知道你是什麼樣的人——你是他的鬥狗，你看過下人給狗戴上繩套，看狗咬狗吧。阿湯啊，說不定你哪天也能飛黃騰達。」

他，或者另一個人，可能取代沃爾西在國王面前的地位嗎？他想，不大可能吧，那無異於他女兒安．克倫威爾當上倫敦金融城市長。然而，這也不是毫無可能。大家都知道聖女貞德的故事，但女中豪傑不一定都會被活活燒死吧。

回家後，他跟老婆說了鬥狗的事。麗茲覺得這個比喻妙極。他沒說起什麼飛黃騰達的事，也許，這是只有主教能看到的天機。

✽ ✽ ✽

就在召開調查庭前夕，羅馬方面傳來消息：神聖羅馬帝國皇帝查理五世的西班牙和日耳曼士兵已經好幾個月沒領到薪餉，在聖城為非作歹。皇帝不給錢，那他們就搶劫去。他們搜刮金銀財寶和藝術品，穿著偷來的衣服，在光天化日之下強暴良家婦女。他們把聖像推倒，在人行道上把修女砸得頭破血流。有個士兵把基督上的聖矛[7]取下，綁在自己的武器上。他的同袍則開挖古墳，讓死者的骨灰飄揚在風中。台伯河水變成紅色，兩岸俱是橫屍，有被刺殺的，有被勒死的，還有人只剩一口氣。最令人難過的消息莫過於教宗克勉七世已成階下囚。想必年輕的查理五世會利用這個機會宣示主權，讓大家知道他才是領袖。亨利的婚姻爭議此時也只好先擱在一旁。教宗已經落在查理五世的手裡，凱瑟琳又是查理五世的姑姑，教宗自然不方便對亨利八世的離婚案表態。

摩爾說，查理五世的軍隊甚至把活生生的嬰兒叉在鐵叉上燒烤，然後哈哈大笑。克倫威爾說，這人真是口不擇言！聽我說，士兵不會做這種事的。他們忙著搶奪財物，沒空做這種無聊事。

很多人都知道，摩爾在衣服底下穿了件馬毛做的無袖緊身上衣，常常像苦行僧一樣用一條小鞭子鞭笞自己。克倫威爾心想，這種刑具、這種穿了會讓人傷痕累累的馬毛上衣是什麼人做的呢？是僧侶做的吧。他們心中燃燒著正義之火，一邊編織，一邊竊笑：不知道哪一個人會穿上這件上衣？也有可能是農夫做的吧，只要給他們幾個錢，他們就願意幫忙做打人用的連枷？那些農夫是不是冬天無事可做，賺些外快也好？但他們拿到錢之後，是否想過要用這些連枷打人的是什麼人？

他想，人何必自討苦吃呢？痛苦遲早會找上門的。不信你去問羅馬那些被強暴的處女。

既而又想，人總有更要緊的事要做吧。

✿ ✿ ✿

此時，主教衡量情勢，心裡真的著急起來。他知道歐洲穩定的祕密在於教廷獨立，不是在法蘭西或查理五世的掌握當中，然心思敏捷的他總為了亨利八世的優勢著想。

他說，如果因為情況緊急，教宗或許希望他出面領導，以免整個基督王國分崩離析——如果他越過海峽、踏上加萊，為那兒的英軍打氣，平息沒用的謠言，然後與法王面對面談判，接著到亞維儂，我們就知道如何召開教廷會議了。在亞維儂，不管是屠夫、麵包師傅、做蠟燭的或是旅店老闆，甚至包括妓女，人人都懷抱希望。我將邀請所有的樞機主教來開會，在教宗慘遭查理皇帝囚禁之時，成立一個教會政府。要是在會議當中討論到亨利國王的婚姻，既然國王如此虔誠，我們何不早早給他一個答案？我們難道不能統治？雖然教宗失去人身自由，我們還是可以派一個使者或天使捎個信給他，再帶回教宗的回覆。教宗肯定願意為我們背書的。當然，總有一天——我們都期待這一天的到來——教宗必然能夠重獲自由，也感謝我們在他不在的時候代他維持秩序。你要他簽署什麼文件，只是小事一樁。看！英格蘭國王不久就可擺脫婚姻的枷鎖，恢復單身了。

✿ ✿ ✿

然而，在此之前，國王必須跟凱瑟琳好好談談，他總不能一天到晚都在外頭打獵，留下她在王宮癡癡地等，等他

7、相傳這就是捅死基督的那支長矛，又叫「命運之矛」。眾人相信，誰拿到這支長矛，就有左右世界的力量。

回來和她一起在她的寢宮吃晚餐。一五二七年六月，國王特地修剪了頭髮和鬍子，身穿白色絲綢，走進王后寢宮。他猶如身在玫瑰雲彩當中，散發玫瑰花香，似乎全世界的玫瑰、浪漫的夏夜都是他的。

他用無限溫柔、滿懷悔意的話語對王后傾訴。他低聲地說，如果他重獲自由，如果讓他能夠從全世界的女人中再選擇一個當他的妻子，他還是會選擇她。沒生兒子一點都沒有關係。他願意再和她結一次婚，而且是完全合法的婚姻。然而事與願違，這是不可能的，因為她是他哥哥的老婆，是他的嫂子。他們的結合已觸犯上帝。

凱瑟琳怎麼說呢？她的身體已如殘骸，包裹在蕾絲和馬甲中。一個聲音從這身體傳出，即使你在海峽另一端的加萊也聽得到，回聲從這裡傳到巴黎、傳到馬德里、傳到羅馬。她堅持自己的身分，緊抓自己的權利。窗戶震得咯咯作響，從這裡到君士坦丁堡都聽得到。

克倫威爾不禁用西班牙語嘆道：這個女人真是貞烈！

✿ ✿ ✿

七月中，主教準備渡海，到海峽的另一頭。倫敦溽熱得讓人受不了，病倒的人愈來愈多，城裡的人紛紛出走。有些人早就走了，走不了的人很多開始抱怨頭痛、四肢痠痛。有人說某種藥丸或藥水特別有效，在街上賣十字架項鍊的修士生意也好極了。亨利七世在一四八五年帶兵進駐皇城，登上英格蘭王位，也帶來瘟疫。現在，每隔幾年，墓地就屍滿為患。不知多少生靈在一天之內墜入黃泉。早上還活蹦亂跳，到了中午，已成一具死屍。

主教慶幸自己就快離開了，然而他得準備必要的行頭，還有一大票隨從要跟他去。他必須說服法王弗朗索瓦出兵，到義大利用軍事行動解救教宗。儘管無法承諾援軍或金援，他還是必須讓弗朗索瓦相信英格蘭對法蘭西的友善之意，願意為友邦兩肋插刀。此行若是順利，他不只可為國王帶回一紙婚姻無效證明，還有英法雙邊友好條約。他想像年輕的查理五世那大戽斗氣到不斷顫抖，那哈布斯堡家族特有的小眼睛因此流下淚水。

此刻，他為何不能歡歡喜喜地在約克府裡走來走去？「湯瑪斯，如果我達成所有任務，能得到什麼？王后本來就不喜歡我，博林家的人對我也沒好感。安妮·博林跟我有仇，多年來我一直把她父親當成傻瓜。至於她的舅舅諾福克公爵，更是恨不得我在陰溝裡翻船。一人得道，雞犬升天。如果國王執意要娶安妮·博林，他們博林家的人就不可一世了。你想，等我從歐洲回來，這場瘟疫已經結束了嗎？有人說，這是上帝給世人的災厄，但上帝到底有什麼目的？我實在不知道。等我出國，你也速速離去，不要待在這個城市吧。」

他嘆了一口氣，為主教效勞是他唯一的工作嗎？唉，只是這個主子幾乎時時要他在身旁幫忙，要做的事愈來愈多。他在倫敦或其他地方為主教工作，不但任何花費都先自掏腰包，就連他找來的幫手，該付的錢也都由他先墊付。主教說，我該付你的錢，你自己找我的會計拿吧。他想，他多加一點手續費也是應該的。他不是錙銖必較的人，反正對湯瑪斯．克倫威爾有利，就對湯瑪斯．沃爾西有好處，反之亦然。克倫威爾法律業務日益興隆，甚至可以放款、收取利息，而且他熟稔國際金融市場，可為客戶辦理巨額貸款，再收取掮客費用。金融市場瞬息萬變，像義大利從來沒有接連兩天有好消息。然而，正如有人可以看出哪隻馬兒或牛仔將來會長得特別肥，他對風險則獨具慧眼。有幾個貴族向他借錢，但他不只放款，還能幫那些客戶增加土地經濟效益——他不是提高租金，而是幫地主正確估算土地價值、農作物產量、供水系統及土地上的建物市價，然後評估這一切財產具有多少潛能。接下來，他就找能幹的人來為他們管理資產，建立一個會計系統，每年結算，並請專人查帳。至於在城裡的生意人要尋找海外的貿易夥伴，也需要聽他的意見。他更是仲裁高手，尤其是商業紛爭。由於他能掌握事實，洞視真相，做出讓眾人信賴的公平裁決，不管在英格蘭、加萊或安特渥普，他都是最佳公斷人選。如果你和你的對手能達成共識，雙方都希望縮減支出，速戰速決，只要付點小錢，克倫威爾就能幫你們打點好，免得纏訟多年，弄個兩敗俱傷。他最高興的莫過於看到雙方化敵為友、皆大歡喜。

那個時期，他可真是春風得意，天天打贏官司。摩爾曾用不屑的口吻對他說：「你還信奉你的希伯來上帝嗎？噢，我指的是你的財神。」當時摩爾已是名滿歐洲的學者，家在倫敦雀爾西的高級住宅區，每天清晨醒來的第一件事即是用拉丁文晨禱，然克倫威爾早晨醒來聽見的則是造物主像連珠炮般述說今日金融市場行情。接著，熱愛苦行的摩爾準備自我鞭笞，克倫威爾和雷夫則火速衝到隆巴德街看今日掛牌匯率。然而，他再怎麼急，也衝不快，他的舊傷不時扯後腿，讓他走路內八，即使往前走，看起來也像要後退。有人說，他的腿會這樣，是一年夏天在凱薩．波吉爾麾下當傭兵受的傷。他一點也不介意別人說起這樣的事。那個凱薩如今何在？早就到冥王那裡報到了。

如果有人問起他，別人會這麼說：「湯瑪斯．克倫威爾嗎？這人足智多謀。你知道他把整部新約聖經背得滾瓜爛熟嗎？」如果有人對有關上帝的事發生爭論，找他評理就對了。他可以對向你承租土地或房子的人說出十二個理由，告訴他們何以這樣的租金是合理的；即使是纏訟三代的官司，到他手裡也能迎刃而解。如果你的小女兒抽抽噎噎地說，她絕對不嫁給你為她選擇的對象，找克倫威爾來說服她，保證她會嬌羞喜悅地出嫁。面對動物、女人或膽小的訴訟當事人，他總是極其溫柔、隨和，然而他也可以讓你的債主淚流滿面。他可以談君王將相，也可以幫你用合理的價格買到威尼斯玻璃工藝品。他有三寸不爛之舌，要是開口，沒人說得過他。即使市場大跌，有人站在思羅格摩頓街[8]上痛哭失聲，一邊撕掉手上的信用狀，他依然鎮定如常，面不改色。」

一晚，他對老婆說：「麗茲，我想再過一、兩年，我們就可以變得很富有了。」

麗茲正在為葛雷哥利的襯衫繡上一種黑白圖案。王后也是用這樣的圖案親手為國王繡襯衫的。

「如果我是凱瑟琳，就會偷偷把針藏在襯衫裡面。」他說。

她笑道：「我就知道你會幹這種事。」

他提到國王對凱瑟琳王后說的話。麗茲聽了之後，臉色一沉，一語不發。國王說，在婚姻判決之前，他們最好還是分開，也許她該離開宮廷？凱瑟琳說，不要，那是不可能的。她說，她將徵詢律師的意見，而他也最好找更好的律師和教士。她嘶吼完了之後，只要你把耳朵貼在牆上，就可聽到她的啜泣聲。「國王最討厭她哭了。」

麗茲伸手去拿剪刀，說道：「男人常說：『我無法忍受女人哭哭啼啼，』就像他們說：『我無法忍受這種溼答答的天氣。』好像女人哭泣和他們一點關係都沒有，就像天氣一樣是莫可奈何的事。」

「我沒讓妳哭過吧，是不是？」

「你只會逗我笑。」

兩人漸漸安靜，此時無聲勝有聲。她在編織思緒，他則在想錢的事。他已資助兩個年輕學者上劍橋大學，希望好心有好報。他在想，我或許可以多捐一點錢。然後他突然想到一件事，他說：「我想，我該先把遺囑立好。」

她握著他的手。「阿湯，不要死。」

「老天，妳誤會我了，我又不是想死。」

他想，我雖不富有，但還算幸運。我老爹沒一腳把我踢到黃泉，跟著凱薩·波吉爾打仗的那個夏天也逃過一劫，還有十來個夜晚曾在黑暗的後街遇險，最後還不是沒事。人該把智慧傳給下一代，至少該把他知道的四分之一傳授給兒子，讓他們知道如何保護自己。葛雷哥利那溫柔善良的天性從何而來？必然是他母親天天為他祈禱的結果。他大姊凱特的兒子理查·威廉斯聰明、敏銳，又有進取心，而他二姊貝蒂的兒子克里斯多福一樣聰敏、上進。至於雷夫·塞德勒，他對這個家僕簡直像對自己的兒子一樣信任。他想，雖然這算不上克倫威爾王朝，至少是個開端。此刻真是難得的寧靜時光，他的家每天人來人往，門庭若市，想見樞機主教的人都會先上這裡。他府上什麼樣的人都有：有來此尋找創作題材的藝術家；有腋下夾著書本、一臉嚴肅的荷蘭學者；有喜歡說笑話的呂貝克商人，但他們的笑話就像老太婆的裹腳布，又臭又長；還有拿著奇奇怪怪的樂器正在調音的樂師；專跑義大利銀行的夥計在大聲喧嘩；煉金師在此提供祕方，他也可找占星師問吉兆；形單影隻的波蘭毛皮商人在這裡走來走去，看有沒有人會說波蘭話。這裡還有印刷商、雕刻師、翻譯員、編密碼的高手、詩人、庭園設計師、猶太神祕哲學家以及幾何學家。今晚，這些人在哪裡？

「噓，」麗茲說：「你聽。」

起先，他沒聽到什麼聲音，接著他聽到木頭咯吱咯吱地好像在呼吸。在煙囪裡築巢的鳥兒發出窸窸窣窣的聲音。河上的微風吹來，在樹梢微微顫抖。他們聽到孩子沉睡的呼吸聲從其他房間傳來。

「過來床上吧。」他說。

國王不會對王后說這樣的話。至於對他愛的那個女人，即使這麼說，她也不會過來。

樞機主教已經打包好行李，準備動身前往法蘭西。這次隨從不多，和七年前去錦繡田野那次的排場完全無法相比。由於這次不趕時間，在橫渡海峽之前，他會花個三、四天經過下面這幾個地方：達特福德、羅徹斯特、費佛宣恩，最後經過坎特伯里之時會到貝克特大主教殉教的大教堂禱告。

他說，湯瑪斯啊，如果你知道國王把安妮弄到手，當天就寄一封信通知我。別人說的我都不信，我只相信你告訴

8、思羅格摩頓街（Throgmorton Street），過去倫敦金融交易中心、今日倫敦證券交易所所在地。

我的。你要如何確定這事呢？我想，國王的表情會告訴你。要是你根本沒機會見國王一面？那就沒辦法了。唉，我要是早一點帶你去晉見國王就好了。

他問主教：「國王如果沒對安妮生厭，那您如何是好？大家知道國王愛做什麼就做什麼，只要他高興就好，我們只能迎合。可我實在不懂，國王要博林家的那個丫頭做什麼？她能帶給他什麼？沒有友好條約，更別提土地了。國王和安妮不但稱不上天造地設，簡直是雲泥之別！」

主教坐在書桌前，用手肘撐著自己的頭，手指輕敲閉上的眼皮。他深深吸了一口氣，然後講起英格蘭的歷史。「你知道英格蘭古稱為亞碧恩[9]嗎？你得回溯到亞碧恩之前的年代，甚至必須回溯到凱撒大帝[10]之前，那時的倫敦滿地是巨人和巨獸的骨骸。你必須回到新特洛伊、新耶路撒冷那個年代，那時的國王打著亞瑟王的破爛旗幟為非作歹，他們的王后有的是從海裡來的，有的則是從一顆蛋裡迸出來的，身上有鱗片、魚鰭，甚至長了羽毛。相形之下，國王和安妮的結合就沒那麼怪異了。雖然這些已是遠古的傳說，現在還有人相信是真的。」

主教接著講到國王之死。「理查二世遁入龐特佛雷特城堡之後就死了，不知是被謀殺，或是活活餓死的；篡位者亨利四世因痲瘋病而死，遺體縮小，變成侏儒或像小孩一樣大小；繼位者亨利五世重燃英法百年戰火，在亞金科特之役之後，幾乎戰無不克，最後甚至取得法蘭西王位的繼承權[11]。話說偉大的亨利五世娶的那位法蘭西公主雖是甜美的可人兒，可她父親卻是個瘋子，認為自己是玻璃做的，而他的女兒也是玻璃人。國王和這位玻璃公主結了婚，後來生了另一個亨利，統治像冬日一樣陰暗、寒冷、貧瘠，多災多難的英格蘭。接著，約克公爵之子愛德華．金雀花誕生了。這個金牛座男孩為英格蘭捎來春天的訊息。

「愛德華十八歲那年奪得王位。先前，他看到了一個異象，知道有一天他必然能夠當上國王。就在他的軍隊困頓疲憊，陷入絕望的黑暗之際，他聽到一個晴天霹靂的消息：他的父親和小弟被蘭開斯特陣營俘虜、侮辱，最後被屠殺了。那時是聖燭節，冬天已過了一半，他和麾下的將軍在帳篷裡取暖，為戰死者禱告。接下來在陰暗、冰冷的聖伯拉修日，即二月三日的早上十點，天空突然出現三個太陽，像三個朦朦朧朧的銀盤，在濃霧中閃閃發光。太陽的光環照亮悲慘的殺戮戰場、威爾斯邊界的溼溽森林，也照在士氣低落、領不到薪餉的士兵身上。士兵跪在結冰的大地上禱告，騎士向天空膜拜。愛德華覺得自己像長了羽翼，可以在天空中翱翔。他在燦爛的天光之中看到自己的未來。除了他，沒有任何一個人看得到：他看到他終將成王。在莫提梅十字路一役，他俘虜了歐文・都鐸。他在赫里福德砍下都鐸的人頭，然後把他的頭插在十字架上，任其腐爛。有個女人捧著一盆水過來，把人頭擦淨，梳理血淋淋的髮絲。

「自從在聖伯拉修日之後，也就是頭頂出現三個太陽那天，每次他撫摸自己的劍，心中就燃燒必勝的決心。三個月後，他回到倫敦，順利登上王位。然而，此後他就看不到未來了，無法像他前一年看到的那樣一清二楚。他就像在迷霧中跌跌撞撞般治理他的王國。他覺得自己是命運之子，集神聖和幻想於一身。至於他的婚姻，他沒為了外交利益而娶妻。他風流倜儻，見一個愛一個。其中一個是塔博特家的女孩，名叫伊蓮娜。這女孩有什麼特別呢？據說，她母親那邊的祖先是一隻母天鵝。然最後國王為何鍾情於一個蘭開斯特騎士的遺孀[12]？有人說這個冷若冰霜、金髮碧眼的美女使他的脈搏加快。其實並不盡然，那是因為她宣稱自己是蛇女梅露欣的後代。根據古羊皮紙上的描繪，梅露欣就蜷曲在知識樹上方，看著太陽與月亮結合。梅露欣假裝是凡人公主，但有一天她的丈夫看到她全身赤裸，瞥見她的尾巴。他一把抱住她，她掙脫之後說道，她的子女將建立一個王朝，永遠治理這個國家，她可用魔鬼之名保證，他們將握有無限的權力。自此之後她就溜走了，沒有人再見過她。」

幾根蠟燭熄了，但沃爾西沒叫人送更多的蠟燭過來。他說：「你看，愛德華四世的臣子計畫讓他與法蘭西公主結婚……我也希望亨利國王這麼做。但你看看，愛德華最後選擇什麼樣的女人。」

「梅露欣是多久以前的事呢？」

夜深了。整個約克府靜悄悄的，倫敦城已然酣睡，河流靜靜地在河道中爬行。

主教說，那是時間無法衡量的。那些從我們手中溜走的幽魂，像蛇一樣多變、狡詐，穿過一個又一個世代。

「然而愛德華國王娶的那個女人，她不是說她的後代可繼承卡斯提爾王國的王位？」

主教點點頭。「那就是那三個太陽代表的意義：英格蘭、法蘭西和卡斯提爾王國的王位。因此，我們現在的亨利

9、亞碧恩（Albion）：此字源於Albina（亞碧娜），即此章開頭所述遭希臘國王放逐的大公主之名。

10、凱撒在西元前五五年或五四年入侵不列顛，從而使這個島嶼與古羅馬世界發生密切的接觸。

11、一四二〇年，亨利五世迫使法王查理六世簽署特魯瓦條約。根據此約，亨利五世與查理六世之女凱瑟琳結婚，且查理六世死後，法國王位將由亨利五世繼承。

12、即伊莉莎白・伍維爾（1437?-1492），曾為亨利六世王后侍女，第一任丈夫為葛洛比的葛雷。她為愛德華四世生了十個兒子，是亨利八世的外祖母。

國王娶了凱瑟琳，等於實現了祖先應許的權力。然而我想，沒有人敢向伊莎貝拉女王和斐迪南國王說起這事，但人人都知道我們的國王可說是三國之君。」

「主教大人，就您所述，國王的金雀花外公不是砍了都鐸曾祖父的頭？」

「這是可知而不可說的事。」

「博林家的祖先呢？我以為他們是商人，然而或許他們有蛇的毒牙或長了翅膀？」

「克倫威爾先生，你是不是在取笑我？」

「小的豈敢！我只是想知道一切，畢竟您即將遠行，我必須為您留意國內情勢。」

主教接著講到屠殺、罪惡和贖罪。他講到在倫敦塔被殺的亨利六世，還有天蠍座的理查三世，無怪乎他精於密謀和報復，幹盡壞事。這隻蠍子後來在波思沃斯之役與亨利．都鐸交鋒，結果戰死。諾福克公爵因為與理查三世站在同一邊，他的繼承人於是被趕出王國。諾福克公爵的後人要回到宮廷、重振聲威，可是非常辛苦的一件事。何以國王一生氣，諾福克公爵會那樣戒慎恐懼？主教說，你現在知道原因了吧。諾福克擔心，國王一震怒，他就會失去一切。

主教見克倫威爾牢牢記住了，接著又講起埋在倫敦塔下面的骨骸，有的骨頭嵌進樓梯，有的則陷入泰晤士河流中的泥巴裡。他說，愛德華四世的兩個未成年的兒子神祕失蹤。後來有人打著比較小的那個兒子約克公爵理查的旗號，三次入侵英格蘭，幾乎讓亨利．都鐸站不住腳[13]。主教還提到有人曾鑄造偽幣，並在錢幣上刻了威脅亨利．都鐸的字眼：「神已經數算你國的年日到此完畢。你被稱在天平裡，顯出你的虧欠[14]。」

主教還談到恐懼，憂心內戰再起。凱瑟琳三歲時，親事已經談妥，她父母打算讓她嫁到英格蘭，當「威爾斯王妃」。在她十六歲那年從拉科魯尼亞上船之前，西班牙王室要求亨利七世獻上瓦立克伯爵愛德華的人頭，此愛德華是愛德華四世的二弟克拉倫斯公爵喬治的兒子，年僅十歲就被打入倫敦塔的大牢。代表白玫瑰的愛德華於是在二十四歲那年終於走出暗無天日的倫敦塔，看到陽光，但不久就被斬首。然而白玫瑰並未就此全數凋亡，不知還有多少人頭必須落地。主教說，每次有人被處決，我總是覺得難受。我常為那些古老的死者祈禱。即使摩爾說那萬惡不赦的理查三世該下地獄被火燒，我還是為他禱告。

主教低頭看著自己的手，轉動指頭上的戒指，輕聲說道：「不知我這戒指是否真有魔法。」羨慕主教的人說，他擁有一只魔戒，可以讓他飛翔、包容敵人的靈魂、偵測毒藥、讓凶猛的野獸變得溫馴、變成國王的寵臣，也可使他免於溺水。

「有人相信這樣的事，因此請巫師打造跟您手上那只一樣的戒指。」

「這戒指若真有魔法，我也願意再打造一枚送給你。」

「我曾抓過一條蛇。以前在義大利的時候。」

「為什麼呢？」

「我跟人打賭。」

「那是毒蛇嗎？」

「不知道。我們就是賭這個。」

「你被蛇咬了嗎？」

「當然。」

「你說『當然』是什麼意思？」

「如果我把那條蛇放下，讓牠溜走，完全沒事，還有什麼故事可說，是不是？」

主教不由得哈哈笑，說道：「如果沒有你，真不知我如何應付那些一口兩舌的法蘭西人？」

❀ ❀ ❀

麗茲躺在床上，翻來覆去。她在半夢半醒之間輕喚他的名字，把手伸到他的臂膀裡。他親吻她的頭髮，說道：

「我們國王的外公娶的女人原來是條蛇。」

她喃喃地說：「我是不是在做夢？」她的心猛然跳了一下，然後抽回自己的手，轉過去，又伸出另一隻手。他想

13、此為假理查，據說真理查早就被皇叔理查三世害死了。
14、出自《舊約聖經》但以書第五章。

知道，她在做什麼夢。他躺在床上，腦子還在運轉。愛德華四世忙著東征西討，他則是忙著跑銀行。對他來說，客戶的信用狀要比異象或神蹟來得重要多了。很多人謠傳，愛德華四世不是約克公爵的親生兒子，說不定是他母親和一個叫普雷朋的英格蘭弓箭手生的。如果愛德華的王后是蛇女，他的後代……那就不能算是正統了。要是我們相信那些古老的故事，現今的國王不就是弓箭手的私生子、半人半蛇的怪物，還有部分威爾斯的血統，此外還欠了一屁股債……克倫威爾想著想著，慢慢進入夢鄉。他無法集中精神計算，腦中的帳本漸漸消失，取而代之的是妖怪與精靈。主教曾告訴他，你要想辦法知道別人的衣服底下，除了皮膚還有什麼。要是你把國王的衣服剝光，或許可以看出他的祖先是有鱗片的。他的皮膚溫暖、堅實，就像蛇皮。

他在義大利的時候，一次為了打賭，抓起一條蛇。他得緊緊地抓住那蛇，直到他的朋友從一數到十。他們故意用德文慢慢地數：**eins**（一）、**zwei**（二）、**drei**（三）……數到四時，那條蛇受到驚嚇，頭部掙脫，咬了他一口。就在朋友數到五之前，他不得不稍稍鬆手。有一個人大叫：「老天！放開吧！」有人為他禱告，有人詛咒，有人繼續計數。那條蛇看起來奄奄一息。他們終於數到十，他於是放手，把那蛇輕輕放到地上，讓牠溜走。

他一點也不覺得痛，但手腕有個明顯的傷口。他本能地用嘴巴吸吮傷口，注意到他的手臂內側皮膚白晰，上有細細的、藍綠色的血管。那條蛇已把毒液注入他的體內。

他賭贏了，跟大夥兒收了錢。他想，他就要死了。但他不但沒死，反而變得更加強壯、身手矯健、攻擊凌厲。跟他吵架的每一個米蘭舵手都甘拜下風，每一個伯恩船長見了他也都退避三舍，以免掛彩。在這赫赫炎炎的七月天，夜晚悶熱，他睡著了，進入夢鄉。他夢見自己身處在義大利的某個地方，一隻蛇生了幾條小蛇，那蛇呼喚牠的寶貝湯瑪斯。每一條小蛇的腦海都有一幅泰晤士河的景象。岸邊很淺，河水沖刷不到，盡是一片淖濘。

第二天一早，他醒來的時候，麗茲還在睡。床單有點潮溼，她的身體熱熱的，臉頰紅潤，肌膚像少女一樣平滑柔嫩。他親吻她的髮線，覺得有點鹹味。她低聲問他：「什麼時候回來？」

「麗茲，我不會去的。這次我不跟主教去。」他起床，讓她繼續睡。他的理髮師已經在等他了。他從潔淨的鏡子中看到自己的眼睛。那對眼睛看起來很靈活，就像蛇眼。他自言自語，昨晚做了個好奇怪的夢。

就在他下樓之際，他發覺麗茲跟在他後頭。他似乎瞥見了她的白色帽子。他轉身開口說道：「麗茲，回去睡吧……」但她根本不在那裡，他看錯了。他於是把文件收拾好，準備去格雷律師學院。

❁　❁　❁

此時正值學院休假，因此他不是去那裡討論法律方面的事，而是和一個叫湯瑪斯．畢爾尼的同行討論經文和丁道爾的行蹤（也許是在日耳曼某處）。畢爾尼不但是律師、教士，也是三一學院的院士。他個子小，坐在板凳上總是扭來扭去，像蟲一樣，克倫威爾愛叫他「小畢爾尼」。畢爾尼談到他給痲瘋病患的服務。

「那些經文對我來說，就像蜂蜜一樣醇美，」小畢爾尼扭了一下他那小小的屁股，踢著瘦巴巴的腳說：「上帝的話語讓我陶醉。」

「你可別以為樞機主教遠行，就可以從洞裡爬出來了。倫敦主教現正閒著沒事，更別提在雀爾西的那個朋友[15]。」

「彌撒、齋戒、禱告、赦罪……這些根本沒用。」畢爾尼說：「沃爾西去羅馬和教宗討論一番之後，我想他會知道我的想法才是對的。」

「你認為你觀點獨到，是不是？或許吧，畢爾尼神父。但你想，教宗可會聽你的建議？」

他一邊往外頭走，一邊說道，別跳火坑，先生，還是小心為上。

❁　❁　❁

他沒帶雷夫去律師學院。他不想讓家人或家僕惹上麻煩。他們這一家就像倫敦任何一個家庭，傳統、虔誠。他說，他們絕不能讓人非議。

那天後來沒什麼要事。他本來可以早點回家，但他和一個來自羅斯托克的人約好在很多日耳曼人聚集的鋼場[16]碰面。那個人會帶一個從斯特汀來的朋友教他說波蘭話。

15、指湯瑪斯．摩爾。

16、鋼場（Steelyard）：該名起源有爭議，一說是源自德文「貨棧」（stapelhof）一詞的訛傳，還有說法認為此處出售來自德國的鋼錠和鋼坯。這個商場設立於一一八二年，由高牆圍護，有自己的碼頭，主要建築為一座三層樓房，還有存放文件的塔樓、庭園和武器庫。

波蘭話比威爾斯語難學多了。天黑了，他準備打道回府。他說，我得好好練習才行。歡迎光臨寒舍。如果你們要來，請先通知我一聲，我請人醃鯡魚，不然就享用現成的飯菜。

✿ ✿ ✿

晚上，當他回到家，發現火炬竟還在燃燒，便明白家裡必然出事了。他走進大門，芳香空氣讓他覺得舒服、年輕、快活，一無所懼，但他看到的每一張臉都明白寫著驚恐。他們甚至一見到他就別過頭去，不敢與他四目相接。

他的岳母梅喜出來，站在他面前，但面無喜色。「家裡怎麼了？說吧。」他求她。

她只是說，對不起。不敢看他。

他想，一定是葛雷哥利。他兒子死了。但他還不清楚是怎麼回事。麗茲人呢？他又求她：「告訴我吧。」

「我們到處找你。我們說，雷夫，你去看看主人是不是在律師學院。但學院的警衛說一整天都沒看到你。雷夫說，相信我，我要是踏遍全倫敦大街小巷，一定找得到他，然而還是沒發現你的蹤影。」

他想起來了。那天早上，床單溼溼的，她的額頭也溼答答。他想，麗茲，你沒反抗嗎？就這樣走了嗎？如果我知道死神來帶你，我一定把他拖出去毒打一頓，打到他嗚呼哀哉。我一定把他釘死在牆上！

他的女兒還沒睡。女僕如常幫她們換好睡袍。她們打著赤腳，戴著媽媽幫她們做的蕾絲睡帽，帽帶在下巴處打了個堅實的結。安面如死灰，葛蕊思緊緊地握著她的手，抬起頭，半信半疑地看著他的臉。他為什麼在這裡？儘管如此，她還是信賴他，讓他把自己舉得高高的，讓他抱在懷裡。她在他懷裡扭動一下，眼皮閉上，用雙手抱著他的脖子，頭頂著他的下巴。「安，妹妹年紀小，我們得帶她上床睡覺了。我知道妳還不想睡，但妳必須陪她睡，免得她半夜醒來覺得冷。」

「我自己也覺得冷呢？」安說。

梅喜走在前頭，帶他們到兒童房。他把葛蕊思放在床上。她沒醒來。安哭了，無聲地哭。梅喜說，我陪她們吧，但他說，我來。他等到安的淚水乾了、手漸漸放鬆之後才離去。

這種事雖然常常發生，但不該發生在他們家。

「讓我去看麗茲吧。」他說。

他們的臥房早上還飄散著藥草的芳香。聽說藥草薰香可以趕走疫病。有人在她的頭、腳放置蠟燭，而且已用棉布把她的下巴纏起來。她的面貌看起來不像麗茲，像死人，然而面無懼色，有如判官。她比他在戰場上看到那些肚破腸流的死人更加死氣沉沉。

✿ ✿ ✿

他下樓去，聽僕人描述麗茲的最後一日。梅喜說，早上十點，麗茲坐下，說道：天啊，我覺得好累。到了中午，她說，我平常不是這樣的。梅喜說，親愛的，這的確不像妳平常的樣子。我把手放在她的額頭上說道，噢，親愛的，躺下吧，我送妳上床，發汗之後就好了。她說，等一下，我頭好暈，也許我該吃點東西。我們於是在餐桌前坐下，她卻把食物推開……。

他希望梅喜長話短說，但他知道她非說得這麼詳細不可，而且要大聲說出來。她就像在做一個言語包裹，做好之後交給他：現在，這是你的了。

中午，麗茲躺下。她全身發抖，額頭熱燙燙的。她問，雷夫在嗎？叫他去找主人回來吧。雷夫馬上出門，然而他碰到的每一個人都說沒看見你。

十二點半，她說，叫主人回來照顧孩子吧。接下來呢？她說，她的頭好疼。她可對我說了什麼？一句話也無，她只說她口渴。就這樣。之後也沒再說什麼了。

下午一點，她說，請神父過來。兩點，她對神父告解。她說，她有一次在義大利抓了一條蛇。神父說，那是譫妄。她已不知自己在說什麼。他說，天主赦免妳的罪。梅喜說，神父迫不及待地想走，因為他怕被傳染，自己也沒了命。

下午三點，麗茲彌留。四點，她已放下生命的重擔。

神父說，我想夫人想跟她的前夫葬在一起。

你為什麼會這麼想？

因為不久前我才跟夫人在一起。說完，他就走了。麗茲既然染上瘟疫，什麼喪服、唸經祈福、蠟燭等都不必了，必須儘速火化。他甚至不能叫葛雷哥利回來奔喪，也不能把家族每一個人都找回來為麗茲送葬。他們要做的只是在門外掛一束稻草，表示家裡有人死於瘟疫，四十日內禁止外人入內，家人也盡可能不要外出。

梅喜進來，說道：「麗茲可能是熱病死的，不是瘟疫……如果我們都足不出戶，倫敦不就成了死城？」

「不成，」他說：「我們必須這麼做。這是樞機主教大人的規定。我不可能明知故犯。」

梅喜問：「你到底上哪兒去了？」

他看著她的臉，說道：「你知道小畢爾尼嗎？我跟他在一起。這人是會跳火坑的，我得好好警告他。」

「後來呢？」

「我去學波蘭語。」

「當然，這是你喜歡的。」

她只是隨口說說罷了，沒什麼意思。他也從不去猜測她話裡有什麼其他意思。他既然整部《新約》聖經都背得滾瓜爛熟，此時此刻可想到哪一段經文？

後來，他不斷回想那天早上的事。他真希望能再看見麗茲那頂白色帽子，雖然當時他轉身一看，一個人影也無。他想像她依舊在這個溫馨的家，僕人在她後頭忙得團團轉。她佇立在門口，問他：「什麼時候回來？」但他腦海中顯現的是卻是她一個人孤伶伶地站在門邊，背後是一片藍光中的荒地。

他想起他們的洞房花燭夜。她身穿塔夫綢禮服，抱著手肘，像有心事似的。第二天，她說：「沒關係了。」接著，微微一笑。這就是她留給他的一切。麗茲是個不多話的女人。

✿　✿　✿

他在家裡足足待了一個月：讀書。雖然整部《新約》已在他腦袋裡，他還是不時翻閱。他也讀他喜愛的佩脫拉克，看他如何讓醫生跌破眼鏡。醫生本來已經放棄他，說他得了熱病，無藥可救，但他還是活了下來。醫生第二天早上回來看他，他竟然已經坐在桌前寫作。這個詩人從此不再相信醫師。他感嘆，麗茲走得太快，教他措手不及，好歹也聽聽醫生怎麼說，試試桂皮、莎草、苦艾等藥方看看，說不定印有禱詞的卡片也能起死回生。

他拿到一本馬基維利寫的《君王論》。他手上這本是在那不勒斯印的拉丁文版本，紙張、印刷都很粗糙，不知是傳過幾手的舊書。他想起在戰場上帶兵衝鋒陷陣的馬基維利，以及被關在刑求室裡的馬基維利。他覺得自己也像被關在刑求室，然而總有一天他一定能走出去，因為大門鑰匙就在他手裡。有人問他，那本小書寫什麼？他說，不過是一些箴言、警句，還有些老生長談的道理，沒什麼新鮮的。

每次他從書堆裡抬起頭來，就看到雷夫。雷夫個兒很小，因此大夥兒常跟他逗著玩，假裝沒看到他，故意問：「咦，雷夫在哪裡？」然後跟三歲小孩一樣樂不可支。雷夫的眼珠是藍色的，頭髮是沙棕色，論長相一點也不像克倫威爾家的人，但他的個性和主人倒有幾分相像：機靈、悟性高、頑固，而且愛冷嘲熱諷。

他和雷夫一起研究棋譜。那本書是在他出生前印的，還有圖片。他們一起皺著眉頭、絞盡腦汁，希望能精進棋藝。幾個小時過去了，兩個人的棋子都動不了。雷夫把食指放在他的兵上，說道：「我真是個笨蛋，早該找到你。他們說你不在律師學院時，我就應該知道你上哪兒去了。」

「你哪知道我上哪去了呢？我要是不在我該在的地方，就沒人可找得到我。你要動那個兵嗎？還是摸摸而已？」

「我只是想把棋子擺正。」雷夫把手抽回來。

他們盯著棋子、苦坐良久，看來這是僵局，必須和棋。「我們這樣下去是沒有結果的。」

「也許我們應該找別人來下棋。」

「再過一陣子吧。我們一定打遍天下無敵手。」

「啊，等一下。」雷夫說完，抓起騎士，飛躍過其他棋子，落在一個方格內。他看得張口結舌。

「雷夫，你完了！」

「未必。我在等你走錯路。」雷夫摸著自己的額頭說。

「沒錯，你這人總是活在希望當中。」

他們聽到窸窸窣窣的話語聲。外頭陽光燦爛。他覺得睏，但一閉眼，麗茲的身影就來到他面前，像以前一樣滿臉笑容、生氣勃勃。醒來之後，他又得重新面對失去她的痛苦。

遠遠的房間傳來孩子的哭聲。頭頂有啪答啪答的腳步聲。哭聲停了。他拿起國王那顆棋子，盯著棋子的底座，好像在研究這棋子是怎麼做的，然後輕聲地說：「我只是想把棋子擺正。」接著把棋子放回去。

✿　✿　✿

下雨了，安坐在他身邊，在習字簿上練習初級拉丁文。才到六月二十四聖約翰日，她已學會所有的一般動詞了。他告訴她，她比她哥哥學得快。他伸出手，說道：「讓我看看妳的本子吧。」他發現她在本子裡寫自己的名字，寫了一遍又一遍：安．克倫威爾、安．克倫威爾……。

主教有好消息從法蘭西傳來：遊行、公眾彌撒、用拉丁文做即席演說。他高高站在皮卡第每座教堂的祭壇上，對前來敬拜者說，他們的罪都被赦免了。還有好幾千個信眾等著要見他。

國王幾乎都待在比利歐的一間房子。比利歐位於埃塞克斯，那房子是國王最近從湯瑪斯．博林那裡買來的，而博林也正式受封為羅奇福德子爵。國王白天在森林遊獵，即使雨下得滴滴答答也減損不了他的興致，晚上則飲宴作樂。薩福克公爵、諾福克公爵和剛受封的子爵陪他用餐。薩福克公爵是國王的老朋友，如果國王說，幫我做一對翅膀，讓我展翅高飛，他會問說，那陛下要什麼顏色的？至於諾福克公爵，他是霍華德家族的大家長，也是湯瑪斯．博林的大舅子：一個四肢發達、心眼很多、很會為自己打算的人。

全英格蘭的人都在說國王要娶安妮．博林，但克倫威爾沒寫信告訴主教。他沒有主教要的消息，因此沒親自寫信給他，但他還是要他的夥計寫信向主教報告最新財務狀況。他說，跟主教說我們一切都好，代我向他問候，並表示我會好好為他辦事的。還有，請告訴他，我們希望早日見到他的尊容。

家裡沒第二個人倒下。這一年，倫敦終於逃過死劫——至少每個人都這麼說。教堂有人在做感恩祈禱，也許是祈求上帝息怒也說不定。有一群人會在晚上聚會，質疑上帝的目的何在，恐怕倫敦是罪惡之城，才會招致這樣的災禍。正如《聖經》告訴我們的：「商人很難不犯罪。」（德訓篇 26:29）還有一處說：「急於發財的，難免受罰。」（箴言 28:20）人心亂序、心神不寧，也只好援引聖經，例如：「因為耶和華所愛的，祂必管教。」（箴言 3:12）

九月初，瘟疫幾乎已經消聲匿跡，親友終於可以共聚一堂為麗茲禱告，並為她辦個像樣的追思儀式。克倫威爾家致贈十二件黑袍給教區裡的窮人。本來他們該跟在麗茲的棺木後頭，但麗茲的遺體早已火化。家族中的每個男人都必須立誓在連續七年的彌撒為她的靈魂禱告。舉辦追思儀式那日，天氣雖然暫時清朗，卻已頗有涼意。「麥秋已過、夏令已完、我們還未得救。」（耶利米書 8:20）

葛蕊思半夜醒來，說她看到媽媽全身裹著白布。她沒嚇得哇哇大哭或是哭得抽抽噎噎，而是像大人一樣默默流下恐懼之淚。

「江河都往海裡流，海卻不滿。」（傳道書 1:7）

❀　❀　❀

摩根．威廉斯像縮水似的，一年小一號，今天看起來格外瘦小。他白髮蒼蒼，面帶愁容，抓著他的手臂，說道：「為什麼上帝總是帶走最好的人？為什麼？」接著又說：「阿湯，我知道你和她在一起的時候多幸福。」

家族男女老少齊聚在克倫威爾家宅，不管是當律師的、做買賣的、當會計的或是做掮客的，幾乎人人一身黑。二姊貝蒂．韋斐德帶著兩個兒子和小女兒，大姊凱特也到了。兩姊妹交頭接耳在商量誰該來小弟家幫忙，再說梅喜已經上了年紀，要照顧那兩個小女孩，恐怕力不從心。她們對湯瑪斯說：「除非你再娶，我們才會放心。」

他的兩個外甥女乖巧可愛。她們手裡緊抓玫瑰念珠，左顧右盼，不知道接下來要做什麼。因為大人都在忙著說話，她們就靠在牆上對彼此眨眼，身體慢慢下滑，最後變成像兩歲小孩那麼矮，用腳跟保持平衡。「愛麗絲！裘安！」有人突然叫她們的名字。她們表情嚴肅，慢慢站好。葛蕊思走過來，這兩個小表姊悄悄抱住她，摘下她的帽子，讓她的金髮披在肩上，然後為她綁辮子。湯瑪斯和兩個姊夫聊起主教這次的法蘭西之行，眼睛餘光瞥向葛蕊思。小表姊將她的頭髮拉得太緊，她痛得睜大眼睛，像魚一樣無聲地張開嘴巴，最後才尖叫一聲。麗茲的妹妹（也叫裘安）聽到，連忙從客廳的另一頭過來，一把抱起葛蕊思。他每次看著裘安，都覺得她和麗茲真像一對雙胞胎。

安轉過頭來，看著這些姑姑、阿姨，然後和姑丈手挽著手。摩根．威廉斯告訴她：「我們正在談尼德蘭地區的貿易。」

「姑丈，如果樞機主教和法蘭西簽署合約，安特渥普那邊的人肯定不會高興的。」

「我們正是對妳父親這麼說，但是他對主教忠心耿耿。拜託，湯瑪斯！你應該和我們一樣討厭法蘭西吧。」

他們不了解主教多需要和法王交好，要是歐陸沒有強權為國王撐腰，他如何離得了婚？

「永久和平條約？上次簽這樣的條約是什麼時候？不是三個月前嗎？」他的姊夫韋斐德笑道。他的連襟約翰·威廉生（也就是裘安的丈夫）接著說，我們來打賭吧，看這次的「永久和平條約」可以維持多久？三個月，還是半年？然約翰忽然想起今天的場合不宜笑鬧，趕緊道歉地說：「阿湯，對不起。」接著狂咳起來。

裘安這時說：「阿湯，要是這個老賭鬼繼續這樣咳，應該熬不過今年冬天，那我就可以嫁給你了。」

「真的？」

「當然囉，只要我從羅馬拿到一只特許狀，就沒問題了。」

大夥兒憋住笑意，差點忍俊不住，你看著我，我看著你，彼此心照不宣。葛雷哥利說，有什麼好笑的？你怎麼能娶你姨姊或小姨子呢？他和表兄弟克里斯多福、威爾、理查和華特到角落聊天——但凱特那兒子怎麼叫華特？難道他們不擔心那個可怕的老爹陰魂不散？難道起這個名字是要提醒自己別太快樂？他慶幸老華特不在了，他們的下一代沒人見過他。他告訴自己，人都死了，別跟老爹計較，對他好一點吧，然而他現在能做的只是在彌撒時為他的靈魂祈禱。

在他回英格蘭定居的前一年，曾橫渡海峽準備回國，但最後又折返。他下不了這個決心。他除了在安特渥普攬到不錯的商業合約，也交了不少朋友。安特渥普是個不斷擴展的城市，年年都有進步，似乎是個落地生根的好地方。如果他有鄉愁，教他念念不忘的反而是義大利。他喜歡那兒的天氣和語言，那裡的人都叫他「湯瑪索」；如果他懷念泰晤士河畔的景色，去威尼斯走走就能心滿意足；佛羅倫斯和米蘭給他很多的靈感與啟發，這是他在國內得不到的。但他老覺得一條無形的線在拉著他——他好奇家鄉有哪些人死了，誰出生，也渴望再見到姊姊，一同開懷大笑。英雄不怕出身低，哈哈。他曾寫信告訴摩根·威廉斯：接下來，我想回倫敦，千萬別讓我老爹知道我要回去。

頭幾個月，他們不斷勸他，說老爹已經改過自新，判若兩人，再看到他，你一定認不出他。他知道他再喝酒就要送命，所以現在安分多了，不再動不動就被告上法院。他甚至當上堂會理事，管理教會財務。

什麼？這老頭不會偷喝祭壇的酒，喝得酩酊大醉？不會挪用香油錢？

不管他們說好說歹，他都不肯再踏上帕特尼一步。他足足等了一年多，等到娶妻生子之後才敢回去。

他離鄉背井已超過十二個年頭，一想到家鄉或許早已人事全非，即悚然心驚：翩翩少年已成腦滿腸肥的中年人、窈窕淑女變成枯槁的老太婆、原來福泰的變得更胖、細緻的五官被肥肉擠得變形、明眸皓齒的佳人變得眼神呆滯。有些親友他甚至完全認不出來，乍看之下還以為是陌生人。

但華特縱使化成灰，他也認得出來。他老爹走向他的時候，他心想：再過二十年或三十年，如果我還活著，大概就是這模樣。他們說，長久以來，他過著醉生夢死的生活，只差一步就要進棺材，但他不像快死的人，看起來和以前沒什麼兩樣，似乎可以一拳把他打倒。也許他正想這麼做。他本來就矮胖結實，現在腰圍更粗了。頭髮一樣濃密、鬈曲，幾乎沒有一根白髮，一樣喜歡斜眼看人。他的眼睛小而明亮，眼珠子是亞棕色的。他以前常說，打鐵的要有好眼力。其實，不管在世界的任何一個角落都要有好眼力，不睜亮眼睛，很容易被扒得精光。

「你去哪裡了？」華特問。以前，他總是氣沖沖地這麼問他，現在的語氣只是有點不悅，似乎這兒子只是去兩公里外的墨雷克辦事，回來遲了。

「噢……就是到處走走。」他說。

「你看起來像外地人。」

「沒錯，我變成外地人了。」

「你這些年在做什麼？」

他想像自己說：「做些有的沒的。」他果然這麼說。

「什麼有的沒的？你現在到底在做什麼？」

「我在學法律。」

「法律！」華特驚叫，「要不是他媽的法律，我們早就是爵爺了，附近這一大片莊園都是我們家的。」哈！這可有趣。這個人只會打鬥叫囂，與人比拳頭、比無恥，如果這樣可以成為爵爺，那他也可以當公爵了。更糟的是，這人自命不凡。華特從小就聽家人說：他們克倫威爾家曾經是有錢人家，擁有很大的莊園。什麼時候？在哪裡？華特說：「在北邊的某個地方！就在那裡！」接著對他大吼大叫，你這死小子是不是在嘲笑你老爹？即使華特說的是天底下最白爛的謊言，他也得點頭如搗蒜。「我們家為何會落到這步田地？」他問。華特說，還不是律師在搞鬼！律師都是騙子，他們會偷你的土地，你了解吧？他想，我雖不是呆瓜，還是不知道老爹在說什麼。老爹又說，我只是在所謂的公地養幾頭牲畜，他們居然就說我犯法，把我拖到法庭。公地就是公家的，公家的就是每一個人的，為什麼我不能使用？

如果克倫威爾家的土地在北方，那土地是怎麼來的？這麼問一點意義也沒有，只有討打的份兒。華特會用他的拳頭來回答你。但他繼續追問：「我們家難道沒有現金？那些錢呢？」

有一天，華特難得清醒，於是跟他解釋，聽來頗有道理：揮霍光了吧。錢財如流水，一去不復返。

多年來，他一直在想這件事。將來，他要是回到帕特尼，他要問問老爹：「如果我們曾是富有人家，我會想辦法把剩下的財產要回來。這樣你會不會心滿意足？」

他本想討老爹歡心的，沒想到他又翻臉了。「你們是想分一些吧。你和你那不要臉的姊夫摩根是不是串通好了？那是我的錢！你們別肖想了。」

「那是我們家族的財產。」他在想，我們父子在幹嘛？為了不存在的財富吵得臉紅脖子粗？「你已經當爺爺了，」他壓低聲音說：「但我不會讓你靠近孫子一步的。」

「是嗎？我孫兒都出生了。你老婆是什麼人？尼德蘭婆娘？」

他告訴老爹麗茲的事，坦承他已經回來一段時間，而且已經娶妻生子。華特嗤之以鼻地說：「原來你搭上有錢寡婦了。有錢老婆比較重要啦！你老爹算什麼東西？你可能以為我已經翹辮子了。你要當律師，不是嗎？你這小子就是一張嘴吱吱喳喳停不下來，即使給你一巴掌也治不好你的賤嘴。」

「老天爺知道你出手有多重。」

「我想，你現在對咱們家的打鐵鋪沒興趣，也不想幫你約翰叔叔的忙，睡在蕪菁堆中。」

「我的天，爹啊，」他說：「在蘭巴思宮，根本沒有人吃蕪菁。摩頓樞機主教吃蕪菁！你腦袋壞了嗎？」

他小時候，約翰叔叔在摩頓樞機主教住的蘭巴思宮當廚子，因此他常跑到主教府的廚房偷享口福。那時，蘭巴思宮還沒加蓋大門，他就在靠近河邊的入口晃來晃去，觀察進出主教府的人。他問旁人，這個走進來的人是誰，方才出去的又是誰，並牢牢記住。下次再見到他們，看他們衣服是什麼顏色，或看盾牌上刻畫何種動物和什麼東西，他就知道來者何人。有人會對他大叫：「小鬼，別站在這裡，去幹活吧。」

除了他這個閒雜人等，廚房的確有不少小孩在幹活，幫忙拿東西。小小的手指忙著拔除家禽的毛或草莓蒂頭。晚餐時刻，管家列隊拿著餐巾、鹽巴從廚房走出。此時，約翰叔叔會評估烤好的麵包，不夠好的就丟在籃子裡給僕人吃，然後數一數通過標準的有幾條。小湯瑪斯就站在他身旁，假裝是他的助手，他就這樣學會了數數兒。接著，肉類和乳酪一一端上大廳，放在大主教的餐桌上，還有糖漬水果、香料鬆餅——那時摩頓還不是樞機主教。吃剩的東西下桌之後，他們就有得分了。廚工先吃，剩下的送到救濟院、醫院，也分一點給在主教府入口的乞丐。乞丐不吃的，再給小孩吃或拿去餵豬。每天早晨和晚上，孩子拿著啤酒和麵包爬上後面的樓梯，放在餐櫥中，準備讓主教的侍從享用，然後就可以領賞。那些侍從都是好人家出身的少年，因為常常服侍貴客用餐，所以有機會跟他們混熟。他們在一旁靜靜地聆聽主教與客人交談，記下值得學習的東西。如果他們不是在餐桌旁服侍客人，就是跟老師學習音樂或其他學問。有幾個希臘文老師常手捧鮮花和香盒在主教府裡走來走去。他對其中一個侍從印象特別深刻：他就是湯瑪斯．摩爾。摩頓主教曾在大家的面前說，摩爾學問精湛而且機智過人，總有一天將成為大人物。

一天，他拿了條全麥麵包放在餐櫥之後，在那裡徘徊了一會兒。摩爾看到他，問說：「你在這裡做什麼？」他沒回答，只是問：「你手裡那本大書寫的是什麼？」摩爾笑道：「還不是字，字，只是一大堆字。」

摩爾那年十四歲，有人說他不久會去牛津念書。但他不知道牛津在哪裡，不知道自己想不想去，也不知道到底會不會被送去那裡。畢竟，任何一個小侍從都可能被送過去，但他只是個孩子，還未成年。

十四歲是七歲的兩倍大。他問老爹：我七歲了嗎？別只是說「對」，告訴我今年幾歲，好不好？他老爹說，拜託，凱特，妳就幫他過生日吧。只要能讓他閉嘴，不再問東問西，跟他說什麼都可以。

有一天，他爹對他說，我一看到你就討厭。他於是離家出走，去蘭巴思宮找約翰叔叔。但約翰叔叔告訴他，這禮拜已經太多人，你在這裡也無事可做。他只好回帕特尼。有時候，叔叔會讓他帶禮物回去，像是一對鴿子。牠們的腳綁在一起，喙部還流著血。他沿著河岸走回家，抓著那對鴿子，在頭頂上繞啊繞，讓牠們看起來就像在飛翔。有人見狀，大叫：住手！每次他做什麼，都有人出來斥喝。叔叔說，你這孩子這麼淘氣，不但愛報復，而且喜歡唱反調，叫你別去的地方，你偏偏要去，能拿你怎麼辦？

廚房走道旁有一個冷冷的小房間，裡頭有個叫伊莎貝拉的女人。她會用杏仁糖麵糰做成人物的樣子，讓大主教和他的友人拿來演戲，當作茶餘飯後的娛樂。有些人物是英雄，如亞歷山大或凱撒大帝，有些是聖人。她說，今天她要做的是聖多默。有一天，她用麵糰做了幾隻動物，並送給他一頭獅子。她說，這是可以吃的。他捨不得吃，想保存起來。伊莎貝拉說，吃掉吧，不然很快就碎了。她說：「你難道是沒娘的孩子？」

他從廚子寫的食材訂單學會認字，像「麵粉」、「乾豆」就是這樣會的。他也研究食品儲藏室膳務員寫的單子，記住「大麥」、「鴨蛋」等字。對他老爹華特而言，識字只是為了利用不識字的人，占他們的便宜。學寫字的目的也一樣。於是華特就送他到教士那兒學習。可他老爹找錯人了。這些教士立下一些奇怪的規矩：他要專程來上課，不是順道來的，不可以把癩蛤蟆裝在袋子裡帶來，不可以帶鈍的刀子，要是身上有傷或青一塊紫一塊的，也不能來上課（他老爹華特因此不能在家裡對他拳打腳踢）。但教士對他大吼小叫，每次都忘了給他吃飯，因此他又逃到蘭巴思去找約翰叔叔。

最後，他回到帕特尼。老爹剛好有空，沒趴在女人身上忙著辦事。你這小鬼死到哪裡了？華特問他。老爹的女人很多，有些在他完事後，就被踢到街上，所以他從沒見過。但姊姊凱特和貝蒂會跟他說這事，還一邊發出尖銳的笑聲。有一次，他從外頭走進家門，全身髒兮兮，而且像落水狗一樣溼答答，一個女人說道：「這是誰家的小孩？」接著用腳踢他，把他趕出院子。

有一天，他快到家的時候，發現有一隻沒人要的小狗躺在街上。牠小得像一隻老鼠，冷得直發抖，甚至驚嚇到哭不出來。他叫牠貝拉（他的第一隻貝拉），用一隻手把牠抱回家，另一隻手拿著一小塊用鼠尾草葉包起來的乳酪。

那狗死了。貝蒂說，你再上街找一隻吧。他在街上找了很久，雖然發現好幾隻，但都是別人家養的。

從蘭巴思回帕特尼路途遙遠，有時他在半路就肚子餓，把叔叔給他的食物吃掉。叔叔如果給的是一顆甘藍菜，他就拿來當球踢，在地上滾，用力摔，直到整顆菜碎了、爛了。

在蘭巴思，他常當膳務員的跟屁蟲。他們每說一個數字，他就記起來。後來，有人說他要沒時間寫下來，問約翰的姪子就可以了。每次廚房訂的貨到了，他就會通知叔叔，要他檢查一下，看是否有人偷斤減兩。

夜晚，蘭巴思宮燈火明亮。廚房所有的鍋子都刷洗乾淨之後，所有的孩子就到外頭踢球。他們的叫聲直上雲霄，互相衝撞，大飆髒話，最後打成一片，有時還把人咬傷，直到有人出來制止，才悻然離去。主教的侍從則在窗邊高聲吟詠詩歌。

有時，他看到摩爾的臉出現在窗口。他揮揮手，但下面的孩子那麼多，摩爾似乎認不出來是他。這位年輕學者只是客氣地微微笑，然後把窗戶關上。月亮升起，書本回到書架上，在廚房工作那群孩子鑽入麻袋，在火爐旁呼呼大睡。他記得有個夏夜，大夥兒本來在院子踢球，突然每個人都靜靜地站著仰望星空。他們聽到細細的、尖銳的笛聲，一隻黑鳥躲在水門邊的樹叢跟著高歌，一個船夫在河上以口哨應和。

✽ ✽ ✽

一五二七年。主教從法蘭西回來了，他立刻叫人籌備宴會。法蘭西大使也在受邀之列，準備正式簽訂合約。主教說，我們要拿出所有的珍饈佳餚，盡全力款待貴客。

國王一行人在八月二十七日離開比利歐，不久即與剛返國的主教碰面。自從六月初以來，他們還沒面對面談過。主教跟他說：「有人說國王對我冷淡，事實並非如此。然而，安妮．博林也在場……這倒是真的。」說來，主教這次遠行並未達成任務。歐洲其他樞機主教不來亞維儂了，他們的藉口是：天氣太熱，他們不願南下。主教說：「但我有更好的主意。我打算請教宗派使節過來，與我一起在英格蘭審理國王的離婚案。」

他說，主教大人，您在法蘭西奔波之時，內人麗茲已蒙主寵召。

主教抬起頭來，手倏地貼在心臟上，右手撫摸他戴的十字架項鍊。他問，這是怎麼回事？他仔細傾聽，大拇指一再地撫摸十字架上的耶穌像，好像要撫平似的。他低下頭來，喃喃地說：「因為耶和華所愛的……」他們靜靜地坐了好一會兒。為了打破沉默，他開口問主教一些無關緊要的問題。

他幾乎用不著問主教運用了何種策略。主教已答應給法蘭西軍隊金援，讓他們進入義大利，把查理五世趕走。要是真能做到這樣，讓教宗奪回梵蒂岡、光復教皇國，他該會對亨利國王感激涕零。至於與法蘭西的長期友好關係，就連他——克倫威爾——也和城裡的親友一樣存疑。如果你走在巴黎或盧昂的街上，會看到一個做母親的拉著孩子的手說道：「別哭啦，再這樣哭哭啼啼，我就去找英格蘭人來把你抓走！」由此可見，英法之間不可能有長遠、和諧的關係。法蘭西人永遠不會原諒英格蘭人蹂躪他們的土地，讓他們的家園變成一片荒蕪。英格蘭士兵不但無騎士風範可言，所作所為無異於禽獸，更視戰爭法於無物。戰爭本身其實沒什麼，最創痛的還是他們在不打仗的時候造成的破壞。英格蘭士兵一路燒殺劫掠、強姦婦女，凡是在一地駐紮，每天都跟當地民眾勒索，不繳錢者，馬上賠上身家性命。他們不但殺害教士，還把他們的衣服剝光，把赤裸的遺體吊在市場。這些士兵好像是不信教的野蠻人，進入每一間教堂搶劫，把聖餐杯放在自己的行囊，燒聖書煮食。他們破壞聖物，把祭壇洗劫一空。明明人已被他們殺死了，還跟死者家屬要贖金。要是不願付錢，就把屍體扛到家屬面前焚燒。這群士兵就像禿鷹肢解死牛一樣，將死者分屍。

雖然當國王的可以握手言歡，一笑泯恩仇，人民卻忘不了這樣的深仇大恨。這事他沒跟主教說，因為他有更多的壞消息要告訴他。在他遠行之時，國王悄悄派人到羅馬進行祕密協商。主教說，他已發現了，當然，他們的協商是沒有結果的。「但是，國王如果不相信我，瞞著我在背地裡做一些事，我們要成功就難上加難了。」

他從來沒看過這種兩面手法。其實，國王已經知道他的離婚案在法律上可能站不住腳。他雖心知肚明，還是不想面對這個事實。他說服自己，他的婚姻是無效的，因此他從未結過婚，愛娶誰就娶誰。然而，我們可以這麼說，他雖然說服自己的意志，卻還是過不了良心那一關。至於教會法規，他再熟悉不過，他甚至可以說是這方面的專家。

亨利在還沒登基之前，由於是次男，依照父親的安排，接受神學的洗禮，準備擔任最高神職人員。沃爾西說：「要是亞瑟王子活到今天，樞機主教就是亨利，輪不到我。但是，湯瑪斯，你可知道，樞機主教也不是好當的。我從上船的第一天到現在，還沒休息過一天。我們一從多佛出發，我就暈船了。」

他們曾一起橫渡海峽。主教躺著，直呼上帝。而他年輕時曾在船上待過一段時間，什麼大風大浪都見過，因此感覺稀鬆平常，大部分的時間都待在甲板上，素描船帆、索具，並設計新的船隻。他跟船長說，你看，這麼一來，船就可以跑得更快。船長想了一下，說道：「等你有了自己的商船，就可以採用這樣的設計，但每一艘來自基督國度的船，都會以為你的船是海盜船。如果你在海上遇難，沒有人敢出手救你。」他又解釋說：「船員不喜歡新東西的。」

「就我所見，」他說：「其他的人也一樣。」

由於英格蘭守舊，只得舊瓶裝新酒或是換湯不換藥。外地來的人則必須把遠祖扛出來，說他們幾代以前是本地人，就像華特，或者祖先曾在這裡的某個世家服務過。別說你只是一個人，人家會以為你是海盜。

這個夏天，主教回來之後，他想起在海外飄流的那段歲月。他必須提高警覺，隨時準備跟敵人肉搏戰。此時，他得去廚房瞧瞧，看他們為法蘭西大使準備了什麼好料的。廚子用糖膏做了聖人聖保祿的塑像，還做了尖塔，但頂端要加上十字架和圓球有點困難。他說：「用杏仁糖麵糰做幾隻獅子吧——那是主教要的。」

他們翻了一下白眼，發句牢騷：「到底有完沒完啊？」

主教從法蘭西回來之後變得脾氣古怪，很難侍候，和以前判若兩人。他不只怨嘆在歐陸碰到釘子，更不滿有人在他背後搞鬼。有人不但造謠中傷他，甚至蒐集所有的流言蜚語印刷成冊。主教叫人上街把這些冊子全部買回來。然沒多久，又有人捧著一大捆剛印好的在街頭叫賣。他還在法蘭西的時候，所有的小偷似乎都盯上他的行李搬運車。到了孔皮耶涅，他找了警衛日夜看守他的黃金餐具，結果有個小鬼從後面的樓梯偷溜進來，把那些餐具拿到外邊給在那裡守候的老賊。

「後來呢？小偷抓到了嗎？」

「那個老賊被逮到了，我們給他戴上頸枷，但那個小鬼跑了。有一天晚上，又有幾個壞蛋從窗戶溜進我的寢室……」黎明，陽光費力穿過雨霧，照在絞架上——主教的帽子就吊在那裡，濕啊濕的。

❁ ❁ ❁

接下來又是多雨悶溼的夏天。他感嘆，難道老天爺就不能高抬貴手？看來，秋天又要歉收了。國王和主教交換強身祕方。國王說，他若忙於國事就會打噴嚏，最好悠閒度日。如果雨勢減弱，就在皇家庭園譜曲、散步。下午，他和安妮躲在某個角落談情說愛。有人說，安妮願意讓國王為她寬衣解帶了。晚上，幾杯美酒下肚就可趕走寒意。安妮朗讀聖經，用經文勉勵他。然酒足飯飽後，國王就變得鬱鬱寡歡。他想，法蘭西國王在笑他，查理五世也在笑他。夜愈深，他的相思病就愈嚴重。他心中漲滿愁緒，有時不願見任何人。他酒喝得多，睡眠的時間也很長，但都是一個人睡。因為他還年輕，一早醒來又是生龍活虎。他樂觀開朗、頭腦清楚，準備展開新的一天。白天總給他帶來希望。

主教就算是生病，也還在操勞。他坐在書桌前不斷地打噴嚏，抱怨這裡疼、那裡痛。

以後見之明來看，一眼就可看出主教從何時出現頹勢，但在當時並不容易。回顧往日，他想起在海上飄蕩的日子。地平線模糊難辨，海岸線又被迷霧籠罩。

十月，他的姊姊、岳母和小姨子來拿麗茲的衣服，重新剪裁，製成新衣，不浪費任何一塊布料。

耶誕節，亨利與臣僕在宮廷高歌：

冬青青翠，
永遠碧綠。
心上人啊，年年歲歲，
我將對妳忠貞不渝。

儘管冬風呼呼地吹，
常春藤綠油油，冬青依然青翠。

冬青長青，
唯常春藤一樣不畏風寒，
百花凋零，
樹葉枯殘，
冬青依然青翠[17]。

✿ ✿ ✿

一五二八年春。一副窮酸樣的摩爾神情愉悅地往前走，一邊自言自語。「就是這個人，」他說：「湯瑪斯·克倫威爾。我想見的就是這個人。」

他和往常一樣和顏悅色，襯衫領口破破爛爛。「啊，克倫威爾，你今年要去法蘭克福，不是嗎？我想，主教應該會派你去那裡參加商展，順便跟那裡的書商打交道，不惜花重金把異端的書收購回來焚燬。但世風日下，邪風紛紛，主教恐怕也難以力挽狂瀾。」

摩爾在駁斥馬丁．路德的冊子上，說路德是一坨屎，還說他的臭嘴是這個世界的肛門。他想，摩爾不是聖人嗎？這種話怎麼說得出口？但他的確說了。摩爾說起拉丁文髒話，連撒旦都要掩起耳朵。

「那些異端的書與我無關，」克倫威爾說：「那些海外的異端就由當地的領袖去處理吧。教會的立場都是一樣的，沒有一個教會容得下他們。」

「噢，但路德教派一旦去安特渥普之後，會有什麼結果？你知道安特渥普那個鬼地方！那裡沒有主教、沒有大學、沒有像樣的學校、沒有權威人物出來制止那些聖經譯本的流傳。那是哪門子的翻譯？依我看，那是存心不良、亂譯一通，用來誤導人民的……。你該知道吧，畢竟，你在安特渥普住了好幾年。有人看到丁道爾在漢堡現身。你知道這個人吧。如果你看到他，認得出來嗎？」

「倫敦主教認得出來，或許大人您也可以。」

摩爾想了一下，說道：「沒錯，沒錯。」他咬著嘴唇，「或許你會告訴我，律師的工作不是揪出那些爛翻譯。但我希望想出辦法對付那些妖言惑眾的傢伙。如果這些人危害國家，我們就可以祭出法律，將他們引渡回國，讓他們接受嚴厲的法律制裁。」

「大人，您可知道丁道爾在書裡寫了什麼離經叛道的東西？」

「啊，克倫威爾！」摩爾雙手摩擦，「你這個人真有意思。我很欣賞你。但我覺得自己像禁不起刺激的笨蛋。一個小人物或小律師可能會說：『我讀了丁道爾寫的東西，沒發現什麼錯誤。』克倫威爾，你實在是個聰明人，不但沒上鉤，還把問題丟回給我，問我：你可讀過丁道爾的聖經？沒錯，我讀了他的書。我仔細研究過這個人寫的東西，拆解他的翻譯，逐字細讀。當然，這是主教大人要我做的。」

「德訓篇說，近墨者黑（13:1）。只有一個人例外，他就是摩爾。」

17、此乃亨利八世獻給凱瑟琳王后的情詩，最初出版於一五二二年。

「說得好！我知道你聖經背得滾瓜爛熟。如果神父在聽告解的時候，聽信徒說他做了什麼敗德的事，神父會因此變成敗德的人嗎？」摩爾一邊比喻，一邊脫下帽子，心不在焉地把帽子折來折去，最後折成兩半。他小心翼翼地左顧右盼，好像四面八方都可能有人跑出來攻擊他。他眼睛明亮，但眼神不好，應該是累了。「我相信主教也會讓樞機主教學院那些研究神學的年輕學子看看路德教派的冊子。也許他也允許你讀了，是不是？」

主教也叫他的律師來讀聖經，不是很怪異嗎？然說怪異只是對一般律師而言。克倫威爾說：「我們曾圍成一圈一起研究。」

摩爾燦然一笑：「現在是春天了。不久，我們就可圍著五朔節的花柱跳舞。此時也是航行的好季節，你該利用機會做點羊毛生意。啊，也許你光是敲詐肥羊，就已經荷包滿滿。如果主教要你去法蘭克福，你應該會去吧？要是主教要一些小修道院關門，沒收他們的資產用以興學，請幫那些教士想想吧。他們年紀大，又有點老糊塗。他或許想到穀倉充實，池塘魚兒成群，但修道院院長又老又瘦……。算了，你去吧，帶著你的手下去東西南北闖盪去。」

要是其他人敢跟他說這樣的話，他必然飽以老拳。但摩爾話鋒一轉，邀他到家中作客。「來雀爾西走走吧。我的客人常妙語如珠，如果你來，更能使寒舍蓬篳生輝。我們吃的雖然只是粗茶淡飯，但是風味絕佳。」

他想起丁道爾曾說，上帝看到在廚房洗盤子的小男孩就心生歡喜，跟見到講壇上的傳道人或加利利海邊的使徒一樣喜悅。但他想，他最好別提丁道爾說的話。

摩爾拍拍他的手臂。「你沒打算再婚嗎？或許不結婚才是聰明人。我父親曾說，挑老婆就像把手伸進一個袋子，裡面裝了一堆滑溜、不斷蠕動的東西，共有一隻鰻魚和六隻蛇。你想，你抓到鰻魚的機會有多少？」

「可令尊不是再婚了……嗯，他似乎結過三次婚？」

「梅開四度。」他笑著說，連眼角都出現笑紋。他緩步離去，說道：「為你太太祈求冥福的人來了。」

摩爾的太太剛過世，屍骨未寒，繼室便登堂入室。他就是因為割捨不下肉體的慾望，當不了神父，只好為人夫婿。他曾與一個十六歲的少女墜入情網，但少女還有個十七歲的姊姊雲英未嫁。他擔心和妹妹結婚會傷了那個做姊姊的自尊，於是娶了大的。他不愛她。她大字不認得一個，也不會寫字。他想，這是可以彌補的，然而這似乎只是他一廂情願。他希望她能用聽的把講道的文章背起來，但她直發牢騷，說她不依。他把她送回娘家。岳父建議他用棒子來馴服悍妻。她被打怕了，發誓再也不會抱怨。摩爾說：「她雖然不再抗議，依舊不肯讀書。」他想，算了，她不發牢騷就好了。這個頑固的女人幫他生了四個孩子，二十四歲就死了。沒多久，摩爾就娶了城裡的一個寡婦。這個女人和他的亡妻一樣頑固，不肯讀書。如果一個人對自己寬宏大量，堅持要和女人生活在一起，以獲得肉體的滿足，他的靈魂就不得不犧牲一點了。

教宗答應沃爾西的請求，派樞機主教坎佩吉歐來英格蘭審理亨利國王的離婚案。坎佩吉歐在當神職人員之前曾結過婚，對婚姻問題多所了解，不像沃爾西畢生未婚，因此是非常合適的人選。接下來，沃爾西希望他能幫忙澆熄國王的慾火，這次的離婚風波就可順利解決。雖然查理五世的軍隊已撤出羅馬，但歷經一整個春天的協商，最後仍沒有結果。賈德納去了一趟羅馬，為主教帶一封信給教宗。主教在信中盛讚安妮，以免讓教宗認為國王要跟她結婚完全是任性、沒經過大腦的選擇。為了寫這封信，主教坐在書桌前沉思良久。他列舉安妮的優點：「溫婉……貞潔……我可以說她是個貞潔的女人嗎？」

「最好這麼寫。」

「還有什麼？」主教抬起頭來。他有點猶豫，然後繼續寫。

「會生孩子？沒錯，她的家族人丁興旺。她是教會最虔誠的女兒……，或許該詳細述說……。據說，她在閨房放了一本法文聖經，也讓她的女僕看。可我只是聽說，不知道是不是事實……」

「弗朗索瓦允許法文聖經。我想，她的聖經是在法蘭西讀的。」

「但是，說到女人，女人該不該讀聖經呢？至今仍有爭議。安妮知道馬丁弟兄[18]說婦道人家應該如何嗎？他說，如果我們的太太或女兒因生產而死，那也是上帝的旨意。馬丁弟兄啊，這豈不是太嚴厲了？而且也太固執了吧。或許安妮不是喜歡研讀聖經的女人，但這麼說會不會侮辱她？或許她只是沒耐心聽神職人員說教。不管如何，我希望她不要把所有不順心的事都怪到我頭上，別太苛責我。」

安妮雖然在給主教的信中表示友好之意，但他覺得她口是心非。他曾說：「如果我有把握教宗願意聲明國王的婚

18、指馬丁．路德。見《路德文集》：「即使女人在生產時面臨死亡，也應含笑而逝，因為這是一件崇高的事，也是為了順服上帝而死。」

姻無效，我一定親自去梵蒂岡，就算是把我的血管割開，用我的血來簽署這份文件，我也願意。可你知道嗎？就算安妮知道這事，她會心滿意足嗎？想得美喔。不過，你要是見到博林家的人，還是跟他們提一下吧，讓他們知道我已經盡了全力。對了，我想你認識一個叫蒙茂慈的人吧？他曾讓丁道爾在他家住了半年。有人說，蒙茂慈還不斷資助他，但我想這不大可能吧，除非他知道丁道爾的行蹤。這個蒙茂慈……為什麼我會提到這個人？」主教閉上眼睛，接著說道：「我只是順口提起罷了。」

倫敦主教的大牢已擠得滿滿的。路德教派的人都被他抓起來，關在新門和弗利特的監獄，和其他罪犯關在一起，除非放棄信仰、公開鞭笞自己以示悔改才得以出獄。如果再犯，絕對會被燒死，沒有第二次機會。

蒙茂慈的家被翻箱倒櫃、徹底搜查，所有可疑的文書都被沒收。然而，他似乎在事前已先得到警告，結果沒從他家搜出任何和丁道爾有關的書本和信件。但蒙茂慈還是被送進倫敦塔，這讓他的家人驚懼萬分。蒙茂慈是個善良的布商，與公會和市民關係良好。他同情窮人，即使景氣不好，依然繼續買布，讓織工不至於失業。倫敦主教把他關起來是為了讓他屈服。最後查無罪證，蒙茂慈終被釋放。話說回來，他們又能從爐子裡的一堆灰燼查到什麼？然而蒙茂慈重獲自由之時，他的布行已經快倒了。

要是湯瑪斯·摩爾執法，蒙茂慈肯定成了一堆骨灰。摩爾說：「克倫威爾，你什麼時候才要光臨寒舍？還在地窖啃沒塗奶油的麵包嗎？來吧。我不會用毒舌招待你的。我會把你當朋友。」

這話聽起來像是威脅。摩爾一邊走，一邊搖搖頭，說道：「讓我們做好朋友吧。」

灰燼。沒塗奶油的麵包。主教說，英格蘭是個悲慘國度，是被放逐者的家園，解脫之日似乎遙遙無期，承受上帝給的特別苦難。如果英格蘭受到上帝詛咒或是邪靈的惡咒，拜光明燦爛的國王和樞機主教之賜，所有的詛咒會暫時破除，然這段黃金歲月已近尾聲。在即將來臨的這個冬天，大海會結凍，每一個看過的人都將畢生難忘。

✿ ✿ ✿

裘安與她丈夫約翰·威廉生及女兒小裘安搬進克倫威爾的家。克倫威爾說，威廉生可助他一臂之力。裘安問：「湯瑪斯，你最近在忙什麼？」

她不希望威廉生被他拖下水，才這麼問。

他說：「我們的目的在使人變得富有，我們有很多辦法，約翰可以幫我的忙。」

「約翰不用幫樞機主教辦事，是吧？」

由於主教關了一些修道院，聽說某些有影響力的人士向國王抱怨。他們對主教沒收修道院資產來興學一事不以為然，說他贊助學者、興建圖書館不過是掛羊頭賣狗肉。他們只對「分肥」有興趣，因為分不到，所以紛紛說主教的壞話，說什麼修士沒穿衣服就被趕出去，老淚縱橫地站在路邊。其實，那些年老的修士已經被送到較大的修道院，比較年輕的就還俗了。再說，那些教士不學無術，在修道院裡只是尸位素餐，他們甚至連拉丁文禱詞都說得結結巴巴。如果他問：「請告訴我這一段是什麼意思。」他們會答：「哪有什麼意思？」似乎文字和意義只是用一條繩子鬆鬆地綁在一起，用力一拉就斷。

「別擔心別人說什麼，」他告訴裘安，「我會一個人扛起全部責任。」

主教對這些指控嗤之以鼻，板著臉把抱怨的人姓名寫在檔案中，然後苦笑著把名單交給他的手下去處理。他目前只在意他的新房子、他的旗幟飄揚在空中、磚瓦上有他盾徽的浮雕，以及他培養的牛津學者。他沒收劍橋一些小修道院的資產，挹注到樞機主教學院，讓學院得以延攬年輕的一流學者。但復活節前出了點麻煩。院長發現有六個新來的學者藏有禁書。沃爾西說，那就把他們關起來吧。先關起來，再去跟他們講道理。如果天氣還可以，不會太熱，也沒下雨，我一定會親自去勸他們。

然而無論怎麼解釋，裘安都不接受。她只希望她丈夫別被他拖下水。「阿湯，你知道你在做什麼就好了。」她的眼睛瞅著他，「至少你看起來還是個負責任的人。」

她的聲音、她的腳步聲、揚起眉毛的樣子和率直的笑容在在都讓他想起麗茲。有時他一轉身，猛然看到她的身影，還以為麗茲走進來了。

❁　❁　❁

家裡多了好幾個人，小葛蕊思一時搞糊塗了。她知道她母親的前夫叫湯姆・威廉斯，因為家人在禱告的時候會提到他的名字。她問：威廉生姨丈是威廉斯的兒子嗎？

裘安想要解釋給她聽。安說：「省省妳的力氣吧。」她拍拍妹妹的頭，小小的指頭在葛蕊思帽子上繡的小珍珠上跳躍。「這個小呆瓜。」她說。

他告訴她：「葛蕊思不笨，只是年紀小。」

「我不記得我小時候這麼笨。」

「他們都很笨，只有我們例外？對不對？」

答案似乎寫在安的臉上。他這是明知故問。「為什麼人要結婚？」

「這樣才能生孩子。」

「馬兒沒有結婚，還不是照樣可以生出小馬。」

「大多數的人覺得，結婚能增加他們的幸福。」

「噢，原來如此，」安說：「那我可以選擇自己的丈夫嗎？」

「當然可以！」他說。然而，當然必須在他允許的範圍內。

「那我可以嫁給雷夫囉。」

他想了一、兩分鐘，他想他或許可以彌補人生的缺憾。接著，他又想到，我如何能要求雷夫等那麼久？他過幾年就該成家了，即使再過五年，安也還太小，如何當他的新娘？

「我知道了，」她無奈地說：「時間過得真是緩慢。」

沒錯，似乎每一個人都在等待著什麼。「妳似乎已經深思熟慮過了。」他說。他用不著把話挑明了說，自己知道就好。這女孩很聰明，不用跟她講一些有的沒的。他想，她不像一朵花，也不像夜鶯，她像……像一個不怕冒險犯難的商人。只消看你的眼神，就知道你的企圖，手掌一拍，交易就談成了。

她脫下帽子，手指旋轉帽子上的小珍珠，拉下一縷鬈曲的黑髮，拉直。她把所有的頭髮一把抓起，轉啊轉，然後纏繞在脖子上。「如果我的脖子再細一點，就可以繞兩圈了。」她接著吐露自己的苦惱：「葛蕊思說，我不能嫁給雷夫，因為我們是親戚。她說，我們都住在同一個屋簷下，應該是表兄妹吧。」

「妳不是雷夫的表妹。」

「真的？」

「千真萬確。安……把妳的帽子戴好。妳這樣，看妳阿姨怎麼說妳？」

她模仿裘安阿姨的表情，低聲地說：「噢，湯瑪斯，你總是這麼篤定！」

他舉起手來遮掩笑意。裘安現在似乎沒那麼擔心了。他溫柔地對她說：「把妳的帽子戴好吧。」

她把帽子戴好。他想，雖然她只是個小女孩，還是頭盔適合她。她問：「雷夫是怎麼來到我們家的呢？」

✿ ✿ ✿

雷夫・塞德勒本來和他的父親住在埃塞克斯。他的父親亨利是貝克涅普的僕人。由於貝克涅普是葛雷家的親戚，因此也和杜塞特侯爵攀親帶故。沃爾西當年還是牛津學者之時，曾接受杜塞特侯爵的贊助。他們的關係就是這麼來的。克倫威爾剛回到倫敦的那一、兩年，還沒機會見到主教，就已經跟主教的一些親友很熟了。克倫威爾很能幹，杜塞特家族難纏的官司都是他處理的。侯爵夫人還要他幫忙追蹤她訂的床簾和地毯。夫人說，要店家送到這裡來吧。對這老太太而言，全世界都是她的僕役。如果她想吃龍蝦、鱘魚或其他珍饈佳餚，就請人送來。侯爵夫人一邊摸佛羅倫斯絲布，一邊嘖嘖稱奇。她說：「克倫威爾，你幫我買下。這絲真的太美了。你想辦法幫我買下來吧。」

就在為侯爵家忙得團團轉的時候，他認識了亨利・塞德勒，答應收他兒子做家僕。亨利戒慎恐懼地說：「請大人多多指導。」有一次，他出遠門辦事，打算回來的時候順道去接亨利的兒子雷夫。但那日天候不佳，下了傾盆大雨，滿地泥濘，烏雲蓋湧。兩點出頭，他一身落湯雞來到塞德勒家。亨利說道，你要不要在這裡過夜，等你到了倫敦，恐怕城門已經關了。他說，我想今晚趕回家。我必須進宮，還得幫忙打點侯爵夫人的債主……塞德勒太太不安地看著外頭，還一直看著兒子。這孩子才七歲，跟著克倫威爾走了之後，不知何時才能再見。但她必須相信他，即使天候惡劣，道路難行，她知道他必然會好好照顧雷夫的。

克倫威爾不會讓她兒子吃苦的，但雷夫年紀這麼小，不免覺得難受。他那童稚的髮髮剪得很短，薑黃色的頭髮一根根豎起來。他的父母跪著跟他說話，輕拍他的頭。他們用一層又一層的衣服把他包起來，看起來像個圓滾滾的小木桶。小雷夫看著下個不停的雨，心想我以後也會跟其他人一樣溫暖、乾燥吧。可是他們是怎麼辦到的？塞德勒太太跪在他前面，雙手捧著寶貝兒子的臉，在他耳邊悄悄地說：「你要記住爸媽跟你說的，而且要禱告。克倫威爾先生，請幫忙盯著他，要他每天禱告。」

她抬起頭，他看到她眼裡滿是淚水，而小雷夫更是無法承受這生離死別的痛苦，身子直發抖，幾乎要哇哇大哭了。他把斗篷一甩，披在身上，斗篷上的水滴飛濺出去。「好吧，雷夫，你在想什麼？勇敢一點吧……」他伸出戴著手套的手。小雷夫把小手伸進他的手。「看看我們能走多遠吧。」

他想，那得快馬加鞭，他才不會回頭看。風雨太大，雷夫的父母不得不回到屋裡。他把雷夫抱上馬鞍。風狂雨急，雨水水平打在他們身上。一進入倫敦市郊，風就停了。那時，克倫威爾一家住在芬邱奇街。一個僕人站在門口，伸出雙手，準備把雷夫抱過去，但他說：「我們這兩個差點溺死的人已經分不開了。」

他懷裡的小雷夫沉甸甸的，小小的身體裹在七層溼答答的衣服裡面。他讓雷夫站在火爐前。他的身體冒出蒸氣。雷夫漸漸覺得暖和，於是伸出凍僵的手指，想要脫下身上的衣服。他小小聲、客氣地詢問：「這裡是什麼地方？」

「倫敦的芬邱奇街，」他說：「我們的家。」

他拿出一條毛巾，輕柔地幫他把臉擦乾淨，然後幫他擦頭髮。雷夫的頭髮又一根根豎起來。麗茲走進來，說道：「天啊，這是一個小男孩，還是一頭刺蝟？」雷夫轉過頭來，露出微笑，居然這麼站著睡著了。

✿ ✿ ✿

一五二八年的夏天，汗熱病[19]又捲土重來。人們說，這瘟疫恐怕會像去年一樣在倫敦肆虐，但是你要不去想，就不會得病。可是要怎麼不去想？他迫不及待地把孩子送到倫敦城外，先到史戴普尼，再送到更遠的地方。這次，連宮廷都難逃瘟疫魔爪。國王已離開倫敦，到遠方的狩獵行宮走避。安妮則被送回希佛。博林家的人也染病了。第一個倒下來的是安妮的父親，但他活下來了，安妮的姊夫則未能逃過一劫。安妮雖然也病了，但不到二十四小時就能起身。然這瘟疫仍是美貌的殺手。他對主教說，現在還不知道結果如何。

主教說：「我正在為凱瑟琳王后禱告……也為親愛的安妮女士祈禱。我還為弗朗索瓦國王在義大利的軍隊祈求，願他們旗開得勝。但他們似乎忘了他們需要亨利國王這個盟友。我也為了國王及所有的朝臣祈求，為原野中的野獸禱告，為教宗與教廷禱告，祈禱馬丁．路德能放棄異端，希望受到邪說感染的人民能回歸天主的懷抱，但願與路德對抗的人都能平安，特別是蘭開斯特公爵領地事務大臣，也就是我們親愛的朋友摩爾。雖然今年多雨成災，我還是祈禱奇蹟出現，雨水趕快止住，秋天能有好收成。我祈禱國泰民安，祈禱每一件事都能順順利利。這就是樞機主教應該做的。但我對上帝說：『至於湯瑪斯．克倫威爾——』祂回答我說，『沃爾西，我不是告訴過你？難道你還不了解適可而止的道理？』」

疫病最後還是潛入主教府。主教把自己關在房裡，與世隔絕。他只允許四個僕人接近他。他再度出現在世人面前時，看起來似乎一直在禱告。

夏末，孩子又回到倫敦。他們似乎長大不少，葛蕊思的髮絲都被陽光漂淡了。她再看到爸爸時，甚至有點生分。她在想，他們告訴她媽媽死掉那天，就是他抱她上床的。安說，明年夏天，不論如何，她都要跟爸爸在一起，不要離開他。瘟疫消失了，主教的祈禱卻未完全應驗：那年又歉收了，法軍在義大利慘敗，指揮官也死於瘟疫。

秋天，葛雷哥利得回去跟老師學習。他只知道這孩子不願回去，但不了解他在想什麼。他問：「怎麼回事？告訴我，怎麼了。」但葛雷哥利就是不肯說。葛雷哥利和其他人在一起看起來爽朗、活潑，但一看到他老爸就很拘謹，似乎刻意保持距離。他問裘安：「葛雷哥利這孩子是不是怕我？」

心直口快的裘安立刻反駁：「他又不是修道院裡的修士，哪會怕你？」接著又用溫柔的口吻說：「你是個慈父，他為什麼會怕你？我真的覺得你是個好父親。」

「要是他不想回老師那裡，我也可以送他去安特渥普，去我的友人弗翰那兒。」

「葛雷哥利對做生意沒興趣。」

「說的也是。」他無法想像葛雷哥利和日耳曼金融世家富格家族的代表談利率，或是和義大利梅第奇家族的夥計談笑，「那我該怎麼幫他安排才好？」

19、汗熱病（the sweating sickness）：十六世紀初橫掃英格蘭、蔓延至全歐的流感。

「就這麼做吧——等時機成熟時，幫他討個好老婆吧。誰看不出來他是個家世良好、彬彬有禮的年輕人？」

安迫不及待，想早點學希臘文。他於是到處問人，想為她找個最好的老師。他希望找個意氣相投的年輕學者，可以讓他住進家裡與家人共進晚餐。他後悔沒能為兒子和外甥挑到最合適的老師，但現在也不能換人了。他們的老師脾氣火爆，那幾個男孩又調皮，甚至在他房間縱火，於是發生令人遺憾的衝突。「不會是葛雷哥利做的吧？」他希望不是他兒子幹的好事。老師似乎對他不諒解，認為他只是把這事當成笑話，沒認真處理。再者，老師寄了學費帳單，卻沒收到錢，而他以為他已經付錢了。他想，我該請個會計來管家裡的帳了。

他坐在書桌前，桌上堆滿了主教想要蓋的兩所學院的建築草圖和計畫書，加上工匠的估價單和庭園種植方案。他細看手掌上的一道疤痕。那是多年前燒傷造成的，看起來就像一條繩索。他想起帕特尼、他的老爹華特、受到驚嚇的馬兒和酒味。他回想蘭巴思宮的廚房和送鰻魚來的那個男孩。他還記得那男孩頭髮枯黃蓬亂，他曾一把抓住他的頭，把他壓到一桶水裡，不讓他抬起頭來。他想，我真的幹過這種事？為什麼要這麼做呢？主教說的或許沒錯，我已經無藥可救，永遠得不到救贖了。他手上的疤有時會癢，而且像骨頭突出一樣硬硬的。他想，我需要請個會計來幫忙管帳，我必須幫安找個希臘文老師，我需要娶安。誰說我要什麼就有什麼來著？

他拆開一封信。來信者是個叫柏爾德的神父。主教似乎欠他一筆錢，所以他寫信來要錢。他做了紀錄，查證屬實之後，就付了這筆錢。但這封信上還提到兩個學者柯拉克和桑納。他對這兩個名字有印象。牛津有六個學者私藏路德禁書，這兩個人也在其中。主教曾說，把他們關起來，再對他們曉以大義。他拿著信，目光轉往別處，突然有不祥的預感，似乎災禍的影子已悄悄出現在牆上。

他繼續讀信。柯拉克和桑納已經死了。來信者說，這事該讓主教知道。院長由於找不到合適的地方關那些學者，就把他們關在深深的地窖裡。那地窖冰冷，本是儲藏魚肉之處。但這個夏天，瘟神連那個祕密、冰冷的地窖也不放過。關在那裡的學者都死了，死前連為他們禱告的神父也沒有。

一整個夏天，我們都在祈禱，然似乎這樣的祈禱還不夠。主教是不是忘了那些異端？他想，我得去向他報告這件事。

那是九月的第一個禮拜。他壓抑已久的悲傷轉為憤怒。他如何處理這把怒火？只能壓抑吧，讓這火在心中悶燒。

一轉眼，又到了新舊年交替的時節，主教說，湯瑪斯，你希望得到什麼新年禮物呢？他說：「給我小畢爾尼吧。」他沒等主教回答，接著說：「大人，他已經在倫敦塔關了一年了。任何人被關進去都會被嚇到半死，畢爾尼又特別膽小，我擔心他會熬不下去。大人，您還記得桑納和柯拉克是怎麼死的吧？大人，請您提筆向國王陳情，讓畢爾尼重獲自由吧。」

主教往後靠，指尖碰指尖。「湯瑪斯，」他說：「好。但畢爾尼必須回劍橋，別想去羅馬見教宗了。梵蒂岡穹頂很高，我的手可伸不了那麼長。要是他在那裡出事，我也救不了他。」

話語在他舌尖打轉，差點就要脫口而出：「即使是你自己學院的地窖，你的手也伸不進去。」但他還是打住了。主教要他注意異端人士，他樂於把最近搜到的禁書一頁頁撕掉，豎起耳朵聽德國人聚集的鋼場有什麼謠言，也喜歡在飯後針對經文與人辯論。但對主教來說，任何有爭議的論點都必須用細如髮絲的文字緊緊纏繞，所有危險的思想都得好好包裹起來，使之變得舒服、安全，就像可以靠上去的軟墊。主教得知那幾個學者死在地窖之時，的確難過落淚，說道：「他們都是優秀的年輕人！我怎麼不曉得這件事？」

最近幾個月，主教動不動就落淚，然這並不表示他的眼淚沒那麼真誠。此刻，他流下傷心淚，因為他認識小畢爾尼。他想起會講波蘭語的那個人、無功而返的使者、茫然的孩子以及麗茲死去的容顏，於是從桌子那頭靠過來，說道：「湯瑪斯，別難過了。你還有孩子，不久也可以再婚。」

克倫威爾想，沒有人撫慰得了我。主教把手放在他的手上。幾個奇異的石頭在燭火的照耀下閃閃發亮：石榴石像一個血泡，綠松石散發銀光，鑽石有著黃灰色的閃光，就像貓眼。

雖然他有一股衝動想說出他見到瑪麗·博林的事，但還是忍了下來。他絕對不能跟主教提，讓他受辱。他必須讓他意會發生了什麼事，又不能把話挑明。

✿ ✿ ✿

一五二八年秋天，他為了幫主教辦事進宮。他看見瑪麗跑過來，裙襬飄揚，露出細緻的綠色絲襪。是不是她妹妹安妮在後頭追她？他等著看。

瑪麗突然停下來。「啊，是你！」

他覺得奇怪，瑪麗怎認得他？她把一隻手靠在牆壁的鑲板，喘著氣，另一隻手放在他肩上，好像他也是牆壁似的。瑪麗依然讓人有驚豔之感，皮膚白細，五官柔美。她說：「今天早上，我舅舅諾福克公爵還在罵你呢。我問我妹妹，這傢伙好可怕，他到底是什麼人，她說——」

「像牆壁的一個人？」

瑪麗把手抽走，哈哈大笑，雙頰緋紅，因為喘不過氣來，胸膛仍起起伏伏。

「諾福克公爵怎麼說我來著？」

「噢，」她抬起一隻手當扇子煽風，「他說，在英格蘭，樞機主教或教宗使節永遠無法快樂。他說，貴族都被樞機主教欺負得很慘。主教說他必須治理這個國家，貴族只能像學童一樣跪在地上被抽鞭子。你聽聽就好，可別當真……」

她上氣不接下氣，看起來很嬌弱，但他的眼神告訴她繼續說。她輕笑一聲，說道：「我弟弟喬治也跟著開罵。他說樞機主教是在貧民醫院出生的，而他雇用的那個人更慘，是在水溝裡被生下來的。我父親說，寶貝，這麼說雖不中亦不遠矣。他是在一個釀酒鋪出生的，是個下三濫。」瑪麗退後一步，打量他，「你看起來沒那麼糟，十足紳士模樣。我喜歡你穿的這種灰天鵝絨布料。這在哪裡買得到？」

「義大利。」

他不再是一堵牆，而是人模人樣的。瑪麗伸出手，輕輕撫摸他的衣服，「你能幫我弄到這樣的布料嗎？但這顏色對女人來說會不會有點老氣？」

他想，應該很適合寡婦吧。他的表情必然顯露了他的想法。瑪麗接著說：「是啊，我的夫君威廉・卡瑞已蒙主寵召。」

他向她鞠躬，以表哀悼之意。瑪麗說：「宮廷裡的人都很懷念他，你也是吧。」

他嘆了一口氣。她說：「這麼好的人，卻碰上這樣的不幸。」

「請節哀順變。」

「國王愛上安妮之後，他想，就照法蘭西的作法吧，他會在宮裡幫她安插一個職位，她應該會接受這樣的安排吧。

當然，他也在心裡為她留了一個位置。國王也說，其他的情婦都可以不要，只要安妮一個人。他還親自搨筆寫信給她……」

「真的？」

主教老是抱怨，要國王寫一封信簡直比登天還難，要他提筆寫信給另一個國王或是教宗，就像要他的命。即使是攸關國家命運的重要書信，他都懶得提筆。

「今年夏天開始就不一樣了。他常常寫信，有時會在署名的地方這樣寫……」她抓起他的手，讓他手掌朝上，用食指比畫，「他在應該寫上亨利國王的地方畫了顆愛心，然後加上他名字的縮寫。哎呀，你別笑……」她無法藏住笑意，「他說，他相思成災了。」

他想說，瑪麗，妳能把那些信偷來給我嗎？

「我妹妹說，這裡又不是法蘭西宮廷，我可不像妳這個傻瓜。她知道我曾是亨利的情婦，也知道我如何被他甩了。她已記取教訓。」

他屏氣凝神地聽著。這個女人真敢說，像是豁出去了。他得讓她說個痛快。

「我告訴你，即使必須經歷地獄，這兩個人還是非結婚不可。他們已經立下誓言。安妮說，她一定要得到亨利，即使凱瑟琳和每一個西班牙人都掉到海裡淹死，她也不在意。亨利要的，沒有得不到的；她要的，也一定不擇手段去要到。我能說這樣的話，是因為我很了解他們兩個。我不相信有人比我更了解他們。」她的目光變得柔和，淚水在眼眶裡打轉，接著說道：「這就是為什麼我那麼懷念我的亡夫威廉·卡瑞。現在，安妮不可一世，但晚飯過後，我就得匆匆退下，以免丟人現眼。我現在了沒丈夫，每個人想對我說什麼就說什麼，毫無顧忌。我父親說，要不是他還願意養我，我早就餓死了。我舅舅諾福克公爵說，我是個妓女。」

她當國王的妓女難道跟諾福克公爵無關？這個做舅舅的居然撇得一乾二淨。他問：「妳手頭緊嗎？」

「沒錯！」她說：「我已經窮死了，但沒有人想過這點。從來就沒有一個人問我是不是需要用錢。你應該知道，我還有孩子。我需要……」她用指頭緊貼嘴巴，以免顫抖起來，「如果你看到我兒子……你知道我為什麼叫他亨利？他本來可以像國王的另一個兒子里奇蒙公爵[21]那樣享盡榮華富貴，但安妮不准。他就聽她的話。安妮打算自己幫國王生個王子，因此不希望我兒子待在宮裡。」

主教已經聽說瑪麗．博林的事了：她兒子很健康，有著金紅色的髮絲，胃口很好。瑪麗還有一個女兒，比那小男孩大一點，由於是女孩，沒有人對她的事有興趣。「卡瑞夫人，妳兒子幾歲了？」

「到三月就滿三歲了，我女兒凱瑟琳五歲。」她突然摸著嘴唇，一臉愕然，「對不起，我忘了……你夫人不久前過世了。我怎麼能忘記？」他想問，妳怎麼知道我老婆的事，但還沒開口，她就回答了：「主教的手下，沒一個可以逃過安妮的法眼。她什麼事都知道。她用一本冊子，把所有的問題和答案都寫在上面。」她抬起頭，看著他，「你有孩子嗎？」

「有啊……你知道嗎？沒人問我這個問題。」他把肩膀靠在牆壁的鑲板上，她靠近他一步，兩人的表情都變得柔和，或許是同病相憐吧。「我有一個兒子，跟著老師在劍橋學習。還有一個小女兒叫葛蕊思。她很漂亮，有著一頭金髮，雖然……我老婆其實長得不美，我的長相也差強人意。我大女兒叫安，她想學希臘文。」

「天啊，」她說：「你知道，對女人來說……」

「是的，但麗茲說：『為什麼摩爾的女兒就可以出類拔萃？』瞧，她可真會遣詞用字。」

「你一定很愛這個寶貝女兒。」

「她外婆跟我們一起住，還有我小姨子，但……這對安來說不是最好的安排。我可以安排她到貴族人家……然而，她想學希臘文……。再者，我就難得能夠見到她了。」這段話雖又臭又長，可沃爾西要是聽到，一定聽得津津有味。

「妳父親該好好幫妳安排。我會請主教跟他說。」他想，主教必然會很樂意幫這個忙。

「我需要一個新的老公，別人才不會說我的壞話。主教能幫我找個好老公嗎？」

「主教無所不能。妳想要什麼樣的老公？」

她想了一下。「這個人要能幫我照顧孩子，願意為我挺身而出，勇敢面對我家人的攻訐，還有，不能太早死。」她撫摸自己的指尖。

「妳該找個既年輕又英俊的老公。妳若不去找，人家也不會自動送上門來。」

「真的？可是我是名門淑女，怎麼主動去找男人？」

他想，你妹妹難道就不是名門淑女？「你還記得約克府那場假面舞會吧……你扮演的是『美麗』，還是『善良』？」

「噢，」她笑道：「那該是七年前的事了吧。我不記得了。我參加過太多次了。」

「當然，妳依然美麗，而且善良。」

「我最愛美了。我喜歡精心打扮。對了，我還記得安妮扮演的是『堅忍小姐』。」

他說：「現在正是她的堅忍面臨考驗的時候。」

義大利樞機主教坎佩吉歐已抵達英格蘭。羅馬方面給他的指示是盡可能阻撓。阻撓和拖延。做什麼都可以，就是不要判決。

「安妮一天到晚不是在寫信，就是在她的小冊子上寫東西。她不斷地走來走去。她看到我父親，伸出手對他說，不要說……。她見到我，就捏我一把。就像這樣……」瑪麗伸出左手，做出一個捏擰的動作，然後用右手撫摸喉嚨，直到鎖骨上方脈搏跳動處，「有時，她都捏得我淤青了。這不是故意要讓我難看嗎？」

「我會跟主教說。」

「拜託你了。」

他得走了。他還有事要辦。

「我不想當博林家的人了，」她說：「也不想做霍華德家的人。如果國王願意承認我兒子是他的骨肉就好了。現在，我再也不想參加什麼假面舞會，打扮成美德小姐。她們哪一個是有德性的？那只是表演罷了。大家不想認識我，我也對他們沒興趣。我寧願當乞丐。」

「真的……卡瑞夫人，不會到這個地步的。」

「你知道我要什麼嗎？我想要嫁一個好老公，讓所有女孩嫉妒死了。我希望每一個人都怕我這個老公。」

她突然眼睛一亮，好像想到什麼好點子似的。她伸出纖細玉手，撫摸他身上的灰天鵝絨，溫柔地說：「不主動去找就得不到，是不是？」

21、國王與女侍伊莉莎白·布朗特的私生子。

舅舅是諾福克公爵，父親是湯瑪斯·博林，國王則是妹婿，誰敢接近這樣的女人？

「他們會殺了妳的。」他說。

這些都是事實，他用不著再多說什麼。

她呵呵笑，咬了一下嘴唇。「當然，當然，他們恨不得把我殺了。我在想什麼呢？不管怎麼說，我很感激你幫我的一切。今天早上……他們破口大罵，罵的都是你，難得沒對我大小聲。有一天，安妮一定會去找你。她會叫你過去，把你捧上天。她要你幫她辦事或是問你意見。在此之前，我可以先給你一點忠告：轉過頭去，走另一條路吧。」

她輕吻食指指尖，然後把指頭貼在他的唇上。

主教那天不需要他幫忙，於是他就回家了。他的直覺是：他必須跟任何一個博林家的人保持距離。也許有人會被國王的情婦迷住，她甚至當過兩個國王的情婦，但他不是這種人。他接著想到她的妹妹安妮。安妮怎麼會找上他？也許安妮是從摩爾所謂的「福音兄弟」聽說有關他的事，但他還是不解。博林家的人似乎對靈魂的救贖沒多大興趣。諾福克公爵把該做的宗教儀式都交給神父，他討厭動腦，連一本書都沒讀過。喬治喜歡的是女人、狩獵、華服、珠寶和網球，而那優雅的外交官湯瑪斯·博林只對自己有興趣。

他想把與瑪麗見面的經過說出來，但沒人可以聽他說，他只好告訴雷夫。雷夫板起臉孔說：「這是你想像出來的吧。」雷夫聽到那愛心和國王名字的縮寫，眼睛都張大了，但是不敢笑。他也懷疑瑪麗想嫁給他的主人，「她一定是別有用心。」

他聳聳肩，現在還看不出來她在打什麼算盤。雷夫說：「諾福克公爵就像凶狠的狼。他不會放過我們的，甚至可能把我們的房子燒了。」他搖搖頭。

「那揑擰呢。要怎麼應付？」

「穿盔甲吧。」雷夫說。

「那怎麼行？」

「除了你，」雷夫說：「現在，沒人會看瑪麗第二眼了。」

教宗使節抵達倫敦之後，安妮·博林就離開宮廷。國王希望樞機主教坎培吉歐能裁決他與凱瑟琳的婚姻無效，讓他可免除良心的煎熬。安妮回到希佛去，她的姊姊瑪麗也跟著一起去。謠言傳回倫敦：瑪麗懷孕了。

雷夫問：「主人，你確定只有你一個人靠在牆上跟瑪麗咬耳朵？」瑪麗的夫家說，那不可能是他們卡瑞家的孩子，國王也否認那是他的種。眾人都議論紛紛，認為國王在說謊。安妮有何反應？她被迫回鄉下，一定很鬱悶。雷夫說：「這下子瑪麗要被擰得青一塊紫一塊了。」

城裡所有的人都來告訴他這個八卦，不管他是不是關心這件事。他一方面覺得難過，又懷疑他們說的到底是不是真的。他對博林家的人更好奇了。他親耳從瑪麗那裡聽到的與目前所見所聞又大異其趣。想到瑪麗對他眉來眼去，他不由得起了雞皮疙瘩。要是他娶了她，她生的兒子就一點也不像克倫威爾家的人，而像都鐸王朝的人。瑪麗是個厲害女人，雖然看起來像洋娃娃，但可不是笨蛋。她在走廊跑步，露出裙子底下的綠色絲襪，其實是在尋找獵物。他們博林家的人只會利用別人，用完了就棄如敝屣，不管別人的感覺和家族的名譽。

但克倫威爾這個姓氏和家族名譽哪有什麼光榮可言？想到這點，他就覺得好笑。

不管如何，這個謠言還是無疾而終。或許，大家都誤會瑪麗了，也有可能是惡意中傷她。天曉得！她的家人也沒澄清。也許她懷孕是事實，但這孩子還是流掉了。這故事似乎只是空穴來風，沒有結果，就像主教說的傳說，什麼稀奇古怪的事都有，像女人是蛇變的，可以任意出現或消失。

凱瑟琳王后曾懷孕，但胎兒沒保住。她和亨利結婚的第一年就流產了。醫生說她懷的是雙胞胎。主教還記得他看到凱瑟琳穿著寬鬆的上衣，臉上掛著神祕的微笑。後來，她一直待在寢宮，沒有露面。過一陣子，她再度現身，不苟言笑，肚子也平平的，一點都不像懷孕的樣子。

這一定是都鐸王后的特質。

後來，他聽說安妮取得瑪麗的兒子亨利．卡瑞的監護權。他在想，安妮是不是打算把他毒死——或者，想把他吃了。

✽ ✽ ✽

一五二九年新年，賈德納還在羅馬，代表國王對克勉教宗威脅恐嚇。到底是什麼樣的威脅？沃爾西也不知道。教宗本來就容易受到驚嚇，賈德納這下就像把硫磺灌到他耳朵一樣，教宗於是病倒了。有人說，教宗就要死了，沃爾西的手下在歐洲各地探聽，數人頭，荷包叮噹響。要是沃爾西當上教宗，國王的問題即可迎刃而解。說到可能登上教宗寶座一事，沃爾西說他怎捨得離開家鄉？五月的花環、甜美的鳥鳴，這些都是他的最愛。他只有做惡夢才會夢見羅馬：蹲在路邊吐痰的義大利人、每棵樹上都掛著絞索的森林以及橫屍遍野的景象。「湯瑪斯，我要你跟我一起去羅馬。請你站在我身邊保護我，以防其他樞機主教拿刀子刺過來。」

他想像主教大人全身插滿刀子，就像被亂箭射殺而殉教的聖塞巴斯提安。他說：「誰說教宗非待在羅馬不可？此事可有明文規定？」

一絲笑意慢慢浮現在主教的嘴角。「把教廷搬到家鄉。有何不可？」主教欣賞大膽的計畫，「我不能把教廷搬到倫敦吧？如果我是坎特伯里大主教，教廷就可設在蘭巴思宮……但那個老華翰不會那麼快死的，他一向是我的死對頭。」

「搬到您的教區如何？」

「約克郡太遠了，溫徹斯特也不行，不是嗎？我們的古都如何？這樣不是離國王比較近嗎？」

他實在難以想像把教廷搬到倫敦會是什麼樣的情景？國王將與教宗共進晚餐，教宗同時還是他的首席國務大臣……。國王是不是該遞餐巾給教宗，讓他先用？

不久，消息傳來：教宗復原了。沃爾西不發一語，他已經失去了那個千載難逢的機會。他問，湯瑪斯，下一步呢？恐怕得趕緊開庭，不能再拖了。他說：「你幫我去找個人，一個叫安東尼·白奈斯的人。」

他站在原地，雙臂交叉，等主教說明細節。

「他可能在懷特島，你去那裡找找看。還有威廉·托馬斯，我想他人在卡馬森。威廉已經很老了，吩咐你的手下走慢一點。」

「我的手下每個都健步如飛，」他點點頭，「我會記住，要他們走慢一點，別讓證人死在半路上。」

國王的離婚官司不久就要開庭。國王打算指出凱瑟琳王后嫁給他的時候並非處女，而是早已和他哥哥亞瑟圓房。亞瑟與凱瑟琳在貝納德堡成婚，那年十一月搬到溫莎堡，之後又移居拉德洛。他必須把服侍這對新人——威爾斯親王及王妃——的僕人找來當證人。沃爾西說：「湯瑪斯，如果亞瑟現在還活著，應該跟你差不多年紀。」而那些僕人已經是老人了。亞瑟王子新婚燕爾至今，不知已過了多少個年頭。算來，應該是二十八年前的事了。那幾個老人家的記憶是否牢靠？

坎佩吉歐曾苦勸凱瑟琳，要她照國王的意思，接受她與國王婚姻無效的判定，到修道院隱退。她用悅耳的聲音說道，那有什麼問題？如果國王願意當僧侶，她也心甘情願去當修女。

她反過來說服坎佩吉歐別審理這個案子。首先，這個案子羅馬方面已經在審理了，而且她是外國人，法官對她有偏見。坎佩吉歐把手放在心臟上方，保證即使他的性命受到威脅，還是會做出公平的判決。凱瑟琳擔心他和沃爾西走得太近。她認為，只要一個人跟沃爾西混久了，就不知道誠正為何物。

凱瑟琳找誰當顧問？羅徹斯特主教約翰·費雪。沃爾西說：「你知道我最受不了費雪哪一點嗎？他瘦得只剩皮包骨，這種仙風道骨的人最令人討厭。相形之下……我們這些人豈不是一副腦滿腸肥的蠢樣子？」

出庭那日，國王和王后來到兩位樞機主教面前。沃爾西看起來圓滾滾的，身穿最精緻的紅衣。每一個人都以為王后會派代理人出庭，沒想到她親自現身。所有的主教都出席了。國王的上衣胸前繡滿珠寶，他用宏亮的聲音說出全名。沃爾西要克倫威爾在必要的時候用小小的手勢或輕輕點頭給他暗示。在他看來，謙遜不過是一種偽裝，但這種偽裝或許可帶來勝利。

法庭擠得水瀉不通，他和雷夫坐在觀眾席後頭。王后陳述完了之後，有幾個人感動落淚。雷夫說：「如果我們坐得近一點，或許可以看看國王敢不敢與她四目相接。」

「沒錯，每個人都想知道。」

「我得說，我相信凱瑟琳說的。」

「噓，別相信任何人。」

有人擋住光線。原來是賈德納。他穿著黑衣，一臉陰沉，看來他即使去了一趟羅馬，依然是老樣子。

「賈德納先生，」他說：「旅途可好？如果空手而回，應該不好受吧？真遺憾。我想，你已盡了全力。」

賈德納臉色更難看了。「如果國王沒從這次開庭得到他想要的，你的主人就完蛋了。到時候，換我為你難過吧。」

「你不會同情我的。」

「對，我不會。」賈德納說，然後繼續觀看開庭。

王后已經走了，否則將面臨難堪的問題。現在由律師為她發言。律師說，她已經向神父告解，說她與亞瑟並無肌膚之親，而且她允許神父把這次告解的內容公諸於世。她也已向最高法庭表白，也就是上帝。如果她說謊，她的靈魂豈不是將遭到詛咒，永遠不得救贖？

此外，每個人心中還有一個疑問：亞瑟歸西之後，秀色可餐的她曾被送到未來的新郎面前——即老國王或亨利。他們可能請御醫為她檢查過。她或許會害怕、哭泣，也有可能乖乖地接受檢查。她現在必然希望當初的確接受檢查，讓一個陌生男人用冰冷的手碰觸她。幸好，她不必拿出證據。也許，那個時候的人不會如此無恥。現在，她與亨利的婚姻是否合法，就看當時她是不是處女。西班牙的法律和英格蘭的截然不同：西班人只研究白紙黑字及所有的細則，英格蘭人則著眼於一小塊薄膜與床單上的血跡。

如果他是王后的法律顧問，就會把她留下來，她再如何尖叫、反對，還是會設法說服她。畢竟，證人的那些話，真敢當著她的面說嗎？她或許會覺得被羞辱，氣得咬牙切齒，但他會要她保持優雅的風度，宣稱那已是陳年往事，她如何認得這些證人？接下來她會親切問候那些老人家，問他們可有孫兒，夏天到了，天候轉熱，他們的疼痛是否好多了？應該覺得羞恥的不是她，而是那些證人。面對王后誠實的眼光，他們難道不會作賊心虛、支吾其詞？

凱瑟琳離開法庭之後，審判就變成一則低級笑話。首先上台陳述的是曾與老國王在波思沃斯併肩作戰的許魯斯柏里伯爵。他回想自己的洞房花燭夜。他說，他當新郎的時候和亞瑟王子一樣，是十五歲，之前沒碰過女人，然而還是順利完成新郎的任務。亞瑟王子大婚那晚，他與牛津伯爵一起帶亞瑟進入凱瑟琳的寢宮。他說，我和杜塞特侯爵都進入寢宮，凱瑟琳躺在床上，蓋著被子。亞瑟也上床了，在她身邊躺下。雷夫跟他咬耳朵：「看來，沒有人敢發誓說他跟著溜進被子裡瞧瞧。但我還是懷疑這洞房裡有沒有其他眼線。」

第二天早上呢？亞瑟走出洞房，說他口渴，要他的貼身侍從威洛比拿一杯啤酒來給他喝，並說了個下流笑話：「昨夜，我深入西班牙，埋頭苦幹。」那已是三十年前的往事，那時的輕佻少年如今已成一堆骸骨。亞瑟年紀輕輕就死了，一個人走進死亡的深淵不知多麼寂寞！聖約翰主教沒陪他，主教人在伍斯特大教堂，御醫柯若默和伍達爾也不在他身邊，因此沒人聽到他說：「有老婆作伴，快樂似神仙！」

聽完所有的證詞之後，他們走出法庭。他覺得奇怪，怎麼突然變冷了。他舉起手來撫摸臉頰。雷夫說：「哪一個新郎第二天早上從洞房出來的時候會說：『早安，昨夜我什麼也沒做！』亞瑟是不是在吹牛？畢竟，誰還記得自己十五歲的時候是如何青澀？」

就在此次開庭之時，法王弗朗索瓦在義大利打了敗仗。克勉教宗準備與凱瑟琳的姪子西班牙皇帝查理五世簽訂新的合約。但克倫威爾渾然不知，他說：「今天真糟！我們現在可成了全歐洲的笑柄了。」

他轉過頭去看雷夫。雷夫顯然在想這麼一個問題：他無法想像任何一個人想要上凱瑟琳，再如何猴急的十五歲少年也不至於吧。那豈不是跟一尊雕像交媾？當然，雷夫沒聽到沃爾西描述她年輕時的風華絕代。「我現在先保留我的看法，還是等著看最後的判決吧，」他說：「雷夫，或許你年輕，比較能感同身受，我已不記得自己曾經十五歲。」

「真的嗎？你十五歲時不是在法蘭西當傭兵？」

「是的。」他說。沃爾西曾對他說：「湯瑪斯，如果亞瑟現在還活著，應該跟你差不多年紀。」他記得在丹佛曾遇見一個女人。她的臉看起來還很年輕，然而臉色蒼白，愁容不展，骨頭纖細得似乎一壓就碎。他心裡生出小小的驚慌、失落。要是主教的玩笑不是玩笑，他這個風流種子豈不是已經兒女滿天下？好好照顧自己的孩子才算得上誠實吧。「雷夫，」他說：「你知道嗎？我還沒寫遺囑呢。我雖然說我會寫，但一直拖到現在。我想，我現在應該回家，把遺囑寫好。」

「為什麼？」雷夫一臉驚愕，「現在嗎？主教應該在等你。」

「還是回家吧。」他挽著雷夫的手，覺得左邊有人伸出一隻手碰他：一隻只剩枯骨、沒有肉的手。一個鬼魂跟著他前進：是亞瑟。他表情認真、臉色死白。他想，國王，都是你引出來的，你必須使他安息。

❀ ❀ ❀

一五二九年七月，倫敦仕紳湯瑪斯・克倫威爾在身體健全、頭腦清楚之下立此遺囑。其子葛雷哥利將繼承現金六百六十六英鎊十三先令四便士，羽毛床墊、靠枕、鵝黃土耳其緞被、法蘭德斯大床、雕刻衣櫃、碗櫥、銀器、銀盤和十二支銀匙。農地的租金也歸他，但在成年之前則由管理人代收。成年之日則可再獲價值二百英鎊的黃金。女兒安與葛蕊思的生活費與結婚費用則由管理人代爲處理。此外，管理人也應支付本人外甥女愛麗絲．韋斐德、裘安．威廉生的結婚費用。本人之長袍、外套、上衣留給外甥。部分銀器和家具等歸岳母梅喜。亡妻之妹裘安及其夫威廉生亦有本人遺產繼承權。克倫威爾家的四十個女僕共可得四十英鎊做爲結婚禮金。二十英鎊用以修補馬路。另捐贈十英鎊的食物給倫敦監獄的窮苦囚犯。

本人的遺體將在住所的教區埋葬或依管理人的指示處理。

剩餘的財產爲本人父母做彌撒祈福。

本人的靈魂歸上帝，書本則贈予雷夫．塞德勒。

❁

❁

❁

夏天，瘟疫捲土重來。他問梅喜和裘安，該把孩子送走嗎？往哪裡送？裘安這麼問不是頂嘴，而是真的想知道該把孩子送到何處才安全。

梅喜說，我們逃得了嗎？有人認為去年瘟疫奪走那麼多人的性命，今年不會那樣肆虐了吧。他倒是覺得不一定。他認為一般人似乎覺得瘟疫有如壞蛋或野獸，像撲向羊圈的狼，如果有人帶著獵犬看守，就不敢放肆。他覺得瘟疫沒那麼簡單，不是人或野獸可以比擬的，似乎是一種天意，是老天有意捉弄人。他聽到義大利傳來壞消息，得知教宗與查理五世簽訂新的條約。沃爾西低下頭來，嘆道：「我的主人真善變。」當然，這裡的主人不是指國王。

七月的最後一天，坎佩吉歐說現在是羅馬假日，不開庭。有人說，國王的密友薩福克公爵跑到沃爾西家，拿著鐵槌敲打他的桌子，當著他的面威脅他。他們兩人心知肚明：看來要無限期休庭。沃爾西失敗了。

那晚，他第一次覺得不妙，主教要走下坡了。萬一主教失勢，他不就成了過街老鼠？他的名聲不能再差了。他如果經過一灘血，地上有碎玻璃，有人縱火或是有人欺負孤兒寡母，必然成了千夫所指的壞人：就是那個克倫威爾幹的。

主教不肯談義大利發生的事，也不肯跟他討論國王的離婚官司。他只提到瘟疫：「聽說汗熱病又回來了。我該怎麼做？我會死嗎？我已經和這種疫病戰過四回合了。那一年……啊，哪一年呢？……我想是一五一八年吧……。現在，你可能會笑我，不過那的確是事實。那年，我差一點就要病死了。我瘦得只剩皮包骨，抬起頭來看著費雪主教。我覺得上帝把我抱起來，把我搖晃得牙齒卡嗒卡嗒響。」

「主教大人，您曾瘦得只剩皮包骨？」他擠出一絲微笑，「真希望那時有人為你畫一幅肖像。」

在羅馬節日來到之前，費雪主教已經宣布：不管是人或是神，沒有人能解決國王與王后的婚姻爭議。他很想奉勸費雪，別說這種誇張的話。他的想法和費雪主教不同。他認為很多爭議是法律能夠解決的。

在今天之前的每一天、每一晚，如果有人告訴沃爾西什麼是不可能辦到的，他必然哈哈大笑。然而，今晚他認輸了：「我的朋友法王弗朗索瓦被打敗了，我也一敗塗地。我不知道該怎麼辦，不管瘟疫來還是不來，我都難逃一死。」

「我必須回家了，」他說：「您是否願意賜福給我？」

他跪在主教面前。沃爾西舉起手來，手在半空中停住，好像忘了怎麼做似的，然後說道：「湯瑪斯，我還沒準備好去見上帝。」

他抬起頭來，笑著說：「也許上帝也還沒準備好要見您。」

「我希望我臨終之時你能陪伴在我身邊。」

「那是很久以後的事吧。」

他搖搖頭，「如果你看到薩福克今天對我張牙舞爪的樣子，你就知道了。薩福克、諾福克、湯瑪斯．博林加上達西男爵，這幾個人早就眼巴巴地等著看我完蛋。聽說他們現在正在把我的罪狀編寫成冊，說我不把貴族看在眼裡什麼的。那本冊子叫什麼來著？『二十年的侮辱』？不外乎是在抓我的小辮子，或是雞蛋裡挑骨頭，然後再誇大成滔天大罪……」他微微顫抖，深深吸了一口氣，然後盯著在天花板上的都鐸玫瑰浮雕。

他說：「主教大人，您高風亮節，別管那些人在放屁。」他站起來，看著主教。他想，他的任務更多了。

❁

❁

❁

他的岳母梅喜說：「麗茲不會要她女兒待在鄉下的，尤其是安。她看不到你就哭哭啼啼。」

「安？」他覺得不可思議，「安會哭？」

「你在想什麼？你以為你的小孩都不愛你？」梅喜故意挖苦他。

他讓她做決定，於是孩子都留在家裡。這是個要命的決定。沒多久，梅喜就把一束稻草掛在門外，表示家裡有人死於瘟疫。她說，怎麼會這樣？我們不斷刷洗地板，家裡一塵不染，我敢保證全倫敦沒有任何一戶人家會更乾淨。我們日夜禱告。我從來沒看過任何一個孩子像安那樣虔誠地禱告。她像要上戰場一樣向天主祈求。

第一個病倒的是安。梅喜和裘安大叫她的名字，搖晃她的身體，要她不要閉上眼睛，怕她一睡著就再也醒不來。這猶如與死神拔河，但她的氣力終究有限。安軟趴趴地靠在墊子上，呼吸困難，最後臉色發黑，一動也不動，只有手還能握拳、張開。他握著她的小手，感覺她的手仍想拿起武器，做最後一搏。

後來，她掙扎了一下，說要找媽媽。她還要在習字簿上練習寫名字。天黑之後，她的燒終於退了。裘安喜極而泣，終於鬆了一口氣，梅喜要她回房休息。安想要爬起來坐著。她看到父親就站在她眼前，她微笑，叫他的名字。僕人捧了一盆水進來要給她洗臉，水中灑了些玫瑰花瓣。她伸出手指，想要把飄浮在水上的花瓣壓下去一點，使每一片花瓣變成盛水的容器，像杯子，有如散發香氣的聖杯。

第二天，太陽再度升起，她又開始發燒。他不願看到女兒在死神的懷裡掙扎、發抖。他把她交給上帝，請上帝憐憫他。他不斷跟她說話，但她沒有反應。他不怕被傳染。他想，如果主教可以四度從瘟神的掌心溜走，我也可以。如果我死了，那也沒關係，我遺囑都寫好了。他坐著陪她，看她胸膛起伏，看她努力奮戰，但終於還是不敵死神的進攻。但她斷氣那一刻，他不在她身邊，因為葛蕊思也病了，他正送她上床。他進來看安的時候，發現她的臉不再嚴肅，露出放鬆、甜美的表情。她的臉色蒼白，小手沉重，重得讓他幾乎把握不住。

他走出安的房間，說道：「她已經在學希臘文了。」梅喜說，你這個寶貝女兒真是冰雪聰明，接著靠在他肩膀上哭了起來。「她好乖，好聰明……而且長得那麼美。」

他一直在想：她學希臘文已經一段時間，也許現在程度已經不錯。

小葛蕊思在他懷裡嚥下最後一口氣。她就這樣走了，輕鬆自在地走了，就像她出生一樣自然。他讓她躺在潮溼的床單上：這麼一個完美無瑕的孩子，指頭伸得直直的，有如細長的白葉。他想：這個小生命不知道是在什麼時候形成的？他難以想像他和麗茲在某個無法憶起的夜晚繾綣一番，孕育了這個新生命。麗茲懷孕的時候，他們曾討論過：如果是男孩就叫亨利，女孩就叫凱瑟琳。麗茲說，好啊，你姊姊凱特的全名也是凱瑟琳。然而在她出生那天，他第一眼看到她後，又改變心意，決定叫她葛蕊思，意為上帝的恩寵。麗茲也同意了。他想，這個小寶貝是如此完美，我們做父母的何德何能配得上這樣的恩寵？我們配不上。

他問神父，他可否把習字簿放在安的棺木裡？她曾在那本子上不斷地練習寫她的名字：安．克倫威爾。神父說，他沒聽過有人這麼做。他想，那就算了。他又累又氣，不想再跟神父爭辯。

他的兩個女兒現在都在煉獄——一個火與冰的國度。煉獄到底在哪裡？福音書是怎麼說的？根據丁道爾的譯本：如今常存的有信、有望、有愛這三樣，其中最大的是愛。摩爾認為那是邪惡的翻譯。他堅持正確的解釋是「慈善」。如果有人胡亂翻譯，他可會把他綁起來，嚴刑拷打。要是他堅持己見，說從希臘文來看，不是這個意思，那摩爾會殺了他。

他想知道死者是否需要翻譯。也許只有在渾沌未明的那一刻才需要，之後他們就知道一切了。丁道爾說：「愛永不止息。」

✿ ✿ ✿

十月。沃爾西雖然和以往一樣，仍是朝廷之首，掌管國務，但在法庭上，他的罪狀已多到罄竹難書，包括志得意滿、濫用權勢，以及在國王的領土行使外國司法權（亦即擔任教宗使節）。換言之，他貢高我慢，以國王的分身自居，甚至比國王更專橫跋扈。這是滔天大罪，罪不可赦。

於是，薩福克公爵與諾福克公爵這兩個天下第一哥，大搖大擺地踏進約克府。薩福克的金色鬍子豎立，看起來就像一頭在尋找松露的豬。克倫威爾想起他是誰：這人氣色可真紅潤，主教已經被他害得病懨懨了。諾福克則一副戒慎恐懼的樣子，怕抽屜或櫃子裡藏著一尊蠟像——他的塑像，身上還插著長針。他深信不疑：主教必然已經跟魔鬼打過交道。

他，克倫威爾，好不容易把他們打發走了。不久，他們又回來了，這次不但帶了國王的親筆信、搜索令，該署名的地方也都簽好了，連卷宗主事官也一起來了。他們從主教手裡拿走國璽。

諾福克斜眼看他，露出一絲獰笑。他不知道他為什麼要這麼做。

「你來找我一下。」公爵說。

「有何貴事？」

諾福克閉上嘴巴，不發一語。

「何時方便？」

「不急，」諾福克說：「等你懂得禮貌的時候就可以來見我了。」

那天是一五二九年十月十九日。

第3章・不成功，便成仁

一五二九年，萬聖節

萬聖節前一夜，世界的邊緣在滲漏、流血。這一天，在煉獄管生死簿的夥計和獄卒都豎起耳朵，傾聽牛者對亡者的禱告。

每年的這個時候，整個教區的居民都徹夜未眠，為亡者祈福。他和麗茲除了為她父親亨利・韋克斯禱告，也為她的亡夫湯瑪斯・威廉斯、他自己的父親華特・克倫威爾及遠房親戚祈禱，包括死去的繼子女、作古已久的異父或異母姊妹，有些人的名字他們甚至已經記不清楚。

昨夜，他獨自一人守夜。他清醒地躺著，希望麗茲能回到人間，但願她能回來，躺在他身邊。沒錯，他此時人在伊夏陪伴主教，不在倫敦的家宅，但他想麗茲知道如何找到他。她將穿過陰間與陽世之間的交界，在嬝繞的香煙、明滅的燭火之間尋找主教的身影。只要找到主教，就能找到他了。

他不知何時睡著了。破曉的時候，房間空蕩蕩，即使他人在裡面，還是令人有空無之感。

✿ ✿ ✿

萬聖節，悲傷如潮水，一波波湧來，他覺得自己就要滅頂。他雖不相信死者會回來，還是感覺得到他們的指尖或羽翼尖端碰觸他的肩膀。昨夜開始，他覺得逝去的親人變得面目模糊、無法區分。他們已成一個堅實的整體，不但擠成一團，還不斷推擠。他們的皮膚摸起來像海中生物，臉色則像海底一樣陰暗。

他拿著麗茲的祈禱書站在窗口。以前，葛蕊思很喜歡翻看這本書，他似乎摸得到她在書上留下的指紋。書上印的是仕女在各個祈禱時刻唸誦的經文。一翻開，可以看到上面畫了隻鴿子和一束插在花瓶中的百合。黎明禱：瑪利亞跪在棋盤狀的地板上，天使出來迎接她，兩手抓著卷軸的兩端，迎接的話語寫在上頭，好像他的手會說話似的。天使的翅膀則是天空藍。

他翻到下一頁。清晨禱：這頁描繪的是瑪利亞與她的表姊以利沙白見面的情景。瑪利亞已懷胎，但肚子小小的，以利沙白則已大腹便便。兩人的額頭都很高，眉毛修剪過，而且都面露驚訝的神色，因為瑪利亞是處女，而以利沙白年紀已經不小。春花在她們的腳下綻放，兩人頭上都戴著高聳的皇冠——那是用細如金髮的鍍金鐵絲做的。

他繼續翻頁。安靜乖巧的小葛蕊思也跟他一起翻頁。接下來是早課。書上畫的是耶穌誕生：小小、白白的耶穌躺在母親的斗篷裡。然後是午課：東方三博士來朝，獻上鑲嵌珠寶的杯子，背景是丘陵，上面有個城鎮，該是義大利的城市，城中有塔樓，雲霧嬝繞，隱約可見樹木的輪廓。午後課：約瑟把一籃鴿子送到聖殿。晚禱：希律王的匕首刺向驚愕的嬰兒。一個女人舉起雙手，不知是在抗議或是在祈禱。插圖在她的手旁邊加了一大堆話語，但還是救不了那嬰兒。嬰兒的屍體在地上留下三滴鮮紅的血，滴滴都像淚珠。

他抬起頭來。那血紅淚珠成了餘像，在眼前飄浮，插畫則變得模糊。他眨眨眼。有人走向他，是卡文迪希。他的雙手不斷搓揉，臉上掛著憂慮。

他在心中禱告：請他別跟我說話，讓他走過去吧。

「克倫威爾，你怎麼在哭？怎麼回事？莫非又有什麼壞消息？」

他想闔上麗茲的祈禱書，但卡文迪希已經搶過去看，驚訝地說：「啊，你在禱告？」

卡文迪希沒看過葛蕊思的小手翻閱書頁的模樣，也不曾看過麗茲捧讀這本書。他上下顛倒地看書上的插畫，深深吸了一口氣，然後說：「湯瑪斯……？」

「我是為自己而哭的，」他說：「我將失去我擁有的一切，我努力了這麼久，終於還是一場空。主教遇難，我也跟著萬劫不復了——你讓我說完，別打斷——他要我做什麼，我就去做，我一直是他最好的朋友，也是他的左右手。如果我一直在城裡工作，沒在鄉間東奔西跑，得罪那麼多人，我早就是有錢人，可以邀請大家來我的新房子看看，告訴我要添什麼家具、花床要怎麼設計。但你看！我現在已經完了。」

卡文迪希想說幾句安慰他，然只能發出一聲喟嘆。

他說：「我已經派我家的雷夫去西敏寺。你覺得如何？」

「他去那裡做什麼？」

他又哭了。鬼又來了，他覺得很冷。事已至此，恐怕無法挽回。他曾在義大利學了一套記憶術。現在，他更忘不了他是如何一步步走到這步田地。他說：「我想，我該去找雷夫。」

「拜託，」卡文迪希說：「吃過晚飯再走吧。」

「現在不行嗎？」

「我們得一起想想如何支付薪資給主教的僕人。」

過了一會兒，他把祈禱書闔上，夾在腋下。目前他正需要這個：解決會計難題。如此一來，他便可暫時擺脫悲傷。他說：「你知道嗎？主教的教士也都跟來了。他們的薪水多少？每年一、兩百英鎊吧。主教真是慷慨。因此，我想……那些教士應該幫忙付僕人的薪資。我注意到一件事：主教的僕人要比那些教士更忠心耿耿。好吧，現在我們去吃晚餐。吃完了之後，我將使那些教士羞愧到無地自容。我會使他們心甘情願切開自己的血管，讓錢流出來。我們至少必須預付僕人三個月的薪資。到那時候，再看看主教是否能回倫敦。」

卡文迪希說：「太好了，只有你才辦得到。」

他露出一絲微笑，或許那是苦笑。今天，他怎麼笑得出來？他說：「那些教士吐出錢來之後，我就先離開這裡。等我確定我在國會仍占有一席之地，就立刻回來。」

「國會不是兩天後就要開會了……你現在要如何運作？」

「我不知道，但是總有人要挺身而出為主教說話，否則主教就活不成了。」

卡文迪希露出受傷和震驚的表情。他想把話收回，但這的確是真話。他說：「我只能全力以赴，不成功，便成仁。結果如何，下次再見就知道了。」

卡文迪希幾乎要向他鞠躬：「不成功，便成仁，」他喃喃地說：「你老是把這句話掛在嘴上。」

卡文迪希在僕人面前走來走去，說湯瑪斯·克倫威爾在讀祈禱書，湯瑪斯·克倫威爾在哭。卡文迪希現在才了解情況有多糟。

✿ ✿ ✿

很久以前，在古希臘的塞瑟利，有個詩人叫做西蒙尼德斯。一天，他受邀前往史科帕斯舉辦的宴會，並朗誦一首抒情詩讚頌主人。詩人突發奇想，在詩中加入對天神宙斯的雙胞胎兒子卡斯特與波拉克的讚美。史科帕斯聽了之後，面有慍色，說他只願意付一半的酬金。他說，另一半，你去跟那雙胞胎兄弟要吧。

不久，僕人走進大廳，在西蒙尼德斯耳邊輕聲地說，外頭有兩個年輕人要找他。

西蒙尼德斯於是起身，走出大廳。他在外面左顧右盼，一個人影也無。

他於是轉身，想回大廳繼續用餐。這時，突然聽到轟隆巨響，石塊碎裂，不斷砸下。接著，房子整個崩塌，他聽到賓客的慘叫聲。這次赴宴的人和史科帕斯一家，全被壓死在土石堆下，只有西蒙尼斯德逃過一劫。

所有的遺體都被壓得身首異處、面目全非，親戚都無法辨識。然西蒙尼德斯是個記憶過人的奇才，有過目不忘的本事。他帶領死者的親友前往災難現場，逐一指出死者的座位及他們的名字。

這是西塞羅說的故事。他說，西蒙尼德斯就在那天發明了一套記憶術。他可以記得每一個人的名字、臉孔，也可說出哪一個人刻薄又愛自誇，哪一個人興高采烈，哪一個人又是個討厭鬼。那天，在屋頂塌下來那一刻，每個人的座位，他還歷歷在目。

第三部

第1章・紙牌魔術

一五二九年冬～一五三〇年春

裘安對克倫威爾說：「你叫雷夫去國會幫你找個位子，他就去了，就像女僕照吩咐把要洗的衣服拿進來一樣。」

「沒那麼容易吧。」雷夫說。

裘安說：「你怎麼知道？」

下議院的席次大抵是貴族賞賜的，如領主、主教或國王。有選舉權的人根本沒幾個，只要貴族施加壓力，他們就會乖乖聽命。

雷夫幫他拿到湯頓的席次，因為那裡是沃爾西的領地，但如果沒得到國王的同意或諾福克公爵沒點頭，他就進不了。克倫威爾已派雷夫去倫敦探聽，他想知道那難以捉摸的老狐狸到底暗藏什麼樣的意圖。「遵命！小的這就去了。」

現在，他已經知道了。雷夫說：「諾福克公爵認為主教大人把珠寶埋起來了。至於埋在何處，那得問你。」

✿ ✿ ✿

等其他閒雜人等退下，兩人開始密談。雷夫說：「公爵要你去他那裡，為他辦事。」

「是嗎？或許他會更單刀直入。」

他盯著雷夫的臉，似乎在衡量情勢。如果國王的私生子不算，諾福克公爵是現今全英格蘭最位高權重的貴族。

「我已向公爵表示你對他的敬意，」雷夫說：「我說大人你會願意……」

「為他效命？」

「差不多是這個意思。」

「他怎麼說？」

「他說：『嗯。』」

他笑了一下。「用這樣的語調嗎？」

「對，就是這樣。」

「然後嚴肅地點點頭？」

「正是。」

很好，他可以收拾起萬聖節的淚水了。他和樞機主教坐在伊夏一個有壁爐的房間裡。煙囪正冒著煙。他說，主教，你認為我會背棄你嗎？我把修理煙囪和壁爐的工人找來，指示他該怎麼做，然後風塵僕僕地趕到倫敦和布萊克費爾斯。聖修伯特日[1]那天大霧，諾福克公爵在等我，他告訴我，只要我盡心盡力幫他辦事，他不會虧待我的。

雖說歲月不饒人，公爵年近六十，然絲毫未顯老態。他的臉有稜有角，像石頭鑿出來的那樣，眼神銳利、瘦骨嶙峋，給人的感覺有如斧頭一樣冰冷。他的關節似乎是用鎖鏈連結起來的，只要移動就會有卡嗒卡嗒的響聲。其實，那聲音來自他藏在衣服裡的聖物：他用小小的珠寶盒珍藏小塊皮膚和剪下來的頭髮，甚至把殉道者的骨頭碎片嵌入他的項鍊墜飾裡。

他想罵人的話，就吼道：「媽的！」如果要把身上的避邪物拿下來，則會說：「願天主庇佑！」要是氣到快瘋狂，則會熱切地呼喊某個聖人或殉道者的名字。他曾大聲叫道：「求聖猶達[2]給我耐心」。或許他把聖猶達和舊約中的約伯搞混了。在他還是個小男孩的時候，曾跪在神父面前聽他講約伯的故事。公爵現在的身影已深植在眾人的腦海裡，讓人很難想像他曾是小男孩，就連比較年輕的樣子也無可想像。他認為只有教士用得上聖經，一般信徒根本用不著。他對讀書一事也不以為然，認為那只是矯柔造作，切莫讓閱讀這種流弊在宮廷滋長。然而他的外甥女安妮卻很愛讀

1、十一月三日。

2、聖猶達（Saint Jude）是耶穌的十二位宗徒之一，又被稱為達德，是雅各的兄弟，是失望者的主保聖人。

書。他想，難怪她到了二十八歲還雲英未嫁。再者，有身分、地位的人為什麼要提筆寫信？交給文書去做不就好了。

此刻，他以布滿血絲、兇狠的眼神盯著他：「克倫威爾，很好，聽說你當上新科國會議員了。」

他鞠躬：「多謝大人提拔。」

「我已在國王面前為你美言。他對你很滿意，你就照他的意思去做就行了。當然，也別忘了我要你做的事。」

「請問大人，這兩者不會衝突吧？」

公爵臉色大變。他來來回回踱步，身上那些東西也跟著響，接著破口大罵：「去你的！克倫威爾，你這個人真是的……你還是人嗎？」

他還是笑臉以對。他知道公爵的意思。他當然是人，而且是一個不可忽視的人。以前，他知道如何像影子一樣不聲不響地溜進來，讓人察覺不到他的存在。但現在已經不一樣了。

「退下！」公爵吼道：「沃爾西那兒就像毒蛇的巢穴，」他撫摸項鍊墜飾，「要不是上帝禁止，我就……」

公爵居然把樞機主教喻為毒蛇！他要的不只是主教的錢，而且還想要取代主教，成為國王的左右手，但他可不想在地獄遭受烈火焚身之刑。他走到大廳的另一邊，拍一下手，雙手互相搓揉，接著轉過頭來。「國王等著跟你當面算帳呢。沒錯，他想見你，主要是想了解主教的事。你以後就曉得他的記憶力多麼好，再久的事都他記得一清二楚。他也還記得你曾在國會反對他出兵。」

「國王現在不會想進軍法蘭西了吧。」

「你這天殺的！你還是英格蘭人嗎？法蘭西是我們的。我們只是拿回自己的東西。」他臉頰肌肉抽動，走來走去，一副氣急敗壞的樣子，然後轉過頭來，撫摸自己的臉頰，好不容易才恢復正常，以平淡的語氣對他說：「你說的雖然沒錯，但你還是給我小心一點。」

公爵停了一下，又說：「我們雖然打不贏，然而如果非打不可，還是要打。說什麼打仗浪費——金錢、士兵、馬匹和船隻，能省則省。你看，沃爾西的問題就在這裡。他老是坐在談判桌上。一個屠夫的兒子怎麼可能了解……」

「榮耀？」

「你也是屠夫的兒子？」

「家父是鐵匠。」

「真的嗎?幫馬匹釘蹄鐵的?」

他聳聳肩。「這麼說,也未嘗不可。但我不能想像——」

「你不能?你不能想像什麼?戰場、軍營、浴血作戰的前夕——你能想像這些嗎?」

「我當過兵。」

「真的?肯定不是為國上陣。你看看!」公爵露齒而笑,然此時並無敵意,「有件事倒是真的,不知道為什麼,我就是不喜歡你。你在哪裡打過仗?」

「加利格里阿諾。」

「幫哪一國?」

「法蘭西。」

公爵吹了聲口哨。「小子,你選錯邊了。」

「是的,我注意到了。」

「幫法蘭西打仗,」公爵咯咯笑道:「你是怎麼逃過這個劫難的?」

「我後來跑到北方,做……」他本來想說做貨幣交易,既而想到公爵可能不了解這行,「做布匹買賣,以絲織品為主。您曉得那邊的市場……」

「當然!不就是那些揹著現金到處做買賣的?那些瑞士人最厲害了!就像巡迴演出的劇團到處做生意,什麼蕾絲啦,條紋布啦,時髦的帽子。做生意要比作戰來得容易吧。你是長弓手嗎?」

「是的,」他微笑答道:「有時也當短弓手。」

「我也是。你知道嗎?國王也是射箭好手,他的水準和臂力都不錯。只是我們在戰場上的表現已不像過去那樣耀眼。」

「如果不打仗呢?戰爭太昂貴了,談判不是比較省錢?」

「克倫威爾,你給我聽著,你居然有臉來這裡。」

「大人……是您叫我來的。」

「真的嗎？」諾福克似乎不敢置信，「是這樣的嗎？」

✿　✿　✿

國王的顧問已針對樞機主教沃爾西蒐集不下四十四條的罪狀，包括蔑視王權（也就是在國王的領土行使外國司法權）、跟國王出一樣的價錢購買牛肉，還有貪瀆及無法杜絕路德教派，讓這些異端繼續在國內蔓延。

蔑視王權罪可追溯到前一個世紀。現在還活著的人已不清楚這條罪名指的是什麼。似乎國王說是什麼，就是什麼。主教的罪狀已成整個歐洲的熱門話題。此時，主教只是坐困愁城，有時自言自語，有時慷慨激昂地對克倫威爾說：「湯瑪斯，我最在意的就是我的學院！不管我會怎麼樣，一定要保住我的學院。去國王那裡！我怎麼可能傷害他？都是他想像出來的，但他即將報復我，要我毀滅。不管如何，我想他不會吹熄知識傳承之火吧。」

主教在伊夏府裡走來走去，愁眉苦臉。他的長才是化干戈為玉帛，猶如歐洲的和平天使，現在卻泥菩薩過江，自身難保。他常常終日枯坐，在黑暗中冥想。卡文迪希去找克倫威爾，對他說：「求求你了，如果你不是真的要回來，就別告訴他，免得讓他希望落空。」

他說，我的確要回伊夏，然而有事纏身，國會的事拖了點時間，再者我離開西敏寺之前必須蒐集好為主教請命的陳情書。有些人因為心有顧慮，不願在請願書上簽名，我還得跟他們好好談談。

卡文迪希說，我了解，但是你知道嗎？主教大人天天以淚洗面，伊夏已不是一個慘字可以形容。主教說：現在是什麼時候？克倫威爾到底什麼時候才會回到這裡？一個小時嗎？又要再等一個小時！卡文迪希，現在是什麼時候了？他要我們拿著火炬去看看外頭天氣如何，然後回來向他報告。似乎是雹暴或冰雪誤了你的行程。接著，他又問，你會不會在半路出事？從倫敦到伊夏，這一路都是荒郊野外，難免會有強盜，月黑風高加上山險水惡，恐怕凶多吉少。然後他又說道，陷阱和欺詐在這個世界布下天羅地網，他在劫難逃了。

克倫威爾終於脫下他的騎馬斗篷，頹坐在壁爐旁的椅子上。主教坐到他身邊時，他還上氣不接下氣。薩福克公爵說了什麼？諾福克公爵呢？你見到國王了嗎？國王跟你說話了嗎？安妮看起來如何？是否健康嬌美？你在她身上下功夫了嗎？你知道吧？我們現在必須討好她，博她歡心。

他說：「要取悅那位女士，最快的方法就是讓她戴上后冠。」接著緊閉嘴唇。他沒有什麼可說的了。瑪麗．博林曾說，她妹妹已經注意到他，然而直到如今，安妮仍然沒有任何表示。她似乎對他視若無睹，眼光總是落在別人身上。那是一對黑溜溜、有點突出的眼睛，就像算盤珠子一樣亮晶晶。她盤算如何對自己最有利時，那對靈動的眼珠子也跟著不停地轉動。她的舅舅諾福克公爵必然曾提醒她：「那個人就是知道樞機主教祕密的人。」因此，現在當他走入她視線之內時，她會伸長脖子。那對像黑珠子一樣閃亮的眼睛滴溜溜地轉，從頭到腳打量他，似乎在思索如何從他身上獲得最大的好處。冬天已悄悄來到，她既沒像一匹生病的母馬咳個不停，走起路來也不會一拐一拐的，看來健康情況不錯。至於容貌，那就見仁見智。如果她是你喜歡的那一型，你就會覺得她美豔動人。

在耶誕節前夕的一天晚上，他很晚才回到伊夏，見主教一個人坐在大廳，聽一個男孩彈奏魯特琴。主教說：「馬克，謝謝你，你可以退下了。」男孩向主教鞠躬。克倫威爾只是為了顧及禮貌，才對那孩子點點頭。男孩走出大廳之後，主教說：「馬克琴藝精湛，而且很討人喜歡。他原來在我約克府裡的唱詩班。我想，我不該把他留在這裡。送他到國王那裡吧，或者，還是送到安妮跟前。這麼一個俊俏的少年，安妮應該會喜歡他吧？」

男孩在門口流連，沉醉在主教對他的讚美中。克倫威爾狠狠地瞪他一眼，這個眼神就像踢他屁股，要他滾蛋。他希望不再有人問他安妮喜歡什麼，不喜歡什麼。

主教說：「國務大臣摩爾可有任何口信要給我？」

他把一疊文件擺在桌上。「主教大人，您的臉色很不好。」

「沒錯，我是病了。湯瑪斯，我們該怎麼辦？」

「有錢能使鬼推磨，」他說：「賄賂吧。您還有土地可以處理，我們可以用大人剩下的資產做最後一搏。大人，如果國王奪走您的一切，所有的人都會問：國王當初賜給您那麼多，可是真心的？要不是您功在國家，國王怎麼可能給您那麼多的賞賜。因此，您手中還握有幾張牌，並非全盤皆輸。」

「萬一，國王給我套上叛國罪的大帽子呢……」主教的聲音微微顫抖，「如果……」

「如果國王要以叛國罪來處置您，您早就被打入倫敦塔的大牢了。」

「說的也是——但我還能為國王做什麼呢？我的心在朝廷，人卻在這個鳥不生蛋的地方。國王這樣羞辱我，應該是為了給教宗一個教訓。他想藉以宣示：我是國王，是英格蘭的主人。噢，是這樣的嗎？現在當家的說不定是安妮或是她父親湯瑪斯．博林。當然，這樣的問題，我們只能關起門來討論。」

他現在必須設法單獨和國王見面，探測他的意圖，然後代表主教跟國王談條件。主教現在急需現金，這是克倫威爾必須克服的第一個難關。一天又一天，克倫威爾焦急地等待國王召見。他獻上主教寫給國王的信，國王伸出手接了過去，盯著主教的封蠟印，沒正眼看他，只是心不在焉地說：「謝謝。」一天，國王的眼光終於落在他身上，對他說：「克倫威爾……啊，我現在無法跟你討論主教的事。」他才張開嘴巴，國王先聲奪人：「你難道還聽不懂？我現在不能談主教的事！」接著語氣溫和了些，「改天吧。我保證會找你過來談談。」

主教問他：「國王看起來如何？」他說，看來像沒睡好。

主教笑道：「他要是沒睡好，肯定是因為沒出去打獵的關係。現在冰天雪地的，不能帶獵犬出去。他只是因為沒呼吸到新鮮空氣，而不是因為良心的煎熬才輾轉反側。」

日後，他常常想起主教聽魯特琴的那個歲末寒夜。

那晚，他即將離開主教，正在盤算行程之時，聽到一個男孩的聲音從半掩的門扉後面傳來。是馬克，那個彈魯特琴的男孩。「……主教曾讚美我的琴藝，說要送我到安妮女士那裡。那真是再好不過了。國王隨時可能砍了那個老頭的腦袋，我留在這裡又有什麼用？主教太驕傲了，難怪會有這樣的命運。今天真是太陽打西邊出來了，他難得這樣稱讚我。」

接著是一陣靜默。有人接腔了，然窸窸窣窣地不知在說什麼。他不知道是哪個人在說話。馬克接著說：「是的，我確定那個當律師的會跟他一起遭殃。那個律師叫什麼來著？管他的，反正也沒有人知道。但我曾聽說他用雙手活活勒死一個人，而且從來沒向神父告解。這種人雖然心狠手辣，見了劊子手也不免痛哭流涕。」

馬克巴不得看他走上斷頭臺。他繼續說：「我要是能到安妮女士跟前，她一定會注意到我，賞賜禮物給我。」他咯咯笑道：「她一定會憐愛地看著我。你說是不是？聽說她還不肯跟國王上床，天曉得她會看上誰。」

他停頓一下，然後才開口：「她絕不是處女。不可能！」

克倫威爾心想：僕人的對話可真有趣。另一個人回答了，聲音依然模模糊糊，馬克接話：「如果她曾在法蘭西宮廷待過一陣子，還可能是處女嗎？她跟她姊瑪麗還不是一個樣，不過是供男人乘坐的母馬。」

這倒沒什麼，只是流言罷了。他有點失望，沒有更精采的嗎？然而，他猶豫了一下，於是留在原地，豎起耳朵。

「此外，誰不知道她和懷特在肯特郡早就打得火熱？我曾跟隨主教去潘斯赫特，那兒離博林家住的希佛不遠，懷特的家也在附近。」

有人看到嗎？什麼時候？

另一個人說：「噓！」接著又是一陣竊笑。

這種事，除了記在心上，還能怎樣？馬克用法蘭德斯語和他的朋友說悄悄話，因為那是他的家鄉話。

✿　✿　✿

耶誕節，國王與凱瑟琳王后到格林威治過節，安妮留在約克府。國王如要見她，坐船往上游走就到了。安妮的侍女說，國王沒來幾次，且每次來訪都匆匆忙忙，刻意掩人耳目。

人在伊夏的主教則已上床。他不曾這樣休息，儘管身體看起來很差，他也不願意躺下。他說：「國王和安妮必然正以親吻迎接新年。在第十二夜[3]之前，應該會平安無事吧。」他轉頭過去倚靠枕頭，「願天主賜福給你。克倫威爾，回家吧。」

克倫威爾家宅已掛上冬青樹和長春藤做的花環，也用月桂樹和繫上緞帶的紫杉來做裝飾。僕人在廚房忙進忙出，為生者準備食物。今年，他們不像往年一樣高歌，也不表演耶誕劇。這真是最悲慘的一年，瘟神不但帶走了他的兩個女兒，也沒饒過他的大姊凱特和她的丈夫摩根．威廉斯。凱特和摩根前一天還有說有笑，也能走路，第二天就已冰冷得像石頭，草草埋於泰晤士河岸旁的墓地，看不到河水，聞不到河上飄來的氣味，也聽不見帕特尼教堂那暗啞的鐘聲。溼墨水、啤酒花、大麥麥芽、死亡的牲畜、成綑的羊毛、松脂、蘋果蠟燭、追思亡者的蛋糕……這些味道，他們

3、第十二夜，耶誕假期最後一天，也就是一月六日主顯節的晚上。

都聞不到了。歲末，克倫威爾家又多了兩個孤兒，即大姊與摩根的遺孤理查和華特。摩根．威廉斯雖然愛說大話，然精明幹練，而且為了給家人過好日子，吃了很多苦。至於凱特，最近她才發現她弟弟和天上的星宿一樣莫測高深。她說：「湯瑪斯，你這個人真多面，教我數不清。」那表示他這個做老師的教得不好。畢竟他是教她算術的人，不但讓她學會用手指數數兒，甚至能看懂帳單。

在這個耶誕節，如果他要勸自己一句，那就是：離開主教吧，要不然哪天恐怕會淪落到街頭，只會用三張紙牌變戲法賺點蠅頭小利。然而，只有碰到願意從善如流的人，他才願意給人忠告。他能說服自己嗎？

往年的新年前夕，他們會在大廳牆上掛上一顆鍍金的大星星。在接下來的一個禮拜，這顆星星就在那裡發光發熱，喜迎賓客，主顯節過後才收起來。打從夏天開始，他和麗茲就已經在想今年三王[4]的衣裳要如何製作，並開始蒐集、囤積珍奇的布料與新的鑲邊。十月，麗茲開始偷偷縫製，以前一年的袍子為底，加上亮晶晶的裝飾、墊肩和鑲邊，並著手設計新的皇冠。他的任務則是準備禮物。他必須把禮物放在那三王的盒子裡。扮演三王的小孩一不小心把盒子掉在地上，驚惶失措之時，盒子即傳出音樂聲。

今年，沒人敢去掛那顆星星，但他還是進黑暗的儲藏室看那星星。他掀開帆布做的護套，看星星是否有缺角或褪色。那護套做得像袖子一樣，保護著每一個角。將來若吉慶無虞，他們又可以把這顆星星拿出來掛。然而，他現在還無法想像那樣的日子。他把護套蓋了回去，讚嘆這護套大小設計得剛好。那三王的袍子則摺好放在櫃子裡，羊皮也在那裡。孩子披上羊皮即可扮演小羊。牧羊人的曲柄杖則靠在牆角。他撫摸掛在掛鉤上的天使翅膀，用手指輕輕撫去灰塵。他把蠟燭擺在安全的地方，免得這裡的東西付之一炬，然後從掛鉤上把翅膀拿起，輕柔地抖一抖，翅膀發出微微的嘶嘶聲，並飄散出一點點琥珀香味。他把翅膀掛回掛鉤上，用手掌撫平，但翅膀仍然輕輕顫動。他拿起蠟燭，走出儲藏室，然後把門關上。他把燭火捻熄，鎖門，接著把鑰匙交給裘安。

他對裘安說：「家裡人口單薄，應該再添個小寶寶才好。我們家似乎很久沒聽到小寶寶的聲音了。」

「你別看我！」裘安說。

他盯著她，說道：「近來，約翰．威廉生難道沒盡到做丈夫的責任？」

她說：「他的責任和我的歡愉是兩回事。」

他走開的時候，心想：方才失言了，他實在不該跟她說這樣的話。

新年那日，夜幕低垂之後，他坐在寫字桌給主教寫信。有時候，他會站起來，走到房間的另一頭計算板前推算珠。主教被控蔑視王權罪，國王雖可讓他免於一死，也讓他享有自由，然而他剩下的錢只剩一丁點兒。約克府已讓出來給安妮，漢普頓宮早就沒了，國王想必打算把他榨乾。

葛雷哥利這時進來。「父親，我幫您送蠟燭來了。裘安阿姨叫我來的。」

葛雷哥利坐下，等了好一會兒，不安地動來動去，最後嘆了一口氣，站起來，走到父親的寫字桌前。這時，他像是聽到「你去忙你的吧」，怯生生地伸出手，幫父親整理桌上的文件。

他抬起頭來看著葛雷哥利頭低低的在忙自己的事，這才注意到他的手不再是粉嫩的寶寶手，而是一雙白晰的大手，仕紳之子的手。葛雷哥利在做什麼？他幫忙把文件放在架子上。他看不懂上面寫什麼，是要按照什麼樣的次序整理呢？不是按照主題，也不是依照日期？天啊，他到底在做什麼？

他得快點寫完這個句子，裡頭還有些重要的子條款要寫清楚。他再次抬起頭來，這才看出他的方法：厚的擺下面，薄的放上面。

「父親……」葛雷哥利欲言又止，嘆了一口氣，走到計算板前，用食指微微移動算珠。他把那些算珠子全部撿起來，然後重新排整齊。

他終於抬起頭來，對葛雷哥利說：「剛剛我在計算，才會排成那樣子。」

「噢，對不起。」葛雷哥利說。他坐在壁爐旁，希望自己的呼吸聲不會打擾到父親。

他看著葛雷哥利。即使是他最溫柔的眼神，在他兒子看來依然令人望而生畏。

他問：「什麼事呢？」

「可否請您暫停一下？」

「好。」他舉起拿筆的那隻手，在信上簽名，和以往一樣寫上「您忠誠的友人湯瑪斯．克倫威爾敬上。」他不知道

4．三王（Three Kings）：耶穌誕生時到馬槽朝拜的三王，又稱三賢士。

葛雷哥利要告訴他什麼：是否家裡有人病重，已經快死了？或是他已和洗衣的女僕私訂終身？還是倫敦橋塌了？不管葛雷哥利要告訴他什麼，他都必須像個男人承受下來，但他手上這封信還是必須先處理好，蓋上封蠟印。他抬起頭來，說道：「好了！」

葛雷哥利別過頭去。他在哭嗎？即使葛雷哥利在哭，他也不會驚訝，他自己也曾哭過，只是不知是否被人瞧見？他走過去，在爐邊坐下，面對兒子。他脫下天鵝絨帽，撫摸兒子的頭髮。

過了良久，兩人皆不發一語。他看著自己胖胖的手指，他的手掌除了有疤痕，還有燒燙傷的痕跡。他想：這可是仕紳的手？他自稱仕紳，但騙得了誰呢？只有與他未曾謀面的人、對他敬而遠之的人、他的法律客戶、下議院的同事、律師學院的同行、朝臣和他們的家僕才會相信他是仕紳吧。他又想到，還有一封信還沒寫。葛雷哥利小聲地問他，畫面彷彿時光倒流，他又變回過去那個小男孩。「您可還記得有一年耶誕節，我們看到巨人遊行？」

「在我們這個教區？嗯，我還記得。」

「那個巨人說：『我是巨人。我名叫馬林史派克。』有人說，他像孔希爾的五月花柱一樣高。那五月花柱呢？」

「已經被拆下來了。就在暴動那年，那日人稱『邪惡五月天』[5]。當時，你還只是個小寶寶。」

「那五月花柱還在嗎？」

「被市政府收藏起來了。」

「明年，我們可以再掛上那顆星星嗎？」

「如果否極泰來，當然沒問題。」

「主教既然已經落難，我們會變窮嗎？」

「不會的。」

小小的火焰在跳躍、搖曳，葛雷哥利盯著焰火。「您還記得那年我把臉塗得黑黑的，披上黑羊皮，扮演耶誕劇中的魔鬼嗎？」

「是啊，我還記得。」他溫柔地看著兒子。

安也想把臉塗成黑的，但麗茲說小女孩不適合扮魔鬼。他希望那時跟安說，她還是扮演天使好了。即使她的頭髮是黑的，還是可以戴上金色假髮。然而這樣的假髮常歪到一邊或是蓋住眼睛。

那年，扮成天使的是葛蕊思。她的翅膀是用孔雀毛做的，那是他自己設計的。其他小女孩都像醜小鴨，萬一翅膀被馬槽的邊緣絆住，還會掉下來，但葛蕊思光彩奪目，她的髮絲纏繞著銀線，肩膀綁著豔麗華貴的孔雀羽毛，似乎只要一呼吸，就滿室芬芳。麗茲說：「湯瑪斯，你的鬼點子真是沒完沒了。全倫敦沒人看過比這更美的翅膀了。」

葛雷哥利站起來，親吻他，說聲晚安。兒子靠在他身上，好像還是個孩子似的，又像是沉醉在回憶當中。

葛雷哥利上床之後，他把兒子幫他堆放在架子上的文件重新歸類、整理。他想起那個邪惡五月天。葛雷哥利沒問：為什麼會發生暴動？那次的暴動是針對外國人。而在那不久前，他才回到英格蘭。

❀ ❀ ❀

一五三〇年。新年過後的主顯節，他沒舉辦宴會。主教現在有如落水狗，誰還會來赴宴？於是，他帶家裡的幾個年輕人去格雷律師學院參加第十二夜的狂歡派對。但他一到那裡就後悔了。今年不但鬧哄哄的，節目尤其不堪入目。

那裡的法學生以主教為主角演了一齣戲，演的是主教被趕出約克府落荒而逃的經過。主教來到泰晤士河畔，準備上船。有幾個人揮舞著染藍的床單，表示這是河流，還有一些人則拿著水桶跑上跑下地往河裡潑水。主教好不容易上了船，群眾即對他叫囂。一個看來傻里傻氣的人牽了一群水獺獵犬走了進來。其他人則拿著漁網和釣桿，打算用來捉捕主教，把他拉上岸。

下一幕則是主教在泥濘難行的帕特尼舉步唯艱地朝向伊夏前行。主教老淚縱橫，舉起手來祈禱，學生則在一旁報以噓聲。克倫威爾心想：他們自以為在表演喜劇？這根本是鬧劇。

主教躺在地上。他就像一座鮮紅的山，拚命揮舞雙手。如果有任何人能扶他坐上騾子，他就願意把溫徹斯特主教的頭銜送給他。幾個學生披上騾子皮，假扮騾子，他們用拉丁文嘲笑主教，還對主教放屁。他們說，這樞機主教是什麼東西？還不是沒用的卵鳥！他們是法學院的學生，不是清掃街道的工人，這種話怎麼說得出口？他實在看不下

5、邪惡五月天（Evil May Day）：發生於一五一七年的暴動，基於仇外心態，倫敦暴民發動對外國人的攻擊。

去，氣得拂袖而去，跟他來的家僕和外甥只好一起離去。

有幾個下院議員也在場。他走過去跟他們說：這些學生怎麼可以這樣？樞機主教病得很重，已不久於人世，你們和這些學生有臉見上帝嗎？這些學生真是無藥可救，膽敢侮辱主教這樣的偉人！幾個禮拜以前，哪一個不是像哈巴狗一樣在主教面前搖尾乞憐？

議員跟在他後頭，向他道歉，但他們的話語完全被大廳傳來的大笑聲掩蓋住。克倫威爾家那幾個年輕人則在原地逗留，頻頻轉頭往後看。主教說，現在誰要是能扶他坐上騾子，他就奉送他後宮裡的四十個處女。他坐在地上哀嚎，一個軟趴趴、由紅羊毛做的、像蛇一樣的東西從他袍子底下掉出來。

外頭，空氣冷冽，火炬明明滅滅。「回家吧。」他說。他聽到葛雷哥利在說悄悄話：「要他允許，我們才能笑出聲來。」

「不管怎麼說，」雷夫說：「他是主人，我們得聽他的。」

他後退一步，跟這些年輕人說：「擁有四十個女人的，是那個邪惡的教皇亞歷山大六世羅德里哥．波吉爾。我告訴你們，那四十個女人，沒一個是處女。」

雷夫碰了一下他的肩膀。理查在他左邊緊跟著。他說：「你們不必扶我，我又不像主教。」然後笑了一下，「我想，那些學生的演出……」

「很好笑，不是嗎？」理查說：「演主教的那個，腰圍少說也有六十吋。」

那晚很熱鬧，處處聽得到手搖鼓發出的沙沙聲，人人高舉火炬。一群人騎著木馬，一邊高歌，一邊從他們身邊走過。有人頭戴鹿角、腳蹬鈴鐺。走到思羅格摩頓街的金融中心時，他們看到一個男孩打扮成柳橙，他的朋友則是檸檬。「葛雷哥利！」兩人高喊，他們舉起外皮頂端，並對克倫威爾做出脫帽致敬的動作，然後說道：「願上帝賜福，祝您新年快樂。」

「新年快樂！」他說，並面向檸檬，「請你父親來找我。我們得談談戚普塞德租金的事。」

他們到家了。「上床吧，」他說，「時候不早了。」又加上一句：「安安穩穩地睡吧。上帝會照顧你們，直到明天早上。」

眾人退下。他獨自坐在工作桌前。他想起葛蕊思扮天使的那一夜：她站在壁爐前，一臉倦容，每一個孔雀翎在火光的照耀下，就像金光閃閃的黃寶石。麗茲說：「小寶貝，別靠壁爐太近，免得翅膀著火。」葛蕊思於是後退，走到陰影裡，身上的羽毛變成一片黑，然後爬上樓梯。他說：「葛蕊思，妳要這樣插著翅膀睡覺嗎？」她轉頭，看了一下背後。「等我禱告完了，就拿下來。」他跟在她後面，怕她摔跤、翅膀碰到蠟燭或是發生什麼危險。她上樓去，翅膀發出窸窸窣窣的聲音，羽毛遁入黑暗之中。

他想，至少我不用把她交給任何人。她已經死了，不必讓她下嫁某個噘著嘴的小仕紳。哪個小子不是貪圖她的妝奩才娶她為妻的？葛蕊思應該會想要個頭銜，那就幫她買一個吧，讓她成為葛蕊思女士。我真希望安還活著，此刻正在我身邊。如果安還活著，要是她再大幾歲，而雷夫再年輕幾歲，兩人即可結為連理。

他低下頭來看主教給他的信。沃爾西正打算寫信給歐洲各國君主，請求他們支持他、為他澄清，幫他洗刷冤曲。他希望主教別這麼做。因為如果他再密函請求各國君主阻撓國王，萬一被發現，難道不會被當成是叛國？國王一定不會饒過他的。主教雖然不是請各國君主為了他對亨利宣戰，但在信中請求他們不要支持他。他明知亨利多麼希望得到其他國家的支持與愛戴，如此一來豈不是滔天大罪？

他往後靠在椅背上，用手遮住嘴巴，似乎要阻止自己發表意見。他想，幸好我愛戴我的主子沃爾西主教，如果不是，我就是他的敵人了。如果我是薩福克、諾福克或是國王，下個禮拜就把他抓來審判。

門開了。「理查？你睡不著嗎？我知道了。今晚那齣戲對你來說太刺激了。」

理查沒微笑，他的臉在陰影裡。「大人，我有一件事想跟您商量。既然我父親死了，現在您就是我父親了。」是啊，他最近多了兩個兒子：理查．威廉斯以及小華特．威廉斯。他說：「坐下來吧。」

「我和弟弟是否能夠改姓，以後跟著您姓克倫威爾？」

「我真驚訝。我只知道姓克倫威爾的希望改姓威廉斯。」

「我發誓，一旦我改姓克倫威爾，以後絕不再改。」

「你在地底下的父親會樂意嗎？他認為威廉斯家族有威爾斯王室的血統。」

「沒錯。然而每次他喝兩杯，就大聲嚷嚷，說誰願意給我一先令，我就給他威爾斯的領地。」

「儘管如此，你身上仍流著都鐸王朝的血。」
「拜託，」理查懇求他，「別這麼說。我的額頭要冒出血滴了。」
他笑道：「你聽我說。老國王有個叔叔叫賈斯柏．都鐸。賈斯柏有兩個私生女，瓊恩和海倫。海倫就是賈德納的母親，而瓊恩嫁給伊凡之子威廉。因此，瓊恩就是你的外祖母。」
「就是這樣嗎？為什麼我父親說的我都聽不懂？然而如果我真的是國王的表弟，」理查停了一下，「賈德納是我表哥……對我來說，又有什麼好處？我們不在宮裡，也不可能進得去，現在主教又……唉……」他別過頭去，「大人……您以前浪跡天涯之時，是否曾想到死亡？」
「是啊，我曾經想過。」
理查看著他說：「那是什麼樣的感覺？」
「我覺得憤怒。我想，我不甘心就這麼死了。我已經飄洋過海來到這裡。不能就這樣死了。」他聳聳肩。
理查說：「每天，我都為父親點燃一根蠟燭。」
「這麼做，對你自己有幫助嗎？」
「沒，我只是想做而已。」
「你父親知道嗎？」
「他已經在天上了，我無法想像他是否知道。我只知道還活著的人可以互相安慰。」
「理查．克倫威爾，說得好。我覺得很安慰。」
理查起身，親吻他的臉頰。他說：「晚安。Cysga'n dawel。」
這是威爾斯方言，意思是：睡個好覺吧。只有在家裡，他們才能這麼說。這是父親對兒子或哥哥對弟弟說晚安的話。人還活著，姓氏才有意義。對戰場上的那些屍體而言，名字又有什麼意思？誰會來找他們？誰又會為他們誦經？他確信：雖然摩根死了，他的血脈卻不會就此中斷。這一年，因為瘟疫肆虐，家家戶戶都忙著辦喪事，倫敦街頭幾乎人人一身黑。他摸了一下喉嚨。凱特送他的十字架項鍊呢？他忘了他早就丟到大海裡去了。當初他只是下意識這麼做，現在才了解為什麼：他已把它交給大海保存，這樣就沒有任何人能從他脖子上拿走了。

伊夏的煙囪還在冒煙。克倫威爾去見諾福克公爵，商量主教手下的家僕該如何處置。此時，公爵府的大門已隨時為他開啟。

✿ ✿ ✿

兩位公爵都很樂意提供意見。諾福克說：「家僕要沒主人就容易造反。這種人最危險了。不管主教以前如何，這些人以前不是把他服侍得妥妥貼貼的？叫他們來我這裡吧。我可以用他們。」

他看著克倫威爾。克倫威爾別過頭去，他知道這些貴族對他垂涎三尺。他就像家財萬貫、待字閨中的女繼承人：詭祕、害羞又冷漠。

他幫公爵辦理一筆貸款，然國外的合夥人對公爵興趣缺缺。克倫威爾說，主教日薄西山，而公爵猶如旭日東升，現在是國王的左右手。合夥人問他，湯瑪索[6]，你可提供什麼擔保？這種老公爵可能明天就翹辮子了，而且動不動就暴跳如雷，教人不敢恭維。以公爵的領地做為抵押？英倫不過是蕞爾小島，還不時陷入內戰。再說，你們那任性的國王要是把查理五世的姑姑打入冷宮，迎娶妓女做新王后，恐怕又得面臨戰爭了。

不管如何，克倫威爾還是從歐洲的某個地方幫公爵借到了錢。

薩福克公爵布蘭登說：「克倫威爾，你來了。在你手裡的是家僕名單吧？有沒有可以推薦給我的人？」

「有啊，但這人出身卑微，恐怕只能在府上的廚房裡幹活。」

「沒關係，告訴我吧。」公爵已按捺不住他的好奇心。

「他只是個維修火爐和煙囪的工人，恐怕不配到府上……」

「到我家來吧。我雇用他。」布蘭登說：「我喜歡家裡暖洋洋的。」

第一個在指控沃爾西的罪狀上簽名就是新任首席國務大臣摩爾。摩爾最近又加上一條罪名：他指控主教在國王耳邊說悄悄話，甚至對著國王的臉吹氣。由於主教得了法蘭西花柳病[7]，看來是想藉機把病傳染給國王。

6、「湯瑪索」即義大利發音的「湯瑪斯」。

克倫威爾聽了之後，很想知道摩爾的腦袋到底在想什麼。怎麼有人可以想出這種罪名，公諸於世？他以為只要白紙印成黑字給大家傳閱，人人都會相信，如丘陵上的牧羊人、丁道爾的耕童、路上的乞丐，以及獸欄裡的牲畜？他巴不得全世界都知道，這消息甚至傳送到冷冽的冬風、虛弱的朝陽與倫敦花園的雪花中。

✿ ✿ ✿

凌晨，天色未亮，雲層很厚，窗外看起來像晦暗的白鑞。然國王容光煥發，有如一副嶄新撲克牌中的老K，配上一對小小的藍色瞇瞇眼。

一夥人圍著國王，大家都對他視若無睹，只有諾里斯對他微笑，客氣地跟他說聲早安。國王比了個手勢，眾人於是退到一邊。每個人都穿著色彩鮮豔的騎馬斗篷，看來要一起去狩獵。他們走來走去，繞圈圈，最後又聚集在一起，交頭接耳，用點頭、聳肩交換意見。

國王瞥向窗外。「嗯，」他說：「那個……怎麼樣啊？」他似乎不想提主教的名字。

「要是得不到國王您的寵愛，他的病恐怕好不了。」

「四十四條罪名，」國王說：「四十四條喔。」

「陛下，這些都是誤會，我們希望可以藉由審訊來辯白。」

「那你現在可以辯白嗎？」

「如果陛下願意聽小的解釋……」

「聽說你很機靈，有問必答。」

「要是沒準備好，小的怎麼敢來？」

克倫威爾不假思索地回答。國王微笑，嘴角微微上揚。他的唇型很漂亮，幾乎像女人的櫻桃小口，只是臉太大，不成比例。

國王說：「哪天我再來考考你，薩福克公爵正在等我。你覺得今天有可能撥雲見日嗎？我想在彌撒之前動身。」

「我想，今天會是好天氣，」他說：「是打獵的好日子。」

「克倫威爾？」國王轉過頭來。他嚇了一跳，注視著國王，「你和摩爾意見一致，是不是？」

他沒答腔，因為不知道國王接下來要說什麼。

「摩爾說，打獵是野蠻的。」

「啊，原來陛下指的是打獵。打獵怎麼會野蠻？至少比打仗來得便宜……」他在思索該怎麼說。

「有些國家可以獵熊、狼和野豬。英格蘭的森林以前也有這些動物。我的法蘭西表弟也常去獵野豬。他曾說，他想把獵到的野豬送幾頭來給我呢。但我覺得……」

「陛下覺得他是故意在取笑您吧。」

「是的，陛下。」

亨利眼睛直直地看著他，說道：「我們常說，打獵是為打仗做準備。說到打仗，這的確是個重點。」

「六年前，你曾在國會上反對我出兵，說我負擔不起。」

那是七年前的事了，也就是在一五二三年。旁邊的人聽了多久？七分鐘。沒錯，他確定有七分鐘。他像沒有退路的獵物，若是想逃，必然會被亨利追殺，然而要是前進，也只能蹣跚而行。他說：「翻開世界歷史來看，沒有一個君主可以負擔得起戰爭的損失。沒有一個國王能說：『這是我的預算，我想要打這樣的戰爭。』因為只要一投入戰爭，所有的錢都盡付東流，最後的下場就是破產。」

「一五二三年，我在法蘭西打仗，拿下泰魯安。你在演說中說這是一個什麼地方來著？」

「陛下，我說是鳥不生蛋的地方。」

「鳥不生蛋的地方！你怎麼能這麼說？」

他聳聳肩，說道：「我去過那裡。」

國王大發雷霆，「我也去過！我還親自帶兵去那裡。你給我聽好。你說，我不該打仗，因為戰爭需要提高稅金，最後會壓垮國家的財務。我問你，如果一個國家不能支持君主，這個國家又有何用？」

7、法蘭西花柳病（French pox）：法國人則稱此為「英格蘭花柳病」（English pox），也就是梅毒。

「我當時說的是：我們沒有足夠的黃金來支援長達一年的戰爭。戰爭會吞噬所有的金銀財寶。我曾在書上看到，古人因為沒有金屬貨幣，只能用皮革作為交易的媒介。如果陛下堅持窮兵黷武，我們將會回到那個年代。」

「你還說，我不該帶兵出征。你說，萬一我被俘虜，我國將付不出贖金。那你到底想要什麼？你要一個不能打仗的國王嗎？你要我像一個病懨懨的少女，足不出戶，成天躲在房裡？」

「從國家的財務來看，這的確是件好事。」

國王已經氣得七竅生煙，但要是對克倫威爾大吼大叫，豈不顯得小家子氣？他決定哈哈大笑。「你倡導深謀遠慮。謹慎確實是美德，然而君主是不是還需要其他美德，例如……」

「堅忍。」

「沒錯。」

「但那並不代表有勇氣作戰。」

「你在教訓我嗎？」

「堅忍意謂不達目標絕不罷休，儘管碰到阻礙，依然咬緊牙關堅持下去。」

亨利走到另一頭。他的馬靴重重踩在地上，發出砰、砰、砰的聲音。他已經準備好要去打獵。接著，他慢慢地轉過身來，以顯示一個君主的威儀。「在戰場上獲勝就是吾等追求的目標。我倒要看看有什麼能阻擋我？」

「距離，」克倫威爾說：「港口、地形、當地人民、冬天的雨雪，以及泥濘——這些都是戰爭的阻礙。陛下的祖先在法蘭西戰鬥之時，不少領土還是屬於英格蘭，我們因而可以獲得補給。但現在我們只剩加萊，我們的軍隊如何得到後援？」

國王眺望早晨的銀光，咬了一下嘴唇。他的憤怒是不是慢慢在心中蘊釀、冒泡，最後才會沸騰？他轉過頭去，露出燦爛如陽光的笑容，說道：「我知道了。下次我們進軍法蘭西，一定要拿下沿海地帶。」

「當然，我們必須取得諾曼第或不列塔尼。就是這樣。」

「沒錯，」國王說：「我想，你沒有惡意，只是對政策方面毫無經驗，不知道如何坐陣指揮。」

他搖搖頭。「我的確沒經驗。」

「以前——我是指你以前在國會發表演說的時候——你曾提到英格蘭擁有的黃金價值約當一百萬英鎊。」

「那是大概估算出來的。」

「你是怎麼估算的?」

「我曾在佛羅倫斯和威尼斯的銀行受訓。」

國王睜大眼睛看著他。「諾福克公爵說你以前是士兵。」

「那也沒錯。」

「你還有什麼經歷?」

「那要看陛下希望我成為什麼樣的人。」

國王好生打量他一番:這個人的確很特別。他則轉過頭去,這是他的習慣。「克倫威爾,你這個人名聲不好。」

他低下頭。

「你不想為你自己辯解嗎?」

「我想陛下會有自己的看法。」

「沒錯。」

門口的守衛把矛收起,原來圍繞在國王身邊那些人鞠躬,閃到一邊。薩福克公爵布蘭登大搖大擺地走進來。他今天衣服似乎穿得太多,全身直冒汗。「要出發了嗎?」他問國王,「啊,克倫威爾,你也在這裡。」他露齒而笑,「你那胖主教還好嗎?」

布蘭登沒注意到國王氣得漲紅了臉,咯咯笑道:「你們知道嗎?據說有一次主教和僕人騎馬出去。一行人走到山谷頂端,他下馬查看他的馬兒,發現山谷底下有座很漂亮的教堂,教堂還有附屬土地。他於是對僕人說,羅賓,那是誰的教堂?但願那裡也是我的封地!羅賓說,是的,那裡正是主教大人的封地。」

沒有人覺得好笑,但他還是哈哈大笑。

克倫威爾說:「大人,這故事我不知在義大利聽過幾百遍了。只是主角換成另一個主教。」

布蘭登臉色一沉,問道:「什麼?同一個故事嗎?」

「大同小異啦。只是僕人不叫羅賓。」

國王與他四目相接。他微微一笑。

克倫威爾準備離去。瞧！他遇見誰來著？國王的樞密大臣！「早安，早安！」他說。他說話很少這樣重複，但這一刻似乎不得不如此。

賈德納搓揉發紫的大手。克倫威爾問道：「冷嗎？」賈德納說：「你覺得如何？想必不大愉快。」

「恰恰相反，」他說，「噢，國王和薩福克要出去打獵。你得等上好一會兒了。」他繼續往前走，之後又往回走。他覺得胸口有股悶痛，「賈德納，我們可否言歸於好？」

「不行，」賈德納說，他眨了眨眼，「我想，那是不可能的。」

「好吧。」克倫威爾說。他一邊往前走，一邊想：你就等吧，儘管等上一、兩年，你還是得等。

✿ ✿ ✿

兩天後，他回到伊夏。還沒進門，卡文迪希已經從院子衝出來了。「克倫威爾！昨天國王——」

「別這麼慌慌張張的。」

「昨天國王送了四車的東西過來。看看吧，有繡帷、盤子、床簾——你去跟國王求來的嗎？天曉得？他可沒跟國王要這些東西。要是他開口，要什麼東西也會說得很明確，例如主教喜歡哪一種床簾，哪一種不要；他喜歡女神，不愛殉道貞女，聖艾格尼斯雕像搬走吧，換上維納斯；主教大人喜歡威尼斯玻璃，那些破爛銀酒杯就不必了。

克倫威爾用不屑的眼光看這些贈品。「你這從帕特尼來的小子居然會瞧不起這些東西，」沃爾西說，接著又為國王解釋，「也許國王要給我的和送來的東西不一樣。那些挑東西的僕人哪有什麼眼光，隨便挑一些東西、交差了事罷了。」

「很有可能。」他說。

「儘管如此，我們還是覺得非常欣慰。」

卡文迪希說：「現在，最大的問題是房子本身。我們必須先搬到別的地方，等這兒裡裡外外都刷洗乾淨、通風之後再搬回來。」

「沒錯，」主教說：「這裡的廁所可要把聖艾格尼斯薰死了。」

「你會去求國王的人嗎？」卡文迪希問道。

他嘆了口氣。「你知道嗎？我不會去跟諾福克公爵說，也不會去找布蘭登。我直接去找國王好了。」

主教微笑，臉上散發出慈愛的光芒

✽　✽　✽

主教的事談定了。國王對細節的掌握讓他十分驚訝。沃爾西常說，國王心思縝密，就和老國王一樣機敏，然而他更多才多藝。老國王年紀愈大，心胸就愈狹窄，想要一手掌握全英格蘭。沒有一個貴族不欠他錢的。他曾坦白，他不受臣民愛戴沒關係，只要他們敬畏他。亨利的個性則完全不同，然而他到底是怎麼樣的一個人？沃爾西笑道，我可以寫一本手冊給你參考。國王後來允許主教搬到里奇蒙的一座小屋。主教在里奇蒙的花園散步，突然像發狂一樣，大談預言及教士在英格蘭的沒落。他說，此事早有預言，現在已經成為事實。

儘管克倫威爾不相信那些預兆，還是可以看出問題。要是主教被控犯下蔑視王權罪，他下面所有的主教與教士不也都是共犯？能想到這點的不會只有他一個人，但敵人就是衝著主教一人，他那大紅身影就是他們攻擊的目標。他們擔心他會捲土重來，準備復仇。後來，克倫威爾與薩福克公爵布蘭登見面，布蘭登說：「這年頭，驕傲的主教恐怕時運不濟。」他得意洋洋地說，不時吹口哨為自己打氣。「我們這裡根本就不需要主教。」

主教聞言，氣得怒髮衝冠。「這個布蘭登！居然在國王的妹妹瑪麗公主新寡之際就把她弄到手。他明明知道國王已為瑪麗公主重新安排一樁親事，讓她嫁給另一個國王。要不是我這個善良的主教替他向國王求情，他的腦袋和身體早就分家了。」

好個善良的主教。

「你知道布蘭登用什麼當藉口？」主教說：「噢，陛下，您的妹妹瑪麗公主哭得很傷心。她哭著求我娶她。我從未看過女人哭到這樣肝腸寸斷的樣子。於是，他幫她擦乾眼淚，還成了公爵！你看，他現在說起話來趾高氣昂的模樣，好像自開天闢地以來，他已是公爵。湯瑪斯，如果是有學問、有品德的人來找我，如湯斯托主教或是摩爾，懇求我進行教會改革，我一定會好好聽他們說。可是這個布蘭登！說什麼驕傲的主教！也不照鏡子看看自己是誰？不過是國王的馬伕。有些馬還比他聰明呢。」

「大人，」卡文迪希說：「您別生氣了。您知道布蘭登出身歷史悠久的貴族家庭。」

「他，貴族？這個不要臉的吹牛大王。」主教坐下歇會兒，他已精疲力盡。「我頭好痛，」他說：「克倫威爾，你進宮去吧。我在這裡等你的好消息。」

每天，他聽從主教的吩咐東奔西跑。國王去哪裡，他就跟到哪裡。在他的心中，國王就像他必須攻克的內陸，而他沒有任何沿海地帶可做後援補給。

他了解國王已從主教身上學到一些東西，像是搖擺不定的外交政策以及模稜兩可的手法。他親眼看到國王如何用這種手法來凌遲主教。國王要是施恩，必然會附贈殘酷，甚至會連本帶利收回來。因此，主教最後不得不哀嚎：「讓我走吧。」

克倫威爾向公爵建議：「主教大人希望回到溫徹斯特。」

「怎麼可以？」布蘭登說：「那裡離國王那麼近。克倫威爾，我們又不是傻瓜。」

由於克倫威爾最近和國王走得很近，三天兩頭就見面，全歐洲都在說沃爾西有可能被國王召回。有人說，國王想必在和沃爾西談條件。要是沃爾西肯把教會的財產交出來，就能重新得到國王的恩寵。此時謠言滿天飛。還有人說，國王不喜歡他現在的左右手：諾福克是個無知的笨蛋，而薩福克的笑聲則惹人厭。

克倫威爾說：「主教大人不會北上。他還沒準備好。」

「但我希望他早日北上，」諾福克說：「叫他趕快動身吧。告訴他諾福克要他立刻上路，滾得遠遠的——否則我將用我的牙齒撕他的皮，咬他的骨。」

「大人，」他鞠躬，「換言之，您要將他拆吃入腹？」

諾福克靠過來，幾乎貼著他的身體。他的眼睛布滿血絲，臉上青筋暴露，說道：「就是撕他的皮，咬他的骨，一個字都不准改。你這個卑劣的……」公爵用食指戳他的肩膀，「你這個……你這個從地獄來的無名小卒、你這個妓女生的、狗娘養的，你這個邪惡的傢伙、不要臉的律師。」

公爵站在那裡一直戳克倫威爾，就像麵包師傅用指頭在麵糰上戳洞一樣，但克倫威爾的肉堅硬實在，怎麼戳都戳不進去，公爵指頭一按下去就彈開了。

在他們離開伊夏之前，一隻母貓在主教的臥房生了一窩小貓。府裡養那母貓本來是用來抓老鼠的。但這窩小貓是不是代表什麼徵兆？主教的房間出現新生命？然而，有一天他們發現煙囪掉下一隻死掉的鳥。這可不是好兆頭！主教再也沒問那隻鳥的事。

有小貓作伴，主教還是快活多了。他找了個櫃子，放了個靠墊在裡面，當作是小貓的家，看牠們長大。有一隻黑貓，老是吃不飽似的，毛皮摸起來像羊毛一樣柔軟，眼睛是黃色的。這隻黑貓斷奶後，克倫威爾把牠帶回家養。這貓常蜷曲著身子，靠著他的肩膀睡覺。他從外套底下，把貓抱出來，給葛雷哥利，「你好，我是巨人，名叫馬林史派克。」

葛雷哥利睡眼惺忪地看著他，不知道他在做什麼，看到那貓，嚇了一跳，連忙把手縮回去。「牠會被狗宰了。」

馬林史派克溜到廚房，愈來愈強壯，簡直像頭小野獸。夏天就要來了。他無法想像這個小傢伙到時會多麼快活。他在花園散步，有時看到馬林史派克睜大眼睛、懶洋洋地靠在蘋果樹上，有時則看到牠窩在一堵牆上曬太陽，睡得正香。

✿ ✿ ✿

一五三〇年春，商人波維西邀請克倫威爾到他位於主教門的豪宅作客。他告訴理查：「我不會太晚回來的。」他本來對這無聊應酬無多大期待。賓客脾氣不好，而且吃起飯來像餓虎。這次在波維西家的宴會，光是含有煙燻鰻魚和鹽漬鱈魚的料理就有一百種變化，即使是有一流廚房設備的義大利富商也做不出來。在長達四十天的四旬齋，這些商人做夢都會夢到羊肉、馬姆齊甜酒、夜夜與老婆或情婦在羽毛床上歡愛。從現在起到聖灰禮拜三，他們的刀子都要用來在商場上做割喉戰。

但這次的宴會比他想的要來得盛大，首席國務大臣摩爾也來了，他的身邊圍著一群律師和倫敦市府參事，曾被摩爾打入大牢的蒙茂慈則坐在另一頭。摩爾看來輕鬆自在，講述他的學者好友伊拉斯謨斯的故事，大夥兒都聽得目瞪口呆。但他抬起頭來看到克倫威爾，話講到一半，突然語塞，視線於是下移，表情變得木然。

克倫威爾說：「國務大臣，你想談談我的事嗎？即使我人在這裡，也沒關係。我這人臉皮最厚了。」他接著喝了一大口酒，哈哈笑：「你知道布蘭登說什麼嗎？他說，我都把他搞糊塗了，只知道我在國外混過。前幾天，他還叫我猶太小販。」

「他是當著你的面叫的嗎？」波維西客氣地問。

「不是，是國王告訴我的。可是樞機主教叫布蘭登馬伕。」

蒙茂慈說：「湯瑪斯，你最近常進宮。所以呢，你已經當官了嗎？」

席上諸位賓客都面露微笑。當然，這是因為蒙茂慈的問題實在滑稽，克倫威爾也不過是最近因為主教的事才往宮裡跑。摩爾的朋友大都是這個城市的商人，不是什麼了不起的大人物，且他自己完全是不同類的，是個機智過人的學者。摩爾說：「這是個敏感的問題。我們還是閉上嘴巴，別針對這個窮追猛打吧。」

布商商會裡的一個大老靠過來，壓低聲音說：「摩爾方才坐下的時候已經聲明，今天他不會談和樞機主教或安妮女士有關的事。」

克倫威爾的視線掃過四周的人，說道：「不過，我實在驚訝，沒想到國王這麼會容忍。」

「忍受你嗎？」摩爾說。

「我指的是布蘭登。他們去打獵之前，布蘭登大搖大擺地走進來，叫道：『要出發了嗎？』」

「打從國王即位開始，」波維西說：「你的主人樞機主教就一直處心積慮地避免其他人跟國王太接近。」

「他只允許他一個人接近國王吧。」摩爾說。

「當然，國王想提拔誰就提拔誰。」

「但也有個限度吧，湯瑪斯。」波維西說。有人以笑聲應和。

「國王喜歡朋友。這是件好事，不是嗎？」

「克倫威爾，你今天真會說好話。」

蒙茨慈說：「克倫威爾這個人最講義氣了，願意為朋友兩肋插刀。」

「我想，」摩爾停頓了一下，低頭看著桌子，「說真的，我想我們很難與國王為友。」

波維西說：「可是你和國王不是從小一起長大？」

「是的，但友誼應該不會教人覺得燈枯油盡那樣的累……應該有滋補的效果。不像……」摩爾轉過頭去，第一次正眼看克倫威爾，似乎在邀請他做評論，「我有時覺得……自己就像跟天使搏鬥的雅各[8]。」

「為了什麼搏鬥呢？」克倫威爾問。

「天曉得！聖經沒寫，就像我們不知該隱和亞伯為了什麼在田裡打了起來。」

他發現賓客當中有些比較虔誠的，聽了有點坐立難安；有些則對這樣的對話興趣缺缺，只想知道下一道菜是什麼。上菜囉！魚來了！

摩爾對他說：「下回，你要是有機會跟國王說話。拜託，請你打動他的好心腸，別挑戰他那鋼鐵般的意志。」

他想聽摩爾繼續說，但那個商會大老揮揮手，叫人送更多酒過來，還問他：「你的朋友弗翰可好？安特渥普有沒有什麼消息？」他們接下來嘰嘰喳喳談貿易、船運、利率，然而只是嘴巴在動，腦子忙著在猜測。如果有人走進大廳，宣布今天不談某一件事，到頭來說的還是那件事。如果首席國務大臣摩爾今天不在這裡，大家談的無非是進口稅及存放保稅貨物的倉庫，誰會想到樞機主教？在這四旬齋，每個人餓得頭暈眼花，心思都放到大魚大肉上去了，誰會想到國王的手指在哪個處女急速起伏的酥胸上遊走？他往後靠，盯著摩爾。他們談到一個段落，自然地陷入靜默。十五分鐘之後，摩爾才打破靜默，他看著盤子裡還沒吃完的東西，用低沉、憤怒的語氣說道：「樞機主教對權力的胃口就像是個無底洞，希望所有的人都臣服於他。」

「大人，」波維西說：「你好像跟你盤子裡的魚有仇似的。」

8、見舊約創世紀第三十一章，雅各在夜裡獨處靜思，有一人前來搏鬥，直至破曉仍未分勝負。後來他才知道那人是天使。天使臨別前，為他改名為以色列（Israel），意為「與神搏鬥者」，讚許他接受天使的挑戰，而且盡了全力。雅各即以色列的始祖，猶太人的祖先。

摩爾說：「這魚沒有問題。」

克倫威爾身子前傾，做出準備戰鬥的姿態，他不會就此罷休的。「樞機主教是公眾人物，你也是。你認為他是不是該退下來了？」

「是的，」摩爾提起頭來，「我想，他是該退下來。也許，他的胃口會變小一點。」

「太遲了，」蒙茂慈說：「現在要讓主教學習謙遜，為時已晚。」

「他的朋友早就學到這一課，只是他未能記取前車之鑑。」

「這麼說，你認為你是他的朋友囉？」克倫威爾往後靠，手臂交叉，「大人，我會轉告主教，他一定會感到莫大的安慰。他已經被放逐了，心中一直有這麼個疑問：你為什麼要在國王面前說他的壞話？」

「各位……」波維西站起來，他怕這麼爭吵下去會出事。

「坐下吧，」克倫威爾說：「讓我們今天打開天窗說亮話。摩爾可以這麼說：我只是個單純的僧侶，只是我父親要我學法律。如果我能選擇，我願意一輩子待在教會裡。你知道，我只對性靈有興趣，視財富為無物。我也不管這個世界對我有何評價。」他的眼光掃過每個人的臉，「試問：他是如何當上首席國務大臣的？難道是偶然？」

門開了。波維西馬上跳起來，臉上出現如釋重負的表情。「歡迎，歡迎，」他宣布：「各位，查理五世的大使蒞臨！」

是去年秋天上任的新大使夏普義，他還送甜點來。他在門檻上站一會兒，讓眾人看清楚他是誰，欣賞他的儀態。這個狡詐的小人身穿有泡泡袖和開叉的緊身短上衣，藍緞長褲掩蓋住小小的蜘蛛腿。他說：「對不起，我來遲了。」接著皮笑肉不笑地說了句法文：「Les dépêches, toujours les dépêches（最後期限，總有一大堆事得趕在最後期限完成）。」

「大使的生活就是這樣。」他抬起頭，微笑，「在下是湯瑪斯．克倫威爾。」

「Ah, c'est le juif errant!（啊，你就是那個流浪的猶太人！）」大使接著說。

他只是開玩笑，然後自鳴得意地帶著笑容環顧四周。

波維西說：「請坐，請坐。」僕人忙著整理，布料都收起來，賓客變換座位，只有摩爾繼續坐在原來的地方。有人把用秋天果實做成的蜜餞和果汁釀的香酒端起來。夏普義在摩爾旁邊的座位坐下。

「各位，接下來我們只能說法語了。」波維西說。

夏普義雖是神聖羅馬帝國和西班牙的大使，但他的母語是法語。他就像任何一個外交官，覺得學英語很麻煩，因此不會說英語。即使學會英語，轉派到另一個國家之後，又有什麼用？他一邊在主人波維西讓給他的雕花餐椅上坐下，一邊謝謝主人。他的腳甚至還碰不到地板。摩爾調整一下姿勢與大使交頭接耳。克倫威爾目不轉睛看著他們，兩人瞪他一眼，但也不能拿他怎麼樣。

等兩人談到一個段落，克倫威爾插嘴：「大使，我最近和國王談到西班牙軍隊進攻聖城的事。怎麼會那樣呢？真是令人遺憾。由於我們對這個事件至今還不了解，或許你可以為我們解釋一下。」

夏普義搖搖頭，說道：「的確很遺憾。」

「摩爾認為，亂搞的是在西班牙軍隊中的伊斯蘭教徒。當然，還有一些是四海為家的傭兵——我以前也當過幾年傭兵。但摩爾說，在這之前，在聖城強暴處女、搗毀神龕的是日爾曼人，也就是那些路德教派的黨羽。然而，我們的國務大臣摩爾說，西班牙皇帝還是該為此事負責。除了他，我們還能怪誰呢？不知你可否說明一下，幫助我們了解實情？」

「親愛的國務大臣！」大使看起十分震驚，他轉向摩爾，「請問您可是這麼說吾王的？」他轉過頭去看了一下，然後開始說拉丁語。

在座賓客很多都通曉多國語言，他們一邊坐著聆聽，一邊對克倫威爾微笑。克倫威爾說道：「大使，如果您想保密，還是說希臘語吧。說吧！我們的國務大臣聽得懂的。」

不久，宴會就結束了，大家紛紛告辭，摩爾也站起來。然而就在他離去之前，他用英語宣布：「在我看來，克倫威爾的立場再明確不過。他不是教會的朋友，事實上他只是一個主教的朋友，而那個主教是全基督王國最貪腐的一個人！」

摩爾說完即草草點頭離去，甚至沒跟大使好好告別。大使咬著嘴唇，看他就這麼一走了之，他的表情似乎在說：我是來尋求協助，來交朋友的。克倫威爾注意到夏普義的一舉一動、一言一行都像演員：思考的時候，眼睛看著下方，把兩根手指放在額頭上；悲傷的時候就不斷嘆氣；迷惑的時候，會輕輕搖著下巴，要笑不笑似的。他像一個偶然跑進戲劇場景的人，發現人家在演喜劇，於是決定留在舞台上，一起演戲，直到落幕。

❀　❀　❀

晚宴過後，眾人告辭，走進暮色中。克倫威爾對波維西說：「或許宴會結束的時間比你預期的早了點？」

「摩爾是我的老朋友，你不該故意引誘他上鉤的。」

「噢，我破壞了你的宴會嗎？你也請了蒙茂慈來，不是也要引他上鉤？」

「我才沒這麼想，蒙茂慈也是我的朋友。」

「我呢？」

「當然也是。」

他們自然而然地開始用義大利語交談。「有件事，我很好奇，」克倫威爾說：「我想知道懷特的事。」安妮．博林的舊情人懷特三年前突然跑到義大利當大使。他在義大利做得很不順遂，但那是另一回事。問題是：他為什麼急著離開宮廷？

「啊，懷特和安妮．博林，」波維西說：「我以為這兩人的情史已成往事？」

或許吧。克倫威爾接下來跟他說那個彈魯特琴的男孩馬克所說的。馬克一口咬定懷特已經上了她。如果安妮的情史已傳遍全歐，就連所有的僕人都知道了，國王怎麼可能一無所知？

「我想，治國的藝術包括在必要的時候裝聾作啞，」波維西說：「懷特身材高大，金髮碧眼，是個英俊迷人的英格蘭紳士。他到了義大利之後，很多人都驚訝地看著他說：世上怎有如此俊美的人？他還是個詩人呢！」

克倫威爾聽了哈哈大笑。波維西就像所有的義大利人，因為口音的關係，總把「懷特」說成「怪特」。據說，以前英人進攻義大利之時，有個埃塞克斯伯爵名叫霍克伍德，他在義大利燒殺姦掠，幹盡壞事。義大利人另外給他取了個名字叫亞久多，義大利文的意思是「針」。

「是的，但是安妮．博林……」就他對安妮的了解，她大概不會對美這種稍縱即逝的東西感興趣，「這幾年，她迫不及待地想虜獲一個夫婿，藉以獲得頭銜、權力，得到一個可和國王站在一起的位置。現在，懷特不是已經結婚了？

他還能給她什麼？」

「詩。」波維西說：「當年，他不是為了當大使才急忙離開英格蘭的。據說他被安妮．博林折磨得死去活來，甚至不敢跟她待在同一個房間、同一個城堡、同一個國家，於是逃之夭夭。」他搖搖頭，「你們國家的人真是奇怪。」

「天啊，是嗎？」克倫威爾說。

「你一定要小心。博林家的人不是好惹的，什麼事都做得出來。他們說，幹嘛要等教宗批准？我們和國王雙方立好婚約不就成了？」

「他們似乎會這麼做。」

「要不要來點糖霜杏仁？」

他微笑。波維西接著說：「湯瑪索，不知你願不願意聽我的勸告？樞機主教已經完蛋了。」

「別這麼肯定。」

「這是千真萬確。你是他的人，因此看不清事實。」

「主教一直對我很好。」

「他非去北方不可。」

「但是全世界都不會放過他的。你問那些大使，你去問夏普義，問他們向誰報告。不管在伊夏或是里奇蒙，都可以看到他們的蹤影。大使忙的無非是打聽我們在做什麼。」

「這也難怪。主教被控在國王的領土行使外國司法權！」

「我知道。」他嘆了口氣。

「你打算怎麼辦？」

「要他擺低姿態？」

波維西哈哈笑，說道：「啊，湯瑪索，你應該知道他要是去了北方，你就沒有主人了。重點就在這裡。雖然你現在常常見到國王，但這只是暫時的。只要主教的事解決了，國王知道怎麼打發主教，讓他閉嘴，之後你恐怕就沒機會見國王了。」

他遲疑了一下。「可是國王喜歡我。」

「國王是個靠不住的情人。」

「但他對安妮不是死心塌地的？」

「這也就是我不得不警告你的。不是因為那個叫『怪特』的，或是流言……這齣宮廷愛情戲很快就會落幕的……她一定會讓步的，畢竟她只是個女人……她姊姊不是最好的前車之鑑？你以為國王會心甘情願做愛情的傻子？」

「說的也是。」

克倫威爾的目光在宴會廳流連。國務大臣摩爾方才就坐在那裡，左邊的布商在狼吞虎嚥，右邊則是大使。蒙茂茲坐這裡，波維西坐那裡。這裡則是他自己的座位。還有一些座位則是無形的：高大、乏味的薩福克公爵坐在這裡，諾福克公爵坐那裡，一邊把胸前的項鍊弄得叮噹作響，一邊喊叫：「願天主庇佑！」這裡是國王的座位。堅強的王后坐在那裡：四旬齋過後，她顯得更瘦；她的袍子如盔甲，腹部不住地顫抖。安妮．博林也來了，她的黑眼珠骨碌碌地轉動。她什麼不都吃，只是豎起耳朵，注意每個人說的話，一邊輕拉脖子上的珍珠項鍊。在座的還有丁道爾和教宗。克勉教宗嘬著嘴盯著盤子裡的糖漬榲桲，嫌廚子切得不夠細。滿臉油光、胖嘟嘟的馬丁．路德也大駕光臨，他用憤怒的眼光看著每一個人，呸一聲，把嘴裡的魚骨吐掉。

一個僕人進來。「先生，外頭有兩位年輕人說要找您。」

他抬起頭來。「是嗎？」

「是理查．克倫威爾和雷夫．塞德勒，另外幾個則是您府上的僕人。他們是來帶您回家的。」

他明白了。波維西要他來赴宴，是為了警告他，要他小心粉身碎骨。他會銘記在心。他隱隱約約聽到嘶嘶聲。有人在耳語：石頭要砸下來了。遠方傳來天崩地裂的聲音。牆垮了，石膏板塌了，亂石砸在脆弱的腦殼上。基督王國的屋頂就要塌了。

波維西說：「湯瑪索，你好像有一批子弟兵。你必須步步為營。」

「是的。」他環顧四周，看這裡最後一眼。「晚安。今晚的菜餚真豐盛。那鰻魚的滋味真是教人難忘。你可以叫你家的廚子來我家一下嗎？我發明了一種新的佐料，很有提味的效果，想跟他切磋琢磨。我用的是肉豆蔻乾皮、薑、切碎的乾薄荷葉——」

他的朋友告誡他：「拜託，請你務必小心。」

「加上一點大蒜，只要一丁點就好了——」

「下次赴宴，千萬——」

「還要少許麵包粉……」

「千萬別跟博林家的人同桌。」

第2章・摯愛的克倫威爾

一五三〇年春～冬

他很早就到了約克府。被捕的鷗鳥在院子的籠子裡聲嘶力竭地對河上的同伴呼叫。有些於是從宮殿上方俯衝而下，一邊嘶鳴。車伕忙著把貨船運來的物品拖進來，府邸飄散著烘烤麵包的香味。幾個小孩忙著把一綑綑燈芯草扛進來。這些孩子認得克倫威爾，於是叫他的名字，跟他打招呼。克倫威爾見這些孩子這麼有禮貌，於是給他們每人一個銅板做為賞賜。「大人，您是不是要去見那個妖女？您知道嗎？她用法術把國王迷得團團轉。您身上有可以當護身符的十字架項鍊或聖物嗎？」

「我本來有條十字架項鍊，但是丟了。」

「您可以去向主教要，」一個孩子說：「他會給您的。」

燈芯草的氣味新鮮嗆鼻，真是一個美好的早晨。約克府的每一個房間就像他自己的家那樣熟悉。他往裡面走，看到一張似曾相識的臉孔，於是問道：「你是馬克嗎？」

男孩原本靠在牆上，現在站好了。「您真早。近來好嗎？」

他臉色沉了下來，聳聳肩。

「此時舊地重遊，您必然感觸良多，畢竟現在已人事全非。」

「還好啦。」

「您難道不想念主教大人？」

「我不想他。」

「您很快樂，是嗎？」

「是的。主教想必也會為我感到高興。」

他一邊往前走，一邊自言自語。馬克啊，你或許沒想過我們，可我們還是常常想到你。至少，我還記得你說我是壞胚子，而且以後會不得好死。主教說的沒錯，沒有一個地方是安全的，沒有一個房間像銅牆鐵壁那樣滴水不漏。即使你在英格蘭任何一個地方向神父告解，也像站在威普塞德街上，大聲說出你犯了什麼罪。我跟主教說，我在牆上看到一個影子，那時應該沒有人聽到我們的談話。如果馬克認為我是殺人凶手，應該只是覺得我長得像凶神惡煞。

❁ ❁ ❁

約克府共有八個前廳。以前，他要見主教，總得走到最後一間，然而現在這次在那裡等著他的卻是安妮．博林。看，主教那幅所羅門王與希巴女王繡帷又掛回到牆上。這時，吹來一陣穿堂風，紅潤、豐滿的希巴女王迎向他。他向她致敬：安瑟瑪[1]，我以為永遠見不到你了。

他暗中探聽安瑟瑪的下落。他在安特渥普的友人弗翰說，安瑟瑪已經再婚，夫君不但比她年輕，而且是個銀行家。克倫威爾說，這樣吧，如果她老公淹死了或意外死亡，請讓我知道。弗翰回信道：湯瑪斯，拜託，英格蘭不是到處都有寡婦？還有數不清的嫩妹？

希巴女王的豐滿圓潤更加突顯安妮的面黃肌瘦。安妮站在窗邊，指頭忙著拉扯一串念珠。她看到克倫威爾進來，於是放下念珠，雙手伸入長長的袖子裡。

十二月，國王為了慶賀安妮的父親晉升為威爾特伯爵，辦了個宴會。王后不在，安妮就坐在凱瑟琳的座位上。地面結霜，當時的氣氛也冷得很。沃爾西的人馬未能出席，只能聽別人轉述。動不動就生氣的諾福克公爵夫人氣呼呼的，不滿她的外甥女居然爬到她頭上；而薩福克公爵夫人（也就是國王的妹妹）也氣得不肯吃東西，這兩位公爵夫人都不肯跟安妮．博林說話。不管如何，安妮還是以王后之尊出現在眾人面前。

現在四旬齋就快過了，國王已回到他太太身邊。耶穌受難日將近，國王實在沒有臉跟情婦一起貪歡。安妮的父親為了外交事務出國去了，她的弟弟喬治也不在國內。而她的舊情人懷特為了躲避她的折磨早就逃到義大利。她一個人

1、安瑟瑪：在安特渥普與克倫威爾同居的寡婦。克倫威爾每每看到繡帷上的希巴女王就想起安瑟瑪。

待在約克府實在悶得發慌，只好找克倫威爾前來，看他是否能帶來一些有趣的消息。

三隻小狗從她的裙子上溜下來，衝到他前面，對他汪汪叫。「別讓狗兒跑出去。」安妮說。他用既溫柔又熟練的姿態把小狗抱起來。這些小狗跟他的貝拉很像，一樣有著蓬亂的耳朵和小小的尾巴。在法蘭西，很多富商太太都養這種狗。他打算把狗交給安妮的時候，那幾隻小狗不斷地舔他的臉，輕咬他的指頭和外套，而且用圓滾滾的眼睛看著他，像在巴望著什麼，似乎終於見到最渴望見到的人。

他把其中兩隻輕輕放在地上，最小的那隻交給安妮。「Vous êtes gentil（你人真好），」她說：「瞧，我的寶貝多愛你！我實在不喜歡凱瑟琳養的那些猴子。牠們那小小的手，細細的脖子都被鐵鍊栓起來了。我的寶貝狗兒就是愛我。」

她，嬌小玲瓏，骨架纖細，腰枝像柳條一樣。如果兩個法學生加起來等於一個樞機主教，那兩個安妮加起來才等於一個凱瑟琳。幾個女人坐在矮凳上繡花或假裝在縫什麼東西。瑪麗·博林也在其中，她頭低低的，好像她不得不這樣。還有一個是博林姊妹的表妹瑪莉·薛頓，她皮膚白晰、粉潤，膽子很大，兩眼直直瞅著他。她的眼神似乎在說，聖母瑪利亞，這男人可是我表姊卡瑞夫人口中最好的「貨色」？還有一個女孩坐在後頭的陰影中，她似乎刻意低下頭，不讓別人看到她的臉。他不知道她是誰，只知道她為什麼一直頭低低的看著地板。應該是安妮要她這麼做的。他把狗放下，也跟著低下頭來。

安妮輕聲地說：「突然間，你成了話題人物。國王一天到晚都在說克倫威爾說了什麼，」她的英語發音還是有點古怪，把克倫威爾說成克雷威爾，「他說得很對，什麼都被他說中了……。對了，我們可別忘了，『克雷威爾』很能博君一粲。」

「我有時的確看到國王笑了。但您呢？」

她轉過頭來，瞪他一眼。「我想，我很少笑，但我不常去想。」

「那是生活造成的吧。」

灰塵、乾枯的枝葉掉落到她的裙子上，她看著外頭。

「這麼說好了，」他說：「主教大人已經失勢，幾乎到了窮愁潦倒的地步，您應該大有斬獲吧？」

「才不呢。」

「沒人比主教更了解基督王國的運作，沒人像他那樣親近國王，他對您會是多麼大的助力！不知您是否願意消弭以前的誤會，讓主教重新回到國王跟前？」

她不答腔。「請您想想，」他說：「全英格蘭只有他一個人可幫您取得您要的東西。」

「很好，我給你五分鐘的時間，讓你幫他說話。」

「我看得出來，您很忙。」

安妮用嫌惡的眼神瞪著他，用法語對他說：「你怎麼知道我忙不忙？」

「我們要用英語，還是法語來討論？您做個決定吧，看要用哪一種語言，好不好？」

他從眼角瞥見有人動了一下，那個躲在暗處的女孩抬起頭來。她長得普普通通，臉色蒼白，像是受到驚嚇。

「你說英語或法語都可以？」安妮問。

「是的。」

「很好，咱們就說法語吧。」

他又跟她說了一遍：主教是唯一可以從教宗那兒拿到有利於國王婚姻判決的人，也是唯一可以為國王解決內疚的人，讓他不再受良心的折磨。

她仔細傾聽，他也願意說給她聽。他一直很好奇，女人隔著重重的面紗、戴著頭巾，能聽得清楚嗎？然而從安妮的表情看來，她的確聽進去了。她讓他一股腦兒說完，不打斷他的話，最後才不得不說，如果這是國王要的，也是主教希望達成的，那這事實在拖得太久了！

她姊姊又從旁加上一句，聲音小得快讓人聽不到：「再說，她已經不年輕了。」

打從克倫威爾踏進此地，到現在所有的女人都沒縫半針。

「或許，現在還有一點時間吧？」他問。

「沒錯，」安妮說：「但我可要告訴你，時間不多了。現在是四旬齋，我耐心有限，每天只分配到一點。」

他告訴她，主教不可能阻撓她的好事，請她別聽信別人說的壞話。國王內心的渴望無法滿足，主教也痛苦萬分。

換言之，主教和國王是一條心的。他還說，所有的臣子也把希望放在她身上，希望她能為國王生下繼承人。的確，這麼做才是對的。他也提醒她，過去她曾寫了很多感恩的信給主教：每一封他都妥善存檔了。

「很好，」她說：「好極了，『克雷威爾』，但還是請你再加把勁吧。我們只有一件事要求主教，只要求他完成這麼簡單的一件事，但他還是沒做好。」

「您知道，這事不簡單啊。」

「或許，我是一個簡單的人，」安妮說：「你覺得我是嗎？」

「也許是吧，但我對您幾無了解。」

這個答案惹火了她。他看到她姊姊在竊笑。安妮說：「你可以走了。」瑪麗一躍而起，尾隨在後跟著走出去。

✿　✿　✿

瑪麗的臉頰又泛起紅暈，微啟雙唇。他覺得奇怪，她怎麼手裡還拿著繡花的東西。他想，如果她沒帶出來，恐怕會被安妮全部拆掉。

「卡瑞夫人，妳是不是又喘不過氣來了？」

「我們以為她會給你一巴掌。你什麼時候會再來呢？我和我的表妹瑪莉・薛頓等不及了。」

「她能耐受得住的。」他說。瑪麗說，其實她喜歡和旗鼓相當的人鬥嘴。他問，妳在這裡做什麼呢？她拿手上的東西給他看：這是安妮的新紋章。他說，每一件都得這麼做嗎？她咧嘴而笑，沒錯，包括她的襯裙、她的手帕、她的頭巾、她的面紗。她有很多衣服都是全新的，沒有人穿過，因此要繡上她的紋章，更別提牆上掛的繡帷和餐巾……。

「妳過得好嗎？」

她頭低低的，刻意轉移視線。「很糟，真是煩死人了。耶誕節……」

「聽說，他們吵架了。」

「國王先跟凱瑟琳吵了一架。他來這裡找安妮，要她同情他。安妮說，什麼！我不是跟你說過了，別跟那婆娘吵架，你一定吵不贏的。」她還得意洋洋地說：「如果他不是國王，我還可以同情他。看他過得多悲慘。」

「我聽到謠言了。有人說，安妮……」

「我知道，還沒呢。要是這樣，我會是第一個知道的。他們應該沒到那個程度。」

「她告訴妳的？」

「當然囉，她是故意說給我聽，要我恨得牙癢癢。」瑪麗還在躲避他的眼神，但她似乎可以感覺到有些話她不得不跟他說，那是她欠他的。「他們獨處的時候，她讓他脫下她的緊身馬甲。」

「還好他沒叫妳去做這件事。」

「他脫下她的內衣，親吻她的乳房。」

「他還找得到那對奶子吧。」

瑪麗笑得花枝亂顫，裡頭的人應該聽到了。幾乎在同時，門開了，那個躲在暗處的女孩走過來。她的表情陰沉、冷淡，皮膚白晰得近乎透明。她說：「卡瑞夫人，安妮女士要你過去。」

她提到她們名字的時候，那種語調像在為兩隻蟑螂做介紹，讓牠們互相認識。

瑪麗咒罵了一句：「噢，天殺的。」接著急忙往後轉，拉起裙擺往前走。

他很訝異，那個臉色白晰的女孩竟敢迎向他的目光。她跟在瑪麗後頭，然後抬起頭來，看著天空。

❀ ❀ ❀

他從八個前廳最裡面那間走向外頭。安妮往前走，走到一個他可以看得到她的地方。晨光襯托出她喉嚨的曲線、細細彎彎的眉毛、她的微笑，頭在細細長長的脖子上轉動。他也見識到她的迅速、聰慧與苛刻。他想，她不會幫主教的忙，然而開口要求又沒有什麼損失。這只是我要求她做的頭一件事，或許也不會是最後一件事。

有那麼一刻，安妮的確全神貫注地聽他說——她的黑眼珠像叉子一樣射向他。國王的眼神則大異其趣——那溫柔的藍色眼珠像陷阱。他們是這樣四目相接的嗎？還是用另一種方式？他突然恍然大悟，知道是怎麼回事了，然不久又感到迷惑。他站在窗邊，一群椋鳥棲息在一棵枯木剛冒出來的黑芽上，然後張開羽翼，有如一個個展開的黑色花苞。牠們抖動翅膀，引吭高歌，空氣、羽翼以及黑色的音符都跟隨歌聲動了起來。他發現自己陶醉在這個情景中。他不知有多久沒注意到這個小小的、迎向未來、渴望春天的姿態。他期待復活節的來到，四旬齋就要結束，所有的悔罪也到了一個段落。在這個黑暗的世界之外，還有另一個世界，一個充滿無限可能的世界。在那個世界，安妮可以登上王后的寶座，而他也可以做他的克倫威爾。他真的看到了那個世界，然那個世界有如幻影，旋即從他眼前消失，不可復得，就像過去一樣，一去不返。

❀ ❀ ❀

即使在四旬齋，如果有門道，還是找得到賣肉的。克倫威爾回到家後，走到廚房，跟大廚舍斯頓說：「主教病了，用不著齋戒了。」

舍斯頓脱下帽子。「教宗允許嗎？」

「我做的主。」他的目光掃過架上一排刀子，包括幾把剁骨刀。他拿起其中一把，細看邊緣，覺得刀鋒鈍了，需要磨一磨。他問：「老實説，你覺得我看起來像殺人凶手嗎？」

舍斯頓想了很久，才囁囁嚅嚅地說：「大人，我認為……」

「這麼説好了，假設我正在往律師學院的路上……你能想像我拿著文件檔案夾和裝墨水的牛角瓶？」

「我想那是夥計幫忙拿的。」

「所以，你想像不出來，對不對？」

舍斯頓又把帽子脱下，把裡面翻出來，然後盯著帽子，好像他的腦子在裡頭，或上面有什麼提示似的。「大人，您看起來應該像律師，不像殺人凶手。不會的，您怎麼會像那種壞蛋？但是老實説，您看來還是像會殺豬宰牛。」

他要廚師為主教做牛肉捲，裡面塞了鼠尾草和墨角蘭，綑得緊緊的，擺放在盤子上。如此一來，主教在里奇蒙的廚子只要送進烤箱就可以了。誰能告訴他，聖經哪裡説三月不能吃牛肉捲來著？

他想起安妮。她真是個好鬥的女人，而她身邊的那些女人著實可憐。他請廚子用柳橙和蜂蜜做了幾籃水果塔打算給她們享用，還特別為安妮獻上一盤杏仁奶油派，不但用玫瑰露調味，上面還灑上乾掉的玫瑰花瓣和糖漬紫羅蘭，甚至大老遠地提著這些甜點騎馬送過去。他記得數年前，他曾在佛羅倫斯的菲斯科博迪家廚房工作。一天，他一邊用夾雜著法語和英語的義大利語和朋友閒聊，一邊在做牛蹄凍，設法使小牛蹄煮成的膠變得清澈。突然間，他聽見有人大叫：「湯瑪索，上樓吧，有人要見你。」廚房小廝端了盆水來給他，他不慌不忙地向他點了個頭，把手洗淨，用布擦乾，然後把圍裙脫下來，吊在掛鉤上。他想，那件圍裙或許現在還掛在那裡吧。

他看到一個比他年紀小的男孩跪在樓梯上刷刷洗洗，一邊唱著一首義大利歌曲：

Scaramella va alla Guerra（史卡拉梅拉就要上戰場，）
Colla lancia et la rotella（帶著長矛和小圓盾，）
La zombero boro borombetta,（啦，隆貝羅，波羅，波隆貝塔，）
La boro borombo...（啦，波羅，波隆波……）

他說：「吉亞柯默，借過一下。」那男孩於是閃到樓梯一角。光線抹去他臉上的好奇，讓他的過去消失在時間之流，也把他的未來刷洗得光潔明亮。史卡拉梅拉就要上戰場……他想，但我已經從戰場回來了。

他上樓去，戰鼓聲盈耳。他上去之後，再也沒下來過。在菲斯科博迪家的帳房，已有一張他專用的桌子。他哼唱：史卡拉梅拉，搭啦啦啦。他坐下，把鵝毛筆削尖，思緒在他腦海裡像泡沫一樣冒出來、旋轉。他的內心用義大利語、帕特尼英語和卡斯提爾語不斷咒罵，但他提起筆來，在紙上寫出的卻是行雲流水般的拉丁文。

✿ ✿ ✿

他還沒走出廚房，家裡的女人已經知道他去見安妮了。

「所以呢，」裘安問：「她個子高嗎？還是矮？」

「既不高，也不矮。」

「我聽說她身材高挑，但她的皮膚是不是黃黃的？」

「沒錯。」

「有人說她舉止優雅，舞跳得很好。」

「我可沒跟她一起跳舞。」

梅喜問：「那你覺得如何？你們一起讀聖經嗎？」

他聳聳肩。「我們也沒一起禱告。」

他的外甥女愛麗絲問：「她穿什麼樣的衣服？」

啊，他只能告訴大家，從她戴的頭巾到裙擺，從腳到指尖，那些衣飾是在哪裡買的、價格是多少。她的頭飾是法蘭西式的，圓圓的，襯托出她臉部骨頭的細緻。但他從頭到尾，語氣都是冷冷的、像商人報價一樣。家裡的女人聽了，覺得索然無味。

「你不喜歡她，對不對？」愛麗絲說。他說，我沒必要說出對她的喜惡，妳也一樣。他抱著她，逗得她咯咯笑。小裘安說，姨丈今天心情很好。梅喜問，那個松鼠毛飾邊呢？他說，來自義大利西南的卡拉布里亞。愛麗絲皺著鼻子說，啊，卡拉布里亞。裘安說，湯瑪斯，你似乎跟她很親近。

「她的牙齒好不好？」梅喜問。

「拜託，妳們有完沒完。她要是咬我，我一定會告訴妳們。」

✿ ✿ ✿

主教聽說諾福克公爵要來里奇蒙，用牙齒撕他的皮、咬他的骨。他哈哈大笑，說道：「湯瑪斯，我們該走了。」但是要去北方的話，沒錢還真難以成行。為了這件事，國王身邊的人吵吵嚷嚷的。布蘭登說：「不管怎麼說，我們總不能讓樞機主教像偷了湯匙，夾著尾巴溜走的僕人去約克郡就任。」

「這個老賊不只是偷了湯匙，」諾福克說：「他吃下的晚餐足以餵飽全英格蘭的人，就連桌布也一起捲走，整個地窖的酒也被他喝乾。」

國王不是想見就能見到的。有一天，他明明和國王約好，接見他的卻是樞密大臣賈德納。

「坐下，」賈德納說：「坐下來，聽我說。請你耐心聽我說明幾件事。」

他看著賈德納來回走動。賈德納長得像白天出現的惡魔，關節鬆弛，一舉一動都帶給人威脅的感覺。他有一對毛茸茸的大手，當他握著右拳伸入左手掌時，關節總會發出喀啦一聲。

克倫威爾知道這人不懷好意。離去前，他在門口駐足，客客氣氣地對他說：「你的表弟向你請安。」

賈德納睜大眼睛瞪著他，眉毛一根根豎起來，像一隻發怒的狗。他以為克倫威爾說的是——

「不是國王陛下，」他進一步解釋，「是你的表弟理查．威廉斯。」

賈德納神色驚駭地說：「啊，那個老掉牙的故事！」

「拜託，」他說：「做皇室的私生子有什麼好丟臉的？至少我們家族的人不這麼認為。」

「你的家族？你們家的人知道什麼叫禮貌嗎？我對這個年輕人沒興趣。我不承認我跟他有任何親戚關係，我也不可能為他做什麼。」

「你不必為他做什麼。他現在已經改名為理查．克倫威爾了。」他繼續說，故意要激怒他，「你不必為了這件事睡不著。我一直在調查這事。你或許和理查有親戚關係，和我倒是八竿子打不著。」

克倫威爾雖然堆滿笑臉，內心卻燃燒著熊熊的怒火，似乎他的血液已充滿透明的毒液，如毒蛇的血。他一回到家，看到雷夫，即緊緊擁抱他。雷夫不由得毛骨悚然。「天啊，這是個男孩，還是頭刺蝟？雷夫、理查，我今天充滿悔恨。」

「那是四旬齋的緣故吧。」雷夫說。

「我希望自己可以完全冷靜。我希望自己別打草驚蛇，希望自己別像諾福克，而像馬林史派克。」

他用威爾斯語跟理查聊了很久。理查笑他，說他威爾斯語說得不輪轉，說起英語也有一點點怪腔怪調。他把幾個禮拜前買的珍珠和珊瑚手環拿給他那幾個外甥女。他早該拿出來送她們的，不過他忘了。接下來，他走到廚房瞧瞧，給廚子一些建議，大夥兒都很開心。

他把所有的家僕都叫過來。「我們必須計畫一下，」他說：「看如何讓主教這次的旅途舒服一點。他不想走太快，好讓沿途的居民謨拜他。他必須在聖週（即復活節前一週）之前抵達彼得波羅，接下來到諾丁罕的紹斯威爾，然後再計畫怎麼到約克。雖然主教在紹斯威爾的宮殿有不錯的房間可以下榻，我們還是需要建築師的幫忙……」

卡文迪希說，主教常常在禱告。他從里奇蒙找了些教士來陪他，那些教士為他講解苦痛的價值，不管是刺入肉裡的荊棘或是灑在傷口上的鹽巴，這些苦都不會白受的。他們還提到粗茶淡飯的好處和自我鞭笞的喜悅。「好吧，」克倫威爾有點不耐煩地說：「我們必須儘快讓主教上路。到了約克郡，情況就會好多了。」

他對諾福克說：「您覺得這事該怎麼處理才好？您希望他走吧？是嗎？那請您跟我一起去見國王。」

諾福克不想去，但最後還是咕噥著答應他。信送了出去。一、兩天後，兩人在王宮的前廳會合、等待。諾福克公爵走來走去。「噢，聖猶達！」公爵說：「要不要到外頭呼吸一點新鮮空氣？還是你們幹律師的不需要？」

他們走到花園，他悠閒漫步，公爵則焦急不安地踱步。

「什麼時候開花？」公爵問：「記得小時候，我們家的庭園一朵花也沒有。引進這種花結園[2]的是白金漢公爵。噢，那花園真是美極了！」

白金漢公爵熱中園藝，一五二一年因為叛國罪，頭被砍了下來，距今還不到十年。在此春意盎然的日子，鳥兒在每個樹叢、枝頭高歌，提到白金漢公爵的事不免令人傷感。

國王傳喚他們進去。公爵往前走，但突然怯步，甚至後退。他的眼珠子轉來轉去，鼻孔張得大大的，呼吸急促。他發現公爵把手放在他肩膀上，他不得不放慢腳步，拖著公爵往前走。公爵恨不得拔腿逃走。他們就像兩個老兵跟著一群乞丐往前走。史卡拉梅拉就要上戰場……諾福克的手在顫抖。

直到他們來到國王面前，他才知道諾福克公爵多怕與國王共處一室。國王那興高采烈的樣子讓公爵不由得想縮進衣服裡面。國王親切地向他們表示歡迎之意，說道：「今日天氣怡人，瞧，這世界多美好。」他張開雙臂在大廳裡繞來繞去，還背了幾首他自己寫的詩。除了主教的事，他什麼都願意談。諾福克因為沮喪，臉色轉為暗紅，聲音壓得很低，不知在嘀咕些什麼。國王說：「退下吧！」他們於是走了出去。但國王突然叫道：「噢，克倫威爾……」

他和公爵面面相覷。公爵喃喃地說：「願天主庇佑你……」

他把手擺在背後。再見了，諾福克公爵，我等會兒就會趕上。

亨利的雙臂在胸前交叉，眼睛盯著地面，直到克倫威爾走近，他才低聲地說：「一千英鎊，如何？」

克倫威爾幾乎要脫口而出：「好吧，這只是第一筆。就我所知，陛下十年前曾跟沃爾西主教借了一萬英鎊，到現在還沒還呢。」

當然，這句話在舌尖就打住了。在這個節骨眼兒，不管是公爵、伯爵、平民、胖子、瘦子、老人還是年輕人，都該跪在地上，謝主隆恩。他跪在地上，感覺到腿上的疤痕組織隱隱作痛。畢竟是四十多歲的人，身上難免有些傷疤。

國王示意平身，然後充滿好奇地問：「諾福克公爵似乎對你很好。」

國王必然看到公爵把手放在他肩膀上：公爵的手放在一介平民的肌肉和骨骼上，不由自主地顫動。「公爵對階級的區分向來十分嚴明。」國王似乎很滿意他的答覆。

一個惡毒的念頭爬進他的腦袋：你雖然貴為國王，但如果有一天突然生病，倒在我的腳下，你會允許我把你扶起來嗎？或者我必須去找個伯爵或主教過來幫你？

國王走開了，但又轉過頭來，輕聲細語地對他說：「我無日不思念主教。」他停頓了一下，「把錢拿去吧，還有我的祝福。別告訴公爵，也別跟任何人說。請主教為我禱告。請告訴他，我已經盡了全力。」

克倫威爾還跪在地上，滔滔不絕地說了一長串的致謝辭。國王莫可奈何地看著他，說道：「老天！克倫威爾，你這個人口才真好！」

他沉著冷靜地走出去，一邊抗拒想要大笑的衝動。史卡拉梅拉，搭啦啦啦……「我無日不思念主教。」

諾福克問，什麼？國王說了什麼？他說，噢，沒什麼，就是幾句教訓人的話，他要我轉告主教，要他好好反省。

✿ ✿ ✿

行程規畫好了。主教準備先坐船，沿著泰晤士河到赫爾，然後改走陸地，他甚至自個兒去跟船夫殺價。

他告訴理查，的確，一千英鎊做為主教搬遷的費用的確不多。理查問：「你自己墊了多少錢？」

有些帳是永遠算不清楚的。他說：「雖然主教現在欠我一些，天曉得，我欠主教的說不定更多。」

他問卡文迪希：「他帶了多少僕人？」

2、花結園（knot garden）：將灌木修剪成一個個花結的形狀，在花壇中再種上花香草。注重平面裝飾效果，類似法國的刺繡花壇。

「只有一百六十個。」

「只有？」他點點頭，「好吧。」

先到亨頓，再到羅伊斯敦，接著到杭丁頓，最後到彼得波羅。克倫威爾安排一些僕人騎馬做前導，而且給他們明白的指示。

✿ ✿ ✿

告別那晚，沃爾西給他一個包裹，裡面有個小小、硬硬的東西，不知是印章，還是戒指。「等我死了，你再打開來看吧。」

僕人一直在主教的房裡進進出出，搬箱子和文件。卡文迪希拿著銀製的聖體座。

「你也要跟我去北方嗎？」主教問克倫威爾。

「國王如果回心轉意，要找您回宮，我立刻去帶您回來。」

克倫威爾跪在地上，請主教賜福。主教伸出一隻手，讓他親吻。主教平常戴的那只綠松石戒指不見了。這個事實終究瞞不過他。主教的手先放在他的肩膀上，手指張開，拇指嵌入他鎖骨凹下去的地方。

他該走了。他們已經說了那麼多，現在不用再多說什麼，不必看交易清單，連一句訓誨的話也是多餘。現在也不是擁抱的時刻。如果主教不再雄辯滔滔，他當然只能保持沉默。他走到門口之際，主教轉過身去，把椅子拉近壁爐，然後舉起一隻手把臉遮起來。然而他的手不在他的身體和火焰之間，而在他和那扇即將關上的門之間。

他走到中庭，結果摔了一跤。那裡的火把剛熄滅，還冒著煙。他靠在牆上，淚水汩汩地流下臉龐。他對自己說，千萬別讓卡文迪希看到他這德性，他一定會把摔跤這一幕寫下來，編成一齣戲。

他咬牙切齒，輕聲地用各種語言咒罵，咒罵人生，也責怪自己對人生的妥協。僕人從他身邊走過，說道：「克倫威爾先生的馬已經準備好了！護衛也已經在門口等候。」他在那裡站一會兒，等完全平復才走出來，拿幾個銅板賞給主教的僕人。

回到家時，僕人問他，是否要把主教的紋章塗掉？天啊，非但不可以，還要重新塗過。他後退一步看了一下，「那紅嘴山鴉可以畫得更鮮明，帽子也得改用更亮麗的紅色顏料。」

他幾乎沒睡。在睡著的片刻，麗茲曾入夢來。他不知道麗茲是否還認得他。他矢志成為這樣的一個人：堅定不移、溫和，盡全力為國王去除煩憂。

✿　✿　✿

破曉時分，他打了個小盹，不久就醒來了。他想，主教現在應該已經上馬，為什麼他不在主教身邊陪伴他？今天是四月五日，裘安在樓梯上遇見他，在他的頰上留下純潔的一吻。

「為什麼上帝要這樣考驗我們？」她輕聲地說。

他喃喃地說：「我們恐怕無法通過考驗。」

他說，或許我該親自去紹斯威爾？雷夫說，我幫你跑一趟吧。他給雷夫一張備忘錄。如果宮殿裡裡外外都刷洗乾淨，主教大人的床就能搬過去了。要找廚子的話，可以去一家叫「國王軍隊」的酒吧找。別忘了檢查一下馬廄。找幾個樂師。上一次，我去宮殿看的時候，發現外牆還有豬窩。你問問是誰在那裡養豬，給他一點錢，把他打發走，然後把豬窩拆掉。對了，別在皇冠客棧喝酒，那兒的酒比我老爹釀的還糟。

理查說：「大人……該讓主教走了。」

「這是策略性的撤退，不是潰敗。」

他們以為他出去了，其實他只是去後頭的房間翻看文件。他聽到理查說：「他未免太感情用事。」

「他畢竟是個經驗老道的人。」

「如果將軍不知道敵人在哪裡，如何計畫撤退？國王就像是雙面人，我們不可能知道他在想什麼。」

「你也可以撤退到國王的臂彎裡。」

「老天，你認為主人也是雙面人？」

「他至少是三面人吧，」雷夫說：「就像聖靈。現在跟著主教，已經沒有任何好處。即使拋棄那個老頭，頂多被人說他背棄主人罷了。」

「你這個豬小弟還是趕快上路吧。除了他，誰還會想到豬窩的事？例如摩爾，他絕不會想到這點。」

「要是真碰到那個養豬的，恐怕要對他說教了。老兄，復活節快到了……」

「你準備領聖餐了嗎？」雷夫笑道：「理查，你呢？」

理查說：「我才不管今天禮拜幾，反正我每一天都有麵包吃。」

✿ ✿ ✿

聖週，消息從彼得波羅傳來：在這個城鎮，從來未曾有這麼多人跑到大街上爭睹沃爾西主教的風采。主教一邊往北走，一邊把地圖放在腦袋裡。史坦福、葛蘭森、紐華克。主教一行人在四月二十八日抵達紹斯威爾。克倫威爾不時寫信給主教，一方面安慰他，另一方面也提醒他，要他小心博林家的人，或是諾福克公爵可能派間諜埋伏在隨員當中。

大使夏普義急急忙忙從國王那裡跑來，抓著克倫威爾的袖子，把他拉到一旁，對他說：「『克雷威爾先生』，我想去府上拜訪。你知道嗎？我們是鄰居呢。」

「歡迎之至。」

「有人告訴我，你現在常常跟國王在一起。至於你以前那個主人，我每個禮拜都有他的消息。他關心王后的健康，問說她精神可好，希望她早日回到國王的懷抱，兩人可以同床共枕，相親相愛。」夏普義面露微笑，為這番話自鳴得意。「國王的愛妾不肯對主教伸出援手。我們知道你去求過她，然而只是白費功夫。看來，主教把王后當成最後的希望了。」

他不得不問：「王后可曾說了什麼？」

「她說，我永遠無法原諒主教，因此只能懇求上帝原諒他。」夏普義在此停頓，看他有什麼反應，但他沒說半句話。夏普義接著說：「我想，你知道國王真要離了婚，會留下多難收拾的爛攤子。查理五世為了幫他姑姑報仇，或許會對英格蘭宣戰。如此一來，你的商人朋友不僅無法謀生，還可能喪失寶貴的生命，都鐸王朝或許就此滅亡……」

「你為什麼要跟我說這些？」

「我打算告訴全英格蘭的人。」

「挨家挨戶嗎？」

大使是要克倫威爾轉告主教：在西班牙皇帝查理五世眼裡，他已信用破產。那他該怎麼辦？求助於法蘭西國王？不管怎麼做，都是叛國罪。

他想像樞機主教在紹斯威爾，不是和教士團的成員在一起，就是坐在會議廳的椅子上。他人在高聳的穹頂之下，有如君主般怡然自得地欣賞林間空地及旁邊的花花草草。宮殿建築很有彈性，梁柱像肋骨一樣靈活，磚瓦石頭爬滿綠色的藤蔓，柱子頂端莓果結實累累，屋脊飾枝葉攀纏，玫瑰爬上桿子，葉柄的一端長出花和種子。綠葉的後面則是一張張窺視的臉，有狗的臉、野兔的臉、山羊的臉，還包括人的臉。這些臉孔栩栩如生，好像還會變換表情。他們目瞪口呆地看著這個身軀肥胖的紅色人形。在這靜夜，所有的教士都睡了，也許石人會吹口哨、唱歌。

他在義大利學了一套以圖像做為輔助的記憶術。有些是在樹林、原野、樹籬、矮樹叢裡躲藏起來的小動物，有的眼睛會在地底下閃閃發光，有些是狐狸和鹿，有些則是半獅半鷲的怪獸和龍。還有一些則是男人和女人，包括修女、戰士與聖師。他們手中拿著奇怪的東西：聖吳甦樂[3]拿著十字弓、聖熱羅尼莫[4]手持鐮刀、柏拉圖拿著一支湯杓，而阿基里斯捧著木碗，碗裡有十二個李子。如果用平常的東西、熟悉的臉孔則無法幫助記憶，必須用奇異的組合或是特別、荒謬，甚至是猥褻的意象。意象形成之後，便可將之置入所選擇的時空，連同所要記憶的字句或人物。在格林威治，一隻毛被剃光的貓可能從碗櫃的後方偷窺他；在西敏寺，一條蛇或許會從梁柱溜下來，呼喚他的名字。

有些意象是平面的，你可以直接踩過去；有些是有血有肉的，可以在屋子裡走來走去。但有些人的頭則長在背後，或者有一條尾巴，就像紋章上的豹。有些像諾福克公爵那樣對他大吼大叫，或是像薩福克公爵目瞪口呆地望著他。有的會說人話，有的則像鴨子呱呱叫。他把這些全都收藏起來，整整齊齊地排列在記憶的走廊。

也許因為他時時在創造意象，他的腦袋裡藏了一千齣劇本的人物、一萬個插曲。由於這樣的心智鍛鍊，他可以瞥

3、聖吳甦樂（St Ursula）為第一位信仰基督的英格蘭公主，因熱愛天主而殉道。
4、聖熱羅尼莫（St Jerome）生於西元三四二年，聖經學權威、教會聖師。

見他那躲在樓梯間的亡妻——她抬起白皙的臉龐，在倫敦家宅或在史戴普尼舊家的一角忙得團團轉。現在，麗茲的身影漸漸和她妹妹裘安的樣子合而為一。麗茲的一切都變成裘安的，像她那似笑非笑的樣子、帶著問號的眼神和裸體的姿態。最後，他不得不說，夠了，然後從心底抹去她的影像。

他叫雷夫送信給沃爾西主教。他要跟主教說的事過於機密，不能託信差送去。他本想親自告訴主教，但國會會期延宕，導致他分身乏術。萬一在他缺席的時候，有人剛好在會中提起主教的事，他就無法為主教辯護。此外，國王或者安妮隨時可能要見他。他在信上說：「雖然我不能在您身邊，請您相信，在我這一生，我的心和我的靈魂都將牢記您的恩惠，我也將時時為您禱告……」

主教回覆：「在我身陷困厄之時，只有你是真誠、值得信賴而且可以依靠的人。你是我摯愛的克倫威爾。」

他還在信中請克倫威爾送鵪鶉和花的種子給他。「種子？」裘安問：「他準備在那裡生根了嗎？」

✿ ✿ ✿

清晨的微光中，國王對憂鬱說聲早。又是令人消沉的一天。這天，他依然是已婚男人。當然，他再次否認自己是凱瑟琳的夫婿。「克倫威爾，」他說：「我必須想辦法，嗯……」他把頭轉到一邊，不想把話說得那麼清楚，「我了解，這事在法律上不好解決。我真的了解，不是假裝的。我想，這事我不必解釋那麼多吧。」

主教除了興建牛津和伊普斯維奇兩間學院，還贈予學院土地做為校產，使學院收益不斷。然而舉凡學院的銀器、金質餐具、圖書館和土地每年帶來的收益都是國王想要的。既然國王想要，沒有得不到的道理吧。二十九間修道院的財產都挹注到這兩間學院。主教這麼做已經得到教宗的背書，認為只要用於學院，就不成問題。國王說，但你可知道，我幾乎不把教宗和他的許可放在眼裡。

現在是初夏，夜晚依舊漫長，空氣中瀰漫著青草的芳香。他想，在這樣的夜晚，國王高興做什麼就做什麼。宮廷裡多的是渴望接近他的女人。但他召見了克倫威爾之後，就和安妮走到花園。她的手放在他的手臂上，兩人情話綿綿。接著，他回到空空的床上，孤枕難眠。安妮應該也是一樣吧。

國王問他是否有主教的消息。他說，主教非常思念國王，現正準備去約克就任。「他為什麼不趕快動身去約克？

在我看來，他似乎很會拖，一直在拖。」國王瞪著他，「我告訴你，你把他給我看好。」

「我不曾從主教那裡聽到半句怨言。」

「你只有這麼一個主子，是吧？」國王說：「薩福克公爵問我，你這人是從哪兒蹦出來的？我告訴他，不管在萊斯特或南安普頓，到處都有像克倫威爾這種曾擁有很多地產的人。據我所知，你可是家道中落？」

「不是的。」

「你或許連自己的祖先是誰都不知道。我會請宗譜紋章官幫你查查。」

「多謝陛下的好意。別麻煩了吧，最後恐怕白忙一場。」

國王氣得吹鬍子瞪眼。儘管他知道克倫威爾不是什麼望族出身，還是願意給他一個系譜證明，但這傢伙竟然不識好歹。「主教曾告訴我，你是孤兒，從小在修道院長大。」

「啊，主教最愛說笑話了。」

「他跟我說的是笑話？」國王的臉上閃過各種不同的表情：惱怒、莞爾，想要喚回過去的回憶，「我想，他的確這麼說。他告訴我，你對宗教沒什麼興趣，才會這麼熱中為他辦事。」

「非也，」他抬起頭來，「陛下可允許我說話？」

「天啊，」國王叫道：「我巴不得有人跟我說話。」

聽國王這麼一說，他有點吃驚。後來他才了解國王想要有人陪他說話，什麼話題都好，不管是愛情、狩獵或是戰爭。現在，沃爾西不在他身邊，幾乎沒有人可以和他天南地北地閒聊。即使他找得到跟他談得來的教士，又可以說什麼呢？不外乎愛情、安妮的事，以及渴望卻得不到的惆悵。

「如果陛下想談修道院的事，我會告訴您我親眼所見，不帶一絲偏見。雖然我知道有些修道院的管理不錯，但我看到的卻是浪費和腐敗。如果陛下想看七宗罪，不必在宮廷找人戴面具演戲，去修道院直擊即可。我看過有些教士過得像貴族一樣奢華。有人窮到沒有錢買麵包，還是把錢獻給這些教士，請他們祝禱。是什麼樣的基督心腸收得下這樣的錢？我也不相信修道院是學習神學的聖殿。像葛洛辛、卡雷、林納克，他們是教士，還是學者？他們都是在學院皓首窮經的學者。教士找兒童來做僕人，連一丁點兒拉丁文都不教。我不是批評他們貪圖享受，人畢竟不可能天天過四旬齋。我覺得難以忍受的是他們的偽善、欺詐和懶惰。他們讓聖器蒙塵、禱告敷衍了事，故步自封。這樣的修道院有什麼貢獻？他們不創新，改不了貪腐的舊習。據說，幾百年來我們的歷史都是這些教士記載下來的。但我想他們只是寫羅馬教廷愛看的，看不順眼的就視若無睹。」

國王盯著他背後那堵牆。克倫威爾等他回應。國王說道：「那不是跟狗窩一樣？」

克倫威爾微笑。

國王又說：「至於歷史……你知道，我正在蒐集證據、手稿、意見，並比較多方說法，也參看其他國家對事件的紀錄。或許你可以跟我找來的那些學者討論，幫一點忙。你去找聖師克雷默談談吧，他會告訴你需要什麼。我可以把每年打算給羅馬教廷的錢省下來，做一些有意義的事。法王弗朗索瓦比我富有多了，他的臣民是我的十倍以上，而且可以照自己的意思徵稅。我要徵稅，則需經過國會的同意，不然會有叛亂。」他繼續吐苦水，「即使得到國會同意，也不能保證人民就不會叛亂。」

「法王弗朗索瓦不是好榜樣，」他說：「他太好戰，貿易方面做得太少了。」

國王露出一絲微笑，「但我認為這才像個國王。」

「只有商業興隆才有加稅的空間。要是徵稅受到阻礙，就必須想別的辦法。」

國王點點頭。「很好，我們先討論學院的事。你和我的律師坐下來談談吧。」

諾里斯準備帶他走出國王的房間。他面色凝重對諾里斯說：「我可不想當國王的稅吏。」

他想，他生命中最輝煌的時刻是不是都得在諾里斯眼下？

諾里斯說：「老國王的大臣安普森和達德利都被他處死了。難道主教沒得到他們留下的房子嗎？」

一隻蜘蛛從凳子底下跑出來，他想起來了。「安普森在弗利特街的房子。國王登基第一年的十月九日賜給主教的。」

「他真是治世明君。」諾里斯說，有如修正剛剛說的話。

❁ ❁ ❁

這年夏天，葛雷哥利十五歲了。有人稱讚他騎馬的英姿，劍術也精進了。至於他的希臘文……唉，他的希臘文還在原地打轉。

但他有個煩惱，「我在劍橋的朋友都在嘲笑我的狗。」

「為什麼？」那兩隻黑色靈緹犬是一對的，脖子線條很美，腿部細長，除了看到獵物，頭都低低的，一副非常溫馴的樣子。

「他們問我，你為什麼要養這種黑不溜丟的狗？晚上根本看不到。只有壞人會養那種狗。還有人說，我違法在森林打獵，就像獵獾的鄉巴佬。」

「那你想要什麼樣的狗？」他問：「白的，還是身上有斑點的？」

「那兩條黑狗，你就帶回來給我吧。」他雖沒時間遛狗，但他想理查或雷夫可以用這兩條狗。

「兩種都好。」

「萬一別人笑您的狗呢？」

裘安說：「葛雷哥利，你別擔心。我保證沒有人敢笑你父親。」

如果天雨潮溼，不能出去打獵，葛雷哥利就待在家裡看《黃金傳說》。他喜歡看聖人的故事。他說：「這些故事有的是真的，有的不是。」他在看《亞瑟之死》的時候，因為手上拿的是新版本，大家都圍過來，站在他背後看。「本書是亞瑟王故事集的第一冊，講述英格蘭傳說中最高貴、最偉大的騎士國王亞瑟的故事……」扉頁有幅畫，上面有兩對男女正在擁抱。一個男人騎在腳步高蹈的馬兒上，戴著一頂非常奇怪的帽子，上面有一圈圈像管子一樣的東西，又像蜷曲身體的蟒蛇。愛麗絲問他，你年輕的時候，戴過這種帽子嗎？他說，我每天都換一頂不同顏色的帽子，而且我的更大。

在那個男人後面，有個女人坐在鞍褥後座。「她是不是安妮？」葛雷哥利問：「有人說，國王不願和她分開，所以讓她像農婦一樣坐在後座。」那女人眼睛很大，因為顛簸，看起來很不舒服的樣子。或許她就是安妮。背景還有個小小的城堡，高度和男人差不多，還有一座木造的開合橋。天空中有一群鳥兒在盤旋，看來像是會飛的匕首。葛雷哥利說：「我們的國王就是亞瑟的後代。亞瑟王其實沒死，只是在森林裡，或許躲在湖泊之下，等待東山再起之日。他已經好幾百歲了。你們待會兒還會看到巫師梅林。這本書共有二十一章。要是雨下個不停，我就能讀完了。書裡說的雖然有些是事實，有些則是編造的。不管怎麼說，都是精采的故事。」

❁ ❁ ❁

國王再度傳他進宮，是要他轉告沃爾西主教一件事。八年前，有艘布列塔尼商船被英格蘭擄獲。商船的主人抱怨至今沒得到應有的賠償，然相關文件遍尋不著。當年，處理這個案件的就是主教本人——他可還記得這件事？國王說：「我想，他應該還記得，因為那艘船用珍珠粉做為壓艙物，貨艙還有一堆獨角獸的角。」

布蘭登叫道，天啊！國王哈哈笑道：「正是那艘船。」

「如果貨物總數有問題，或是這事有任何弊端，您可允許小的去調查一下？」

國王遲疑了一下，「關於這事，我不知道你有何立場可以進行調查。」

想不到布蘭登這時突然跳出來幫他說話：「陛下，讓他去做吧。他必然會讓那布列塔尼商人吃不了兜著走，反而必須付您一筆錢。」

公爵喜歡在自己的地盤上繞來繞去。如果與人商討，不是為了享受社交生活，而是喜歡被下屬包圍、擁戴的感覺。從這點來看，公爵和養狗場的主人很像。他和布蘭登一起去看國王的獵犬，看了約莫一個小時。現在還不是獵公鹿的季節，狗場裡的賽犬每一隻都吃得肥肥的。牠們對著夜空吠叫，像在高歌。至於那些受過訓練的追蹤犬則安安靜靜地站著，一邊流口水，一邊注意晚餐何時送來。狗場裡的小孩提著狗食來了，籃子裡裝的是麵包和骨頭，桶子裡裝的是動物內臟，另外還有一盆盆的豬血濃湯。布蘭登深呼吸，就像玫瑰園裡的貴婦，似乎在讚嘆這氣味沁人心脾。

一個獵人叫一隻身上有白斑的栗色母狗出來。牠叫巴巴妲，四歲大。他坐在牠背上，把牠的頭往後拉：牠的眼睛上面長層薄膜，視力因此變得模糊。他不想殺了牠，但留著恐怕也沒什麼用處。克倫威爾雙手捧著牠的下巴，說道：「你可以用一隻彎針把那層薄膜剝開來。我曾看過有人這麼做。但是你的手要很穩，不能抖，而且動作要快。狗兒雖然會不舒服，但要不剝開這層薄膜，牠會瞎掉。」他撫摸牠的肋骨，感覺到牠那小小的心臟因為驚恐而猛烈跳動。「針要很細，長度差不多是這樣。」他伸出食指和拇指比給獵人看，「你帶我去找你們的鐵匠。我跟他說。」

布蘭登轉過頭去，看著他。「老兄，你真厲害。連這種事都懂。」

兩人離開養狗場。布蘭登說：「我跟你說，問題出在我太太。」克倫威爾不語，等他繼續說下去。「我一直對亨利忠心耿耿。我也希望他能得到他想要的東西。即使我娶了他妹妹，他說他想把我的頭砍下來，我還是一片赤膽忠心。現在，我該怎麼辦？凱瑟琳還是王后，而且跟我太太很好。我太太對我說，我也應該為王后效忠，甚至該不惜犧牲自己的生命。我太太以前可是法蘭西王后，眼看著諾福克的外甥女就要爬到她頭上，實在忍無可忍。你知道了吧？」

克倫威爾點點頭，表示了解。布蘭登又說：「對了，我聽說安妮的舊情人懷特就要從加萊回來了。」噢，又怎麼樣呢？「我在想，我是不是該告訴可憐的亨利這件事。」

他勸告布蘭登：「公爵，算了吧，別去攪和了。」公爵好像變了個人似的，陷入沉思。

夏日，國王在打獵。如果克倫威爾要見國王，就得在國王馬屁後面跟著跑。國王要是傳召他，他當然一定去。這個夏天，國王拜訪了他在威爾特郡、蘇塞克斯郡及肯特郡的友人，有時則待在自己的屋子或從樞機主教沃爾西那裡沒收的房舍裡。有時，就連那不屈不撓的王后凱瑟琳也帶著弓出去騎馬。國王則在自己的森林或某個爵爺的林中打獵，有人把鹿都趕到一個角落，讓國王瞄準。安妮也喜歡出去騎馬、追逐獵物。有時，因為季節的關係，女人家不適合出去打獵，這時國王等人很早就動身。太陽還沒升起，天光像珍珠一樣朦朧時，他們即帶著追逐犬和追蹤犬，與獵人商量，把選好的公鹿放出來。他無法預知他們會跑多遠，到什麼時候才會結束。

諾里斯笑著對他說，克倫威爾先生，如果國王繼續像目前這樣偏愛你，很快就輪到你了。我只有一句忠告：天亮，你騎馬出去，就先挑個大水溝。請你想像：國王已把三匹駿馬騎癱了，但號角響起，他又要去打獵了。這時，你就巴不得自己一早就摔倒在那個大水溝裡，躺在枯葉和冷冷的溝水中。

克倫威爾看著諾里斯，覺得他那謙虛的姿態很迷人。他想，你在帕特尼的時候，主教不是跪在泥濘的地上懇求你幫忙？你是否還記得那個可憐的老人家？你在朝廷、全世界以及律師學院學生的面前幫他說話了嗎？如果你不幫主教，還有誰會幫他呢？

如果一個人在森林，沒有同伴，很可能會迷路。他走到河邊，發現地圖上沒這條河。他把獵物跟丟了，忘了自己為什麼會在這個地方。接著，他可能會碰到侏儒、活著的耶穌、以前的仇家或是新的敵人——他在樹葉中瞥見他們的臉、看到匕首的閃光，才知道那人是誰。他可能發現一個女人在蔭涼的草地上熟睡。乍看之下，你不知道她是誰，之後才想起她是你認識的某個人。

❁ ❁ ❁

他回到倫敦的家，幾乎沒有獨處的時間。即使看書，每一個字母都像長了眼睛般盯著他。他走到帳房，那裡有個年輕人，名叫艾佛瑞，是他請來管理私人帳務的。巨人馬林史派克走了出來，到花園散步，金色眼珠像明察秋毫般看著庭園裡的景物。小黎也現身了。小黎名黎奭籬，是個聰穎的年輕人，二十五歲左右，家世顯赫，父親是約克郡的宗譜紋章官，舅舅受封為嘉德騎士[5]，他本來在沃爾西的主教府裡當差，是克倫威爾手下的人。後來，他被樞密大臣賈德納帶走，因此有時會出現在王宮，有時則又會回來克倫威爾府上走走。理查和雷夫都對克倫威爾說，他是賈德納派來的間諜。

黎奭籬個子很高，一頭金紅色的頭髮，臉色和其他人不同。就拿國王來說，要是心滿意足，則臉色紅潤，如果發怒則氣得青一塊紅一塊。但這黎奭籬總是蒼白、冷靜，永遠那麼英俊、鎮定。他曾在劍橋的三一館裡和學生一起演戲。他演得不錯，只是有點矯柔造作。理查和雷夫會在背後模仿他：「我名叫黎奭籬，你們叫我小黎就可以了。」理查和雷夫抱怨說，他名字筆畫那麼多，每次來這裡簽名，都把我們的墨水用光。他們說，賈德納最討厭這種複雜的名字，他甚至不叫他「小黎」，只用「你」來稱呼他。他們很愛說這個笑話，有一陣子每次看到這位黎先生上門，就叫道：「是『你』！」

克倫威爾說，對黎先生客氣一點吧。他是在劍橋讀過書的，我們該敬重人家。

他想問他們：理查、雷夫、小黎，有一個小孩說我看起來像殺人犯，你們也覺得像嗎？

這一年夏天，瘟神高抬貴手，沒來肆虐，所有的倫敦人都跪下來謝天謝地。六月二十三日晚上，也就是聖約翰日前夕，家家徹夜燃燒歡慶的篝火。凌晨，每一戶人家的小姐用顫抖的手將從原野採摘回來的百合編成花環，掛在城門上。

他想起那個潔白如花的少女，也就是在安妮府上那個躲在門後面的女孩。當時，他只要問一下，就可以知道她的名字，但他只是忙著從瑪麗那兒探聽祕密。下次再見到她……。唉，想這個有什麼用？她一定是某個貴族人家的女兒。他想寫信給葛雷哥利：我遇見一個很可愛的女孩，想打聽她是哪戶人家的閨女。要是接下來的幾年，我們家能飛黃騰達，或許你可以把她娶回家。

但他最後還是沒寫這封信。目前他連自己都自身難保，只要像葛雷哥利那樣報平安就可以了：親愛的父親，希望您平安如意，狗兒也都沒事，孩兒要去忙了。匆此。

✿ ✿ ✿

首席國務大臣摩爾對他說：「來找我吧，我們得談談沃爾西創辦的那兩所學院該怎麼辦。我相信國王應該會為那些窮學者著想的。來吧，來看看我種的玫瑰，天氣再熱，恐怕就要枯乾了。來吧，來看看我家的新地毯。」

他到雀爾西拜訪摩爾那天，天色陰沉、靜謐。摩爾的船在河邊停泊，空氣悶溼，都鐸王朝的旗幟軟趴趴的，飄不起來。首先映入眼簾的是門樓，再過去有棟紅色磚瓦蓋的新屋面對著河流。他走向前去，穿過桑樹。這時他看到賈德納站在門廊的忍冬花叢下方，還發現地上有不少可愛的小動物。摩爾出來迎接，抱著一隻耳朵下垂、毛色雪白的兔子。那兔子溫馴、文靜地躺在他手裡，看起來好像白鼬手套。

賈德納問道：「你的女婿羅波在嗎？我真想親眼看他改變宗教信仰。」

「先來看看我的花園吧。」摩爾說。

「雖然他曾是路德之友，最後還是帶著醋栗和鵝莓回歸天主教會。」

摩爾說：「羅波現在已經是虔誠的天主教徒了。」

克倫威爾說：「真可惜，今年不利醋栗和鵝莓的生長。」

摩爾用眼角的餘光看他。他面露微笑，繼續閒聊，然後與賈德納跟著摩爾走進屋裡。摩爾的僕人帕汀森尾隨在後。帕汀森愛胡鬧，摩爾卻放任他這麼裝瘋賣傻，有時叫他「傻瓜」。帕汀森常跟人打鬥、吵架。一般而言，「傻瓜」

5、嘉德騎士（Garter King-at-Arms）：愛德華三世於一三四八年設立的騎士制度，封號只能由君主授予。除國王外，在世的人中只有二十四位能獲授勳，因此非常尊貴。十八世紀之前，嘉德勳位的成員由君王指定。

都是需要保護的，但全世界都怕帕汀森。摩爾是個單純的人嗎？其實，他有點狡猾，喜歡讓人受窘。只有摩爾這種主人才有帕汀森這種「傻瓜」僕人。帕汀森因為常從教堂尖頂跌下來，撞得頭破血流，因此腰間綁了條繩子，上面打了很多結。他說，這條繩子就是他的念珠，有時也說這是他的業障，或說要不是這條繩子，他早就跌死了。

他一走進摩爾家，先看到一幅很大的全家福肖像，人物和真人大小一樣，然後才見到本人。摩爾知道這樣的效果頗為有趣，於是讓客人先在肖像前欣賞一番。摩爾最寵愛的女兒梅格坐在她父親的腳邊，膝上放著一本書。坐在摩爾旁邊的則是他的兒子約翰和童養媳安妮·克雷沙克，還有他的養女瑪格麗特·吉格斯、他的老父約翰·摩爾、他的兩個女兒西思莉和伊莉莎白、眼睛凸凸的帕汀森。在這幅畫的角落則是他的夫人愛麗絲，她的頭低低的，戴著十字架項鍊。這一家人齊聚一堂，在畫家霍爾拜因的凝視下，身影永遠留存在畫布上，只要畫布沒被蟲蛀、火燒、發霉或受損，即可永垂不朽。

摩爾平常在家只穿簡單的羊毛衫，他擔心織法太複雜的衣服會有瑕疵。他把新買的地毯放在兩張支架檯上讓客人觀賞。地毯底部不是暗紅色、也不是玫瑰紅，而是胭脂紅。克倫威爾心想，這該是一種摻了乳清的紅色染料。他喃喃自語：「主教最喜歡土耳其地毯了。有一次，義大利總督寄了六十條給他。」摩爾這條地毯用的羊毛柔軟，取自山上養的綿羊，然而其中沒有黑羊的毛。地毯花色很深，摸起來刺刺的，應該是染料不夠均勻的緣故，時間一久恐怕會掉色。接著，他就像行家般用指尖觸摸地毯一角上的結，細數一英吋有多少個結。他說：「打結的方式是吉歐迪斯式的，但花樣是佩加蒙式的——你看，在這些八角形圖案當中不是有八角星星嗎？」他撫平地毯邊緣，走開幾步，說道：「對了！」然後轉身，回到地毯前面，輕輕摸著一個地方。那個菱形有點扭曲，線條不夠筆直。更糟的是，這條地毯是由兩條拼成的。至於織工，也許是威尼斯奴隸去年躲在貧民區小巷裡的工廠織出來的，也有可能是這個村子的某個笨蛋。他必須把整條地毯翻過來仔細瞧瞧，才能確定。摩爾問道：「我可上當了？」

克倫威爾說，這地毯很漂亮。他不想壞了主人的興致。他想，下次，你要買地毯，還是找我一起去吧。他輕輕撫摸這條地毯，花色繁複、質地柔軟，儘管織工有點瑕疵，又有什麼關係？又不是非土耳其地毯就不能用。在這世上，有人講求精確、一絲不苟，有人則認為小地方可以有一點出入。而他這個人，雖然嚴謹，小處也能通融。例如，他無法容忍租約有任何地方寫得含糊、模稜兩可，但直覺告訴他，合約也不可以寫得太清楚。所有的租約、令狀、法規都是要給人看的，總得留一點空間，讓人從自己的利益去解讀。摩爾問道：「各位，你們覺得這毯子該掛在牆上，還是放地上？」

「踩上去吧。」

「克倫威爾，你這人真有品味。」摩爾說。大家聽了哈哈大笑。不熟的人看了可能會以為這兩人是朋友。

他們走到外面，進入摩爾的鳥園。小鳥飛來飛去，引吭高歌，他們站在那裡聊得很起勁。摩爾的一個剛會走路的小孫兒搖搖擺擺地走進來，一個穿圍裙的女人緊跟在後頭。小孩指著小鳥，發出高興的聲音，輕拍自己的手臂。他看賈德納一眼，嘴角下垂。就在他快要哇哇大哭之際，保母把他抱起來。克倫威爾問道，老兄，你怎麼這麼厲害，小孩看到你就像看到什麼似的？賈德納狠狠瞪他一眼。

摩爾勾著他的手臂。「對了，關於學院的事，我已經跟國王說過了。賈德納已經盡了全力，真的，他真的很盡力。國王願意讓樞機主教學院保留他的名字。至於伊普斯維奇那間學院，我看已經沒有希望，畢竟……對不起，我不得不坦白說，那個地方終究只是他的出生地，而且現在他已遭到貶謫。在我們看來，沒有特別在那裡興學的必要。」

「那裡的學者真可憐。」

「沒錯。我們去吃晚餐吧。」

✿ ✿ ✿

他們在摩爾家的大廳吃晚餐之時，全程用拉丁文交談。雖然摩爾的夫人愛麗絲是女主人，但她自始至終都沒說話。他們通常會在用餐時輪流讀一段聖經。摩爾說：「今晚輪到梅格了。」

摩爾急於炫耀他的掌上明珠。梅格拿起聖經，在書上親吻一下，不理會帕汀森的胡言亂語，接著用希臘文朗讀。賈德納雙眼緊閉，沒有莊嚴神聖的樣子，好像在生氣。克倫威爾看著瑪格麗特。她約莫二十五歲，頭長長、尖尖的，看起來就像摩爾養的小狐狸。為了安全起見，他都把狐狸關在籠子裡。

僕人端著盤子走進來，準備上菜。夫人，擺這裡嗎？還是那裡？他們仔細聽從夫人眼神的指示。當然，他們的全家福素描不需要這些僕人。摩爾說：「各位，請用菜，別客氣。只有內人愛麗絲需要節制，不然她的緊身衣就要綳開了。」
　愛麗絲聽到丈夫提到她的名字，轉過頭去。「她可不是天生的苦瓜臉。那是因為她認為自己額頭窄，所以把頭髮梳到後頭，再用大支象牙髮簪插進去固定——那腦袋瓜看起來可真危險。愛麗絲啊，愛麗絲，我也因此想起當初為什麼娶妳。」
「還有辛苦持家啊，爸爸。」梅格小聲提醒他。
「當然，當然，」摩爾說：「我只要看她一眼，就可擺脫色慾的束縛了。」
　克倫威爾察覺到一件怪異的事，有如時間變成一個陷阱的套索。他看到畫布上描繪的全家福，此時看著他們談笑風生。這的確是和樂融融的一家人，但他還是比較喜歡畫布上的摩爾，看到他在思索的樣子，但是不知道他在想什麼。應該這樣就好了。他們在畫家的巧妙安排下，一個挨著一個，沒有多餘的空間給其他的人。外人要融入這個場景，只能化為一個不經意留下的汙漬或斑點。他想，像賈德納就是這麼一個斑點。賈德納正和主人激辯，激動到一直揮舞手臂。保羅說，耶穌的地位低於上帝，是什麼意思[6]？尼德蘭人會講笑話嗎？諾福克公爵的繼承人該用什麼樣的紋章才恰當？遠方的雷聲什麼時候才會停？天氣會一直熱下去嗎？另外，在這幅全家福肖像中，愛麗絲的裙子旁邊有一頭綁著鎖鏈的小猴子。事實上，那猴子常坐在愛麗絲的腿上，像幼兒黏著媽媽一樣。
　摩爾雖然倒酒給客人喝，自己卻滴酒不沾。桌上有幾道菜，每一樣味道都差不多——似乎都是肉，加上一種有顆粒的醬汁，嘗起來就像泰晤士河底的淤泥。其他還有乳凍和摩爾的一個女兒（或養女）做的乳酪。摩爾說：「年輕女孩不能只看書，也要學著做點家事，才不會淘氣、懶散。」
「的確，」克倫威爾說：「說不定還會跑到街上吵架。」他實在不想看眼前那塊乳酪，表面坑坑疤疤的，而且好像會倒下來的樣子，就像在外頭風流一夜的馬夫。
「帕汀森今晚特別容易激動，」摩爾說：「也許會被人捅一刀也說不定。希望他今天沒吃太油。」
　賈德納說：「噢，我倒是不擔心這個。」
　摩爾的老父今年至少有八十歲了，也過來一起吃飯。基於敬老尊賢，大家都聽他說話。他最愛講古了，「你們聽過葛羅斯特公爵和盲乞丐的故事嗎[7]？你們可知道這種事：有一個人竟然說他不知道聖母瑪利亞是猶太人？」老摩爾以前是幹律師的，話匣子一打開就關不上。接著，他開始說笨女人的故事。他可有一籮筐可說。摩爾的夫人愛麗絲擺著一張臭臉。賈德納則咬牙切齒：又來了，這些故事他不知聽過幾回了。

接著換摩爾說笑話。「來，看看我這兒媳婦吧。」女孩頭低低的，肩膀很緊張，不知公公要說什麼。「她很想要一條珍珠項鍊。一天到晚說個沒完，年輕女孩嘛。有一天，我給她一個盒子，一搖就喀噠喀噠響。你們可以想像她的表情嗎？她打開來一看。你們知道裡面是什麼嗎？乾豆子！」

女孩深深吸了一口氣，好不容易才抬起頭來。「爸爸，」她說：「有一個女人不相信地球是圓的。您可別忘了說這個故事。」

「我不會忘了那個好故事的。」摩爾說。

克倫威爾看著愛麗絲，發現她神色痛苦地盯著他。他想，唉，這個女人到現在還不相信地球是圓的。

晚餐過後，他們談到邪惡的理查三世。多年前，摩爾想把這個國王的故事寫出來，但一直在猶豫，不知該用英文還是拉丁文來寫，於是用這兩種文字各寫一個版本。但最後還是沒完成，也沒把寫出來的手稿送去印刷。摩爾說，理查天生就是個壞胚子，並從他出生開始描述他的生平。他搖搖頭，說道：「這種血腥的遊戲，國王還真是樂此不疲。」

「那真是一段黑暗時代。」帕汀森說。

「但願那樣的悲慘歲月不會再來。」

「阿門，」帕汀森指著那些客人，「希望這些人也不會再來。」

在倫敦，有人說愛德華四世那兩個孩子在倫敦塔消失，或許是諾福克公爵的祖父約翰．霍華德下的毒手，因為最後看到那兩個王子的就是霍華德。但摩爾認為把鑰匙交給兇手的是樞密院文書官布雷肯貝里。不過布雷肯貝里後來死在波思沃斯的戰場上，無法從墳墓爬出來喊冤。

6、見使徒行傳（4:23, 24, 27, 30），耶穌的門徒向上帝禱告時，提到上帝「所膏的聖僕」耶穌，並求上帝藉著「聖僕耶穌的名」，大行神蹟奇事。由此可見，門徒自始至終都把耶穌視為上帝手下順服的僕人，地位低於上帝。保羅又說：「上帝把耶穌提升到更高的地位。」（腓立比書 2:9）可見耶穌的地位低於上帝，才能被提升到更高的地位。

7、參看莎士比亞《亨利六世》（中），第二幕第一場，乞丐辛普考克斯辯說，他打從出生就是瞎子，因為神蹟顯現，重見光明。但這個謊言還是被葛羅斯特識破。

由於摩爾和諾福克公爵交情匪淺，因此不可能說公爵的祖先做壞事，更別提殺害王子了。克倫威爾一想到諾福克公爵，腦海中就浮現這麼一個身影：一隻手緊握著小小的聖像，另一隻手拿著一把小刀——不過是把在盤子上切肉的餐刀。

克倫威爾回到現實。賈德納的手不斷在空中比劃，要摩爾拿出證據。帕汀森也在一旁唉唉叫。

「爸爸，」瑪格麗特說：「拜託，把那個笨蛋趕出去吧。」摩爾站起來，說了他一頓，然後拉著他的手，要把他拖出去。大家都在看這場鬧劇。賈德納利用這個空檔靠過來，用英語低聲地跟克倫威爾說：「那個黎奭籬。他到底是我的人，還是你的手下？」

「他應該是你的人吧。他現在幫忙管印章，不就是你的助理嗎？」

「那他為什麼老往你府上跑？」

「不過，他也沒簽工作契約，仍可自由來去。」

「我想，他大概不喜歡成天跟教士在一起，想從你這個……學點東西。對了，你怎麼說你自己呢？」

「我這個『人』嗎？」，他平靜地說：「諾福克公爵就是這麼說的。」

「黎奭籬必然是著眼於自己的利益。」

「但願我們這裡有他要的，不然他豈不是瞎了眼？」

「他想賺錢吧。誰不曉得你滿手是錢？」

就像摩爾的玫瑰爬滿蚜蟲。克倫威爾嘆道：「唉，才不是呢。我只是過路財神，這些錢很快就從我指縫溜走了。你也知道，我喜歡奢華。給我看一條地毯，我就想從上面踩過去。」

帕汀森又開始亂說話，摩爾也跟著唱和。「愛麗絲，我不是跟你說過別喝酒。瞧，妳鼻子變大了。」愛麗絲臉色鐵青，對這樣的話既反感又恐懼。摩爾家的年輕女孩全都低著頭，看著自己的手或玩弄手上的戒指。這時，突然有人從窗外丟東西進來，砰地一聲落在餐桌上。摩爾的童養媳安妮．克雷沙克忍無可忍，用她的母語大喊：「帕汀森，別再胡鬧了！」帕汀森從樓上的凸肚窗把麵包撕成小塊丟進來，說：「各位，別躲！我把耶穌的聖體丟進來了。」

正在打盹的老摩爾被擊中，左顧右盼不知發生什麼事，一邊用餐巾擦口水。摩爾說：「帕汀森，你把我爸爸吵醒了。你這樣浪費麵包，褻瀆神聖，是會遭到天譴的。」

「這小子實在欠揍。」愛麗絲說。

克倫威爾環顧四周，發現自己胸骨底下有東西蠢蠢欲動。他想，那該是憐憫之情。他相信愛麗絲是個好心腸的女人。他起身告辭，用英語謝謝這位女主人。她突然問他：「你為什麼不再婚呢？」

「夫人，沒有人願意嫁給我。」

「怎麼會？主教雖然失勢，但你沒被拖下水，不是嗎？聽說，你從海外賺了不少，而且你家的房子富麗堂皇。我丈夫說，你在國王跟前說得上話。正如我城裡姊妹說的，你做什麼都稱心如意。」

「愛麗絲！」摩爾攬著她的腰說。賈德納呵呵笑，他的笑聲低沉響亮，像是從地底下的縫隙傳出來的。

他們一起走向賈德納的船。花園瀰漫著濃郁的花香。賈德納說：「摩爾總是在九點上床睡覺。」

「跟愛麗絲？」

「有人說不是。」

「他們家可埋伏了你的間諜？」

賈德納沒答腔。

天黑了，河上波光閃爍。賈德納說：「天啊，我餓死了。早知道就把那個笨蛋丟進來的麵包撿起來藏在口袋。我可以生吃摩爾家那隻小白兔。」

克倫威爾說：「我想，摩爾這人有很多話不敢明說。」

「他怎麼敢說呢？」賈德納在船篷底下蜷曲著身子，好像覺得很冷，「但是我們都知道他的立場。在他就任之時，他就說他不干涉國王的離婚案，國王也接受了。可我懷疑國王能接受多久。」

「我不是指他不敢對國王明說，是說他對愛麗絲。」

賈德納笑道：「這倒是真的。愛麗絲要是知道他在想什麼，包管把他送到廚房拔毛、火烤。」

「不過，她要是死了，他一定會很難過吧。」

「放心，她屍骨未寒，他一定就把新老婆娶進門。這新老婆甚至會比愛麗絲更醜。」

克倫威爾陷入沉思。他在想，這事說不定可以跟賈德納打賭。他對賈德納說：「你知道嗎？摩爾家那個年輕女孩安妮．克雷沙克是個女繼承人，好像是孤兒。」

「是不是跟醜聞有關？」

「安妮．克雷沙克在父親死了之後被鄰居綁架，打算和自己的兒子送作堆。那年，她才十三歲，結果被鄰居的兒子強暴了。這事發生在約克郡……樞機主教知道後，非常震怒。主教於是把那女孩救出來，送到摩爾家。他想，這麼一來，她就安全了。」

「說的也是。」

「後來，摩爾的兒子娶了她，她的土地就變成嫁妝。那土地的收益，一年有一百英鎊。其實，她自己本來就是有錢人，可以買珍珠項鍊。」

「摩爾是不是對他兒子很失望？那孩子好像很平庸。我聽說你兒子也一樣。不久，你也該幫他找個有錢老婆了。」

克倫威爾沒說什麼。的確，葛雷哥利．克倫威爾和約翰．摩爾一樣不成材。他想，我們這些做父親到底幹了什麼好事？他們恐怕成了遊手好閒的公子哥兒。不過，他們老一輩的人是勞碌命，讓兒孫享福，又有什麼過錯？就拿摩爾來說，他沒有一刻是懶散的，不是在讀書、寫作，就是在為基督王國的福祉喉舌。賈德納說：「當然，你或許還會有其他兒子。愛麗絲當你的媒人如何？她可是對你讚不絕口。」

他不由得心生恐懼。他想到那個彈魯特琴的馬克。人們總是用想像在他們不知道的事上面添油加醋，胡說八道。但他確信，他和裘安的事是祕密。他反過來問賈德納：「你未曾想過娶妻生子？」

河上傳來陣陣寒意。賈德納說：「我已擔任聖職。」

「拜託，你一定有過女人。沒有嗎？」

接下來是長長的靜默，靜得可以聽到槳划進泰晤士河和水花飛濺聲音。他甚至被漣漪暈開的聲音驚醒。接著，南邊河岸傳來狗吠聲。賈德納終於開口：「你們帕特尼人都是這樣沒禮貌地問東問西嗎？」

船駛到西敏寺，他們才打破沉默。大抵而言，這次的旅程並不算糟。克倫威爾下船時說道，幸好兩人都沒被對方扔進河裡。賈德納說：「我想等河水再冷一點，再將鉛塊綁在你身上，把你丟下去。可是你還是會浮上來，是不是？

對了，你要來西敏寺做什麼？」

「我要去見安妮。」

賈德納不悅地說：「你上船時怎麼沒告訴我？」

「難道我做什麼事都得一五一十地向你報告嗎？」

他知道賈德納正希望他這麼做。聽說，國王最近對他身邊的人發火。他對他們吼叫：「你們真不會辦事。沒有一個比得上主教。」他想，既然國王是個反覆無常的人，雖然把主教趕走，也可能再把他找回來。到時候，他們那一票人——諾福克、賈德納和摩爾——就吃不了兜著走。當然，主教向來仁慈為懷，他會手下留情，不會做得太絕。

✽　✽　✽

那晚，服侍安妮的是瑪莉．薛頓。安妮抬起頭來，扭捏作態地對他微笑。安妮穿著華麗的絲質睡袍，頭髮放下，腳穿小山羊皮做的拖鞋。她頹坐在椅子上，好像已經累了一天。儘管如此，她還是雙眼發亮，眼神透露出敵意。「你去哪裡了？」

「烏托邦。」

「噢，」她好奇了，問道：「你看到什麼了？」

「摩爾的夫人愛麗絲養了隻小猴子。吃飯的時候，那猴子就坐在她腿上。」

「我最討厭猴子了。」

「小的知道。」

安妮雖然讓他輕鬆自在地走來走去，但有時會突然發怒，擺出王后娘娘的架子，要他俯首稱臣。她看著自己的腳趾，說道：「有人說摩爾愛上自己的女兒。」

「這麼說，或許沒錯。」

她竊笑幾聲。「她長得美嗎？」

「普普通通，可是學問很好。」

「他們提到我的事了嗎？」

「沒，摩爾家的人沒提起。」他心想，他可是很想聽聽愛麗絲的說法。

「他們都說些什麼？」

「女人的邪惡和愚行。」

「我想，你也跟著說女人的壞話，是不是？的確，大多數的女人都很笨，而且壞心眼，我已經見識過了。我和那種女人在一起太久了。」

他說：「諾福克公爵和您父親最近忙著接見各國大使。這兩天就見了法蘭西、威尼斯和西班牙大使。」

他想，他們的目的是陷害主教。他曉得他們會幹這種事。

「要得到這樣的消息，恐怕得花不少錢。你還能負擔嗎？聽說你已經在主教身上花了一千英鎊了。」

「這筆錢可以拿回來的。」

「如果有人從主教的土地得到好處，一定會感激你的。」

他想，自從主教被貶，她弟弟羅奇福德子爵和她父親威爾特伯爵不是變得大富大貴？看看她弟弟現在穿著多講究，瞧瞧他在馬匹和女人身上一擲千金的樣子。然而，他實在看不出來博林一家有任何感激之情。他說：「我只是收取一點代書費。」

她笑道：「你看起來很會撈油水。」

「這是有門路的……我只是比別人消息靈通。有人會告訴我一些事。」

這像是邀請。安妮低下頭來，幾乎想告訴他一些事。但她心想，今晚或許還是不要吧。「我父親說，如果一個人不肯吐露他為誰做事，如何能得過他？雖然我只是個女人，我還是看得出來，你只為你自己做事。」

他想：我們不都一樣？但他沒說出口。

安妮像貓一樣，打了個呵欠。「您累了，」他說：「小的該告退了。對了，您傳喚小的過來，原因是……」

「我們只是想知道你在那裡。」

「為什麼傳喚我的不是令尊或令弟？」

她抬起頭來。現在或許已經很晚了，但安妮還來得及給他一個會心的微笑。

「他們認為，這麼晚了，你一定不會趕過來的。」

✿ ✿ ✿

八月，主教寫信向國王訴苦，說他已債台高築，被債主逼得走投無路，窮愁潦倒。然而，國王聽到的卻是完全不同的版本：主教大擺筵席，款待當地的貴族仕紳，和過去一樣樂善好施，為人調解，而且很會說好話，讓反目成仇的夫妻重修舊好。

六月時，小黎就和樞密院的文書官布雷勒頓來到紹斯威爾，請主教在國王的離婚陳情書上簽名，最後再遞給教宗。這是諾福克的點子，要小黎和布雷勒頓拿著這份陳情書到全國各地，請所有的主教簽名，懇求主教們能讓國王獲得自由。雖然陳情書語帶威脅，要主教非同意不可，但威脅對主教來說，有如家常便飯。主教早已練就一番腳踏兩條船的功夫，是製造對立、從中漁利的高手。

小黎說，主教看起來好極了。他住的地方挺好的，不只是稍微修繕。他把在當地鑲玻璃的、做細木工和做水管的都找來。主教以前沒有興建教會的經驗，把塔樓蓋在一個很高的坡地上，最後才為排水的問題傷腦筋，不久就得請人來挖掘溝渠、埋水管。接下來，他還要建造噴泉。不管他到哪裡，人民都夾道歡呼。

「人民？」諾福克說：「他們看到無尾猿也會大聲歡呼。誰在乎他們歡呼？把他們抓起來，全部吊死。」

克倫威爾說：「如果人民都死光了，您的稅金從何而來？」諾福克憂心忡忡地看著他，不知道他是不是在說笑話。

聽說主教受到人民的歡迎，諾福克一點都不高興，反而害怕了。國王雖然說他原諒沃爾西，但難保沃爾西不會一犯再犯。如果當初他們能捏造四十四條罪狀，現在再想出四十四條也非難事。

克倫威爾看到諾福克和賈德納交頭接耳不知道在說什麼，然後抬起頭來瞪著他，不發一語。

小黎像影子般亦步亦趨地跟著他，幫他寫機密信函給主教或國王。他不曾說「我累了」，或是「現在很晚了」。克倫威爾要他記住的事，他一定牢牢記住。即使是雷夫，也無法做到這樣。

現在該讓家裡的女孩幫忙做點針線活了。裘安抱怨，她女兒手很笨，針會從右手不知怎麼地縫到左手上，而且發明一種亂七八糟的倒縫法，別人要學還學不來。不過，她還是可以幫忙縫些東西給北方的主教。

✿ ✿ ✿

一五三〇年九月，主教離開紹斯威爾，從容不迫地前往約克郡。接下來的旅程就像勝利大遊行。鄉下居民從四面八方來看他，不斷跑到他面前，請他用他那神奇的手觸摸他們的孩子。雖然他們稱這個儀式為「堅振禮」[8]，但這似乎是更古老的聖禮。數以千人湧到主教面前，爭睹他的風采，主教也為所有的民眾禱告。

賈德納嗖地走過克倫威爾身邊，說道：「主教的一舉一動都被監視了。所有的港口也都關閉了，讓他插翅難飛。」諾福克說：「你告訴主教，我要是再看到他，一定將他削肉起骨、拆吃入腹。」他還寫下來，要人把這封恐嚇信函交給主教。克倫威爾可以聽到公爵咬牙切齒的聲音。

十月二日，主教抵達離約克十哩之遙的卡伍德宮，計畫在十一月七日就任約克大主教。據說，他將在就任儀式的第二天在約克召集北方所有的主教開會。此舉象徵他的獨立，有人或許會解讀為他有造反之心。主教沒知會國王，也沒告訴坎特伯里大主教華翰。克倫威爾似乎可以聽到主教以輕柔、愉悅的聲音對他說：湯瑪斯，何必讓他們知道呢？

諾福克叫他過去。公爵氣得漲紅了臉，一開口就口沫橫飛。他正在試穿盔甲，已把胸甲和護腰穿好，看起來就像一個快要煮沸、搖搖晃晃的鐵壺。「他以為他可以在北方自立為王嗎？我告訴你：樞機主教的帽子還不夠，這個天殺的沃爾西要的是王冠！」

克倫威爾低下頭，不敢與公爵四目相接，免得讓他讀出自己的思緒。他想，主教大人心地善良、溫文爾雅、手腕高超，如果能當上國王，豈不是天下之福？他有治國的長才，必然能開創盛世，他的臣僕也都是一時之選。

公爵氣得七竅生煙。他轉頭過來，拍了一下大腿，克倫威爾驚見他的眼裡湧出一顆淚珠。「克倫威爾，你認為我是個鐵石心腸的人，對不對？我就是因為好心，才考慮到你的情況。你知道我對國王說什麼嗎？我說，全英格蘭沒有人像你那樣對主人盡心盡力。即使主人已經失勢、遭到貶謫，你還是鞠躬盡瘁。國王說，是啊，即使是西班牙大使夏普義也無法挑你的毛病。我說，你真是跟錯主人了，可惜你不是我的手下。」

克倫威爾說：「我們的目的相同，也就是讓您的外甥女當上王后。難道我們不能攜手合作？」

諾福克咕噥一聲。或許「攜手合作」這個字眼有問題，但他說不上來到底是哪裡不對。「別忘了你的分寸。」

克倫威爾鞠躬。「我會記得大人您一直對小的照顧有加。」

「克倫威爾，我跟你說，我希望你能來我家，跟我太太談談。你知道嗎？她就像母老虎一樣，不准我在家養小老婆。我說，冬天晚上這麼冷，到處冰天雪地，難道妳要我把她趕到街上？她似乎聽不懂我在說什麼。你可以來我家，幫忙說服我太太嗎？」他接著又急忙補上一句，「當然，現在不急。我們還有更緊急的事要處理……像是我外甥女……」

「她現在如何？」

「她就像復仇女王蜂，想把主教的五臟六腑挖出來，放在盤子上，餵她的獵狗。她還想把他的手腳砍下來，釘在約克的城門上。」

✿ ✿ ✿

在昏暗的晨光裡，他的眼睛不由自主地轉向安妮。他發覺亮光外圍有影子在動。安妮說：「克雷默聖師剛從羅馬回來。當然，沒帶回好消息。」

克倫威爾和克雷默是舊識，克雷默有時也幫主教工作。說來，誰沒為主教辦過事？現在，他正為了國王的案子奔走。兩人拘謹地擁抱了一下：一個是劍橋學者，另一個則是帕特尼出身的人。

克倫威爾說：「你怎麼不來主教學院呢？樞機主教大人可是很捨不得你。如果你來，我們保證讓你過得很舒服。」

「我想，他要的是永久的保證吧。」安妮嗤之以鼻地說。

「安妮女士，恕我直言，國王幾乎已經透露他即將接管牛津的校產了，」克雷默面露微笑，「說不定學校將改名為安妮學院呢。」

8、堅振禮（confirmation）：又稱堅信禮、按手禮，象徵人通過洗禮與上主建立的關係獲得鞏固。

這天早上，安妮戴了條十字架黃金項鍊。她有時會不耐煩地拉扯這條項鍊，然後把手藏在袖子裡。由於她老是把手伸進袖子，所以有人說也許她的手有什麼畸形，才不伸出來給人看。他想，她只是不想讓別人看到她的手罷了。

「我舅舅說，沃爾西現在不管走到哪裡，後頭都跟著八百個護衛。有人說，凱瑟琳寫信給他——這是真的嗎？我還聽說，羅馬教廷最近將裁定，要國王離開我。」

「羅馬方面如果這麼做，就大錯特錯。」克雷默說。

「沒錯。英格蘭國王是教區職員嗎？還是小孩？為什麼要乖乖聽教廷的？在法蘭西，絕不可能發生這種事。所有的教士和主教都在國王的掌控之中。丁道爾曾言：『一個國王、一種法律，這就是上帝的訓示。』我讀過他的書，也就是那本《一個基督徒的順服》。我還拿給國王看，把論及國王權力的段落標示出來。臣民應該服從國王，有如國王就是上帝。你們有把國王當成上帝嗎？教宗該好好想想自己在什麼樣的位置上。」

克雷默似笑非笑地看著她。她就像一個孩子，不久前才教她讀書認字，沒想到突然變得滿腹經綸。

「等一下，」她說：「我有一樣東西要給你們看。」她向瑪麗拋個眼色，「卡瑞夫人……」

「拜託，」瑪麗說：「那怎能當真？」

安妮捻了一下手指。瑪麗於是走上前來，一頭金髮耀眼奪目。「給我吧。」安妮命令。她攤開瑪麗交給她的那張紙。安妮說：「你相信嗎？這是在我的床上發現的。有一晚，我那個臉色蒼白的侍女幫我整理被褥的時候看到的。她一看，就哭了出來。起初，我不知道她在哭什麼。每次只要我斜眼看她，她就會哭。我還不知道這是誰搞的鬼。」

那張紙上畫了三個人。中間那個無疑是國王，高大、英俊，頭上戴著王冠，左右兩邊各有一個女人，左邊那個女人沒有頭。她指著右邊那個女人說：「那是凱瑟琳王后。」然後哈哈笑道，「這就是我，無頭安妮。」

克雷默伸出手來拿那張紙。「給我吧，我幫你銷毀。」

安妮把那張紙在掌心揉成一團。「我自己來就可以了。這張畫預言英格蘭王后將會被處死。我不會被這樣的預言嚇到的。即使是真的，我也願意冒險一試。」

瑪麗站在一旁，像雕像一樣，雙手交握，好像還拿著那張紙。天啊，他心想，我真想帶她離開這裡，遠走高飛，讓她忘了她是博林家的女兒。她曾對我眉目傳情，但我沒接受。不過要是她再對我示愛，我也只能再度讓她失望。

安妮轉身，迎向亮光。她雙頰凹陷，目光炯炯。現在的她又更瘦了。「不管是誰惡作劇，我都不在乎。我非得到國王不可。」

克倫威爾和克雷默靜靜地走出去，半路上碰到那個臉色蒼白的女孩。她正拿著折好的床單要走進去。

「我想，她就是那個愛哭的女孩，」他對克雷默說：「我們還是別斜眼看她。」

「大人，」女孩對克倫威爾說：「今年的冬天也許特別漫長。您上次送來的水果塔真好吃，真想再多吃一些。」

「好久不見……近來好嗎？妳去哪裡了？」

「幾乎都在繡花，」她說，然後才回答另一個問題，「不然就是聽命行事。」

「做間諜吧。」

她點點頭。「但這方面，我不太行。」

「難說喔。妳很嬌小，就像影子一樣。」

她眨眨眼，謝謝他這番恭維。「我不會說法語。請你跟安妮說話的時候也別說法語，否則我就沒有可以報告的。」

「妳為誰做間諜呢？」

「我的兩個哥哥。」

「妳認識克雷默聖師嗎？」

「不認識。」她認真地回答這個問題。

「告訴我妳是誰吧。」

「我是約翰．西摩的女兒，從狼廳來的。」

克倫威爾很驚訝。「我以為西摩的女兒是凱瑟琳王后的侍女。」

「是的，我曾服侍過凱瑟琳王后，但現在不是。我已經說了，我只是聽命行事，家人要我去哪裡，我就去。」

「可是妳受苦了。」

「其實，安妮對我還不錯。她很歡迎王后的侍女來陪她。」她抬起頭來，蒼白的臉蛋閃現一絲光采，「王后的侍女沒幾個願意陪她。」

每一個想要飛黃騰達的家族都不會放過任何消息的。國王既以單身漢自居，任何一個女孩都可能飛上枝頭做鳳凰。

「那麼，祝妳幸運。我會盡量跟安妮說英語。」

「感激不盡。」她鞠躬致意。

他看著她吧嗒吧嗒地走向安妮的房間。至於在安妮床上找到的那張紙，他心裡升起一絲懷疑。既而又想，不會吧，不可能。

克雷默笑著對他說：「你人面真廣，認識不少侍女。」

「哪裡，至少有三位小姐，我還不知道是誰家的女兒。但我想，西摩的兒子很有野心。」

「我不大認識這一家人。」

「他們家的老二愛德華是主教帶大的，人很機靈。老三湯瑪斯．其實很聰明，只是裝傻。」

「他們的父親呢？」

「他都待在威爾特郡。我也沒見過他。」

「他可真令人羨慕。」克雷默喃喃地說。

悠遊山林的田園生活，克雷默沒體驗過這種滋味。克倫威爾問：「國王找你來之前，你在劍橋待了多久？」

克雷默笑道：「二十六年。」

兩人換上騎馬裝。「你今天要回劍橋嗎？」

「只是回去一下，就得趕回來了，因為博林家的人隨時都可能要找我。克倫威爾先生，你呢？」

「我還有客戶的事要處理。光是面對安妮那張愁眉苦臉，如何養活一家人？」

馬僮已準備伺候他們上馬。克雷默的衣服下藏著一包東西，裡面有縱切的胡蘿蔔和一個切成四半、有點皺縮的蘋果。他給克倫威爾兩條胡蘿蔔和半個蘋果讓他餵馬，然後說道：「安妮．博林是你的大恩人。其實，她給你的恩惠比你想的要來得多。她非常欣賞你，只是不知道是否希望你當她的姊夫，小心……」

馬兒低下頭來啃咬點心，耳朵動來動去。這一刻寧靜祥和，像是得到神的祝福。克倫威爾說：「天底下沒有祕密，你說是不是？」

「的確，不可能有任何祕密的，」克雷默搖搖頭，「你不是問我為什麼不到主教學院？」

「噢，那只是寒喧。」

「我們在劍橋都聽說了，你為主教興學一事多麼盡心盡力……，學生和老師都對你讚賞有加……任何事情，儘管微不足道，克倫威爾先生也都辦得妥妥貼貼。這是你可以自豪的……」他用同樣的語調問起一件事，「那地窖的事？好幾個學者不是死在裡頭嗎？」

「一想起這事，主教大人就心如刀割。」

克雷默輕描淡寫地說：「我也很難過。」

「放心，主教不會因為別人的意見和他不同，就打壓人。」

「我可以向你保證，我絕不是異端。即使是巴黎的索邦神學院也挑不出我的毛病。我沒有什麼好怕的。」克雷默有氣無力地笑了一下，「或許……嗯……我只是個劍橋學者。」

❀　❀　❀

他問小黎：「是嗎？克雷默所有的論點都沒問題？」

「很難說。他不喜歡僧侶。大人，我們該上路了。」

「他在基督學院的風評呢？」

「有人說他是個嚴格的老師。」

「我想，他還不錯。然而，他認為安妮道德高尚、善良貞潔。」他嘆了口氣，「唉，這是怎麼一回事？」

小黎發出哼地一聲。他剛結婚，新娘是賈德納家的親戚，但他有時也會拈花惹草。

「克雷默似乎個性憂鬱，喜歡離群索居。」克倫威爾說。

小黎微微揚起眉毛。「他跟你說酒吧女侍的事了嗎？」

❀　❀　❀

克雷默來做客，克倫威爾端出最美味鮮嫩的鹿肉招待他。兩人單獨用餐，克倫威爾聽他娓娓道來，說自己的故事。他問這位聖師家鄉在哪。聖師說，你不知道的窮鄉僻壤。他說，說說嘛，我可是跑遍大江南北的人，什麼地方沒去過。

「即使你到過艾許若頓，你也不知道自己去過那個地方。如果往北走個十五哩到諾丁罕，在那裡過一夜，就可把艾許若頓忘得一乾二淨。」那個村落甚至連一間教堂都沒有，只有幾間老舊村舍和他父親的房子。他們克雷默家就在那裡住了三代。

「令尊是仕紳嗎？」

「是的。」克雷默聽到這樣的問題，有點驚愕。除了仕紳，還能做什麼？「林肯郡的譚沃斯家、克利夫敦的克利夫敦家，還有莫利諾家，都是我們的親戚。你聽說過嗎？」

「你有很多土地囉？」

「如果有那麼多土地，我就該買帳本來好好管理。」

「對不起。我們生意人……」

克倫威爾一邊打量著他，一邊評估。克雷默點點頭。「我們家只擁有一小塊土地。我不是長子。但我父親還是把我好好拉拔長大、教我騎術，給我第一支弓。我的第一隻老鷹也是他給我的。」

克倫威爾想，他的父親應該老早就死了。

「我十二歲那年，他送我到學校。學校老師非常嚴厲，常常處罰我。」

「只處罰你一個嗎？或者還有其他孩子？」

「老實說，我只想到我自己。我不知道其他孩子是不是也被處罰了。我小時候很軟弱。我想，老師最喜歡處罰像我這樣軟弱的小孩。」

「這事，你向令尊提過嗎？」

「我也覺得奇怪，當時我為什麼不跟我父親說。後來，他就死了，那年我才十三歲。再過一年，母親就送我到劍橋的基督學院。我很慶幸能夠逃離那個鬼地方，因為從此以後不必再擔心被老師鞭打。因此，我去劍橋事實上是為了逃避，不是求知的火焰特別強烈的緣故。但從東方——也就是牛津大學的莫德林學院——吹來的一陣風，把這火吹熄了。樞機主教也在莫德林學院待過。」

他想，如果他生在帕特尼，每天看到的就是河流，他會想像這河流通往大海。即使沒看過大海，他也會根據外地人或坐船來的人所述說的想像大海的樣子。他知道，有一天他將走進另一個世界，那裡有大理石步道和孔雀，夏日的山丘傳來蟬的嘶鳴，還會聞到花草壓碎的香味。他計畫走訪下一個地方：摸起來暖洋洋的赤陶土、另一個氣候帶的夜空、異國的花卉、以石眼凝視他的異鄉聖人。然而如果他生在艾許若頓，在那平坦的原野上看著廣大的天空，他能想像的也只有劍橋。

「我聽學院的一個人說，」克雷默說道：「樞機主教跟他說，你還是個嬰兒時，就被海盜偷走了。」

克倫威爾看著他，慢慢露出燦爛的笑容。「我好想念主教大人。現在，他去了北方，沒人為我編故事了。」

克雷默說：「噢，那個故事不是真的？我還在想，你出生時是否受洗過。要是被海盜偷走，那就沒辦法了。」

「我真的沒被海盜偷走。要是海盜把我偷去，最後也會受不了，再送我回家。」

「真的？」克雷默皺著眉頭，說道：「你以前是個野孩子？」

「如果我那時認識你，我會把你的學校老師打倒，幫你出一口氣。」

克雷默把放下刀叉，然而並不是因為已經吃飽。克倫威爾心想，這個人認定我是異教徒。這個想法已根深柢固，恐怕無法改正。他說：「你懷念以前當學者的日子嗎？自從國王要你當大使，你只好放下書本，歷經驚濤駭浪到其他國家。」

「我從西班牙回來時，在比斯開灣碰到狂風巨浪，船進水了。我們以為船就要沉了，我還聽水手告解。」

克倫威爾笑道：「風浪那麼大，如要告解，恐怕得喊破喉嚨。」

克雷默好不容易結束海外奔波，返抵國門，國王也對他的表現感到滿意。克雷默心想，或許他能回劍橋去做他的研究。然而賈德納向國王提起，也許可以讓歐洲各大學就國王的離婚案進行表決。既然精通教會法規的學者沒能幫得上忙，何不試試神學家？國王說，那把克雷默找來，我要他負責這事。梵蒂岡不反對這麼做，只是提醒他們不可用錢收買。克倫威爾覺得，這麼做或許還有一點希望。他想起安妮以及她姊姊說的：她已經不年輕了。「如果你在十來所大學找到一百個學者，其中有些說國王是對的——」

「大多數——」

「就算你能找到兩百多個學者以上，那又如何？恐怕還是說服不了教宗。只有施壓才有用。我說的可不是道德壓力——」

「我們要說服的對象，不是教宗，而是全歐洲，整個基督王國的子民。」

「我擔心這個基督王國的女人會更難說服。」

克雷默低下頭來。「不管是什麼事，我連我太太都說服不了。我壓根兒就沒想去說服她。」他在此停頓一下，「克倫威爾，我們兩個都是鰥夫，如果我們倆攜手合作，我不會讓別人再說你一些有的沒的。」

天色漸漸黯淡，他的說話聲，每一聲低語，每一次猶疑，都遁入暮色之中。廳堂外頭乒乓作響，僕人似乎在移動支架，接著是微微的歡呼聲和噓聲。但克倫威爾不理會那些雜音，繼續專心聽聖師說他的故事。克雷默說，他在一個仕紳家遇見一個叫瓊恩的女僕。她是孤兒，沒有家人，也沒有嫁妝，他同情她。這輕聲呼喚，從沼地喚醒死者的幽魂：暮光中的劍橋，溼氣從沼澤爬了出來。愛情在一個簡陋但整潔的小房間裡滋生。克雷默說，我不能不娶她。他既已結婚，就不能待在學院，她也得離開原來的主人家。他低著頭說，在走投無路之下，他只好把她安置在海豚酒館——那是他親友開的。

「這有什麼羞愧的。海豚酒館很不錯啊。」

「啊，連你也知道海豚酒館。」克雷默咬著嘴唇。

他目不轉睛地看著克雷默，看他眨眼、手指小心翼翼地放在下巴上、那對會說話的眼睛和蒼白的手。他說，所以瓊恩不是酒館女侍，我知道有人說得很難聽。那時，她已身懷六甲，而他只是個窮學者，兩人準備清貧過一生。他想去仕紳家當祕書、家教，或者鬻文維生，也想過離開劍橋，甚至到英格蘭以外的地方討生活，也許有親友可以幫忙。但造化弄人，瓊恩難產死了。「如果那孩子還活著，或許我還有個依靠。我就這樣失去一切，沒有人知道如何安慰我。因為我已沒有老婆、沒有家累。耶穌學院歡迎我回去，後來我就擔任聖職了。我的同事都認為我昏了頭才會結婚、生子，就像在森林中迷路一樣迷失自我。現在總算找到回家的路，就別再想世俗的事吧。」

「恕我冒昧，我總覺得在這世上有些人特別冷酷無情，教士就是其中之一。他們認為割捨七情六欲才是最好的吧。」

「婚姻不是我人生的錯誤。雖然我和瓊恩只做了一年夫妻。直到如今，我還是每天都在想她。」

門開了，光透進來。愛麗絲出現在眼前。「她是你女兒嗎？」

他沒多做解釋，只是說：「她叫愛麗絲，是我的小寶貝。妳來這裡做什麼呢？」

她向克雷默屈膝行禮。「雷夫他們要我來看看，你們為什麼聊這麼久。他們想知道今晚是不是有東西要送去給主教。裘安的針線都準備好了。」

「你跟他們說，我今晚會寫一封親筆信給主教，明天寄出。裘安可以上床睡覺了。」

「不要，我們不想睡覺。我們要帶葛雷哥利的獵犬去山丘上跑上跑下，吵醒死人。」

「啊，我終於知道妳們為什麼一天到晚都膩在一起了。」

「是啊，很好玩，」愛麗絲說：「我們就像洗盤子的女僕，沒有人想要娶我們的。如果我們的外婆小時候像我們這麼野，大概會被打到耳朵流血。」

「可是，我們這樣不是很快樂嗎？」他說。

愛麗絲走了。門砰地一聲關上。克雷默問：「你們不用鞭子管教孩子嗎？」

「我們還是會按照伊拉斯謨斯的建議，用例子來教導孩子，只是我們喜歡帶著獵犬在山上跑來跑去。的確，我們沒嚴厲管教孩子。」他有葛雷哥利、愛麗絲、小姨子裘安、一樣叫裘安的外甥女，他眼角還看得到那個在博林家當間諜、臉色蒼白的女孩，說不定將來可做他們克倫威爾家的兒媳婦。他還養了幾隻會聽口令的老鷹。眼前這個人擁有什麼？

克雷默說：「我在想國王身邊那些人……」

他還有主教。即使主教已經失去權勢，被貶謫到北方，還是把他當作親人。即使他死了，葛雷哥利的那兩隻黑狗也會躺在腳邊陪他。

克雷默說：「他們都很能幹，不管國王要什麼，都會設法辦到。但我覺得，這些人似乎欠缺一點東西。我不知道你是否也有這種感覺。他們完全不了解國王的處境……不會感到愧疚、不夠體貼、不夠善良、沒有愛。」

「所以，他會把主教找回來的。」

克雷默看著他的臉。「這恐怕不可能。」

他想開口表達鬱積在胸口的憤怒與痛苦。他說：「有人在我和主教之間挑撥，說我是個自私自利的傢伙，沒盡心盡力為他做事。還有，我每天都往安妮那邊跑——」

「沒錯，你常常跟她見面……」

「我要不去找她，怎麼知道下一步該怎麼做？主教根本不知道，也無法了解這裡的情況。」

克雷默溫和地對他說：「你為什麼不去看看他？只要你出現在他眼前，就可消除所有的懷疑了。」

「我沒時間去北方看他。再說，陷阱都設好了，我不敢輕舉妄動。」

✽ ✽ ✽

空氣冷冽。夏天的鳥兒已遠走高飛。新學期就要開始，律師聚集在林肯學院和格雷學院，身上的斗篷像黑色的翅膀。夏日，國王每天在森林悠遊狩獵，這樣的好時光終究要結束了。不管森林裡發生什麼，任何欺騙或挫折都可拋到腦後。所以說，獵人最天真了，喜歡活在當下並享受那種單純的感覺。晚上，國王回到皇宮，全身痠痛，但心裡滿是樹葉和天空的景象。他不想看公文。他的悲慘和苦惱逐漸遠離。此時，他只想好好享受美食、醇酒、談天說笑，日復一日過這樣的日子。

到了冬天，國王不能出去打獵。時間一多，他就不由得又想到自己的良知與驕傲。誰能奏捷，他就給賞。

一個秋日，慘白的陽光篩過稀疏的葉子，光影明滅。國王和克倫威爾來到靶場。國王喜歡一心二用，一邊聊天，一邊叫人瞄準靶心。國王說：「我們可以獨處了。我想跟你說些心事。」

其實，這裡是個小村子——或許就像克雷默的家鄉艾許若頓那樣的村落——村民說不定正在附近走動。國王不知道什麼叫做「獨處」吧。他曾經獨自一人過嗎？即使在夢裡，也不是只有他一個人吧。所謂的「獨處」，應該指的是諾福克沒跟在後頭嘰哩呱啦，或是布蘭登沒在國王面前耍性子。布蘭登有時控制不了自己的脾氣，國王只得命他滾得遠遠的，到宮廷五十哩外的地方。「獨處」意謂和帶著弓箭的王室衛士或僕人在一起，或是跟他的心腹說話。要是他沒跟王后同床共枕，一個人睡，還是有兩個值班守衛在他床腳下睡覺。

他看亨利拉弓，不禁讚嘆：果然是王者之風。不管在國內、海外、平時或戰時、快樂或憂傷，國王每個禮拜都要練習射箭好幾回。他運用自己的身高、經過鍛鍊的手臂、肩膀和胸部，對準靶心，啪地一聲把箭射出去。接著，他伸出手臂，讓衛士替他解開護臂或重新綁上去，有人會來幫他換弓或拿來他選的弓，另一個僕人畏畏縮縮地遞上一條手帕給他擦乾額上的汗珠。國王擦完後順手丟在地上，那僕人立刻撿起來。有時，有一、兩支箭射偏了，國王面露惱色，指關節折得啪啪響。上帝，拜託，改個風向吧。

國王吼叫：「我聽取各方高見，是要看如何使我的婚姻失效，並且能得到全歐洲的認可，然後我就可以再婚。我已經等不及了。」

克倫威爾沒回答。

「可是其他人說……」微風把亨利的話語帶走了，帶往歐洲大陸。

「我也是陛下說的其他人。」

「天啊，」亨利說：「我真無能。你想，我還有多少耐心可以等候？」

他想對國王說：你還跟你太太一起生活在同一個屋簷下、一個宮廷裡，不管你到哪裡，她以王后之尊陪伴在你身旁，然而你告訴主教，她只是你的姊姊，不是你太太。如果今天你射得不好，因為方向不對或者沙子跑到你的眼裡，讓你視線模糊，你也只能跟你的姊姊凱瑟琳說，不能跟安妮．博林說，不能讓她知道你的軟弱或無能。

他靜靜站在一旁看國王練習。國王請他露一手。這裡還有其他貴族子弟，有人站在草地上，有人靠在樹上，身穿深紫、金黃或紫紅色的絲綢。每個人都看得目瞪口呆。雖然國王射得不錯，但他還不像天生的弓箭手。天生的弓箭手身體和弓幾乎合而為一。拿他和理查．威廉斯（現已改名為理查．克倫威爾）比較看看就知道了。理查的外祖父伊凡之子威廉精通弓箭的藝術。他沒見過這個外祖父，但可想見他的肌肉像弦，從頭到腳每一吋肌肉都用上了。國王則想，幸好他的曾祖父不是弓箭手普雷朋，而是約克公爵，不然他就成了私生子。他的祖父是伯爵，母親也是貴族之女，做一個業餘弓箭手又如何？反正他是國王。

國王說，你的臂力不錯，眼力也很好。克倫威爾自謙地說，但是我的距離近了些。對了，我們每個禮拜天都會比試一番。我們在聖保羅教堂聽完佈道就去城北的沼澤地射箭。工會的人也會過來。我們總是痛宰那些屠夫和雜貨商，然後大快朵頤。能和我們旗鼓相當的恐怕只有酒商……。

亨利轉過來對他說：看哪個禮拜，我也一起去，如何？如果我裝扮成平民呢？我可以跟你們一起射箭，大展身手，你覺得如何？我想，那一定很好玩，好不好？

克倫威爾心想：不大好吧，但他無法說出口。他發現失望的淚珠在國王眼眶裡打轉，於是說道：「當然，我們一定會贏的。」就像安撫小孩子一樣，「那些酒商必然會輸得哇哇叫，就像鬥敗的狗熊。」

天空開始飄起毛毛雨，他們走到樹蔭下躲雨。國王臉上有一塊黑黑的，那是樹葉投下的陰影。他說，她威脅說要離開我。她說，還有其他男人在等她，她不想虛擲青春年華。

✿ ✿ ✿

一五三〇年十月的最後一個禮拜，諾福克惶恐不安，說道：「你聽我說。這傢伙在這裡。」他用右手拇指粗魯地戳著布蘭登。沒錯，布蘭登回來了。「這傢伙回來了。幾年前，他和國王比武，讓國王幾乎沒命。不知怎麼，國王頭盔沒戴好。布蘭登手裡的長矛砰一聲往國王的頭射去，差一吋就刺中他的眼睛。」

諾福克猛戳別人，戳到自己指頭都痛了。他皺眉蹙額，氣得頭頂冒煙，接著又慷慨激昂地說：「一年後，亨利在森林裡，跟隨獵鷹來到一個地形破碎的地方，雖然平坦，但是有條大溝。亨利找到一支長竿，想用撐竿跳的方式跳過去，沒想到竿子斷了，他就這麼摔進去。溝裡有一呎深的汙水和泥巴。要不是一個衛士及時把他拉上來，我實在不敢想像後果會如何。」

克倫威爾心想，這就對了，不管如何，就是把他撈上岸再說。

「要是他死了呢？」諾福克繼續說：「例如得了瘟疫，或是從馬上摔下來摔斷脖子？然後呢？他的私生子里奇蒙公爵登上王位？里奇蒙是個好孩子，我對他沒成見。安妮說，我應該設法讓里奇蒙娶瑪麗為妻。安妮真是聰明啊。她說，我們該讓霍華德家族繁衍壯大，到處都有我們家族的人。我真的不討厭里奇蒙，但我終究無法改變他是個私生子的事實。不然你說說看，這個小孩可以當國王嗎？當初都鐸家族是如何取得王位的？藉由貴族的頭銜？才不是呢。

武力？答對了。老國王多麼英勇善戰。他一拳就可把你打飛到幾哩外。他可是把滿腹牢騷都寫在一本冊子上，但用筆發洩完了之後，就不予追究？才不呢。他有仇必報。這樣才是一國之君。」他轉身，一大票人都在聽他說，包括朝臣、貴族和僕人。他看著諾里斯、布雷勒頓、賈德納，咦，還有克倫威爾——這人現在三天兩頭就往王宮跑，不知是在打什麼主意。諾福克又說：「天佑吾王，老國王有兩個兒子。長子亞瑟亡故時，全歐洲的劍都磨利，對準英格蘭。那年亨利才九歲大，還是個孩子。幸好老國王拖了幾年才蒙主寵召，不然英格蘭就要陷入戰亂。一個小孩不可能治理國家，更何況是名不正言不順的私生子？現在又是十一月了，求神賜給我力量！」

諾福克說得沒錯，克倫威爾明白他的意思，包括最後的怒吼。自從諾福克和布蘭登大搖大擺地踏進約克府抄家，把主教趕出去，到現在剛好屆滿一年。

大家都沉默不語，只傳出幾聲咳嗽和嘆息聲。這時，有一個人發出笑聲，也許是諾里斯，但說話的確實是他。「國王有一個合法的繼承人。」

諾福克轉過頭去看他，臉色紫紅。「瑪麗？那隻小蝦米？」

「她會長大的。」

「等著看好了，」布蘭登說：「她今年已經十四歲了，不是嗎？」

諾福克說：「可她的臉蛋跟我的拇指差不多大。」公爵把手指伸出來給大家看，「女人登上英格蘭王座，這像話嗎？」

「她的外婆是卡斯提爾王國的女王。」

「女王有什麼用？能帶兵作戰嗎？」

「伊莎貝拉一世曾帶兵征戰。」

公爵說：「克倫威爾，你來這裡做什麼？聽我們說話嗎？」

「大人，您怒吼的聲音那麼大，連加萊街上的乞丐都聽得到。」

賈德納轉頭過去，好奇地問：「你認為瑪麗可以統治國家嗎？」

克倫威爾聳聳肩：「那要看誰來輔佐她，她嫁的又是誰。」

諾福克說：「我們必須趕快行動。歐洲有半數律師都在為凱瑟琳的案子奔走。請求特許這個、那個的，聽說西班牙已經拿到什麼特許狀了。沒關係啦，這個案子也不是一紙特許狀就能解決的。」

「為什麼這麼急？」布蘭登說：「莫非安妮已經有孕在身？」

「才不是呢！可惜，她沒懷孕。她要是懷孕，國王就不得不採取行動了。」

「什麼行動？」布蘭登問。

「我不知道。自己裁定這樁離婚案？」

這一群人發出窸窸窣窣的聲音，有人咕噥、有人嘆息、幾個人看著公爵，還有一些人則看著自己的鞋子。這裡的每一個人都希望國王能得到他想要的，畢竟他們的身家性命都與國王的喜怒哀樂息息相關。克倫威爾看到眼前出現一條路：在平坦的原野上，有條彎彎曲曲的小路；地平線出奇地清晰，原野被大溝截成一段一段的。國王掉到大水溝裡，整個臉孔、全身都是泥巴。他死命掙扎，想要呼吸。克倫威爾問：「把國王從水溝拖出來的那個人叫什麼名字？」

諾福克冷冰冰地說：「克倫威爾好像對下人的故事特別感興趣。」

克倫威爾想，或許沒有人知道他叫什麼。但諾里斯說：「我想到了。他姓倪……」

布蘭登說，泥先生嗎？接著笑得人仰馬翻。大夥兒都瞪著他。

✿ ✿ ✿

萬靈節。正如諾福克說的，十一月又來臨。愛麗絲和小裘安用一條粉紅絲帶當牽繩，牽著狗兒貝拉來到他面前。他抬起頭來說：「兩位小姐，請問有何貴幹？」

愛麗絲說：「主人，您的夫人，也就是我的麗茲阿姨過世至今，已經兩年多了。您可否寫信給主教，請他向教宗懇求，讓她從煉獄出來一下？」

「那你們的姑姑凱特和你們的小表妹呢？」

兩個女孩互相使了個眼色。「她們才離開不久吧。安很驕傲，說她算術很棒，還說她已經開始學希臘文；葛蕊思則愛炫耀自己的金髮，還說她有一對翅膀——那分明是謊言。因此，我們認為她們該留在煉獄多受一點苦。不過，如果主教想要幫她們的忙，我們也不反對。」
他想，是啊，如果他不開口要，就得不到。
愛麗絲說：「你一直在忙著幫主教辦事，他應該不會拒絕你的要求。雖然主教不再是國王的寵臣，但他還是教宗眼前的紅人吧？」
小裘安說：「我希望教宗能每天寫信給主教。雖然我不知道主教的信是誰為他封緘的，但我想他該在信中夾帶禮物，請教宗幫他解決問題。我們的姑婆梅喜說，教宗是個見錢眼開的人，不給錢的話，他根本不會理你。」
「跟我來吧。」他說。她們又對視了一下。他在後面，要她們快跑。貝拉的小腿努力地跑。小裘安落後了，但貝拉跑得更慢。
梅喜和裘安靜靜地坐在一起。這樣的靜默令人不安。梅喜在看書，一邊喃喃自語。裘安腿上放著刺繡的東西，對著牆壁發呆。梅喜在書上做了個記號。「什麼事？你們這一行人可是使節？」
他對小裘安說：「你告訴你媽媽，說你來要求我做的事。」
小裘安哭了。愛麗絲於是挺身而出，把話說清楚。「我們希望麗茲阿姨能從煉獄出來。」
「妳們告訴孩子什麼了？」他問。
裘安聳聳肩，說道：「很多人即使已經成年，對一些事還是深信不移。」
「天啊，這個家到底是怎麼回事？這些孩子以為教宗可以帶著一串鑰匙打開陰間的大門，理查則不把聖餐當一回事——」
「什麼？」裘安驚訝得張口結舌，「你說理查怎麼了？」
梅喜說：「理查沒錯。主耶穌拿起餅說，這是我的身體。祂的意思是，這餅代表我的身體。他沒允許教士施行仙術。」
「但祂說，這就是我的身體，而非這有如我的身體。主耶穌會說假話嗎？不會的，祂不會這麼做的。」
「主耶穌什麼事都做得到。」愛麗絲說。
裘安瞪她一眼。「妳這個小滑頭。」

愛麗絲說：「如果我媽在這裡，一定不會饒了妳。」

「別吵了，」克倫威爾說：「拜託，你們有完沒完？」這幾年來，這個家就像一個小世界。然而，與其說這是個家，不如說是戰場。他們就像倖存的士兵，在帳篷搭建的營地裡用絕望的眼光看著自己的殘肢，對未來不抱任何希望。然而他還是必須帶著這幾個老弱殘兵前進，畢竟他只剩這些人。他必須教他們如何防守，如何兼顧信仰與工作，如何面對舊教和新教、凱瑟琳和安妮。他看著梅喜，她在暗自竊笑。他再轉過去看裘安，她雙頰緋紅。他別過頭去，此時，他心裡想的倒不是宗教的問題。他對孩子說：「妳們沒有錯。」這兩個小女孩依然一臉驚恐。他安慰她們：「小裘安，來，你幫主教做針線活，我要送妳禮物。愛麗絲，我也有禮物要送給妳。我就是想送給妳，用不著什麼理由。我要送妳狨猴。」

她們四目相接。小裘安問道：「哪裡有狨猴呢？」

「我想應該找得到。上回我去首席國務大臣的家，他太太就養了一頭狨猴。那隻小猴子乖乖坐在她腿上，而且很聽話。」

愛麗絲說：「但現在不流行養小猴子。」

「無論如何，還是謝謝你。」梅喜說。

「謝謝，」愛麗絲也跟著說：「自從安妮女士出現之後，王宮就看不到這種小猴子。現在流行的是小狗。我們希望貝拉能生很多小狗。」

「或許吧，」他說：「貝拉總有一天會生下小狗的。」這個家暗潮洶湧，有些原因他還不了解。他一把抱起貝拉，把牠夾在腋窩下，然後走出去。他得想辦法幫安妮的弟弟喬治籌錢。他把貝拉放在書桌上，趴在文件堆中小睡。貝拉一直咬牽繩的一端，想要解開脖子上的結。

✽ ✽ ✽

一五三〇年十一月一日，國王派年輕的諾森伯蘭伯爵亨利・珀西去逮捕樞機主教沃爾西。主教當時人還在卡伍德，再過四十八個小時就將抵達約克，準備就任約克大主教。主教在卡伍德被捕之後，就被士兵押送到龐德弗萊克城堡，然後轉送到唐卡斯特，接著來到雪菲德園，也就是舒茲伯利伯爵的家。沃爾西在此病倒。十一月二十六日，倫敦塔侍衛長帶了二十四個士兵前來雪菲德園，押送沃爾西回南方。第一站來到萊斯特寺。三天後，主教就死了。

沃爾西之前的英格蘭是什麼樣子？不過是個貧窮、寒冷的蕞爾小島。

✿ ✿ ✿

卡文迪希來到克倫威爾的家，一邊說，一邊掉眼淚。偶爾，他擦乾淚水，振作精神，然而哭哭啼啼的時候還是居多。「我們晚餐還沒吃完，」他說：「主教大人正在享用甜點，亨利．珀西就在這時闖了進來。他被路上的泥巴濺到，全身髒兮兮的，手裡拿著一串鑰匙。那鑰匙是從門房那裡拿到的。他還派兵守在樓梯口。主教站起來，對他說，亨利，早知道你要來，我就等你過來才開動。現在，魚已經快吃光了。你要我禱告祈求神蹟嗎？我在主教耳邊悄悄地說，大人，請勿褻瀆聖靈。然後珀西就走上前來說，主教大人，我必須以叛國罪逮捕你。」

卡文迪希在此停頓，看他聽了是否勃然大怒。然他只是把十指合攏，像是在禱告。他想，這一定是安妮的詭計。她現在必然偷偷地享受復仇的快感。她曾被主教指責，一度必須離開宮廷，主教還曾棒打鴛鴦，拆散她和亨利．珀西，現在她總算能為自己，也為老情人珀西出一口氣了。他問：「亨利．珀西看起來怎樣？」

「他從頭到腳抖個不停。」

「主教大人呢？」

「主教跟他要執行令或委託令。珀西說，上面有指示不能讓他看。主教於是說，既然你不肯給我看，我就不能束手就擒，那就只好僵持下去。主教對我說，卡文迪希，你跟我來，我們進去房間商量一下。珀西的手下也想跟進去，於是我站在門口擋著。主教進房後，控制一下自己的情緒，然後說，卡文迪希，看著我，看著我的臉。我不怕任何人。」

克倫威爾不忍看卡文迪希的表情，於是起身，走到牆邊。他盯著牆面和新裝潢的折疊鑲板，用食指撫摸鑲板上的凹槽。「他們把主教抓走的時候，鎮上的人都在外面聚集。他們跪在路上哭泣，請上帝懲罰亨利．珀西。」

他想，不必麻煩上帝了，對珀西復仇的事就交給我吧。

「我們往南走，不久就變天了。我們到唐卡斯特的時候，天色已晚。街上人群擁擠，摩肩擦踵，每個人都拿著一根蠟燭。我們想，人群不久就會散去。沒想到他們居然徹夜在路邊守候，直到天明，蠟燭也燒得差不多了。」

「主教看到群眾這麼愛戴他，一定很欣慰。」

「沒錯，可是……有件事我該告訴你……那時，主教已經一個禮拜沒吃東西了。」

「為什麼？他為什麼不吃東西？」

「有人說，這是絕食自殘，可我不相信……。我請廚子烤一顆冬梨給他吃，加上香料……這麼做，對嗎？」

「他吃了嗎？」

「他只吃了一點，接著把手放在胸口，說道：我覺得這裡面冰冷、硬硬的，像是塊磨刀石。主教就此病倒。」卡文迪希站起來，也開始走來走去。「我請藥劑師過來。他調配好藥粉之後，我請他沖泡成藥水，分成三杯。我喝下一杯，藥劑師喝下另一杯，最後一杯再給主教喝。我怕主教被毒死，無法相信任何人。主教喝下藥水後就不痛了。藥劑師說，應該是腸氣的問題。我們都笑了。我想，明天他應該就會好多了。」

「接著，金斯頓來了。」

「是的，然而我們如何能告訴主教說倫敦塔的侍衛長來抓他呢？主教坐在行李箱上。他說，威廉，金斯頓嗎？還是威爾．金斯頓？他不斷地說金斯頓的名字。」

同時，他心中那把磨刀石，似乎把刀子磨利了，準備切下他的五臟六腑。

「我對他說，大人，放輕鬆一點，不久國王就會來幫你洗刷罪名的。金斯頓也說了同樣的話。但是主教說，你們別再騙我走進傻瓜樂園了。我心裡有數，我知道死神要帶我走了。那天晚上，我們都無法入睡。主教如廁，排出一大堆的黑血。第二天，主教虛弱到無法站起來。因此，我們無法騎馬。等到主教可以上馬，我們才上路。之後，我們就來到萊斯特。」

「白晝很短，光線幽暗。禮拜一早上八點，主教醒來。我端了幾支小蠟燭進去他的房間，放在櫃子上。他說：『牆上為什麼有影子在動？那是誰？』接著，他大聲呼叫你的名字。我說，你已經在路上了。請上帝原諒我說這個謊言。他說，路途險惡，希望你別出事才好。我說，你知道克倫威爾這個人，就連魔鬼也攔不住他。如果他說他已經上路，一定會趕到的。」

「你還是長話短說吧，別再凌遲我了。」

但卡文迪希還是得一五一十地說清楚：「第二天凌晨四點，我們給主教熬了一碗雞湯，但他說他吃不下，還說那天不是不該吃肉嗎？他說，他不吃，拿走吧。他已經病了八天，血便和疼痛未嘗稍減。他說，我知道，我已死到臨頭。我想，主教大人必然會想辦法解脫。像他這樣絕頂聰明的人，一定可以找到出口。毒藥嗎？即使如此，他也會自行了斷，不會假手他人。」第二天早上八點，沃爾西嚥下最後一口氣。教士圍在他的床邊拿著念珠念誦玫瑰經，馬廄中的馬兒焦躁不安，淒清的月光照在倫敦路上。

「他在睡夢中過世的嗎？」他希望主教死時沒受多大的苦。卡文迪希說，他一直在說話，直到斷氣。

「他又提到我的名字了嗎？他還說了什麼？說了任何字眼嗎？」

卡文迪希說：「我為他擦洗身體，準備入斂。我發現他的荷蘭衫底下藏了一條毛髮編織而成的鞭子……我知道你不是苦行派的，其實主教也不是，應該是里奇蒙當地的教士教他的。」

「後來呢？那條鞭子？」

「教士拿去了。」

「天啊！他們必然會拿去賣個好價錢。」

「你知道嗎？他們能給主教的棺木，不過是幾塊板子拼湊出來的箱子。」卡文迪希說到這裡，終於忍無可忍，開始激動，「我聽到工人把木板釘起來的聲音。我想到佛羅倫斯雕刻師為他設計的黑色大理石石棺和銅飾，石棺頭尾都雕刻了天使……他身穿大主教的袍子，我張開他的手，把我的手放在他手裡，希望他能覺得溫暖一點。再過兩天，我們就到約克了。我們的行李都準備好，已經要上路了，沒想到亨利．珀西卻在這時闖了進來。」

「你知道嗎？」克倫威爾說：「我曾懇求主教，希望他牢牢抓住殘存的東西，高高興興地去約克赴任。不管如何，留得青山在，不怕沒柴燒……如果沒有變故，他應該能再活個十年。」

「我們請市長和市府官員過來，看看躺在棺木中的主教，免得日後有人謠傳主教還活著，而且逃到法國去了。有人在那裡瘋言瘋語的，提到主教出身低賤云云，我真希望你能在那裡……」

「我也希望啊。」

「當著你的面，他們就不敢這麼放肆了。天黑之後，我們為主教守靈。我們在棺木四周點了蠟燭，直到凌晨四點，也就是禱告時辰。我們舉行彌撒儀式。六點，我們把主教的棺木抬進教堂地下室。」

十一月三十日，聖安德魯日，禮拜三清晨六點，善良的主教就此長眠於地下。金斯頓、珀西等人南行，到漢普頓宮向國王報告。國王對卡文迪希說：「我願意出二萬英鎊換回主教的一條命。」

克倫威爾說：「卡文迪希，要是有人問你主教彌留之際說了什麼，就告訴他們，他什麼也沒說。」

卡文迪希揚起眉毛。「我就是這麼說的。我說，他什麼也沒說。國王問過我，諾福克公爵也問了。」

「不管你跟諾福克公爵說了什麼，他都能扭曲成叛國罪。」

「由於諾福克是財務大臣，他付清欠我的薪資。我今年前三季的薪資還沒拿到呢。」

「你的薪水怎麼算？」

「一年十英鎊。」

「你應該來找我的。」

事實是這樣子的：假使冥王明日從地府出來跟他談條件，只要兩萬英鎊，他即可讓主教死而復生，從墓地爬出來，有如拉撒路復活的翻版，國王無論如何也必須籌出這筆錢。至於財務大臣諾福克？不管國庫鑰匙在誰的手上，反正國庫已空空如也。

「你知道嗎？」克倫威爾說：「以前，主教常常問我，新年想要什麼禮物。我總是告訴他，讓我看一眼宮廷的帳冊吧。」

卡文迪希似乎想說什麼，卻又打住，一副欲言又止的樣子。「在漢普頓宮的時候，國王跟我說了一句話。他說：『如果三個人有樁祕密，當其中兩個人死掉時，這祕密就守得住。』」

「那是句諺語。」

「國王又說：『如果我的帽子知道我的祕密，我就會把這帽子丟到火裡。』」

「那也是句諺語。」

「他的意思是，他不會再找任何顧問了。他不想找諾福克、賈德納或是任何人。沒有人能像主教可以當他的心腹。」

他點點頭。這似乎是個合理的解釋。

卡文迪希臉色很差。他已經好幾個晚上沒好好睡覺，先是照顧主教，之後又在棺木旁守靈。主教死前不斷奔波，有好幾筆錢還沒到手，現在不知該怎麼辦。至於他自己的行李還在約克郡，要運回家鄉還真是傷腦筋。幸好，諾福克公爵答應給他一部手推車和一筆搬運費。克倫威爾一邊說話，一邊背著卡文迪希把手指一根根收起來，緊握拳頭。瑪麗・博林曾用食指在他掌心畫了一顆心。他想，亨利，你的心已經在我手上了。

卡文迪希走了之後，他打開一個藏東西的櫃子，拿出主教北上那日交給他的一個小包，開始解開纏繞在包裹上的絲線。他耐心地解開所有的繩結，還沒料想到裡面是什麼東西時，主教那只綠松石戒指已滾到他的掌心。戒指冷冰冰，像是從墳墓挖出來似的。他想像主教的手——他的手指修長、白皙，一道疤痕也無，不知有多少年，這個國家的舵就在他的手裡。克倫威爾戴上戒指。這戒指很合手，就像是為他訂做的一樣。

主教的紅袍一件件折疊得整整齊齊。這些布可不能浪費，可以再剪裁，縫製成其他衣服。誰知道幾年後，這些紅袍會變成什麼？一個大紅靠墊、旗幟上紅紅的一塊、一個人袖子的紅色內裡或是妓女的襯裙？

或許有些人會去萊斯特看看主教死在什麼地方，並和修道院長聊聊。另一些人或許難以想像主教已經死了，但又如何？一塊豔紅色的地毯、知更鳥或蒼頭燕雀胸口的一抹紅、紅燭、紅玫瑰：這紅色不但可見於天地萬物，也已蠟封在他的心靈深處。透過紅寶石的光芒或是鮮血的紅，他似乎可以看到主教的身影。他不但活著，還會說話：看著我的臉，我不怕任何人。

✽　✽　✽

漢普頓宮上演一齣戲劇，劇目是〈樞機主教下地獄〉。克倫威爾不禁想起去年在格雷律師學院演出的那場鬧劇。官員監督工匠日夜趕工，搭建舞台，再叫人把畫好的布幕掛上去。背景看來火紅一片，就像熊熊烈火。

這齣戲是這樣的：一個巨大、穿著紅衣的人躺在地上。他就是主教。四個人戴著面具扮演魔鬼，拖著主教的四肢前進，還用手中的三叉戟猛戳主教，戳得他扭來扭去，不斷求饒。克倫威爾希望主教死時沒受什麼苦，但卡文迪希說，他直到斷氣之前，神智還很清楚，一直提到國王，還曾在睡夢驚醒，問道：我看到牆上有影子，是誰？

諾福克公爵一邊看戲，一邊走來走去，讚嘆：「是不是很精采？那布景畫得真好！我真想把這布景帶回家，耶誕節的時候再演一回。」

安妮坐著觀看，一會兒大笑，一會兒指指點點，然後拍手叫好。克倫威爾未曾看過安妮如此光采煥發。國王坐在她身邊，就像是個木頭人，雖然有時跟著哈哈大笑，然而如果靠得夠近，就可看到他眼底的恐懼。舞台上的主教在地上滾來滾去，用力踢那些魔鬼，但只是自討苦吃。披著黑色毛皮的魔鬼叫道：「沃爾西，我們來抓你了，魔王在地獄等著與你共進晚餐。」

主教抬起頭來，問說：「魔王有什麼酒？」克倫威爾聽了，差點笑出來。「我可不喝英格蘭產的酒，像諾福克公爵請客的酒，就像貓尿一樣難喝。」

安妮大聲叫好，一邊指著自己的舅舅。壁爐冒出蒸氣，大夥兒哄堂大笑，笑聲大得快把屋頂掀開，只有主教一個人在哀嚎。這時，有人說，魔鬼是法蘭西人。有人發出噓聲、有人吹口哨，還有人在唱歌。接下來，魔鬼拿繩索套住主教的頭，主教奮力抵抗。演主教的不是做做樣子而已，他真的使盡全力。魔鬼發出慘叫聲，上氣不接下氣。但魔鬼有四個人，主教終究寡不敵眾。觀眾大叫：「拖下去！把他拖到地獄！」

魔鬼抬起手來，跳到後面，讓主教滾下去。他們看主教一邊翻滾，一邊拿三叉戟戳他的肚子，把紅色毛線做的腸子拉出來。

主教開始飆髒話、放屁，舞台四周冒出燦爛的煙火。克倫威爾從眼角看到一個女人用一隻手摀著嘴巴跑出去。諾福克公爵神氣活現地走來走去，指著舞台說：「你們看！主教的腸子被拉出來了！真是太精采了！」

這時，有人在後頭喊話：「諾福克，你難道不覺得丟臉？為了看沃爾西下地獄，你不惜出賣自己的靈魂。」每一個人都轉過頭去看是誰，克倫威爾也轉頭看，但沒有人知道是誰。他想，莫非是懷特？演魔鬼的那幾個人拍拍身上的灰塵，喘口氣，接著叫道：「現在！」然後跳起來，把主教拖到地獄，也就是舞台布幕後面。

克倫威爾跟著這些人到舞台後面。童僕拿毛布給那些演員。演魔鬼的那幾個衝進來，撞到那些小孩。有一個孩子的眼睛被打到，手裡端的一盆熱燙燙的水倒在腳上。魔鬼把面具撕下來，丟到一邊，咕噥一句，然後到角落坐著休息。克倫威爾看著諾里斯用力幫喬治・博林身上的毛皮拉扯下來。諾里斯說：「這玩意兒真要命，活像是聶瑟斯的毒血衣[9]。」

喬治・博林把頭往後一甩，整理一下亂髮，白皙的皮膚因為接觸毛皮而變得紅通通的。喬治・博林和諾里斯就是那兩個用前爪拉著主教雙手的惡魔，拉著腳的那兩個還在努力剝下身上的毛皮，一個是叫韋士敦的孩子，另一個則是樞密院的文書官布雷勒頓。布雷勒頓雖然已經是大人，卻跟著那孩子叫囂嬉笑，要人拿乾淨的毛巾過來，渾然不知有人在看他們，就算知道也不在乎。布雷勒頓和韋士敦用水潑灑身體，也互相潑水，接著用毛巾擦乾汗水，從童僕手中一把抓起乾淨的襯衫套上自己的頭。他們沒把腳蹄拔下來，就這麼搖搖擺擺地走到台前謝幕。

後台現在空空的。死去的主教躺在中央，一動也不動，好像在睡覺。

克倫威爾走到主教前面，停下腳步，盯著他。飾演主教那個人終於張開一隻眼睛，說道：「這裡一定是地獄了，因為我看到了那個義大利佬。」

那個死人拉下面具，原來是主教的弄臣薩克斯頓。一年前，他被主教送走的時候，還哭得死去活來。

薩克斯頓伸出一隻手，要克倫威爾拉他起來，然克倫威爾繼續袖手旁觀。他只好自己爬起來，一邊咒罵。他脫下紅袍，把袍子撕爛。克倫威爾雙臂交叉，然後把寫字那隻手藏在另一隻手的拳頭中。薩克斯頓把捆在身上的枕頭拆下來，赤身裸體的他看起來瘦巴巴，胸前冒出胸毛。他說：「義大利佬，你為什麼不待在自己的國家？來英格蘭做什麼？」

薩克斯頓雖是弄臣，但他可不是傻瓜，他知道克倫威爾不是義大利人。

「你該待在義大利的。你有自己的城鎮，自己的城堡，酒足飯飽之後還可享用做成主教形狀的杏仁麵糰。你可以過著這樣的生活，但是一、兩年後，難保不碰到大壞人，把你踢到水溝裡。」

9、聶瑟斯的毒血衣（shirt of Nessus）：大力士赫丘利士看到人馬獸聶瑟斯調戲自己的妻子，憤而拉弓射死聶瑟斯。聶瑟斯告訴其妻，用他的血塗在衣衫上給赫丘利士穿，夫妻就能永遠幸福，沒想到害赫丘利士中毒而死。

他撿起薩克斯頓方才穿的紅袍。那紅，紅得像火，是便宜的巴西木染料染的，很容易褪色，而且有一股怪怪的汗臭味。「你怎麼演得出來？」

「有人付我錢，我就演囉。你呢？」薩克斯頓尖聲笑道，看起來像發瘋一樣，「難怪你這陣子變得尖酸刻薄。沒有人要花錢請你，對不對？你只是一個退役傭兵。」

「我還不想退呢。我可以好好修理你。」

「用你藏在腰間那把小刀嗎？」薩克斯頓跳到一旁。克倫威爾靠在牆上，看著這個小丑。他聽到一個孩子啜泣的聲音，然只聞其聲，不見其人。也許是眼睛被打到的那個孩子，因為手中端的那盆水潑了一地而被掌摑。可能那孩子只是想哭。孩子總是這樣，被處罰後，抗議不公平，但隨即又被處罰一番。所以，我們要學習吞下苦水。雖然這是很難的一課，但學會之後，一生受用。

薩克斯頓擺出種種下流的姿勢，像是在為將來的演出做準備。他說：「我知道你在哪條水溝產卵。我也在附近喔。」他轉向布幕，雖然他看不到觀眾，但可以想像國王就在那裡，看完戲後準備找新的樂子。薩克斯頓兩腳打開站立，伸出舌頭：「我這傻瓜要說一句內心話：這世上沒有教宗。」然後轉過頭去，對克倫威爾獰笑，「十年後，我們再看看，到底誰是傻瓜。」

「對我說這樣的笑話沒用啦。你已經沒戲唱了。」

「我們做弄臣的可以口無遮攔。」

「你還是少在我的地盤上亂說語。」

「哎喲，你的地盤是哪裡？你家後院那個小水坑？你就是在那裡受洗的吧。來，我們約定十年後再見，看你是不是還活著？」

「我要死了，包管你嚇得屁滾尿流。」

「我會站得直挺挺的，看你能不能打倒我。」

「我現在就要抓著你的腦袋去撞牆。你要是死了，沒有人會想念你的。」

「沒錯，」薩克斯頓說：「他們會在清晨把我抬出去，然後把我丟在土堆上。傻瓜是什麼東西？英格蘭多的是傻瓜！」

他以為夜已深了，沒想到還看得到些許天光。這裡曾是沃爾西流連之處，這座宮殿都是他一磚一瓦蓋出來的。他走到轉角，心想或許待會兒主教就會現身，手裡拿著一張藍圖，一想到最近收到的六十張土耳其地毯就眉開眼笑。此刻，他正打算邀請威尼斯最會做鏡子的師傅來主教府施工。「湯瑪斯，請你用義大利文為我加幾句客套話，並用最含蓄的說法暗示多少錢我都願意付。」

❁　❁　❁

他還在信上說英格蘭人最好客了，不但歡迎外國人來訪，而且這裡氣候怡人。黃金般的鳥兒在金枝玉葉上高歌。國王高踞在金山之上，唱一首自己創作的歌曲。

克倫威爾走進自己的家，頓時覺得這個家既陌生又空洞。他花了好幾個小時才從漢普頓宮回來，現在已經很晚了。他盯著牆壁，上面有幅主教的肖像，主教的紋章像火一樣紅豔。他最近才請人為主教的帽子重新上漆。他說：「你們可以把主教的像塗掉了。」

「要畫什麼呢？」

「空下來吧。」

「請人來畫一幅很美的寓言畫，如何？」

「我說，什麼都別畫，空下來。」他轉身離去。

第3章・死者的怨言

一五三〇年，耶誕節假期

子夜過後，有人敲門，守衛趕緊把全家人叫醒。克倫威爾穿好衣服，走到樓下瞧瞧，臉色凶巴巴。裘安披頭散髮，穿著睡袍，問道：「什麼事？」理查和雷夫把她帶到一旁。站在大廳的是樞密院文書官布雷勒頓和一名皇家衛士。他想，這人是要來逮捕我的吧。他走上前去打招呼：「耶誕平安。不知道你是早起，還是還沒睡？」

愛麗絲和小裘安也跑出來了。他想起麗茲死亡那個晚上，他的兩個小女兒穿著睡袍孤伶伶地站在一旁，不知發生了什麼事。她們一直在等他回家。小裘安哭了起來。梅喜跑過來，把兩個小女孩帶走。葛雷哥利也下樓來，而且穿好外出服。「我人就在這裡，你要把我帶走，是吧？」

「國王在格林威治，」布雷勒頓說：「他現在要見你。」布雷勒頓這人像往常一樣沒耐心，一邊用手套拍打掌心，一邊用腳尖點地板。

「回去睡覺吧，」他告訴家裡的人，「國王不會把我抓去關的。」雖然他還不知道是怎麼回事，還是先安慰一下家人，然後才轉過頭去問布雷勒頓：「國王為什麼要找我？」

布雷勒頓的眼睛瞄來瞄去，似乎在看這家人過的是什麼樣的生活。「恕難奉告。」

他看著理查，他知道理查已經蠢蠢欲動，恨不得給這個小官一拳。他想，我也曾經想好好教訓他一頓，但我現在不得不陪笑臉，像五月的清晨一樣可喜。他跟著布雷勒頓走到門外，理查、雷夫和葛雷哥利跟在後面。外頭漆黑一片，天寒地凍。

他們走到船邊。好幾個人拿著火炬站在那裡等候。格林威治的普拉森夏宮非常遙遠，泰晤士河又這麼黑，令人覺得像是在冥河行船。那三個男孩坐在他對面，緊緊靠在一起，有如連體嬰。當然，雷夫跟他們沒有親戚關係，但他想，我愈來愈像克雷默聖師：林肯郡的譚沃斯家、克利夫敦的克利夫敦家，還有莫利諾家，都是我們的親戚。你聽說過嗎？他仰望夜空，星星光芒黯淡，似乎在遙不可及之處。他想，那些星星或許也是他們克倫威爾家的親戚。

現在，他該怎麼做？跟布雷勒頓聊一聊嗎？布雷勒頓家的土地在威爾斯邊界的史特福郡和柴郡一帶。威廉・布雷勒頓的老爹藍道爾・布雷勒頓今年死了，他繼承的遺產非常豐厚，除了每年皇室授予的一千英鎊，還可從當地的修道院取得三百英鎊……他在腦中計算。現在繼承，時機再好不過。威廉・布雷勒頓應該跟他差不多年紀。布雷勒頓家的人脾氣都很火爆，應該會和他老爹華特投緣吧。星室法庭曾審理過他們家的產權糾紛，那該是十五年前的事了吧……。這似乎不是好話題，更何況布雷勒頓好像不想說話。

每一趟航行總有結束的時候，終點或許在某個迷霧籠罩的碼頭。更多人拿著火炬在那裡守著。他們必須立刻去見國王，進入宮殿的深處，到國王的寢宮。諾里斯已在等候他們的來到。當然是諾里斯，除了他，還能有誰？布雷勒頓問：「國王現在如何？」諾里斯翻了一下白眼。

「克倫威爾先生，」諾里斯說：「現在請你過來，情非得已，敬請見諒。這幾位都是你的公子？」他笑臉可掬地面對來客，「噢，當然不是。除非他們是同一個母親生的。」

他逐一介紹：雷夫・塞德勒、理查・克倫威爾、葛雷哥利・克倫威爾。他發現葛雷哥利臉上閃過詫異的神情，於是解釋一番：「這個是我外甥，那個才是我兒子。」

「你進去吧，」諾里斯說：「來吧，國王正在等你。」他又轉過頭來，對布雷勒頓說道：「國王擔心受到風寒。你幫忙拿那件貂毛鑲邊的赤褐色睡袍，好嗎？」

布雷勒頓咕噥一聲，再怎麼不情願也只好從命。這是什麼差事？他寧可在柴郡的雀斯特，沿著城牆用力擊鼓，把全城的人叫醒。

✿ ✿ ✿

國王的寢宮很大，裡頭有張精心雕刻的床。他掃視一番。在燭火中，床簾看起來像墨水一樣漆黑。床上空無一人。國王坐在一張天鵝絨凳子上。這裡似乎只有他一個人，但空氣瀰漫著一種肉桂般的甜香，他不禁想到主教可能躲在陰影當中，手裡拿著一個剝掉白色果皮纖維、填上香料的橘子。主教如果走到人群當中，總會帶著這麼一個橘子。

主教既然已經死了，就不怕生人的氣味了吧。他發現在房間另一頭陰影中的不是主教，而是一張蒼白、橢圓形的臉，而且是熟人的臉：克雷默。

他走進房間之時，國王轉過頭來面對他。「克倫威爾，我在夢裡看到我那死去的哥哥了。」

他沒答腔。這種問題要怎麼回答才好？他只是看著國王，沒有想笑的衝動。國王說：「大家都知道，從耶誕節到主顯節這十二天，上帝允許死者出來走動。」

他用溫柔的語氣問道：「令兄，看起來如何？」

「他看起來和我印象中一樣……蒼白、削瘦，他的周遭有白色的火焰，也像光一樣。你知道嗎？亞瑟要是還活著，今年就四十五歲了。克倫威爾，你和他同年吧？」

「差不多。」

「我很會猜別人的歲數吧。如果亞瑟還活著，不知會是什麼樣子，或許像我父親吧。現在的我則像我祖父。」

他想，國王或許會問，你像誰呢？不過國王已經認定他的祖先是阿貓阿狗，因此不會問這麼一個問題。

「我哥是在威爾斯邊界的拉德洛過世的。那時是冬天，由於冰天雪地，道路阻隔，他的棺木只能用牛車運送。我實在不敢想像，他們竟然讓堂堂一個王子坐牛車！」

布雷勒頓拿著那件貂毛鑲邊的赤褐色天鵝絨睡袍進來。國王站起來，脫下一件天鵝絨外套，蓋上那件更毛茸茸、更暖和的。睡袍上的貂毛鑲邊使他看起來像身上長了毛似的，有如野獸之王。「亞瑟最後安葬在伍斯特，」他說：「我因為沒去參加他的葬禮，一直覺得內疚、不安。」

克雷默從陰影中發聲：「死者不會回來抱怨當年的葬禮如何。那是因為還活著的人無法放下。」

國王緊揪袍子。「從他死後，我不曾夢見他，最近才夢到他。我不只看到他的臉，還看到他那發散白光的身體。」

「那不是他的身體，」克雷默說：「那只不過是在陛下心中顯現的影像，只是和身體相像而已。陛下可以參考奧古斯丁的解釋。」

國王看來沒有要人去拿書的意思。「我夢見他站在我面前，一直盯著我看。他的表情看起來很悲傷，似乎在說，我占了他的位子，奪走他的王國，而且和他的妻子上床。他就是要回來羞辱我的。」

克雷默有點不耐煩了，說道：「如果陛下的兄長還沒登基就死了，那也是上帝的旨意。至於您的婚姻，我們都相信不合聖經所言。羅馬方面無法否定上帝的律法。我們都認同那是罪惡，但上帝是慈愛的，可以原諒這件事。」

「不會，」亨利說：「上帝不會原諒我的。在我面臨上帝的審判時，我哥哥必然會指責我。他已經回來，讓我羞愧到無地自容，但我還是必須承受。」這個想法讓他更加惱怒。「啊，我覺得好孤單。」

克雷默正要開口，卻看到克倫威爾以眼神向他示意，微微地搖搖頭。「令兄是否在夢中跟您說話？」

「他一句話也沒說。」

「有任何手勢嗎？」

「沒有。」

「既然如此，陛下為什麼要解讀成令兄對您不滿？我們常常誤會死者的表情。更何況，那不是他真正的臉。請聽我說——」克倫威爾把手放在國王天鵝絨睡袍的袖子上，抓住他的手，「您知道我們律師有句諺語：『死人會緊緊抓住活人』。亞瑟王子雖然死了，但他的精神力量還是會超越死亡、延續下去。如果令兄到夢中來看您，不是為了要羞辱您，而是要提醒您，您身上充滿生者與死者的精神力量。這個徵兆只是要您檢討治國之道，好好實行。」

亨利抬起頭來茫然地看著他，一邊撫摸袖口，像是陷入思索。「可能嗎？」

克雷默又插嘴了：「您可知道亞瑟的墓誌銘？」

「Rex quondam, Rexque futurus。以前之王即是未來之王。」

「您的父親也可做這句話的見證。老國王本是威爾斯王子，他已經做好一個王子該做的，對得起列祖列宗了。他大半生涯流亡在外，但最後還是回到英格蘭，聲張他應得的權力，然而這樣並不足以取得一個國家的統治權，必須確認立場和合法性。如果令兄似乎說您占據了他的王位，他的意思不外乎他本來可以當國王的，因為早死，只好讓您坐上國王的寶座。他自己無法實現預言，只好由您來完成。您也只能好好當一個國王，展現雄才大略。」

國王瞄了克雷默一眼，他接著說：「克倫威爾這麼說也沒錯。我只是勸您別太在乎那個夢。」

「但是，」亨利說：「國王的夢應該和一般人的夢不一樣吧。」

「或許是吧。」

「但是我哥哥為什麼要挑這個時間點來到我的夢中？我二十年前就登基了，他為何不早出現？」

克倫威爾有一股衝動想說：那是因為你已經四十了，你哥哥要你成熟一點。你不知有多少次要演員戴著面具，拿著紙盾和木劍把亞瑟王子的故事搬上舞台？他終究吞下這樣的話，接著說道：「那是因為現在是關鍵時刻，您該成為明智的君主，成為這個王國唯一、無上的統治者。我想，如果您去問安妮，她也會說一樣的話。」

「她的確這麼說，」國王承認，「她還說我們用不著對羅馬卑躬屈膝。」

「如果您的父親出現在您夢中，他要給您的訊息也和亞瑟王子一樣，都是要給您力量。沒有任何一個父親願意看到兒子懦弱無能。」

亨利慢慢展露微笑。此時他似乎才把惡夢拋在腦後，解除黑夜和蛆蟲的糾纏，可以好好伸展身體。他站起來，臉上洋溢著光輝。火光在他睡袍上投射一條一條的亮光，沒照到的皺褶處則呈赭紅色，就像陶土的色澤。他說：「很好，我現在終於了解了。我就知道找你來是對的。」他轉身過去，面對黑暗。「諾里斯？你在那裡嗎？現在幾點了嗎？四點了嗎？幫我準備做彌撒的袍子。」

「也許我可以為您做彌撒。」克雷默說。國王答道：「不用了，你已經累了。我把你們從床上叫起來，讓你們一個晚上不能睡。去休息吧。」

他們恭敬不如從命，於是向國王告辭，走出寢宮。他們經過警衛，靜靜地跟在布雷勒頓的後面往前走。克雷默說：「總算大功告成。」

克倫威爾轉過去看他一眼，想笑但又不敢笑。

「你那句『您的父親也可做這句話的見證……』實在高明。我想，你也不喜歡在這三更半夜被叫來叫去的吧。」

「這次，我家人都嚇壞了。」

克雷默看起來很同情他，輕聲地說：「當然，我孤家寡人，就不覺得怎樣。」

「我現在也是單身漢。」

「啊，我忘了。」

「我方才說的，有沒有不對的地方？」

「你說得好極了，就像事先想好才講的。」
「怎麼可能？我哪知道國王會做這樣的夢？」
「的確，你的應變能力很強。然而……有關聖經，你知道……」
「聖經不就是睡前禱告用的？」
克雷默說：「我不知道聖經對你有何意義。你是不是認為那是一本空白的書，可讓你把自己的慾望寫上去？」
他停下腳步，把手放在他的手臂上，說道：「克雷默聖師，看著我，請你相信，我說的是真的。如果上帝要我用罪人的觀點來看這個世界，我也沒有辦法。我想，上帝這麼做一定有祂的用意。」
「我敢說，」克雷默笑道：「上帝給你這張臉就是要你去嚇阻敵人。至於你的手，你也很會把握情況。你抓著國王的手臂時，我不由得皺眉頭。不管怎麼說，國王還是感受到了。」他點點頭，「你這個人有很強的意志力。」
教士似乎很會這一套：能看透一個人的性格，然後下判決。這個克雷默的口吻就像算命先生，這麼說似乎也沒什麼不好。不過，他說的克倫威爾早就知道了。「走吧，」克雷默說：「你的孩子還在焦急地等你呢。」
雷夫、葛雷哥利和理查把他團團圍住：怎麼了？「國王做了一個夢。」
「一個夢？」雷夫吃了一驚，「光是為了一個夢，就要我們半夜跑來？」
布雷勒頓說：「即使是更微不足道的事，他也會把你從床上挖起來。」
「我和克雷默聖師都同意，國王做的夢和一般人做的夢不可相比擬。」
葛雷哥利問道：「他做了惡夢？」
「一開始他以為是惡夢，現在他知道不是了。」
他們看著他，除了葛雷哥利，其他人都不了解他在說什麼。葛雷哥利說：「我小時候常夢到惡魔。我以為惡魔就在我床底下，可是爸爸告訴我，不可能。因為我們有守衛，守衛不可能讓惡魔越過倫敦橋，跑過來這邊。」
理查說：「如果你跑到河對邊的紹斯沃克，你會害怕嗎？」
葛雷哥利說：「紹斯沃克？那是什麼地方？」
雷夫用學校老師的口吻說道：「有時我可以從葛雷哥利身上看到一點火花。當然不是熊熊烈火，只是一點火花。」

「你嘴上才長那麼一點鬍子，還敢嘲笑別人！」

「那是鬍子嗎？」理查說：「就那幾根短短、硬硬的紅毛？我還以為是理髮師沒幫他弄乾淨呢。」

他們互相擁抱，如釋重負。葛雷哥利說：「我們還以為國王會把我爸關進地牢。」

克雷默點頭、微笑地說：「你的孩子很愛你。」

理查說：「我們不能失去他。」

再過幾個小時才會天亮。這日恐怕和主教死去那個早晨一樣晦暗。空氣中有雪的氣味。

克雷默說：「我想，國王不會再找我們來了。他會想想你對他說的話，然後在思想帶領下行事吧。」

克倫威爾說：「我得回去了。家人看到我才會放心。」他想，他也該回去換衣服，之後還有得忙呢。他接著對布雷勒頓說：「你知道可以在哪裡找到我吧。」

布雷勒頓點點頭，克倫威爾跟他們告辭：「聖師，請告訴安妮，我們這個晚上幫她做了不少事。」他把手放在兒子的肩膀上，低聲地說：「葛雷哥利，你不是讀了些梅林的故事？我們也有很多傳奇故事可寫。」

葛雷哥利說：「是啊，我只寫了一些，還沒寫完呢。」

✿ ✿ ✿

那日，也就是一五三〇年的最後一天，克倫威爾又回到格林威治普拉森夏宮的大廳。他脫下小山羊皮手套，那手套有琥珀的氣味。他的右手手指碰觸那只綠松石戒指，把它戴好。

「我的國務顧問正在等你。」國王笑道，有如這是他個人的勝利，「你即將和他們一樣，擔任我的顧問官。他們會告訴你如何宣誓就職。」

克雷默在國王身邊，一樣蒼白、寡言，他向克倫威爾點頭致意，接著不期然露出一個燦爛的笑容，這個下午因此變得明亮。

國王不想等了，於是急忙通知了幾個國務顧問，就準備讓克倫威爾就任。幾乎所有的公爵都在他們的領地過耶誕。坎特伯里大主教老華翰來了。十五年前，他還是首席國務大臣，後來被沃爾西踢走。沃爾西說，他是打算給老華翰享清福，修行度日。華翰說：「克倫威爾，你當上顧問官了！瞧，這世界變化真快！」他滿臉皺紋，眼如死魚，以顫抖的手拿聖經給克倫威爾。

威爾特伯爵湯瑪斯．博林也在，他是掌璽官。首席國務大臣摩爾也來了。克倫威爾內心有點不悅：這人怎麼不把鬍子刮乾淨再來？難道不能把苦行的時間減少一點？摩爾走過來，看起來比平常更邋遢，臉龐削瘦，眼袋紅紅的。

「你怎麼了？」

「你沒聽說嗎？家父過世了。」

「這麼一個明智的長輩就這麼走了，」他說：「真令人難過。我們將懷念他在法律方面給我們的指導。」也好，以後再也聽不到他那堆又臭又長的故事了。

「他在我懷裡斷氣的。」摩爾哭了起來，他似乎縮小了，整個身體像會滲出淚水似的。他抽抽咽咽地說：「父親是我的生命之光。我們不是偉人，充其量只是他們的影子。請你的家人為家父禱告吧。奇怪，自從他老人家走了，我才覺得自己老了。在此之前，我好像一直是個孩子。上帝一彈指，我最好的人生歲月已離我而去。」

「你知道，自從我太太麗茲過世……」他其實想說，我女兒、姊姊也走了，家裡的人突然變得很少，我們家的人似乎老是在辦喪事，就連主教也撒手人寰……。但他沒說出口，他怕悲傷會削弱他的意志。父親只有一個，人死不能復生，他也不會想再找一個人當自己的父親。至於老婆，對摩爾來說，要找個新老婆還不簡單。「你現在雖然不相信，但是你一定可以重新振作的。為了這個世界，你不得不這麼做。」

「我知道，你也失去了至親……」摩爾抽抽鼻子，接著嘆氣、搖頭，「該做的還是要做，我們先把事情完成再說。」

摩爾為他唸誓詞，他跟著宣誓：「謹向全能的上帝發誓，吾將成為國王陛下最忠誠的僕人，為國王效力。吾將憑本心與良知，真心表示想法和見解。所有機密事務，必會保守祕密，盡全力忠於陛下……」這時，門突然開了，賈德納闖進來，就像發現死羊的烏鴉一樣。他說：「這事豈可在樞密大臣不在場之下進行？」華翰出來打圓場，說道，那就重新宣誓，好不好？

湯瑪斯．博林一邊摸著鬍子，一邊瞅著主教給他的那枚戒指，表情起先是震驚，之後轉為不屑。他說：「即使我們不知道程序，克倫威爾也一定記得一清二楚。再過一、兩年，我們這些人就變得多餘了。」

華翰說：「不會的。國務大臣，我們可以繼續了嗎？哎喲，真是個可憐人！你又哭了。請節哀。不過，死神總會找上每個人的。」

克倫威爾心想，難道坎特伯里大主教只會做這樣的事嗎？那我也可以勝任。

他宣誓擁戴國王陛下，維護國王權威，申明王位應有全部的尊位及裁決權，也矢志擁護國王的繼承人。他想，不就是國王的私生子里奇蒙公爵和凱瑟琳的女兒，那個嘰啦呱啦的小蝦子？諾福克豎起大拇指。華翰說：「大功告成。阿門。接下來呢？喝杯溫熱的酒，好嗎？今天真是冷到骨子裡了。」

摩爾說：「現在你已經是國王顧問官的一員了，希望你能給國王忠告，告訴他應該做什麼，而不只是能做什麼。如果一隻獅子知道自己的力量有多大，就難以控制了。」

外頭，雨雪霏霏。一片片黑色的雪花飄落在泰晤士河上。克倫威爾看著眼前這片廣袤的土地。雪地上，紅色夕陽低垂。他想起主教在約克府被抄家那天。他和卡文迪希站在打開的櫃子旁，把主教的衣服一件件拿出來。他的斗篷祭衣是用金銀兩色絲線縫的，上面繡著金星、鳥、魚、公鹿、天使、花卉和凱瑟琳之輪[1]。就在他們準備把祭衣收進行李箱之際，國王的手下把摺疊得整整齊齊的白長袍和白色短袖法衣拿出來看。那一件件白衣輕柔似羽，就像天使一樣，發出柔光。有一個人說，攤開來，讓我看看質料。有人伸手過來，卡文迪希說，讓我來吧。他把衣服攤開，布料潔白、細緻得像蛾的羽翼。裝衣服的箱子一打開，彷彿遠方飄來一陣雪松和香料的芳香。他們把那些柔似天使羽翼的衣服重新打包好，並在箱子加入薰衣草。倫敦的雨打在窗玻璃上，夏日的氣味在幽暗的午后瀰漫。

1、凱瑟琳之輪（Catherine wheels）：相傳四世紀的聖女亞歷山大的凱瑟琳被一種輪狀刑具處死。該輪形圖案即為凱瑟琳之輪。

第四部

第1章·升騰

一五三二年

不知是痛苦或恐懼，還是天生的缺陷，也有可能是夏天太熱，或是從遠方傳來的狩獵號角聲。說不定是在空屋裡飛旋、亮晶晶的塵埃。莫非她剛從睡夢中驚醒？也有可能是她父王的僕人打從早上開始就一直在她身邊繞來繞去。不管如何，她退縮到內心世界，把自己封閉起來，眼珠的顏色就像水溝裡的死水。克倫威爾以簡單的拉丁語向她問候。他發現她緊抓她母后的椅背。「王后，您的女兒可以坐下。」有如決定進行意志的角力般，他拿了把凳子過來，果斷地擱在凱瑟琳的裙擺旁。

凱瑟琳靠在椅背上，她的內在其實比她身上的緊身馬甲還要剛直。她在女兒耳邊低語，像義大利仕女，表面看來似乎很放得開，其實她們絲裙底下還有鐵絲做的撐裙。即使以無比的耐心，費盡唇舌，說好說歹，她們也不一定願意脫下衣服。

瑪麗頭低低跟她母親說悄悄話。凱瑟琳用卡斯提爾語暗示，她因為女人家的毛病覺得不舒服。兩對眼睛與他的目光接觸。女孩的眼睛好像沒聚焦，似乎把他當成一大團影子，有如悲傷宮殿裡的一個暗影。凱瑟琳站起來，像英格蘭公主一樣低聲咕噥，用椅背支撐身體。瑪麗深呼吸，然後轉向他。他看到一個蒼白清瘦、沒有表情的小臉蛋，就像諾福克公爵的指甲。

正午剛過，這日天氣炎熱，陽光照在牆上的丁香和黃金方塊圖案上。從溫莎堡往外看，盡是一片枯黃的原野，泰晤士河的水位一直下降。

王后用英語說：「妳知道這位是誰嗎？他是克倫威爾。當今，所有朝廷的法律都是他起草的。」

克倫威爾覺得語言變來變去很彆扭，於是說道：「王后，我們要用英語，還是拉丁文交談呢？」

「沃爾西也問過同樣的問題，好像我是外國人似的。我告訴你，其實我以前也是這麼跟他說的：打從我三歲開始，別人就稱為我威爾斯王妃。我十六歲那年離鄉背井來到這裡，嫁給亞瑟王子。第二年，我十七歲，他就死了，而我還是處子之身。我二十四歲那年成為英格蘭王后。今年，我四十六歲，仍是王后——這該是再明確不過的事實。我想，我可以算是英格蘭女人吧。這一切，我都跟主教說過了，我不想從頭到尾再說一遍。我想，你參看主教留下的筆記就可以了。」

他想，這時候他該向她鞠躬。王后接著說：「今年，國會有些法案必須審理。雖然他過去是金融、放款的長才，但現在已在立法方面嶄露頭角。如果妳要實施一條新的法案，請他幫忙就行了。克倫威爾，我聽說你晚上會把草案帶回家研究——你家在哪裡呢？」從她的口氣聽來，好像在問「你的狗窩」。

瑪麗說：「現在的法案都是要打壓教會，不知道父王為什麼會允許這種事。」

「妳知道嗎？」王后說：「沃爾西主教犯了蔑視王權罪，也就是僭越你父王的法律裁決權。現在，克倫威爾和他的朋友發現所有的神職人員都犯了同樣的罪，要他們繳交十萬英鎊以上的罰金。」

「那不是罰金，是恩稅。」

「在我看來，這叫勒索。」她轉向她的女兒，「妳或許會問，為什麼沒有人保護教會，任人強取豪奪。我只能說，這裡的貴族（她指的是薩福克和諾福克公爵）打算把教會的權力拉下來，這樣貴族就不會再受苦了。是的，他們用的是『受苦』這個字眼。我們已有養虎為患的慘痛教訓，不需要另一個沃爾西主教了。但我不贊同對所有的神職人員這樣打壓。沃爾西雖是我的敵人，但我對聖母教堂的心是不變的。」

他想，沃爾西雖然就像他的父親、朋友，但他對聖母教堂的心也是一樣的。

「你和下議院發言人歐德立頭靠著頭在燭火邊密談。」王后提到發言人的名字，那口吻好像在叫廚房的小廝，「到了早上，你誘使國王，要他以英國教會之首自居。」

「可是，」那孩子說：「教宗才是教會之首吧。自第一位教宗聖伯多祿以來，教宗才是合乎法統的首領，沒有其他源頭了。」

「瑪麗公主，」他說：「您不坐下來嗎？」瑪麗慢慢坐在凳子上。「天氣真熱。」他說，以免讓瑪麗覺得不好意思。她抬起淺灰色的眼珠，面露感謝之情，但她一坐定，臉色就像冷漠的石牆，有如遭到圍攻的一座城。

「您說我『誘使』國王，」他對凱瑟琳說：「王后殿下，您該比任何人都清楚，國王哪是會被牽著鼻子走的。」

「但他還是可能被人慫恿。」王后轉過頭去看著瑪麗。她女兒的手已爬到她的肚子上，「因此，妳的父王現在是教會之首。這就是他們為了安撫教士想出來的方案。然而，必須再加上一句：『在合乎基督律法之下』。」

「那是什麼意思？」瑪麗問：「這麼說根本沒有意義。」

「那意味著一切。」克倫威爾說。

「的確，這麼說很聰明。」

「可不可以請您這麼想：國王只是重新定義他的地位，古代已有前例——」

「我看是這幾個月才發明出來的吧。」

「國王是要表明他的權力。」

瑪麗的山形帽兒戴得歪歪的，前額冒出汗珠，看起來滑滑的。她說：「定義過的可以重新定義，是嗎？」

「是的，」她的母親說：「也能以教會的利益為著眼點重新定義。如果要這樣，我就不得不照他們的意思，放棄王后的頭銜和妻子的地位。」

他想，瑪麗公主沒錯，的確還有談判的空間。「沒有什麼是不能改變的。」

「你等著看，看我能在談判桌上擺出什麼。」凱瑟琳伸出雙手，她的手很小，手指短短肥肥的。這麼做表示她兩手空空，他沒什麼可以巴望的。「只有費雪主教站在我這邊，幫我說話。只有他始終如一，只有他敢說真話。他說的沒錯，下議院都是異教徒。」她嘆氣，雙手垂下，「我丈夫是怎麼回事？竟然一言不發就走了。他以前不會這樣，絕對不會的。」

「他打算在徹特西待幾天，在那裡打獵。」

「那個女人也跟去了吧。」瑪麗說：「那個人。」

「接著，他會經由吉爾福德，到桑迪斯男爵的家。他想看看男爵在維恩新落成的畫廊，聽說那兒很漂亮。」克倫威爾的語調輕鬆、平和，讓人聽了很舒服，就像沃爾西說話的樣子。或許學得太過？「之後，如果天氣不錯，他想去貝辛找波利勛爵。」

「我會注意他的行蹤。他什麼時候回來？」
「如一切順利，半個月內可以回來。」
「這半個月都跟那個人在一起。」瑪麗說。
「王后，國王已經安排好了。在他回來之前，您可以到赫福郡的夏宮避暑。那裡住起來很舒適。」
「那裡是沃爾西的房子，」瑪麗說：「一定很豪華。」
他想，我女兒絕不敢這樣說話的。「公主，」他說：「可否請您慈悲為懷，別再說主教的不是了，他生前可沒傷害過您。」
瑪麗從脖子到額頭都紅通通的。「我可不是有意刻薄。」
「主教是您的教父。您該為他禱告的。」
她瞄他一眼，然後低下頭來，一副慚愧的模樣。「我已向上帝祈求，希望上帝能縮短他在煉獄的刑期。」
凱瑟琳插嘴：「你可以送一個盒子去赫福郡，送一個包裹去也行，但別想把我送去。」
「王后，您可以把宮廷的人都帶過去。有兩百人準備跟您出發了。」
「我要寫封信給國王。你可以幫我把信送去。我只想跟他在一起，其他地方都不想去。」
「請聽我說，」他說：「還是順從國王的意思吧，要不然──」他指的是瑪麗公主。他兩手合起，又放開，「他可以拆散你們母女。」
瑪麗努力把心裡的痛苦壓下去，她的母親則忙著對抗湧上心頭的悲傷、憤怒、厭惡與恐懼。「我已經料到了，」凱瑟琳說：「他的確可能使出這種手段，但我沒想到他竟然派你來告訴我。」他皺著眉頭：難道她希望諾福克來告知她？「有人說，你以前是打鐵的，是嗎？」
她是否要問他：你會釘鍗鐵吧？
「那是家父的行當。」
「我比較了解你了，」她點點頭，「鐵匠的工具都是自己打造的。」

* * *

一堵半哩長的白牆、一面鏡子，一道白熱的陽光反射到他的身上。葛雷哥利和雷夫在王后宮大門附近的陰涼處打打鬧鬧，用克倫威爾教他們的髒話對罵：你這隻法蘭德斯大肥豬，竟然把奶油塗在麵包上面[1]；你這個羅馬乞丐，希望你的子子孫孫去吃蝸牛。小黎在陽光下，靠在牆上看著他們胡鬧，露出慵懶的微笑，好幾隻蝴蝶在他頭上打轉。

「噢，是你，」克倫威爾說。小黎看起來心情很好，「你該請人幫你畫幅肖像。這件寶藍色的短上衣帥氣十足，光線也恰到好處。」

「大人，凱瑟琳王后怎麼說？」

「她說，根本就沒有什麼前例，都是我們胡謅的。」

雷夫說：「她知道那是你和克雷默聖師徹夜未眠苦心研究出來的嗎？」

葛雷哥利說：「你和聖師真是熱中，一直研究到天亮。」

克倫威爾摟住雷夫小小的肩膀，捏他一把。面對凱瑟琳讓他覺得透不過氣來，瑪麗畏畏縮縮的模樣就像一隻曾慘遭毒打的小狗，現在他終於有一種解脫的感覺。「有一次，我和吉歐凡尼諾在一起，還有我認識的幾個朋友——」咦，等一下，這是怎麼回事？他從來不講自己的故事。

「拜託……」小黎求他繼續說。

「我們請人做了一尊神仙雕像。神仙笑咪咪的，還有一對翅膀。接著我們用鐵鎚和鐵鍊在雕像上敲敲打打，做出古董般的刻痕和汙漬，然後雇用一個趕騾的，幫我們把雕像載去給羅馬的樞機主教，打算賣給他。」他還記得那天非常炎熱，他們被帶到主教面前，遠方悶雷響起，白花花的灰塵從頭頂上方的工地掉下來。「主教掏錢出來給我們的時候，淚珠在我們的眼眶裡打轉。他說：『想想，奧古斯都大帝的手曾撫摸過這可愛的小腳和美麗的翅膀！』我那幾個朋友要回佛羅倫斯的時候，錢包重得讓他們連走起路來都很吃力。」

「你呢？」

「我拿了我那一份，然後留在那裡做騾子買賣。」

他們往下坡走，穿過王宮內庭。克倫威爾舉起手來遮住陽光，似乎可看到遠處糾結的林梢。「我跟王后說，讓國王走吧，要不然國王可能會把公主送走。」

小黎說：「可是這事已經決定了。國王要把瑪麗公主送到里奇蒙。」

克倫威爾還不知道這件事。他希望小黎沒察覺他語氣中的遲疑。「當然囉。但是王后還被蒙在鼓裡。國王這招真厲害，不是嗎？」

瞧，這個小黎多有用。多虧他，我們才知道賈德納那邊的消息。雷夫說：「好狠，利用小女孩來對付母親。」

「國王雖然狠心，問題是：這夫君可是她自己找的？如果是她自己找的，她應該知道他是什麼樣的人。如果她能有選擇，選擇嫁給他，是的，她就知道哪些是可能發生的事。要是她不喜歡亨利，那就到其他國家再找一個人就好了。但是，我得告訴你，如果這裡是義大利，凱瑟琳早就全身冰冷地躺在墳墓底下了。」

「可是，」葛雷哥利說：「你發誓會尊敬王后。」

「沒錯，即使她成了一具屍體，我還是尊敬她。」

「你不會害死她吧？」

他停下腳步，握著兒子的手，把他的頭轉過來，要他看著他這個父親的臉。「我們要走回頭路嗎？」葛雷哥利把手抽走。「葛雷哥利，聽我說，做一個朝臣就是要聽國王的要求，幫他得到他想要的東西。請你了解這一點。國王絕不可能要求我或另一個人去傷害王后。難道他是怪獸？即使是現在，他還是對王后有情。他也希望自己的靈魂能得救。他每天告解的時候都提到這點。哪一個國王像他這樣？法王弗朗索瓦？我向你保證，國王是個充滿愛心的人，至於他的靈魂，我敢發誓，全基督王國沒有第二個人像他那樣苛求自我。」

小黎說：「大人，他是你兒子，不是大使。」

他放開葛雷哥利。「我們可以上船了嗎？河上或許有微風。」

他們走到城堡下區，發現六對獵犬在附輪子的籠子裡鑽動、吠叫。這一籠子狗將被運到遠方。牠們搖著尾巴，爬

1、在義大利，如果把奶油塗在麵包上，將會遭到白眼。

到另一隻狗的背上，扭動耳朵，輕輕啃咬。牠們的哀鳴聲為這個可怕的城堡增添驚恐的氣氛，看起來像是撤退，而不是夏日出遊。腳夫汗流浹背地把國王的行李搬上推車，兩個穿著鉚釘裝的人卡在門口。克倫威爾回想起當年離家出走的情景，那時他只是個孩子，全身傷痕累累，幫人用推車運送貨物，好跟著上船。他走向前去，說道：「孩子，我們看看要怎麼做。」

他先穩住船的一角，要他們退到陰影裡，然後用一隻手調整角度，不一會兒，幾個孩子手忙腳亂地溜上船，沐浴在陽光底下。大夥兒叫道：「成功了！」他說，接下來他得準備幫王后打包行囊，送她到赫福郡的宮殿。他們聽了都很吃驚。真的嗎？萬一王后不肯去怎麼辦？他說，那就用地毯把她捲起來，放在推車上把她運走。他拿出幾個銅板給船夫說：天氣這麼熱，實在不適合幹活。那一籠狗兒已被抬上推車，指揮馬匹的人準備好要出發了。狗兒好像嗅到什麼，興奮地汪汪叫。即使船已在河上行駛了一段距離，他們還聽得到狗吠聲。

河水黃黃的，水面靜止，伊頓岸邊，一群天鵝無精打采地在河邊雜草間滑行。他們的船身上下抖動。他問：「這位可不是西恩·馬道克？」

「你看過的臉都忘不了，是嗎？」

「對，特別是醜陋的臉。」

「小子，你也不去照照鏡子？」船夫在吃蘋果，連核帶皮一起吃下去，然後把籽吐出來，丟到一邊。

「你老爹好嗎？」

「死了。」馬道克把柄吐掉，「這幾個當中有你的孩子嗎？」

「我。」葛雷哥利說。

「那是我兒子。」馬道克對在另一頭划槳的年輕人點點頭，他正看著遠方，臉紅紅的。「碰上這種熱死人的天氣，你爹常把店關了，把火爐熄滅，出去抓魚。」

「他先用竿子在水上亂打一通，把魚打昏，然後跳到河裡，把魚抓上來。他用手指撫摸魚鰓，說道：『你在看什麼，你這長滿鱗片的混帳東西！你在瞪我嗎？』」

「他不是喜歡坐在船上享受陽光的人。」馬道克解釋說：「要知道華特·克倫威爾的故事？找我就對了。」

小黎一臉好奇地看著他們。船夫說起髒話就像連珠炮，令人嘆為觀止。克倫威爾十二歲的時候，帕特尼方言說得很溜，現在那既自然又猥褻的鄉音又從他嘴裡冒出來。他和克雷默聖師或小黎常用希臘文溝通，遠古的語言就像成熟多汁的果實。沒有一個希臘文學者說起話來像馬道克那樣刺耳。他口沫橫飛，對他媽的博林家的人發表意見。亨利不是上了博林的老婆？真是走運。他還上了他們家的大女兒。國王是幹什麼的？不能再這樣亂搞下去吧。我們又不是野獸。馬道克還說安妮．博林是從汙濁的泥漿爬出來的鰻魚。他還記得主教這麼說她：這女人是毒蛇，是我的敵人。馬道克又說，安妮也跟她弟弟搞上了。克倫威爾說，什麼，她弟弟喬治？

「她連自己的弟弟都不放過。這是博林家的祕密。他們家的人從法蘭西學了些淫亂的把戲，像是——」

「你可不可以小聲一點？」克倫威爾左顧右盼，好像間諜就藏身在附近的水面下。

「這也就是為什麼安妮．博林遲遲不肯獻身給亨利的原因。如果她讓亨利上了她，她生下男孩，他說，謝謝，然後就溜了。萬一她生下女孩，她只好說，對不起，陛下，沒想到會這樣。其實，那天晚上，她弟弟從她的腳往上舔到她的胸部，進入她體內的時候，她就知道是怎麼回事了。他說，姊姊，我下面這麼脹，要怎麼辦？她說，噢，弟弟，別難過，你就從後面來吧，不會痛的。他說，謝謝，我還不知道別人是怎麼做的。」

那幾個孩子聽得滿頭霧水，不知道馬道克在說什麼，大概每三個字才懂一個字。克倫威爾給馬道克小費。他覺得很值得，內心不禁讚嘆帕特尼人想像力豐富。他會把馬道克的笑容好好收藏在心底。他的笑雖然和安妮．博林一樣矯柔造作，但各異其趣。

那天，回到家之後，葛雷哥利問他父親：「哪有人那樣子說話？你還給他小費呢。」

「他只是說出心裡的話。」他聳聳肩，「如果你想要知道別人心裡在想什麼……」

「連小黎都怕你了。他說，你和賈德納從摩爾家坐船回來的時候，威脅說要把他丟進河裡，讓他溺死。」就他記憶所及，他和賈德納的對話不是這樣的。

「小黎認為我會把賈德納丟進河裡嗎？」

「是的，他認為你什麼事都做得出來。」

✿ ✿ ✿

新年，克倫威爾送安妮·博林幾支把手鑲了水晶的銀叉子。他希望安妮用這叉子來吃東西，而不是戳人。

「啊，威尼斯精品！」她很高興，把叉子拿得高高的，看把手的水晶在光線照射下變得閃亮剔透。

他還帶來另一件繫著天藍色緞帶的禮物，請她轉交。「請交給那個愛哭的小女孩。」

安妮嘴巴微張。「你難道不知道？」她的眼睛閃爍著邪惡的笑意，「耳朵靠過來，我跟你說。」她的臉頰輕輕碰觸到他的臉，皮膚散發出淡淡的香味：琥珀和玫瑰香。「約翰·西摩？約翰爵爺？還有人稱他老約翰爵爺？」約翰·西摩也許只比他大個十來歲，但因為和藹可親，就像是個長輩，再說他的兒子愛德華和湯瑪斯已經長大成人，常在宮廷走動，別人因此以為老約翰爵爺快退休了。「他都待在鄉下，」她說：「所以我們不曾看過他。」

「我想，他很愛打獵吧。」

「是的，他捕獲了凱薩琳·費洛，他兒子愛德華的老婆。翁媳兩人被抓姦在床，不知是在哪裡被逮到的，或許是在媳婦床上、公公床上、野外或是秣草棚。如果是在外頭，應該很冷吧，他們用彼此的身體取暖。老約翰已經當面向他兒子坦白，自從他把凱薩琳娶進門那天，他每個禮拜都跟兒媳偷情一次。這段不倫之戀已延續了兩年又六個月，所以……」

「假設他們在四旬齋禁慾，總計已同房一百二十次……」

「偷情的人才不管四旬齋呢。」

「噢，是嗎？我以為他們在四旬齋會安分守己。」

「這個媳婦生下了兩個孩子，所以要扣掉產前和產後臥床休息的時間。那兩個孩子都是男的。因此，愛德華……」

他可以想像愛德華的樣子——大概像一隻憤怒的老鷹，「愛德華說那兩個孩子是私生子、雜種，不承認他們是西摩家的人，而凱薩琳·費洛則被送到修道院。愛德華應該把她關在籠子裡才對！他正在申請婚姻無效，至於老約翰，我想短期內也不會在宮庭露臉。」

克倫威爾說：「我們有必要說悄悄話嗎？這樁醜聞，我一定是全倫敦最後一個知道的。」

「國王還不知道呢。你知道他是多麼看重道德的人。切記，別在他面前拿這事開玩笑。」
「西摩家的女兒呢？她叫珍，是不是？」
安妮竊笑一聲。「噢，那個臉白得像麵糰的女孩？她回威爾特郡了。她要是聰明，最好跟她嫂嫂一起進修道院。她妹妹麗茲倒是嫁得不錯，可是沒人要那個愛哭鬼，沒人想娶她。」她的眼光回到現在，突然嫉妒起來，問道：「那禮物是什麼？」
「只是一本繡花圖案書。」
「反正這玩意兒不會讓她傷腦筋。你為什麼要送她禮物？」
「我覺得她好像很可憐。」當然，現在他知道她家裡的事，覺得她更可憐了。
「噢，你喜歡她嗎？」正確答案是：我才不喜歡她呢，我只喜歡妳，「你送她禮物，適合嗎？」
「這本書又不是薄伽丘的故事。」
她笑道：「狼聽那些敗德的人可以把他們的故事講給薄伽丘聽。」

✿ ✿ ✿

二月末，一個名叫湯瑪斯．希頓的教士因為走私丁道爾的聖經譯本被活活燒死。行刑的是羅徹斯特的費雪主教。不久，費雪主教以簡單的菜餚宴請十二個客人。結果，客人腹痛如絞，劇烈嘔吐，一一倒下，到現在還臉色蒼白、脈搏微弱，只能遵照醫囑，臥床休息。巴茨大夫說，問題應該出在肉湯。根據那天在餐桌旁服侍的僮僕所言，只有肉湯每一個人都嘗了。
或許食材本身有問題，但也有可能是食物自然產生的毒素。不管如何，在刑求主教的廚子之前，他必須先去廚房調查一下，從湯鍋撈一點殘渣出來看看。除了他，沒有人懷疑有人蓄意下毒。
他一問，廚子馬上承認他在肉湯摻了某個人交給他的白色粉末。誰呢？廚子說，一個陌生人，他說只是開開玩笑，讓費雪主教和他的客人喝了之後拉一下肚子而已。
國王知道此事，非常震怒。他認為是異教徒幹的好事。巴茨大夫搖搖頭，拉拉下嘴唇說道，比起下地獄，國王更怕毒藥。

然而什麼人會為了開玩笑，把陌生人交給他的毒藥倒在主教的晚餐裡？廚子不肯再吐露什麼，或許他已經被刑求到不能言語的地步。克倫威爾問巴茨，我想知道為什麼？巴茨是個虔誠的教徒，他尖酸笑了一下，說道：「如果他們要這個廚子老實說，應該叫摩爾來偵訊。」

據說，首席國務大臣摩爾已變成刑求大師。異教徒被刑求的時候，他總會進倫敦塔，並在一旁觀看。有人說，他把嫌疑犯關在他家門樓裡面，不斷對他們傳教，折磨他們，要他們說出手中的禁書是誰印的，是誰偷運進來的。他除了用鞭子鞭打他們、給他們戴上手銬腳鐐，還用一種名為「史克芬頓之女」的刑具。這種刑具是倫敦塔的侍衛長史克芬頓發明的，因以為名。「史克芬頓之女」攜帶方便，狀似鐵圈，要犯人膝蓋緊靠胸膛，然後從背後把整個人綑起來，鐵圈一再加壓、緊縮，犯人的肋骨就會斷裂。刑求者必須注意力道，如果犯人一下子就被勒死，那就套不出口供了。

✿ ✿ ✿

中毒事件發生後一週，兩個賓客死了，費雪主教則漸漸好轉。克倫威爾認為廚子應該已經全盤托出，只是他說的別人無法相信：不可能這麼簡單，其中必有陰謀。

克倫威爾去晉見安妮。她就像兩朵玫瑰中的荊棘，左右各是她的表妹瑪莉．薛頓和她的弟媳羅奇福德夫人。「您知道嗎？國王想出一種新的死刑來對付費雪主教的廚子。他打算把他活活煮死。」

瑪莉．薛頓驚訝得張口結舌，雙頰紅得像被捏一樣。羅奇福德夫人說了句拉丁文：「Vere dignum et justum est, aequum et salutare.[2]」安妮為瑪莉表妹翻譯：「這是適當的。」

安妮面無表情。即使是像他這麼有學識、精通各國語言，也無法解讀她那張臉。「他們要怎麼做？」「我沒問他們準備用什麼樣的器具。您希望我去問清楚嗎？我想，最後應該會用鐵鍊把他吊在半空中，讓民眾聽他尖叫，看他被煮得皮開肉綻。」

安妮覺得這麼做很公平。如果他走到她面前，對她說，妳將被煮死，她或許只是聳聳肩，用法文說一句：「C'est

la vie（這就是人生）。」

費雪主教在床上躺了一個月。到他可以爬起來走動時，簡直像屍體一樣形銷骨毀。即使是天使和聖人，也無法使他的五臟復原，讓他身上的肉再長出來。

這段日子印證了丁道爾說的殘酷事實。聖人不是我們的朋友，也無法保護我們，更不能讓我們得到救贖。我們再怎麼禱告、點燃蠟燭也沒用，聖人不像雇來的工人，可以幫我們收割。耶穌是在髑髏地被釘死在十字架上，不是在彌撒中犧牲的。教士無法使我們上天堂，在我們和上帝之間，不需要教士做中間人。我們不管做了多少好事，都不能得到救贖，只有活的基督能使我們得救。

三月，露西·波堤特來到克倫威爾的家。她丈夫是倫敦富商，也是下議院的一員。她戴著黑色羊皮手套——應該是進口的——身穿式樣樸素但質料精緻的灰色毛呢長袍。愛麗絲幫她把手套放好，還偷偷把一根手指伸進去撫摸裡面的絲質內襯。克倫威爾從書桌前站起來，倒了一杯加了香料、溫熱的酒給波堤特夫人。她把杯子放在盤子上的時候，手還微微顫抖。她說：「我希望我丈夫約翰有這樣的酒可以喝，也能有火爐可以取暖。」

波堤特家被搜索那天清晨，一開始還下著雪，但不久太陽就升起了，陽光把窗玻璃刷得透白，暫時趕走深谷般的陰影和室內的冷清。露西說：「我永遠也忘不了，那天外頭真冷。」摩爾帶著一群人站在門口，他的臉整個包在毛皮帽子裡面，準備搜索倉庫和波堤特家的每一個房間。她說：「我是第一個跑出來的，拚命跟他說客套話，以爭取時間。我說，看哪，首席國務大臣大駕光臨。今天可是為了國會的事來的？」她喝下溫熱的酒，臉頰紅了，話匣子也打開了。「我問，您用過早餐了嗎？真的嗎？同時，我們家的僕人也都跑來，忙著阻擋他們入內。」她苦笑一聲，「這時，約翰正忙著把文件藏在牆壁鑲板後面——」

「露西，你做得很好。」

「等他們走到樓上，約翰已經準備好了。他說，啊，大人，歡迎蒞臨寒舍。但這個可憐的老糊塗竟然把聖經扔到書桌底下——我的眼珠子差點掉出來，希望其他人沒發現。」

2、出自彌撒經書天主經的頌謝引：「的確，這是適宜而且萬不容辭的，正當而且有益於救靈的。」

他們搜了一個小時，沒搜出任何東西。國務大臣說，約翰，你真的沒私藏禁書？可有人向我通風報信，說你家有這樣的書。（丁道爾就這麼躺在書桌底下，像磁磚上的一灘毒藥讓人怵目驚心。）約翰·波堤特說，不知道是誰告訴大人的。露西伸出手裡的杯子，要再喝一杯。她說，我為我丈夫感到驕傲，他是個敢說話的人。摩爾說，今天雖然沒什麼發現，但你還是要跟這些人走。侍衛長，請把他帶走。

約翰·波堤特已經不是年輕小夥子。他遵從摩爾的命令，睡在鋪了稻草的石板上。摩爾允許訪客來看他，好讓左右鄰居都知道他現在已不成人形。露西說：「我們送了食物和大衣過去，但被摩爾趕走。」

「你得用一點錢賄賂獄卒。你有現金嗎？」

「我要是缺錢，會來請你幫忙的。」露西把杯子放在他的書桌上，「他總不能把我們都抓起來吧？」

「監獄已人滿為患。」

「監獄關的只是一個人的身體。摩爾還能查封我們的財物，但上帝一定會讓我們更加興隆。摩爾雖然禁止我們賣書，但以後必然會有更多的書。他們即使擁有聖物、玻璃上有聖人的彩繪、有蠟燭和神龕又如何？上帝給我們聖經。」她的臉蛋洋溢著光采。她看著桌上的草圖。「克倫威爾先生，這是什麼？」

「花園藍圖。我想把後面的幾棟房子買下，我想要那塊地。」

她微笑。「花園……好久沒聽到這種令人賞心悅目的字眼了。」

「將來希望妳和約翰能來玩。」

「這個嘛……你還打算蓋一座網球場？」

「如果土地沒問題的話。妳看，我還想在這裡種蘭花呢。」

她突然淚如泉湧。「幫我們去向國王求情吧。我們只能拜託你了。」

他聽到腳步聲：是裘安。露西立即用手摀住嘴巴，「天啊……我還以為看到麗茲了。」

「常常有人看錯，」裘安說：「把我當成我姊姊。夫人，聽說波堤特先生被關進倫敦塔，真是不幸。但恕我直言，這還不是你們自找的？當初你們可不是第一個出來攻擊沃爾西主教？我想，現在你們巴不得主教能返回陽世吧。」

露西一言不發地走出去，只是轉過頭來狠狠地瞪她一眼。克倫威爾聽見梅喜熱絡地跟她打招呼的聲音。裘安走到火爐前暖手。「她認為你能幫她什麼忙呢？」

「去向國王或安妮求情。」

「你會去嗎？不要吧，」她說：「別去。」她用手背抹去一滴淚水，都是露西害的。「摩爾不會對他刑求的。只要傳出風聲，全城的人都會不滿。無論如何，他已經老了，來日不多。」她抬起頭來，看著他，「露西也老了。她不該穿灰色衣服，這樣會更老氣。你看到了嗎？她雙頰凹陷得那麼厲害。她再也生不出孩子了。」

「我懂妳的意思了。」他說。

她的手緊抓著裙子。「萬一摩爾真的做了呢？他真的對波堤特先生刑求？他會把一些人的名字供出來嗎？」

「跟我有什麼關係呢？」他轉過頭去，「反正摩爾早就知道我的名字了。」

✿ ✿ ✿

他去跟安妮說了。她問，我能做什麼呢？他說，我想，妳知道怎麼取悅國王，讓他龍心大悅。哈哈，她笑道，你可是要我用我的處女膜去換一個商人的自由嗎？

他也找機會去跟國王說了，但國王只是給他一記白眼，說首席國務大臣知道他在做什麼，你就別管閒事吧。安妮說，我已經試過了，你知道我曾把丁道爾的書放在他手中，問道：你可能讓丁道爾回來嗎？有一年冬天，他們曾進行協調，信件在海峽間往返。春天，克倫威爾請他在安特渥普的友人弗翰當祕密信使。在一個伸手不見五指的黑夜，在安特渥普城外的荒郊野外，丁道爾捧讀克倫威爾寫給他的信，不禁涕泗縱橫，說道：我很想回家鄉，我已厭倦這種四處躲藏、無以為家的日子。如果國王願意讓我回家，如果他能允許英文的聖經譯本，他可自行指定譯者，我將不再多寫一個字。如果國王願意讓全英格蘭的子民讀英文版的聖經，就算把我分屍，我也毫無怨言。

亨利沒說不讓他回來。他不曾說過這樣的話。雖然英格蘭禁止任何一種聖經譯本，但亨利或許有一天會挑選一位學者來翻譯聖經。畢竟，他也想讓安妮高興。

夏天到了，克倫威爾知道他已經走到盡頭，必須往回走。亨利太膽小，丁道爾又不肯讓步。他寄給弗翰的信，傳達了恐慌的訊息：棄船。他不想為丁道爾的好鬥犧牲自己的政治生命。他說，親愛的上帝，摩爾和丁道爾可謂旗鼓相當，兩個人都一樣固執。就亨利的離婚案而言，丁道爾和路德都不肯站在他那邊。他們可會為了與英格蘭國王交好而犧牲自己的原則？不可能的。

亨利問道：「丁道爾是什麼東西？竟然敢評判我！」丁道爾的答覆立刻從海峽另一邊飛來：所有的基督徒皆可互相評判。

克倫威爾說：「即使是一隻貓也可以瞪著國王。」他抱著馬林史派克跟管帳房的艾佛瑞說話。艾佛瑞有一段時間曾去安特渥普，在弗翰那兒工作，因此已經學了一點東西，只要把羊毛坎肩和幾件襯衫塞進小小的行囊，隨便跳上一艘船，就可以回倫敦了。艾佛瑞進門時，呼叫家裡的每一個人：嗨，梅喜、裘安、愛麗絲……他從街上買了些新奇的小玩意兒要送給大家。喂，理查、雷夫，葛雷哥利，他給他們幾拳，好像在說：我回來了。儘管如此，他還是把行囊緊緊夾在腋下。

艾佛瑞跟著他走進辦公室。「大人，以前您在國外的時候，會不會想家？」

他聳聳肩，心想如果他有個像樣的家，或許也會有鄉愁吧。他放下貓，把艾佛瑞的袋子打開，伸手進去摸摸看，發現裡面有條念珠項鍊。艾佛瑞說，那是做樣子給人看的。他說，好孩子。馬林史派克跳到他的書桌上，不但探頭進去袋子裡，還把爪子伸進去。「裡面的老鼠都是糖做的。」艾佛瑞抓著貓的耳朵，跟牠玩耍。「弗翰家沒養任何寵物。」

「弗翰一天到晚都在忙生意的事，最近對我們特別嚴格。」

「他會對我說：『艾佛瑞，你昨晚是什麼時候進來的？你寫信給你的主人了嗎？望彌撒了嗎？天曉得他是否在乎彌撒！他還問我，你最近腸胃如何？』」

克倫威爾說：「明年春天，你就可以回去了。」

他一邊閒聊，一邊攤開艾佛瑞的坎肩。他把坎肩的內裡翻出來，用一把小剪刀剪開一道縫線。

「縫得不錯……誰縫的？」

艾佛瑞吞吞吐吐，羞紅了臉。「耶妮卡。」

他從內襯取出一張薄薄的、折疊起來的紙，攤平來讀。他說：「這女孩眼力不錯。」

「是的。」

「她的眼睛也很可愛嗎？」他抬起頭來，對艾佛瑞微笑。那孩子看著他，起先有點驚慌的樣子，好像想說什麼，但他隨即低下頭，然後別過頭去。

「我只是鬧著你玩的，別在意。」他繼續讀丁道爾寫給他的信，「如果她是個好女孩，又是弗翰家的人，要是能在一起，那也不錯。」

「丁道爾說什麼？」

「你身上帶著這封信，都沒打開來看？」

「我想，我還是不要知道比較好。」

他左手握著那封信，右手微微握拳。「假設你在摩爾家做客，我想摩爾會這麼說：『要是克倫威爾敢過來，我一定把他從西敏寺拖出來，抓著他的頭去撞石頭，直到他懂得什麼是上帝的愛。』」

艾佛瑞咧嘴一笑，然後一屁股坐在凳子上。克倫威爾再讀一次那封信。「丁道爾說，他永遠不會回來了，即使安妮當上王后也一樣……可我得說，他實在也幫不了安妮的忙。他說，即使國王已經簽署同意書，答應讓他返國，只要摩爾還活著，還執掌國務，他就不會回來。摩爾會說，你不必恪守你對信仰的承諾，現在，你就好好讀書吧。摩爾最受不了無知的人。」

艾佛瑞畏畏縮縮地把那封信拿過去看。這是什麼世界？連對信仰的承諾都無法信守。克倫威爾用溫柔的聲音問他：「告訴我耶妮卡是誰。我幫你寫封信給她父親，如何？」

「沒關係，不用這麼做。」艾佛瑞抬起頭來，一副受到驚嚇的樣子。克倫威爾皺著眉頭。「真的不用，因為她是孤兒，弗翰於是收留她，讓她在家裡幫忙。她的英文都是我們教她的。」

「這麼說，她不可能有任何嫁妝囉？」

艾佛瑞臉上寫著疑惑，說道：「也許弗翰會給她一筆妝奩。」

這日天氣和暖，用不著生火，現在又是大白天，還不到點蠟燭的時候，克倫威爾於是直接把丁道爾的信撕碎，沒燒成灰。馬林史派克豎起耳朵，咬著一塊碎屑。他說：「這位貓弟兄看來也挺喜歡聖經的。」

「Scriptura sola」就是拉丁文「唯獨聖經」的意思，只有聖經可引導我們、安慰我們。只是對一根雕刻的柱子禱告或是對著一張畫像燃燭祈禱都是沒有用的。丁道爾所說的「聖經」又意謂著福音，包含歌唱、舞蹈之意。當然，這是有限度的。艾佛瑞問道：「明年春天，我真的可以回去嗎？」

被關在倫敦塔的波堤特可以睡在床上了，但是要回到家恐怕還遙遙無期。

有一晚，克倫威爾和克雷默聊到很晚。克雷默告訴他，聖奧古斯丁說，我們用不著問我們的家在哪裡，因為我們終將回到神的懷抱。

✿ ✿ ✿

四旬齋，人人無精打采，但這正是這個節日的用意。克倫威爾又去晉見安妮。他看到馬克把魯特琴放在地上，一邊蹲坐，百無聊賴地在扯著什麼。他像一陣微風從馬克身邊走過，用手指彈了一下那個小子的腦袋。「高興一點嘛，別擺著一張苦瓜臉！」

馬克差點從凳子上摔下來。克倫威爾覺得這些下人總是恍恍惚惚，很容易被嚇到，要偷襲他們也很簡單。安妮剛睡醒，問道：「你剛剛做了什麼？」

「用一根指頭敲一下馬克的腦袋瓜而已。」他比個樣子。

「馬克？馬克是誰呢？噢，那個小子叫馬克嗎？」

一五三二年春天，克倫威爾告訴自己，現在最重要的事就是快樂。主教以前雖然愛發牢騷，但他嘟囔的樣子總教人忍俊不住。因此，他愈抱怨，克倫威爾就愈開心。

國王也愛抱怨，說他頭痛啦、薩福克公爵笨死了啦、天氣太暖和了啦、這個國家快完蛋了啦……等等。他還常常焦慮、擔心被下咒、害怕有人認為他是昏君。然而國王愈坐立不安，克倫威爾就愈沉著、愈樂觀、愈堅定。國王愈愛發牢騷、愈愛挑剔，大夥兒就趕緊去找克倫威爾。只有他的溫言暖語能讓國王平心靜氣。

他回到家，小裘安來找他，像有什麼苦惱似的。她現在已經亭亭玉立，煩惱的時候像她母親一樣，前額會出現一道皺紋。「唉，今年復活節彩蛋上要畫什麼才好？」

「去年畫什麼呢？」

「每年我們都在彩蛋上畫上樞機主教的帽子。」她看著他的臉，似乎想看他有什麼回應。他想，她這神情跟自己還真相像。看來不是親生的也可能是自己的孩子。「這樣不好嗎？」她問。

「當然，沒什麼不好。要是我以前知道，一定會帶一個彩蛋去給主教。他一定會很高興的。」

小裘安把她柔軟的小手放在他的手上。那是雙孩子的手，關節上的皮膚有點破皮，指甲啃咬得短短的。他說：「我現在是國王的顧問官了。畫王冠如何？」

他知道他得快刀斬亂麻，不能再和她母親胡搞。裘安也有自知之明，但她還是找藉口接近他。所以，如果他回到倫敦的家，她就必須待在史戴普尼的房子。

有一次，她隨口提起：「梅喜知道我們的事了。」

裘安驚惶了好一陣子。她雖然知道，不管她做什麼事，都有人在偷看，但心裡還是有罪惡感，所以一有什麼風吹草動就嚇壞了。梅喜終究是明眼人，也不是啞吧，因此她找了個兩人獨處的時機跟他談。「聽說國王已經找到了一個坐享齊人之福的點子，不但可以娶安妮為妻，還可跟她姊姊瑪麗上床。」

他若無其事地說：「我們一直在為國王想方設法。克雷默聖師已經照我的建議，去威尼斯和一群學識淵博的拉比研究，設法從古代經文裡為國王找到解套的辦法。」

「所以，這不算亂倫囉？在還沒正式娶妹妹之前，仍可左擁右抱？」

「是的。」

「這要花多少錢？」

「克雷默還不知道。那些教士和學者坐在桌上和克雷默一起研究經文。事後，會有一個人提著一袋錢去找他們。那個人來無影、去無蹤，不會被發現的。」

「這對你自己的事沒有幫助吧。」她直截了當地說。

「我自己的事？」

「裘安想跟你談談。」

「談什麼？我們都知道——」他知道兩人這樣下去不可能有什麼結果。即使她老公威廉生還咳個不停，但他也不是聾子。不管在這裡或是在史戴普尼，在樓梯上或隔壁房間，他都可以聽到他哮喘的聲音。他知道威廉生這個人是有風度的，不會突然跑出來嚇到他。巴茨大夫建議他遠離城市的烏煙瘴氣，搬到鄉下，他需要清新的空氣才會快點好起來。「對不起，都怪我一時脆弱。」只是一時？然後呢？就這麼接二連三？梅喜說：「有人告訴我，上帝都看到了。」

梅喜轉身離去，她的臉明亮熾熱，有如太陽，讓人不敢正視。「你必須聽她說。這是你虧欠她的。」

✿ ✿ ✿

「在我看來，那似乎是過去的事了。」裘安的聲音有點顫抖。她調整一下半月形的帽兜和絲質面紗。她的面紗像一朵朦朧的雲，她把面紗撥到一邊肩膀上。「長久以來，我一直覺得麗茲沒真的離去。我期待她有一天會走進來。」為了裘安的華貴美麗，他不知已在她身上花多少錢治裝。梅喜說，他花錢毫不手軟，捧著大把現金給倫敦金飾老闆和布商。城裡的太太都在背地裡說，天啊，這個克倫威爾的錢是不是跟上帝的愛一樣源源不絕？

裘安說：「我想，我們會在一起，是因為她的死讓我們震驚，讓我們難過。但現在，我們必須結束這樣的關係。當然，我們還是很難過，我們永遠都無法快活的。」

他懂。麗茲死的時候還年輕，主教仍在朝廷呼風喚風，而他是主教的人。裘安說：「如果你想再娶，梅喜已想好了幾個不錯的人選。當然，你或許已想好對象了，只是我們不知道……」

「當然，」她接著又說：「如果威廉生已經……上帝原諒我吧。每個冬天，我都以為是他生命的最後一個冬天……。如果這樣，我們就可盡快明正言順地……我可不想在他的棺木上與你手牽著手……。但這種事，教會不會允許的，而且無法通過法律那一關。」

「妳怎麼知道？」他說。

她雙手一攤，像連珠炮地說：「有人說你打算打壓教士，讓國王成為教會的頭。你將剝奪教士的年收入，全部歸國王所有。以後的法律都是國王說了算，因此他可以把凱瑟琳休了，迎娶安妮。什麼是罪惡，什麼不是，就聽國王宣布吧。可憐的瑪麗公主，願上帝保佑她，國王的新王后生下繼承人之後，她就成了私生子了。」

「裘安……下次國會開會，可否請妳過來，把方才的話再說一遍？這麼一來就可以省下很多時間了。」

「豈有此理！」她說：「下議院不會同意的。貴族和費雪主教也不會允許這樣的事。再說，還有華翰大主教、諾福克公爵和摩爾。」

「費雪病魔纏身，華翰垂垂老矣，至於諾福克公爵，前幾天他才跟我說：我已經累了，不想繼續用凱瑟琳初夜床單當軍旗，打這場爛仗。這是他說的，我只是引述。他還說，不管亞瑟當年是否跟她圓房，他媽——誰還在乎這個？」他及時把髒話打住，「他說，就讓我外甥女安妮做她的王后，看她把這個王朝搞爛吧。」

「她能怎麼搞爛？」裘安嘴巴張得開開的。公爵這番話將滾下天恩寺街，滾到河上，橫越橋梁，連紹斯沃克牆上畫的仕女都口耳相傳。這種話就像潰瘍一樣，會不斷蔓延。但霍華德家的人說話就是這麼毒，博林家的人也不遑多讓。不管公爵是不是說了這樣的話，不久全倫敦、全世界還是會知道安妮是什麼樣的女人。

「她很會激怒國王，」克倫威爾說：「亨利抱怨說凱瑟琳一輩子不曾像安妮那樣對他說話。諾福克公爵說，安妮對他這個舅舅說話，比罵小狗還不客氣。」

「天啊！國王為什麼不用鞭子好好教訓她呢？」

「或許結婚之後，他才會這麼做吧。如果凱瑟琳願意撤銷已提交到羅馬的申訴案，如果她願意將這個案子交付國內的法庭審理，如果教宗願意讓步，讓國王得到他想要的——那麼，妳剛剛說的一切，都不會發生，只是——」他的手做了個收回的動作，好像把一張羊皮紙捲起來的樣子，「如果教宗有一天早上起來，坐在桌前，還睡眼惺忪，拿起一份文件，連看都沒看，就用左手簽字，誰能怪他？如此一來，我就不去打擾他，我們也沒有任何人會去麻煩他，還會讓他擁有他的收入和他的權威，畢竟亨利現在只有一個心願，就是和安妮上床。但時間不等人，他已經開始在想，他是否還有別的希望。」

「是的，這像他的作風。」

「他是國王，向來愛怎樣就怎樣。」

「教宗還那麼固執嗎？」

「為了錢，他最後不得不低頭吧。」

「國王會拿走教廷的錢嗎？他已經夠富有了吧。」

「這妳就錯了。國王其實很窮。」

「噢，他知道嗎？」

「我不確定國王是否知道他的錢是怎麼來的，又是怎麼花掉的。主教在世的時候，國王不曾要求要在帽子加上珠寶，要駿馬或是多好的房子。現在，國王的錢都是亨利．諾里斯在幫他管。但我覺得諾里斯實在管太多了。」在裘安開口問他之前，他就先說：「諾里斯煩死人了。」他沒說的是：每次我想單獨見安妮，他總是黏在她身邊。

「如果亨利想吃晚餐，他可以到這裡來。我說的不是那個亨利．諾里斯，而是我們那窮得可憐的國王！」她站起來，看著鏡中倒影，像是不好意思看到自己的臉一樣。她調整一下，讓表情看起來輕鬆、好奇而超然，好讓人覺得她不是意氣用事的人。他看她微微揚起眉毛，嘴角往上彎。他想，如果我會畫畫，就可以為麗茲畫幅肖像。他常目不轉睛地看著她，然而再怎麼看，也無法使她活過來。事實上，他愈盯著看，那逝者的身影就愈容易消失。他想，他的亡妻麗茲如果知道他跟她妹妹在一起，必然笑不出來。他這麼做，只是把她推向黑暗的深淵。他也因此想起一件往事。老爹華特曾跟他說，他母親從北方來到帕特尼時，仍是個年輕姑娘，手提包裡有個小小的木雕聖人。她總向這個聖人禱告。但在她和華特上床之前，總得把聖人的頭轉到另一邊。華特說，如果我沒看錯話，那尊聖人應該是他媽的聖女菲莉絲蒂。你媽必然是在菲莉絲蒂面向牆壁的那個晚上懷了你的。

裘安在房裡走來走去。房間很大，燭火明亮。她說：「這裡的東西、時鐘、你請弗翰從法蘭德斯買來的新衣櫃，上面刻了花鳥的那一個，我親耳聽到你對艾佛瑞說，告訴弗翰，不管花多少錢，都沒關係，我一定要買下來。這裡的肖像畫的是究竟是誰，我還不知道呢。還有魯特琴和音樂方面的書，我以前都沒看過。在我還是個小女孩的時候，我很少照鏡子，但現在我每天都攬鏡自照。對了，你還送我一把象牙梳子，我以前根本沒用過這種梳子。以前麗茲常常幫我編髮辮，然後把辮子塞在帽兜底下，接著換我幫她綁。即使我們沒弄好，馬上就有人告訴我們。」

為什麼他們如此執著於過去的痛苦？是的，他們熬過父母的虐待，度過沒有爐火、沒有肉吃的日子、寒冷的冬天，忍受惡毒的舌頭。但這有什麼好驕傲的呢？似乎他們別無選擇。多年前，在他和麗茲都還年輕的時候，麗茲看他起個大早把葛雷哥利的襯衫拿到火爐前烤熱時，還把他訓了一頓：別這樣，不然這小子會以為每天都有熱烘烘的衣服可以穿。

他說：「麗茲——不對，裘安——」

她的表情告訴他：唉，你老是叫錯。

「我想對妳好。告訴我，我能給妳什麼。」

他想，她會像一般女人那樣大吼大叫：你以為我是用錢買得到的嗎？但她沒有，只是靜靜地聽。她注視著他的眼睛，專注地聽他說錢能得到什麼。她似乎聽得入迷了。「從前，在佛羅倫斯有個僧侶叫薩佛納若拉。他在佈道時告訴世人，美是一種罪惡。有人認為他會法術。有一個季節，城裡的人都像被下咒一樣，在大街小巷縱火。他們把喜歡的東西、他們親手製作的東西或工作賺錢買的物品都丟進火堆，包括絲綢、新手媽媽親手縫製的繡花床單、詩人親手寫的詩集、法律文件、遺囑、地租帳冊、房契、貓、狗、身上的襯衫、手指上戴的戒指、面紗等都丟進去燒掉。裘安，可妳知道最糟的是什麼嗎？他們把鏡子也扔進火堆了。從此，他們再也看不到自己的臉，不知道自己和原野上的野獸以及在火堆中嘶吼的動物有什麼不同。他們把鏡子熔化之後，回到空無一物的家。由於床已經燒掉了，他們只能睡在冷冰冰、硬邦邦的地板上。第二天起身，不由得全身痠痛。由於餐桌也丟進火堆，吃早餐的時候沒有餐桌可以使用。他們把木凳砍碎、燒掉，因此也沒有椅子可坐。烤爐、盆木、酵母、麵粉、秤子也都付之一炬，他們也就不能做麵包來吃。可你知道最糟的是什麼？他們沒有酒可以喝。前一天晚上，他們也把裝酒的皮囊丟進火裡了——」他揮舞手臂，模仿一個人把東西扔進火裡的樣子，「他們沒有酒可以喝，腦子因而清醒，但環顧四周，沒有吃的、沒有喝的，也沒有椅子可以坐。」

「但這不是最糟的吧。你說，鏡子全部燒掉，不能看到自己的臉，才是最糟的。」

「沒錯。我希望我想看自己的臉就可以看到。裘安，妳也該有一面好的鏡子，可以隨時看自己。妳是個值得注目的女人。」

這番話簡直像是詩句，即使是懷特為她寫十四行詩，也沒有這樣讓人心動的效果。她別過頭去，他透過薄薄的面紗看到她皮膚的光澤。女人是好哄騙的，只要跟她們說話，告訴她們你心裡想的。他已做到這點。

這兩人就此分手，連最後一次相聚、互訴舊情的機會都沒有。他們不只恩斷情絕，從此關係也完全不同。不過梅喜告訴他：「即使有一天你躺在石碑下，全身冰冷，你還是可以說服自己爬出墓穴。」

家裡現在很安靜。城市的喧囂都被擋在大門外。他把鎖頭換掉，還加上鏈條。小裘安送他一顆復活節的蛋，說：「這是要留給你的。」那是顆潔白無瑕的蛋，沒有五官，但歪歪的王冠底下畫了一綹洋蔥黃的鬈髮。「你可以任選一個國王。這蛋就是他的了。」

「媽媽要我告訴你一件事。她說，告訴你姨丈，如果他要送我禮物，我想要一個鷹頭獅身獸的蛋做的酒杯。但是那種動物現在已經滅絕，所以不可能找得到了。」

他說：「去問妳媽，她要什麼顏色的。」

小裘安親吻他的臉頰。

他看著鏡子，這一整個房間的東西似乎要撲過來似的：魯特琴、肖像、絲織繡帷。在羅馬，有一個銀行家名叫基吉。他的老家在西耶納，人人都認為他是世界首富。基吉邀請教宗來家裡吃飯時，總是在餐桌上擺上金子打造的盤子。酒足飯飽之後，每一個主教都吃撐了癱坐在座位上，桌上杯盤狼藉，還有沒啃乾淨的骨頭、魚骨、牡蠣殼和橘子皮。基吉說，把這些全部包起來丟掉吧，免得還要清洗。

賓客幫忙把金盤子扔到窗外的台伯河，骯髒的桌布也在河面上飄流，攤開的白色餐巾像貪婪的鷗鳥俯衝到河上撿拾垃圾。他們的笑聲在羅馬的夜晚迴蕩，好個賓主盡歡。

不過基吉早就在兩岸拉起網子，還請潛水夫看看有沒有漏網之魚。天亮之時，眼力好的僕人一邊拿著清單，一邊比對撈上來的東西，看是否有短少。

❁ ❁ ❁

一五三一年，彗星之夏。黃昏，月亮初升之時，一群身穿黑袍的紳士手挽著手在克倫威爾家的花園裡散步，一邊觀看奇異的新星，一邊談論靈魂的救贖。這幾個人是聖師克雷默、拉提摩教授以及安妮身邊的幾個教士和書記。有人提出疑問：教會到底做錯了什麼？我們要如何力挽狂瀾？克倫威爾從窗口看著他們，說道：「這幾個人完全不同意彼此對聖經的解釋。要是摩爾離開幾個月，他們必然會交相迫害。」

葛雷哥利坐在墊子上逗著小狗玩。他用一根羽毛輕觸小狗的鼻子，惹得小狗打噴嚏。他問：「爸爸，為什麼家裡的狗都那麼嬌小，而且每一隻都叫貝拉？」

宮廷天文學家柯瑞澤坐在克倫威爾後面那張橡木桌，桌上擺著紙、墨水和天體觀測儀。他把手中的筆放下，抬起頭來，輕聲地說：「克倫威爾先生，不知是我的計算有誤，還是這個宇宙和我們想的不一樣？」

他說：「為什麼彗星是凶兆，而不是吉兆？為何彗星象徵一國的衰敗，而非興榮？」

柯瑞澤是慕尼黑人，膚色黝黑，和克倫威爾差不多年紀，嘴皮像鴨子一樣，讓人一看就想發笑。他來這裡是為了排遣寂寞，並和這些有識之士談天說地。以前，他的贊助人一直是沃爾西主教。他幫沃爾西打造了一個精美的黃金日晷。主教看了，高興得雙頰緋紅。「柯瑞澤，這個日晷有九個盤面！比諾福克的那個多了七個！」

一四五六年，天空也曾出現這樣的彗星。根據學者記載，當時的教宗嘉禮三世認為這是凶兆。現在或許還有一、兩個老人曾看過那個彗星。據說那彗星的尾巴像一把黑色彎刀。就在彗星出現這一年，土耳其人襲擊貝爾格勒。國王非常重視星象，並聽從專家的建議。一五二四年秋，天上出現雙魚座的星象，不久日耳曼即爆發戰爭，馬丁．路德派興起，平民崛起，而查理五世的臣民傷亡人數高達十萬人，而且接連三年皆豪雨成災。一五二七年，神聖羅馬帝國的士兵入侵羅馬，讓聖城變成地獄，然而早在十年前，天空和地底下早已大動干戈。無形的士兵拿著刀劍互相砍殺，鏘鏘震耳，快死的人在哀嚎。那時，他不在羅馬，因此沒能聽見，但很多人都告訴他，他們的朋友曾聽見這樣的聲音。

克倫威爾說：「不知道你是不是可從星座相位看出什麼？」

葛雷哥利又問：「柯瑞澤先生，彗星最後跑到哪裡去了？」

太陽西沉，鳥兒也不再唱歌，香草園的芳香從窗口飄進來。柯瑞澤像木頭人一樣，不知是在禱告或是在忠索葛雷哥利的問題。他雙手交握，盯著眼前的紙。他的手指很長，關節粗大。拉提摩教授在下面的花園，抬起頭來，跟克倫威爾揮揮手。「拉提摩餓了，葛雷哥利，你去帶客人上來吧。」

「我必須先計算一下，」柯瑞澤搖搖頭，「但路德說，上帝的旨意是無可計算的。」

僕人把蠟燭拿過來。夜晚，橡木桌變得漆黑，燭火周圍形成顫動的光圈。柯瑞澤嘴裡唸唸有詞，像僧侶在禱告，一個個數字從筆端流瀉出來。克倫威爾轉頭過去，面向門口，看見他們。他們掠過桌子，坐在黑暗的角落當中。

舍斯頓咚咚從廚房跑出來。「不知道別人會以為我們這裡是怎麼回事！廚房裡的飛禽牲畜已經滿坑滿谷，要不送出去，我們就完了。那些大爺、女士送來的獵物足以餵飽一支軍隊了。」

「那就送給鄰居吧。」

「薩福克公爵每天都送來一堆。」

「夏普義大使也是我們的鄰居，他很少收到禮物，就送他吧。」

「還有諾福克公爵——」

「那就拿到後門去吧。你問問看這附近是否有人挨餓。」

「問題是要宰殺，還要剝皮、切塊！」

「那我來幫你的忙好了。」

「大人，萬萬不可！」舍斯頓擰絞身上的圍裙。

「沒關係，我很樂意。」他脫下主教給他的戒指。

「您坐著別動！千萬別動！您就寫起訴書或是制定法律吧。大人，您一定要忘了曾經做過這種事。」

他坐下，嘆了一口長長的氣。「那些送禮物來的先生、女士都收到感謝函了嗎？我最好親自簽名。」

「那十幾個文書人員正振筆疾書忙著致謝呢。」舍斯頓說。

「看來廚房必須增加人手。」

「您也得再多雇用幾個文書人員。」

如果國王要找他，他就必須離開倫敦，看國王人在哪裡，立刻趕到國王身邊。八月，他和一群朝臣站在一旁看安妮射箭。安妮打扮得像羅賓漢的情人瑪麗安，站在一圈陽光底下，瞄準靶心。

「布雷勒頓，你好，」他說：「你不是待在柴郡嗎？」

「沒錯，我人在這裡，但心在柴郡。」

「我以為你會在你自己的土地上打獵呢。」

布雷勒頓沒好氣地跟他說：「我的一舉一動都必須向你報告嗎？」

安妮穿著一身綠色絲質獵裝，站在綠油油的林地上，一副很惱火的樣子。她覺得今天的弓拉起來不順手，氣得把弓扔在草地上。

「她小時候脾氣就是這樣。」克倫威爾轉頭過去，發現瑪麗．博林在他身旁，比其他人更貼近他一步。

「羅賓漢呢？」他一邊盯著安妮，一邊問瑪麗：「我有公文要請他過目。」

「太陽下山之後，他才會看。」瑪麗說。

「那時，他就有空了嗎？」

「她正一吋一吋地出賣自己的肉體。所有的人都說，你是她的軍師。只要他想從她的膝蓋往上爬一吋，就得送上一筆錢。」

「瑪麗，她可不像妳。好吧，我給妳六便士。」

「你知道嗎？」她笑著說：「安妮的腿很長，等他抵達『祕密要塞』的時候，他早就破產了。相形之下，跟法蘭西作戰反而不必花那麼多錢。」

瑪莉．薛頓拿另一支弓給安妮，但她推開了。安妮從草地另一頭走過來，頭上的金色髮網閃閃發亮。「瑪麗，妳在做什麼？妳可是在破壞克倫威爾先生的名譽？」有人在竊笑。

「今天可有什麼好消息要告訴我？」她對克倫威爾說，聲音和表情變得柔和。她把一隻手放在他的手臂上。此時，所有的旁觀者都閉上嘴巴，沒有人敢笑。

他們走到一個朝北的儲物間裡躲避陽光。「我倒是有一個消息要告訴你：溫徹斯特已經是賈德納的囊中物了。」

溫徹斯特本來是沃爾西最富有的教區，所有的數字都還在他腦袋裡。「國王對他那麼好，他應該順服多了吧。」

她牽動嘴角，露出一絲微笑。「他想盡辦法要除掉凱瑟琳，但他也不願看到我取代她。即使面對國王，他也毫不避諱地這麼說。我真希望樞密大臣不是他，而是你——」

「還不到時候吧。」

她點點頭，說道：「對，或許是吧。你知道小畢爾尼被燒死了嗎？那時，我們正在森林裡玩官兵捉強盜呢。」

畢爾尼在一塊空地對民眾傳道，而且把丁道爾聖經譯本的傳單發給大家，因此遭到逮捕，被抓到諾威奇主教跟前。行刑那天風很大，強風不斷把火焰吹走，不知燒了多久，他才斷氣。「摩爾說，他被大火燒死的時候已經悔悟了。」

「但是其他在現場觀看的人有不同的說法。」

「小畢爾尼真是個傻瓜。」安妮說道，她氣得雙頰紅通通的，「為了活下去，即使是說違背良心的話，也不為過吧。你會不會這麼做？」他一時語塞。他很少這樣遲疑。安妮說：「拜託，你一定想過這樣的事。」

「小畢爾尼自找死路。我早就說過，他一定會這樣做的。是的，他以前曾公開表示悔改，後來出獄了，同時也砍斷後路。」

安妮頭低低的。「我們真幸運，不會走到這步田地。」她好像在發抖，於是伸出手臂。她聞到青草和薰衣草的芳香。天快黑了，她的鑽石像雨滴一樣冰冷。「我們的霸王快回來了。我們最好準備出去迎接。」她打直腰桿。

秋日，夜空是紫羅蘭色，彗星照在只剩殘茬、光禿禿的田畝上。獵人把狗叫過來。過了九月十四聖十字架日，鹿就安全了。克倫威爾記得小時候整個夏天都在野地上玩，直到教區的人一起飲酒、享用秋收大餐的那個晚上，才偷偷溜回家，請求父親原諒。在聖靈降臨節之後，他們這些野小孩又跑到田野上，像吉普賽人一樣捕獵鳥兒和兔子，然後丟進鐵鍋裡煮。他們看到任何女孩就追，看她們一邊尖叫一邊跑回家，碰上寒冷的雨夜則悄悄溜到別人家的外屋、穀倉取暖、唱歌、說笑話、猜謎語。到了秋天，該回家的時候，他就挨家挨戶推銷那只鐵鍋。

他說：「這鍋子永遠不會空空的。即使你只有幾個魚頭，只要丟進鍋裡，大比目魚就會從鍋底游上來。」

「這鍋子有破洞嗎？」

「這鍋子保證是好的。太太，如果妳不相信我，妳可以尿在裡面看看是不是會漏。妳就出個價吧。打從巫師梅林還是小男孩的時代到現在，沒有其他鍋子比得上這個。妳把捕鼠器抓到的老鼠丟進去，鍋裡就會跑出一個香噴噴的豬頭，豬的嘴巴還咬著一個蘋果。」

「你幾歲了？」有個女人問他。

「我不知道。」

「你明年再來，就可以跟我一起躺在羽毛床上。」

他遲疑了一下。「明年，我將到遙遠的地方。」

「你打算帶著這個鍋子做巡迴表演嗎？」

「我想，我可能跑到荒郊野外當強盜或是去養熊。」

女人說：「祝你順利。」

✿ ✿ ✿

那天晚上，國王洗了澡、吃了晚餐、唱完歌、跳完舞，說他想出去散步。他喜歡鄉野情趣，即使是淡淡的劣質葡萄酒，他都喝得津津有味。這幾天，他常常咕嚕咕嚕地一口氣把第一杯酒喝完，然後就向僕人點頭示意，要他們再多拿些酒過來。等到喝完站起來時，他已經醉醺醺了，必須抓著韋士敦的手，才能走路。這夜露重，草地上的火把發出噗哧聲。國王吸了幾口潮溼的空氣，對克倫威爾說：「你和賈德納處不來，是嗎？」

他若無其事地答道：「我沒跟他吵架。」

「那是他找你吵架囉。」國王的身影消失在黑暗中，接著他站在火把後方開口說話，像是從燃燒的樹叢中露臉的上帝。

「我知道怎麼應付賈德納。這人的脾氣我摸得一清二楚。現在，我需要像他這樣強悍的僕人。如果是害怕論戰的懦夫，那就算了。」

「陛下，您最好進去屋裡。夜晚的水氣對健康不好。」

國王哈哈笑。「你說話的樣子真像沃爾西主教。」

他靠到國王左側。韋士敦年紀很輕，但長得很瘦弱，且膝蓋已經彎曲，好像快撐不住國王的重量。克倫威爾說：「陛下，請靠在我身上吧。」國王伸出手臂勾著他的脖子，像是摔角勒頸的模樣。他想起小時候曾說想去養熊。接著，他發覺國王在哭。

他在賣鍋子的時候，曾說他第二年要去遙遠的地方養熊或是做其他行業，結果那年他哪兒也沒去。窮苦的康瓦爾人因不滿亨利七世徵收戰爭稅而起兵反抗，入侵倫敦，脅迫國王屈服。康瓦爾的叛軍還沒入城，倫敦市民已經提心吊膽。他們知道康瓦爾人不但會殺人放火，還會吃嬰兒肉，踐踏祭壇上的麵包。

國王突然放開他。「回去吧，回去冷冷的床上睡覺吧。或者只有我的床是冷的？明天，你一起來打獵吧。如果你沒好馬，我們會幫你準備。我倒想看看能不能把你累垮。我聽沃爾西說過，你是一個不會累的鐵人。你和賈德納兩個人要學習同心協力。今年冬天，你們兩個要像兩隻同軛的牛。」

他想，國王要的才不是兩隻公牛，而是願意為他赴湯蹈火的野獸。他覺得他和賈德納處不好，和國王在一起的機會反而比較多。所謂分而治之，畢竟他是國王，有自己的一套治國策略。

❁ ❁ ❁

九月二十九日米迦勒節。國會的會期還沒開始，他已忙得不可開交。國王那邊幾乎每小時就送來一疊厚厚的公文。求見客人絡繹不絕，家裡擠滿商人、僧侶、教士、陳情者，每一個人都希望能跟他談個五分鐘。倫敦市民似乎可以嗅到權力風向的轉移，三三兩兩開始聚集在克倫威爾家外面，對進進出出的僕役指指點點：這是諾福克公爵府的，那是威爾特伯爵家的人。他從窗口看著下面這群看熱鬧的人，似乎覺得這些人很面熟。以前，每年秋天他們的父親常聚集在他老爹的打鐵鋪門旁取暖、閒聊。那時，他和他們一樣是浮躁好動的孩子，巴不得發生什麼事。

他看著下面那群鄉親，調整一下自己的表情、容顏。伊拉斯謨斯說每天早上出門前，你都該這麼做，「就像戴上面具一樣」。每次他走到一個地方，像是城堡、客棧或貴族宅邸，他都很注意這點，就連醒來那一刻，也不例外。主教生前會寄錢給伊拉斯謨斯，他常說：「這錢是要給他買粥吃的，讓這可憐蟲還有力氣提筆寫字。」即使主教已死，克倫威爾還是自掏腰包寄錢過去。伊拉斯謨斯很驚訝，因為他聽到關於克倫威爾的都是壞話，沒人說過他是個好人。

自從他宣誓就任國王顧問官那天起，他更隨時注意自己的表情。他花好幾個月察顏觀色，看別人在回復溫文儒雅的面目之前，是否有任何一絲懷疑、保留或不屑。雷夫曾告訴他，小黎這個人靠不住。他哈哈大笑：我難道會不知道？小黎雖然本來是沃爾西的人——話說回來，誰不是呢？——目前在朝廷卻很吃得開。他也在賈德納的手下做過事。現在看著他和賈德納步步高升，成為朝廷的明日之星，像兩隻鬥狗一樣，勢均力敵，互不相讓，讓小黎不知該在哪邊下注。克倫威爾告訴雷夫，如果我是他，可能也有相同的感覺。在我年輕的時候多容易啊，押沃爾西就對了。他一點都不怕小黎這樣的人，他可以料得到這種沒有原則的人會怎麼做。只要餵東西給他們吃，他們就會像哈巴狗一樣跟在後頭。比較不好掌握、危險的人反而是像弗翰這樣的人。他們會在信上說，克倫威爾，我願意為你做任何事。口口聲聲說了解你、緊緊擁抱你的人，反而會毫不留情把你推下深淵。

克倫威爾請廚子把啤酒和麵包送給站在門外觀看的人。如果是寒冷的早晨，則請他們吃粥。舍斯頓說，好吧，如果你執意要餵飽這一區所有的人，那就這樣吧。他說，你上個月不是才抱怨食物櫃的東西已經多到滿出來，地窖也放不下了？聖保羅說，我知道怎樣處卑賤，也知道怎樣處豐富；或飽足，或飢餓；或有餘，或缺乏，隨事隨在，我都得了祕訣。他走到廚房去跟舍斯頓新找來的廚工說話。他們大聲報上自己的名字以及會做的事，他則認真地在本子上做記錄：賽門會做沙拉醬、打鼓，馬修會唸主禱文。這些孩子都是可造之材，有一天必然能像他當年一樣走上樓去，到帳房一展長才。他們都該穿暖和、得體的衣服，不要捨不得穿。他還記得蘭巴思宮的食物儲藏室有多冷，而主教在漢普頓宮的廚房煙囪通風良好、隔熱效果也不錯，只是偶爾有幾片雪花從屋椽落下，掉在窗臺上。

在冷冽的清晨，他帶著一大票家僕出門時，門口已聚集很多人。他們後退一步看著他，沒有友善的表情，也沒有敵意。他向他們說聲早安，願上帝保佑你們，有幾個人跟著說早安。由於他是國王顧問官，他們脫帽致意，直到他離去，才把帽子戴上。

✽ ✽ ✽

十月，查理五世的大使夏普義來克倫威爾家吃飯。他們不斷談到賈德納的事，好像他也是今天的一道菜。「他一當上溫徹斯特主教，就被派到國外了，」夏普義說：「你想想，法蘭西國王會喜歡他這個人嗎？像博林那樣的外交家都做不到的事，他哪做得到？我想，或許因為他是安妮的父親，法王對他有成見。至於賈德納這個人嘛……他的立場是不是不很明確？更正確的說法應該是漠不關心。我實在看不出法王支持亨利娶安妮能獲得什麼好處。除非貴國國王答應給他一些甜頭——什麼呢？錢？戰船？加萊？」

夏普義在席上談笑風生，提到詩歌、繪畫技巧、他在杜林的大學歲月等。由於雷夫的法語也不錯，他還跟雷夫聊了獵鷹的飼養和訓練。一般年輕人對這個主題應該很有興趣。雷夫說：「請跟我們的主人出去走走吧。最近，這幾乎是他唯一的樂事。」

夏普義用他那對小而明亮的眼睛盯著他，說道：「他這陣子都在玩國王的遊戲吧。」

大使站起來，盛讚今天的菜色、音樂和克倫威爾家的家具陳設。他在轉述他將給主人查理五世的報告時，他們可以聽見他腦袋轉動的聲音，像是小小的咔嗒聲。

接著，夏普義問他問題，但他卻滔滔不絕只顧著講自己的，沒停下來等克倫威爾回答，「如果溫徹斯特主教賈德納還在法蘭西，貴國國王亨利的樞密大臣就不在身邊了，那該怎麼辦？賈德納不可能那麼快就回得來。或許這是你接近國王的好機會。你覺得呢？我很想知道賈德納是不是亨利的表兄弟？只不過他是王室的私生子。你們家那個理查也是嗎？這種事常讓吾國皇帝大惑不解。貴國國王的皇家血統似乎不怎麼純正，難怪他會想娶窮人家的女兒。」

「安妮怎麼算是窮人家的女兒。」

「當然，一人得道，雞犬升天。由於國王的厚愛，她的家族已跟著飛黃騰達，有享受不盡的榮華富貴。」夏普義笑了一下，「像安妮這種先付款後享受在貴國可是平常的事？」

「沒錯，請你好好記住。這的確很平常，就像你在街上被人追著跑一樣。」

「你常給安妮建議嗎？」

「我幫她看看帳目。舉手之勞而已，就像幫朋友的忙。」

夏普義哈哈笑。「朋友！她是巫婆，你知道吧？她對國王施了法術，國王才會為她冒這麼大的危險，不惜被逐出基督王國，即使萬劫不復也心甘情願。我想，國王自己應該心裡有數。我曾看過他在她面前，在她凝視之下，變得像一個傻瓜。安妮那雙眼睛有如老鷹，而亨利的靈魂則像一隻落入陷阱的兔子。也許，你也被她迷住了。」夏普義身子往前靠著休息，他的手很小，就像猴爪，「親愛的朋友，你得想辦法破除她的魔咒。你不會後悔的。」

❀ ❀ ❀

十一月，詩人大使湯姆．懷特的老爹亨利．懷特爵爺來到克倫威爾家拜訪。他站在大廳看著那堵空空的牆。牆上本來畫的是主教的肖像，一年前塗掉了。「沃爾西雖然是去年走的，但我覺得他似乎離開很多年了。有人說，等你老了，你會覺得每年都差不多。我可以告訴你，這是錯的。」

克倫威爾家的小女孩叫道，您還沒老到不能說故事呢。她們拉他進來，請他坐在新的天鵝絨扶手椅上。老懷特可以當每一個人的爸爸或是爺爺。他曾擔任當今亨利國王的財務大臣，也曾服侍過前一個亨利國王。儘管如此，如果都鐸王朝國庫虛空，絕不是他的錯。

愛麗絲和小裘安知道他要來，特別去花園抓了隻貓過來。老懷特看到貓受到尊敬、寵愛就滿心歡喜。孩子請他解釋為什麼。

他開始說：「從前，在英格蘭，有一個暴君名叫理查．金雀花——」

愛麗絲插嘴說：「金雀花王朝的人都很邪惡，請問現在他們的子孫還活著嗎？」

大家哄堂大笑。「我說的是真的！」愛麗絲抗議，臉頰像著火一樣紅。

「今天述說這個故事的我，當年就是被這個暴君打入大牢，睡在稻草上。牢房只有一扇小小的窗戶，而且豎著一根根鐵條……」

「寒冬來了，」老懷特說：「我沒有火爐可以取暖，沒有東西吃，也沒有水喝，因為獄卒完全忘了牢裡有我這個人。」理查．克倫威爾用手撐著下巴坐著聽故事。他和雷夫交換一個心照不宣的眼色，然後同時看著老懷特。他做了個手勢，以淡化恐怖的氣氛。當然，倫敦塔的獄卒沒忘了他。他們把刀子燒得熾熱燙在他的皮膚上，還拔出他的牙齒。

「我該怎麼辦？」老懷特問：「幸運的是，我的牢房潮溼。我就喝從牆壁滲進來的水。」

「食物呢？」小裘安低聲問道，她已經起了雞皮疙瘩。

「啊，這就是這個故事的高潮了。」老懷特說：「有一天，我想我再沒東西吃就要死了。這時，我發現窗口的光線被擋住。我抬頭一看，那是什麼呢？看起來像貓，原來是隻倫敦花貓。我叫牠：『來吧，貓咪。』牠發出喵嗚一聲，結果嘴巴裡的東西掉下來了。牠給我帶來什麼禮物呢？」

「一隻鴿子！」小裘安大聲說。

「這位小姐，妳要不是曾在監獄待過，就是聽過這個故事了。」

女孩忘了他沒有廚子、烤肉叉，也沒有爐子。那幾個小伙子頭低低的，不願去想眼前這個老爺爺當年以戴著枷鎖的雙手，把長滿鳥蝨的鴿子羽毛拔下來的樣子。

「我躺在稻草上休息。不久，聽到街上傳來鈴聲。有人高聲叫道：都鐸來了！都鐸來了！要沒有那隻貓送給我的禮物，我就無法活著聽到這樣的叫聲，也聽不到有人轉動門鎖的聲音。亨利七世親自來找我。他哭著問我：你是懷特嗎？來吧，來領取我賞賜給你的東西。」

雖然有的描述誇大不實，但情有可原。亨利七世不曾去監獄探望他，去看他的是理查三世。理查三世在一旁監看獄卒把刀烤得火熱，炙燒懷特的皮肉。他的頭微微傾斜，傾聽懷特的慘叫聲，然後悄悄走開——他不喜歡燒烤人肉的味道。但離開之前囑咐獄卒刀子要加熱，再來一次。

據說，小畢爾尼被燒死的前一夜，用蠟燭燒自己的指頭，一邊呼求主名，請耶穌教他如何忍受這樣的痛苦。有人說，在極刑之前這樣自殘，實在不智。克倫威爾想，這麼做到底是聰明，還是愚笨。梅喜說：「懷特爵爺，您還得跟我們說獅子的故事，我們要是沒聽到就不能睡了。」

「噢，我兒子才是這個故事的主角。他該來這裡的。」

理查說：「他要是來這裡，我們這裡的女士包準會看得連眼珠子都要掉出來，還會嘆氣——沒錯，愛麗絲，我保證妳一定會這樣——妳們只要看著這位帥哥就心滿意足，他講什麼都不重要了。」

老懷特走出倫敦塔重見天日之後成了朝廷大臣。一個仰慕者送他一頭小獅子當禮物。他說：「我在艾靈頓堡把這頭小母獅扶養長大，把牠當作自己的女兒一樣寵愛。但是牠成年後，就像女兒長大般，不是父母管得住的。有一天，都怪我粗心大意，沒把籠子關好，讓牠跑出來。我聲聲呼喚：李奧蒂娜，站著別動喔，爹地帶你回去。但牠蹲伏，靜靜地看著我，眼神熾熱。這時，我才了解，我不是牠的父親，而是牠的點心。」

愛麗絲用手遮住嘴巴：「老爺爺，您以為您就要被吃掉了吧。」

「沒錯，要不是我兒子湯姆剛好在這千鈞一髮之際走進院子，我就沒命了。他看到我身陷危險，於是叫牠的名字：李奧蒂娜，來我這裡。牠轉頭去看湯姆，我趁機後退一步，再一步。湯姆繼續叫牠，看著我。那天，我兒子穿著非常鮮豔的衣服，長袖飄逸，寬鬆的袍子因為風吹而脹得很大，加上一頭長長的金髮，整個人看起來就像一團火焰在陽光下搖曳。李奧蒂娜盯著他，看了好一會兒，不知是怎麼回事，我一步步後退……」

李奧蒂娜轉過頭去，看著兒子，不管父親。牠蹲伏了一下，然後站起來，逼近兒子。人們可以看得到牠腳上的肉墊，聞得到牠嘴裡的血腥味。（這時，老懷特已經悄悄溜去找救兵了。）湯姆以溫柔迷人的聲音呼喚牠，像對情人喃喃細語，也像在禱告。他請聖方濟打開牠那殘酷的心，接納神的恩典。李奧蒂娜看著他，豎起耳朵，大吼一聲。牠在說什麼呢？

「吼，我聞到人血的氣味了。」

湯姆．懷特像雕像一樣動也不動。僕人拿著網子，偷偷溜過來。李奧蒂娜就在湯姆前方，近在咫尺，但牠再度停下腳步聽聲音。牠就這麼站著，抽動耳朵。湯姆看到牠下巴流下粉紅色的口水，聞到牠毛皮的霉味。牠坐在地上，他聞到牠呼吸的氣味。牠已經準備要撲上前。他看到牠的肌肉在抖動，張開血盆大口，然後一躍——牠還在半空中就中箭了。牠在地上打滾，想要扯下深入肋骨的箭，一邊怒吼、呻吟。另一支箭射中牠那厚實的側腹。就在牠不斷打轉、哀嚎之時，被網子罩住了。老懷特氣定神閒地走過來，瞄準牠的喉嚨，再補一箭。

李奧蒂娜快斷氣的時候還不斷吼叫，咳血之後就倒下去了。一個僕人被牠抓傷，至今他的身上還看得到爪痕。後來，牠的毛皮被剝下來，掛在艾靈頓堡的牆上。老懷特說：「小姐，如果妳們來我的城堡做客，就可以看看牠是多麼可怕的一頭野獸。」

理查笑笑地說：「可惜，湯姆的禱告沒有應驗。我看，碰到這頭兇猛的母獅子，聖方濟也束手無策。」

「老爺爺，」小裘安拉著他的袖子，「您還沒講到最精采的部分呢。」

「啊，我忘了。母獅子被拖走之後，我那英勇救父的兒子準備離去，但他腿一軟，倒在樹叢裡了。」

孩子這才鬆了一口氣，紛紛鼓掌。當時，國王也聽說了這個故事。那時他剛登基不久，還很年輕，聽了之後不禁嘖嘖稱奇。即使是現在，國王每次看到湯姆．懷特，都會點點頭，自言自語地說：「啊，他就是那個能馴服獅子的人。」

✿ ✿ ✿

嗜吃軟果子的老懷特爵爺吃下幾個大大的奶油黑莓之後，對克倫威爾說：「我有些話想私下跟你說。」其他人於是退下。

老懷特說：「如果我是你，我就會跟國王要求擔任皇家珠寶館的館長。我以前當館長的時候，可以大概看一下國庫收入情況。」

「怎麼要求國王呢？」

「你得拜託安妮去跟他說。」

「或許我可以拜託爵爺的公子去跟安妮說。」

老懷特哈哈笑，接著發出呃嗯一聲，似乎在說這是個玩笑吧。然而很多人都知道安妮對湯姆·懷特很好，能給他的都給了，不只是肯特啤酒屋裡的客人這麼說，宮廷僕人也在後面樓梯竊竊私語（例如那個彈魯特琴的馬克），就連妓院裡的人也都知道。

「我今年就要退休了，」老懷特說：「我該寫遺囑了。我可以請你做我遺囑的執行人嗎？」

「這是在下的榮幸。」

「除了你，我沒有其他可以信賴的人。在我認識的人當中，你是最可靠的一個。」

他面露微笑，但心裡有個疑問：在他眼裡，這個世界似乎沒有任何人、任何東西是可靠的。

「我了解你，」老懷特說：「我知道那個穿紅衣的老傢伙差點把你拖下水。但是，看看你，你現在咔啦咔啦吃著杏仁果，牙齒一顆也沒少，家人、僕人都在，仕途平順，即使是像諾福克公爵這樣的人，跟你說話也是客客氣氣的。」當然，一年前那些貴族還把他踩在腳底下，但這種話就不必說了。老懷特把肉桂鬆餅剝成小塊，送入口中，像吃聖餐一樣小心翼翼。雖然被囚禁在倫敦塔已經是四十年前的事，他那曾經被打爛的下巴至今仍隱隱作痛。「湯瑪斯，我有件事要拜託你……你可以幫我看著我兒子嗎？可以像父親一樣照顧他嗎？」

「他不是二十八歲了嗎？不需要另一個父親吧。」

「你父親做得不可能比我還差。我有很多悔恨，主要是他的婚事。那時他才十七歲，不想結婚，是我強迫他的，因為女方的父親是柯巴翰男爵，我想維持自己在肯特郡的地位。湯姆這孩子不但長得好看，而且彬彬有禮，但婚後不久，他老婆就紅杏出牆，不知可曾對他忠實一個月。當然，他也不是省油的燈……打開我們家任何一個櫃子，他的情婦就躲在裡頭。他後來在國外飄泊，最後竟被抓進義大利監獄。我實在不知道那是怎麼一回事。從義大利回來之後，他更不正常了。當然，他會寫一首三行連環韻的詩給你，然後坐著發呆，回想著自己的錢到底花到哪裡去……」他摸摸下巴，「這孩子就是這樣。但畢竟，他是我的兒子，而且沒人比他更勇敢。」

「希望爵爺您能常常過來玩。每次您來，我們就像過節一樣開心。」

老懷特站起來，腰桿打得直直的。儘管他只吃薯泥和粥，看起來還滿福態的。「湯瑪斯，我是怎麼變老的呢？」

他們回到大廳，發現有人在演戲。雷夫扮演李奧蒂娜，其他人對他大吼大叫。那幾個男孩不是不相信那頭獅子的故事，只是他們喜歡扮演裡面的角色。理查站在一張摺凳上。克倫威爾對理查做個手勢，要他們別再演了。他對理查說：「你嫉妒湯姆．懷特喔。」

「主人，請別生氣。」雷夫坐在板凳上，回復人形，「告訴我們佛羅倫斯的事。你和你的朋友吉歐凡尼諾還做了些什麼？」

「我不知道該不該說。你們包準又會拿來演戲。」

「拜託啦。」他們再三懇求之後，他終於答應了。他東張西望。雷夫說：「快說吧。」

「小黎不在這裡吧？嗯……有一天我們閒著沒事，於是去拆房子。」

「拆房子？」老懷特說：「真的嗎？」

「其實，我們是去把房子炸掉。如果我們發現有棟房子搖搖欲墜，可能對路人造成危險，就會去和屋主商量，說我們願意幫他拆房子。我們只收炸藥的錢，工錢就免了。」

「那也要不少錢吧？」

「我們挖了很久，只為了體驗那一下子的興奮。但我知道後來有些朋友真的走這一行。然而，當初我們在佛羅倫斯純粹是因為好玩才這麼做，就像喜歡釣魚的人，比較不會惹上麻煩。」他遲疑了一下，「當然啦，有些麻煩還是免不了的。」

理查說：「小黎把假雕像的事跟賈德納說了嗎？」

「你覺得呢？」

國王跟克倫威爾說，我聽說你當年曾用一尊假的古董雕像騙了羅馬樞機主教的事。國王不但哈哈大笑，還特別把這件事記起來。他覺得好笑，或許是因為樞機主教被耍得團團轉，而他剛好喜歡聽這樣的笑話。

賈德納說：「雕像的英文拼字『statue』和法規『statute』幾乎一樣。」

「就法律而言，差一個字母就有天壤之別了。可我說的前例並不是假的。」

「你可否解釋清楚一點？」賈德納說。

「陛下，根據一四一七年的君士坦丁會議，您的祖先亨利五世擁有對英格蘭教會的控制權，而且沒有其他君主有這樣的權力。」

「但這項決議並未實施。為什麼呢？」

「不知道。無能？」

「我們現在的顧問官更有能力了嗎？」

「陛下，我們有更傑出的國王。」

國王走在前頭，賈德納在後面對他做了個鬼臉，就像哥德建築頂端的石像鬼。他差點笑了出來。

✿ ✿ ✿

國會會期結束了。安妮說，來陪我吃頓素樸的將臨期晚餐吧[3]。我們會用叉子。

他去了，但他一點也不喜歡同桌的人。國王身邊那些人好像都成了她的寵物，如諾里斯、布雷勒頓等人，當然還有她弟弟喬治。雖然他們百般奉承，安妮還是焦躁不安。她像個家庭主婦，心煩意亂地猛戳盤子上的雲雀脖子。如果她的標準微笑消失一下，他們就焦急地傾身向前，不知道怎樣才能讓她高興起來。真是一群笨蛋。

他呢，哪裡都能去，也確實什麼地方都去過了。他年輕時曾在義大利世家菲斯科博迪家和波蒂納利家當夥計，知道上流社會在餐桌上如何談笑風生。後來在主教的餐桌上，他看到更多飽學之士和才思敏捷的客人。相形之下，安妮找來的這些人真是沒趣。不過，他們已經盡力了。他覺得這頓飯吃得索然無味，只好苦中作樂，從容自在地談些有意思的事。

諾里斯已經不年輕了，本來還算幽默風趣，但跟這群人在一起後也變得呆呆的。為什麼呢？只要靠近安妮，他就會發抖。這樣簡直像個笑話，只是沒有人敢說出來。

飯局結束後，諾里斯像跟屁蟲跟在他後頭走出去，碰了一下他的袖子。他只好停下腳步。他們面對面。諾里斯問：「你發覺了嗎？安妮一直在看你。」

他搖搖頭。

「你有什麼點子？可以說說你跟某個胖女人的韻事嗎？」

「我能愛的女人，國王一定沒興趣。」

「這句話你可以轉送給你的朋友老懷特的兒子。」

「噢，我想小懷特早就走出情傷。他已經結婚了。他常自言自語說道，詩來自失落。我們不是都因自尊心受傷而成長，變得更有智慧？」

諾里斯說：「請你看看我，你覺得我變得更有智慧了嗎？」

他把自己的手帕遞給諾里斯。諾里斯擦擦臉，然後把手帕還給他。他想起聖維洛妮卡拿面紗給身背十字架的耶穌擦臉，耶穌的頭像就此印在面紗上。他回家之後，會不會發現諾里斯的臉已經印在他的手帕上？如果這樣，他該把那條手帕掛在牆上嗎？諾里斯轉身離去之際，露出一點笑容，說道：「韋士敦，你知道那個叫韋士敦的小伙子吧？他實在很愛嫉妒，他嫉妒那個唱歌給我們聽的男孩，嫉妒來為火爐添柴的那個僕人，也嫉妒幫安妮脫下絲襪的女僕。每次她看你一眼，他就數一次。他說，你看，你看，她又在看那個胖屠夫了。不到兩個小時，她已經看了他十五次。」

「胖屠夫是沃爾西，不是我啦。」

「在韋士敦眼裡，不管是殺豬的，或是打鐵的，所有的工匠都差不多。」

「我知道了。晚安。」

「晚安，湯瑪斯。」諾里斯一邊漫不經心地拍拍他的肩膀，好像他們是同輩或是朋友。諾里斯轉頭過去，往安妮那邊看，然後走向一起吃飯的那夥人。

3、耶誕節前的一段預備期。

所有的工匠都差不多？但在現實世界並非如此。如果一個人可以穩穩地拿著屠刀，那他可以屠夫自居，然而要是沒有鐵匠，手中的屠刀從何而來？要是沒有鐵匠，如何能有鐵鎚、鐮刀、剪刀、刨子可用？武器、盔甲、弓箭、長矛、火炮呢？或者戰船和錨呢？爪鉤、鐵釘、門閂、鉸鏈、撥火棒和鉗子呢？至於烤肉叉、水壺、金屬熱墊、細環、鎖釦和鑽頭呢？還有刀子呢？

他想起康瓦爾軍隊兵臨城下那天。那時候，他好像才十二歲吧。他在老爹的打鐵鋪裡幫忙，已把鼓風爐清乾淨，正在為皮革上油。華特走過來，看了一眼，說道：「縫隙要填補起來。」

「好。」他說。（他和他老爹的對話通常都是這樣。）

「你不去填補，縫隙不會自己合起來的。」

「好，好，我這不是在做了嗎？」

他抬起頭來。鄰居歐文．馬道克站在門口。「河邊的人都在說，康瓦爾人來了。亨利．都鐸準備作戰。王后和那幾個小的躲在倫敦塔裡了。」

華特擦擦嘴，問道：「會打多久？」

歐文說：「天曉得。那些混蛋會飛呢。」

他站起來，覺得手裡那支四磅重的鐵鎚輕飄飄的。

✿　✿　✿

接下來幾天，他們忙到累癱了。華特的朋友請他做盔甲，能當武器的東西都加上尖銳的刀刃，好對付叛軍，把他們的肉切開、撕裂。帕特尼鄉親一點都不同情這些人。他們都老老實實地繳交稅金，為什麼康瓦爾人就要抗稅、叛亂？城裡的女人都怕被康瓦爾士兵玷汙。他說：「我們的神父說，他們只跟自己的姊妹亂搞，所以，貝蒂，你用不著害怕。但是神父又說，這些傢伙的四肢長了冰冷鱗片，就像魔鬼。這可新奇了，也許妳想試試。」

貝蒂把東西丟到他身上，他閃到一邊。每次家裡的東西遭到破壞，姊姊總是用這樣的藉口：我要丟到湯瑪斯身上。他說：「哎喲，我又不曉得姊姊喜歡什麼樣的。」

那個禮拜，謠言四起。有人說康瓦爾人都在地底下工作，因此臉孔很黑。他們眼睛不好，等於是半個瞎子，所以可以用網子把他們抓住。每抓到一個，國王就會賞一先令，如果是塊頭特別大的，就可以得到兩先令。他們塊頭到底多大？一般而言，他們用的箭約有一碼長，可見個兒不小。

由於戰事一觸即發，他們都用新的眼光來看家裡的東西。像是烤肉叉、肥肉餡灌注針等，都可以拿來做防身的武器。還有鄰居花錢請他老爹釀酒。他們似乎擔心全英格蘭的酒都會被康瓦爾人喝乾。歐文·馬道克又上門訂了支附刀鞘的獵刀，長十二吋，刀刃邊緣還要有一道凹槽。克倫威爾說：「十二吋嗎？那你揮來揮去，一不小心可能就會切下自己的耳朵。」

「等你被康瓦爾人抓走，看你還敢不敢這樣無禮！他們會用肉叉把你這樣的小孩叉起來，放在火堆上烤。」

「你難道不能用船槳打他們？」

「我會先打你一頓，讓你閉嘴，」歐文吼叫，「你這個小兔崽子。你還沒出生已經臭名遠播了。」

他把綁在襯衫底下的一把刀解開，交給歐文。那是他自己做的刀，刀刃看起來就像一根邪惡的牙齒。「你覺得怎樣？」

「天啊，」歐文說：「你得小心。這刀不能隨便給人。」

❀ ❀ ❀

他跑到飛馬居，把那支四磅重的鐵鎚放在窗臺上，問凱特：「為什麼我還沒出生就有臭名了呢？」

她說：「你去問你姊夫吧，他會告訴你。噢，阿湯，阿湯，」她抓著他的頭猛親，「你好好躲起來吧，讓老爹出去打吧。」

她希望康瓦爾人把華特殺死。她雖沒說出來，但他知道。

他說，我可以告訴你，等到我長大成人，事情就不一樣了。

摩根溫文儒雅，要他說這樣的事，還真難為情。他漲紅了臉，說當年他母親懷他的時候，街上有一群野孩子會跟在他母親後頭，大叫：「看哪！老蚌生珠囉！」

貝蒂說：「我還聽到一件事。康瓦爾有個巨人叫博斯特。他愛上了聖艾格尼斯，她走到哪，他就跟到哪，因此康瓦爾的旗幟上有聖艾格尼斯的頭像。現在博斯特已跟著來到倫敦了。」

「博斯特，」他哼了一聲，「我倒想見識這傢伙到底有多大。」

「等著瞧吧，」貝蒂說：「你要是看到了，就不敢說這種大話了。」

摩根說，他母親快臨盆的時候，胖得像一頭大母豬。帕特尼一帶的女人都跑到她身旁假裝關心：什麼時候生？他呱呱落地那一刻，緊握著小拳頭，黑色的鬈髮溼溼的。全帕特尼都可以聽到華特和他的友人胡鬧的聲音。他們不但高歌，還大聲叫喊：「小姐來吧！不孕的太太來吧！保證讓你們生下白胖胖的小子。」他們不曾記錄克倫威爾出生這一天的日期。他告訴摩根，沒關係，我不在乎，我沒有生辰、沒有命盤，也就沒有命運了。

結果，這場內亂沒波及帕特尼。女人本來已經準備好了麵包刀和剃刀要給入侵的人好看，男人則打算用鐵錘和鶴嘴鋤予以痛擊，再用橫口斧和磨刀棒來伺候。血戰的地點在倫敦東南的布萊克希斯。康瓦爾人的屍體被都鐸王朝的士兵用絞肉機絞碎。他們都平安無事——然而還是要小心被華特拳打腳踢。

他的姊姊貝蒂說：「你知道那個巨人博斯特怎麼了嗎？他聽說聖艾格尼斯死了，悲痛到切下自己的手臂，讓他的血流到海邊的一個洞穴，但不管如何都無法填滿洞穴，因為洞穴有條通道通往海底，進入地心，最後深入地獄。所以，他已經死了。」

「好極了。我還真擔心博斯特會殺過來。」

「他目前死了，等到下次復活才會爬出來吧。」貝蒂說。

因此，沒有人知道克倫威爾的出生日期。他才三歲大就會去外頭幫老爹的打鐵鋪撿小塊木柴做引火之用。華特拍著他的頭說：「看你這小子！」老爹的手有燒焦的氣味，手掌厚實、烏黑。

當然，近年來有些學者很想解開他的命運之謎。懂星相的人試著從他的特質和目前的情況推算他的生年月日。木星相位看來頗為有利，榮華可期。水星上升，代表才思敏捷、辯才無礙。柯瑞澤說，要是他的火星不在天蠍座，那就別叫我星相學家。他母親五十二歲那年，沒人相信她還能懷孕生子。因此，她懷孕之後，一直穿著打褶、寬鬆的衣服，以隱藏體內的胎兒。等到藏不住的時候，眾人都很驚訝，問道：她肚子裡有什麼？

十二月中旬，中殿律師學院的大律師班翰在倫敦主教面前宣布放棄異教信仰。城裡的人說，班翰是被刑求的。摩爾一邊施加酷刑，一邊要他供出同黨的名字。幾天後，一個僧侶和一個賣皮革的商人一起在史密斯菲德被燒死。那個僧侶很笨，從諾福克港運了一批禁書進來，就在聖凱薩琳碼頭被摩爾逮個正著。至於皮革商人則親筆抄寫一本路德的《論基督徒的自由》。這兩個人都是班翰的朋友。那個僧侶名叫貝菲德，而鐵克斯柏瑞只是皮革商，不是什麼神學博士。這一年就這麼溜走了，留下一縷煙和一堆骨灰。

✿ ✿ ✿

新年，天還沒亮，他一醒來就發現葛雷哥利站在床腳。「爸爸，你最好去一趟。湯姆．懷特被關起來了。」

他立刻起床，心中第一個念頭是：摩爾已經對安妮這個圈子的人下手了。「他在哪裡？還沒送到雀爾西嗎？」

葛雷哥利一臉疑惑。「為什麼要送去雀爾西？」

「國王一定不允許這樣的事。這豈不是在太歲爺頭上動土？安妮也有丁道爾的書，還曾拿給國王看。接下來呢？摩爾打算逮捕國王嗎？」他伸手拿了件襯衫。

「這事和摩爾無關。幾個蠢蛋在西敏寺附近街上鬧事才被抓起來的。他們跳火堆、打破窗戶……」葛雷哥利憂心忡忡地說：「接著他們跟守夜人打了起來，最後就被關起來了。懷特傳出一張紙條，上面寫著：可否請克倫威爾先生過來送獄卒新年禮物？」

「該死！」他說。他坐在床緣，突然發覺自己一絲不掛：從雙腳、小腿、大腿、陰莖、陰毛到滿是鬍渣的下巴，汗水從他的肩膀流下。他穿上襯衫。「他們把我當成什麼人了？」他說：「我要先吃早餐。」

葛雷哥利促狹地說：「可是你已經答應要當湯姆的爸爸了。兒子有難，你能見死不救嗎？」

他站起來。「把理查找來。」

「我也要去。」

「你要去就一起去吧。我擔心會有麻煩，還是把理查找來吧。」

其實，沒多大麻煩，只是需要討價還價。那幾個蠢蛋從大牢出來的時候憔悴不堪，衣服破爛、骯髒。克倫威爾說：「啊，韋士敦，早啊。」他心想，我不知道是你，不然就讓你留在裡頭。「你怎麼不在宮裡？」

韋士敦說：「是啊，我人在格林威治，不在這裡。懂嗎？」他的口臭熏死人了。

「啊，我懂了。你有分身。」

「噢，上帝，我的救主，」湯姆站在明亮的雪地裡，摸著自己的頭說：「下不為例。」

「至少今年不能再這樣。」理查說。

克倫威爾轉身，發現還有一個傢伙搖搖擺擺地走到街上。「啊，布萊恩，」他說：「我該知道這種事你一定有份。」布萊恩是安妮・博林的表哥。

一五三二年的第一股寒氣迎面撲來，布萊恩抖得像一隻被救上岸的落水狗。「他奶奶的，冷死人了。」他的上衣破了個大洞，襯衫的領子被扯掉，而且只剩一隻鞋子。他抓著褲頭，免得褲子掉下去。五年前，他跟人決鬥，失去了一隻眼睛，現在又失去眼罩，露出烏青的眼窩。他用剩下的一隻眼睛打量四周。「克倫威爾？你怎麼會在這裡？我記得你昨晚沒跟我們在一起。」

「昨晚，我在我的床上。我真希望現在還躺在那裡呼呼大睡呢。」

「你為什麼不回去睡你的大頭覺？」路很滑，他怕摔倒，於是伸出手保持平衡，「是不是城裡某個太太正在等你？這十二天耶誕假期你是不是換床伴就像換被單一樣？」克倫威爾幾乎要發笑，這時，布萊恩又說：「還是你喜歡相同的女人？」

他轉過去，對懷特說：「叫他把眼窩蓋起來吧，不然要凍傷了。少顆眼珠已經夠可憐了。」

湯姆・懷特吼道：「你不會說謝謝嗎？」然後捶布萊恩一拳。「跟克倫威爾先生說謝謝，還人家錢吧。在這麼一個節日，誰會起個大早拿錢包出來呢？要不是他，我們一定會被關到明天。」

這幾個人看來身上一毛錢也沒有。他說：「沒關係，先欠著吧，我會記在帳本上。」

第2章·唉，我該如何去愛？

一五三二年春

此刻，讓我們思考把這個世界結合起來的契約：統治者與被統治者以及丈夫與妻子之間的契約。這種關係的基礎是一方全心全意的奉獻，另一方則有照顧的義務。君主與丈夫是保護者，也是供給者，而臣僕和妻子則必須順從主人。但在丈夫之上，君主之上，上帝則是一切的統治者。祂會數算我們的反抗與愚行，伸出長長的手臂，給我們一拳。

試想，若有人和喬治·博林辯論這樣的事時，會是什麼情況。他和英格蘭任何一個年輕男子一樣聰明、有教養而且博覽群書，但今天他的注意力都放在他的天鵝絨袖子上。他用指尖在袖子上又摺又推的，希望弄成泡泡袖的樣子，看起來就像讓球在手臂上滾來滾去的雜耍藝人。

這時，我們再來想想英格蘭這個地方的範圍和疆界：暫且不論港口的防禦和邊牆，而是估量其自我統治的能力。此刻，讓我們定義國王的角色以及他該給人民什麼樣的信賴和保護，如何抵禦外侮，以及如何爭取與上帝直接溝通的自由，不用透過教士這樣的中間人。

國會在一月中召開。初春的首要任務就是化解主教對國王實施新法制的阻力、通過對羅馬教廷的獻金削減案，且使國王的權力在實質上凌駕於教會之上。下議院已經擬定一份請願書，反對自大、武斷的教會法庭，並質疑教會的管轄權及其存在的價值。

這份文件很多人都看過了，最後是由克倫威爾和雷夫、小黎挑燈夜戰，增補修訂，想辦法剷除反對勢力。賈德納雖然是樞密大臣，他還是認為有必要將之繩之以法。

國王把賈德納找來。賈德納膽顫心驚地進宮，脖子上的汗毛都豎立起來，像一隻被帶到大熊前面的馬士提夫犬。國王音調高亢，在震怒之下，更是尖銳得像要刺破耳膜似的。他質問：神職人員是他的臣子嗎？或者對他只有一半的忠心？還是根本不算是他的臣子，因為他們已經宣誓支持教宗？他氣極敗壞地叫道，難道他們不該宣誓效忠於我？

賈德納走出來之後，背靠在彩繪鑲板上。鑲板上畫的是一群在林地嬉戲的仙女。他拿出手帕，然而似乎忘了自己拿手帕要做什麼。他的大手把手帕扭成長條，像繃帶一樣纏在指關節上。滴滴汗珠流下他的臉龐。

克倫威爾見狀，連忙叫人過來幫忙：「主教大人身體不舒服。」僕人拿來一張凳子。賈德納看著凳子，瞪他一眼，然後小心翼翼坐下，好像擔心椅子會解體似的。他說：「我想，方才國王說的，你都聽到了。」

的確，一字不漏。克倫威爾說：「如果他把你打入大牢，我會特別關照你，讓你在牢裡過得舒服一點。」

賈德納說：「你這天殺的。你是誰啊？你是什麼官？你根本什麼都不是！」

他不只是要把敵人打垮，還要辯贏。他已經去找過全歐洲最受人尊敬、德高望重的老法學家聖杰曼。聖杰曼在自己的宅第接待他。他說，英格蘭每一個人都相信教會迫切需要改革。如果教會做不到，那就由國王來做吧。這位法學權威說，這就是我研究數十年得到的結論。

聖杰曼又說，當然，摩爾一定不同意我的看法。或許他已經落伍了，畢竟烏托邦不是人住的地方。

克倫威爾進宮晉見國王時，國王還在氣頭上，叫道，這傢伙有二心，簡直是忘恩負義。這個人這樣跟我作對，還能當我的樞密大臣嗎？（然而國王也曾稱讚他，說他是不怕論戰的勇夫。）他靜靜地坐著，看著國王咆哮，希望以靜制動，用靜默把國王的怒火包起來，讓國王聽他自己吼叫。他心想：如果能讓這頭獅王的憤怒轉移，真是很棒的一件事。「我想，」他輕柔地說：「如果陛下同意，我想……我們都知道溫徹斯特主教喜歡爭辯。但他不會跟國王爭辯的。他沒這個膽子」他停頓一下，「雖然他的觀點有問題，但他就是秉持這樣的想法。」

「沒錯，但是——」國王聽到自己的聲音。當初他把沃爾西拉下來，就是用這樣的語調。然而，賈德納不是沃爾西，他和沃爾西的差別在於幾乎沒有幾個人會記得他或為他惋惜。但此時，他還不急著把賈德納的官帽扯下來，畢竟還得顧及國王在歐洲的名譽。他說：「陛下，賈德納曾當大使，盡心盡力為您奔走，因此我們最好勸他，讓他妥協，不要用您的怒氣去強迫他。這樣不是比較輕鬆，也比較光榮？」

他看著國王的臉。一提到名譽，他的精神都來了。

「你總是給人這樣的建議嗎？」

他笑笑說：「不是的。」

「你認為一國之君不該像基督徒那樣謙卑、溫柔，對不對？」

「對。」

「我知道你不喜歡賈德納。」

「這就是為什麼陛下應該考慮我的建議。」

他心想，賈德納，你欠我一份人情。不久，他提出的法案就會通過了。

克倫威爾在家裡接見國會議員、律師學院的律師和城裡的同業公會人員。他也和下議院發言人歐德立會談。歐德立帶了在他門下學習的理查．李奇過來。李奇是個金髮年輕人，俊美得有如天使，主動、機靈，對宗教的興趣不大。李羅倫也是訪客之一，他是個很敢說話的教士，但一點也不像神職人員，這種人可說打著燈籠都難找。近幾個月，他在城裡的朋友愈來愈少，有的病死，有的則遭到不測。像他認識多年的好友索默，因為散發英文聖經，被關在倫敦塔，才被釋放不久就死了。索默以前神采奕奕，講究穿著，喜歡跑得快的駿馬，但最後被摩爾清算。波堤特也被放出來，但他已經病得很重，無法去下議院論政。克倫威爾去他家看他。看到這位老友纏綿病榻，呼吸困難的模樣，他覺得心如刀割。在這一五三二年的春天，雖然天氣首度變得和暖，但他內心依然悽愴。波堤特說，我覺得胸部像是被鐵環套住了，還不斷絞緊，又說，湯瑪斯，如果我死了，你能幫忙照顧露西嗎？

有時，他在花園和議員或安妮的神父一起散步，總覺得若有所失。因為克雷默聖師不在他的右手邊了。從一月起，他就被派任大使，前往查理五世的宮廷。途中，他會去日耳曼拜會學者，請求他們支持國王的離婚案。克倫威爾對他說：「你如果走了，國王要是再做惡夢，我該怎麼辦？」

克雷默笑道：「上次你不是做得很好？我從頭到尾只是點頭而已。」

他看到馬林史派克趴在黑黑的樹枝上，爪子邋啊邋。他指著牠，說道：「各位，那是沃爾西主教的貓。」馬林史派克一看到客人就迅速跑過圍牆，尾巴一甩，不知道跑到哪裡去。

克倫威爾家廚房那幾個男孩正在學做一種香料鬆餅。做這種鬆餅不但要看得準，時間要把握得剛剛好，而且手要很穩。由於要注意的地方很多，一不小心就會搞砸。麵糊的黏度要恰到好處，長柄鐵盤必須上油、加熱。把鐵盤闔上時，會發出一聲尖銳吱吱聲，然後冒出蒸氣。要是手忙腳亂，太早打開鐵盤，就成了一團糊糊的東西。必須等所有的蒸氣都跑掉了，然後才開始計數。要是數得太慢，沒跟上節拍，就會聞到一股燒焦味。一秒定成敗，差一點都不行。

他在下議院提出羅馬教士年俸凍結案的時候，建議大家起立選邊站。其他議員很驚訝，認為這麼做很不尋常。不過儘管發牢騷表示不滿，大家最後還是配合。贊同這項法案的請站這邊，反對請站另一邊。國王在場冷眼旁觀：誰支持他，誰反對，他都看在眼裡。最後，他一臉嚴肅地對克倫威爾點點頭。但是這招對貴族派不上用場。國王必須親自對他們解釋，提出他的理由，前後還說了三次。有些貴族世家，像是驕傲的艾克斯特家族就支持主教和凱瑟琳王后，也不怕說出他們的立場，至少他們還不怕。克倫威爾由此看出敵人在哪裡，然後想辦法分化他們。

廚房那幾個孩子終於做出一片完美的鬆餅。接下來，舍斯頓叫他們做一百片。他們變得駕輕就熟，好像是第二天性一樣，手腕一揮，即把鬆餅甩到木匙上，木匙再一甩，鬆餅就落在架上，乾燥之後就變得酥酥脆脆的。只要做久了，每一片鬆餅都漂漂亮亮的。這時，他們再蓋上皇家徽章，每十二片疊在一起放在盒子裡包裝起來。每一片都如此金黃酥脆，還飄散著玫瑰香。他送了一批給湯瑪斯．博林。

博林就要當國王的岳父了，他希望國王能給他一個特別的頭銜。他已放出風聲，如果別人能稱呼他一聲「閣下」，不知該有多榮幸。克倫威爾和博林討論過，也和他的兒子、他們的朋友商量，最後才去白廳找安妮談。一月又一月，她的地位也日益崇高。克倫威爾前去找安妮的時候，一長排的侍女和僕人向他鞠躬。不管在宮廷或是在西敏寺處理政事，他都穿的很樸素，就像一個普通仕紳。他常穿一件寬鬆的蘭思特羊毛長衫。這衣衫像流水一樣飄飄然，而且是近乎黑色的深紫和靛藍，似乎夜色已融入其中。他的頭髮是黑的，加上一頂黑天鵝絨帽，因此全身上下的亮點就是他那銳利的雙眼、結實豐潤的雙手，以及沃爾西主教給他的那只綠松石戒指。

昔日的約克府已成今日的白廳。工人仍在裡頭忙著裝潢。耶誕節，安妮的新寢宮落成。國王把這寢宮當禮物送給她。國王帶她走進去看。牆上掛著金線銀絲製成的布幔，木雕床架掛著繡有花卉和兒童的大紅緞。他想看她驚訝得倒抽一口氣的模樣。諾里斯跟克倫威爾說，安妮一開始好像不是很驚訝，她只是慢慢地掃視過房裡的每一樣東西，微笑、眨眼。接著，她好像突然想起她該有什麼樣的反應，於是假裝興奮到暈眩，站不住腳要倒下去，嬌喘連連，這時國王伸出手臂緊抱著她。諾里斯感嘆地說，我真希望我們做男人的一輩子至少有一次能讓女人發出那樣的聲音。

安妮跪下，向國王致謝。接下來，國王當然必須離去，走出這個金碧輝煌的房間。他牽著她的手，回到新年宴會上，讓大家看看他那得意洋洋的表情。他相信，這件祕事必然將由陸路和海路傳遍全歐洲。

克倫威爾走過主教以前使用過的房間，最後去見安妮。安妮坐著，侍女在一旁陪她。她似乎已經知道她父親和弟弟說了什麼。他們以為需要幫她修正策略，其實就策略和謀畫而言，她才是最厲害的。她會反省、判斷哪裡出了差錯。克倫威爾最佩服這種能從錯誤中學習的人。一天，他們把窗戶打開，看在附近築巢的鳥兒拍打翅膀。安妮說：「你曾經告訴我，只有主教能讓國王獲得自由。你知道我現在的想法嗎？我想，沃爾西只會幫倒忙。因為他太驕傲了，他還想當教宗呢。當初他要是能謙虛一點，克勉教宗才會願意幫忙。」

「這麼說或許有道理。」克倫威爾說。

「我想，我們該從這件事學到教訓。」諾里斯說。

他們都轉過來面對安妮。安妮說：「真的嗎？」克倫威爾問：「什麼教訓呢？」

諾里斯一時語塞，答不上來。

「我們都不大可能當上樞機主教，」安妮說：「即使是像克倫威爾這樣有雄心壯志的人，也不會想當主教。」

「噢？我想我不會把錢投在這上面。」克倫威爾說。諾里斯垂頭喪氣地走開，那無精打采的樣子活像沒有骨頭的人。

「我想請問一件事：妳想起沃爾西主教的時候，可曾為他的靈魂禱告？」

「我想，他應該已經接受上帝的審判。不管我是否為他禱告，沒有任何差別吧。」

瑪麗．博林輕聲說：「妹妹，他是在逗著妳玩的。」

「要不是主教，妳該已經嫁給珀西了。」

「至少，我可以成為人妻，變成尊貴的夫人，哪像現在——」

「但是安妮，」她們的表妹瑪莉．薛頓說：「珀西發瘋了，這事無人不曉。他把所有的錢都揮霍光了。」

瑪麗．博林笑道：「噢，是嗎？我妹妹認為他活該。」

他轉向安妮：「我想，妳不會想待在珀西府邸的。妳該知道，他會像北方那些爵爺，把老婆關在高高的塔樓上。那裡真是高處不勝寒哪。一直到吃晚餐的時候，他才允許妳走下迴旋樓梯。妳坐在餐桌上，僕人端來燕麥布丁。那布丁是腥紅色的，因為摻了牛血。這時，爵爺提了個袋子，大搖大擺地走進來。妳說，噢，親愛的，你有禮物要送給我嗎？他說，是的，希望妳喜歡。他打開袋子，把裡面的東西倒在你的大腿上——哇，一個蘇格蘭人的頭顱。」

「噢，太恐怖了，」瑪莉．薛頓輕聲地說，「這是真的嗎？」安妮掩嘴而笑。

他說：「妳或許比較想吃燉嫩雞胸片佐龍蒿奶油醬，加上西班牙大使送來的一塊風味絕佳的熟成乾酪。當然這塊乾酪本來是要獻給凱瑟琳王后的，不知怎麼跑到我家了。」

「一票人在路上埋伏，把凱瑟琳的乾酪搶過來送給我嗎？真是太令人感動了。」安妮說。

「這是小的暗中策畫的。現在我得走了……」他指向角落那個彈魯特琴的男孩，「好讓妳和那個金魚眼男孩在一起。」

安妮瞪馬克一眼，說道：「的確，這小子眼睛像金魚一樣。」

「我該把他送走嗎？這裡太多樂師了。」

「讓他留下來吧，」瑪莉說：「他滿可愛的。」

瑪麗．博林站起來。「我想……」

瑪莉用打小報告的口吻說道：「卡瑞夫人想和克倫威爾先生密商。」

她們的弟媳羅奇福德夫人說：「她又有什麼好處要給克倫威爾了吧。卡瑞夫人，什麼事不能當著我們的面說呢？」

但是安妮點點頭，示意他可以退下，瑪麗也可以走了。想必安妮有什麼事不方便在大家面前說，要瑪麗私下跟他說。

他們走到外頭。瑪麗說：「有時，我實在需要出來透透氣。」他沒接話，繼續等她說，「你知道嗎？我弟和我弟媳互相憎恨，他不跟她上床的。如果他沒跟情婦在一起，就是跑到安妮這裡打牌。他們玩的是『儒略二世』，一直玩到天亮。國王還幫她還賭債呢。她需要更多的收入、自己的房子、度假的地方。別離倫敦太遠，最好在河邊——」

「她看中誰的房子了嗎？」

「我想，她沒把人家趕出去的意思。」

「房子通常都是屬於某個人的。」他心中閃過一個念頭，然後露出微笑。

她說：「我曾告訴你要離她遠一點，但現在我們已經少不了你了。即使我父親和我舅舅也都這麼說。他們說，現在要做什麼事，要是國王身邊的顧問不在，沒得到國王恩准，就什麼也做不了。你一離開國王的視線，國王就會問你到哪裡去。」她後退一步打量著他，像看著一個陌生人。「我妹妹也是。」

「卡瑞夫人，我想要做點事。只是當國王的顧問是不夠的。我希望能在王宮任職。」

「我會跟她說。」

「我想當王室珠寶館的館長，或管理國庫。」

她點點頭。「安妮使湯姆．懷特變成詩人，把亨利．珀西變成瘋子。我想，她一定知道要把你變成什麼。」

✿　✿　✿

在國會開會的前幾天，湯姆．懷特來跟他道歉，說新年那天一大早讓他從床上爬起來解救他們，真是不好意思。

「你對我發脾氣也是應該的，但請諒解我們在慶祝新年，輪流乾杯。」

他看著懷特在房間裡走來走去。懷特一副好奇且坐立不安，又有點害羞的樣子，不敢坐下來和他面對面交談。他看著牆上畫的世界全圖，把食指放在英格蘭上。接著，他欣賞牆上的畫，其中有一小幅祭壇畫。他轉過來問這幅畫。克倫威爾說，這幅畫是內人的，她已經過世了。懷特穿了件有貂毛飾邊、筆挺的奶油色錦緞外套。他應該買不起這樣的衣服。在那外套之下則是件茶褐色的絲質緊身上衣。他有一對溫柔的藍眼睛，加上一頭長長金髮，但頭髮已有點稀疏。有時，他會把指尖放在頭上，好像新年的宿醉頭疼到現在還沒消除。其實，他是在觸摸頭上的髮際線，看在方才的五分鐘內，他的髮際線是不是又後退了一點。沒多久，他又站在鏡子前。他不知已照了幾次鏡子。克倫威爾說，老天，我年紀大了，無法跟大夥兒一起在街上嬉鬧，可我也還沒到禿頭的年紀。懷特問，你認為女人會注意到我頭髮稀疏嗎？會很在意這樣的事嗎？如果我留鬍子，是不是有轉移效果……嗯，或許沒用，但我可能還是會想留鬍子。國王的鬍子看起來挺帥的，不是嗎？

克倫威爾問道：「令尊有什麼建議沒有？」

「噢，有啊。他說，出門前先喝一碗牛奶。吃燉煮蜜糖榅桲——這個生髮祕方有效嗎？」

他差點憋不住笑出來。他剛答應做懷特的父親，必須保持嚴肅，才有做父親的樣子。「我是指，他不曾建議你離遠一點，別去招惹國王的女人嗎？」

「我和她的距離已經十萬八千里了。你還記得我去了義大利吧？後來，我又在加萊待了一年。這樣還不夠嗎？」

他知道這種離鄉背井的滋味。懷特坐在一張小凳子上，手肘靠在膝蓋上，手捧著頭，指尖按著太陽穴，傾聽自己的心跳聲。克倫威爾心想：或許他在想他的詩句？懷特抬起頭來，「我父親說，沃爾西死後，你就是全英格蘭最聰明的人了。如果安妮不是處女，跟我一點關係都沒有。你了解嗎？用不著我再說一次吧。」

懷特為自己倒了一杯酒，一飲而盡。「啊，好烈。」他低頭看著杯底以及握著酒杯的手指，「我想，我必須再解釋一下。」

「那就說吧。」

「有沒有人躲在那繡帷後面呢？有人告訴我，摩爾家的僕人有你派去的間諜，聽到什麼都會向你報告。這年頭，沒有一個僕人是靠得住的，到處都有間諜。」

「哪個時代沒有間諜呢？」他說：「摩爾家有個孩子名叫迪克·帕瑟。迪克的父親被他關在倫敦塔，戴著頸枷手銬，後來病死了。也許摩爾內心有鬼，因此收養了這個孤兒。迪克告訴其他男孩，說他不相信聖餐是上帝的血肉，摩爾於是把他抓來，在全家人的面前鞭打他。我後來把這孩子救出來，讓他待在我家。除此之外，我還能做什麼？摩爾家要是再有人受虐，我一樣會願意接納這些可憐的孩子。」

懷特一邊微笑，一邊撫摸繡帷上的希巴女王，也就是克倫威爾的老情人安瑟瑪。年初，他去格林威治見國王。國王看他一直在看牆上的希巴女王，就把沃爾西珍藏的這幅繡帷送給他。國王笑著問他：你認識這個女人？他說，她像我以前認識的一個女人，然後說起那段往日情事，並責怪自己。國王說，沒關係，年輕的時候，誰沒做過傻事，再說你不可能把每一個女人都娶進門，是不是？接著，國王低聲跟他說，我知道這是沃爾西主教的東西。這樣好了，你把她帶回家吧，這樣她就可以跟你晨昏相伴了。

他幫自己倒杯酒，也幫懷特倒一杯。「賈德納派人站在我家門口，看看哪些人在這裡進出。這地方只是城裡的一棟房子，不是城堡，然而如果我們發現有人混進來，我的僕人一定會把他們踢出去的。的確，我年少的時候喜歡打鬥。雖然我不想提過去，但諾福克大叔一直提醒我，說我以前是傭兵，不是在他麾下的戰士。」

「你這麼叫他嗎？」懷特笑道：「諾福克大叔？」

「私底下才這麼叫的。我不必提醒你霍華德家族認為他們該得到什麼吧。你就住在博林家附近，該知道別捋虎鬚。不管你對他女兒有什麼感覺，我希望你把這些感覺全部拋棄，好嗎？」

「有兩年之久，我一想到另一個男人碰她，就肝腸寸斷。但我能給她什麼呢？我已經結婚了。她現在想要釣的是公爵或國王，我算哪根蔥啊。我想，她以前滿喜歡我的，喜歡看我為她神魂顛倒的樣子。我們獨處的時候，她會讓我吻她。我總是想……這只是她的策略。她會說，好，來吧，來吧！然後又說不要。」

「當然，你是個君子。」

「我該強暴她嗎？如果她說不要，是真的不要，國王應該也知道。但過幾天之後，她又讓我吻她。好，來吧，來吧！然後叫道不要。讓我最氣不過的是她暗示我，她只拒絕我，卻接受別的男人——」

「誰呢？」

「噢，她要說出是誰，豈不是壞了自己的興致？她是故意的。讓你在宮廷或肯特郡看到每一個男人都不禁猜想：是這個人嗎？還是那一個？你不斷質問自己：我哪裡做得不對？為什麼不能讓她高興？為什麼她從來不給我機會？」

「我認為你是了不起的詩人，你寫的詩是曠世傑作，你可以從你的作品得到安慰。國王寫的詩，寫來寫去，就那幾句，更別提太自我中心了。」

「他不是寫了首歌，叫做〈與好友同樂〉？我聽了之後，感覺心裡好像有隻小狗忍不住要嚎叫。」

「的確，國王已經四十好幾了，聽他歌頌少不更事的年代，實在教人不忍卒聽。」他看著懷特。他還是愁眉苦臉，好像鼻梁上方快痛死了。他口口聲聲說,他已經解脫,再也不會受到安妮的折磨,但看他那樣子,完全不是這麼一回事。克倫威爾像一個殘忍的屠夫，再補上一刀：「你認為她到底有幾個情人？」

懷特盯著自己的腳，又抬起頭來看著天花板。「一打？零個？還是一百個？布蘭登跟國王說過，這女人是賤貨，結果國王氣得叫他滾得遠遠的，不要回宮廷。要是我說這樣的話呢？恐怕連命都沒了。布蘭登說，反正她總有一天要跟亨利上床的。然後呢？難道他會不知道她是不是處女？」

「她必然已經仔細盤算過了。再說，國王也不是判別處女膜的行家。他不是承認了嗎？他花了二十年的時間長考，仍然弄不明白他哥哥是不是捷足先登，已經幫凱瑟琳破瓜了。」

「哈哈，」懷特終於展露歡顏，「到了圓房那天或那個晚上，安妮想必不會提起這事。」

「在我看來，安妮一點也不擔心洞房花燭夜的事，畢竟沒有什麼好擔心的。」他想要說的是：安妮沒有肉慾，只有心機，在她那對饑渴的黑色眼珠後面是冷靜、狡猾的大腦。「我想，如果任何一個女人能一而再、再而三地拒絕國王求歡，必然也能拒絕天下所有的男人，包括你、珀西以及任何一個她想要折磨的男人。她只是一心想飛上枝頭做鳳凰。為達目的，不擇手段。是的，你的確像個傻瓜被耍得團團轉，但事實與你想的不一樣。」

「你在安慰我嗎？」

「你該為自己慶幸。如果你真的跟她兩情相悅，共赴雲雨，我還真擔心你呢。國王一直相信她是處女。要不然，他要相信什麼？但他們結婚之後，他還是會醋勁大發。」

「真的嗎？他們會結為夫妻嗎？」

「我正在國會努力。我想，我可以破除主教方面的勢力。然後呢，天曉得……。摩爾說，過去約翰王曾被教宗處以絕罰，教宗下令停止英國全年的宗教活動，並且將約翰王開除教籍。結果母牛生不出小牛，麥田不開花結籽，草葉停止生長，鳥從天空掉下來。不過，現在要是真的發生這種事，」他笑著說：「政策調個頭就好了。」

懷特說：「安妮曾經問我：克倫威爾這個人究竟相信什麼？」

「所以，你們會討論事情囉？不只是『好，來吧，來吧，不要。』居然提到我？真是我的榮幸。」

懷特聽他這麼一說，面有慍色，「關於安妮，你會不會錯看她呢？」

「有可能，但她就是這麼看自己的。我覺得應該是如此。用這個角度來看，對你我都好。」

懷特起身告辭。克倫威爾說：「有空就來坐坐吧。我們家的小姑娘已經聽說你是多麼俊美了。如果你擔心頭髮會讓她們失望，不妨戴帽子。」

懷特常跟國王一起打網球，他知道如何壓下傲氣。他擠出一絲微笑。

「令尊跟我說了那個獅子的故事。我們家那幾個孩子把這個故事編成一齣戲了。也許有一天你可以加入他們，在戲中扮演自己。」

「噢，那頭獅子。我現在回想，實在覺得不可思議，不知道自己為什麼會做那樣的事。像我這種人怎麼可能在空地中站著不動去引誘一頭獅子？」他停頓一下，接著說：「這比較像是你會做的事吧。」

✿ ✿ ✿

摩爾來到克倫威爾家。雖然他看起來又渴又餓，還是不肯吃，也不肯喝任何東西。

如果是沃爾西，他可不管摩爾說什麼，還是會讓他坐下吃個乳酒凍。碰上草莓盛產的季節時，他會請人端一大盤草莓過來，卻附上很小的一支湯匙。

摩爾說：「十年前，土耳其人攻占了貝爾格勒，在布達的圖書館前升起營火。兩年前，他們打到維也納城門口。你為何還要分裂這個基督王國？」

「英格蘭國王不是異教徒，我也不是。」

「你真的不是？我不知道你是否向路德的上帝禱告？或者你崇拜某個在過去旅途中遇見的神明？還是你只信仰自己發明出來的神？或許你相信的是買賣，而不是上帝。如果能有好價錢，叫你去服侍蘇丹，你也願意。」

伊拉斯謨斯曾說，天底下是否有比摩爾更親切、和善、和諧的人？

他一語不發地坐在書桌前。摩爾進來的時候，他正在工作，一邊用手臂支撐下巴——這個姿態或許具有戰鬥的優勢。

摩爾看起來好像想把他身上的衣服撕碎。撕碎了又怎樣？他可以再買更好的衣服。他本來想同情摩爾，想了想，決定作罷。摩爾說：「你以為你現在是國王的顧問官，就可以在國王背後和那些異端打交道嗎？你錯了！我知道你和弗翰的書信往來，也知道弗翰和丁道爾見過面。」

「我有點好奇，你這是在威脅我嗎？」

「是的，正是如此。」

他覺得他和摩爾像是站在天平的兩端，然他們比的不是官位大小，而是力量。

摩爾離開之後，理查說：「他真是不應該。怎麼可以這樣威脅你呢？今天，看在他還是首席國務大臣的分上，我們讓他大搖大擺走出去。可誰知道明天會有什麼變化？」

他想起一件往事。九歲左右，他偷偷跑到倫敦，看見一個老女人因信仰而遭到迫害。回憶如洪水灌入他的身體，他得坐船揚帆遠去才能走出這段回憶。他轉過頭去對理查說：「你去看看摩爾有沒有護衛，如果沒有，幫他安排一個，再找一艘船送他回雀爾西吧。我們不能讓他在倫敦亂走，在別人家門口大聲叫罵。」

他最後幾個字是用法文說的。他不知道自己為什麼要這麼做。他想起安妮，她的手伸得長長的，對他招手，用法文說道：克倫威爾先生，過來我這裡。

他忘了那是哪一年的事了，只記得是四月末，肥大的雨滴落在淺綠的新葉上。他也記不得那次老爹是為了什麼事大動肝火，只記得內心充滿恐懼，心臟在肋骨之內狂跳。那時，如果他不能跑去蘭巴思宮，躲在約翰叔叔工作的廚房，就會跑到城裡，看能不能幫人跑腿賺幾個銅板，像是去碼頭扛東西回來，或是把物品放到手推車上，只要吹聲口哨，他就會過來。他現在覺得自己小時候真是幸運，沒被壞人抓走毒打或燒炙，或最後成了一具在泰晤士河裡漂流的童屍。在那個年紀，他還沒有判斷力，聽到有人說，喂，那裡有好玩的，他就照著那人手指比的方向去了。他對那個老太太沒任何成見，只是從未看過火刑。

老太太犯了什麼罪？他們說，她是羅拉德派的異端[1]。這一派的人說祭壇上的上帝不過是一塊麵包。他說，什麼麵包？像麵包師傅烘烤出來的麵包嗎？有人說，讓這個小孩站前面一點吧，讓他睜大眼睛好好看著，從今以後他一定會去做彌撒，遵從神父的教誨。於是，他被推到最前面。有個女人說，來，寶貝，站在我旁邊。她戴著潔淨的白帽兜，露出燦爛的笑容。她說，觀看今天行刑的過程之後，上帝就會赦免你的罪。至於幫忙把柴火搬過來現場的那些人，將來進入煉獄之後，可得到四十天的假釋。

老太太被帶到行刑現場時，所有的民眾都高聲歡呼、喊叫。他發現她已經很老了，或許是他見過最老的女人。她幾乎是被拖著往前走的。沒戴帽兜，也沒有面紗，頭皮上有幾塊白白的，那裡的頭髮似乎被扯下。站在他後面的人說，應該是她在絕望、瘋狂之際，自己把頭髮拔下來的。兩個僧侶站在老太太後頭，看起來像兩隻肥滋滋的灰老鼠，粉紅色的爪子握著十字架。站在他身邊那個女人就像媽媽一樣緊抓著他的肩膀。如果他媽媽站在他身旁，一定也會這麼做的。她說，你看看這老太太，她已經八十歲了，還如此邪惡。有一個男人說，她瘦巴巴的，骨頭上沒幾兩肉，除非風向改變，不然應該很快就燒完了。

「她犯了什麼罪？」他問。

「我告訴你。她說：『聖人不過是木雕的柱子。』」

「她現在被綁在柱子上，就像那樣的柱子嗎？」

「唉，沒錯。」

「那柱子也會被燒掉。」

女人說，下次再找一根柱子就好了。她把放在他肩膀上的手移開，緊握拳頭，在頭上揮舞，然後從腹腔深處發出嘶吼聲，像是魔鬼的叫聲，讓人不寒而慄。眾人一邊向前推擠，一邊尖叫，還發出噓聲、吹口哨、跺腳。一想到那可怖的景象，他覺得身體一下子發熱、一下子打寒顫。他抬起頭來看著身邊那個像媽媽一樣照顧他的女人。她說，你好好看著吧，然後用手指溫柔地把他的臉轉向老太太。警衛拿出鐵鍊，把老太太綁在柱子上。

柱子插在一堆石頭上。幾個仕紳和神職人員走過來。他不知道那些神職人員是神父，還是主教。他們對老太太喊話，要她放棄異端信仰。他就站在最前方，因此看得到老太太嘴唇在動，但聽不到她在說什麼。如果她現在改變信仰，他們會放她走嗎？女人笑道，呵，呵，不會的。你看，她正在呼叫撒旦來解救她。仕紳退下，警衛把木柴和稻草堆在老太太腳下。女人輕拍他的肩膀，說道：「這次可以看清楚了。上回，我站在後頭。」雨停了，陽光穿透雲層。行刑官拿著火炬走過來。火炬在陽光下看起來淡淡的，只是微微抖動，有如袋子裡的鰻魚。僧侶在唸經，然後把十字架高舉到老太太面前。這時，圍觀的群眾才後退。第一陣煙飄起，大家知道火已經點燃了。

眾人又擠到前面，高聲叫囂。警衛拿著棍棒，阻擋人群往前，用低沉宏亮的聲音叫道：後退！後退！後退！群眾尖叫，後退個幾步，然後又拚命往前擠，好像在玩遊戲。接著，濃煙蔽天，視線不良，大夥兒紛紛跑到一旁咳嗽。有人叫道：你們聞聞看！燒烤老母豬的氣味！他屏住呼吸。老太太的血肉漸漸化成陣陣黑煙，他不想吸入自己體內。老太太在嘶吼。他們說，她在呼叫聖人的名號了！女人彎下腰來，在他耳邊說，你知道被火燒的人會流血嗎？有人認

1、羅拉德教派是一群跟隨十四世紀宗教改革家威克里夫（John Wycliffe）的信眾，認為天主教背道、偏離聖經教訓。這個教派因而成為異端的代名詞，不斷遭到迫害。

為人被大火一燒只會皺縮，其實是會流血的。我以前看過，所以我知道。

等到黑煙消失，大夥兒又可看清楚了，老太太的身體已被火焰吞噬。群眾歡呼。雖然有人說很快就燒完了，但他覺得好像燒了很久。他問，沒有人為她禱告嗎？女人說，那又有什麼用？即使已經燒得差不多，依然有人過來添加燃料。警衛在周邊巡邏，把飛濺出來的火花踩熄，若有柴火滾出來則再踢回去。

行刑完畢，群眾一邊吱吱喳喳，一邊走回家。這時，他就知道哪些人是站錯邊的，因為他們的臉都被黑煙和灰燼燻黑。他想回家，但一想到老爹又不禁怯步。老爹那天早上已經告訴過他，要把他碎屍萬段。他看著警衛拿鐵棒把老太太的骸骨敲碎，有些肉屑還黏在鐵鍊上。他走上前去問道：火要多熱才能燒掉骨頭。他想，他們應該有這方面的知識。結果他們根本不知道他在問什麼。沒幹過鐵匠的總以為所有的火都一樣，但老爹曾教他辨識火的顏色：夕陽紅、櫻桃紅，還有明亮的黃紅色。

老太太的骷髏頭和手腳長長的骨頭都躺在地上。她的肋骨籠已經碎裂，比起狗的肋骨似乎沒大多少。有一個人拿著鐵棒戳進頭骨左眼的凹洞，然後把頭骨移到石頭堆上。那顆頭顱好像在瞪著他。他舉起鐵棒從頭頂打下去。還沒打下去，他就知道偏了。有一點碎裂的骨頭像星星一樣飛到塵埃中，整顆頭還是完整的。天啊，他說，小子，你想不想試試，看能不能一次敲碎？

有人叫他做什麼，他通常都說「好」，但這次他卻慢慢後退，手藏在背後。好小子，他說，我別無選擇才找你的。不久，下雨了。那人擦擦手、擤鼻涕，把鐵棒丟在老太太的骸骨旁就走了。現場只剩骨頭和一堆黑黑的泥灰。他撿起鐵棒，心想萬一他需要武器，就可派上用場。他撫摸尖尖細細、像是鑿子的那一端。他不知道自己離家多遠，也不知道老爹會不會來找他。他想知道如何能慢慢地致人於死，不管是用燒的，或用刀子。要是那些警衛還在，他或許可以問他們。他們應該知道答案。

老太太的屍臭味仍飄浮在空氣中。他想知道她的靈魂現在是否在地獄，或者還在街上遊蕩，但是他不怕鬼。現場有個為那些仕紳搭建的遮篷，雖然篷子垮了，但離地面還有一段距離，他可以溜進去躲雨。他為那個老太太禱告，心想這麼做並沒有壞處。他開始禱告，嘴巴唸唸有詞。雨水蓄積在上方的篷子上，然後從板子的縫隙滴下來。他計算水滴落的時間，然後把手窩成杯狀去接。他這麼做，只是為了好玩。天黑了。如果今天不過是平常的一天，那他現在已經饑腸轆轆，開始找吃的東西了。

暮色中，有幾個男人和女人走過來。他知道如果有女人，又沒有警衛，這些人不會傷害他。他們站在石頭堆旁，圍成一圈。他鑽出篷子，靠近他們。他很好奇，不知道他們要做什麼。但他們跪在地上，沒抬起頭來看他，也沒說話。他想，他們在禱告。他說，我為她禱告過了。

真的嗎？有一個男人說，好孩子，但仍然沒抬起頭來看他一眼。他想，那人要是看到他，就會發現他才不是什麼好孩子，只是帶著小狗一天到晚往外跑、沒有用的小孩。他忘了準備鹽水，倒進淬火箱了，老爹要是發現就完了。他想到他忘了做的事和老爹要殺他的原因，胃就開始絞痛，幾乎要痛得叫出聲來。

那些人已經禱告完畢。他們是老太太的朋友，現在跪在地上，把剩餘的骸骨撿起來，放在一個女人帶來的陶罐裡。他的眼睛很尖，即使天色已暗，一片漆黑，他還是看得到淤泥中的碎骨。他幫忙撿了一塊，說，這裡還有。女人把罐子拿過來。這裡又有一塊。

有一個男人站得遠遠的。他問：「那個人為什麼不幫忙？」

「他是幫我們把風的。如果警衛出現，就會吹口哨。」

「我們會被抓起來嗎？」

另一個人一直催促：「快點，快點。」

罐子裝得差不多之後，捧著罐子女人說：「把你的手伸出來。」

他相信她，於是把手伸出去。她把自己的指頭伸進罐子裡，然後把一小團像泥巴的東西塗在他的手背上。那是混合沙子、脂肪和骨灰的泥土。女人說道：「她叫瓊恩．柏頓。」

現在，他回想起這件事，不禁覺得自己的記憶似乎有些漏洞。雖然他未曾忘記那個被火燒死的老太太，她的骨灰還曾黏在他的皮膚上，但兒時生活的片段似乎湊不起來。他不記得他是怎麼回到家的，而老爹竟然沒用刀子把他身上的肉一吋吋割下來。他也忘了他為什麼沒準備淬火用的鹽水。他想，或許我把鹽灑了一地，太害怕，所以沒告訴老爹。這似乎有可能。因為恐懼而丟下手邊的事，犯了錯又生出更大的恐懼。恐懼到了極點，可能就放棄了。這個犯錯的孩子於是變得麻木，漫無方向地在街上走，最後跟著一群人去觀看火刑。

他沒跟任何人提起過這件事。他不在意跟理查或雷夫談起他的過去，但這是有限度的，他可不想隨便洩漏自我。夏普義大使常來他家吃飯。大使坐在他旁邊，一邊剔出骨頭上的肉，一邊引誘他說出過去。

夏普義說：「有人告訴我，你父親是愛爾蘭人。」大使氣定神閒地等他回答。

克倫威爾說：「這事我倒是第一次聽到。我告訴你，我爹這個人甚至覺得自己是個謎。」

夏普義嗤之以鼻，說道：「愛爾蘭人非常暴力。聽說你十五歲那年離鄉背井是從監獄逃出去的。這是真的嗎？」

「當然是真的，」他說：「天使幫我把鐵鍊敲斷的。」

很好，這樣他就有情資可以回報他的主子了：「我已質問過克倫威爾。他說了褻瀆神聖的話。微臣還是別轉述，免得汙染陛下的耳朵。」夏普義寫起公文總是行雲流水，從來沒有不知如何下筆的問題。如果沒什麼消息可以報告，他就寫他聽到的流言，聽到什麼就寫什麼，來源是否可靠一點也不重要，反正可以交差就好。由於夏普義不會說英語，但摩爾和那個叫波維西的義大利商人會說法語，於是他就聽他們用法語轉述的消息。拉丁文呢？倫敦主教史托克思禮會說拉丁文，他也常去這位主教家做客，並聽聽最近發生什麼事。夏普義不斷向查理五世報告說，英格蘭人民對國王很不滿，只要煽動一下，加上西班牙軍隊之助，就會起兵叛亂。當然，夏普義是被人誤導，而且錯得離譜。英格蘭人民的確擁戴凱瑟琳王后，而且好像不了解，也不支持最近的國會法案。但克倫威爾的本能告訴他，英國人民面對外國干涉，依然會團結起來，一起對抗外侮。人民愛戴凱瑟琳是因為她幾十年前就嫁過來了，他們忘了她是西班牙人。一五一七年的「邪惡五月天」暴動事件，就是針對外國人發動的攻擊。英格蘭人還是難免具有偏狹的島民心態，頑固、仇外，且對土地十分執著。要是法蘭西和西班牙結盟，英格蘭人民的觀點又會不一樣了。當然，我們無法排除那兩國結盟的可能。

吃完晚餐，他陪夏普義走回家。大使的家僕、警衛個個塊頭高大，守在門口用法蘭德斯語閒聊，當然是在說他的閒話。夏普義知道他曾在法蘭德斯一帶待過。既然如此，夏普義會不知道他懂法蘭德斯語？或者是故意要說給他聽，好讓他上鉤？

不久前，他早上醒來總是要好好想想，理清思緒，才能開口跟人說話。他在夢裡見到了死去的麗茲和女兒，在剛醒之際，不斷尋找她們的身影。他在現實與夢境的邊緣顫抖。

但現在已經不一樣了。

有時，夏普義像挖出他老爹的屍骨，不斷問他過去的事，或是說一些有的沒的，他幾乎激動得想為他老爹辯解、讓大使明白他的童年。但這麼做又有什麼用？再怎麼解釋也只是白費唇舌。傳聞中的他是個不堪聞問的傢伙。他最好把過去藏起來，即使過去根本沒什麼好隱瞞的。一個人的力量來自於隱晦不明，他只能隱隱約約看到他的手在動，表情永遠無法被猜透的人才是強者。別人不知道你才會害怕。他的過去如果像黑洞，不為人所知，就會令人充滿恐懼、幻想與欲望。

❁　❁　❁

一五三二年四月十四日，國王任命他做王室珠寶館館長。老懷特曾說，當上這個官，國王的收入和支出就可一目瞭然。

不管是誰來到國王跟前，總免不了要聽他咆哮：「你們告訴我，我為什麼不能用他？不能雇用一個老實鐵匠的兒子？」

聽國王這樣描述自己的老爹，他拚命藏住笑意。國王說的讓他倍感榮幸，遠遠勝過夏普義大使對他的奉承。國王對他說：「你今天是怎麼樣的人，都是我，我一個人造就出來的。你的身分、地位，你擁有的一切，都是我賜給你的。」他獲得這樣的恩寵，高興都還來不及，沒什麼好抱怨的。國王近日非常友善、慷慨，幾乎有求必應，偶爾說這種自大的話，也不為過。沃爾西以前常說，不管國王做了什麼，人民都會原諒的，除非他想要增稅。主教還說，不管大官小官，儘管轉過頭去，不把國王的話當一回事，等到他們轉過頭來，該做的我都做好了。

四月的某一天，他在西敏寺辦公的時候，拉提摩走進來。拉提摩被軟禁在蘭巴思宮，最近才獲釋。拉提摩說：「放下你手中的筆，給我一個擁抱吧。」

他站起來，緊緊擁抱拉提摩。他身穿灰黑色的袍子，只剩一身骨頭。「你在華翰面前剴切陳詞？」

「我是即席演說的，像小孩一樣，想到什麼就說什麼。那個老傢伙已經走到人生的盡頭，或許對燒炙活人失去胃口了吧。他全身皺縮，有如曬乾的種子莢。他一走動，我甚至可以聽見他的骨頭咯嗒咯嗒地響。不管怎麼說，這不是我的錯。瞧，我這不是好端端回來了？」

「他怎麼對待你呢？」

「他把我的圖書館牆上的書都清空了。幸好，書裡的每一個字都在我腦袋裡了。他放我走的時候，還警告我說，如果我沒聞到燒烤人肉的味道，也該會聞到油鍋的氣味。有人也跟我說過同樣的話。那該是十年前的事了，我在紅衣野獸前為異端說話的時候。」他哈哈笑，「但沃爾西又允許我講道了，還給我一個祝福的吻，而且讓我享用晚餐。所以呢？未來的王后是否喜歡福音呢？」

他聳聳肩。「我們正在跟法蘭西那邊談。法王有一群主教或許會在羅馬幫我們喉舌。」

拉提摩發出哼的一聲，「現在還要看教廷的臉色，是嗎？」

「看來不得不如此。」

「我們在國王身上加把勁吧，讓他接受福音。」

「或許吧。這事急不得，必須一步一步慢慢來。」

「我打算懇求史托克思禮主教，求他讓我見見班翰弟兄。你要來嗎？」

班翰律師去年被摩爾打入大牢，受到酷刑折磨。去年耶誕前，他去倫敦主教面前為班翰求情。二月，他宣布放棄異教信仰，所以被釋放。他雖然是屬血氣之人[2]，但他想要活下去，又有什麼不對？不過他獲得自由之後，他的良心不放過他，讓他寢食難安。一個禮拜天，他拿著丁道爾的聖經，步上教會講台，站在所有的會眾面前，滔滔不絕講述自己的信仰。現在，他又被關在倫敦塔，等待行刑的日子公布。

「那麼，」拉提摩說：「你要來嗎？還是不要？」

「摩爾已經看我不順眼了，我還是不要火上加油吧。」

他想，我或許可以動搖班翰的決心，跟他說，什麼都可以相信，他們要你發誓，你就照著做，只要你手指在背後交叉，說的話都可以不算數。但是現在不管班翰說什麼都沒用了。這次必然在劫難逃，必須面對火刑。

拉提摩踏著大大的步子離去。他是有福之人，上帝與他同行，陪他上了小船，在倫敦塔的陰影裡上岸。他不需要克倫威爾的陪伴。

摩爾說，儘管用騙的，設陷阱去套話，不管怎麼做，只要能讓那些異端吐實都沒關係。他們知道不管說什麼只會讓自己入罪，因而守口如瓶，一句話都不肯說。但他們沒有保持緘默的權利。要是他們不說，就打斷他們的手指，用燒得紅熱的鐵條貼在他們的肉上，拿鐵鍊綁住他們的手腕，吊得高高的。這些手段都是合法的。其實，摩爾做的還不只如此。他愈殘忍，受到的庇佑就愈多。

下議院有一群議員和教士在一家叫做王后頭的客棧用餐。席間談話傳了出來，不久全倫敦都知道了：凡是支持國王離婚案的人必然會下地獄。這些人還說，在國會開會的時候，天使也拿著卷軸在一旁做記錄，記下誰投票給哪一邊。凡是敬畏國王勝過上帝的，就列入黑名單。

聖方濟修會英格蘭分支的會長威廉．培多到格林威治覲見國王，為他講述以色列第七任王亞哈的故事。亞哈住在象牙宮殿，在邪惡的王后耶洗別的蠱惑下，建造了一座神壇，崇拜異邦的神巴力，還給巴力教士扈從。先知以利亞告訴亞哈，狗會來舔你的血。先知的預言果然應驗。後來，亞哈王戰死，撒瑪利亞的狗都來舔他的血。亞哈生的兒子全部死光，屍骨被丟在大街上。耶洗別則從她的宮殿窗口被扔出去，身體被野狗咬爛、啃碎。

「你知道那些教士怎麼想？」安妮說，眼睛像兩團火球，「他們認為我是耶洗別，而你，克倫威爾，是巴力的祭司。我是女人，也就是罪惡進入到這個世界的媒介。我是魔鬼的管道，被詛咒的入口。我是撒旦攻擊人類的手段。撒旦沒膽子下手，所以必須透過我。這就是那些教士的觀點。可你知道我怎麼想？現在的教士太多了，而且不學無術。我希望教宗、查理五世和所有的西班牙人都在海裡淹死。說到該把誰從窗口扔下去……湯瑪斯，你知道我想把誰扔下去嗎？不會是凱瑟琳，她太胖了，一定會彈起來；也不會是她的女兒瑪麗，她太瘦了，身上根本沒有肉可以讓野狗吃。」

❀　❀　❀

艾佛瑞回家了，他把行囊丟在院子的石板上。他的身家都在這個行囊裡。他站起來，張開手臂，像孩子一樣擁抱他的主人。安特渥普的人都聽說主人升官的事。弗翰的臉興奮得像紅磚那樣，他喝下一整杯烈酒，一滴水都不加。

2、屬血氣之人（natural man）：指與上帝敵對，沒有重生的人。反之則是屬靈之人，（spiritual man），指重生之人，聖靈充滿之人。

克倫威爾說，進來吧，現在雖然有五十個人等著要見我，但他們可以等。來，這趟旅途可好，海上風浪如何？艾佛瑞於是開始描述。但他一走到房門口，就站住不動。他盯著國王送他的那幅繡帷，然後轉向主人，再回過頭去注視著繡帷。「那個女士是誰呢？」

「猜不到嗎？」他笑道：「拜見所羅門王的希巴女王。這繡帷是國王送我的。本來是沃爾西主教的東西。國王見我很喜歡，就送給我當禮物了。」

「這要不少錢吧。」這個年輕帳房用欣賞的眼光打量這件寶物。

「瞧，」克倫威爾對他說：「我還得到另一件禮物。你看看如何？修道院流出來的東西也許只有這樣是寶貝。這是帕西歐里修士三十年的研究心血。」

書皮是墨綠色皮革做的，上面還有金色飾邊。每一頁的邊緣都貼上金箔，在光線照射下看起來金光燦爛。扣帶上鑲著一顆顆平滑、透明、暗紅色的石榴石。艾佛瑞說：「這太珍貴了，我不敢動手翻開。」

「翻開看看吧，你一定會喜歡的。」

那是帕西歐里出版的《數學大全》[3]。他解開扣帶，打開來看，扉頁有張木刻畫，畫的是拿著一本書和一副圓規的帕西歐里。「這是最近印的嗎？」

「這書出版已有一段時間了。不久前，我在威尼斯的朋友想起我，於是把這本書送給我。當然，帕西歐里出版這本書的時候，我還只是個小孩。那時，你還沒出生呢。」他指著其中一頁，手指幾乎沒碰到頁面，「你看，這是幾何的部分。你看到這些圖形沒有？還有這裡，他說除非帳帳相符，否則你不能上床睡覺。」

「弗翰常把這句掛在口頭上，要我算帳算到天亮。」

克倫威爾說：「我也是。」他不知曾在多少個城市，在帳房徹夜未眠，埋頭苦幹，「你知道嗎？帕西歐里很窮，生於托斯卡尼地區一個名叫聖斯帕克羅的小鎮，與很多藝術家為友，後來成了烏爾比諾山城最傑出的數學家。他的贊助人菲德里哥伯爵的圖書館有一千本以上的藏書。他先在波魯吉亞的大學任教，後來又到米蘭。我很好奇，為什麼這麼一個數學天才會去當僧侶？當然，有些代數學家和幾何學家會被打入大牢，說他們是妖言惑眾的魔法師。或許他以為當僧侶之後，教會就會保護他……。他在威尼斯講學的時候，我曾跑去聽。那大概是二十幾年前的事了，那時的我大概跟你現在的年紀差不多。他講到比例，除了建築、音樂和繪畫中的比例，還有司法、聯邦和國家的比例，包括權力的平衡，君主和臣民之間的關係。他主張富有的市民不可做假帳，必須禱告而且幫助窮人。他還講到如何看一本書、如何解讀一條法律，以及如何看一張臉——如果那是張美麗的臉龐，美在哪裡？」

艾佛瑞抬起頭來注視著希巴女王，問道：「書上有提到繡帷是怎麼做的嗎？」

克倫威爾說：「我想，做繡帷的人應該知道。」

「耶妮卡好嗎？」

艾佛瑞恭敬地翻看書頁，說道：「這書真美。你的威尼斯友人一定很欣賞你。」

他想，耶妮卡已經從艾佛瑞的生命中消失。要不是死了，就是移情別戀。他說：「有時，我在義大利的朋友還會寄新創作的詩給我，但我覺得全世界的詩盡在這本書中……我不是說幾何圖形是一首詩。在我看來，凡是精確、每一部分都合乎比例就是美……。你也這麼覺得嗎？」

他覺得奇怪，不知希巴女王何以如此吸引這個孩子的目光。他不可能見過安瑟瑪，不可能和她碰面，也不曾聽到有關她的事。他想，可是安瑟瑪的事，我曾跟國王說過。有一天下午，我告訴國王一點老故事，他則說了一籮筐。一想到安妮，他就靈肉俱顫。雖然他曾利用別的女人來發洩，好讓自己不至於瘋狂，舉止談吐像個正常人，但那些女人只是讓他覺得更加空虛、失望。他想，這實在是奇怪的告白，也許國王這麼說是在為自己解釋，證明自己對安妮死心塌地。他說，我在追一隻雌鹿，牠既膽小又狂野，帶我來到沒有人跡的小徑，進入森林深處。

他說：「好吧，這本書就放在你桌上。如果你沒有什麼帳可以算，就翻看一下。」

他對艾佛瑞有很深的期望。他可以找個孩子來訓練，教他計算所有的帳目，然後把帳本鎖在櫃子裡。但這麼做有什麼意義？會計書本是要讓人用的，就像一首情詩。這樣的書不是看一下，點點頭，就丟在一旁；而是要打開心房，接受無限可能。就像聖經，這樣的書不但讓人思考，還要激發自己的行動、愛自己的鄰居、研究市場、多做些善事、把愛傳出來，看明年收益的數字能不能更漂亮。

3、全名為《算術、幾何、比例全書》（*Summa de Arithmetica*），其中有一部分論及複式簿記。此書在十六世紀廣為流傳，對歐洲數學和近代會計有重要影響。

班翰處決的日子定於四月三十日。他不能去國王跟前求情。國王曾寫了一本駁斥馬丁路德的書，教宗因而賜他「信仰守護者」的封號。他正迫不及待地想證明他不遺餘力地在守護信仰。

史密斯菲德的刑場搭了個高官要人觀看的遮篷。克倫威爾在那裡碰到威尼斯大使卡佩羅。兩人鞠躬問候。大使問：「克倫威爾，今天你是什麼立場來著？犯人的朋友？還是官員？我看，只有魔鬼知道。」

「那麼，下次你和魔鬼說悄悄話，他一定會告訴你的。」

班翰被火焰吞噬之際，大叫：「上帝原諒摩爾吧！」

❁ ❁ ❁

五月十五日，所有的主教簽署一份文件呈交給國王。上頭明文規定，沒得到國王同意，他們不會制定新的教會規章，既有的教會法規也將遞給國王指派的委員會審查，包括國會議員和官員等非神職人員。沒得到國王的許可，他們也不會召開宗教會議。

第二天，他站在白廳的走廊，俯視下方的內庭和花園。國王就在下面等著，諾福克公爵則進進出出，好像很忙的樣子。安妮也在走廊，就站在他身邊。她身穿一件暗紅色、花色繁複的錦緞禮服，因為十分厚重，她那小小的肩膀似乎被壓低了。他曾想像把手放在她肩膀上，然後往下游移，拇指摸到她的鎖骨和喉嚨。他想像他的食指沿著她緊身馬甲上的乳房輪廓前行，就像孩子用手指沿著圖案的線條走。

她轉過頭來，欲笑還休，「他來了。他今天沒戴首席國務大臣的金鍊。不知那條鍊子到哪裡去了？」

摩爾看起來彎腰駝背，意志消沉。諾福克則緊張兮兮。安妮說：「我舅舅為了這事忙了好幾個月，還是沒能說服國王。國王說，他不想失去摩爾。你也知道，國王喜歡當好人，希望每個人都高興。」

「國王年輕的時候就認識摩爾了。」

「我年輕的時候就知道罪惡了。」

他們轉過頭來，相視而笑。「你看，」安妮說：「摩爾身上那個皮袋裡裝的可是國璽？」

當初國王要沃爾西交出國璽的時候，他足足拖了兩天。現在，國王在下面的庭園伸出手，等著摩爾交出來。

「現在，換誰呢？」安妮說：「昨晚，國王對我說，摩爾傷透了我的心。或許，沒有首席國務大臣，我也可以過得好好的。」

「律師會說，這樣是不行的。總要有人來處理國務吧。」

「那你說說，誰來當比較好？」

「妳可以告訴他，下議院的發言人歐德立是個不錯的人選。他應該可以勝任。勸國王暫時用他看看，不用正式派令。我想，國王會喜歡他的。歐德立是個好律師，有主見，而且很能幹。我想，他也很了解我。」

「居然有人很了解你！我們下去吧。」

「妳迫不及待想下去看看？」

「難道你不是？」

他們走下樓梯。安妮把指尖輕輕放在克倫威爾的手臂上。花園裡掛著鳥籠，裡頭關著夜鶯。現在是大白天，牠們躲在陰影裡，靜默喑啞。噴泉的水甹哩啪啦。種植香草的花壇傳出百里香的氣味。有人在宮殿裡哈哈大笑，然只聞其聲，不見人影。那笑聲像門關上一樣忽然止住。克倫威爾彎下腰，拔起一點百里香，在掌中搓揉。這香味暫時把他帶到一個遙遠的地方，遠離這裡。摩爾向安妮鞠躬，她幾乎沒點頭回禮。她來到國王面前，行屈膝禮，然後站在國王身邊，頭低低的，一副小鳥依人的模樣。國王緊緊抓著她的手腕，像要告訴她什麼，或者想跟她獨處。

「摩爾大人？」他伸出手。摩爾拂袖而去，但想了一下，還是轉過來，跟他握手。摩爾的指尖蒼白、冰冷。

「你打算做什麼？」克倫威爾問。

「寫作、禱告吧。」

「我建議你少寫一點，多多禱告。」

「喔，這是威脅嗎？」摩爾笑笑地說。

「或許吧。這次不是輪到我威脅你了？」

國王看到安妮，立刻變得容光煥發，心中充滿熱情。克倫威爾想起瑪麗在他手上畫的那顆心，熾熱得像是要燃燒起來。

✿　✿　✿

他在西敏寺暗無天日的後院找到賈德納。「主教大人？」

賈德納皺著眉頭看他一眼。

「安妮要我幫她在鄉間找一間別墅。」

「這關我什麼事？」

「請聽我說，我想這別墅最好靠近河邊，方便她去漢普頓宮，她要坐船到白廳或格林威治也很便利。房子必須已經裝修得差不多，因為她沒耐心等了。最好還要有漂亮的花園，還要堅固一點的……。我靈光一閃，想到你在漢沃斯的宅第，也就是你當上樞密大臣之後，國王讓你住的莊園。」

即使光線昏暗，克倫威爾仍然看得到在賈德納腦袋裡不斷打轉的念頭：噢，我的護城河、我的小橋、我的玫瑰園、草莓園和香草園、我的蜂箱、我的池塘、我的果園、我的義大利陶土人像浮雕、我的木鑲嵌飾、我的金箔、我的走廊、我的貝殼噴泉、我的鹿園。

「你現在把那莊園讓出來給安妮，還顯得有氣度，等到國王下令要你搬家，那就難看了。你還是別太頑固，搞砸了這樁美事。再說，你還有其他房子可以住，又不是要你睡在乾草堆。」

「即使我睡在乾草堆，你的手下還是會帶狗來，把我從睡夢中挖起來。」

賈德納就像一隻被攻擊的老鼠，眼眶微溼，雙眼發亮，他的內心發出無聲的狂吼。然而，他又有點鬆了口氣的感覺。老早就知道也好，至少還來得及安排。畢竟，他也只能逆來順受，隨遇而安。

雖然賈德納還是樞密大臣，但克倫威爾幾乎天天跟國王見面。如果國王要聽建言，他立刻獻策，要是不在他職權範圍之內的事，他就會把負責的人找來。若是國王抱怨，他則仔細聆聽，然後說，這等麻煩事交給微臣即可，陛下是否允許我著手處理？如果國王心情好，他就跟著哈哈笑，要是國王鬱鬱寡歡，他則輕聲細語，小心應對。國王雖然刻意掩人耳目，不讓人發現他與克倫威爾的關係，但西班牙大使夏普義的眼睛就像老鷹一樣銳利，怎會沒注意到？夏普義說：「國王現在私下見你，不與你在大廳討論國事，其實是不想讓其他朝臣知道吧。如果你身材矮小，那國王還可能叫人把你裝在洗衣籃裡抬進抬出的。可是，現在文武百官有哪個不知道，哪個不嫉妒的？他們莫不恨得牙癢癢的，一邊說你厲害，一邊說你的壞話，而且想設計陷害你，把你拉下來。」大使露出奸詐的笑容，「我對你的描述是不是很傳神？這麼說是不是一針見血？」

夏普義寫了封信給他的主子查理五世。這封信在寄出之前剛好被小黎看到。小黎唸給克倫威爾聽：「他說，你出身低賤，年少輕狂，長久以來懷有異端思想，有辱顧問官一職，但就個性而言，你這個人生性樂觀、心胸開闊、樂善好施、慷慨大方……」克倫威爾不覺莞爾，原來他是這樣的人。

「我就知道他喜歡我，我該去他那裡求職的。」

「他還說，你答應讓亨利變成英格蘭有史以來最富有的國王，因此贏得國王的信賴。」

他露出微笑。

五月末，有人在泰晤士河畔抓到兩條大魚。或許應該說牠們是因為奄奄一息而被沖到岸邊。那魚大得令人瞠目結舌。裘安來跟他說這個消息。「我該做什麼嗎？」他問。

「不必了，」她說：「我想你用不著做什麼。這只是個預兆。」

❁ ❁ ❁

七月底，他收到克雷默聖師從紐倫堡寄來的一封信。在此之前，他也曾從尼德蘭地區寫信給他，說他即將與查理五世進行商業談判，該怎麼談才好。畢竟，他是神學家，不是商業方面的專家。他也曾從萊茵河畔來函，說他希望查理五世能接納信仰路德教派的歐洲君主，這麼一來，就可同心協力對抗入侵邊境的土耳其人。他還來信說他努力達成國王交給他的任務，希望有一天能成為外交老手，傳達英格蘭國王的友好之意，用英格蘭黃金來引誘他們，實際上到頭來什麼也沒給。

但這次寄自紐倫堡的信很奇怪，看來是別人代筆的，寫了一大堆有關聖靈充滿的平安喜樂云云。雷夫讀信給他聽，並指出在信文最下方和左邊邊緣有克雷默的字跡：「這裡發生了一件事，我不能寫在信上，以免生出風波。有人說我太魯莽。我需要你的建議。請保密。」

雷夫說：「這麼一來，我們可以跑到大街上高喊：『克雷默有一樁天大的祕密，但我們真的不知道是什麼！』」

✿ ✿ ✿

一個禮拜後，畫家霍爾拜因出現在克倫威爾家。他已在少女巷租了間房子，但房子還沒裝修完成，因此目前暫住在鋼場。他走進來，說道：「湯瑪斯，讓我看看你新買的畫吧。」他站在畫作前面，手臂交叉，然後後退一步，「你認識畫中人嗎？畫得像嗎？」

畫中人物是兩個義大利銀行家，兩人是朋友。他們雖然看著觀者，然而好像很想轉過頭去看著彼此。這兩個人，一個穿絲織衣服，一個穿毛草。畫中景物還有一個插著康乃馨的花瓶、一個星盤、一隻金翅雀、一個沙子漏到一半的沙漏。從拱形窗口望過去，有一艘船，船的鋼索像絲線，半透明的船帆在鏡子一樣的海面上飄蕩。霍爾拜因轉過頭來，嘆道：「這種既冷酷又狡猾的眼神不知怎麼畫出來的？」

「尊夫人可好？」克倫威爾問。

「她很胖，而且老擺出一張苦瓜臉。」

「你真令我意外。你回家，讓她懷孕，孩子生下來之後，你又走了。」

「我只會寄錢回去，不知道如何做個好丈夫。」

「你會在這裡待多久？」

霍爾拜因咕噥一聲，把酒杯放下，然後說起歐洲的事：巴塞爾、瑞士城鎮、暴動和激戰等。那兒的爭論真是沒完沒了：要畫像或不要畫像、要雕像或不要雕像、是基督的身體或者不是基督的身體，還是有點像基督的身體、那是祂的血或者不是祂的血、教士可以結婚或者不該結婚、聖禮有七項還是三項、我們該匍匐膜拜十字架或者該劈砍一番然後拿到廣場燒掉。「我不是擁戴教宗那一派的，這樣吵嚷不休，讓我煩死了。伊拉斯謨斯已經跑到弗萊堡去找教皇黨人，我則跑來找你和你們的『Junker Heinrich』。是的，馬丁．路德就是這麼稱呼貴國國王的，意思是『不要臉的國王陛下』。」他擦擦嘴，「我只希望在這裡找事情做，賺點錢。希望宗教狂熱分子別提著一桶石灰水潑到我的心血結晶上。」

「你想來這裡過平靜和安逸的日子？」克倫威爾搖搖頭說，「你來遲了。」

「我方才走過倫敦橋，發現有人對聖母雕像痛下毒手，嬰兒的頭已經不見了。」

「這種事前些時日就有了。那可能是克雷默幹的。你知道他幾杯黃湯下肚，就像變了個人似的。」

霍爾拜因笑著說：「看來，你很想念他。誰想得到你們會變成朋友？」

「老華翰像風中殘燭，要是今年夏天死了，安妮就會去跟國王說，讓我這個朋友當坎特伯里大主教。」

霍爾拜因很吃驚，「咦，不是賈德納嗎？」

「賈德納已經玩完了。」

「他的頭號敵人就是他自己。」

「我可沒這麼說。」

霍爾拜因笑道：「那克雷默聖師要高升了。他不會想要當大主教吧，他不是愛慕虛榮的人，他喜歡與書為伍。」

「他會接受的，這是他的任務。唉，人在江湖，身不由己啊。」

「什麼？你也怎麼了嗎？」

「請你畫肖像的那個老主顧來我家威脅我，我只能默默承受，不敢吭聲。你最近去了雀爾西了嗎？」

「去了。這一家子最近陷入愁雲慘霧。」

「聽說摩爾是因為身體不好自動請辭的。這樣也好，大家都不尷尬。」

「他說，他這裡很痛，」霍爾拜因撫摸自己的胸膛，「他一提筆想要寫作，就疼痛不堪。除了摩爾，牆上那些畫中人看起來都還好。」

「你別再去雀爾西幫那一家人畫畫了。國王要我整修倫敦塔。他已經叫建築工人、畫家和鍍金工人進去了。我們把舊房間全部拆掉，重新裝潢。我必須幫新王后弄個新房間。照慣例，我們的國王和王后在加冕典禮的前一晚，都在倫敦塔過夜。在安妮登上王后寶座之前，你有得忙了。我們將舉行盛大的遊行、宴會，城裡的富商也會打造金牌、銀牌送給國王。你去和商人公會說，他們一定會想要好好表現的。讓他們著手計畫吧。你最好在歐洲半數工匠來到這裡之前，先攬下一些工作。」

「安妮有新的珠寶嗎？」

「她用凱瑟琳的。國王的腦袋還算清楚。」

「我想幫安妮畫幅肖像。」

「我不知道她想不想請人畫肖像。她或許不喜歡有人眼睛黏在她身上，研究她的表情。」

「有人說她不漂亮。」

「或許吧。如果你想要學波提切利畫幅春歸圖、做一尊聖母瑪利亞或和平女神的雕像，最好別找她做模特兒。」

「那可以找她畫什麼？夏娃？蛇髮女妖梅杜莎？」霍爾拜因吃吃地笑，「別告訴我答案。」

「她有一種懾人的精神特質……我想你可能畫不出來。」

「你是說我的能力有限？」

「我想，有些人物特別難畫。」

理查進來通報：「布萊恩來了！」

「他是安妮的表哥。」克倫威爾起身迎接。

「拜託，請去白廳一趟。安妮把家具摔爛，鏡子也被她砸碎。」布萊恩說。

他低聲咒罵一句，然後說：「你們帶霍爾拜因先生去吃晚餐吧。」

✿ ✿ ✿

布萊恩笑得前仰後合，腿下的馬兒也被急拉猛拽，歪向路旁，差點撞到路過的行人。抵達白廳的時候，克倫威爾已經拼湊出整件事的全貌：安妮剛聽說珀西的老婆瑪麗．塔博正準備向國會訴請離婚。她說，珀西有兩年沒跟她同房。她追問原因。珀西說，他不能再過這種虛偽的人生，因為他已經和安妮．博林互許終身，結為連理，怎麼能再娶別人？因此，他和瑪麗．塔博不能算是真正的夫妻。

「安妮氣瘋了。」布萊恩咯咯笑道，他那鑲著珠寶的眼罩也跟著動來動去，「她說，珀西想毀了她。她還不能決定要採取什麼樣的報復行動：是要一劍把他砍死，或是讓他像義大利的犯人，在眾目睽睽之下接受四十天的酷刑？」

「你說的太誇張了吧。」

他未曾看過安妮氣瘋的模樣，不相信她會讓自己情緒失控。他走進白廳，發現安妮雙手交握，走來走去，看來更加嬌小，而且神經緊張，像一個縫得太緊的布娃娃。她走到哪，她的弟媳羅奇福德夫人、表妹瑪莉・薛頓和姊姊瑪麗・博林三人的眼睛就跟到哪。有塊小小的掛毯本來是釘在牆上的，已掉到地上。羅奇福德夫人說：「我們已經把碎玻璃掃乾淨了。」湯瑪斯・博林坐在書桌前，面對堆積如山的文件。喬治坐在他旁邊的凳子上，雙手托著腮幫子，今天的衣袖沒那麼膨大。諾福克公爵盯著火爐。有人來生火，但沒把火點燃。他似乎想用目光點燃花火。

「把門關上，」喬治對布萊恩說：「別讓任何人進來。」

在這滿屋子的人當中，只有他一個不是霍華德家族的人。

安妮的弟媳羅奇福德夫人說：「我們把安妮的行李打包好，送她到肯特郡吧。國王的怒火，恐怕一發不可收拾——」

喬治：「妳可不可以閉嘴？再說我就打妳。」

「我好心才這麼建議的。」這女人一開口就很難閉嘴。「願上帝保佑她，「克倫威爾先生，國王已經要求調查此事，交由議會審理，很難大事化小，小事化無。珀西將出面作證。如果安妮被查出隱瞞祕婚一事，國王還會跟她結婚嗎？」

喬治說：「我也希望跟妳離婚。希望妳在嫁給我之前，已有婚約。可惜，這是不可能的。妳看到了那黑壓壓的一群人沒有？全天下的男人看到妳來了，拔腿就跑。」

湯瑪斯・博林舉起一隻手。「拜託！」

瑪麗・博林說：「我們把克倫威爾先找來，不告訴他事情發生的經過，又有什麼用？國王已經跟妹妹談過了。」

「我否認，這一切都不是真的。」安妮說，好像國王就站在她面前。

「好，」克倫威爾說：「很好。」

「我承認珀西伯爵向我示愛，也寫詩給我，當時我只是個不懂事的女孩，也不知道這樣有什麼不對——」

他幾乎笑出來。「詩？珀西寫詩給你？妳現在還留著嗎？」

「當然沒有。我這裡沒有他寫的東西了。」

「這就比較好辦，」他說：「當然你們兩個沒做任何承諾、沒立下任何盟約，也沒談到這方面的事。」

「還有，」瑪麗說：「也沒有任何形式的結合。想也知道，那是不可能的。全天下誰不知道我妹妹是處女？」

「國王有何反應？他──」

瑪麗說：「他走出房間，讓安妮在原地站著。」

湯瑪斯．博林抬起頭來，清清喉嚨，說道：「在這種緊急情況之下，有好幾種做法，我認為──」

諾福克公爵爆炸了。他用力跺腳，就像基督聖體節戲劇表演中扮演撒旦的那個人。「我以拉撒路那三層的裹屍布起誓！在你還在沙盤推演，思考這個或那個做法的時候，全國上下都在罵你的寶貝女兒。國王受到刺激，不相信她的話，我們家族的名聲、富貴即將在你眼前化為雲煙。」

喬治舉手，說道：「你們讓我說一句，好不好？據我所知，珀西以前曾被勸退，要他打退堂鼓，別再提起這事。如果這樣──」

「沒錯，」安妮說：「是沃爾西勸退的。很不幸，沃爾西已經死了。」

此時鴉雀無聲，這樣的靜默和音樂一樣悅耳。他看著安妮，對她微笑，再看看她的父親和舅舅。如果人生像一條金鍊，有時上帝也會加個小吉祥物。為了延長靜默，他走到另一頭，撿起掉在地上的掛毯細看。這是狹幅織布機織出來的，靛藍底色，結打得不對稱。波斯王朝的伊斯法罕來的？花蕊結繡上面有些小動物。「瞧，」他說：「你們知道這些是什麼嗎？是孔雀。」

瑪莉．薛頓從他肩膀後面探頭看。「這些像蛇又長了腳的東西是什麼？」

「蠍子。」

「唉喲，蠍子不是會咬人嗎？」

「牠們不是用咬的，是用叮的，」他說：「安妮女士，如果教宗都不能阻止妳當上王后，難道珀西有這個能耐？他不該阻礙妳。」

「那就把他除掉吧！」諾福克說。

「我認為這對你們這一家子來說，不是好主意——」

「下手吧，」諾福克說：「把他的腦袋瓜敲爛。」

「大人」，他說：「我想這是您的比喻吧。」

安妮坐下。她轉過頭去，不看家裡那幾個女人。她的小手握成拳頭。她父親收拾起桌上的文件。喬治好像在發呆，然後脫下帽子，把玩帽子上的珠寶別針，用別針輕刺自己指頭上的肉。

克倫威爾把掛毯抱好，小心翼翼地交給瑪莉．薛頓。她低聲說：「謝謝。」她的雙頰緋紅，好像克倫威爾跟她說了什麼甜言蜜語似的。喬治慘叫一聲，他果然刺到自己了。諾福克說：「你這個笨蛋！」

克倫威爾告辭。布萊恩跟在他後頭。

「不用送了。我可以自己走出去。」

「我希望跟在你身邊，跟你學習。」

他停下腳步，用力拍一下布萊恩的胸膛。布萊恩一個不穩，往旁邊倒。他聽到布萊恩頭殼咚一聲撞到牆壁。「對不起，我在趕路。」他說。

有人叫他的名字。小黎從角落跑出來，「他在一家叫『馬克與獅子』的客棧裡。從這裡走過去約五分鐘。」

自從珀西回到倫敦後，小黎一直派人跟蹤他。克倫威爾擔心安妮的一些死對頭，包括薩福克公爵和他老婆，以及凱瑟琳那一派的人已和珀西見過面，鼓勵他把過去的事全部抖出來。然而，似乎沒有人去找他，除非是去薩里的澡堂密商。

小黎突然轉彎進入一個巷子。不久，他們即來到客棧前院。那裡看來十分骯髒。克倫威爾看了一下：只要有意願，兩個小時加一支掃把，這院子就能有個樣子了。小黎那一頭金紅色的髮絲像火炬一樣耀眼。他頭頂上方那個聖馬可的浮雕已經龜裂。馬可的頭禿禿的，就像個僧侶。獅子則小小的，漆成藍色，還有一張笑臉。小黎碰一下他的手臂說：「人在裡面。」他們正要從側門走進去時，上方突然傳來尖銳的口哨聲。兩個女人從窗口探出頭來咯咯笑，裸露著奶子靠在窗臺上。他說：「天啊，霍華德家的女人又來了。」

他們走進客棧，幾個穿著珀西家制服的僕役趴在桌上，還有幾個躺在地上。珀西在一個隱密的包廂喝酒。雖說隱密，旁邊卻有個送酒和食物的小窗口，還不時可看到一張臉，正從那裡偷看。珀西看到他。「噢，我想，你可能會過來。」他緊張兮兮地摸著頭。他的頭髮剪得很短，每一根都豎起來了。

克倫威爾走到那個小窗口，對在裡面偷看的人豎起一根手指，砰地一聲把小窗的滑門關上。他坐下來跟珀西說話，語氣倒是溫婉得很。「你打算在這裡做什麼呢？有什麼我可以效勞的？你說，你無法跟你太太一起生活。但據我所知，她是個溫柔賢慧的名媛，我不曾聽說她有什麼缺點，你為什麼不能接受她？」

珀西可不是膽小的小鷹，可讓人玩弄於股掌之間。他開始大哭大叫：「如果我在結婚那天就無法接受她，現在又怎麼能夠？她知道我不是名正言順跟她結婚的。如果國王為了自己的婚姻不合法，良心不安，我為什麼不能？國王對自己的婚姻有疑慮，就可以大吼大叫，撼動整個基督王國，在我面臨同樣的問題時，他卻派一個小官來勸我，要我回家，將就過日子！瑪麗．塔博知道我和安妮有婚約，知道我心另有所屬。我已經跟她說，我和安妮已在證人前立誓互許終身。我發誓這是真的，但沃爾西主教恐嚇我，要我放棄。我父親也說，我如果堅持要這麼做，他將把我趕出家門，跟我斷絕父子關係。但我父親已經死了，我不怕說出真相。於法於理，安妮．博林都是我的妻子。亨利雖然貴為國王，怎能偷別人的老婆？他要是這麼做，在審判之日來臨時，他有臉站在上帝的面前嗎？」

他聽珀西一口氣說完，然後思索珀西剛才說的什麼真愛啦、盟誓啦、她發誓會把身體獻給他，像一個妻子奉獻給她的丈夫……。

「伯爵，」他說：「你要說的都說完了，現在請你聽我說。你的錢幾乎都揮霍光了。我了解你的情況。我不但知道你在歐洲各地四處借錢，也知道你的債主是誰。只要我一句話，那些債主就會上門。」

「哼，他們又能做什麼？」珀西說：「銀行家有軍隊嗎？」

「伯爵，如果你沒有錢，士兵會為你效命嗎？請你看著我，面對現實吧。你的領地是國王給你的。你的任務是保護北方疆土。珀西與霍華德家族必須同心協力抵禦蘇格蘭人的入侵。你光只說好話，士兵會為你作戰嗎？」

「他們是我的佃戶，為我作戰是他們的義務。」

「伯爵，但是他們需要補給，需要物資，需要武器，需要堅固的城牆堡壘。如果你不能給他們這些東西，簡直比無用之人還糟。國王會把你的頭銜、領地和城堡收回去，換一個可以做得更好的人來當伯爵。」

「國王不會這麼做的。他尊重我們這些古老的貴族世家及我們的權利。」

「好吧，那你就等著瞧，看我會怎麼做。」克倫威爾讓他想想：他和他的銀行家朋友會怎麼對付他。

克倫威爾要如何向他解釋，這個世界不是像他想的那樣？讓這個世界運轉的動力不是來自邊境的堡壘，甚至也不是來自白廳，而是來自安特渥普、佛羅倫斯以及他想像不到的地方，如里斯本，以及那一艘艘滿載貨物、揚起絲綢般的船帆向西航行，最後消失在紅紅夕陽當中的船隻。這個世界運轉的動力不是來自城堡內，而是帳房；不是號角聲，而是算盤珠子的劈啪聲；不是槍炮聲，而是筆尖劃過期票，用以支付槍炮、槍匠、火藥和子彈的沙沙聲。

「我可以想像你沒有錢，以及失去爵位之後的模樣。你就住在破爛的茅草屋，穿著自己織的粗布衣服。你在田裡抓了隻兔子回來當晚餐。接著，你那合法的妻子安妮．博林必須把兔子剝皮、切塊。祝你們幸福快樂。」

珀西趴在桌上痛哭流涕。

「你和安妮．博林沒有任何婚約。你那些愚蠢的承諾毫無法律效力。你以為你擁有一切，其實你手裡是空的。對了，還有一件事。安妮要嫁給誰是她的自由，要是你再多說一個字，我絕對不會放過你的。霍華德家和博林家的人也不會饒了你，安妮的父親威爾特伯爵將使你羞愧到無地自容。至於諾福克公爵，只要你敢玷汙他外甥女的名譽，不管你躲在哪個洞裡，他都會把你拖出來，咬掉你的睪丸。」接著，他回復和善的語氣跟他說：「伯爵，這一切你可清楚了？」他走到包廂另一端，打開那個送餐的小窗口，說道：「好了，你們可以繼續偷看了。」有人的臉孔從那個小洞冒出來，其實應該說是額頭和眼睛。他走到門口，然後轉過頭來對珀西說：「我再說清楚一點。如果你認為安妮愛你，那就錯了。沒有比這個錯誤更離譜的了。她恨你入骨。目前你能為她做的，除了以死謝罪，就是收回你的話，發誓不會再這樣胡鬧，讓她順利登上王后的寶座。」

走出客棧時，他對小黎說：「我真為他感到難過。」小黎笑到站不穩，只得靠在牆上。

✽　✽　✽

第二天，他一大早就到宮裡，準備開會。諾福克公爵坐在最前面，後來聽說國王要親自主持會議，於是改坐到旁邊的位子。有人說：「華翰大主教會來。」門開了，但一點動靜也沒有。過了一會兒，這個老主教才拖著極其緩慢的腳步走進來。他的頭顱在脖子上顫動，膚色像羊皮紙，和霍爾拜因畫筆下的他一樣。他像隻蜥蜴，慢慢地眨眼，目光掃視過與會的每一個人。

克倫威爾走過來，站在華翰座位前方，與他隔桌相望。他向大主教問安。顯然，這是客套話，誰都看得出來，華翰行將就木。克倫威爾問：「大人，您教區有個會預言未來的女人叫做伊莉莎白．巴頓。這事調查得如何了？」

華翰頭也不抬地說：「克倫威爾，你想要怎麼樣？我已經請人調查過了。她沒做任何壞事。你已經知道了，不是嗎？」

「但我聽說她對信眾說，如果國王立安妮為后，他只剩一年可以統治這個國家。」

「雖然我不能發誓說絕無此事，但我的的確確沒親耳聽到這樣的事。」

「據我所知，費雪主教已經見過她了。」

「嗯……或許是她前去晉見主教的。她是虔敬的教徒、受天主庇佑之人，主教為何不能接見她？」

「誰在控制她？」

華翰的頭搖搖晃晃，好像要掉下來似的。「她或許不夠聰明，或許受人誤導。然而她畢竟只是個純樸的鄉下女孩。可我不懷疑她有天賦。她只要看到一個人，就知道那人有何煩惱，因為什麼樣的罪過而良心不安。」

「是嗎？那我得親自去見她，看她是否知道我有什麼煩惱。」

「安靜，」湯瑪斯．博林說：「珀西來了。」

兩個護衛在珀西左右，帶他進來。珀西眼眶泛紅，身上還有一股嘔吐物的味道，看來他拒絕僕人幫他刷洗乾淨。國王進來了。這日和暖，國王身穿淺色絲質上衣。他指上有好幾個紅寶石戒指，看起來就像血泡沫。國王就坐，用一對冷冷的藍眼珠瞅著珀西。

代理首席國務大臣歐德立對珀西伯爵進行詢問。任何婚前盟誓？沒有。任何承諾？沒有？沒有肉體——嗯，對不起，我是指你們沒有夫妻之實吧？珀西說，我可以用我的名譽發誓，沒有，沒有，沒有。

「很遺憾，」國王說：「今天事情鬧到這個地步，你已經名譽掃地了。」

珀西驚慌地說：「那我該怎麼做？」

克倫威爾輕聲對他說：「請你走到坎特伯里大主教面前。他正捧著聖經。」

顯然，老華翰要珀西在聖經前發誓。湯瑪斯．博林伸手去扶華翰，但華翰把他的手推開。華翰抓著桌子的邊緣，桌布因而滑動。他慢慢爬起來。「亨利．珀西，就這件事，你的說詞反反覆覆，先是主張你和安妮女士有婚約，之後否定，接著再度聲稱她才是你合法的妻子，現在又否認。但是這一次你不只要在眾人的面前言明。現在……請你把手放在聖經上，在國王、與會大臣和本人面前發誓，你不曾與安妮有夫妻之實，也沒有任何婚約。」

珀西揉揉眼睛，伸出手，用顫抖的聲音說道：「我發誓。」

「好了，」諾福克公爵說：「這件事的來龍去脈，大家都清楚了。」他走到珀西面前，一把抓住珀西的手臂，「我們再也別聽這小子胡扯了。」

國王說：「公爵，你已聽到他發誓了，放了他吧。大主教身體不舒服，你們去扶他。」國王看起來已經寬心，對所有的大臣微笑，「各位，現在請到我的教堂，看珀西領聖餐，以為信誓。下午，我將和安妮女士一起沉思、禱告。請別打擾我。」

華翰慢慢走到國王面前。「溫徹斯特主教正在穿袍子，準備為您進行彌撒儀式。我這就回教區去了。」國王在他耳邊說了一句，然後彎下腰親吻大主教的戒指。大主教說：「國王陛下，我看您最近提拔的人，不管就道德或原則而言，都禁不起檢驗。您把自己的意願和胃口變得至高無上，讓基督王國的子民傷心、丟臉。我一直對陛下忠心耿耿，甚至不惜做出違背自己良心的事。我不知為您做了多少事，現在我總算完成最後一件任務。」

✿　✿　✿

雷夫在家裡等他回來。「事情解決了嗎？」

「是的。」

「現在呢？」

「珀西可以借更多的錢，一步步走向毀滅了。我會加快他毀滅的速度。」他坐下來，「總有一天，我會要他把伯爵領地吐出來。」

「這要怎麼做呢？」雷夫問：「你不希望霍華德家族在北方的勢力繼續擴大吧。」

「對。」他想了一下，「你可以去把伊莉莎白．巴頓的相關文件拿來給我嗎？就是那個會預言的女人？」

他在等待的時候，打開窗戶，看著下面的花園。棚架上粉紅玫瑰的花瓣色澤在日曬下變淡了。他想，我真同情瑪麗．塔博。從今以後，她的日子再也不會好過。再過幾天，宮廷的話題人物就不再是安妮，而是她了。他想起珀西當年拿著鑰匙去逮捕沃爾西主教的情景：他叫士兵把垂死的主教團團圍住。

他探頭到窗外一看，心想：這裡可能種桃子嗎？雷夫把一包文件拿進來。

他剪開帶子，把所有的信件和文件整理好。這件事是這樣的：六年前，在肯特郡沼澤地有間殘破的小教堂，開始吸引大批信眾前來觀看聖母瑪利亞的雕像和伊莉莎白．巴頓的表演。那雕像到底有什麼特別的？會動嗎？還是眼睛會流下血水？伊莉莎白是個孤兒，從小被華翰教區的一個佃民收養。她只有一個姊姊，沒有其他家人。他告訴雷夫：「沒有人注意到這個女孩，直到她二十歲那年，生了一場病之後，開始看到異象，而且用像外國人那樣的怪腔怪調說話。她說，她看到聖彼得拿著一串鑰匙站在天堂之門，還看到聖米迦勒拿著秤子在秤人的靈魂。如果你問她某個死去的親友在哪裡，她若用高亢的聲音回答，表示那人在天堂，要是聲音低沉，那就是在地獄。」

「這樣不是很好笑嗎？」雷夫說。

「你覺得好笑？唉，我怎麼養了些沒有宗教情操的孩子。」他繼續看，然後抬起頭來，「她有時可以一連九天不進食。有時會突然昏厥。這不是令人驚訝的事嗎？她還會全身抽搐，在地上扭來扭去，進入一種迷離恍惚的精神狀態。我聽起來很可怕，是不是？我記得沃爾西主教曾親自詢問她，但是……」他翻看那堆文件，「嗯，這裡沒有紀錄。我想，當初主教可能要她吃點東西，但她拒絕。」他繼續讀手上的文件，「後來，她進了坎特伯里一間修道院。信眾紛紛捐獻，讓那座老舊的修道院屋頂變得煥然一新。據說她會治病，使跛腳的變得會走路，瞎眼的重見光明。她還會使蠟燭自動燃燒。來朝拜的教徒絡繹不絕。奇怪，為什麼我覺得這樣的故事好像在哪裡聽過？她身邊圍繞著一大群僧侶和教士。他們要信眾仰望天空，趁機從信眾的口袋裡掏錢。我想，她會針對國王的婚姻嘰啦呱啦說些有的沒的，該是受到那些僧侶和教士的指使。」

「摩爾見過她了，費雪主教也是。」

「沒錯，我會記住。啊，你看……她還收到抹大拉的馬利亞[4]寫給她的信，信紙上還貼著金箔呢。」

「她看得懂信上寫什麼嗎？」

「她好像看得懂。」他抬起頭來，跟雷夫說：「你覺得如何？如果這個伊莉莎白真是聖女，不管她說得再難聽，國王都能忍受吧。他一天到晚被安妮罵，應該已經習慣了。」

「說不定國王心裡害怕。」

雷夫常陪他一起進宮。顯然，他很了解國王，比在國王身邊待了一輩子的人都了解他。「的確，他心裡害怕。他相信有些純樸的少女能通靈，能與聖人溝通。他也相信預言這種事，至於我……我想，這事暫時就這樣。我們在一旁觀察誰去見她，誰提供好處給她。有些貴族人家的太太、小姐一直跟她有連繫，請她算命或是請她代為祈禱，使她們的母親得以脫離煉獄。」

「像是艾克斯特侯爵夫人。」雷夫說。

艾克斯特侯爵亨利．柯特奈是跟國王血緣最近的親戚，而且是老國王愛德華四世的外孫。如果西班牙皇帝查理五世攻過來，可以跟他來個裡應外合，幫他奪取王位。「如果我是艾克斯特侯爵，才不會讓我太太跟某個腦筋有問題的女孩搞在一起，聽那女孩說她有一天可以成為王后。」他把文件收起來，「那個女孩還說她能使死人復活呢。」

約翰．波堤特的家人為他舉行葬禮。女人家都在樓上陪露西，克倫威爾則在波堤特的家召開臨時會議，跟他的商人朋友討論最近在城裡發生的一些令人不安的事件。摩爾的朋友波維西說他必須先告辭回家。他說：「願聖父、聖子、聖靈保佑你，祝你們鴻圖大展。」其實，他是自己跑來的，根本沒有人邀請他來。這人很陰沉，打從一進門就讓人覺得有股寒意跟在他後頭。「如果波堤特夫人需要幫忙的話，我很樂意——」

「不需要。波堤特先生留下很多遺產給她。」

4、抹大拉的馬利亞（Mary Magdalene）：追隨耶穌的信徒之一。根據路加福音與馬可福音，耶穌從她身上趕出過七個鬼，耶穌復活後第一個向她顯現。

「不知城裡的商會是否同意讓她接手她先生的事業？」

克倫威爾說：「我會處理。」

波維西點點頭，然後走出去。布商行會的帕聶爾說道：「這人居然在這裡露臉！」帕聶爾一直是摩爾的死對頭。

他又問：「克倫威爾先生，如果你要幫忙處理波堤特家的事，你打算怎麼跟露西說？你會娶她嗎？」

「我？不會的。」

蒙茂慈說：「我們可不可以先開會，然後再討論男婚女嫁？克倫威爾先生，我們知道你的立場，也知道國王的立場，我們……」他看看左右，才繼續說：「幸好波維西已經走了，我們才能說話。我們都知道波堤特弟兄是殉道者，但是我們現在不得不維護社會安寧，不能說褻瀆神聖的話……」

「上個禮拜天，城裡的一個教區舉行彌撒儀式，就在聖體奉舉的那個神聖時刻，神父說：『Hoc est enim corpus meum（這是我的身體）⁵。』結果下面有人跟著大喊：『Hoc est corpus, hocus pocus（這是我的身體，變變變）。』而另一個教區行聖徒瞻禮的儀式時，神父請大家記住那些神聖的殉道者：裘安、斯德望、馬提亞、巴爾納伯、依納爵、亞歷山卓、瑪珊利諾、伯多祿……接著有人大叫：『別忘了我和我的表妹凱特、在林登豁市場賣鳥蛤的表哥迪克，以及他妹妹蘇珊，還有她的小狗波塞特。』」

他差點忍俊不住，於是掩著嘴巴說道：「如果波塞特要請律師的話，你們知道在哪裡可以找到我。」

毛皮商會的代表板起臉孔說道：「克倫威爾先生，是你把我們找來開會的，請莊重一點！」

蒙茂慈說：「有人編了些歌曲諷刺安妮女士。歌詞過於下流，我就不唱給各位聽了。湯瑪斯．博林的僕人說他們走在街上都會被罵，還有人把糞便潑到他們身上，請各位主人好好管管家裡的僕人。如果有人對國王、安妮說不敬的話，就該檢舉。」

「向誰檢舉呢？」

克倫威爾說：「可以向我報告。」

他回到家，發現裘安回來了。裘安的藉口是她受到風寒，因此回來休養。他說：「猜猜看，我知道什麼祕密。」

裘安擦擦鼻尖，好讓自己看起來美一點。「我想想，你知道國庫總共有多少英鎊、多少先令？」

「連有多少便士，我都一清二楚。不是這個。親愛的小姨子，再猜猜看。」

她猜了好幾次，都猜不到，於是他告訴她答案：「帕聶爾要跟露西結婚。」

「什麼？波堤特先生不是屍骨未寒？」這個消息教她覺得很不舒服，於是轉過頭去。「聽說，帕聶爾有個僕人是異端，已被史托克思禮主教關進牢裡。」

理查．克倫威爾從門後探頭進來。「主人，是倫敦塔工程的事。磚塊報價：每一千塊磚五先令。」

「不行。」

「好的。」

「你以為她可以找個比較安全的對象嗎？」

他走到門邊：「理查，回來。」然後轉過去跟裘安說：「我想，她不認識這樣的人吧。」

「主人？」

「從五先令直接砍成六便士，每一批都要查驗。你就每一批挑幾塊出來，仔細檢查一下。」

裘安說：「不管如何，你做的是對的。」

「例如，衡量一下……裘安，你以為我會糊里糊塗就結了婚嗎？像是意外一樣？」

「對不起，我沒聽清楚。」理查說。

「你只要仔細檢查，磚匠就會害怕。你看他們的臉色，就知道他們有沒有耍你。」

「我想，你已經有中意的人了。也許是宮裡的某個侍女。國王不是又給你一個官位——」

「是的，我兼任令狀保管書記官，隸屬財務部門，不過像我這樣微不足道的小官，哪個貴族名媛看得上我？」理查已經離開，啪答啪答地下樓去了。

「我知道你在想什麼。」裘安說：「你在想，你不能急，應該再等等，等那個女人當上王后。」

5、Hoc est enim corpus meum 與 Hoc est corpus 皆彌撒儀式的拉丁文，是神父行聖體儀式，紀念耶穌所言：「這就是我的身體。」將麵包變為耶穌的身體。hocus pocus 則是從 hoc est corpus 而來的變體，變成魔術師變魔法之前唸的咒語，約當「天靈靈，地靈靈，變變變」。

「我在想，應該是船運價格太高，磚塊才會這麼貴。我該把一塊地清理出來，蓋自己的瓦窯。」

✿ ✿ ✿

九月一日禮拜天，溫莎堡，安妮跪在國王面前，受封為彭布羅克女侯爵。所有的嘉德勳爵都站在遮篷下觀禮。英格蘭貴族仕女站在她的左右，諾福克公爵的女兒瑪麗．霍華德用一個墊子捧著她的冠飾。（薩福克公爵夫人受邀時，氣得破口大罵，拒絕出席。）這天可說是霍華德家和博林家歡慶之日。湯瑪斯．博林一面點頭、微笑，接受法國大使的恭賀，一面撫摸自己的鬍子。賈德納當眾宣布安妮的新頭銜。她身穿白色貂毛飾邊的紅天鵝絨禮服，一頭烏黑、鬈曲的秀髮長及腰部，一副純真的閨女模樣。得有足足十五個領地的稅收才能維持她的派頭和排場。這些都有賴克倫威爾為她打點。

合唱團高唱〈謝恩讚美頌〉，然後聽講道。典禮結束後，那幾個貴族仕女彎下腰來幫安妮拉起裙擺。這時，克倫威爾看到一種亮麗的藍在他眼前閃過，有如翠鳥飛過。他抬頭一看，原來是西摩家的女兒。號角聲響起，一匹戰馬抬起頭來，所有的仕女也抬頭、微笑。樂師吹奏一段華彩奏之後，眾人便魚貫走出聖喬治教堂。珍．西摩頭低低的，眼睛盯著腳趾，好像怕絆倒似的。

宴席上，國王和安妮坐在高高的台上。每次她轉過頭去跟國王說話，長長的假睫毛就輕觸臉頰。

她幾乎快得到她想要的，那夢想成真的一天已近在眼前。她的身體緊張得像弓弦，全身皮膚用粉撲上金粉，加上杏子和蜂蜜色澤的妝飾。她常微笑，露出一口貝齒，然她的牙齒看來小而銳利。她要凱瑟琳的船，而且要把船身上的「H&K」字樣（即亨利與凱瑟琳英文名字的字首）全部去除，凱瑟琳的紋章也得一個個塗掉。國王已派人去把凱瑟琳的珠寶取回，讓安妮去法蘭西的時候佩戴。在這秋高氣爽的九月天，他和安妮接連繾綣了好幾個下午，金匠在一旁為她的首飾畫設計圖。身為皇家珠寶館館長的克倫威爾也會提供一些意見。除了接收凱瑟琳的珠寶，安妮也希望能有些新的。一開始凱瑟琳拒絕交出來。她說，這些首飾是英格蘭王后之物，身為王后，她有責任好好保護這些珠寶，不能讓這些東西落入賤人手裡，成了基督王國的恥辱。但國王有令，要是她不肯交出來，就從她手裡搶走。

安妮每件事都要問他，因而笑著跟他說：「克倫威爾，你是我的人。」他臨風顧盼，忻忻得意，可以感覺離成功更近了。國王已經習慣讓他的友人歐德立做左右手，必然會任命歐德立做首席國務大臣。有些老臣容不下安妮，於是自動請辭。新上任的審計長是波利特，以前曾和他一起在沃爾西底下做事。沃爾西是不會雇用笨蛋的。

在彌撒和安妮的封爵典禮之後，他去找溫徹斯特主教賈德納。賈德納正脫下袍子，準備參加慶典。克倫威爾問他：「你會跟大夥兒一起跳舞嗎？」他坐在窗前凸出的石板上，心不在焉地看著下方。樂師正把樂器搬進來，包括笛子、魯特琴、豎琴、三弦琴、雙簧蕭、維奧爾琴和鼓。「你風度翩翩、儀表堂堂，一定會引人注目的。或者你因為身為主教，所以不跳舞。」

賈德納答非所問，「你認為一個女人只要當上女侯爵就心滿意足了嗎？她現在就會把自己獻給他的。願上帝保佑，賜給國王一個繼承人，在耶誕節之前就讓我們得知喜訊。」

「你希望她能順利當上王后囉？」

「我希望他能因此龍心大悅。他已經付出這麼多，最後別落得一場空。」

「你知道夏普義怎麼說你嗎？他說你在家裡藏了兩個女人，要她們打扮成男孩。」

「他是說我？」他皺眉頭，「我想，我最好叫家裡的兩個僕人打扮成女人吧。這真是個笑話。」他哈哈大笑。他們一起走到宴會場地。樂師高唱：「與好友共度好時光。我愛你，至死不渝[6]。」哲學家說，音樂可以觸動靈魂。國王叫懷特過來，一起和樂師馬克歡唱：「唉，我該如何去愛？唉，我該如何去愛？」

賈德納說：「我看得出來，國王能做的都做了。」

他說：「如果你認為國王是個好人，他就會對你很好。」

「你這麼會變通的人，當然不成問題。」

他走到珍．西摩身邊。「你看。」她舉起衣袖給他看。她參看他送給她的刺繡書，在袖子邊緣繡了個寶藍色的圖案。因此稍早他在觀禮的時候，有寶藍色翠鳥從眼前飛過的錯覺。他問，狼廳那邊情況如何？他小心探問，擔心在她傷口上灑鹽。畢竟，沒有人不知道她父親與嫂子亂倫的事。她的聲音很小，但很清晰：「家父很好。家父一向很好。」

6、亨利八世即位之初所做的歌曲，又名《國王歌謠》，據說是獻給王后凱瑟琳的情歌。

「其他家人可好？」

「愛德華憤恨難消，湯瑪斯心浮氣躁，我娘咬牙切齒，不時摔門。現在是秋收季節，蘋果熟了，女僕在擠牛奶，神父禱告，母雞下蛋，魯特琴沒走調，而我爹……我爹一向很好。如果你要到威爾特郡辦事，何不順道來我們家坐坐？對了，國王要是娶了新王后，她應該需要已婚婦女作陪，我妹妹麗茲正準備進宮。她丈夫是澤西總督安東尼·歐崔德。你知道他吧？我比較想去鄉下陪凱瑟琳王后。但我聽說她又要搬到另一個地方，而且身邊的隨從一再縮減。」

「如果我是妳父親……不……」他換另一種說法，「如果要我給建議，我想妳去服侍安妮會比較好。」

「去服侍女侯爵？當然，謙卑是件好事。她總是提醒我們要和顏悅色。」

「現在，她的處境有點困難。我想，如果她得到她想要的，會變得柔和一點。」雖然他嘴裡這麼說，但他知道安妮不會改變盛氣凌人的習氣。

珍·西摩低著頭，眼睛往上看，「你看看，我可以用這張謙卑的臉去服侍她嗎？」

他笑道：「有這張臉，到哪裡都沒問題。」

大家跳完加亞里德舞、孔雀舞和阿勒曼舞曲，接著到一旁休息、搧風。克倫威爾和懷特唱著那首義大利士兵民謠：史卡拉梅拉就要上戰場，帶著長矛和小圓盾。這首歌就和一般歌曲一樣，不管歌詞意思為何，曲調都很哀傷。火花漸暗，說話聲也漸漸消失在大廳的陰影中。布蘭登問他：「這首歌是什麼意思？情歌嗎？」

「不是，這首歌只是說一個小男孩要上戰場。」

「他的命運呢？」

史卡拉梅拉，搭啦啦。「這句是說，那就像一個慶典的日子。」

公爵說：「在那個年代，當兵是值得驕傲的。」

國王在魯特琴的伴奏下高歌：「我走在荒涼的樹林裡。」他聲音宏亮，感情充沛。今晚的義大利酒濃烈，酒入愁腸，幾位女士不由得哭了起來。

坎特伯里大主教華翰躺在石板上，全身冰冷。有人在他的眼皮上放了銅板，好讓他永遠記得國王的臉。他即將被抬到坎特伯里大教堂那陰冷潮溼的地下室，與三百多年前殉教的貝克特大主教躺在一起。安妮坐著不動，眼睛一直在情人身上打轉，就像一尊雕像，然而手指無法靜止。她抱一隻小狗到她腿上，不斷撫摸小狗身上的鬈毛。最後一個音符消逝之時，有人送來蠟燭。

✿ ✿ ✿

十月，眾人即將前往加萊。王室隨從總數多達兩千人，可從溫莎堡排到格林威治，再從格林威治迤邐至肯特郡，直到坎特伯里。公爵的隨從是四十人，女侯爵是三十五人，伯爵是二十四人，子爵是二十人。克倫威爾也將帶著雷夫等家僕一同前去，看船上的老鼠洞還能塞多少人，就帶多少人去。國王這次要去見法王弗朗索瓦，主要目的是想請他在教宗面前為自己的婚事說項。弗朗索瓦已答應和教宗結為親家。他有三個兒子（上帝一定很愛他，才會賜給他這麼多的兒子），其中一個將迎娶教宗的姪女凱薩琳．德．梅第奇。弗朗索瓦說，他會向教宗言明，英格蘭的凱瑟琳王后會撤消她提交到教廷的案子，而亨利國王則會在自己的司法管轄區內，讓自己的主教來解決他的婚姻爭議。

亨利與弗朗索瓦這兩個歐洲最有權力的國王，上回在沃爾西的安排下，於「錦繡田野」會盟，已是十五年前的事了。國王雖然口口聲聲說這次不可比上次會盟花更多錢，但他對細節很挑剔，什麼都要更大、更奢華、更金光耀眼。他帶了廚子、床、官員、樂師、馬匹、狗犬、獵鷹，以及他的女侯爵——歐洲人則稱他的寵妓。他也帶了其他有望繼承王位的貴族，包括約克郡的蒙太古家族和蘭開斯特的納維爾家族，讓弗朗索瓦瞧瞧他們多麼順服，都鐸王朝又是多麼穩固。國王還帶了他的金質餐具、他的床單、他的糕餅師傅、幫禽鳥拔毛的，還有專門幫他試菜的，以防膳食被人下毒。他甚至連酒都準備了。一般人或許會覺得這是多此一舉，但天曉得，說不定用得上。

雷夫幫他整理文件，說道：「我知道弗朗索瓦會去羅馬幫國王說話，可我實在不知道他能從這次的合約得到什麼。」

克倫威爾答道：「沃爾西常說，簽訂合約這件事就等同合約。不管合約上寫什麼都無所謂，只要不是一張白紙就行了。簽訂合約要傳達的意思是友善。如果雙方翻臉，撕破合約，不管合約上寫什麼，還不是成了廢紙？」

合約不重要，重要的是壯觀的隊伍、交換禮物、滾球遊戲、比武和假面舞會。這些活動就是這次相會的目的。由於安妮熟諳法蘭西宮廷禮儀，已預知會遭遇哪些困難。她說：「如果教宗要見法蘭西國王，事情還好辦，國王就去教宗面前，或者在庭院見面也可以。但兩個國王見面，從見到對方的那一刻，兩人面對面走上前去，步伐的數日必須完全相同。如果其中一個步伐很小，幾乎沒怎麼動，另一個就不得不走過去。」

「天啊，」薩福克公爵布蘭登說：「這簡直是奧步！弗朗索瓦願意受到這樣的屈辱嗎？」

安妮垂下眼瞼，看著布蘭登：「薩福克公爵，公爵夫人準備動身了嗎？」

薩福克漲紅了臉，「夫人好歹當過法蘭西王后。」

「我知道。弗朗索瓦應該會很高興與她重逢。他覺得她是個美人兒。當然，夫人那時還很年輕。」

「我妹妹現在還很漂亮。」儘管國王這麼說，布蘭登已經忍無可忍，終於發作了。他的怒吼像雷鳴：「妳要她來服侍妳？要她服侍博林家的女兒？幫妳遞手套，服侍妳用餐？妳想得美，永遠不會有這一天的！」

安妮轉過去面對國王，小手緊抓著他的手臂，說道：「他當著你的面羞辱我。」

「布蘭登，」國王說：「你走吧，等脾氣控制好了再回來。」他嘆氣，對克倫威爾使個眼色：你跟過去勸勸他。

薩福克公爵依然怒氣沖天。克倫威爾跟他說：「公爵，我們去外頭呼吸新鮮空氣吧。」

秋意已濃，河面吹來陣陣冷風。落葉貼在小徑上，像小小的軍旗。「我總覺得溫莎堡很冷。你不覺得吧？我是指那裡的氣氛。」他聲音低沉，人聽起來很舒服，「如果我是國王，我會多待在沃金的宮殿。你知道嗎？那裡從來不下雪。至少近二十年沒下過雪。」

「如果你是國王？」布蘭登和他一起往下坡走，「要是安妮‧博林能當上王后，何樂不為？」

「對不起，我收回那句話。我不該那麼放肆。」

布蘭登吼道：「我太太絕不會去的。她才不會跟那個賤女人站在一起呢。」

「公爵，請別這麼說。我們都知道她是個貞潔的女人。」

「她是她的母親訓練出來的，而她的母親可是個了不起的妓女。我告訴你吧。她的母親可是國王的第一個女人，教他初識雲雨。我會知道這事，因為我是和國王一起長大的朋友。那年他十七歲，簡直像修士，對男女之事矇昧無知。」

「可現在沒有人相信博林閣下的夫人會做那樣的事。」

「博林閣下！我的天啊。」

「他喜歡別人這麼稱呼他，反正這麼叫也不會怎樣。」

「安妮是她的姊姊瑪麗調教出來的，而瑪麗又是在妓院受過專門訓練的。你知道他們在法蘭西是怎麼做的嗎？我太太說，嗯，其實她不是親口告訴我的，因為不好意思，所以用拉丁文寫在紙上給我看：男人站著，挺著大老二，女人張開嘴巴含著。你能想像嗎？做過這種事的女人算是處女嗎？」

「公爵……如果夫人不願去法蘭西，如果你不能說服她去……，那我們可不可以說她生病了？既然國王是你的朋友，你總該幫他的忙，別讓——」他幾乎要說，別讓他被你太太罵得狗血淋頭吧。但他還是收回這句話，「你總該給他留點面子吧。」

布蘭登點點頭。他們朝向河流的方向走，克倫威爾放慢腳步，因為他差不多要回去跟安妮報告了。公爵轉過頭來，愁眉苦臉地對他說。「沒錯，她病了。」他雙手握成杯狀，好像托著什麼東西，「她……已經枯萎，但我依然愛她。她現在像鬆餅一樣弱不禁風。我跟她說，有一天早上，我醒來的時候，可能見不到妳了。妳像床單上的絲線一樣，隨時可能斷裂，就此香消玉殞。」

「唉，真令人難過。」克倫威爾說。

布蘭登拭去臉上的淚，「天啊，回去吧，回去國王身邊。你跟他說，我和我太太都不能去。」

「如果夫人不能去，他還是希望你跟他一起去加萊。」

「你應該知道，我怎麼能放下她，跑到那麼遠的地方？」

「你不去的話，安妮不會原諒你的，」他說：「她難以取悅，又容易生氣。大人，你還是聽我的話吧。」

布蘭登的氣又來了：「我一定要聽你的話，非這麼做不可？克倫威爾，你現在可了不起了。我們問自己，這到底是怎麼回事？」他嗤之以鼻地說：「我們問自己這樣的問題，我以耶穌滾燙的血起誓，我們沒有他媽的答案。」

以耶穌滾燙的血起誓。這真像是諾福克公爵會說的話。他什麼時候變成這些公爵的翻譯，幫忙詮釋他們的話語？他問自己，但他也沒有他媽的答案。他回到國王和準王后的身邊。這兩人深情款款看著對方。他說：「薩福克公爵請求原諒。」國王說：「好。明天來見我吧，但不要太早。」你或許以為他們已經有夫妻之實，一夜纏綿之後、需要養精蓄銳。但瑪麗．博林已經告訴他，到目前為止，國王頂多只能愛撫她的大腿內側。這是瑪麗親口跟他說的、而且沒用拉丁文寫在紙上。每次安妮和國王獨處，她都會跟她姊姊瑪麗說，細節則付之闕如。但他不必羨慕她的嚴謹與節制。她像士兵一樣運用自己的身體，而且儉省之至。她就像帕多瓦的解剖學教授，為自己身體的每一部位命名：這是我的大腿、這是我的乳房、這是我的舌頭。

「或許，到了加萊之後，」他說：「國王就能得到他想要的。」

「她不會那麼輕易交出自己的。」瑪麗離去，但走了幾步又停下來，轉過頭來，滿臉憂愁，「安妮說，克倫威爾是我的人。我不喜歡她這麼說。」

在接下來的幾天，英方又面臨不少問題。與法王見面時，哪位貴族仕女將接見安妮？法王的伊蓮娜王后不肯。畢竟，她是西班牙皇帝查理五世的姊姊。那不要臉的亨利國王移情別戀，拋棄她的姑姑凱瑟琳，伊蓮娜必然同仇敵愾。弗朗索瓦的姊姊納瓦爾王妃瑪格麗特也拿病痛做擋劍牌，不願接見英王亨利的情婦。安妮問：「弗朗索瓦的姊姊和薩福克公爵夫人可是罹患同一種病？」弗朗索瓦說，這樣好了，就讓我的欽定情婦，凡登女公爵來接見她，如何？

國王氣得牙齒都疼了。巴茨大夫提著一只藥箱過來。止痛藥似乎有效，但國王每天早上起床還是悲憤交加，覺得生不如死。看來沒辦法，只能取消行程。他們為什麼不了解，安妮是國王的新娘，不是任何一個男人的情婦？如果弗朗索瓦想要一個女人，一個禮拜之內就可以到手。他如何能了解亨利為什麼要這樣苦苦等待一個女人？騎士精神？還是要證明他是最有品的國王？亨利大聲咆哮，弗朗索瓦懂個屁？他就像一頭發情的公鹿，等他過了發情期，就不再耀武揚威了。你可以去問任何一個獵人！

最後，他們終於想出一個解決之道：國王離開加萊，南下布隆涅與弗朗索瓦會面，安妮則留在加萊。畢竟加萊仍是英格蘭的領土，留在那裡才不會受到屈辱。雖然加萊是個小城市，不像倫敦，但情況比較好控制，如果有人在港口邊叫喊「婊子」、「英格蘭首席妓女」，或是高唱下流、淫穢的歌曲，他們只要裝作聽不懂就好了。

國王一行人來到坎特伯里，加上從全國各地來此朝聖的信眾，此地的每一間旅店從地窖到屋頂都人滿為患。克倫威爾和雷夫下榻之處乾淨舒適，離國王不遠，但其他爵爺和騎士不是投宿在跳蚤肆虐的客棧，就是妓院後面的房間。至於那些朝聖者只能睡馬　、外屋，或是躺在星空下。幸好，這一年的十月天氣不錯。以前，國王總會在這個時節前來貝克特大主教的神龕前禱告，獻上豐盛的祭品。當年，貝克特為了捍衛教會，不惜和國王查理二世對立，最後遭到謀殺。儘管貝克特已被教廷封聖，這樣的聖人恐怕不是此刻該去謨拜的對象。華翰剛在這裡下葬，教堂香煙嬝繞，禱告聲嗡嗡不絕，像一千個蜂房傳出來的聲音。克倫威爾已經寄信給克雷默。此時，聖師正在歐洲的某個角落，但安妮已經開始稱他為未來的大主教。沒有人知道克雷默還要多久才能回來。雷夫說，他還藏著祕密吧。

克倫威爾說，當然囉。他還記得克雷默在信紙下方寫的祕密。

雷夫去坎特伯里大教堂參拜，這是他第一次去。他回來的時候仍瞪著大眼睛，說貝克特的神龕飾滿珠寶，每一顆都像鵝蛋那麼大。

「我知道。你想想看，那是真的嗎？」

「有人拿頭骨出來給我們看。他們說，這就是貝克特的頭。本來被騎士敲碎了，現在已經黏好了。如果你願意掏出一點錢，就可以親吻頭骨。他們還端一個盤子過來，上面放著貝克特的指骨、他擦過鼻涕的手帕，還有一小塊靴子皮。他們還拿了一個小瓶子，搖一搖說，那裡面裝的是貝克特的血。」

「在沃爾辛漢，還有一瓶處女的乳汁呢。」

「天啊，那究竟是什麼東西？」雷夫一副想吐的樣子，「那瓶血看起來是紅土摻水的，有東西在裡面結塊、飄浮。」

「現在，把那支筆拿過來。那支筆上面的毛可是從天使加百列的翅膀拔下來的。我們來給弗翰寫封信吧，請他上路把克雷默聖師帶回來。」

「事不宜遲，」雷夫說：「但我得先去把手洗乾淨，把貝克特留在我手上的東西洗掉。」

雖然國王沒去朝拜貝克特，他還是希望走出去讓民眾看看他。儘管所有的人都勸他不要，他還是帶著安妮走向群眾。侍衛站在後面，他的臣子則陪在他身邊。安妮的頭在纖細的脖子上轉來轉去，一聽到有人說什麼，立刻轉過頭去看。民眾都伸出手，想要碰觸國王。

諾福克站在國王身邊，眼觀四方，提高警覺。「克倫威爾，我最討厭這種活動了。」他要是瞄到有什麼不對，就會立刻拔出刀來。但現在就他看到的，最可能是武器的東西就是幾個方濟會僧侶扛的巨大十字架。群眾讓路給一群身穿法衣的在俗司祭和本篤會修士。在那群修士當中，有一個年輕女子做本篤會修女的裝扮。

7、欽定情婦（maitresse en titre）：法王情婦的正式稱謂，表示此女得到官方承認，有了名分。

「陛下？」

國王轉過頭去，說道：「天啊，她是那個會通靈的女孩！」侍衛走過來，國王舉起手，示意他們退下，「讓我瞧瞧她長得什麼樣子。」她已經是女人，不是小女孩，差不多二十八歲，相貌普通，膚色略黑，激動起來則雙頰緋紅。她推開人群，走到國王面前。有那麼一瞬，他從她的眼睛看見自己：一團金紅，皮膚紅潤，看起來雄糾糾的。他伸出火腿一樣粗的手握著她那乾瘦的手肘。「這位女士，妳要告訴我什麼呢？」

她想行禮，但他抓得很緊，讓她動彈不得。她說：「上帝給我指引，我也能跟聖人溝通。他們要我傳達這樣的訊息：國王必須把身邊的異端丟入火中燒死，你要是不點燃這把火，你自己也會被活活燒死。」

「什麼異端？在哪裡？我身邊沒有這樣的人。」

「就是她。」

安妮躲在國王後面，緊緊貼在國王金紅色的上衣後方，像要融化、消失一樣。

「國王要是和這個女人結婚，七個月內即將失去王位。」

「拜託，七個月？妳不會算整數嗎？哪有人在預言的時候說『七個月』來著？」

「這是上帝告訴我的。」

「好吧，那七個月後，誰將取代我呢？說，妳希望誰當國王？」

僧侶和祭司想把她拖走。他們沒想到她會脫軌演出。「蒙太古勳爵！艾克斯特侯爵！他們都有皇家血統。」她想把自己的手抽走。「我看到你的母后了，」她說：「她身陷火海。」

國王放掉她，好像她的肉會燙人似的。「我母后？在哪裡？」

「我也找過樞機主教沃爾西。我找遍天堂、地獄和煉獄，就是找不到他。」

「這個女人八成是瘋子。」安妮說：「要是她瘋了，應該好好毒打一頓。如果沒瘋，那就把她吊死吧。」

有一個祭司說：「她是非常神聖的人，有通靈的本事。」

「把她帶走。」安妮說。

「你會遭到天打雷劈的！」女人說。國王露出不屑的笑容。

諾福克氣沖沖走到群眾當中。他咬牙切齒，舉起拳頭，「把她拖回妓院，不然就嘗嘗這拳頭的滋味。」在一陣混亂中，一個僧侶用十字架打中同伴。會通靈的那個女人被拖到後面，還一直說未來會如何。現場亂糟糟，國王緊抓著安妮的手臂往回走。克倫威爾尾隨那個會通靈的女人。群眾漸漸散去，他輕拍一個僧侶的手臂，要求跟那個女人說話。他說：「我以前是沃爾西的僕人。我想問她一些事。」

幾個僧侶討論了一下，帶他過去找那個女人。「有何貴事？」女人問。

「妳可以再試著去找沃爾西主教嗎？我願意捐獻。」

她聳聳肩。方濟會的一個修士說：「那要一大筆錢喔。」

「請問大名？」

「我是雷士畢神父。」

「我很有錢，所以錢不是問題。」

「你只想得知主教的靈魂在何處，要我們為他禱告，或者你想捐一筆錢給我們的教堂？」

「那就聽你的建議了。當然，我必須知道他不在地獄。要是墮入地獄，那就沒救了，做什麼彌撒只是浪費錢。」

「我必須先跟巴金神父商量一下。」

「巴金神父是她的精神導師。」

他點頭，「你找時間再來一趟，我會告訴你答案。」她轉身離去，不久即消失在人群中。他塞了一點錢給同行的僧侶。不管這個叫巴金的神父是什麼人，似乎他有一份價目表，也是管帳的人。

✿ ✿ ✿

國王對於那個通靈女說的事耿耿於懷，愁眉不展。如果有人告訴你，說你會遭到天打雷劈，你覺得如何？晚上，國王說他頭、臉和下巴都痛得不得了。他對大夫吼叫：「滾吧！這病你們以前治不好，現在難道有辦法？還有妳，」他對安妮說：「請侍女帶妳上床吧。我不想說話，我無法忍受尖銳的聲音。」

諾福克低聲咕噥：又來了，到底有完沒完？

在克倫威爾家，如果有人抽抽咽咽或是受了點小傷，家裡的幾個男孩總會演出一齣「如果諾福克是巴茨大夫」的短劇。牙疼？拔掉不就得了！指頭被夾到？把手砍掉吧！頭痛？那就把頭切掉，換一顆新的。

諾福克說：「陛下，她只是說您會遭到天打雷劈，沒說會死。」

布蘭登也跟著說：「對！她沒說您會死。」

「是的，我不會死，但會失去王位，我不會死，但是下場會很淒慘。這可真是令人期待。」國王挑明了說。接著，他叫僕人去拿些木頭進來燒，並熱一壺酒，「我貴為英格蘭國王，卻只能坐在這裡發抖，沒酒可喝嗎？」他看起來的確很冷。「她看到我母后了。」

克倫威爾小心翼翼地說：「國王陛下，您可知道那教堂有一面彩繪玻璃畫了您母親的肖像？玻璃在陽光的照耀下，看起來就像火光一樣燦爛。我想，那就是那個女人看到的景象。」

「你不相信那是異象？」

「我想，那個女人把她看到的外在世界與她腦中浮現的景象混為一談。有些人就是這樣。或許那女人是個腦袋糊塗、精神錯亂的可憐蟲。」

國王皺眉頭，說道：「但我深愛我的母后。」克倫威爾又說：「白金漢公爵很迷信，曾找一個僧侶為他預言。那個僧侶告訴他，他可以當上國王。」當然，他不必說，大家都知道，白金漢公爵被控犯下叛國罪，早在十幾年前就被處死了。

✿ ✿ ✿

國王一行人搭乘燕子號航向法蘭西。克倫威爾和里奇蒙公爵站在甲板上，看著英格蘭漸漸後退。里奇蒙公爵亨利．費茲羅伊是國王的私生子，第一次跟隨父王坐船遠行，難掩興奮之情。他今年十三歲，高高瘦瘦，是個風度翩翩的美少年，舉手投足充滿貴族氣質。他說：「克倫威爾先生，自從主教失勢，我就沒見過你了。」這真是令人尷尬的一刻。他又說：「很高興見到你飛黃騰達。我記得《宮臣寶鑑》一書提過，出身卑微的人往往具有長才。」

「公爵，你可會讀義大利文？」

「我不會，有人幫我把書裡的一部分譯成英文。那是一本好書。」他停頓一下，「我希望——」他轉過頭去，壓低聲音，「我希望主教還活著，那就輪不到諾福克公爵當我的監護人了。」

「我聽說你將娶公爵的女兒。」

「是的，但那不是我所願。」

「為什麼？」

「我見過她。她胸部平坦得像木板。」

「可她是個很聰明的女孩，其他方面就交給時間吧。在你們一起生活之前，應該就能解決。我希望有人能為你翻譯卡斯提里翁尼《宮臣寶鑑》中論仕女及其特質那一部分。我敢保證諾福克公爵家的閨女瑪麗．霍華德是個聰慧賢德的仕女。」

他心裡在想，里奇蒙公爵的婚姻應該不會像亨利．珀西或喬治．博林那麼慘。卡斯提里翁尼說道，凡是男人能懂的，女人也該能懂。女人的領悟力、才華不會輸給男人，無庸置疑，她們能愛也能恨。卡斯提里翁尼深愛他的妻子伊波莉塔，然兩人結婚才四年，伊波莉塔就死了。他為她寫了一首輓歌，卻是用伊波莉塔的口吻來寫，彷彿是死去的妻子跟他說話。

海鷗在船的尾流發出鬼叫聲。國王走到甲板上，說他的頭痛已經好了。克倫威爾說：「陛下，我們正在談卡斯提里翁尼的《宮臣寶鑑》。您看過這本書嗎？」

「我看過。卡斯提里翁尼非常推崇『sprezzatura』，字面上的意思是『若無其事』，也就是指做什麼事都遊刃有餘、優雅從容，一點都不費力的樣子。有能力的君主應該培養這種能力。」他又加上一句，「法王弗朗索瓦就有這種特質。」

「是的，除了遊刃有餘，還必須時時在公眾面前顯露一種莊重、自制。我在想是否該請人翻譯這本書給諾福克公爵看。」

克倫威爾不禁想起諾福克公爵在坎特伯里舉起拳頭要揍那個通靈女子的樣子。國王笑道：「你該為他翻譯。」然這個評語恐怕有問題。

「卡斯提里翁尼還在書中建議男人不要把頭髮燙鬈，也別拔眉毛，但諾福克公爵向來喜歡這樣，希望他不會覺得卡斯提里翁尼在罵他。」

里奇蒙公爵皺著眉頭看著他：「諾福克公爵真會這樣？」國王捧腹大笑，連船上的木頭都跟著嘎吱作響。他笑到差點岔了氣，一點都沒有莊重、自制的樣子，然而克倫威爾覺得這種笑聲很悅耳。國王伸出一隻手，抓著克倫威爾的肩膀，免得站不穩。風把船帆吹得直挺挺的，陽光在水面上跳舞。「再一個小時，我們就到港口了。」

❁ ❁ ❁

加萊，英格蘭的前哨，在法蘭西的最後一塊領土。他有很多朋友、顧客、客戶都住在這裡。他對這個城市瞭若指掌：水門、燈籠門、聖尼古拉教堂、聖母堂。他走過這裡的每一座塔樓、堡壘、市場、宅第、碼頭、總督府，以及魏席爾與溫菲德家的宅第。加萊這兩大世家擁有林蔭花園，過得十分愜意，子孫已然遺忘英格蘭的一切。他知道此城碉堡正漸漸傾圮，城牆之外還有樹林、村莊、沼澤、水閘、堤壩與灌溉溝渠。他知道去布隆涅要走哪一條路，也知道怎麼去葛拉芙林。後者是西班牙的屬地，弗朗索瓦如果下定決心要拿下這個城鎮，有如囊中取物，但查理五世也可能再奪回去。雖說英人已在加萊地區發展了兩百年，但在街上聽到的不是法語，就是法蘭德斯語。

加萊總督博納斯男爵竭誠歡迎國王一行人大駕光臨。博納斯是老將，也是學者，擁有傳統美德，要不是跛腳以及憂心國王來訪造成的龐大支出，無疑是卡斯提尼翁里書中走出來的宮臣。他甚至安排國王與安妮住在相鄰且有門相通的兩個房間。他說：「只要兩個房間的門閂都很穩固，不是兩全其美？」

瑪麗．博林告訴克倫威爾，在上船之前，安妮一直守身如玉，但現在則換國王拒絕她。國王說，他一定要讓她明正言順生下繼承人，不願她在婚前為他珠胎暗結。

亨利與弗朗索瓦將在布隆涅會面，待個五天，然後回到加萊，再待五日。國王把安妮留在加萊前往布隆涅之時，安妮覺得很委屈。克倫威爾看得出來，安妮焦躁難安，畢竟她不知道在加萊會發生什麼事。但他有私事要辦，這次甚至不能帶雷夫一起去。他悄悄溜到卡克威爾街後面的一間客棧。

❁ ❁ ❁

那是個骯髒、破爛的客棧，有木頭燃燒的氣味，還有魚腥味和霉味。旁邊牆上掛了一面鏡子。他從水面般的鏡面瞥見自己的臉：蒼白得像死人，只有眼睛還有生氣。他在看到自己的那一刻，感到有點愕然：他怎麼跑到這麼一個可怕的地方？

他坐在一張桌子等候。過了五分鐘，客棧後面傳出吵鬧的聲音，然而似乎沒事。他想，他們大概想讓他等一會兒。為了消磨時間，他想起康瓦爾領主去年交給國王的收據。他腦中浮現雀斯特侍臣提交出來的數字時，角落出現一個暗影，一個身穿長袍的老人拖著蹣跚的腳步來到眼前，後面還跟著兩個人，一樣是留著長鬍子的老人，還一直乾咳。這三人就像三胞胎兄弟，坐在他對面的板凳上。他最討厭煉金師了，但眼前三位似乎正像這種人：衣服沾上奇怪的汙漬，面容醜惡，還猛抽鼻子。他用法語跟他們打招呼。他們身體發抖，其中一個用拉丁文問道，有沒有酒可以喝。他把店小二叫來，心想這裡或許沒有酒可以喝。店小二問：「那客倌要去別處喝嗎？」

店小二端來一壺像醋一樣的酒。他讓老人喝個痛快，然後問：「你們當中哪一位是卡密羅？」

三人面面相覷，有如神話中輪流用一隻眼睛的歌拉雅三姊妹。

「卡密羅去威尼斯了。」

「他去那裡做什麼？」

其中一個老人咳了一下，說道：「有人要找他商量事情。」

「他會回法蘭西吧。」

「應該會吧。」

「我要你們手上的一件東西。我必須把這東西交給我的主人。」

他們沉默不語。他想，難道要我把酒拿走，他們才會說嗎？但其中一個老人先發制人，把酒壺搶去。老人的手抖得太厲害，結果把酒灑在桌子上。其他兩個氣得一直叫罵。

「你們把圖帶來了吧。」克倫威爾說。

他們互使眼色。「沒有，沒有。」

「有圖吧？」

「沒有這種東西。」

酒滲入木頭桌上的縫隙。那三個老人不發一語，只是呆呆地坐著。其中一個百無聊賴地把手指穿入袖子上一個被蟲蛀掉的洞。

他大聲吆喝，要店小二再拿一壺酒過來。老人說：「我們不是故意要讓你失望。請你諒解，卡密羅目前在弗朗索瓦國王那裡。」

「他正在幫弗朗索瓦做一樣東西嗎？」

「有可能。」

「可能成功嗎？」

「是的。」

「請轉告他，要是他在弗朗索瓦那兒不愉快，我的主人亨利隨時歡迎他來英格蘭。」

三人沉默不語。店小二把酒送來。這次，克倫威爾自己把一點酒潑灑在桌上。老人又面面相覷，其中一人說：「大師討厭英格蘭的氣候。他不喜歡霧。還有，他說英倫島上都是女巫。」

這次雖然無功而返，至少是個開始。克倫威爾離開前，囑咐店小二：「去把桌子擦乾淨吧。」

「我還是等他們把整壺打翻再去擦吧。」

「說的也是。給他們一點吃的吧，你們有什麼？」

「濃湯，但我建議不要點這個。那湯看起來像妓女洗內衣褲的水。」

「我還不知道加萊女人會洗任何東西。你識字嗎？」

「一點點。」

「寫字呢？」

「不會。」

「那你該學會寫字。同時，要好好運用你的眼睛。如果有人來跟這幾個老人碰面，或是老人帶任何圖畫、羊皮紙、卷軸來到這裡，請你務必告訴我。」

「那幾個老人賣的是什麼?」

他差點就說出來了。跟這個店小二說又有什麼關係?但他最後還是沒說，因為他想不出恰當的字眼。

✽ ✽ ✽

克倫威爾在布隆涅正在與人說話，突然接到法王弗朗索瓦的口信，說要找他談談。他先跟國王報告。亨利考慮了一下，國王通常只跟其他國王或本國貴族和高級教士說話，怎麼會找他去?但亨利最後還是答應了。自從他們抵達加萊，諾福克和薩福克兩人不但感情變好，而且刻意與他疏遠，似乎是要法蘭西人看清楚：這個人沒有身分、地位，只是英王亨利一時興起找來的顧問官，隨時可能消失，到子爵、伯爵或主教府裡做事。

法蘭西使者告訴他：「吾國國王只想找你聊聊，並非覲見。」

「我了解了。」他說。

由於不是覲見，弗朗索瓦坐著等他，身邊只有幾個臣子。弗朗索瓦個子瘦高，手肘和膝蓋關節看起特別突出，一雙腳套在大大的保暖拖鞋當中，而且不停地動來動去。法王說：「克倫威爾，據我所知，你是威爾斯人。」

「陛下，小的不是威爾斯人。」

法王的眼睛像狗眼一樣，一再地打量著他。「不是威爾斯人?」

他知道法王內心的疑惑了。如果他不是王親貴族家裡的人，如何拿到通往朝廷的通行證?「是故樞機主教沃爾西把我引介給國王的。」他說。

弗朗索瓦說：「這我知道，但應該不只是這樣吧。」

他說：「或許吧，但小確實不是威爾斯人。」

弗朗索瓦碰觸自己的鷹鉤鼻尖端，然後往下拉。如果他能有選擇，不會想每天面對這麼一個國王的。英王亨利好看多了，健康福泰，皮膚紅潤。弗朗索瓦眼神飄向遠方，說道：「有人說，你曾為法蘭西打過仗。」

「是的，在加利格里阿諾河。」他低下頭，好像想起不堪回首的往事：在街上跟人鬥毆，打成一團，「我們出師不利。」

「但……那都過去了。現在，誰還記得亞金科特之役？[8]」

他幾乎要笑出來，「是的，」他說：「過了一代、二代、三代……四代……再也沒有人記得了。」

弗朗索瓦說：「有人告訴我，你是那位女士面前的紅人。」他噘著嘴，「請你告訴我，亨利是怎麼想的？他真的以為她還是處女？雖然她曾在這裡的宮廷待過，但她那時還很小，身材平板得像木材，所以我不知道跟她上床是什麼滋味。但她姊姊——」

克倫威爾很想叫弗朗索瓦住嘴，但他貴為國王，只能由他說個痛快。他的話語繞著瑪麗·博林的裸體打轉，從下巴說到腳趾，然後就像煎餅一樣，把她翻個面，再從脖子後面說到腳跟。他說得口沫橫飛，僕人遞給他一條手帕，他擦乾嘴角的唾沫，然後把手帕拿給僕人。

「好吧，」弗朗索瓦說：「我看你不會承認你是威爾斯人。因此，我的理論不能驗證了。」他嘴角上揚，手肘動了一下，膝蓋也在抖。這次的「非覲見」告一段落。「克倫威爾先生，或許我們再也不會見面了。你真好運，很少人能得到這樣的機運。因此，給我你的手，像法蘭西士兵那樣。請記得為寡人禱告吧。」

他鞠躬，「小的會為陛下禱告的。」

他即將走出宮廷之時，一個臣子走過來，在他耳邊說悄悄話：「這是國王陛下賞賜的。」然後交給他一雙刺繡手套。

✿ ✿ ✿

他想，換了另一個人，或許會立刻喜孜孜地戴上手套。他捏著手套的手指部分，看看裡面是否藏了什麼。他找到了，接著輕輕把手套甩一甩，然後用手捧著。

他直接去找亨利，發現他在陽光下和幾個法蘭西貴族在玩滾球。即使只是球賽，亨利也搞得像比武一樣熱鬧，大夥兒不斷大叫、呻吟，有人埋怨運氣不好，有人哭泣，還有人在叫罵。國王看著他，用眼神丟出一個問號。克倫威爾也用眼睛告訴他：「我想私下稟報陛下。」國王說：「待會兒。」他們靠著眉眼表情達意，沒說半個字。國王同時在和旁邊的人打打鬧鬧、開玩笑，然後站在那裡，看自己的木球在修剪過的草坪上滾動。他指著克倫威爾：「你們看到他了嗎？那個人是我的顧問官。我可要警告你們，別跟這個人打球。他才不管你們的列祖列宗是何方神聖。他是沒有紋章的無名小卒，但他是天生贏家。」

有一個法蘭西貴族說：「輸得優雅也是貴族應該學習的一門藝術。」

「我也想學學，」亨利說：「如果你們看到典範，別忘了告訴我。」

他注意到這些法蘭西貴族一心一意想贏，然後從英格蘭國王那裡拿走一塊金子。如果輸得起，賭博當然不是壞事。他心想，也許他該為國王設計賭博用的籌碼，贏家只能親自前往西敏寺兌換現金。他還得擬定詳細的兌現規則、手續費，並蓋上特別的封緘。至少，這樣可以省下不少錢。

但國王手氣不錯，他的球平穩地朝有標示的那顆球滾過去。他還是贏了，法蘭西那幾個貴族拍手祝賀。

✽ ✽ ✽

他終於和國王獨處。他說：「陛下應該會喜歡這個。」

亨利喜歡驚喜。他舉起肥嘟嘟的食指，把那紅寶石放在手背的指關節處。他的指甲看起來紅潤、乾淨。克倫威爾說：「這是顆上等的寶石。我會看這種東西。」亨利問：「你知道這裡最好的珠寶匠是誰？我要他幫我鑲嵌在戒台上。這顆寶石色澤很深。在我們見面之前，戒指一定要鑲好，我將戴著去見弗朗索瓦，讓法蘭西瞧瞧我下面的人是怎麼侍奉我的。」國王今天心情很好。他點點頭，示意他可以退下。「當然，你可以請珠寶匠提高工錢，然後跟他二一添作五……這種小事，我是不會在意的。」

他提醒自己：和顏悅色。

國王笑道：「如果一個人連自己的事都辦不好，我怎麼能信賴他，要他為我做事？如果有一天弗朗索瓦給你一筆錢，你就收下吧。對了，他問你什麼事？」

「他問我是不是威爾斯人。他似乎認為這是個重要的問題。很可惜，他沒猜對。他因此覺得很失望。」

「你不會讓人失望的。如果你真的讓我失望，我會告訴你。」

8、亞金科特之役（Battle of Agincourt）：一四一五年十月二十五日，英王亨利五世以不到六千人的殘兵敗旅，大敗人數高達三萬的法軍。

在過去兩個小時內，他見到了兩個國王。老爹，你知道嗎？他站在鹹鹹的海風中，對死去的父親說話。

❀　❀　❀

法王弗朗索瓦和英王亨利一起回到加萊。晚宴上，安妮引領弗朗索瓦到舞池中跳舞。她雙頰粉嫩，雙眼在金色面具下閃閃發光。她卸下面具，似笑非笑地看著弗朗索瓦。那表情很不自然，好像是另一張面具。他可以看到弗朗索瓦張開嘴巴，好像要流口水了。安妮與他手指緊扣，帶他到窗邊的座位。兩人用法語說悄悄話，耳鬢廝磨了一個小時。有時，兩人會一起開懷大笑，然後四目相接。他們無疑是在討論新的結盟事宜。弗朗索瓦似乎認為她把合約藏在襯裙底下。他舉起她的手，她抽回去，一副欲迎還拒的樣子。他好像還拉著她的小手到他的褲襠。人人都知道弗朗索瓦最近在接受水銀療法，但不知是否奏效。

亨利則和加萊的貴族仕女共舞，一起跳了吉格和薩塔列洛舞。薩福克公爵布蘭登此刻已把生病的髮妻忘得一乾二淨，把舞伴拋得高高的，讓她們尖叫，裙子飛揚起來。但亨利眼睛緊盯著安妮和弗朗索瓦，腰桿筆直。他雖保持笑容，還是掩不住痛苦。

最後，克倫威爾終於看不下去了。他心想，我不能讓安妮這樣下去。我要坐視不顧，還算是亨利的臣子嗎？他在一個黑暗的角落找到諾福克公爵，把他拖出來。公爵害怕當總督夫人的舞伴，因此一直躲在那裡。他說：「公爵，請把你外甥女帶走吧。她在外交方面的貢獻夠多了。國王已經妒火中燒。」

「什麼？這傢伙在說什麼？」諾福克本來還糊里糊塗，轉過頭去，看了一眼，就知道是怎麼回事了。他咒罵一聲，直接穿過那些正翩翩起舞的貴族，而不是從一旁繞過去，一把抓起安妮的手腕往後，好像要把她的手折斷似的。他對弗朗索瓦說：「對不起，國王陛下。」然後跟安妮說：「我們跳舞吧。」他把安妮拖到舞池當中。他們只是腳在動，舞步和別人完全不一樣。諾福克公爵就像一頭憤怒的野獸在用力跺腳，而安妮則像一隻斷了翅膀的小鳥。

克倫威爾看著亨利。國王雖板著一張臉，但看來似乎心滿意足了。應該有人出來懲罰安妮，除了她的長輩，誰能做這種事？法蘭西貴族聚在一起竊竊私語。弗朗索瓦瞇著眼睛看著這一幕。

那天晚上，國王很早就休息了，甚至把平常服侍他的僕人都支開，只剩諾里斯一人忙進忙出，帶著一個小廝幫國王送酒、水果、大被子和煤炭。天氣轉冷，女人的脾氣也變差了。眾人都聽到安妮提高嗓門罵人和用力甩門的聲音。

❀　❀　❀

克倫威爾正在跟懷特說話，瑪莉．薛頓過來找他：「安妮女士要一本聖經。」

「克倫威爾先生可以把整部新約背出來。」懷特說。

瑪莉看起來很為難的樣子，「她是要發誓用的。我非找到一本聖經不可。」

「那我就幫不上忙了。」

懷特握著瑪莉的手，「小姐，今晚誰能給妳暖意？」她把手抽走，跑到別的地方找聖經，臨走之前說道：「告訴你吧，是諾里斯。」

懷特看著瑪莉的背影，問道：「這是抽籤的結果嗎？」

克倫威爾說：「我最近很幸運。」

「國王的事？」

「或許吧。」

「最近嗎？」

「安妮恨不得把一些人的心挖出來火烤。」

克倫威爾心想，他還是別跑得太遠，免得國王找不到他。於是，他找了個角落和愛德華．西摩一起下棋。他一邊走棋步，一邊問：「你妹妹……」

「她是個古怪的女孩，不是嗎？」

「她今年幾歲？」

9、以前歐洲常用水銀來治療性病，尤其是梅毒。

「我不知道……二十左右吧？……她在狼廳走來走去，說道：『這是克倫威爾的袖子』，沒有人知道她在說什麼。」

他呵呵笑，「但她開心得很。」

「你父親幫她談好婚事了嗎？」

「以前談過——」他抬起頭來，「你問這個做什麼？」

「好讓你分心。」

愛德華的弟弟湯瑪斯．西摩衝進來，叫道：「他奶奶的，實在太棒了！」他把愛德華的帽子扯下，撥弄他的頭髮。「快點，有女人在等我們。」

「這裡的朋友勸我們潔身自愛。」愛德華撿起帽子，拍拍灰塵，「他說，她們和英格蘭女人一樣，只是更髒？」

「你是說更有經驗？」湯瑪斯．西摩問。

愛德華戴好帽子，問道：「我們家的妹妹幾歲了？」

「二十一，還是二十二吧。做什麼呢？」

愛德華盯著棋盤，伸手去拿王后那個棋子。他知道他已經落入陷阱。他抬起頭來，用佩服的眼光看著克倫威爾說：「你是怎麼辦到的？」

✿　✿　✿

夜深人靜，他坐在桌前，面前擺著一張白紙。他想寫封信給克雷默，但他不知克雷默身在何處。也許他該把這封信投到空中，讓信隨風飄，在歐洲找尋克雷默的身影，飛到他面前。他提起筆，但一個字都沒寫。他想起他和國王討論那顆紅寶石的事，國王認為他一定會偷偷跟珠寶匠要回扣。也許國王聽說他年輕時在義大利拿邱比特的雕像詐騙主教的事，才會有這樣的想法。但這種事，愈辯白只會變得更可疑。如果國王不能百分之百信任他，有什麼好驚訝的嗎？君主自始至終都是孤獨的，不管在議事廳、在臥房，或是正如珀西所言，最後赤身裸體站在地獄裡面對上帝的審判時，都是一個人。

國王一行人的到來，使得加萊這個小地方更加擁擠、嘈亂、複雜。在小小的城牆之內，滿是口角與陰謀。旅人變得像一疊撲克牌，緊挨著彼此，那印在紙上的眼睛什麼也看不到。他突然想到，不知懷特現在人在哪裡，會不會惹上麻煩。他想，他今晚恐怕難以成眠，但不是因為擔心懷特。他走到窗邊，月亮有如遭到羞辱，被烏雲遮住半邊臉。

花園裡，插在牆上支架的火炬還在燃燒，但他刻意走到陰暗處。海浪一波波湧上來又退去，那浪濤聲就像他自己的心跳聲。這時，他突然聽到有人走過來，裙擺窸窸窣窣的聲音交雜著微微的呼吸聲。一隻手溜到他手臂上。瑪麗·博林說：「是你。」

「我。」

「你知道嗎？安妮和國王晚上從不鎖門。」她咯咯笑，但那笑聲聽來冷酷無情，「她像新生兒一樣，全身赤裸，躺在他的臂彎裡。她無法再拒絕他了。」

「我以為他們今晚吵架了。」

「沒錯，但他們就喜歡吵架。她說，她舅舅差點把她的手臂折斷。亨利則罵她，說她是抹大拉的馬利亞，還有其他名字，不過我忘了。我想，她們應該是古羅馬時代的女人，但不是路克瑞絲[10]。」

「不會，不會是路克瑞絲的。她要聖經做什麼？」

「她要在他面前發誓，我和諾里斯則是見證人。他承諾會永遠跟她在一起，他們等於是在上帝面前結婚了。他也發誓說，回英格蘭之後，他們將舉行婚禮，等春天來臨之時，再行王后加冕大禮。」

他想起坎特伯里那個通靈女子的預言：國王要是和這個女人結婚，七個月內即將失去王位。

「現在的問題只有一個，也就是他到底能不能做那件事。」

他握著她的手，「瑪麗，別嚇我。」

「亨利擔心自己不能表現出帝王雄風。如果他害羞，安妮應該知道怎麼幫忙。我是說，我已經仔細教過她了。」

她的手游移到他的肩膀上，「現在，我們呢？這趟行程真是累人，是不是該換我們好好享受了？」

他沒回答。「你不怕我的諾福克舅舅嗎？」

10、路克瑞絲（Lucrece）是早期羅馬歷史中的人物，因為遭到強姦而自殺，因此成為羅馬婦女貞德楷模。參看莎士比亞的敍事詩《路克瑞絲被姦記》。

「我怕啊，怕得要死。」

但這不是他猶豫再三的原因。她的唇靠上來，問道：「你在想什麼？」

「我在想，我要不是國王最忠貞的僕人，或許會搭下一班船離開這裡。」

「我們要去哪裡？」

但他沒要任何人與他同行。「我想往東，然而我不知道這是不是好的出發點。」他想遠離博林家的人，遠離所有人。他心裡想的是地中海，不是北方的海域。一個暖和的午夜，一間在塞浦路斯拉納卡的房子。威尼斯的燈火照在危險的水面上，奴隸的腳踏在磁磚地面發出啪的一聲，焚香與芫荽的香味。他伸出手臂環繞著瑪麗的香肩，沒想到摸到一種柔軟的東西：狐狸毛。他說：「妳真聰明。」

「噢，我們什麼都帶了，包括所有的裝束，怕要在這裡待到冬天。」

火光一閃，他看到了她的皮膚。她的喉嚨很白、很軟。只要公爵待在屋裡不出來，似乎什麼事都可能發生。他用指尖撫摸她的皮草，然後觸摸到她的肌膚。她的肩膀暖和、香香的，而且有點潮溼。他可以感覺到她脈搏的跳動。

這時，他突然聽到後面有聲音。他立刻轉過頭去，手裡拿著匕首。瑪麗尖叫，緊緊抓著他的手臂。他用匕首抵住那人的胸骨。「好了，好了，」那人不耐煩地說：「把那個東西拿走吧。」

「天啊，」瑪麗說：「你差點殺了威廉・史特福德。」

他讓那個陌生人站在火光中，看清楚他的臉，才把匕首收起來。他不知道這個叫史特福德的人是誰：某一個人的馬伕？「威廉，我以為你沒跟來。」瑪麗說。

「假使我沒來，妳似乎也不會寂寞。」

「你知道女人過的是什麼樣的生活嗎？你以為你已經跟一個男人有了穩定的關係，其實沒有。他說，他會來，結果一直沒出現。」

她的心在哭泣。克倫威爾對她說：「晚安。」她轉過去看著他，似乎在說：「別走！」他說：「我該禱告了。」

一陣強風吹過海峽，吹斷船上的索具，陸地上的玻璃窗也被吹得咯嘘咯嘘響。他想，明天或許會下雨。他點燃一根蠟燭，繼續寫信。但現在他覺得不寫也無所謂了。花園與果園的樹葉被風吹得滿天飛。影像在窗外的空氣中浮動，海鷗像在鬼叫。他看到一個白白的影子從眼前掠過，那是麗茲的帽子。在他看見她的最後一個早晨，他以為麗茲跟在他後頭，其實沒有。她還在睡覺，蓋著鵝黃色的土耳其被，身上的床單溼溼的。他想起現在的境遇與五年前的那個早晨。那時，他是個有家有眷的男人，腋下夾著一疊文件，一大早就走出家門，準備幫沃爾西辦事。那時的他快樂嗎？他不知道。

多年前，在塞浦路斯的那個晚上，他打算遞出辭呈，請東家給他寫封介紹信，讓他往東邊發展。他很想去看看聖地，瞧瞧那裡的植物和居民，親吻使徒走過的石頭，在陌生的城市與人討價還價。聽說，那裡有很多黑色帳篷，戴著面紗的女人像蟑螂一樣急急忙忙鑽到角落。那天晚上，他眺望窗外的港景，發現後面房間傳來一個女人開懷大笑的聲音。她手裡拿著象牙骰子，一邊輕柔地用阿拉伯語說：「Al-hamdu lillah（讚頌真主。）」他聽到她把骰子放下去的聲音。骰子不斷轉動，最後停下來。「幾點？」

東方吉，西方凶。如果輸得起，賭博就不是罪惡。

「兩個都是三點。」

那是凶嗎？命運不但沒推他一把，也沒輕輕指點他一下。「我要回家了。」

「今晚不行，潮水太高了。」

第二天，他覺得神仙在他背後，就像微風。他朝向歐洲航行。在安靜的運河旁，有間小木屋，那裡就是他的家。安瑟瑪在她的房間，跪在一幅小小的、銀色的祭壇畫前。她說，那是她所擁有最寶貴的東西。她身穿長長的綠花緞睡衣，在燭光下看起來則是黑的。她說，對不起，再等我一下。她用她的母語禱告，那語氣聽起來一下子像哄勸，一下子像威脅，她必然是在和祭壇畫中的聖人糾纏，要求這個那個的。最後，她站起來，對他說：「好了。」她解開睡衣上方的結，讓他的手伸進去，握著她的乳房。

第3章・清晨彌撒

一五三二年十一月

雷夫來到他床頭，說現在已經七點，國王去做彌撒了。幻影不斷出現在他的睡夢中。「我們不想吵醒你，但你從來沒睡這麼晚過。」

風在煙囪中無聲地嘆息。雨滴像沙粒敲打著玻璃窗，一下子被風吹走，一下子又被吹過來。他說：「我們或許得在加萊待一段時間了。」

五年前，沃爾西去法蘭西，請他注意宮裡的情況，如果發現國王和安妮上床，立刻寫信通知他。他問，我如何能知道這種事？主教說：「翌日，國王的表情會告訴你。」

風停了，雨也歇止，他到達教堂的時候，街上已一片泥濘。民眾都跑出來看熱鬧。他們把外套蓋在頭上，就像一群無頭之人。他推開人群，穿過那群貴族，一邊走一邊低語：對不起，我有急事，請讓路給一個大罪人。眾人哈哈笑，讓他過去。

安妮挽著總督的手走出來。總督繃著臉，似乎正為痛風所苦。他全神貫注聽她小小聲地吱吱喳喳，但沒任何反應。她的表情刻意調整成一片空白。國王則挽著溫菲德家一個女士的手，抬起頭來，跟她閒聊。國王的身影看起來龐大而和善。他的目光掃過群眾。看到這麼多人，不禁龍心大悅，展露微笑。

離開教堂之前，國王戴上一頂嶄新的帽子，上面有一根羽毛裝飾。

第五部

第1章・安妮王后

一五三三年

克倫威爾家宅。兩個小不點兒坐在大廳的板凳上，小腳伸得直直的，身穿圍兜，因此看不出來是男是女。他們戴著帽子，臉上有酒渦，笑咪咪、胖嘟嘟的。看來，這兩個孩子的母親海倫・巴爾把他們照顧得很好。海倫說出自己的身世：她的父親是埃塞克斯一個做小生意的商人，但後來破產，她的丈夫名叫馬修・巴爾，常打她出氣，最後拋妻棄子。她說：「你還是走吧，放了我和我肚子裡的孩子。」

這一帶的街坊鄰居不管有什麼問題都來找他：地窖的門不安全、某一戶養鵝人家臭氣衝天、夫妻吵架，一整晚都在摔鍋子，吵得鄰居不能睡覺。儘管國務繁忙，時間有限，他也只能耐著性子處理這些雞毛蒜皮的小事。事實上，他對海倫的關心恐怕比不上對附近的養鵝人家。他想像海倫脫下粗布衣服，穿上他昨天看到的一款圖案縟麗，一碼布要價六先令的天鵝絨衣裳。他看到她的手，那雙手因為做很多粗活，變得粗糙、紅腫。他得謹慎處理這個女人的事。

「雖說我老公遺棄了我，但他說不定已經死了。他這個人愛酗酒、鬧事。他的一個朋友告訴我，有一次他在街上跟人鬥毆，被打得很慘。也許我該去河底尋找他的屍體。但另一個人告訴我，說曾看到我老公揹著行囊，出現在提爾柏里碼頭。所以，我也不知道自己是人妻，還是寡婦？」

「我會幫妳調查。但我想，妳或許不希望我找到他。你們母子怎麼過活？」

「自從我老公跑了，我做了一陣子的縫帆女工。後來到倫敦，一邊找我老公，一邊工作。白天，我在聖保羅教堂附近的修道院幫忙洗修女床單。她們一年才洗一次。修女看我工作勤奮，說我可以在閣樓鋪草墊子睡，但她們不肯收留我的兩個孩子。」

瞧，我們的教會多慈愛！這種事，他看多了。「我們不能讓妳被偽善的女人利用，做她們的奴隸。妳來這裡工作吧。我相信妳一定很能幹，可以幫忙做很多事。妳應該看得出來，這裡是個大宅院，家裡人多，事情也多。」他想，海倫是個好女人，應該給她正當的事做。她要是走在大街上，應該有人搶著要。「有人告訴我，妳想學習識字，妳能讀福音嗎？」

「我曾在路上遇見幾個女人。她們帶我去上夜校。學校就在廣門一帶的一個地窖。在那之前，我知道諾亞、三王朝聖和亞伯拉罕的父親，但我從未聽過聖保羅的事跡。我還記得在家鄉的農場上看過魔術師變出牛奶、讓天空下起大雷雨，但有人告訴我，他們不是耶穌的信徒。我真希望我們能一直在農場上過日子，畢竟我父親不是在城裡做生意的料。」她的目光一直跟著那兩個孩子。他們已經從板凳爬下來。才剛會走路的他們，在石板地面上搖搖晃晃向前走，想到牆壁前面看看那些燦爛奪目的畫作。他們每走一步，海倫即屏住呼吸。一個來自日耳曼的年輕人在那裡工作，他是霍爾拜因介紹來的畫匠。這個大男孩不會說英語。克倫威爾轉過身去，跟兩個小孩解釋牆上畫的東西：這是玫瑰，這裡有三隻獅子。看到了嗎？獅子正在跳躍。這裡還有兩隻黑鳥。

「是紅的！」比較大的那個孩子大聲說。

「她已經開始認識顏色了，」海倫臉頰紅通通的，難掩驕傲之情，「她也會數一、二、三了。」

牆上本來畫的是沃爾西的紋章，後來塗掉了，此時克倫威爾請人畫上國王最近授予他的紋章：中央的橫帶是天空藍，旁邊有三隻兇猛的獅子，兩隻康瓦爾紅嘴山鴉，中間則是一朵紅玫瑰和綠色的刺。海倫說：「沃爾西的紋章也有兩隻這樣的紅嘴山鴉。」

他笑道：「有人希望再也不要看到這山鴉了。」

「像我們這種人難以了解沃爾西。」

「你是說跟妳一起上夜校的人？」

「他們說，凡是喜愛福音的人，如何能愛戴像沃爾西那樣的人？」

「我也討厭他的高傲和排場，不喜歡每天出門總是大隊人馬浩浩蕩蕩的。但他是全英格蘭有史以來對國務最認真的人。其實，」他帶著思念的口吻說：「如果妳跟他很熟，就會發現他是個優雅、自在的人……海倫，妳今天就能來這裡工作嗎？」他想到修道院那些修女和年度床單清洗的事。如果沃爾西還活著，聽到這種事，大概會一臉震驚。他的行伍後頭總跟著一群洗衣婦，就像妓女跟在軍隊後面一樣。主教在約克府打造了一個大浴缸。這浴缸很深，可以站在裡頭洗澡，房間有尼德蘭常見的那種暖爐。以前，不知有多少次，他站在浴缸旁和主教談事情，看主教的頭從水中冒出來，且像煮熟了一樣熱氣騰騰。後來這浴缸被國王接收了，在浴缸旁站著的侍臣常被潑了一身。有時，國王玩興大發，也會把他們抓到浴缸旁，將他們的頭壓到水裡去。

那畫匠把刷子給年紀較大的那個孩子。海倫得意洋洋地說：「寶貝，小心一點。」小女孩在牆上刷了一點藍。畫匠說，很不錯嘛，然後說：「Gefällt es Ihren, Herr Cromwell, sind Sie stoltz darauf?」

他為海倫翻譯：他問我是不是既高興又驕傲。她說，即使你不覺得驕傲，你的朋友也為你感到驕傲。

他想，我一天到晚在翻譯，有時是從一種語言翻譯成另一種語言，有時是翻譯一個人的話，給另一個聽，像是把安妮說的翻譯給亨利聽，或把亨利說的翻譯給安妮聽。例如，在他需要安慰的時候，安妮卻像冬青樹枝一樣會刺人，或者他的目光飄到另一個女人身上，不巧被她看到時，她就氣沖沖回到自己的房間。而他，克倫威爾，就像詩人，在兩人之間穿梭，用詩一樣的語言代為傳達另一方的渴望。

下午，還不到三點，房間已變得幽暗。他抱起比較小的那個孩子放在自己的肩上。那孩子咚一下就睡著了。他說：「海倫，我們家有不少小夥子。他們會很樂意教妳識字，送妳小禮物，讓妳過著甜蜜的日子。收下禮物，好好學習，跟我們一起過著快樂的生活吧。如果有人對妳太過分，儘管來跟我說，或是告訴雷夫。他就是那個孩子，有紅色短髭的那個。其實，我不該叫他孩子了。」自從他把雷夫帶過來那天，一轉眼已經二十年了。雷夫來到倫敦那日，就像今天，天色陰暗，下著傾盆大雨。那時，他們還住在芬邱奇街，他把雷夫扛在肩上，走進家門。

✿ ✿ ✿

國王一行人因為暴風雨被困在加萊十日。從布隆涅出發的船隻慘遭滅頂，安特渥普洪水為患，加萊一帶也都泡在水裡。他想寫信問候朋友可好，生命財產是否受到威脅，但交通中斷。加萊成了一座飄浮在水中的孤島，由一位快樂似神仙的君王統治。他去國王下榻處要求覲見。國務是沒有假期的，就算天氣再壞，也得處理。但國王的侍臣告訴他：「國王今天早上不能見你，他要和安妮女士一起創作一首豎琴曲。」

雷夫注意到他的眼色。兩人一起走開。「希望假以時日，他們有作品可以表演一下。」

懷特和諾里斯在一家破爛客棧喝得酩酊大醉，兩人稱兄道弟，說要一輩子肝膽相照。同時間，他們的僕人卻在客棧的院子裡打起來，在泥巴裡滾來滾去。

他最近都沒看到瑪麗．博林。也許，她和史特福德也找了個小洞躲起來，一起譜寫曲子。

中午，加萊總督博納斯捧著燭台，帶他去看總督府裡的圖書館。總督一跛一跛地從一張桌子走到下一張，小心翼翼翻開他以前做的學術翻譯《亞瑟王傳奇》。「起先我讀的時候，差一點放棄。我想，這太荒誕不經，不可能是真的。但我一點一滴讀下去，愈讀就愈覺得書中寓意很深。」博納斯沒說這寓意為何，「這是傅華薩在十四世紀從法文譯成英文的部分。國王陛下命我翻譯，但是他只給我五百英鎊，因此無法譯完剩下的章節。你要看看我從義大利文譯成英文的部分嗎？這些目前只是私人手稿，還沒付梓。」

他花了一個下午看了博納斯的手稿，晚餐的時候和他討論。除了加萊總督，國王還賜給博納斯一個財政大臣的終身職。然而他不在倫敦，這個職位說來有名無實，沒給他帶來金錢和影響力。博納斯說：「我知道你很有商業頭腦。可不可以請你私底下幫我看一下我的帳目？那些帳有點亂。」

克倫威爾一個人坐下來研究。這哪是什麼帳冊？實在亂七八糟。過了一個小時，風颯颯地吹過屋簷，燭火顫抖，冰雹打在玻璃窗上。他聽到主人拖著一隻腳吃力往前走的聲音。門口出現一張急切的臉孔：「有趣嗎？」

他看到的盡是赤字。這就是投身於翻譯研究、在海峽另一頭效忠國王的結果。如果他在宮廷，得眼睛亮一點，牙齒利一點，手腳快一點，才能抓到好處。「你要早一點找我就好了。不過，事情總是可以解決的。」

「啊，克倫威爾先生，我哪知道你是誰呢。我只知道你是沃爾西的手下，後來幫國王辦事，但我不認識你啊。要不是這回在此碰面，我大概永遠不可能認識你。」

他們終於可以班師回府那天，那個客棧的店小二突然跑來找他。「你終於來了！你帶了什麼東西要給我嗎？」

那男孩雙手一攤，表示他是空手而來。他用夾雜法語、怪腔怪調的英語說：「聽說，煉金師已經回巴黎了。」

「啊，真可惜。」

「大爺，您還真難找。我到處問：國王和那個妓女住哪？我在找『克雷威爾爵爺』。聽到的人不但笑我，還打我一頓。」

「那是因為我不是爵爺。」

「可我也不知道你們的爵爺長什麼樣子。」他給那孩子一個銅板，謝謝他特地跑來。因為他被打，所以再給他一個銅板表示安慰。男孩搖搖頭，不肯拿錢。

「大爺，我想在您手下做事。我已經下定決心要跟著您了。」

「你叫什麼名字？」

「克里斯多福。」

「你總有個姓吧。」

「有沒有都一樣。」

「你父母呢？」

他聳聳肩。

「你幾歲？」

「您覺得我像幾歲？」

「我知道你識字。但你會打架嗎？」

「對我們來說，是家常便飯吧。」

這小子個兒小小的，但只要讓他吃飽，再過一、兩年，就沒人能打得倒他了。他想，他最多只有十五歲。「你做過犯法的事嗎？」

「那是在法蘭西的事。」他故意這麼說，就像有人如果做了壞事，總推託是在中國發生的。

「你是小偷？」

男孩拿著一把隱形的刀，做了個捅人的動作。

「你殺死人了？」

「那人看起來很痛苦。」

他笑了一下。「你確定你要叫克里斯多福？現在還可以改名，以後就不行了。」

「大爺，您好像很了解我。」

老天，我當然了解你，你簡直可以當我兒子了。他仔細打量那男孩，確定不是他的種。主教曾說他是個風流種子，說不定早就生下一堆野孩子在泰晤士河畔奔跑。可不只是泰晤士河，其他地區、其他河流也有可能。克里斯多福的眼睛很大、很藍，一點都不像他。他問：「你不怕坐船嗎？」又說：「我家在倫敦，但家裡有很多人會說法語。你很快就能跟我們打成一片了。」

於是，克倫威爾把這孩子帶回倫敦。克里斯多福一直問他問題：那些煉金師到底握有什麼？藏寶圖？還是這個——他像鳥一樣揮動手臂——製造某種飛行機器的說明書？會爆炸的東西？可以送上戰場的噴火龍？

他問：「你知道西塞羅嗎？」

「不知道。請告訴我他是誰。直到今天，我才知道誰是賈德納主教。有人說，你偷了他的草莓園送給國王的情婦，現在他打算——」他在此停頓一下，營造可怕的氣氛，就像噴火龍來了，「他打算徹底摧毀你，到你死亡為止。」

「就我對他的了解，他想做的還不只如此吧。」

他還聽過更可怕的詛咒呢。他想告訴克里斯多福，那個女人不是國王的情婦，再也不是了。雖然不久後全天下的人都會知道這個祕密，但此刻他最好守口如瓶。

❁ ❁ ❁

一五三三年一月二十五日，白廳教堂。克倫威爾的朋友李羅倫神父為國王與安妮福證，在上帝面前立誓，成為丈夫和妻子，永遠相愛，以實現他們在加萊的承諾。這幾乎是一場祕密婚禮，沒有慶祝典禮，只有幾個證人。在結婚儀式中，這對新人只簡短回答神父的問題，其他時候皆不發一語。諾里斯臉色蒼白、嚴肅：要他當兩次證人是不是太過分了呢？

由於布雷勒頓是國王的侍臣，也在證人之列。克倫威爾問他：「你真的在這裡嗎？或是現在的你只是分身，本尊在另一個地方？你曾告訴我，你就像偉大的聖人，通曉分身之道。」

布雷勒頓瞪著他。「你最近常寫信到雀斯特。」

「這是國王交代的。能不做嗎？」

此時，神父要新娘和新郎互相牽手，他們則在台下說悄悄話。「克倫威爾，你給我聽清楚，我不會再說第二次。別管我家裡的事，不然你給我等著瞧。」

安妮只有一個伴娘，也就是她的姊姊瑪麗。禮成，在豎琴的音樂聲中，國王抓著安妮的上臂，像是拖著她一樣走出教堂。瑪麗轉過來，對他燦然一笑。她牽著安妮的手，但拇指和食指之間有一吋的距離。

瑪麗總是說，我一定會是第一個知道的，畢竟我是幫她脫下馬甲和襯裙的人。

他客客氣氣地叫布雷勒頓的名字，請他過來，然後說：「你方才犯了個錯。你不該威脅我的。」

他回到西敏寺辦公，心想，國王知道了嗎？或許還沒。

他坐在桌前打草稿。僕人送來蠟燭。他看見手的影子在紙上移動。他脫下天鵝絨手套，裸露拳頭。他希望在他與紙、筆、墨水之間，沒有其他東西，於是卸下手上的兩個戒指——一個是沃爾西送他的綠松石戒指，另一個則是弗朗索瓦那個紅寶石戒指。新年，國王把這戒指從自己的手上取下，送給他。加萊的珠寶匠早就把戒台做好了。國王把戒指送給他的時候，像是對他有無限的信賴，說道，這就當作你我之間的約定。國王請他做份紀錄，還說：即使你沒有印信，還是請你務必自己寫。

國王的親信卡魯站在一旁。卡魯後來對他說，國王陛下的戒指給你戴剛剛好，完全不需要修改。他說，沒錯。

他想了一下，鵝毛筆在紙上盤旋，然後才下筆：「英格蘭王國是一個帝國。」**英格蘭王國是一個帝國，這是全世界認可的事實，這個帝國是由教會之首的國王統治的……**。

十一點，天色明亮多了，他和克雷默聖師一起在他暫時下榻的加農巷吃午餐。等克雷默正式就任坎特伯里大主教，就可以入住蘭巴思宮。最近，克雷默一直在練習簽署新的頭銜。不久，他就可以在自己的宮殿享受大餐，但今天他還是一副窮酸學者的樣子。他把文件推到餐桌一角，與克倫威爾一起吃鹹魚。在開動之前，他先畫了個十字。

「這樣不會變得比較好吃，」他說：「主教府的廚子是誰？我可派一個人過去。」

「所以，他們舉行過婚禮了嗎？」克雷默耐心地等待答案。他的確是很有耐心的人，可以靜靜在書桌前坐六個小時，低頭研讀經典。

「是啊，李羅倫沒搞砸，沒把安妮和諾里斯送作堆，也沒把安妮的姊姊瑪麗當成是國王的新娘。」他把餐巾放在桌下，「我倒是知道一件事，但我是不會隨便說出來的。」

其實，他是想趁機從克雷默口中套出話來，要他說出上回他在信紙下方寫的祕密。但克雷默似乎已經把那事忘得一乾二淨，或許他那時只是隨便寫寫。克雷默專心戳魚鱗和魚皮。克倫威爾說：「安妮已經有了。」

克雷默抬起頭來，「如果你用這種語調跟別人說，他們會以為是你搞大安妮肚子的。」

「你不驚訝嗎？不高興嗎？」

「有什麼好驚訝的？當然，我很高興。但就我所知，這次的婚姻是合法的。為什麼上帝不能賜福給他們，賜給他們一個繼承人呢？」

「當然。你看！」克倫威爾拿出他正在寫的文件。克雷默把手指洗乾淨，彎腰駝背地就著燭光閱讀。

「所以，過了復活節，不管任何事，都不能提交給教宗，只能在國內解決，否則就是違法、叛國。看來，凱瑟琳王后的案子可以宣告壽終正寢。身為坎特伯里大主教的我，可以在國內的宗教法庭上裁定國王的離婚案。啊，國王終於等到這一天了。」

他笑道：「聖師，你也等到這一天了。」克雷默聽說國王給他這樣的榮耀，不禁喃喃地唸起禱詞。這次，他繞了一大圈才回到國內。弗翰在里昂碰到他，要他趕緊上路，最後在雪花飄飄的皮卡第上了船。克倫威爾說：「你為什麼遲遲不回來？大家不是搶著想當大主教嗎？或許只有我除外吧。回想起來，年少時，我的志願是當養熊人。」

克雷默看著他，用深思熟慮的語調說：「如果你要養熊，也是可以安排的。」

葛雷哥利曾經問他，他怎麼知道克雷默聖師是不是在開玩笑？他說，克雷默聖師開玩笑就像蘋果樹在一月開花一樣難得。從此刻起，接連好幾個禮拜，他都心驚膽跳，怕有人會送熊到他家門口。

克倫威爾起身告辭，克雷默抬起頭來，說道：「當然，那件事，我會裝作不知道。」

「有孕的事？」

「國王的婚禮。由於我將對國王前一次的婚姻進行裁決，最好別知道他最近又結婚了。」

「對，」他說：「李羅倫一大清早就去教堂是他自己的事，與國王無關。」他讓克雷默繼續低頭吃飯。克雷默好像在認真研究如何把盤子裡的那條魚重新組合起來。

由於英格蘭和梵蒂岡之間的關係還沒完全切斷，除非教宗指派，新的大主教還不能就任。這段期間，派駐教廷的代表已得到授權，只要教宗同意，不管說什麼、做什麼承諾都可以。不過國王還是憤怒質問：「為了讓教宗頒布詔書，同意坎特伯里大主教的任命案，你知道我們要花多少錢？我得出這筆錢嗎？你知道我要花多少錢才能把克雷默送上大主教的位子？」接著，他氣消了一點，才接著說：「當然，我們要做得周全一點，不該省的，還是不能省。」

「我敢保證，這是最後一筆了，以後國王陛下再也不必給教宗半毛錢了。」

「你知道嗎？克雷默身上連一個銅板都沒有！」國王說道，他最近才發現這點，不禁驚訝萬分。「如此一來，他就不能幫忙貢獻一點了。」

克倫威爾代表國王，向他認識的一個熱那亞富人借錢。為了說服一個名叫薩瓦哥的富人，他先送了幅版畫到他家。他知道那畫必然會讓薩瓦哥愛不釋手。這幅版畫描繪一個年輕人站在花園，一直看著上方的窗戶，似乎期待心上人會在那窗口出現。雖然還不見人影，然美人的香氣已經傳了出來。枝頭上的鳥兒也轉向窗口，準備高歌。年輕人手裡捧著一本心形的書。

克雷默每天都在西敏寺後方的房間主持會議並撰寫報告。他在報告中說，就算是國王的哥哥亞瑟未曾與凱瑟琳圓房，亞瑟與凱瑟琳的婚姻依然有效。畢竟他們決定結婚，也同床共枕，想要生下孩子，只是事與願違，亞瑟不幸早死。至於亞瑟和凱瑟琳新婚的情況，與會的每一個人，無不殫精竭慮地思索一個男人和一個女人在黑暗中共處一室所能發生的各種羞辱與難堪。克雷默問，你覺得我寫得如何？克雷默在報告中一再地用「沉靜的凱瑟琳」來稱呼王后，似乎把她的臉和下半身分開：枕頭中的那張臉寧靜詳和、若無其事，不管在她兩腿之間翻找、亂摸、猛挖的那個男人。

同時，安妮這個隱形王后突破侍臣的包圍，在白廳的長廊上散步。先是慢慢走，然後高興得半跑半跳。大家都伸出手來護著她，擔心她發生危險。但她把他們的手甩開，笑道：「你們知道嗎？我突然好想吃蘋果。國王說，我懷孕了。我告訴他，不會啦，不可能的……」她不斷轉圈圈，臉頰登時緋紅，淚如泉湧。

懷特見狀，連忙把她身邊的人推開，抓著她的手，把她拉進他的懷抱：「安妮，噓，別哭，寶貝……別哭……」她趴在他的肩上抽咽。懷特緊緊抱著她，眼睛打量周遭的人，好像突然發現自己赤身裸體站在大街上，看看是不是有人能拿衣服給他穿，讓他遮醜。在旁觀者當中，有一個是西班牙大使夏普義。他帶著冷笑，迅速離開現場。

不久，安妮的事就會傳到西班牙皇帝查理五世的耳朵裡。如果在安妮有喜的消息宣布之前，原來的婚姻爭議已經解決，那麼向全歐洲宣布新的婚事，又有什麼問題？這下子，國王的侍臣要膽顫心驚了。在國王身邊當差本來就不容易。正如摩爾說的，我們不該一邊躺在羽毛床上，一邊期待上天堂。

兩天後，他跟安妮單獨見面。她坐在窗口，閉著眼睛，像冬天裡的一隻貓正在享受難得的陽光。她還不知道來者何人就伸出手。或許哪一個人都無所謂？他觸摸她的指尖。她張開眼睛，就像一家剛把遮板打開的店家：「早安，克倫威爾，今兒我們有什麼可以交易的？」

「瑪麗讓我很煩，」她說：「我希望她能從我眼前消失。」

她可是指凱瑟琳的女兒瑪麗公主？她說：「她該結婚了，以免礙手礙腳。我不想再看到她，甚至不想去想她的事。我一直希望她隨便找個人嫁了。」

他沒答腔，繼續猜測。

「如果她老公把她用鐵鍊綁起來，她該能做個賢妻良母，不會紅杏出牆。」

「啊，原來是令姊瑪麗。」

「不然我在說誰？噢！」她噗哧笑了，「你以為我說的是國王的私生女。既然你提到她，我想，她也該結婚了。她幾歲？」

「今年十七。」

「怎麼還是侏儒的樣子？」安妮沒等他回答，接著說：「我會幫她找個年紀大一點的老公，最好已經垂垂老矣，讓她生不出一男半女。我願意給他老公一筆錢，要他們夫妻遠離宮廷。至於找姊姊瑪麗，該怎麼辦才好？她不能嫁給你。我們常笑她，說她居然會看上你。不過，有的女人就是對平民特別感興趣。我們說，瑪麗，噢，沒想到你那麼渴望躺在鐵匠懷裡……我們一想到就覺得好熱。」

「妳快樂嗎？」他問她。

「是的。」她垂下眼簾，小手放在肋骨下方，「是的，因為這個新生命。你瞧，」她悠悠地說：「我多麼盼望這一刻。母以子為貴。我發現，有了這孩子，我的生命變得截然不同。」

他靜靜地不說話，讓她繼續思索。他看得出，她沉醉在自己的思想中。她說：「聽說，你有一個外甥叫理查，和都鐸家有點血緣關係。其實，我也只是知道一點皮毛。」

「我可為妳畫出系譜圖。」

她搖搖頭，笑著說：「別麻煩了。」她的手指往下，停在小腹上，「自從有喜以來，我每天早上醒來，幾乎不記得自己的名字。我以前常覺得奇怪，為什麼女人會變笨。現在終於了解了。」

「妳剛說到我那外甥。」

「我曾看過他跟你進宮。他看起來像一個好孩子，我們把他和瑪麗送作堆好了。她要的只是皮草和珠寶。你能幫她張羅這些，對不對？每兩年，她就能生下一個孩子。不過，你們也是大戶人家，應該沒問題的。」

「我以為，」他說：「令姊已經有對象了？」

他不是想復仇，只是希望澄清。

「是嗎？說到她的對象……三天兩頭就換一個，有的甚至是怪人。這你都知道，對不對？」這只是她的陳述，不是問題，「把你的孩子都帶來宮裡，讓我瞧瞧吧。」

他告退。安妮再度閉上眼睛，窩在窗邊，沐浴在二月的陽光中。

國王給他西敏寺一間老舊房舍做為暫時下榻的地方，如果工作太晚不能回家，就可在那裡過夜。不能回家時，他就想像自己在家裡走動，從窗臺、板凳底下和客廳那幅繡帷上撿拾回憶。他撫摸安瑟瑪腳下的花瓣，回想過去。忙了一天之後，他常和克雷默、李羅倫一起吃晚餐。李羅倫目前正緊盯著各個工作小組。有時，首席國務大臣歐德立也來一起用餐。他們吃得很簡單，就像幾個窮書生，一直聊到克雷默要上床睡覺才打道回府。克倫威爾一直在想，他要如何試探這些人是不是真的可靠，找出他們的短處？歐德立是個老謀深算的律師，他分析一個句子就像廚子拿篩子篩出一袋米中的沙子。他辯才無礙，能緊抓要點，做事認真負責。但他當上首席國務大臣之後，首要目標就是大撈一票。至於他自己的信念：他相信協商，相信國會，也相信國王能掌控國會。至於信仰……他認為這是可以變通的。李羅倫呢？克倫威爾甚至不知道他是否相信上帝，不管如何，這不會成為他當上主教的絆腳石。他說：「李羅倫，我家的葛雷哥利能去你府上見習嗎？對他的學習，劍橋的老師已經盡力了。說實在的，他對劍橋沒有任何貢獻。」

李羅倫說：「如果我要去北方，和那裡的主教見面，我會帶他去的。葛雷哥利是個好孩子，只是不夠積極。沒問題，我們能把他變成一個有用的人。」

「你該不會要他從事神職？」克雷默問。

「我不是說了，」李羅倫咆哮：「我們會把他變成一個有用的人！」

在西敏寺辦公的時候，他的手下進進出出，帶來消息、流言和文件。他把克里斯多福帶在身邊，雖說是要這孩子幫忙打理他的衣服，其實是拿他當開心果。他很懷念在家裡的日子，每晚都可以聽到音樂，還有其他房間傳來的話語聲。

他大部分時間都在倫敦塔監工，請工頭設法讓工人在霜雨中工作，核對工程帳目，為國王的珠寶和餐具列新的清單。他去找皇家鑄幣廠的總管，建議鑄造出來的貨幣要做抽樣檢查。他說：「我希望我們打造的貨幣品質良好，沒有偷工減料的問題，要出國做生意的商人就不必費工夫去秤了。」

「這是你該管的事嗎？」

「怎麼？你作賊心虛？」

他寫了一份備忘錄給國王，列出他每年的收入和經手的部門。他寫得非常簡要，國王一看再看，甚至翻到背面，看看那裡是否寫了難解之謎，但背面什麼也沒有。

他略表歉意地說：「已故的沃爾西主教什麼都放在腦袋裡，這已經不是新聞了。如果陛下允許，我會繼續去盯鑄幣廠。」

他去倫敦塔探視一個名叫約翰．弗里思的囚犯。因為他的特別關照，弗里思在牢裡過得還不錯，有溫暖的床鋪、足夠的食物、酒、紙和筆墨可以使用。克倫威爾囑咐過他，一聽到門鎖轉動的聲音，就得立刻把他寫的東西收起來。獄卒讓克倫威爾進牢房看他。克倫威爾眼睛看著地上，似乎不想看到眼前的景象。弗里思正在寫作，見克倫威爾來看他，起身迎接。他是個彬彬有禮、瘦瘦高高、精通希臘文的年輕學者。他說，克倫威爾先生，我就知道你會來看我。

他握著弗里思的手，發現都是骨頭，冰冷、乾燥，手上還有墨漬。他想，弗里思既然已經活下來，不會這麼脆弱吧。當年在沃爾西的學院有一群學者因為持有丁道爾的聖經而被關在地窖，他就是其中之一。那年夏天，瘟疫肆虐，和弗里思一起被關在地窖的都死了，他就在黑暗裡躺在屍體當中。直到有人想到他們被關在地窖，才發現他一息尚存，把他抬出地窖。

「弗里思，你們被關的時候，如果我在倫敦——」

「不能怪你，當時你在加萊，管事的是摩爾。」

「你為什麼回來英格蘭？不，還是別告訴我。如果你為丁道爾奔走，我還是最好別知道。有人說你娶了老婆，是嗎？在安特渥普嗎？國王無可容忍的事很多，他也痛恨已婚神職人員。他視路德為寇讎，而你竟然還把路德的東西翻譯成英文。」

「你說得很對，我沒有話說。」

「你得幫我的忙，才能幫你自己。我想設法讓你去覲見國王……我希望你準備好。國王對神學有他自己的看法……你是否可以迎合國王，軟化自己的說詞？」

壁爐的火已經生起來了，但牢房裡還是冷得讓人直打哆嗦。泰晤士河飄來的寒氣會鑽進人的身體裡，躲都躲不掉。弗里思的聲音小得幾乎讓人聽不到。「摩爾說的話在國王面前還是有分量。摩爾寫了封信給國王，說我一個可抵威克里夫、馬丁·路德和慈運理三個人。你可把這三個宗教改革者套在一起，就像把一隻小禽鳥塞入一隻雞的肚子裡，再塞到另一隻鵝的體內。摩爾準備把我當大餐吃掉。別為我求情，以免讓你自己受到連累。至於軟化我的說詞……我的說詞不會有任何改變的，在法庭上，我信什麼，就說什麼。」

「別這樣。」

「就算接受最後審判，我說的也一樣。聖餐不過是麵包，我們不需要苦行，煉獄根本是無稽之談，在聖經上毫無根據——」

「如果有人找你，要你跟他們走，你就離開吧。他們是我派去的。」

「你以為你可以把我從倫敦塔救出來？」

丁道爾的聖經說，就上帝而言，沒有什麼是不可能的。「如果不是把你放出來，而是要問你一些問題，那也是你的機會。你還是準備一下。」

「那又有何用？」弗里思用諄諄善誘的口吻說道：「你以為你可以把我藏在你家，直到國王改變心意？我還是會逃出去，走到聖保羅教堂的十字架前面，把我說過的，對所有的倫敦人再說一次。」

「你的見證人或許等不及了。」

「但國王可不急。不過我可以等，等到我垂垂老矣。」

「你會被燒死的。」

「你認為我受不了烈火焚身的痛苦？沒錯，我的確無法忍受那樣的苦。但我別無選擇。摩爾說，同意被綁在木樁上被活活燒死算不上英雄。我寫了書，不可能把那些字都吞下去，當作沒寫。我無法否定我的信仰，也不能假裝這不是我的人生。」

克倫威爾走出牢房。四點。河上的船變少了，薄霧在河面上爬行。

翌日，天氣清冷。國王坐船來視察倫敦塔的工程，隨行的是新上任的法蘭西大使德．丁特維爾。國王一邊走，一邊和德．丁特維爾勾肩搭背，狀似親暱。說他勾的是大使的肩，不如說是墊肩。大使穿了不知多少層衣服，幾乎臃腫得連門都進不去，但他還是一直在發抖。國王說：「這位朋友身上的血快結凍了，我想必須帶他出去運動一下。我們就去靶場練習射箭吧。看他抖成那樣子，我想他會射中自己的靴子。他抱怨說我們馴鷹做得過於馬虎，我就說他該跟你去看看。」

國王的意思是可以收工了？國王走開，留下他們。大使說：「不要吧，今天太冷了。風呼呼地吹，站在冷冰冰的原野上，那會要了我的命。我們什麼時候可以再看到太陽？」

「大概六月吧。那時，獵鷹會蛻毛，八月的時候就可以訓練牠們了。大使，你別絕望，到時候就能好好活動一下筋骨了。」

「貴國不會延遲新王后的加冕典禮，是吧？」做大使的總是這樣，開開玩笑，聊聊天，最後就說出重點。「吾王與貴國簽約之時，沒想到貴國國王居然會炫耀他的新婚妻子和她的大肚子。貴國國王要是不張揚出來，事情或許會好辦許多。」

他搖搖頭。這事絕不會拖延。國王宣稱他已經得到全國的支持，包括所有的主教、貴族、法官、國會和人民。他會藉由安妮的加冕典禮證明這點給大家看。他說：「沒關係，明天國王即將招待教宗大使。你等著看好了。」

這時，國王從城牆邊對他們大叫：「喂，上來吧，過來看看我們這裡的河流景色。」

「你知道我為什麼發抖嗎？」大使用熱情的口吻訴說：「你知道我為什麼在他面前那樣顫抖？來吧，看看我的河流、我的城市、我的救贖。這簡直是為我特別打造的英格蘭神祇。」克倫威爾在心中暗罵一聲，然後和大使一起爬上去。

教宗大使來到格林威治覲見國王。國王握著他的手，老實跟他說，他的臣子多麼不近人情，一直在折磨他，他可是非常希望和克勉教宗重修舊好。

他要是連續十年每天觀察亨利，會發現他每天都不一樣。他大可以選擇自己的君主，為他效勞，但他愈來愈崇拜國王了。他有時倒楣、有時不負責任、有時像個孩子，然而有時也像個了不起的君主。有時，他似乎像個藝術家在打量自己的作品。有時，他的手動了，但是似乎沒看到自己的手在動。今天，如果他不是國王，而是在社會底層討生活，那他可以是巡迴劇團的團長。

應安妮之邀，他帶著外甥理查進宮，葛雷哥利也一起去。國王已知道雷夫，因為他幾乎和克倫威爾形影不離。國王站著，上上下下打量著理查。「沒錯，我看得出來。」

從理查的臉哪看得出他身上流著都鐸家族的血？但國王是以親戚的眼光來看他的，「你的祖父是我父王的弓箭手。你的體格不錯，哪天我可要看看你站上比武場，舉著旗幟的英姿。」

理查對他鞠躬。國王接著轉過頭去，客客氣氣對葛雷哥利說：「你也是個不錯的年輕人。」

國王離開之後，葛雷哥利滿面春風。他把手放在理查被國王摸過的那隻手臂上，似乎希望國王的恩澤能傳到自己的指尖。「太了不起了！簡直是個神人！我從來沒想過會有這麼一天。國王甚至對我說話！」他轉過去對他父親說：「你還每天都跟他說話呢。」

理查給他一記白眼。葛雷哥利拍了一下他的肩膀，「別在乎他說你祖父是弓箭手。要是他知道你父親個子這麼小，不知道會怎麼說？」他張開拇指和食指比喻摩根．威廉斯的身材。「我練了這麼多年的馬術，就是要拿著長矛，對準撒拉森人[1]的人形靶射過去。颼一聲，射中那撒拉森人的心臟。」

「是啊，」理查耐住性子跟他說：「但我不得不潑你冷水。這年頭要做騎士比當異教徒還辛苦。那些盔甲、駿馬都是很花錢的——」

「錢不成問題，」葛雷哥利說：「步兵的時代已經成為過去。」

那天晚上，回到家裡，克倫威爾請理查吃完飯後來找他。他打算跟理查談安妮提的親事，但他或許錯了，不該像是跟他談一筆生意似的。「現在，八字還沒一撇。這事還需要國王同意。」

理查說：「可是女方不認識我。」

他沒說話，等他說出反對的理由。不認識？這是理由嗎？「我不會強迫你的。」

理查抬起頭來，問道：「真的嗎？」

我什麼時候強迫過你？什麼時候強迫過任何人去做任何事？他想說話，但理查先說了：「是的，我同意，你不會強迫我的，但你還是會說服我去做。有時，被你說服與在大街上被你打倒、踩在腳下幾乎是沒有差別的。」

「我知道卡瑞夫人比你年紀要大，但她長得很美，我想，她該是宮裡最美的女人了。她不像別人想的那麼無知，而且她心地善良，不像她的妹妹安妮。」他想，她對我也算是一個不錯的朋友，「儘管國王無法承認你是他的表弟，但你可以名正言順地當他的姊夫。我們都可以獲得好處的。」

「或許吧，國王會賜給我們頭銜。愛麗絲和小裘安也能風風光光嫁到好人家。葛雷哥利呢？至少可跟女伯爵成親。」理查喃喃地說。他是在說服自己嗎？家裡這麼多人，每一個人的心像是攤在他眼前似的，然而有時了解外人還是比了解自己的家人來得容易。他又繼續說：「那湯瑪斯．博林不就成了我岳父，而諾福克公爵真的成了我舅舅。」

「你可想像他會有什麼樣的表情。」

「噢，他的臉。我想即使要赴湯蹈火，大家都想看他的表情。」

「你好好考慮，先別跟任何人說。」

理查頭晃了一下，沒說什麼就走出去了。但在他看來，「別跟任何人說」這句話等同「除了雷夫，別跟任何人說。」

1、撒拉森人（Saracen）：入侵的野蠻民族。

十分鐘後，雷夫就進來克倫威爾的房間。他站在那裡看著主人，眉毛上揚。紅頭髮的人揚起眉毛總是給人劍拔弩張的感覺，即使本人並沒有什麼用意。他說：「別跟理查說瑪麗．博林曾想要嫁給我的事。你別想歪了。我和她之間是清白的，絕沒有在狼廳發生的那種關係。」

「然而，或許瑪麗有不同的想法。我覺得奇怪，為什麼你不乾脆讓她嫁給葛雷哥利？」

「葛雷哥利年紀還小，理查已經二十三歲，可以考慮成家了。對了，你也二十好幾，該娶老婆了。」

「沒問題，你再找個博林家的女孩給我吧。」雷夫走了幾步，又轉過頭來輕聲說道：「我想，理查會猶豫不決不是沒道理的……，我們的性命、身家似乎都賭在那個女人身上。世事無常，我們可以從國王的婚姻得知一件事：子宮裡的孩子不一定是搖籃裡的繼承人。」

❁ ❁ ❁

三月，加萊傳來總督博納斯的死訊。那天下午，他在圖書館，外面刮著狂風暴雨。似乎，在生命的最後一刻，他正在安排翻譯出版事宜。他準備把出版所得給他的夫人，讓她生活無憂。但是，在他過世之後，他的手稿似乎長了腳，其中一些從書桌上走到他的外甥布萊恩那裡，剩下的部分則跑到國王的親信卡魯那裡。克倫威爾向國王請示：「總督的債務可否一筆勾銷。至少不必由博納斯夫人來償還。您知道他——」

「沒有兒子。」國王不禁想到自己，我也曾和他一樣可憐，但是不久，我就有繼承人了。

他送給安妮幾個珐瑯陶碗。碗的外邊寫著義大利文「MASCHIO」，意思是「男孩」，碗裡則畫了幾個胖嘟嘟、金髮碧眼的寶寶，每一個都有小小的陰莖。她開懷地笑了。他傳授義大利人的生男祕方給她：保持身體暖和，喝溫熱的酒，讓血液暖和，不能吃生冷的水果，也不能吃魚。

珍．西摩問：「你認為性別已經決定了嗎？或者還要再等上一陣子，等上帝來決定？那孩子知道自己的性別嗎？如果我們能看到肚子裡面，可以判別男女嗎？」

「珍，我希望妳待在威爾特郡，不要回來。」瑪莉．薛頓說。

安妮說：「西摩小姐，妳不必把我的肚子剖開。我告訴妳，我懷的是男孩，這是無庸置疑的。」安妮皺著眉頭，好像在運用她那強大的意志力。

「我喜歡小孩。」珍說。

「妳還是小心一點，」安妮的弟媳羅奇福德夫人說：「要是妳珠胎暗結，肚子大了，我們只好把妳活埋。」

安妮說：「她的家人會送她一束鮮花吧。在狼廳的這一家人知道什麼叫自制嗎？」

珍羞紅了臉，開始發抖。「我不是故意的。」

「別理她，」安妮說：「那就像下餌捕鼠。」她轉過去問他：「你的法案為什麼遲遲不能通過？」

她指的是禁止向羅馬教廷提出申訴的法案。克倫威爾解釋，那是因為有人反對。她揚起眉毛，說道：「我父親和諾福克舅舅都在幫你去跟貴族遊說。誰還敢反對？」

「復活節前一定能通過。」

「據說，我們在坎特伯里看到的那個女人已經把她的預言印成書了。」

「如果這樣，我會去處理，保證沒有人會看到那本書。」

「有人說，在聖凱瑟琳日那天，那時我們還在加萊，她透過靈視看到瑪麗公主加冕成為女王。」她滔滔不絕地說：「這個胡言亂語的女人、凱瑟琳和她女兒瑪麗，還有西班牙皇帝查理五世都是我的敵人。瑪麗公主的家庭教師薩里斯伯里女伯爵瑪格麗特．波爾也是我的仇人。而且不只是她，還有他們一家人，包括她的兩個兒子蒙太古勛爵亨利．波爾和瑞金諾德．波爾。瑞金諾德人在海外，有人說他也有權繼承王位，為什麼不把他帶回來呢？還有艾克斯特侯爵亨利．柯特奈，他也認為自己可以當國王。但是，等我兒子出生，他就不敢這樣大言不慚。艾克斯特侯爵夫人一直在抱怨，說現在的貴族一直被出身低賤的人拉下來，你知道她在說什麼嗎？」

她姊姊輕聲跟她說，別氣壞身子了。

安妮說：「我很好，才沒被氣壞呢。」她撫摸肚子，平靜地說：「那些人就是想要我死。」

現在，白晝短促，國王的脾氣也變得更加暴躁。夏普義來到國王跟前，那扭扭捏捏的樣子好像要請國王跳舞似的。「我看了克雷默聖師寫的東西了。不知道為什麼他會有那樣的結論——」

「你是說克雷默大主教。」國王冷冷地說。克雷默已順利就任，國王不知花了多少錢，才把克雷默送上大主教的寶座。

「——有關凱瑟琳王后的結論。」

「誰？你是指我亡兄的夫人，威爾斯太妃？」

「——可國王陛下，您與凱瑟琳王后的婚姻已得到教宗特許，因此不管凱瑟琳在前次婚姻是否圓房，她都是您合法的妻子。」

「我再也不要聽到『特許』這兩個字，」亨利說：「我也不要聽你談我的婚姻。教宗沒有權利使亂倫合法。正如你不是凱瑟琳的丈夫，我也不是。」

夏普義向他鞠躬。

亨利耐著性子向他解釋最後一遍：「如果我和她的婚約是合法的，上帝不會這樣懲罰我。」

「可是凱瑟琳說不定還有生育能力。」夏普義露出狡詐的眼神。

「請你告訴我，我為什麼要跟安妮結婚？色慾難擋？你可是這麼想的？」

「這麼想，就太放肆了。」夏普義小聲地說，但心裡卻想著：可是你為了跟這個女人同房，不是不惜把樞機主教殺了、分化國家，甚至分裂教會？

「你分明就是這麼想的。這也就是你跟你主子說的。你錯了！我是這個國家的領導人。如果我與我妻子的結合受到上帝的祝福，祂一定會讓我們生下兒子的。」

「但誰能保證陛下這次一定生下兒子，就連新生兒會不會夭折都是個問題。」

亨利漲紅了臉。「為什麼我就不能有個兒子？」他站著大吼大叫，憤怒的淚水滴滴答答地流下他的臉龐，「難道我比不上其他男人？是不是？你說是不是？」

夏普義是隻老狐狸，他知道讓一個國王痛哭流涕時，就是該退下的時候了。他拍拍身上的灰塵，走出去，然後用不以為然的口吻對克倫威爾說：「國家的福祉與都鐸王朝的福祉應該有分別吧，不是嗎？」

「那你希望誰來當國王？柯特奈或是波爾家的人，是嗎？」

夏普義抖抖袖子。「你不該鄙視其他貴族。雖然，我現在已經正式得知新王后的喜事了，但在此之前，我已從我親眼看到的醜事推測出來了……克倫威爾，你知道你的賭注有多大？你把所有的籌碼都押在一個女人的肚子上。希望她能平平安安的，沒有魔鬼接近她。」

他一把抓住大使的手臂，把他轉過來。「什麼魔鬼？你給我說清楚。」

「放開我！謝謝。看你用什麼人，就知道你的教養如何了。」他只是虛張聲勢，嘴裡這麼說，身體卻在發抖，「你看看你自己，如何屈服於一個驕傲、妄自尊大的女人。連她自己的舅舅都受不了她的伎倆。國王的一些老朋友不是一個個遠離宮廷了？」

「你等著看好了，等她加冕成為王后，他們又會跑回來了。」

四月十二日禮拜天，復活節，安妮和國王一起參加大彌撒。安妮以英格蘭王后之尊接受福佑。從這日起，他們終於解除齋戒，大快朵頤。克倫威爾在國會提出的法案前一天過關了，他期待國王給他一點小小的獎勵。就在彌撒結束，他們準備去大吃一頓之時，國王對他招招手，要他過來，然後說，他要封他為財政大臣，也就是博納斯擁有的那個職位。國王對他微笑，「這是博納斯建議的。」國王有時候像孩子一樣，喜歡送人禮物，看到別人驚喜，他也跟著雀躍。

在做彌撒的時候，他的心一直在城裡的大街小巷打轉。他家附近的養鵝人家是不是又惡臭撲鼻了？哪一條街上的教會階梯又出現棄嬰？哪個家僕需要好好管教一下？愛麗絲和小裘安畫了復活節彩蛋了嗎？她們現在已經亭亭玉立，但是直到下一代出生之前，她們還是寧願當小女孩。他該考慮幫她們找丈夫了。如果他的大女兒安現在還活著，或許已經嫁給雷夫了。他想到海倫·巴爾。她進步得很快，已認得很多字，而且成了他們家的得力助手。他相信她丈夫應該已經死了。他想，我該告訴她，說她已經自由，可以重新尋找幸福。她是個十分拘謹的女人，很少喜形於色。任何人知道她不再受制於一個壞男人，應該都會為她高興吧。

而亨利則一邊做彌撒，一邊在下面嘰嘰喳喳。他把一些文件傳給他的臣子，跟他們討論。只有在祝聖聖體聖血之時，他才閉上嘴巴、跪在地上。主教才宣布：「Ite, missa est（彌撒禮成）。」國王立刻跟他咬耳朵：「來我房間找我吧。你一個人來。」

所有的朝臣先向安妮敬禮。她的侍女全都退到後面，讓她一個人站在前面。陽光照在她身上。克倫威爾看著這些貴族、朝臣、僕人，很多是和國王一起長大的朋友。他盯著卡魯的臉。雖然他對新王后表現出十足的敬意，但嘴角卻不由得往下掉。卡魯，注意你的表情吧，你的祖先可會擺出這樣的臉色？他曾聽安妮咬牙切齒地說，這些都是我的敵人。他把卡魯加在這張名單上。

國王的房間就在議事廳後方，只有他的親信和侍臣可以入內，大使和間諜都進不來。這裡可說是諾里斯的地盤。諾里斯輕聲向克倫威爾恭賀他升官，然後躡足而過。

「你知道克雷默將召開宗教法庭，正式解除——」國王曾說，他不要再聽到跟他婚姻有關的事，因此不願說出來，「我已跟他說了，要他在鄧斯泰博的小修道院開庭，因為那兒離她目前住的安普希爾只有十哩或十二哩。她可親自出庭，如果她要派律師過去也行。我希望你祕密地去看看她，跟她談一談——」

別讓她驚訝。

「你不在的時候，雷夫可以過來我這裡。」國王把事情交代好之後，變得輕鬆，還能開玩笑，「如果我想知道你有什麼看法，問他就行了。他不但是個好孩子，自制力甚至比你好。我們開會的時候，有時我看到你用手遮住嘴巴，害我差點笑出來。」國王坐下，臉埋在手裡，似乎不讓眼睛見光。他以前看過國王這樣子，知道國王又要哭了。「布蘭登說我妹妹快死了。大夫都束手無策。你知道她的頭髮有多美，充滿銀色光澤——我女兒也有這樣的頭髮。我女兒七歲那年看起來就和她姑姑一模一樣，像是牆上畫的聖女。你告訴我，我這女兒該如何是好？」

他久久不發一語，然後突然想起國王真的在問他。「陛下，那就對她好一點吧，安撫她，她就不會痛苦。」

「但我不得不讓她變成私生女。這個國家必須以合法的婚姻與子女做為基礎。」

「這就交給國會吧。」

「對。」他抽了一下鼻子，把眼淚擦乾，「在安妮加冕之後。還有一件事，說完之後我們就可以吃早餐了，我真的餓了。有關我表弟理查的婚事……」

然而在他眼裡，理查不是國王的表親，而是他的理查，他的理查·克倫威爾。「卡瑞夫人……」國王用溫柔的語氣對他說：「我已經考慮過了。不成。至少，現在還不是時候。」

他點點頭。他了解。要是安妮知道，包準氣炸了。

「很好，很多事情不必我明說，你就了解。或許，你天生就了解我。」

他比國王大六歲，那六年可不是白活的。他知道如何運用他的人生閱歷。國王脫下他的繡花帽，撫摸自己的頭髮。他像懷特一樣，頭髮愈來愈稀疏，頭皮愈來愈光禿。有那麼一刻，他就像一尊雕像，一尊線條比較簡單、像他自己或他祖先的雕像——那曾經在不列顛的領土上漫遊，現在早就無影無蹤，偶或出現在後代子孫夢裡的巨人。

他匆匆趕回家，就像他離開家門一樣急急忙忙。他能好好休息一天嗎？今天家門外特別冷清，沒有看熱鬧的人群。舍斯頓給他們吃了復活節大餐，大夥兒大概已經吃飽，於是做鳥獸散。他先去廚房瞧瞧，拍了一下廚子的頭，給他一個金幣。舍斯頓說：「我發誓，那些人就像一百個無底洞。到了吃晚餐的時候，他們又會過來。」

「真可憐，這些乞丐。」

「屁啦！可憐什麼？我從廚房端出去的都是好料，連市府參事都偷偷過來吃了，他們戴著帽子，把臉遮起來，好讓我們認不出來。不管你在不在，都有一大堆外國人跑過來，像法蘭西人、日耳曼人、佛羅倫斯人。他們都說是你朋友，所以上門來吃飯，還指定要吃什麼。我叫他們的僕人來廚房幫忙，做一點這個、那個。我們無法養這麼多人，不然就增加一間廚房吧。」

「這事我會處理。」

「雷夫說，你把諾曼第整個採石場開挖出來的石頭全買下來了。那裡的人正在瘋狂採礦。」

啊，那奶油色澤的石頭真美。目前他家共雇用了四百個工人。只要有人閒著沒事，站在門口，就會被拉進來工作，「舍斯頓，別讓任何人跑到廚房，在我們的鍋子裡添加一點有的沒的。費雪主教就是這樣被下毒，差點老命休矣。」他走過去看看舍斯頓的湯鍋，湯已經沸騰，正冒著泡泡。「理查呢？你知道他在哪裡嗎？」

「在後頭切洋蔥吧。噢，不是這個理查，是理查公子，是嗎？他在樓上吃東西吧。奇怪，大家都到哪去了？」

他走到樓上。他看到復活節彩蛋，一看就知道上面畫的臉孔是他。小裘安把他的帽子和頭髮都畫成黑的，看起來就像戴著一頂有耳罩的帽子。她還幫他畫了雙下巴。葛雷哥利說：「沒錯，爸，你愈來愈胖了。上次弗翰來我們這裡，簡直不敢相信他看到的是你。」

「沃爾西主教日益發福，就像吹汽球似的，」他說：「這實在是個謎。因為他幾乎沒時間吃飯，才坐下來，就得起來處理急事。即使他坐在餐桌上，也是一直說話，根本沒吃什麼。我真為我自己感到可憐，從昨晚到現在，連一口東西也沒吃。」他接著說：「霍爾拜因想為我畫幅肖像。」

「那他得快一點。」理查說。

「理查——」

「吃晚餐吧。」

「這是我的早餐呢。沒關係，來，吃吧。」

「敬快樂新郎！」葛雷哥利取笑理查。

「你，」他父親威脅他：「你就要跟李羅倫神父去北方了。你要是認為我太嚴厲，見到李羅倫，你就知道我對你多好。」

他接著問葛雷哥利：「你在比武場上練習得怎麼樣了？」

「很好。看我們克倫威爾家的人痛宰對手吧。」

這個兒子一直教他放心不下。他可能從馬上摔下來、受傷，甚至被殺死。他也為理查擔心，畢竟他們是克倫威爾家的希望。理查問：「我呢？我真的成了快樂新郎了嗎？」

「國王沒答應這門親事。問題不在我們家或威廉斯家，他已經叫你表弟了。此時此刻，他對我們已經很好了，只是他還需要瑪麗．博林。夏末，安妮就要生產，他不敢碰她，但他又不想像僧侶一樣不近女色。」

理查抬起頭來：「他真的這麼說？」

「他只是暗示，要我自己了解。這就是我的了解。我現在告訴你，你應該和我一樣驚愕，但沒關係，事情過去就算了。」

「姊姊做這樣的事，說不定妹妹會有感覺。」

「有可能。」

「但他現在是教會的頭。難怪外國人會笑我們。」

「如果他私底下過得像聖人一樣，反倒教人……吃驚。至於我，我是從王權來考量的。如果他是壓迫人民的暴君，如果他不把國會看在眼裡，不管人民死活，只想到他自己……但他不是這樣的人。所以，他和女人的事不是我關心的。」

「他要不是國王……」

「噢，我知道，你會把他關起來。可是，理查，姑且不論瑪麗這件事，他算是不錯的君主。要是他像蘇格蘭王，嬪妃無數，左擁右抱，王宮裡早就冒出一大堆小蘿蔔頭了。除了里奇蒙公爵的母親和博林姊妹，他的女人還有誰？你叫得出名字來嗎？其實，他一直很謹慎。」

「我敢說，凱瑟琳一定知道還有哪些女人。」

「誰敢保證自己會是個忠實的丈夫？你嗎？」

「我還沒有機會。」

「其實，我已幫你找好對象了。你覺得默芬家的閨女法蘭西絲如何？市長家的女兒應該不賴吧。以你的財產而論，這門親事不算高攀。那閨女喜歡你，我已經幫你問過她了。」

「你已經幫我求婚了？」

「昨天我去默芬家作客，就順便提了。這事沒有拖延的必要，不是嗎？」

「說的也是。」理查笑了。他坐在椅子上，伸伸懶腰，好像鬆了一口氣似的，「法蘭西絲。好，我喜歡她。」

梅喜也贊同這門親事。萬一今天新娘是瑪麗．博林，不知梅喜能不能消受，因此這事他一直沒跟家裡的女眷說。梅喜說：「你也該幫葛雷哥利找個好女孩了。雖然他還年輕，可是男人沒娶妻生子，永遠不會長大成人。」

有道理。那英格蘭有希望了，國王在兒子出生之後，說不定能變得更成熟、穩重。

兩天後，他回到倫敦塔監工。安妮預定在聖靈降臨節加冕，也就是復活節後的第七個禮拜天，時間愈來愈緊迫。他視察安妮的房間，請人送火盆過來，以加快灰泥乾燥的速度。他想在牆上加上溼壁畫，希望霍爾拜因能過來幫忙，但霍大師正在幫法蘭西大使德．丁特維爾畫肖像，非得趕快完成不可。聽說大使一直寫信回去，哀求弗朗索瓦早日把他召回。至於他們要為新王后在牆上畫什麼呢？不是狩獵圖，也不是聖女受難圖，他們將為她畫上女神、鴿子、白色獵鷹與天篷似的樹蔭，遠方是山城，前景則是廟宇、樹叢、傾圮的圓柱。天空是炎熱的藍，邊緣則是和諧、完美的顏色：水銀灰、朱砂紅、燒過的赭土色、孔雀石綠、靛藍和紫色。他攤開工匠畫的草圖，天花板畫的是一隻張開翅膀的米那娃之梟[2]。裸足的戴安娜正把箭搭在弓上，一隻白色小鹿站在樹的旁邊看著她。他寫了張備忘錄交給工頭：箭要用金色顏料，所有的女神眼珠都要畫成黑色。此刻，恐懼就像黑色翼尖掠過他的心頭：萬一安妮死了？亨利一定會再找一個女人。他將帶她看這些房間。她的眼珠或許是藍色的。那所有的臉就必須重畫，後頭則是一樣的城市、一樣的紫色山丘。

他走到外頭，發現有人在那裡打架。一個石匠和瓦工領班拿著長條木板打來打去。他問站在一旁觀看的泥水匠：「怎麼回事？」

「沒事。石匠就是看瓦工不順眼，就打起來了。」

「就像蘭開斯特和約克家族？」

「沒錯。」

「你聽過約克郡有一個地方叫陶頓嗎？國王告訴我，有兩萬以上的英格蘭人在那裡戰死。」

泥水匠目瞪口呆地看著他：「他們跟誰作戰？」

「還不是自己人打自己人。」

一四六一年的聖枝主日，亨利六氏遺孀瑪格麗特王后與愛德華四世，為了爭奪王權，率領軍隊在飄雪的原野交戰。雖然愛德華四世獲得最後勝利，但這場戰爭可謂兩敗俱傷。河中的屍體多到可堆成一座橋。不計其數的士兵頭破血流地在地上爬，有人瞎了，有人遭到毀容，有人終身殘廢。

只要安妮子宮裡的兒子平安出世，就不會再有內戰。那孩子是個開始，他將使得英格蘭變得更富足、強大。

他走到打架的人當中，大聲叫喊要他們住手。他用力一推，那兩人向後跌倒：這兩個混帳東西，骨頭一捏就碎了，牙齒不堪一擊。即使是亞金科特之役的勝利者又如何？他慶幸夏普義沒看到這一幕。

✿ ✿ ✿

他輕裝簡從前去倫敦北方的貝福德郡，像是要辦件私事。這時節，鄉下已是一片綠意盎然。克里斯多福在他身邊，一直煩他：「你說過，你要告訴我西塞羅是誰，瑞金諾德．波爾又是誰。」

「西塞羅是羅馬人。」

「將軍嗎？」

「他把將軍的職務拱手讓人，就像我一樣，寧願讓諾福克公爵去當將軍。」

「噢，『諾佛克』，」克里斯多福用特殊的口音說道：「就是要對著你的影子尿尿的那個人。」

「老天！我只聽過對著某個人的影子吐口水。」

「是的，我們談過『諾佛克』的事。那西塞羅呢？」

「我們當律師的都試著把西塞羅的講稿背起來。今天，如果你碰到一個人，他能把西塞羅的智慧都裝到自己的腦子裡，他就……」他就能怎麼？「他就能待在國王的身邊，給他建言。」

然克里斯多福似乎覺得這沒什麼。「那個波爾，他是將軍嗎？」

「他是教士。應該這麼說……他在教會工作，但沒正式接受聖職。」

「為什麼？」

「這樣才能結婚。他的血統使他成為危險人物。瑞金諾德．波爾是金雀花王朝的後代。他的兄弟都在國內，我們正密切監視中。由於瑞金諾德在海外，我們擔心他會和查理五世密謀。」

「派一個人把他殺了吧。我去！」

「不行，克里斯多福，你得設法讓這場雨停下來，免得我的帽子被淋壞了。」

「就聽大人的，」他聳聳肩，「不過，如果你要我去殺波爾家的人，我一定樂意效勞。」

安普希爾的宅第以前有城牆，現在雖然沒有那些防禦工事，還是有通風的塔樓和華麗的門樓。這宅第高踞在丘陵上方，俯視下方的樹林。這裡環境優美、舒適，也很適合休養，是用以前戰勝法蘭西得到的錢蓋的，那時英格蘭常常打勝仗。

凱瑟琳王后再度被視為亨利亡兄遺孀，被廢為威爾斯親王太妃。侍奉她的人被縮減不少，但她身邊還有教士、神

2、米那娃（Minerva）：羅馬神話中司工藝、智慧與戰爭的女神，在希臘神話中的名字則是雅典娜。米那娃身側有一神鳥相伴，即米那娃之梟。

父、眾女官及女僕、管家、切肉師傅、大夫、廚子、洗碗工、麥芽工、豎琴手、魯琴特手、養雞人、園丁、洗衣婦、藥劑師，還有專門幫太妃整理衣櫃、床鋪的侍女。克倫威爾在僕人的帶領下，走到凱瑟琳面前。她示意要身邊的侍女退下。雖然沒有人告訴她克倫威爾會來拜訪，她派到路邊埋伏的間諜已經偷偷通知她。因此，她早就準備好了：她的腿上放著一本祈禱書和繡花的東西。克倫威爾向她跪拜，問道：「太妃，今兒我們用哪一種語言交談呢？」

「英語好了。起來吧，克倫威爾。我看得出來，你是個大忙人。我們就別像上次一樣，浪費時間討論要用哪一種語言。」

客套話說完了之後，她說：「我先言明，我不會去鄧斯泰博出庭。今天你來就是要探聽這個，對不對？這個法庭有什麼權力審理我的案子。我的案子已送交羅馬，正在等教宗裁決。」

「但教宗拖很久了，不是嗎？」他露出一個困惑的微笑。

「我可以等。」

「但國王希望趕快解決這件事。」

「國王找了一個人幫他處理。我拒絕承認那個人是大主教。」

「教宗已經頒布詔書，同意坎特伯里大主教的任命案。」

「教宗被誤導了。克雷默是異端。」

「或許您認為國王也是異端？」

「不是，他只是想分裂教會。」

「如果教廷召開大會，國王陛下將呈交宗教法庭的裁決。」

「如果他被逐出教會，那就太遲了。」

「我們衷心希望不會有這一天。相信您也是這麼希望。」

「*Nulla salus extra ecclesiam*（教會之外無救恩）。即使國王也必須面臨最後的審判。他知道這點，因此懷抱恐懼。」

「太妃，請您退讓一步，今天放過他吧。誰知道明天會如何？別做得太絕，斬斷所有和解的機會。」

「聽說博林家的女兒已經懷了孩子。」

「是的，可是……」

沒有人比凱瑟琳更了解懷孕不是任何保證。她想了一下他說的，點點頭。「國王還是有可能回頭，回到我身邊。我已有不少機會去了解那個女人的個性。她既沒耐心又殘忍。」

那都無所謂，她需要的只是幸運。「萬一他們沒有孩子，您還是得為您的女兒瑪麗著想。順著國王的意吧。也許瑪麗有可能成為繼承人，當上女王。如果您願意讓步，他願意給您一切的尊榮和廣大的莊園。」

「廣大的莊園！」凱瑟琳站起來，她的刺繡從裙子上滑下，厚重的祈禱書咚一聲掉到地上，銀頂針滾到角落去。「克倫威爾先生，在你提出這些可笑的承諾之前，請聽聽我生命史中的一章吧。在亞瑟過世之後，我足足有五年過得非常窮苦，甚至沒錢付我的僕人薪水。我們只能買最便宜、最粗糙、不新鮮的食物來吃，像是隔夜的魚。任何一個小販吃得都要比我這個西班牙公主來得好。老亨利國王不讓我回去，因為他無法退回我的嫁妝，還一直討價還價，好像把我當成來門口賣雞蛋的女人，而且一直嫌我的雞蛋不好。但我對上帝有信心，我一點也不絕望，不過我深深嘗到羞辱的滋味。」

「那又何必再次去嘗這種滋味？」

兩人面對面，怒目相視。他說：「如果國王真要羞辱您呢？」

「你就打開天窗說亮話吧。」

「如果您被控犯了叛國罪，就得像其他臣民一樣接受法律的制裁。您的姪子西班牙皇帝正威脅說要入侵英格蘭，為您復仇。」

「不會有這種事。他不必為我復仇。」

他換用柔和的語氣說：「太妃，請聽我說。您的姪兒查理五世正忙著與土耳其人對抗。他如何能為了您徵召另一支軍隊來攻打英格蘭？可是有人會說，克倫威爾，你知道什麼，我們必須加強港口的防衛、招兵買馬，隨時處於警戒狀態。您知道夏普義一直在刺激查理五世，要他封鎖我們的港口、扣押我們的貨物和海外的商船。每次他給皇帝上奏摺，都主張宣戰。」

「我完全不知道夏普義在奏摺上寫什麼。」

克倫威爾佩服自己竟然說得出如此駭人的謊言。凱瑟琳聽了似乎受了重擊，她癱軟無力地坐在椅子上。在他伸出手為她撿起刺繡布巾之前，她已經彎下腰自己撿起來了。她手指腫大，方才彎腰似乎讓她喘不過氣來。她靜靜地坐了一會兒，恢復鎮定之後，才又開口說話，「克倫威爾先生，我知道我讓你失望了。也就是說，我讓你的國家失望。這麼多年來，我早就把英格蘭當作故鄉，因此我也讓我自己的國家失望了。國王是個好丈夫，但我無法達成一個妻子的首要任務。然而，你知道嗎？我一直以為自己為人妻母，母儀天下，我如何能相信過去二十年，我不過是個妓女？但事實擺在眼前，我對英格蘭沒有什麼貢獻，然而我也不願意傷害這個國家。」

「太妃，您雖然不願意見到傷害，但傷害還是造成了。」

「英格蘭如何以謊言當作立國基礎？」

「這正是克雷默的想法。因此，不管您是否出席，他都將宣布您與國王的婚姻無效。」

「克雷默也該被逐出教會。他這麼做難道不會良心不安？還是他已經徹底妥協了？」

「太妃，大主教可是幾個世紀以來難得一見的教會最佳捍衛者。」他想到班翰被火燒死之前說，英格蘭足足有八百年都處在蒙昧無知當中，只有近六年才看到真理和光明，也就是英文聖經傳到這個王國的這六年。「克雷默不是異端。他所信仰的和國王信仰的相同。他只是要完成教會改革，就是這樣。」

「我早知道有這麼一天。你們會把教會的土地奪走，獻給國王。」她笑道：「噢，怎麼不說話了呢？我知道你們一定會這麼做的。」她用一種幾乎輕鬆愉快的口吻說——有些人得知自己死期將至，似乎也是如此灑脫。「克倫威爾，你可以跟國王說，要他放心，我絕對不會煽動我姪兒對他出兵。請你告訴他，我會每天為他禱告。有人或許會說，他愛怎樣就怎樣，為了滿足一己之欲，不惜付出任何代價。說這種話的人其實不了解他。我知道他必須站在光明的一邊，才能心安理得。他可不像你。你可以把你的罪惡打包好，放在行囊裡，帶著周遊列國。如果這罪惡的行囊愈來愈多，過於沉重，你就吹口哨，找一、兩隻騾子來馱，不久就成了一支騾隊了。如果亨利犯錯，他希望能被赦免。因此，我相信，我一直深信，為了追求內心的安寧，他終將離開這條錯誤的道路。我確定，我們期盼的就是這樣的寧靜。」

「好一個平靜的結局。『我們期盼的就是這樣的寧靜』，這像是修道院的生活。您要不要考慮當女修道院院長？」

凱瑟琳露出燦爛的笑容，說道：「我要是再也看不到你，一定會很遺憾。你說起話來要比那些公爵機敏多了。」

「那些公爵就要回來了。」

「我已經準備好了。你有薩福克公爵夫人的消息嗎？」

「國王說，她來日無多了。布蘭登現在沒有心情做任何事情。」

「我相信，」她輕聲地說：「她如果死去，那法蘭西太后的賜賚也沒了。那可是布蘭登最主要的金錢來源。當然，你會幫他去借高利貸。」她抬起頭來，「我女兒對於你來拜訪一定會感到很好奇。她覺得你對她不錯。」

他只記得曾給她一張凳子坐下。要是她對那點小事還念念不忘，那未免過得太悲慘了。

「照理來說，她該一直站著，等我允許她坐下。」

她這女兒真是可憐。要凱瑟琳面露微笑，她做得到，但她對禮數的堅持寸步不讓，這樣的堅持就連凱撒大帝和漢尼拔也比不上。

她試探地問：「國王肯讀我寫給他的信嗎？」

國王每次接到她的來信，看都不看就撕掉或燒掉了。他說，想到那些肉麻兮兮的字眼，他就覺得噁心。克倫威爾不敢告訴凱瑟琳這事。她說：「請你休息一個小時左右，等我寫封信給國王。如果你今晚可在這裡過夜，那就不急。歡迎你陪我吃晚飯。」

「謝謝。但我必須盡快趕回去，因為明天就要開庭。再說，我要在這裡下榻，我那幾頭騾子就不知該怎麼辦，更別提趕騾的人了。」

「我的馬一半是空的。國王只給我幾匹馬。他大概以為我會和家僕騎馬溜到海邊，搭船潛逃到法蘭德斯。」

「會這樣嗎？」

他幫她把頂針撿起來，拿給她。她把手裡的頂針輕輕往上丟，像要擲骰子似的。

「不會的，我會一直乖乖待在這裡，像一個妻子聽從丈夫的命令，除非國王要我到另一個地方。」

他想，等國王和羅馬教廷決裂，她就自由了，不會再像人妻、人臣一樣受到束縛。「這也是您的。」在他手心有一根針，針尖對著她。

✿ ✿ ✿

城裡的人都在說摩爾變得窮愁潦倒。他聽了之後，哈哈大笑。他對賈德納說：「摩爾的續絃愛麗絲是個有錢的寡婦。」賈德納說：「摩爾也有自己的土地，怎麼會窮呢？他的女兒也都嫁得不錯啊。」

「再說，他還有國王給他的俸祿。」克倫威爾正在幫賈德納整理文件，因為他即將主持在鄧斯泰博召開的會議。他已經把當年在布萊克費爾斯舉行聽證會的證詞紀錄都找出來。那似乎已經是另一個時代的事了。「願天使護佑我們，」賈德納說：「所有的文件都整理好了嗎？」

「如果我們把這個櫃子裡的文件全部挖出來，就可以找到你父親寫給你母親的情書。」他吹吹最後一批文件上的灰塵，啪一聲放在桌上。「這是你要的文件。」他接著問：「賈德納，我們可以幫弗里思的忙嗎？他是你在劍橋的學生。救救他吧。」

賈德納搖搖頭，埋首於文件堆中，自言自語說道：「啊，誰想得到這個！嗯，這個論點不錯。」

克倫威爾搭船來到雀爾西。前首席國務大臣坐在客廳，聽女兒梅格用蚊子叫一樣的聲音把希臘文譯為英文。他走近這對父女，聽到摩爾正在指正女兒有個地方誤譯。摩爾看到他，說道：「乖女兒，妳先退下。我不會讓你跟這個魔鬼在一起。」梅格抬起頭來，微笑。摩爾站起來，身體僵硬得像背部受傷似的，然後伸出手。

說克倫威爾是魔鬼的那個人就是瑞金諾德．波爾，現在人在義大利。波爾不是指他長得像魔鬼，而是指他相信丁道爾這一派人傳講的福音。

克倫威爾對摩爾說：「有人說你沒錢買新外套，因此不打算參加新王后的加冕典禮。如果你肯出席，溫徹斯特主教願意買件外套送給你。」

「賈德納？真的嗎？」

「我可以發誓。」他在想，回倫敦之後，他要跟賈德納要十英鎊，「公會的人會推出一整套，除了外套，還有帽子和短上衣。」

「您打算穿什麼樣的衣服呢？」梅格輕聲地說，那口吻聽起來像是有人請她下午幫忙照顧一下兩個孩子。

「我交給別人打理，裁縫已經在做了。如果不去狂歡、參加太多的晚宴，那套衣服應該就夠了。」

安妮說，你如果來參加我的加冕大典，可別穿得像律師一樣。她叫她的弟媳羅奇福德夫人進來，要她像祕書一樣記下：給克倫威爾穿深紅色的衣服。

他對梅格說：「妳不想看王后加冕嗎？」

摩爾插嘴道：「那是國恥日，全英格蘭婦女的恥辱！一定會有人在街上高喊：等西班牙皇帝進來，英格蘭主婦才能拿回她們應有的權利。」

「爸爸，我想他們會小心，不會讓克倫威爾先生聽到的。」

克倫威爾嘆口氣：即使所有年輕妓女、情婦、逃家的女兒都站在我這邊，又如何呢？安妮已經結婚，她希望自己能成為賢淑的典範。卡瑞夫人告訴她，安妮發現她們的表妹瑪莉．薛頓在祈禱書上寫了一個無傷大雅的謎語後，賞了她一巴掌。她最近刺繡，坐姿非常端正，孩子在她肚子裡動來動去，諾里斯、韋士敦等侍臣都跑過來，不斷誇讚、褒美她。但她只是冷冷地看著他們，好像他們把蜘蛛放在她的裙擺上。除非是要引用一段聖經裡的話，否則最好跟她保持距離。

他問：「那個會通靈的女人曾跑到這裡來嗎？」

梅格說：「她來了，但我們沒讓她進來。」

「我知道她曾見過艾克斯特侯爵夫人。是夫人邀請她去的。」

「艾克斯特侯爵夫人是個愚蠢而且野心勃勃的女人。」摩爾說。

「我知道那個女人告訴艾克斯特侯爵夫人，說她將成為英格蘭王后。」

「我再重複一次我對艾克斯特侯爵夫人的意見：她是個愚蠢而且有野心的女人。」

「你相信她的預言嗎？你認為這種人真是神聖的通靈人嗎？」

「她是騙子。這麼做只是為了引人注目。」

「只是這樣？」

「你不知道年輕女孩會做出什麼事。這裡有一屋子的女人。我最了解。」

摩爾在此停頓一下，又說：「你是個有福氣的人。」

梅格抬起頭來看著他。她想起他的喪女之痛。她沒聽說他女兒安．克倫威爾有任何要求，至於摩爾家的女兒又能希望得到什麼？他說：「在此之前，也曾出現這樣的女孩。例如伊普斯維奇有個家庭背景良好的小女孩，才十二歲就會顯現神蹟。她這麼做不是為了錢，但她很早就死了。」

「里歐敏斯特也有個女孩會預言，」摩爾說：「有人說，她現在人在加萊當妓女，常和恩客說起她當年愚弄鄉民的事，然後一起哈哈大笑。」

看來，摩爾討厭這樣的女人，但費雪主教就信這一套。他常接見那個預言亨利在七個月內會失去王位的女人。摩爾說：「當然，費雪主教有他自己的看法。」

「費雪相信她會使死人復活，」摩爾揚起眉毛，「但只是使屍體復活、做告解，得到赦免之後又倒下、死亡。」摩爾微笑，「只是這樣的奇蹟。」

「也許她是女巫，」梅格說：「你是不是也這麼想？聖經也曾提到女巫，我可以引述給你聽。」

「免了，」摩爾說：「梅格，我給妳看的那封信放在哪？」她站起來，把書籤繩放在方才閱讀的那一頁，然後把書闔起來。「我寫了一封信給那個會預言的女人……也就是伊莉莎白．巴頓女士。由於她已立誓成為修女，我們必須這樣稱呼她。我請她別再用預言去煩擾國王，少跟貴族打交道，多聽精神導師的勸告。總而言之，我要她靜靜地待在家裡禱告，不要出來惹事生非。」

「我們都該這麼做，也就是以你做為榜樣。」克倫威爾點頭如搗蒜，「阿門。我想，那封信你抄寫了一份複本。」

「梅格，拿來給他看吧，不然他不肯走了。」

摩爾很快告訴她那封信放在哪裡。他想，這樣就行了，摩爾該不會指示女兒到房裡去偽造一封信出來。他說：「我該走了。我不會錯過加冕典禮的。我已經做了新衣服。一起來吧，跟我們作伴，好嗎？」

「你們會一起作伴下地獄的！」

他忘了摩爾就是這種烈性子，而且愛說毒辣的笑話。

「王后看起來不錯，」克倫威爾說：「我指的是你的王后凱瑟琳，不是我的王后。她在安普希爾過得挺好的。當然，你應該早就知道。」

摩爾眼睛眨也不眨地對他說：「我和那個，嗯，威爾斯太妃沒有連絡。」

克倫威爾說：「很好，我看到兩個僧侶帶著她寫的信到國外去了。我想，整個聖方濟會或許都在密謀推翻國王。如果我把那兩個僧侶抓起來，但不能說服他們吐實的話，我就只能把這兩人吊起來，或是讓這兩人相互競爭、猜疑，看最後誰會先說出來。當然，我不是天生殘暴的人，照我的個性，我會帶他們回家，給他們好好吃一頓，再請他們享用烈酒。摩爾，你知道我一直很仰慕你，很多事我都是跟你學的。」

他必須在梅格回來之前把話說完。他把手指放在桌上輕輕敲擊，摩爾不由得正襟危坐，全神貫注地聽他說。「弗里思要求見國王。我知道國王見到你會很高興，就像看到走失的孩子回來。可否請你去跟國王說，讓弗里思見他一面。我想，你或許認為弗里思是異端，因此我不是請求你同意弗里思的看法。我只是請求你去國王面前代弗里思求情，說他有著純潔的靈魂，是個認真的學者，給他一條生路吧。如果他的信仰是錯的，你的才是對的，請你說服他。我相信你的口才。我們這個時代最偉大的說服者是你，而不是我請你說服他回到天主的懷抱。如果可以的話，救救他的靈魂吧。」

他聽到梅格的腳步聲，「爸爸，是這封嗎？」

「給他。」

「我想，你還有其他複本，是不是？」

「我們向來很小心。」梅格說。

「我和妳父親方才在討論僧侶和教士的事。如果他們的主人在其他國家，怎麼會效忠國王？我是指，他們或許是法蘭西國王或西班牙皇帝的手下。」

「我想，他們還是英格蘭人。」

「我見過幾個這樣的人，就煩勞令尊為妳說明了。」他向她鞠躬，然後和摩爾握手，感覺到摩爾手上的肌腱。他自己掌心上的疤痕已經消失，手變得白皙、豐厚、柔軟，就像是一個仕紳的手。他以前總認為鐵匠手上的疤痕是永恆的烙印。

他回到家。海倫．巴爾出來迎接。他說：「我去雀爾西釣魚了。」

「摩爾上鉤了嗎？」

「還沒。」

「大人的袍子來了。」

「是嗎？」

「深紅色的。」

「天啊，」他笑道：「海倫——」她看著他，似乎在期待著什麼，「我還沒找到妳丈夫。」

她的手伸進圍裙口袋，動來動去，好像手裡握著什麼，後來他才知道是一隻手握著另一隻手。「所以，他已經死了？」

「這是合理的推測。有人看見妳丈夫掉到河裡去了。我跟那個目擊證人談過。他的話似乎可信。」

「所以，我可以再婚了。如果有人想要娶我……」

海倫一直看著他的臉，但她一句話也沒說，只是站在那裡。那一刻似乎凝結了。久久之後，她才問道：「家裡的那幅畫呢？畫中有個人捧著自己的心，那顆心的形狀就像一本書？還是書的形狀像一顆心？」

「我送給熱那亞的一個朋友了。」

「為什麼？」

「為了買下坎特伯里大主教的聖職。」

她動作慢吞吞，不願走開似的，好不容易才把目光從他臉上移開。「霍爾拜因在這裡等你。他很生氣，說時間就是金錢。」

「我會補償他的。」

霍爾拜因正為加冕典禮的準備工作而忙，特地抽身前來。他已把希臘的帕那瑟斯山搬到天恩寺街，今天必須畫好九位繆思，因此不希望被克倫威爾耽誤。克倫威爾聽到隔壁傳來乒乒砰砰的聲音。他似乎在移動家具。

❁ ❁ ❁

他們把弗里思帶到大主教在克羅伊頓的宮殿，由大主教克雷默本人親自偵訊。大主教本來可叫人把他帶到蘭巴思宮，但去克羅伊頓的路途比較遠，而且必須經過森林。他們進入森林深處，負責押送的衛士對弗里思說，你要是溜走，我們就完蛋了。瞧，這邊的樹林多茂密，整支軍隊藏在這裡都不會被發現。我們即使花兩天以上的時間找你，也不一定找得到。要是你往東，跑到肯特郡，然後到泰晤士河口，我們就永遠抓不到你了。

但弗里思知道自己已經踏上死路。衛士站在路邊閒聊，吹口哨，接著一個去尿尿，然後靠在樹上打盹，另一個則跟蹤一隻松鴉到林子裡去了。但他們回來的時候，發現弗里思還在原地，平靜地等待繼續上路。

✿　✿　✿

加冕前四天，倫敦同業公會提供了五十艘船組成的遊行船隊，浩浩蕩蕩地從市區航行到布萊克沃爾，航行時間預計為兩個小時。船桅將掛著鈴鐺和旗幟。克倫威爾也向上帝禱告，似乎向祂下訂單似的，請上帝在加冕典禮那日給他們清涼的微風。新王后的船正停泊在格林威治宮階梯前方的河面上。那本來是凱瑟琳的船，共有二十四支槳，但所有她的紋章都已塗掉，換上新的。在新王后的侍女、侍衛旁邊，則是那些驕傲的貴族，他們本來說要破壞這次典禮，然而還是來祝賀了。河面上還有三百艘船，船上擠滿樂師，長長的旗幟和三角旗在空中飄揚，樂聲響徹兩岸，岸邊擠滿了看熱鬧的市民。這個壯觀的船隊就在噴火龍舟的帶領下往下游前進，有人瘋狂地放煙火，出海的船隻向王后的船隊致敬。

他們抵達倫敦塔時，太陽已經出來了。泰晤士河金光燦爛。國王在岸邊迎接安妮。他熱情地親吻她的手，把她的禮服拉到一邊，讓全英格蘭看看她的肚子。

接著，國王頒發騎士勳章給一大群人：不是霍華德家，就是博林家的人，包括他們的朋友和追隨者。安妮則稍事休息。

諾福克公爵錯過了這一刻。國王派他去法蘭西鞏固邦交，與弗朗索瓦重申兩國的兄弟情誼。克倫威爾被封為典禮大臣兼紋章院院長，副手則是霍華德家的人，然而這次加冕典禮的一切事宜都由他負責，包括天氣。

他已和萊爾子爵商量好，由子爵來擔任加冕宴會的主持人。萊爾子爵就是亞瑟．金雀花，前一個時代的遺老。加冕大典之後，他將前往加萊擔任總督。在出發之前，克倫威爾會為他做簡報。萊爾子爵的臉長長、瘦瘦的。這樣的臉形是金雀花家族的特徵。子爵和他的父王愛德華一樣高。愛德華四世必然有數不清的私生子，但沒有一個像萊爾子爵如此傑出。子爵彎下一身老骨頭，對博林家的女兒鞠躬。子爵的夫人是他的第二任太太，比他年輕二十歲，嬌小玲瓏得像個洋娃娃。她身穿黃褐色的絲質禮服，戴著珊瑚手鐲，手鐲上裝飾著一顆顆金子打造的心。她帶著不屑的神情看著這一幕，似乎隨時會發飆似的。她的眼睛上下打量著他：「我想，你是克倫威爾？」如果有男人用這種語氣對他說話，他可能會請他到外頭走走，然後脫下外套，讓他嘗嘗拳頭的滋味。

再兩天就是加冕大典。這天，安妮將到西敏寺。天還沒亮，他就起來了。他站在城垛旁，凝視河岸上方的天空。日頭升起，薄雲消散，清晨的涼意也消失了，熱氣升騰，河面閃閃發光。

法蘭西大使的隨扈走在新王后的隊伍最前面，接著是身穿大紅的法官、一身藍紫色古典裝束的巴斯騎士、主教、首席國務大臣歐德立及其隨從，然後是身穿深紫紅的貴族。十六個騎士用一頂白色轎子抬著安妮，轎子上掛著銀鈴，騎士每走一步、每呼吸一次，鈴鐺就叮噹響。王后身上的白色禮服好像是一層奇異、會發亮的肌膚。她一直保持嚴肅的笑容，長髮如瀑，頭頂有一圈珠寶。她的侍女跟在後頭，騎著小馬，馬的身上都蓋著白色天鵝絨。隊伍的最後則是坐在馬車上，一臉尖酸刻薄、雞皮鶴髮的孀居貴婦。

在每條路徑的轉角都有雕像一樣的美女站在那裡以詠嘆她的美德，還有倫敦市府送給她的黃金。安妮紋章上的白色獵鷹已畫上王冠，獵鷹腳下則飾以玫瑰枝條。十六個威武壯碩的騎士抬著安妮，踩著花瓣往前走，每走一步，花香就像煙霧一樣飄揚起來。遊行路徑的兩旁都掛上繡帷和旗幟。克倫威爾特別囑咐工人在路面上鋪上礫石，以免馬蹄打滑。群眾必須待在圍欄後方，以防暴動和擠壓。倫敦所有的執法人員都在人群中密切注意有沒有扒手，免得日後有人想起這一天，說道：噢，安妮王后加冕那天，我的錢包被扒走了。隊伍經過芬邱奇街、林登豁街、戚普塞德街、聖保羅大教堂、艦隊街、聖殿門，最後來到西敏寺大廳。這裡每一座噴泉湧出的都是美酒，而不是水。在倫敦建築頂端還有無數的石獸、石人俯視這支壯觀的隊伍。有的既非人形，看起來也不像野獸，如有長牙的兔子、長了翅膀的野兔、有四隻腳的鳥、被綑住的蛇，以及眼睛突出、嘴巴像鴨子的小精靈，還有頭頂綠葉桂冠或有羊頭的男人。這些生物，有的身體像蛇，有的長了羽翼，有的耳朵毛髮叢生，有的腳有偶蹄，身上長了羽毛或鱗片。牠們在吼叫、大笑或唱歌。有的把嘴唇拉下，讓人瞧瞧牠們的牙齒：像獅子和僧侶、驢子和鵝、子宮有小孩的魔鬼全都進了牠們的大嘴，只剩一雙腳在嘴巴外頭猛踢。這些石炭岩、鉛塊、金屬或大理石打造的魔獸在人群上方尖叫、竊笑，從每座高牆、屋簷發出呼嚕呼嚕聲、噓聲或喘氣聲。

那晚，國王允許克倫威爾回家休息。他去拜訪他的鄰居夏普義。這日，夏普義把自己關在家裡，大門深鎖、窗戶緊閉，掩住耳朵，阻擋號角聲和慶典的煙火聲。舍斯頓和廚房那幾個小廝排成一列，跟在克倫威爾後頭，為大使獻上一道道佳餚。他也把薩福克公爵送他的義大利美酒拿來，讓大使一醉解千愁。

夏普義見他上門，臭著一張臉。「沃爾西做不到的，你居然做到了。貴國國王亨利終於得到他想要的。我對我的主子說，平心而論，亨利應該遺憾沒早幾年起用你這個人才。要是如此，他的案子也不會拖這麼久。」他本來想說，沃爾西有如他的再造父母，這一切都是沃爾西教他的。但他還來不及開口，夏普義又接著說：「沃爾西如果來到一扇緊閉的門前，他會先跟這扇門甜言蜜語。噢，這門好美，好聽話，然後用詭計使它打開。你也是一樣，和沃爾西一模一樣。」夏普義為自己倒酒，「但如果門不開，你會一腳把門踹開。」

這酒是布蘭登送來的上等美酒，夏普義喝得醺然暢快。他說：「我不懂，我對你們這個野蠻國家一無所知。克雷默當上教宗了嗎？還是貴國國王亨利已經是教宗？或者你才是教宗？我的手下今天也在人群當中。他們說，沒有幾個人為那婊子歡呼，很多人都在呼求上帝，請祂保佑凱瑟琳，因為她才是真正的王后。」

「是嗎？不知道這些人是住在哪個城市？」

夏普義嗤之以鼻地說：「要不是法蘭西人給亨利撐腰，他哪能這樣猖狂。那個博林家的婊子本來就是半個法蘭西人，完全被法蘭西收買了。整個博林家族都在法蘭西的口袋裡。但是你，克倫威爾，你沒被那些法蘭西人收買吧？」

他信誓旦旦地說：「親愛的朋友，絕對沒有這種事。」

夏普義哭了起來。這狼狽的樣子一點也不像他，應該是那美酒發揮了作用。「我辜負了我的主子。我辜負了凱瑟琳。」

他安慰他：「沒關係啦。」他想，明天又會是新的世界，會有新的戰爭。

❁ ❁ ❁

天剛破曉，他就來到教堂。隊伍六點整開始集合。國王將從石牆隔間中的一個包廂，隔著細木條觀看加冕大典。八點，他探頭過來看看。國王正坐在天鵝絨坐墊上，一個侍臣跪著端上早餐。亨利說：「法蘭西大使會過來陪我。」克倫威爾急急忙忙走出去的時候，剛好遇見大使。

「啊，『克雷威爾』，聽說你也找人畫肖像，我也是。你看到成品了嗎？」

「還沒，最近霍爾拜因忙得不可開交。」即使在這麼一個晴朗的早晨，站在扇形天花板下的他，皮膚好像凍得青紫。「新王后加冕之後，我們兩國的關係已臻於完美。我想請問閣下：既已完美，如何能再更好？」

大使敬禮。「從此開始走下坡嗎？」

「您知道，我們可以一起努力，互相幫忙，不像以前那樣互相指責。」

「再來一次加萊會談？」

「或許再等一年吧。」

「不能再快嗎？」

「除非有理由，我不會讓吾王冒著風浪的危險，到海峽的另一頭。」

「我們再談談吧。」大使用手掌輕拍胸口，也就是心臟上方的地方。

安妮的隊伍九點排好。她身穿白貂毛飾邊的紫天鵝絨斗篷。在加冕大典上，她將在以藍布鋪的走道上行走七百碼到祭壇前方。她露出欣喜若狂的神情。貴族和女官隊伍是由諾福克公爵的母親領頭。在王后後面兩側為她拉裙尾的則分別是溫徹斯特主教賈德納與倫敦主教史托克思禮。國王離婚案目前就是由這兩位負責審理、裁定。但從這兩個主教的表情看來，他們似乎巴不得離她遠遠的。王后高聳的額頭滲出一點點汗水，雙唇緊閉，然走到祭壇前方時，汗水與緊閉的雙唇已不復見。誰說主教該幫她拉裙尾？據說這個規定寫在一本非常重要的書上。那書古老到沒有任何一個人敢碰觸。但萊爾子爵似乎整本都背起來了。克倫威爾心想，這本書該謄寫、印刷出來。

他記下這點，然後目不轉睛地看著安妮。她正準備面朝下趴在地上禱告。他心裡暗叫：千萬別摔倒。就在她的肚子離地尚有十二吋的那一剎那，侍女向前扶著她。他不由得開始禱告：這個孩子，這個心臟已然成形一半的孩子，他的心臟正貼著石頭地面跳動。讓他也在這一刻沐浴在神聖中，讓他像他父親的父親，像他的都鐸長輩，讓他堅強、提高警覺、注意每一個機會、善加運用任何一個微小的命運轉折。過去，輔佐亨利，讓他由少年變成君王的是沃爾西。如果亨利能再活二十年，然後把王位交給他的孩子，我也能使這孩子成為了不起的國王，榮耀上帝，為英格蘭謀求福祉。我正值壯年，來日方長。你看，諾福克公爵已經六十歲，他父親七十歲那年，還能到弗洛登打仗。老懷特說，我要退休了，就此不問世事。但去除世事，這世間還剩下什麼？

安妮全身顫抖地站起來。克雷默在濃濃的煙雲中輕輕抓起她的手放在象牙做的權杖上，把聖愛德華王冠暫時放在她頭上，之後再換一個比較輕的王冠。克雷默的手靈活得就像變戲法似的，也像這一輩子常常觸摸王冠。這位大主教看起來有點興奮，像是有人端了杯溫熱的牛奶給他。

完成抹油聖禮之後，安妮即在香煙繚繞的氤氳中走出教堂。她現在已是安妮王后，要先回寢室休息，然後準備參加在西敏寺廳舉行的宴會。克倫威爾從貴族中間穿過，心想，你們這些人不是說過絕不會來參加加冕典禮的？他看到布蘭登騎上一匹白馬，高大英俊得讓人不敢逼視。他想，布蘭登也不會活得比我久。他回到教堂黑暗的一角，走向國王。他看到角落有個鬼鬼祟祟的人影和大紅袍的邊，這才停下腳步。那人無疑是逃出隊伍的一個法官。

威尼斯大使擋住通往國王包廂的門口。國王揮揮手，請大使閃一邊去，說道：「克倫威爾，我太太看起來如何？是不是雍容華貴、美豔絕倫？請你去看看她，給她這個……」他左看右看，確定四下無人才從手指上拔下一個鑽戒，「請你把戒指交給她，」他親了一下戒指，「還有這個吻。」

「我會把陛下的心意傳達給王后的。」他學克雷默嘆了口氣。國王笑了，一副春風滿面的樣子，然後說：「這是我生命中最美好的一天。」

「陛下，還是要等到孩子出世吧。」威尼斯大使鞠躬說道。

❁ ❁ ❁

為他開門的是諾福克公爵的小女兒瑪麗．霍華德。

「不行，你不能進來，」她說：「絕對不行。王后正在換衣服。」

里奇蒙公爵說得沒錯，她的胸部平得像木板，但她才十四歲，還有發育空間。他想，我先逗這個小女孩玩玩，於是把一堆讚美堆在她身上，說她的禮服、首飾如何美麗動人。突然裡面傳來一個聲音，像從墳墓傳出來似的。瑪麗·霍華德進去看了一下，然後跳出來，說道：「好了，她說你可以進去了。」

王后的床簾垂下，他上前拉開。安妮穿著一件直筒形內衣躺在床上。她瘦得像鬼，但肚子大得駭人，她腹中孩兒已經六個月大了。她穿大禮服加冕之時，完全看不出有懷孕的樣子，只有在她趴在地上那神聖的一刻，母子才有了連結。她那鬆軟的胸部在內衣底下微微凸出，腫脹的雙腳沒穿鞋子。

「天啊，」她說：「你就不能放過霍華德家的女人嗎？你這個醜八怪，應該有自知之明吧。來，讓我看看你。」她抬起頭，「這是深紅色的嗎？看起來挺黑的。你沒聽我的話嗎？」

「妳的表哥布萊恩說，這像是淤血的顏色。」

「這是全體人民的挫傷。」羅奇福德夫人笑道。

「沒問題嗎？王后，妳一定累壞了。」他用既懷疑又溫柔的語氣問道。

「我想，她撐得住的。」瑪麗說，但這個做姊姊的完全沒有驕傲之情，「她天生就有這樣的王后命，不是嗎？」

珍·西摩說：「國王看到了嗎？」

「陛下為她感到驕傲。」然後轉過頭去對安妮說：「他說，妳看起來從來沒像今天這麼漂亮。他要送妳這個。」

安妮發出一點呻吟聲，語調介於感激和無聊之間：「噢，怎麼，又是鑽戒？」

「還有一個吻。我說，他該親自獻上這個吻的。」

她沒有伸手把戒指拿過去的意思。他幾乎有一股衝動，要把戒指放在她的肚子上，然後轉身離去，但最後還是把戒指交給她姊姊，並說：「王后陛下，宴會已經準備好了，但我們可以等。等鳳體舒服些再過來吧。」

她坐正，一副透不過氣來的樣子。「我這就準備去了。」瑪麗·霍華德前傾，幫她揉揉下背。她畢竟是個笨拙的閨女，像在撫摸小鳥似的。「走開！」王后說道。她的臉色不大好，「昨晚你在哪裡？我很需要你，你卻不在。我聽到有人在街上歡呼。有人說，人民愛戴的是凱瑟琳。其實，那不是愛戴，是同情，而且只有女人才同情她。讓我們樹立一個更好的典範吧。等這個孩子出世之後，所有的人民都會愛戴我的。」

羅奇福德夫人說：「唉，人民愛戴凱瑟琳，因為她是兩個君王的女兒。妳還是死了心吧，他們永遠不會愛戴妳的，就像不會愛戴那個……克倫威爾。這和妳的美德無關，這是無可逃避的事實。」

「夠了吧。」珍．西摩說。他轉過頭去看著她，突然發覺那個愛哭的小女孩已長得亭亭玉立。羅奇福德夫人說：「卡瑞夫人，我們必須扶妳的妹妹站起來穿禮服。今天還是要照傳統來。妳送克倫威爾先生出去，跟他好好聊聊吧。」

「瑪麗？」走到門口時他說。他注意到她的黑眼圈。

「什麼事？」她的語氣像是在說：又怎麼了？

「很遺憾。妳和我外甥的婚事沒成。」

「這又不是我要求的，」她淺笑，「我只遺憾沒能看到你那名聞遐邇的宅第。」

「妳聽說什麼了？」

「噢……聽說你家抽屜裡的金子多到滿出來，抽屜都關不上了。」

「那怎麼行？我們得去訂做更大的抽屜。」

「有人說，那是國王的錢。」

「當然囉，每個錢幣上都有他的肖像。瑪麗，」他握著她的手，「他很喜歡妳。我盡力了，但還是無法說服他放棄妳。他——」

「你有多盡力？」

「我希望妳跟我們一起過著安穩日子。當然，妳是王后的姊姊，這門親事算不上門當戶對。」

「我懷疑有哪個姊姊每晚過著像我這樣的日子。」

他想，她也可能懷了亨利的孩子。如果生下來，安妮必然會走到搖籃邊，把那孩子掐死。「妳的朋友威廉．史特福德也在宮裡。我想，他還是妳的朋友，是不是？」

「也許，他為我的處境感到難堪呢。至少，我父親沒對我說難聽的話。他發現國王又需要我時，只是責怪國王，說他不該每一匹母馬都騎。」

「這只是暫時的，不久他會放妳自由，會給妳一個居所，還有一筆撫恤金。我會幫妳說話的。」

「一條髒抹布能得到什麼撫恤金？」她的內心漲滿悲傷、疲倦，讓她有點站不穩，接著淚如泉湧。他為她拭去臉上的淚，溫柔地安慰她。他真希望可以早點抽身。他離開時，轉過頭去再看她一眼。她站在門口，一個寂寞的身影。他不由得感嘆，美人遲暮。他想，我得設法幫她的忙。

✿ ✿ ✿

國王從西敏寺上面的走廊往下看，看他的王后在上座就座。仕女圍繞著她，個個都是王宮貴族之花。稍早，國王端了個裝了肉桂的小碟子，拿蘋果薄片沾點肉桂來吃。和他一起站在走廊上的是法蘭西大使德・丁特維爾。大使穿著皮草大衣對抗六月的寒氣。他的友人拉佛爾主教德・塞爾福則是一身精美的織錦長袍。

德・塞爾福說：『克雷威爾』，非常壯觀，令人印象深刻。」這位主教用精明狡猾的眼睛上上下下打量著他。他也端詳這位主教，看他身上這件長袍的織工、鋪棉、飾鈕和染色，欣賞這袍子桑果一樣的深紫色澤。據說這兩人愛讀聖經，但在法蘭西宮廷，這種愛好頂多只能擴展到一小撮學者。法王弗朗索瓦是出自虛榮才贊助這些學者，他身邊無法出現像摩爾或伊拉斯謨斯這樣的人。論及這點，法王自然驕傲不起來。

「請看看我的王后，」亨利靠在走廊的欄杆上，他大可下去的，「她值得這樣的排場，不是嗎？」

「我叫人把所有的玻璃窗都上釉了，」他說：「讓王后看起來更美。」

「Fiat lux（讓光出現吧）。」德・塞爾福喃喃地說。

「王后的表現實在可圈可點，」德・丁特維爾說道：「她今天一定站了有六個小時。我們得恭賀國王陛下娶了這麼個像農婦一樣強壯的女人。當然，這個形容沒有不恭敬的意思。」

在巴黎，他們正在焚燒路德派的人。克倫威爾想提起這事，但樓下傳來陣陣燒烤天鵝和孔雀的氣味，他只好打住。

此時樂聲有如浪潮般打在眾人身上，盪出一波波漣漪。「先生，」他問：「你們知道卡密羅這個人嗎？聽說他在貴國宮廷。」

兩人面面相覷，好像很驚訝的樣子。德・丁特維爾說：「他造了一個大木盒子。」

「那是個劇場。」他說。

德．塞爾福點點頭，「而你自己本身就是一齣戲。」

亨利的聲音從後面傳來。「伊拉斯謨斯已經寫信告訴我們了。卡密羅要木匠做了很多小小的木架和抽屜，一個套在另一個裡面，就這樣一層層套起來。這是一個記憶系統，藉由這個系統可把西塞羅的演講背起來。」

「請容我說明一下，卡密羅的設計不只是這樣。那是以古羅馬工程師維特魯威的計畫設計出來的劇場。但這劇場不是用來做戲劇表演的。正如沃爾西主教所言，你就是這個劇場的主人，站在劇場中央。你抬頭看，頓時發現自己置身於人類知識體系之中，就像在圖書館，然而每一本書都藏著另一本書。這個體系非常複雜，不是這樣就可以形容的。」

國王塞了一點茴芹籽蜜餞到嘴巴裡，「這個世界的書已經太多了，每天又有新書，實在不可能讀得完。」

德．塞爾福說：「不曉得你是從哪裡知道的，『克雷威爾先生』。卡密羅只會說他的義大利家鄉話，而且還說得結結巴巴。」

「如果弗朗索瓦錢要這麼花，我也沒有意見，」亨利說：「他不是煉金師吧？我可不希望弗朗索瓦被這種江湖術士耍得團團轉。對了，克倫威爾，我要派賈德納去法蘭西。」

要換賈德納上場？看來弗朗索瓦對「諾佛克」公爵不滿意囉。這不讓人驚訝。「陛下要派他去法蘭西一陣子嗎？」

德．塞爾福問道：「賈德納不在國內，樞密大臣的事怎麼辦？」

「噢，交給克倫威爾就行了，是不是？」亨利面露微笑。

✽　✽　✽

他從走廊下來，還沒走到大廳，就被小黎半路攔截。這天是所有官員及其隨扈、孩子、朋友的大日子，也是大撈一票的時候。小黎說，是的，有人要送錢給你。他靠在後面的布簾，說他早就知道會有這麼一天，因為國王已經對賈德納感到厭倦，不想再聽到他反對這個那個的。他說，國王剛完婚，需要一點溫柔。小黎哈哈笑：安妮會給他溫柔嗎？你應該比我更了解她。安妮舌頭愈毒辣，國王就更加希望他的臣子能對他溫言軟語。你只要設法讓賈德納待在國外久一點，樞密大臣這職位早晚會是你的。

克里斯多福這天下午也穿得人模人樣。他一直在附近晃來晃去，給他打暗號。克倫威爾對小黎說：「對不起，我得走了。」但小黎伸手去摸他那件暗紅色的袍子，似乎覺得這樣就能沾上一點好運。他說：「你是這場宴會的靈魂人物，為大家帶來歡樂，也帶給國王幸福。沃爾西主教辦不到的，你不但辦到了，而且做得更多。即使是那些矢志杯葛新王后的貴族——他指著他們——也都把自己的話吞下去，來這裡享受二十三道菜餚。今天的宴會成功圓滿，無可挑剔。在我想到任何問題之前，你早就解決了。」

他低著頭。小黎走開了。他對克里斯多福揮手，要他過來。克里斯多福說：「有人告訴我別跟小黎那個人說什麼祕密。雷夫說，他要去賈德納那裡豎起耳朵，探探消息。對了，有人要大人在宴會結束後去見大主教，愈快愈好。」

他抬頭一看，大主教正坐在安妮身旁。兩人沒吃東西，都在掃視宴會廳上的賓客，只是安妮仍假裝在細嚼慢嚥。

「好，我會豎起耳朵，」克倫威爾學他說話：「我要去哪裡見大主教？」

「他以前住的地方。他說，你應該知道，希望你保密，而且不能帶任何人。」

「你跟我一起去吧。你不是人，是個小鬼。」

克里斯多福露齒而笑。

修道院那一帶龍蛇雜處，入夜後，總會出現一大堆酒鬼，說不定有人會冷不防從背後襲擊。要是腦袋後面沒長眼睛，恐怕凶多吉少。

✿ ✿ ✿

他們快步走到克雷默以前住的那間修道院時，疲倦像一件鐵做的斗篷壓在他肩上。「你在這裡等一會兒。」他對克里斯多福說。這幾天晚上，他忙到幾乎沒能闔眼。他站在陰影中深呼吸。晚上涼颼颼的，他走進修道院的迴廊，身體浸泡在冷冷的夜色中。這裡每一個房間都門窗緊閉，一片死寂。後面突然傳出慘叫聲。該是從西敏寺附近的街道傳來的，有如打敗仗的哀嚎聲。

克雷默抬起頭來。他已好整以暇地坐在書桌前等他了。他說：「這幾天發生的事真令人難忘。要不是親眼見到，實在很難相信是真的。今天，國王一直在我面前讚美你。我想，他希望我轉達他的意思。」

「我實在想不通，整修倫敦塔的時候，我怎麼會那麼計較磚瓦的價格。現在看來，似乎是芝麻小事。對了，明天有比武。你會來看嗎？我家的理查要上場比摔跤。」

「他一定會贏的。」克里斯多福說：「對方一定會被他打得躺在地上，爬不起來。」

「噓，」克雷默說：「孩子，你不該來這裡。克倫威爾，拜託。」

克雷默打開房間後面的一扇小門。他低下頭鑽進去，發現裡面很暗。他看到一張桌子、一張凳子，凳子上坐著一個年輕文靜的女子，頭低低的在看書。她抬起頭來，說道：「Ich bitte Sie, ich brauch, ein Kerze.（可以給我一根蠟燭嗎？）」

「克里斯多福，拿蠟燭進來給她。」

他認得她手中那本書。那是馬丁路德寫的冊子。「讓我看一下，好嗎？」他把那本書拿起來看。

他一邊讀，心中閃過幾個問號：她是克雷默收留的可憐女孩嗎？他知道這女孩萬一被人發現，他得付出多大的代價？他看了半頁，大主教悄悄溜進來，像是遲來的道歉。他問：「這個女人是？」

克雷默說：「我的妻子，瑪格麗塔。」

「天啊，」他把路德那本書甩在桌上，「你做了什麼？你在哪裡遇見她的？顯然是在日耳曼。你遲遲不回來，就是因為這事。我終於明白了。為什麼你要這麼做？」

克雷默像犯了錯的孩子，小聲地說：「我沒有辦法。」

「你知道這事被國王發現的話，會有什麼下場？巴黎的劊子手發明了一種新的吊桿——你要我畫給你看嗎？在火刑的時候，可以把犯人拉出火焰，分幾個階段讓人看到犯人痛苦的模樣。亨利也會想要這種新玩意兒。他也可能請人設計一種新的刑具，一天割一點肉，四十天後才讓你人頭落地。」

女人抬起頭來，說道：「Mein Onkel（我舅舅）——」

「誰呢？」

她說了一個神學家的名字：安德瑞．歐席安德。他是紐倫堡人，也是路德教派的。她說，她的舅舅及其友人都是城裡最博學的人，他們相信……

「那是你們那裡的人的看法，在日耳曼，神職人員可娶妻生子，但在這裡則不成。克雷默沒告訴妳嗎？」

「拜託，」克雷默求他：「請告訴我，她說了什麼？她怪我嗎？還是她想回家鄉，不想待在這裡了？」

「她沒怪你，她說你對她很好。老兄，你到底是中了什麼邪？」

「我不是說了，我有祕密。」

是啊，這就是你在信紙下方寫的祕密。「可是你竟把她藏在這裡，就在國王的鼻子底下！」

「我一直把她藏在鄉下，但她想來這裡看加冕大典。」

「她去街上了嗎？」

「又有什麼關係？反正沒人認識她。」

說的也是。陌生人本身就是保護色。像她這麼一個年輕女子，穿戴得喜氣洋洋混入人群中，不過是幾千雙眼睛中的一雙，就像隱身在森林中的一棵樹。克雷默走到他身邊，伸出手。那是雙細長、優雅的手，今天才沾上聖油。他看到他那方形手掌中的紋路。「看在朋友一場的分上，幫幫我吧。克倫威爾，在這個世界上，你是我最重要的朋友了。」

除了伸出手，握著這個朋友細瘦的手指，他還能怎麼做？「嗯，我們一定能想出辦法的。夫人的事，我們會保密。你當初為什麼不把她留在家鄉，讓她的家人照顧她，等我們改變國王的看法之後，再帶她過來？」

瑪格麗塔看著他們，藍色眼珠轉來轉去。她站起來，把前面的桌子推開一點。他的心不禁糾結了一下，因為他以前也看過一個女人這麼做，那是他自己的太太。接著，她把手掌放在桌面，把自己撐起來。瑪格麗塔很高，她的肚子下緣剛好頂住桌子。

「天啊！」他說。

「我希望她懷的是女兒。」大主教說。

「何時會生？」他問瑪格麗塔。

她沒回答，只是抓著他的手，放在自己的肚皮上，再把自己的手放在他的手上。肚子裡的孩子像是在跳舞：小步舞曲、皇家小曲。這或許是她的腳，那則是她的拳頭。他說：「女人跟著你。你需要朋友幫忙。」

克倫威爾走出房間，克雷默跟在後頭。「那弗里思的事——」他說。

「怎麼了？」

「他被押送到克羅伊頓之後，我見過他三次，也跟他私底下談過。他是個很有學問的年輕人，心地善良。我花了好幾個小時，還是沒能説服他踏上求生之路。」

「他該從森林逃走的，那才是他的求生之路。」

克雷默低著頭説：「我們……請原諒我這麼説，我們不像你有這麼多條路可以走。」

「既然人在倫敦教區，你一定把弗里思交給史托克思禮主教了吧。」

「國王堅持要我當大主教，把榮耀加在我身上之時，我從來沒想過我必須將這麼好的一個年輕學者送上死路，而且要他放棄信仰。」

歡迎來到這個醜陋的俗世，他想。克雷默説：「我不能再等了。」

「你的夫人也無法再等了。」

❁ ❁ ❁

克倫威爾家附近的街道很冷清，幾乎空無一人。所有的人都去看煙火了。天空煙霧彌漫，不見星光。家裡的守衛站在門口。很好，他們都沒喝酒。他暫時停下腳步，跟他們説句話。雖然心裡很急，但還是得表現得從容不迫，這實在是一門藝術。他走進家門，説道：「叫海倫過來。」

家僕幾乎都跑去看煙火、跳舞，到半夜才會回來。克倫威爾允許他們出去，因為如果他們不能為新王后的加冕慶賀、狂歡，誰還能這麼做？約翰・佩吉跑出來：大人，有什麼事嗎？威廉・布拉巴宗也跑出來，手裡拿著一枝筆。布拉巴宗是沃爾西手下的老將，為國王辦事總是二十四小時不打烊的。艾佛瑞也從一天到晚進進出出的帳房鑽出來。沃爾西失勢的時候，主教府的家僕都跑光了，但是克倫威爾和他的手下還是一樣忠心耿耿。

樓上傳來門砰地一聲。雷夫穿著靴子啪噠啪噠地下樓，頭髮亂七八糟豎起。他臉紅紅的，不知發生了什麼事。「大人？」

「我不是要找你。海倫在嗎？」

「你找她做什麼呢？」

這時，海倫才跑出來。她還在整理儀容，把頭髮塞入乾淨的帽子裡。「妳去整理一下行李，跟我走吧。」

「多久會回來？」

「現在還不知道。」

「離開倫敦嗎？」

他心裡在盤算：我得安排一下，找口風緊的女人來幫忙。他需要僕人、產婆和照顧嬰兒的保母。「應該不會很久吧。」

「孩子——」

「我們會照顧你的孩子的。」

她點點頭，馬上去打包行李。家裡每一個僕人動作都像她這麼俐落就好了。雷夫喚她：「海倫……」他看來不大高興：「主人，你要帶她去哪裡？不能三更半夜就把她拖走。」

「誰說不行來著？」他還是好聲好氣地說。

「我想知道原因。」

「相信我，你不會想知道的。或許我可以告訴你，但現在不是時候——雷夫，我很累，沒力氣跟你吵。」

也許，他可把這事交給克里斯多福或其他比較不會囉嗦的僕人，或者等到第二天早上再來處理。但他一想到克雷默太太孤伶伶在這個陌生的城市，就坐立不安。加農巷夠陰森了，強盜可能會躲在修道院的影子下。即使是在理查二世高壓統治的時代，那裡仍是盜匪猖狂之地，晚上宵小出來尋歡作樂，白天則打劫修道院，然後和神職人員一起分贓。他想，總有一天，我一定要好好整頓那個地區，叫我的手下把那些壞蛋都趕到地洞裡。

午夜。石頭散發出青苔的氣味，石頭地面也因為溼氣而變得滑溜溜的。海倫把她的手交給主人。克雷默的僕人前來開門，頭低低的。克倫威爾塞了個銅板到他手裡，希望他不要抬起頭來。很好，沒見到大主教。一盞油燈亮著。他推開一扇門。克雷默的老婆躺在一張小床上。他跟海倫說：「這個女人需要妳的同情。妳看到她的情況了。她不會說英語。不管如何，妳都別問她叫什麼名字。」

「她叫海倫，生過兩個孩子。她會幫妳的。」

克雷默太太眼睛仍然閉著，只是點頭、微笑，但海倫把手伸過去時，她握著海倫的手，輕輕撫摸。

「妳的丈夫呢？」

「Es betet（他在禱告）。」

「我希望他正在為我禱告。」克倫威爾說。

✿ ✿ ✿

弗里思被燒死那日，他和國王在吉爾福德的鄉間打獵。天亮前下起一場雨，之後吹起強風，連樹都被吹得彎腰駝背。全英格蘭都在下雨，田裡的作物都泡在水裡。但國王興致還是很好，沒有被潑了一盆冷水的感覺。他坐在桌前，寫信給留在溫莎的安妮。他把鵝毛筆轉來轉去，把紙翻來覆去，彷彿聽見亨利在說，克倫威爾，你來幫我寫吧，我會告訴你寫什麼。他最後決定打退堂鼓。

一個裁縫的學徒將和弗里思一起接受火刑。他名叫安德魯·修維特。

亨利說：「凱瑟琳臨盆的時候常緊緊抓著聖物，那是我從修道院借來的聖母瑪利亞腰帶。」

「王后應該不會這麼做吧。」

「還有向聖女瑪加利大禱告，祈求安產。這些都是女人家的事。」

「陛下，那就交給她的侍女吧。」

不久，他即將得知弗里思與那學徒的死訊。強風一直把火焰吹走。死神是個搗蛋鬼，你叫他，他偏不來。他也愛把一塊黑布套在頭上，躲在暗處惡作劇。

這時，倫敦又出現瘟疫病例。這位代表全體人民的國王每天都說他也出現症狀。

亨利望著大雨直直落，看到發呆。為了幫自己打氣，他說：「木星上升，雨勢將減緩。你告訴她，告訴王后……」

他在一邊等候，筆停在半空中。

「這樣就行了。信給我，湯瑪斯，我來簽名。」

他想，國王可能會畫一顆心，但他已不是一個會為愛暈頭轉向的傻子，不會做那種事了。婚姻是嚴肅的。他只是簽署自己的拉丁文名字：Henricus Rex（亨利國王）。

國王說：「哎喲，我的胃好痛。我想，我也頭痛了。我覺得噁心想吐，眼前出現黑點。這些都是瘟疫症狀，對不對？」

他說：「國王陛下，您只要休息一下，勇敢一點，就沒事了。」

「你沒聽過這種瘟疫有多可怕嗎？吃早餐的時候還高高興興的，到了晚餐時刻已經一命嗚呼。快的話，甚至不到兩個小時就沒命了。」

他說：「我也聽過有人因為恐懼而喪命。」

下午，太陽奮力鑽出雲層，亨利眉開眼笑，帶著臣僕快馬加鞭直奔森林。弗里思的遺體已在史密斯菲德被劇起。他的青春、風雅、學識與俊美已成一堆泥土、油脂和焦骨。

國王具有雙身：一個是可見的肉體，像是他的腰、他的小腿等；另一個則是無形的、自由的、沒有重量的，而且可以跑到其他地方。亨利的人或許在森林狩獵，但另一個無形的他則在制定法律；一個在爭戰，另一個則在祈求和平；一個神祕莫測，另一個則在大啖鴨肉和豌豆。

教宗正式宣告亨利國王與安妮的婚姻無效。倘若亨利不回到凱瑟琳身邊，將被開除教藉。羅馬教廷還指出，全基督王國都巴不得把他碎屍萬段，靈魂亦同。他的臣子將起來反抗他、推翻他，讓他流亡，永遠活在恥辱當中。天主的信徒沒有任何人願意提供他一個避風遮雨的地方。最後，他的屍骨將和動物的骨骸一起被掃入垃圾堆中。

他教亨利稱呼教宗為「羅馬主教」。亨利每次聽到羅馬主教的名號就哈哈大笑。即使笑聲有一絲不安，但總比以前對教宗那樣卑躬屈膝來得強。

克雷默請那個會預言的女人伊莉莎白．巴頓到他在肯特郡的府邸。她說，她看到瑪麗的未來了。前瑪麗公主以後將成為瑪麗女王？是的。艾克斯特侯爵夫人也將成為王后？是的。克雷默說，不可能這兩者都是真的，但巴頓還是堅持她是對的。她說，我只說出我看到的。克雷默在信上說，她自信滿滿，以前常和大主教打交道，因此把他當作另一個華翰，對她自己所說的每一個字深信不疑。

這女人不過是貓爪下的老鼠。

凱瑟琳王后又搬遷了，且家僕被縮減到所剩無幾。她搬到林肯主教在巴克登的住所。那是棟老舊的磚瓦房子，附近都是沼澤，大廳躺著屍體，庭院長滿雜草。九月，她才有水果可吃；十月，這裡將是一片濃霧。

國王要她把前瑪麗公主受洗的嬰兒袍交出來，好讓安妮的新生兒使用。克倫威爾聽到凱瑟琳的答覆之後笑道，凱瑟琳真是生錯了，不該生做女人。她比所有古代英雄都要勇武剛強。她看到稱呼她「太妃」那封信，拿起筆來在那個新頭銜上猛塗，直到紙面破爛。

夏夜，流言滋生得很快，到了凌晨，已像在溼草地上叢生的香菇。有人說，克倫威爾的家僕在三更半夜找產婆。他把女人藏在鄉下的一間房子裡。那個女人是外國人，幫他生了個女兒。克倫威爾對雷夫說，別費事維護我的清白了。我的確是個風流種子，到處都有女人。

雷夫說：「城裡哪個人不知道你的名聲。他們說，克倫威爾精力過人……」

他說：「我腦子裡有一本厚厚的帳本。凡是與有我過節的人，他們的名字都已經列在上面，還有事由。」

所有的占星師都說國王會生兒子，但他知道最好別跟這種人打交道。幾個月以前，有一個人找他，說他可為國王打造一塊魔法石。克倫威爾叫他滾蛋。這時，他馬上露出猙獰的面孔，變得粗魯、刻薄，說國王不到一年即將壽終正寢。所有的煉金師都是這種德性。那人還說，愛德華四世的長子正在薩克森尼伺機而動。你以為他早就死了，屍骨埋在倫敦塔的石頭地板底下。但除了謀殺他的凶手，誰曉得那個王子在哪裡？因此，你們都被騙了，王子已經長大成人，準備奪回他的王國。

克倫威爾計算了一下。如果愛德華五世現在還活著，今年十一月就滿六十四歲了。他說，王子已垂垂老矣，很難衝鋒陷陣囉。

他把那個煉金師打入倫敦塔，要他好好反省。

巴黎方面沒有新的消息。不知卡密羅有何計畫，反正他幾乎絕口不提。

霍爾拜因說，克倫威爾，我把你的手畫好了，但臉部還沒。我保證今年秋天一定可以完成。

試想一本書裡面都藏著另一本書，每一頁上的字句都不斷顯露另一本書上的訊息，而且這些書不會占據你的書桌。試想知識可以濃縮成精華，放在一幅圖畫、一個符號當中，甚至完全不占空間。試想人類的頭殼底下就像一個無窮大的空間，裡面包含無數的空間，就像蜂房。

凱瑟琳的內侍蒙特喬伊送來一份清單，詳列所有的生活必需品。他看了之後，不覺莞爾。物換星移，昔日的王后如今被囚禁在窮鄉僻壤，但朝臣依舊行禮如儀。顯然，蒙特喬伊認定他已是都鐸王朝的大總管了。

他到格林威治，重新裝潢安妮的房間。為了宣布王子的誕生，對全國人民和所有歐洲君主發布的文告已經擬好了，日期則先空白。他提議，為了預防萬一，最好在「王子」這兩個字的位置上留白，萬一……但每個人都狠狠瞪他一眼，好像他是叛徒，他只好摸摸鼻子走開。

一個女人躺在產房準備生產時，外頭或許豔陽高照，但產房門窗緊閉，成了一個獨立的空間，讓她能夠營造她想要的天氣。房間漆黑一片，她才能做夢。她的夢把她帶到遠方，從堅實的大地到沼澤地、到碼頭、到一條河流。河流的盡頭在霧裡，因此看不到那裡的河岸，看不到陸地和天空的分界。她就從這裡啟航，朝向生命和死亡。在船尾指揮划槳的是一個模糊的身影。有人在這艘船上禱告，但沒有任何一個男人聽出來她們在禱告什麼。女人與她的上帝討價還價。潮水升起，只要羽毛般的輕觸一、兩下，潮水就可能轉向。

一五三三年八月二十六日。侍女列隊護送王后到格林威治宮殿裡一個緊閉的房間。她的丈夫親吻她，再見，一路順風。她臉上沒有一絲笑容，也沒說半句話。她非常蒼白、莊嚴，身體像一個搖來搖去的大帳篷，小小的頭顱努力保持平衡。她一小步一小步地往前走，環顧四周，手裡緊緊抓著一本祈禱書。到了碼頭，她回頭再看一眼。她看到他，她看到大主教。女侍扶著她的手肘，她提起腳，踏上船板。

第2章・魔鬼的唾沫

一五三三年秋、冬

太奇妙了。在受到衝擊那一刻，國王眼睛瞪得大大的，全身肌肉緊繃。他像鐵甲武士接受命運的撞擊，一邊用正確的速度，往正確的方向移動，臉色不變，聲音也沒有顫抖。

「健康嗎？」他問：「感謝上帝賜給我們的福分。我也謝謝你帶來這個令人欣慰的消息。」

他想，國王已經演練過了。我們也都演練過了。

國王走回自己的寢宮，頭也不回地說：「叫她伊莉莎白吧。取消比武。」

博林家的人唉唉叫：「其他典禮照原訂計畫舉行嗎？」

沒有人回答。克雷默說：「就照原訂計畫吧，除非另行通知。我必須當這個……公主的教父。」克雷默步履蹣跚，失魂落魄。他不敢相信會這樣。他自己向上帝要一個女兒，結果果真得到女兒。他的眼神一直跟著國王，看著國王的背影。「他沒問王后如何。沒問她好不好。」

「反正無所謂了，不是嗎？」愛德華・西摩說出每個人心中想的。

國王走了一段路之後，停下腳步，轉過頭來。「大主教在嗎？克倫威爾？你們兩個跟我來。」

克倫威爾進入國王密室。國王問：「你們曾想到這樣嗎？」

換了一個人或許會笑出來，但他沒笑。國王癱坐在椅子上。他有一股衝動，想伸出手放在他的肩上安慰他，但他還是克制住了，只是緊握著拳頭。國王的心曾在這個掌心。「有一天，我們會幫這個女孩安排一樁好親事。」

「可憐的女孩。她母親一定不想要她了。」

「國王陛下還年輕，」克雷默說：「王后身體也很好，她家族的女性都很多產，她一定很快就會再懷孕的。也許上帝將藉這個公主賜給吾國特別的福祉。」

「親愛的朋友，我相信你說得沒錯。」然亨利的語氣中仍有懷疑，他環顧四周，看是不是有什麼可以成為支撐他的力量，例如上帝是否在牆上寫了安慰他的訊息，雖然以前在牆壁上出現的都是威脅的字眼。他深呼吸，站起來，甩甩衣袖。他露出微笑，想乘著一隻心臟強而有力的鳥飛起來，或是用意志把目前的不幸化為希望的火炬。

克倫威爾後來跟克雷默咬耳朵：「看國王這樣的轉變，就像看拉撒路復活一樣。」

不久，亨利又抬頭挺胸地在格林威治宮走來走去，與朝臣一起慶賀公主誕生。他說，我們還年輕，下回就可以生王子了。有一天，我們會幫她找門好親事。相信我，這個女兒是來自上帝的祝福。

博林家的人臉上的陰霾一掃而光。禮拜天下午四點，克倫威爾在宮裡走動，嘴角泛出一抹淺笑。果然，文書官必須在誕生文告上將王子改成公主。克倫威爾回到書桌前，計算新公主所需的家僕及費用。他已請艾克斯特侯爵夫人擔任公主的教母。如果她能面露微笑，抱著安妮的新生兒，在宮廷亮相，不是面子十足？何必聽信那個通靈女的妄語？

✿ ✿ ✿

通靈女伊莉莎白．巴頓已經被人帶到克倫威爾的家宅內。她有柔軟的床鋪可睡，克倫威爾家的女眷對她說話也都輕聲細語，幾乎不曾打擾她祈禱。即使打開她的房門，因為鎖頭上了油，開門聲就像小鳥骨頭折斷那樣小。他問梅喜：「她吃東西嗎？」梅喜說，她跟你一樣吃得很開心，不過也許不像你那樣大快朵頤。

「不知道她的聖餐計畫進行得怎麼樣了？」

「那些神父和僧侶現在看不到她吃什麼了，不是嗎？」

在無人監視之下，巴頓的舉止就像一般女人，該吃就吃，該睡就睡，然而現在恢復正常或許已經太遲了。他想，幸好梅喜沒說，這個女孩真可憐，她不是壞人。的確，他們把她帶到蘭巴思宮接受審問的時候，發現她本質並不壞。他想，任何鄉下女孩來到首席國務大臣歐德立面前，見他肩上披掛金鍊那威儀的模樣，必然不敢放肆。而年輕修女見了坎特伯里大主教，應該會生出敬畏之心。但這個叫巴頓的女人可不然，她根本不把克雷默看在眼裡，好像他是剛進入教會的新手神父。克雷默質問她：「妳如何知道這樣的事？」她露出同情的微笑，說道：「天使告訴我的。」

進行第二回合的審問時，歐德立帶理查．李奇過來幫忙做記錄。李奇已受封為騎士，晉升為副檢察長。他在學生時期素以毒舌聞名，不把長輩放在眼裡，喜歡喝酒、狂賭。但那畢竟是他的荒唐年少。如果以年輕時候的行為評判一個人，那他現在恐怕要無地自容了。李奇後來在法律界嶄露頭角，成為僅次於克倫威爾的律師新秀。除了有著一頭柔美的金髮，他那皺起眉頭、噘起嘴唇，一副全神貫注的樣子，為他贏得「噘嘴先生」的綽號。你實在想不到這個以前吊兒郎當的年輕人會做什麼正經事。他們在等那個叫巴頓的女孩進來之時，克倫威爾跟他開玩笑說，當年他在法律學院可是丟臉丟到家了。李奇說，克倫威爾先生，那你和哈里法克斯那個女修道院長的韻事呢？

想必是沃爾西告訴他的，否認只是愈描愈黑。他說：「那根本沒什麼——有人還以為那是發生在約克郡的事。」

那女孩進來了，他擔心女孩聽到他們的話。她坐在為她準備的椅子上，凶巴巴地瞪他一眼。她整理一下裙子，手臂在胸前交叉，等好戲上場。克倫威爾的外甥女愛麗絲．韋斐德坐在門邊的小凳子上，以防巴頓暈倒或有任何情緒失控的情況。但只要看那女孩一眼，他就知道她像歐德立一樣不是好惹的，更別說會暈倒。

李奇問：「可以開始了嗎？」

歐德立說：「開始吧。」

「就拿妳說的那些預言來看，妳常常更改時間。像妳曾說，國王娶了安妮女士之後，在一個月內就會失去王位。妳看看，都幾個月過去了，安妮已經加冕為后，還為國王生下一個美麗的女兒。對妳的預言失靈，妳有什麼話說？」

「他是世俗的國王，不是上帝眼中的國王，」她聳聳肩，「他才不是真正的國王，」然後朝著克雷默的方向點點頭，「那個人也不是真正的大主教。」

她在故弄玄虛，李奇才不會上當。「這麼說，起兵反抗國王是正當的？應該把他推翻？暗殺他？換另一個人當國王？」

「你的意見呢？」

「就妳過去的陳述，妳認為應該當國王的是柯特奈家族的人，而非波爾家族，也就是亨利．艾克斯特侯爵，而不是亨利．蒙太古勛爵。」

他故作憐憫地說：「還是妳把這兩個亨利搞混了？」

「我當然不會搞混」，她面紅耳赤地說：「因為我見過他們兩位。」

李奇記下這點。

歐德立說：「柯特奈家族的艾克斯特侯爵是愛德華四世之女的後代，而蒙太古勛爵是愛德華四世之弟克拉倫斯公爵的後代。如果這兩個家族都要求繼承王位，妳要如何衡量？既然妳提到真國王和假國王，有人說愛德華四世是他母親和弓箭手生下的私生子，關於這點，妳又有什麼看法？」

「她哪會有什麼看法？」李奇說。

歐德立翻了一記白眼。「因為她能通靈，可以和天上的聖人說話。聖人一定知道真相的。」

克倫威爾看著李奇，好像能洞視他的思想似的：馬基維利說，明智的君主應該根除嫉妒者，如果我李奇當上國王，柯特奈家族也好，波爾家族也好，全都給我去死吧。

下一個問題：她如何在通靈時看到兩個王后？克倫威爾說：「如果國內有戰爭，有好幾個國王和王后也不錯，免得全部死光了。」

通靈女說：「不一定要有戰爭。」李奇正襟危坐：噢？這倒是新的見解。「上帝會以瘟疫來懲罰英格蘭。亨利在六個月內會死亡，湯瑪斯．博林的那個女兒也活不成。」

「我呢？」

「你也會死。」

「這個房間裡的每一個人都會死？只有妳可以活得好端端的，對不對？連坐在門口那個無辜的女孩愛麗絲也難逃一死，是嗎？妳這個女人巴不得全天下的人都死光，對不對？」

「你們家的女人都是異端。瘟疫會使她們的身體和靈魂全部腐爛。」

「最近誕生的小公主伊莉莎白呢？」

她把身體轉到一邊，對著克雷默說：「有人說你為公主受洗是用溫水。錯了，你該把公主丟到滾燙的水裡。」

「天啊！」李奇憤怒得把筆丟下。他是個溫柔的年輕父親，不久前，他太太才為他生了個女兒。

克倫威爾把手放在李奇手上，要他別激動。這個惡毒的女人也詛咒愛麗絲，他想，可憐的愛麗絲或許需要安慰。

他轉過頭去看外甥女，發現她只是以不屑的表情看著這個女人。他對李奇說：「用滾水煮公主的事不是她想出來的。

街上也有人這麼說。」

克雷默佝僂著身子。通靈女說的命中他的要害，得到一分。克倫威爾接著反擊：「我昨天看到公主。儘管有些壞人詛咒她，她還是十分健康。」他的語氣平靜，心想：我們得趕快把大主教拉回來，讓他穩住。他問：「告訴我，妳找到沃爾西主教了嗎？」

「什麼？」歐德立不可置信地說。

「巴頓女士說，她可以深入天堂、地獄及煉獄的各個角落，尋找已逝的沃爾西主教。我答應幫她付旅費，而且已經付了訂金。到目前為止可有一點進展？」

通靈女說：「沃爾西的陽壽應該還有十五年，」他點點頭，他也曾聽過主教這麼說。「但上帝把他的生命線切斷了。我看過魔鬼為了他的靈魂爭論不休。」

「結果呢？」

「沒找到，我到處都找過了。我想，上帝必然已經把他毀滅了。但是有一晚，我竟然看到他。」她故意在這裡停頓，「我看到他的靈魂在未出生者之列。」

眾人靜默不語。克雷默似乎縮成一團，李奇輕輕咬著筆尖，歐德立在旋轉袖子上的一顆鈕釦，愈轉愈緊。

通靈女說：「我可以為他禱告。我的禱告是很靈驗的。」

「以前，妳的精神導師在妳身旁的時候，像是巴金神父、古德神父和雷士畢神父，妳總會跟我談價錢。如果我說，我再加一點錢，請妳為沃爾西主教禱告，神父總不肯罷休，除非價碼提高到他們覺得滿意的地步。」

「等一下，」克雷默說，他把手放在胸口，「國務大臣，我們可以討論剛才提到的一個地方嗎？」

「大主教，看你想回頭討論哪個地方都成，再繞個三圈也沒關係。」

「妳看到魔鬼？」

她點點頭。

「魔鬼的樣子呢？」

「像鳥。」

「那就令人放心了。」歐德立說。

「你錯了！魔鬼很臭，他的爪子是畸形的，就像隻身上被抹上血和糞的小公雞。」

他抬起頭來看愛麗絲，準備叫她出去。他想，不知這個叫巴頓的女人到底經歷過什麼，才會變成這樣？

克雷默說：「魔鬼那樣子令人很不舒服吧。但就我的了解，魔鬼有不少特徵。」

「是的，他們會騙人，會偽裝成年輕男子來到你面前。」

「妳曾和魔鬼獨處？」

「有一次，他帶了一個女人，半夜跑到我的房間。」她在這裡停頓一下，「接下來，他對那個女人伸出魔爪。」

李奇說：「魔鬼是不知羞恥的。」

「你也是。」

「巴頓女士，接下來呢？」

「魔鬼把她的裙子掀起來。」

「她沒抵抗嗎？」李奇說：「真是駭人聽聞。」

歐德立說：「我想，魔鬼有辦法迷惑女人。」

「他就在我的床上，在我的眼前，非禮那個女人。」

李奇記下這點。

「妳認識那個女人嗎？」她無語。「魔鬼沒對妳伸出魔爪嗎？妳可暢所欲言。我們不會拿這個做為罪狀來起訴妳。」

「他對我甜言蜜語。他身穿藍色絲質外套，在我面前晃來晃去，故作瀟灑。他穿著全新的緊身長褲，上面鑲著鑽石。」

「鑽石！」他說：「那必然是一大誘惑。」

她搖搖頭。

「妳是個善良、乖巧的年輕女孩，一定會有男人追求妳的。」

她抬起頭來，露出一絲微笑，「我不會跟魔鬼在一起的。」

「妳拒絕他之後，他怎麼說呢？」

「他要我嫁給他。」

歐德立把頭埋在手裡。

「我說，我發誓畢生貞潔。」女孩說。

「魔鬼難道不會惱羞成怒？」

「他很生氣，還往我臉上吐口水。」

「他的確很粗魯。」李奇說。

「我用手帕擦掉口水。魔鬼的唾沫是黑的，而且像地獄一樣臭。」

「那是一種什麼樣的臭？」

「腐爛的臭味。」

「那條手帕呢？妳該不會拿去洗了。」

「在巴金神父那裡。」

「他展示給人看，藉以收費？」

「那是信徒的奉獻。」

「還是為了錢。」

克雷默把手放下，不再遮著臉。「我們可否休息一下？」

「十五分鐘？」李奇問。

歐德立：「我就說嘛，年輕人身強體壯，比較不會累。」

克雷默說：「或許明天再繼續問吧。我需要禱告，十五分鐘不夠用。」

通靈女說：「但明天是禮拜天。有一個年輕人會出去打獵，掉落到一個無底洞，最後進了地獄。」

李奇說：「不是進了地獄了嗎？那底部就是地獄，怎麼說是無底洞？」

歐德立說：「我明天想去打獵，試試運氣，看會不會掉進那個洞。」

愛麗絲從板凳上站起來，示意要帶她走。通靈女站好，露出得意的笑容。她讓大主教害怕，讓克倫威爾覺得不寒而慄，而副檢察長想到她說用滾水燙死嬰兒就潸然淚下。她以為自己大獲全勝，其實她已經輸了，徹底地輸了。愛麗絲溫柔地抓著她的手，但她把愛麗絲的手甩開。

大家一起走出去。李奇說：「這個女的該被火燒死。」

克雷默說：「我們儘管不喜歡她有關沃爾西主教的敍述，她對魔鬼的描述也令人不敢恭維，但她畢竟只是模仿一些修女說的。羅馬教廷還把那些修女封為聖女。嚴格來說，我們無法把她們當作異端來起訴。再說，我們也沒有證據可以證明她是異端。」

「那就以叛國罪來處決吧。」

那就讓她接受凌遲的極刑。

克倫威爾說：「但她沒有公然行動，只是表達她的意圖。」

「有造反的意圖，要推翻國王，這不足以構成叛國罪嗎？叛國罪已有不少前例，你應該很清楚。」

歐德立說：「如果克倫威爾無意以叛國罪來治她，我一定會覺得很驚訝。」

似乎他們現在還聞得到那魔鬼唾沫的惡臭，爭先恐後跑到外頭透透氣。外面的空氣暖和、潮溼，有著微微的草葉香，葉片沙沙作響，金色的陽光帶有一點綠綠的色澤。他可以預見，在未來的幾年，叛國罪將出現各種新的形式。上次有人因叛國罪被定罪之後，再也沒有人敢把自己的話語編印成書冊。他突然嫉妒起古人，古人事君要比現在單純得多。現在，只要一張嘴巴，就可以把惡毒的批評或有毒的思想傳播開來。

「我想，我們該制定新的法律。」李奇說。

「我已經開始著手了。」

「我們對這個女人太好了，該對她強硬一點。今天簡直被她耍得團團轉。」

克雷默彎腰駝背地拖著步子往前走，腳邊的落葉被他踢到一旁。歐德立轉過身去看著他，決心轉移話題：「你說公主十分健康，是嗎？」

公主躺在安妮腳邊的墊子上，全身青紫，很愛啼哭，就像個醜陋的小怪物。她的頭上有一點淡淡的金髮，動不動就把身上的衣服踢掉，展示她那不幸的性徵。關於安妮的女兒有很多傳言：有人說她一出生就有牙齒，每隻手有六根手指，全身長了黑黑的毛髮，看起來就像猴子。因此，她的父親常把全身光溜溜的她抱給大使看，她的母親也不斷讓人看她的模樣，以攻破謠言。國王已選定哈特菲爾德做為她的領地。安妮說：「我認為有些浪費似乎是不必要的。如果凱瑟琳生的那個瑪麗不再是公主，家僕也都解散了，她可以來公主身邊。」

「要她來做……」克倫威爾知道，前瑪麗公主雖然沒有聲音，但那就像把拳頭塞進自己嘴巴，才不會叫出聲來。

「她可以來做我女兒的侍女。除此之外，她還能做什麼？瑪麗是私生女，這是不可磨滅的事實。我們無法假裝她和我女兒是平等的。」

公主好不容易安靜一下，不久又發出尖銳的哭聲，恐怕連死人都會被吵醒。安妮斜眼看著她，露出迷戀的神情，準備伸手過去抱她。但旁邊的侍女已經把她抱起來，將她身上的衣服包好，帶她離去。王后的眼神依依不捨地跟著這個小寶貝，從她子宮孕育出來的果實。克倫威爾輕聲地說：「我想，公主肚子餓了。」

✿ ✿ ✿

禮拜六晚上，克倫威爾在家宅宴請弗翰，吃到一半還冒出其他客人，像是巴茨大夫、畫家霍爾拜因、宮廷天文學家柯瑞澤和小黎等人。雖然各國語言交雜，但有雷夫這樣稱職的口譯就沒問題了。他不斷把頭轉來轉去，變換語言，不管任何話題，高尚或是低俗，他也都能譯出來，如國事、八卦消息、慈運理的神學或是克雷默的老婆。至於最後一件事，紙已包不住火，早就傳開了。弗翰說：「國王可能已知道這件事，但裝作不知道嗎？」

「有可能。他是很能包容的君主。」

小黎笑道：「日夜有別，他在白天的時候比較能包容吧，哈哈。」

巴茨大夫說：「國王因為舊傷發作，最近為腳痛所苦。可是換個角度來看，如果任何一個人老是在森林裡打獵或在比武場上競技，到了國王這年紀，是不是一樣會有腳痛的問題？你知道嗎？國王今年已經四十三歲。柯瑞澤，你曾說根據星體運行規則，男人晚年的命盤是由風和火主導的，我已牢牢記住。對了，我還常常勸告國王，說他的月亮星座是在牡羊座（象徵衝動、草率的星座），一定要沉得住氣，婚姻大事切莫輕率。」

克倫威爾不耐煩地說：「國王和凱瑟琳在一起的那二十年，怎麼沒聽你說起那月亮星座的事？巴茨大夫，告訴你吧，人的命運不是星體決定的，而是時勢以及在壓力之下做的選擇。美德當然是我們的助力，但光靠美德不足以成事，有時也必須運用必要之惡。不知你是否同意？」

他向克里斯多福招手，要他來倒酒。他們談到弗翰即將前往任職的皇家鑄幣廠；關於加萊的消息，聽說萊爾總督的夫人比她老公要活躍多了；他想起巴黎的卡密羅，可能正在記憶機器的木牆間焦慮不安地走來走去；他想到那個通靈女——現在他們知道她既沒有通靈的本事，更不是聖女，此刻必然和他的外甥女一起吃晚餐。他想到一起審問的幾個朋友：克雷默現在應該在跪著禱告，李奇看著當時的紀錄皺眉頭，至於歐德立——不知這位首席國務大臣此刻在做什麼？他想，應該在擦他平常掛在肩上的那條金鍊吧。他本來想問弗翰，他家不是有個女孩叫耶妮卡？她怎麼了？但小黎打斷他的思緒。小黎問霍爾拜因：「我們什麼時候可以看到主人的肖像？你已經畫了一段時間了，應該差不多了吧。我們都等不及想看看。」

柯瑞澤說：「他還在忙著為法蘭西大使畫肖像。德．丁特維爾希望在他被召回之前能夠完成，好讓他把畫帶回國。」

提到法蘭西大使，他們又有說不完的笑話。他每次打包好，準備回國時，他的主子又命令他留下來。霍爾拜因說：「我希望他不要急，讓我好好畫完。我希望法王弗朗索瓦也能看看我的作品。其實，我很想為他畫幅肖像，你們認為我有這個能力嗎？」

他輕鬆地說：「我找個時機，幫你問弗朗索瓦。」他看見弗翰容光煥發，喜不自勝，就像是天花板上畫的天神朱彼得。

賓客吃飽離開餐桌之後，享用薑糖和糖漬水果。這時，柯瑞澤畫了幾張畫，包括軌道上運轉的星體。他說，這是他從哥白尼神父那裡聽來的。他說，這個世界也繞著地軸自轉。在座的賓客沒有人反對這種說法。他說，你可以去感覺地殼被拉扯、升起，岩石從岩床剝離，發出轟隆響聲，海洋傾斜、拍打岸邊，阿爾卑斯山上的小徑突然前傾，而日耳曼的森林把根從土裡抽出來，拔腿逃走。這個世界再也不是他和弗翰年輕時看到的那個世界，甚至和沃爾西主教那個時代也大不相同。

愛麗絲穿著斗篷走進來的時候，賓客都走了。護花使者是受他監護的一個年輕貴族湯瑪斯·羅瑟翰。她說：「別擔心，小裘安會幫忙看著巴頓。不會有事的。」

是嗎？他記得小裘安以前老是因為衣服縫得不好，哭得唏哩嘩啦的。這個小女孩常常全身髒兮兮的，和一隻溼答答的小狗躲在桌子底下，也曾在街上追逐小販。愛麗絲說：「我想跟你談談，有時間嗎？」當然。他挽著她的手，把她的手放在自己手心。他有點納悶，不知羅瑟翰為何這時突然臉色蒼白地跑走。

他們走進書房。愛麗絲坐下，打了個呵欠。「對不起——這真是苦差事，時間又長。」她把一縷髮絲塞到帽兜下，「她已經準備投降了。雖然在你們面前，她看起來很勇敢，其實她晚上一直在哭。她知道她的真面目就要被拆穿了，她不過是個騙子。她即使在哭，也一邊偷看我們的反應。」

他說：「這事我想做個了結。這女人真麻煩。即使我們四個人是精通法律和聖經方面的專家，不知研究了多久，還是被她耍了。」

「為什麼不早一點把她抓來？」

「我不想太早打草驚蛇，我想看看有誰會去找她。我知道有艾克斯特侯爵夫人、費雪主教，還有十來個僧侶和愚蠢的神父，但是還有一百個人，我還不知道他們的名字。」

「國王會把他們全部處死嗎？」

「我希望只有幾個人會遭到極刑。」

「你希望國王慈悲為懷？」

「我希望他有耐心一點。」

「那個叫巴頓的女人會怎樣呢？」

「我們會列出她的罪名。」

「她會進監獄嗎？」

「應該不會。我會請國王網開一面，尊重所有的神職人員，畢竟她也是修女。愛麗絲——」她已經哭得像個淚人兒了，「我了解。妳辛苦了。」

「沒關係，這是應該的。我們都是你的士兵。」

「她說到魔鬼向她求婚的事，沒把妳嚇著吧？」

「當然不會。可是有人向我求婚，是羅瑟翰……他希望我嫁給他。」

「太好了！這有什麼問題呢？」他覺得很有趣，「他為什麼不自己來跟我談？」

「他說，他怕你的眼神……好像用目光論斤稱兩。」

像一枚硬幣？「愛麗絲，他是貝福德郡的大地主，他家的房子也都是我幫忙管的。如果你們倆情投意合，我怎麼會反對？妳是聰明女孩。妳母親……」他輕柔地說，「妳的父母如果能看到妳有一個這麼幸福的歸宿，一定會為妳感到高興的。」

這正是愛麗絲哭泣的原因。去年，她的父母死了，她不得不跟舅舅商量她的婚事。姊姊貝蒂死去那天，克倫威爾正在鄉下陪國王。國王為了怕感染，不接見任何使者。貝蒂死亡、入土之後，他才曉得她病了。他最後得知姊姊的死訊時，國王挽著他的手，溫柔地安慰他。國王也提到自己的姊姊，說她的頭髮像金絲，和書中描寫的公主一模一樣。然而，她也離開塵世，到天堂樂園去了。國王說，只有死去的貴族才能進去那裡，他無法想像他的姊姊死亡之後會到任何一個可怕、黑暗的地方，更不可能在煉獄忍受到處飛揚的灰燼、冒煙的硫磺、沸騰冒泡的焦油以及雨雪的摧殘。

「愛麗絲，擦乾妳的眼淚吧。去找羅瑟翰，愛情的滋潤會使妳忘記痛苦。明天，妳不必來蘭巴思了。如果小裘安像妳說的那麼勇敢，那就可以過來。」

愛麗絲走到門口，又轉過頭來，「我可以再去見巴頓一面嗎？我想看看她，在她被……」

在她被處死之前。愛麗絲已不是無知的小女孩了，請看看無知的下場：被惡人和憤世嫉俗的人利用，最後被他們踩在腳下，成為犧牲品。

他聽到愛麗絲乒乒砰砰跑上樓的聲音，他聽到她在叫喊：「湯瑪斯、湯瑪斯……」只要有人叫湯瑪斯，這個家一半的人都會豎起耳朵，有人從床上坐起來，有人從床邊禱告爬起來。是的，妳在叫我嗎？克倫威爾穿上他的皮草飾邊長袍，走到外頭去看星星。他的家宅燈火明亮，花園裡挖了個大洞，旁邊有火炬照明，還有一些地方正在挖溝，挖出來的土堆形成一座座小土山。房子擴建的部分，像巨大的木翼，伸入天空，再過去是新開墾的果園。將來，葛雷哥利、愛麗絲和愛麗絲的孩子都可以在這裡採果子。他雖然已種了果樹，但他想要的是在國外吃到的那種櫻桃、李子和梨子。梨子採用托斯卡尼最近的吃法，把甜脆、有金屬味的梨肉切片和著熟鹹鱈魚一起吃。明年，他打算在嘉農伯里的狩獵小屋旁邊再弄個花園，那裡就可以成為避暑別墅。他也著手擴建史戴普尼的那間房子，裘安的丈夫威廉生正在幫他找蓋房子的工人。說也奇怪，克倫威爾家運興隆，威廉生那要命的咳嗽也跟著不藥而癒。他想，不管他和裘安之間曾發生什麼，他還是喜歡威廉生這個人。門外叫喊聲不絕，倫敦一樣嘈雜，沒有一刻是安靜的。墓地雖然躺了不少人，但活人仍在大街上喧鬧，有的醉漢被人從倫敦橋丟下去，教堂裡的人把東西偷出來交給小偷去銷贓，紹斯沃克的妓女像屠夫賣肉一樣高喊價格。

他走進屋裡。書桌把他拉了回去。他有個小抽屜，裡面存放著亡妻麗茲的祈禱書。麗茲還把一些禱詞寫在紙上，夾在書裡，像是：唸基督的名號一千次，瘟疫就不會上身。有用嗎？瘟疫還是上門，奪走妳的性命。她在她的第一任丈夫湯瑪斯·威廉斯的名字旁邊寫上湯瑪斯·克倫威爾，可是沒把威廉斯的名字塗掉，她還記下孩子的出生日期。他在旁邊加上女兒的死亡日期，還在上面記錄他姊姊孩子的婚事：理查娶法蘭西絲·默芬，愛麗絲嫁湯瑪斯·羅瑟翰。

他想，或許我已經從麗茲死亡的陰影走出來了。多年來，他總覺得死亡像沉重的疊塊壓在他的心頭，似乎永遠不得解脫。但他現在覺得輕鬆多了，可以繼續過著自己的生活。他告訴自己，我可以再婚，但這不是別人老早就跟他說的？他對自己說，我絕不會再想起過去的裘安了。她的身體一度具有特別意義，但這意義已經消失。她那纖纖玉指，一度充滿慾望，但現在不過是尋常主婦為家事操勞的一雙手，她的美麗也漸漸褪色。他告訴自己，我也不再想安瑟瑪了，她只是繡帷上的一個女人。

他伸手去拿筆。他對自己說，我已經從麗茲死亡的陰影走出來了。真的嗎？他遲疑了一下，手中的鵝毛筆尖已飽含墨水。他把麗茲前夫的名字塗掉，心想，不知多少年前，我就想這麼做了。

天黑了，他關上窗戶。月亮好像在用空洞的眼神瞪著他，有如迷路的酒鬼。克里斯多福在一旁摺衣服，問道：「這個國家，有狼嗎？」

「我想，森林遭到砍伐之後，狼已經死絕了。你聽到的嚎叫聲，不是狼，而是倫敦人。」

✿ ✿ ✿

禮拜天，一早天候怡人，他們從家裡出發，克倫威爾的家僕身穿全新灰大理石色制服。他想，如果我能把賈德納的船拿來用，要是臨時要坐船就方便多了。克雷默堅持所有的人都要做過彌撒才能動身。他發現那個通靈女落淚了。愛麗絲說得沒錯，她果然已經變不出花樣了。

到了九點，她已經全盤托出。她說得又急又快，李奇幾乎來不及寫下來。她從人之常情的角度來說：「你們應該知道這是怎麼回事。你說了一件事，有人就一直問你，這是什麼意思？你說，你看到了什麼？你不說出來，他們是不會饒了你的。」

克倫威爾說：「因此妳是為了迎合別人，才這麼說的？」她點點頭。一旦踏出錯誤的第一步，就只能繼續錯下去，只要回頭，你就會被宰了。

她承認過去所說的通靈所見都是她編造出來的。她未曾和任何聖人交談過，也沒使死人復活，其他什麼神蹟也都是假的。至於抹大拉的馬利亞寫給她的信，那是巴金神父寫的，另一個僧侶則幫忙在字母上貼金箔。再等一下她就能想起那個僧侶叫什麼名字了。天使的事也是她編的，那不過是在牆上閃動的光。她所聽到的天使的聲音，只是教堂修女的歌聲，或是一個女人因為被搶、被打倒在路邊的哭泣聲，甚至不是人的聲音，只是廚房碗盤碰撞的聲音。而她聽到的呻吟與哀嚎聲，不過是樓上有人搬動條凳或支架劃過地板的聲音，或是一隻狗在嗚嗚叫。

「大人，我說的那些聖人都不是真實的人物，和你們不一樣。」

他知道她內心有樣東西崩潰、瓦解了，但不知那是什麼。

她說：「我還有機會回到在肯特郡的家嗎？」

「我會設法。」

拉提摩瞪他一眼，好像他做了什麼虛偽的承諾。他說，這事就交給我吧。

克雷默溫柔地對她說：「不管妳要去哪裡，妳都必須當眾懺悔，公開承認自己是騙子。」

「她才不怕面對群眾，是不是？」她已公開表演這麼多年，算是老手了，但這次表演的內容不一樣：她將在聖保羅教堂的十字架前懺悔，或許也會在倫敦以外的地方再公開懺悔一次。過去她都是以聖女自居，現在要換一個角色，改當悔改的騙徒。

他對李奇說，馬基維利告訴我們，沒有武裝的預言者總是會失敗。他笑著說，我提到馬基維利，因為我知道你想把這句話記錄下來。

克雷默靠過來，對那個女騙子說：「妳說的那些人，包括巴金神父等人，哪些是妳的情人？」

她聽了之後，嚇得花容失色，沒想到溫文儒雅的大主教會提出這麼一個問題。她只是呆呆望著克倫威爾，不發一語。

他說，她或許在想「情人」不是正確字眼。

這個案件已經辦得差不多了。克倫威爾對歐德立、拉提摩和李奇說道：「我會把她的指使者和追隨者全部揪出來。她真的害了不少人，包括費雪主教、波爾夫人，還有艾克斯特侯爵及其夫人，說不定連國王的私生女瑪麗也被牽扯在內。至於摩爾和凱瑟琳太妃則跟她一點關係都沒有。但我們可以肯定，方濟會有一籮筐的修士很難脫身了。」

眾人起立。小裘安也站了起來。她本來在繡花，其實不是繡上什麼，而是把一塊雪麗繡上面的石榴飾邊拆掉，那是以前的凱瑟琳王后從灰撲撲的西班牙引進的。她把東西收起來，剪刀放進口袋，再把袖子拉起來，然後把針插在布上，下次再用。她走到那個女騙子面前，把手放在她手臂上說：「我們要說再見了。」

「我想起來了，」女騙子說：「在抹大拉的馬利亞那封信上貼金箔的僧侶名叫威廉·霍克赫特。」

李奇記錄下來。

「今天，妳就別再說什麼了。」小裘安告訴她。

「妳會陪我嗎？我會被送到哪裡？」

「沒有人可以陪妳，」小裘安說：「妳難道不知道妳即將被送進倫敦塔？而我要回家吃飯了。」

一五三三年夏，幾乎天天都是萬里無雲的好天氣，倫敦花園盛產草莓，蜜蜂嗡嗡之聲不絕於耳。漫步在溫暖黃昏的玫瑰園裡裡，可以看到年輕人吵吵鬧鬧地在玩滾球。今年連北方都是大豐收。果樹結實累累，樹枝被成熟的果子拉得低低的。國王像是向老天爺下令，要他繼續給他們這樣的好天氣，到了秋天，國王的宮殿依然大放光明。王后的父親湯瑪斯．博林就像太陽一樣發光發熱。他的兒子喬治，就像圍繞著太陽的星體，在他身邊打轉。今天開舞的是薩福克公爵布蘭登，他牽著新娶的夫人翩翩起舞。這個新娘今年才十四歲，是個家財萬貫的女繼承人，布蘭登本來是打算給自己的兒子當太太，但想了想，像他這樣有歷練的男人或許更適合她，於是就留給自己了。

西摩一家人已經擺脫醜聞的陰影，否極泰來。珍．西摩頭低低的，看著自己的腳，說道：「克倫威爾先生，我哥哥愛德華上個禮拜終於笑了。」

「是啊，他過去有太多不快，才會一直愁眉苦臉。他為什麼笑呢？」

「他聽說他的太太生病了。就是以前那個太太，跟我父親……你應該曉得的。」

「她會死嗎？」

「很可能。這麼一來，我哥就可以娶新老婆了。婚後，他們將住在埃爾維森，我哥不會讓她踏進狼廳一步的。如果我父親要去埃爾維森，我哥一定會把她關在房裡，直到我父親離開才放她出來。」

珍的妹妹麗茲和妹夫澤西總督歐崔德都在宮裡。歐崔德是新王后的遠親。麗茲身穿蕾絲天鵝絨禮服，臉部輪廓突出，栗色眼珠很能表情達意。珍早上醒來的時候總會喃喃自語，她的眼睛是水藍色的，而她的思緒則像魚網或魚鉤捕不到的小魚。

羅奇福德夫人注意到他在看著這兩姊妹。他想，她一定是太無聊了。羅奇福德夫人說：「我敢打賭麗茲．西摩一定有愛人，臉頰才會出現那樣的光采。她老公垂垂老矣。當年去蘇格蘭打仗時都已經一大把年紀了。」她還指出這兩姊妹有一點相像，常常低著頭，咬著下唇。她似乎為自己的觀察自鳴得意。「看來，她們的母親瑪格瑞．溫沃斯也是厲害女人，完全不輸給她老公。你知道嗎？她年輕的時候可是大美人。只是沒人知道這一家人在威爾特搞什麼鬼。」

「我太驚訝了，居然羅奇福德夫人也有不知道的事。每一個人的事妳似乎都瞭若指掌，可如數家珍。」

「你我兩人眼睛睜大一點吧。」她低下頭來，好像在對自己的身體說悄悄話，「要是你分身乏術，在你看不到的地方，我會幫你注意的。」

他心裡暗叫：這女人到底想要什麼？不可能是錢吧？他冷冷地問她：「妳為什麼要幫我？」

她抬起頭來，看著他的眼睛：「我希望做你的朋友。」

「沒有附帶條件吧。」

「我想，我可以幫你的忙。你的盟友卡瑞夫人已經到希佛去看她女兒了。現在，安妮已經生完回來，國王的寢宮就不再需要她了。可憐的瑪麗，」她笑了一下，「上帝本來已經發給她一副好牌，但她不會打。如果王后不能再生，你會怎麼做？」

「沒理由擔心這樣的事吧。她母親一年生一個呢。博林以前還常常抱怨家裡孩子太多，都把他吃窮了。」

「你是否曾注意到一個現象：要是老婆生了兒子，男人就認為全是自己的功勞，如果老婆生的是女兒，錯都在她身上？要是沒生下一男半女，那是因為女人的子宮生不出來，而不是男人的種不好。」

「福音書說，如果長不出來，那是因為把種子灑在石頭路面。」

羅奇福德夫人嫁到博林家也七年了，依然沒有生育，那她的子宮也該像石頭路面，或是荊棘叢生的惡土。「我知道我丈夫巴不得我死。」她輕柔地說。他不知道該怎麼回答。這是她自己說的，他可沒要求她說出私事。「萬一我真的死了，」她用同樣愉悅的語調說：「看在我們是朋友的分上，請把我的屍體解剖。我怕被毒死。我丈夫和他的姊姊一天到晚膩在一起，安妮知道種種下毒的方式。她常說，只要瑪麗吃下一份『特製早餐』，就無法再活過來了。」他沒插嘴，等她繼續說。「或許，她指的是國王的女兒瑪麗。但是如果她能除掉她的親姊姊，應該也會覺得很痛快吧。」她抬起頭，看著他說，「說真的，你的心一定很想知道我曉得的事情。」

他想，這個女人大概已經寂寞到發狂，才會有如此野蠻的一顆心，就像關在籠子裡的那頭母獅子李奧蒂娜。她想像關於她的每一件事，每一個眼神或者有人在她背後說什麼。她害怕其他女人會可憐她，她最痛恨有人可憐她。他說：「妳對我的心有多少了解？」

「我知道你把心放在哪裡。」

「那妳比我自己還清楚。」

「我看得出來，你愛的是誰。如果你真的想要她，為什麼不跟她說？西摩家不算富有，他們可以把珍賣給你，還會因為交易成功而沾沾自喜呢。」

「妳誤解我了。我家裡還有孩子，他們的婚姻是我的責任。」

「噢，」她說：「真是說得比唱得好聽。你去跟孤兒院裡的嬰兒說，去跟下議院說，他們都聽慣了你的謊言，但是你別想騙我。」

「妳說要誠心誠意跟我交朋友，怎麼如此口不擇言？」

「你如果想從我這兒得到什麼消息，最好早一點習慣吧。如果你現在走進安妮的寢宮，你會看到什麼？王后坐在祈禱椅上，戴著像鷹嘴豆那麼大的珍珠項鍊，為一個淪為乞丐的女人縫工作服。」

他很難不笑出來，她描述得很貼切。安妮讓克雷默讚嘆再三，他認為她是婦德的典範。

「但你想像得出來那裡到底發生什麼事了嗎？你知道她不再理會那些嘰嘰喳喳的侍臣了嗎？你知道她對歌頌她的詩歌、歌曲和謎語不屑一顧了嗎？」

「國王的讚美就夠了吧。」

「想得美喔。除非她的肚子大起來，否則國王不會對她說一句溫柔的話。」

「目前有什麼阻礙嗎？」

「沒有。只要國王想要，沒有得不到的道理。」

「妳還是小心點。」他露出微笑。

「唉喲，說國王的床上發生什麼事，也算叛國罪嗎？全歐洲都在說凱瑟琳會那麼迷糊嗎？她的身體哪個部位有東西插進來，她會渾然不知？」她咯咯地說：「每晚，國王都喊腳痛。他擔心王后會在意亂情迷的時候踢他一腳。」她掩住嘴巴，但是話語還是從手指的細縫溜出來，「她躺在他身體底下時，他問：『你是不是沒興趣為我生個繼承人？』」

「那她到底有興趣做什麼？」

「她說，跟他在一起一點樂趣也沒有。他奮戰七年才得到她，不得不承認一下子就變得乏味了。我猜，從加萊回來之前，雙方都已經失去熱情。」

有可能，或許經歷這麼長的拉踞戰，雙方都已精疲力盡。雖然國王送她很多禮物，還是一天到晚吵個不停。但換個角度來看，他們必然還在意對方吧。如果真的不在意，恐怕也吵不起來。

她繼續說：「所以，一個腳痛，且已失去往日雄風；一個冷若冰霜，哪可能生出王子？如果他每個禮拜都有新寵，應該能力不錯。如果他想嘗試一些新奇的，難道她就不想換換口味？每晚都吃同一道菜，不會膩嗎？為了獵奇，她連自己的親弟弟都上了。」

他轉過頭去看著她，說道：「羅奇福德夫人，妳真是無藥可救了。」

「就像他身邊的一些人，她也不放過。你知道我的意思嗎？」她發出一點得意的笑聲。

「妳知道妳在說什麼嗎？妳已經在宮裡待很久了，應該知道那些眉來眼去只是宮廷遊戲。即使她已經結婚，有人獻上詩歌或讚美又如何？她也知道她的丈夫會寫詩獻給別的女人。」

「噢，她當然知道。就拿我家喬治來說，方圓三十哩內，哪個女孩沒收過他寫的情詩？如果你以為殷勤到房門口就打住，那就太天真了。你或許愛上西摩家的那個女孩，但我可要告訴你，她笨得像一頭綿羊。」

他微笑。「沒想到連綿羊都被罵得這麼慘。可我聽牧羊人說，綿羊會辨識其他的羊，如果有人叫牠們的名字，牠們會回應，牠們還會交朋友呢。」

「你知道誰在宮裡的各個房間鬼鬼祟祟的嗎？就是那個小男孩馬克，他是從中牽線的。我丈夫送他珍珠鈕釦、糖果盒和帽子上的羽飾。」

「做什麼呢？妳丈夫可是缺錢？」

「你看到放高利貸的機會了？」

「何樂不為呢？」他想，至少我們有一個共通點，就是都很討厭馬克。以前，他在沃爾西主教府裡當差，還會教兒童唱聖歌，現在則無所事事，賊頭賊腦地站在王后的寢宮附近。他說：「那孩子不會惹事吧。」

「他看到一些達官貴人就像橡皮糖一樣黏人。這小鬼根本不知道是哪裡冒出來的無名小卒，沒大沒小的，不知道自己是哪根蔥，而且很會見縫插針。」

「羅奇福德夫人，我想，妳也會用同樣的話來說我。」

❁ ❁ ❁

湯姆・懷特坐著推車，帶了好幾袋榛果和蘋果，一路顛簸地來到克倫威爾家。他跳下推車。「各位愛吃肉的朋友，今天我為你們帶來新鮮水果。」他的頭髮有蘋果酒味，衣服髒兮兮的，「我今天來找你，可是冒著失去一件上衣的危險……」

「那件上衣的價格差不多是那個推車工人一年所得。」

懷特像做錯事的小孩，「啊，我忘了你是我父親。」

「我已經教訓過你了，現在可以閒聊了。」他站在秋天的陽光下，手裡拿著一個蘋果。他用一把小刀削皮，然後把蘋果切開，放在白紙黑字上。

「你在鄉下見到卡瑞夫人了嗎？」

「鄉間的瑪麗・博林——這意象和露水一樣清新。我還以為她已經在秣草棚腐爛了呢。」

「我正想把她藏在那裡，等她妹妹氣焰消了點再說。」

懷特拿個蘋果坐在文件堆裡。「假設你離開英格蘭，七年後才回來，你有什麼感覺？你會不會像故事裡的騎士，因為被施了魔法，七年後才醒來，看看周遭，覺得身邊的人都變得像陌生人一樣？」

今年夏天，懷特發誓他會乖乖待在肯特郡，下雨天就讀書、寫作，天氣好則出去打獵。但到了秋天，安妮又不斷叫他回來。他對安妮仍是一片真心。即使安妮虛情假意，也難以看得出來。現在，他不能跟她開玩笑，甚至不能笑。他必須把她視為完美無瑕的女人，不然她一定會想辦法懲罰他。

「我的老父親常提起愛德華四世那個時代的往事。他說，你現在終於知道國王娶一個尋常的英格蘭女人有什麼不好了吧。」

安妮雖然已經把宮廷改頭換面，但還是有人知道她的過去，知道她去過法蘭西，也知道她曾經引誘亨利・珀西。

她的一些不堪聞問的往事都被人挖出來，不斷傳述。在他們眼裡，她不是人，而是一條蛇、一隻天鵝，或是一頭躲在銀灰色樹葉裡的白鹿。她在樹林中顫抖，等待她的愛人來到，把她從動物變成女神。懷特說：「送我回義大利吧。她那黑亮的眼珠，她的煙視媚行，每每使我發狂。每天晚上，她都來到我的床畔，安慰孤伶伶的我。」

「不可能吧。」

懷特笑道：「沒錯，這是我的想像。」

「你喝太多了。在酒裡摻點水吧。」

「那會不一樣。」

「任何事情都可能不一樣。」

「你不會想過去的事嗎？」

「我只是不想提過去。」

懷特求他：「拜託，把我送到遙遠的地方吧。」

「如果國王要派大使到海外，我會跟他說。」

「聽說梅第奇家族已向瑪麗公主提親了，是真的嗎？」

「她已不再是瑪麗公主，你說的是瑪麗女士吧。我已請國王考慮這樁親事，但國王看不上眼。如果葛雷哥利對金融方面有興趣，我會在佛羅倫斯幫他找個新娘。家裡多個義大利女孩，應該很不錯。」

「送我回去義大利吧。我去那裡，對你或對國王都有用的。在這裡，我覺得自己就像個廢人，一無是處。」

他說：「噢，我以貝克特大主教的白骨起誓，別再這樣自憐自艾了。」

諾福克公爵對王后的男性友人有他自己的看法。他在發表意見的時候，眼睛瞪得大大的，灰白眉毛濃密雜亂，身上的聖物叮噹聲。他說：「這些人就愛在女人身邊打轉！像那個諾里斯，我覺得他以前還不錯，現在變糟了！亨利·懷特的兒子！不是寫詩、唱歌，就是在說話，一天到晚說個不停。」他大惑不解地問：「你說，跟女人說話有什麼屁用？克倫威爾，你不會跟女人說話吧，是嗎？跟女人能談什麼？」

他決定等諾福克從法蘭西回來之後，就要他去勸安妮遠離那幾個男人。法王和教宗在馬賽會談，亨利必得派一個長輩過去做代表。賈德納已經在那裡了。他告訴湯姆·懷特，只要諾福克和賈德納不在國內，他覺得每天都像是假日。

懷特說：「我想，不久國王應該會有新的興趣。」

接下來，他觀察到國王的眼神果然停駐在宮裡的幾個女人身上。當然，國王只是看看而已，頂多像一般男人意淫一番，沒任何行動。只有克雷默認為當一個人看女人第二眼之後，就必須娶她為妻。他看著國王和麗茲·西摩跳舞，他的手在她的腰上蠢蠢欲動。他發現安妮也看到了，露出冷靜而痛苦的表情。

第二天，克倫威爾就以非常優惠的利率借一筆錢給愛德華·西摩。

✿ ✿ ✿

溼答答的秋日清晨，天光黯淡，但克倫威爾的家僕已經出門，走入潮溼、滴水的樹林裡採摘野生香菇。

李奇八點來到門口，一臉驚訝地說：「有人把我攔下來，問說我採的香菇呢？沒採到香菇不准進門。」克倫威爾的守衛真是有眼不識泰山，「他們該不會也要首席國務大臣交出香菇吧。」

「噢，他們一視同仁啦。不過，不到一個小時，你就可以吃到香菇奶油醬烘蛋，首席國務大臣可就吃不到了。我們開始工作吧。」

九月，他們一直在審問通靈女騙子巴頓的同黨。他和李奇現正翻看偵訊紀錄。那些神父和僧侶不斷否認，並把過錯推給別人：我從來就不相信她說的，那是某某神父一直跟我說，我才相信的，我從來不想惹這種麻煩。至於問他們是否曾接觸過一些貴族，如艾克斯特侯爵夫人、凱瑟琳太妃與她的女兒瑪麗等人，每一個人都急忙否認，說應該是另一個弟兄連絡的。通靈女的同黨經常與艾克斯特家的人見面，她本人也常出現在幾個大修道院，如塞恩修道院、席恩會所及方濟會在里奇蒙的修道院。這些他都很清楚，因為每一間修道院都有幾個他布下的眼線。他詢問當中最聰明的一個。凱瑟琳本人沒和那個女騙子接觸過。話說回來，她為什麼要親自接見那個女人？有費雪神父和艾克斯特侯爵夫人做中間人即可。

國王說：「我實在不敢相信艾克斯特侯爵亨利·柯特奈會背叛我。他是嘉德騎士，地位崇高的貴族，我們是從小一起長大的朋友。沃爾西想要拆散我們兩個，但我還是堅持與他為友。」他笑道：「布蘭登，你記得在格林威治那個耶誕嗎？那是哪一年？還記得我們一起打雪仗嗎？」

這就是令人傷腦筋的地方。他們老是談到血統、族譜，從少年時代開始就是哥兒們，而他當時還在安特渥普做羊毛買賣。證據明明已經擺在眼前，他們竟然會因為幾十年前的一場雪仗泫然欲泣。國王說：「都怪柯特奈他老婆。他如果知道她在搞什麼鬼的話，一定恨不得把她休了。這女人反覆無常又脆弱，而且很容易上當。話說回來，所有的女人不都這樣？」

克倫威爾說：「那就原諒她吧。讓那些人永遠記得陛下您的宏恩。這麼一來，他們也就不會對凱瑟琳念念不忘了。」

「你認為人心是可以收買的嗎？」布蘭登說。聽他的語氣，似乎答案是肯定的話，他會十分難過。他想，心就像任何一個器官，可以放在秤子上秤重。「這不是錢的問題。我手中握有足夠的證據，可將柯特奈一家人全部定罪。可是我們不這麼做，我們可以讓他們繼續擁有自由和土地，給他們一個彌補名譽的機會。」

亨利說：「當年，他的祖父離開那個駝背[1]，為我父王效忠。」

「如果我們原諒他們，他們豈不會把我們當呆瓜。」布蘭登說。

「陛下，我想不會的。從現在起，他們的一舉一動都在我的監視之下。」

「蒙太古勛爵亨利．波爾呢？你打算怎麼辦？」

「先按兵不動，先別告訴他赦免的消息。」

「你打算讓他提心吊膽，對嗎？」布蘭登說：「我實在不知道像你這樣對付貴族究竟好不好。」

「他們會得到應有的報應的，」國王說：「你們別說了，讓我想想。」

大家暫時保持靜默。布蘭登的立場比較複雜。他想要說的是：克倫威爾，你就把他們當作叛國賊全部抓起來，但是下手的時候還是要顧及禮貌。他突然露出欣喜的表情，「啊，我想起來了。那年格林威治的雪到膝蓋那麼深，我們都還年輕。那樣的雪，現在已經不多見了。」

1、指理查三世，約克王朝的末代君主。

克倫威爾把文件收起來，準備退下。這個下午，就讓他們兩人繼續追憶往事，他還有事要忙。「雷夫，你騎馬到西霍斯利，告訴艾克斯特侯爵夫人，國王認為所有的女人既反覆無常又脆弱。你跟她說，趕快坐下來寫一封自白書，承認自己比跳蚤還笨，所以特別容易受到誤導。叫她姿態低一點，愈低愈好，遣詞用字你再指導她一下。你應該知道怎麼做，反正對國王再怎麼謙卑恭順都是不夠的。」

這是個屈辱的季節。馬賽傳來消息：法王弗朗索瓦趴在教宗面前膜拜他，還親吻他的鞋子。亨利氣得破口大罵，把奏摺撕得粉碎。

克倫威爾把撕碎的奏摺撿起來，放在桌上拼好，然後仔細閱讀。他說：「陛下，弗朗索瓦對您還是很有信心。他還說服教宗暫時別公布那個開除教籍的敕令，讓我們有個喘息的空間。」

「我希望克勉教宗滾到墳墓裡去，」亨利說：「上帝知道這個人做了多少壞事。他老是有病纏身，應該快死了。有時，我祈禱凱瑟琳能去修道院，這樣錯了嗎？」

「陛下，只要您彈一下手指，一百個神父就會跑過來，告訴您是對是錯。」

「我似乎只想聽你的意見。」亨利陷入沉思，默然不語，「如果克勉死了，哪一個壞蛋會是他的繼任者？」

「我賭樞機主教法爾內塞。」

「真的嗎？」亨利的精神來了，「可以下注嗎？」

「他當上教宗的可能性很大。他不知灑了多少錢去賄賂羅馬暴民，等時機成熟，就會要那些暴民向有投票權的樞機主教們施壓。」

「法爾內塞有幾個孩子？」

「據我所知，有四個。」

國王看著附近牆上掛的一幅繡帷：肩膀雪白的女人裸足走在春花編織而成的地毯上。「不久，我又會有一個孩子了。」

「王后跟您說了嗎？」

「還沒。」但他看得出來，其實每一個人都看到安妮臉頰上的光采，而且她變得像絲綢一樣柔軟，說話的語調也不同了。上個禮拜，受她賞賜的人比挨罵的人多。還有，在寢宮服侍王后的弗翰太太說，安妮月事沒來。國王說：「她……那個沒來。」他就此打住，臉紅得像小男生一樣。接著，他走過來，張開雙臂擁抱克倫威爾。國王就像一顆耀眼的星星，戴著寶石戒指的大手緊緊抓著他的黑天鵝絨上衣。「這次一定會生男的。英格蘭是我們的。」

他從內心發出遠古的吼叫聲，像是站在戰場上，在染血的旌旗間高喊，王冠就在荊棘叢裡，敵人死在他的腳下。

克倫威爾面露微笑，客觀地看著這一幕。方才國王緊抓著他，他手中那張備忘錄因此被揉成一團。他把紙攤平。他想，這不是男人擁抱的方式吧。他們不是總伸出大大的拳頭，像要把對方擊倒似的？國王抓著他的手臂時，說道：「我覺得像擁抱一面堤壩。你是什麼做的？」國王拿起那張紙，驚呼：「單子上列的這些，我們今天早上一定要做嗎？」

「不到五十項，很快就可以完成了。」

這天，他一直忍不住想笑。誰在意克勉教宗和他的詔書？如果教宗站在倫敦大街，群眾大概會拿東西丟他。他最好還是站在冬青編成的花環底下。這幾年耶誕因為沒有降雪，他們只好用麵粉灑在花環上。接著，在那碧綠的樹下高唱：嘿，老兄，搭啦啦。

❀ ❀ ❀

十一月底寒冷的一天，通靈女巴頓和她的幾個同黨被押送到聖保羅大教堂的十字架前。他們戴上手鐐腳銬，光著腳站在寒風中。圍觀的群眾很多，人聲鼎沸。佈道說得很生動，講述在夜深人靜、所有的修女都在睡覺時，這個通靈女偷偷爬起來做什麼勾當，以及她如何以魔鬼的故事讓眾人聽了瞠目結舌。神父並當眾宣讀她的懺悔文。她在文中請求倫敦人為她祈禱並懇求國王開恩。

他幾乎已經認不出是她，因為她只剩一身骨頭，和在蘭巴思接受審問的時候完全不同。她看起來很憔悴，像老了十歲似的。不過她不是在塔裡遭到刑求，再說他也不贊同對女人用刑。克倫威爾讓他們自己說，不用任何逼迫的方式，免得證詞又被染上謠言或幻想的色彩，變得更複雜。這件事，幾乎半個英格蘭都牽扯進去了。有一個神父一直說謊，不久就和一個殺人犯關在一起。黎奇神父於是過來開導他，想拯救他的靈魂。黎奇神父解釋巴頓的預言給他聽，並說他認識宮裡一些達官顯要。這就是一齣表演，但他們不得不這麼做。接著，克倫威爾即將把巴頓等人帶到坎特伯里，讓她在自己的家鄉公開懺悔。這些人老是用末日、瘟疫和詛咒來威脅人，不得不將他們繩之以法，免得他們一直製造恐怖的氣氛，使國家動盪不安。

摩爾也在那裡，和城裡一些重要人士一起觀看。他走到摩爾面前。這時，神父走下講台，犯人也將被帶回監獄。摩爾磨擦冰冷的雙手，對著手吹氣，說道：「這個女人錯在被利用了。」

克倫威爾心想，怎麼你太太沒讓你戴上手套？克倫威爾說：「就目前的證詞，我還不明白她是怎麼落到這個下場。從肯特郡的沼澤地到聖保羅教堂的十字架前。我可以確定，她沒得到分文。」

「你打算用何種罪狀來起訴她？」從摩爾的語氣聽來，他是中立的，而且對這事頗感興趣，就像一個律師對另一個律師說話。

「就判例法來看，目前還沒碰到像這樣宣稱會飛到天上或是讓死人復活的女人。我將在國會提議，使這樣的犯人失去公民權和財產權。主犯會以叛國罪來處置，從犯則處以無期徒刑、財產充公或罰鍰。我想，國王會仔細考慮，甚至有可能網開一面。我個人比較有興趣的是犯罪動機，而不是如何處罰。如果一個案子有幾十名被告，有幾百個證人，審判要拖個好幾年，那就頭大了。」

摩爾欲言又止，接著才說：「拜託，你要是首席國務大臣，就會用自己的方式把他們除掉了。」

「或許吧，反正我現在問心無愧。」他停頓一下。

摩爾說：「反正你自己知道。」

克倫威爾說：「只要國王了解就好。你是否願意寫封信給國王，問候伊莉莎白公主？」

「我可以做到。」

「請明白表示你接受她的權利和頭銜。」

「這不難。國王既然有了新的婚姻，這是理所當然。」

「那你可否為新王后美言幾句？」

「國王需要別的男人來讚美他的太太嗎？」

「你可以寫一封公開信，表明國王的權力在教會之上。」他瞥向那些犯人。他們正要上囚車，「那些人要被送回倫敦塔了。」他停頓一下，「別站在這裡，來我家吃飯吧。」

摩爾搖搖頭，「我寧願站在船上吹冷風，餓著肚子回家。我能相信你嗎？我要是去你家吃飯，吃下去的將不只是食物，還有你要我說的話。」

他看著摩爾的身影混入準備回家的市府參事。他想，摩爾太驕傲了，堅持自己的立場，一步都不肯退讓。也許，他擔心歐洲的學者會瞧不起他。但是他們還是必須想辦法讓他配合，同時為他保留顏面。天氣變好了，天空是無瑕的寶石藍。倫敦花園長了紅豔的莓果，不久寒冬即將到來。他覺得有股力量正等待突破，就像春天掙脫枯木的束縛。上帝的話語傳開之後，人民就看得到新的真理。在此之前，像海倫．巴爾這樣的女僕只知道諾亞、洪水，不識保羅。他們只知聖母之憂以及受詛咒之人將下地獄，不知道基督的神蹟和使徒的行傳。這些純樸的人就像倫敦的窮人無言地付出勞力，但聖經的故事要比他們想像的來得豐富。他告訴他的外甥理查，你不能只講一小部分的故事，就此打住，也不能只說你自己選擇的部分。雖然他們看過教堂牆壁上的繪畫以及石頭上雕刻的，但上帝已拿好了筆，準備把祂的話語寫在他們的心上。

但夏普義在同樣的街道看到的則是騷動不安，一個準備對西班牙皇帝敞開大門的城市。他雖然不曾到過羅馬，但他曾夢見自己在那個城市，黑黑的內臟掉在古老的街道上，半死不活的人趴在噴泉，鐘聲穿過沼澤的霧，到處有人縱火，火焰在城牆上方跳躍。羅馬已經淪陷，整個城市都已崩壞。聖彼得的雕像已在這裡屹立了一千二百年，然毀壞雕像的不是侵略者，而是教宗儒略二世[2]。君士坦丁大帝首先在這裡開鑿護城河，十二鏟土代表十二個使徒；殉道者的屍體在這裡被野狗啃得支離破碎。儒略二世往下挖二十五呎，把墓穴挖出來，把一千二百年來的魚骨和灰燼挖出來，把聖人的頭骨挖出來。他在這個殉道者流血之地，立著鬼一樣蒼白的大理石，等待米開朗基羅。

克倫威爾在街上看著神父拿著聖體，無疑是要前往一位將死去的倫敦市民家中。行人紛紛脫帽、跪下，但一個小男孩從上方的窗口探頭出來，譏笑道：「讓我們看看基督復活，瞧瞧玩偶會跳出來的魔術盒。」他抬起頭來一看，那男孩的臉因為憤怒漲得紅紅的。

2、儒略二世（Pope Julius II, 1443-1513）在位期間支持各項藝術活動，任內決定重建聖彼得大教堂，並聘請米開朗基羅、拉斐爾等大師參與設計。

他對克雷默說，這些人需要一個可以遵從的好的權威。許多世紀以來，羅馬教廷要求人民相信只有小孩才會相信的事。國王將在國會和上帝之下行使權力。要英格蘭子民服從英國國王，應該是更理所當然的事吧。

通靈女巴頓在聖保羅教堂公開懺悔的兩天後，他向艾克斯特侯爵夫人傳達國王已經饒恕她的消息，然國王也有些嚴厲的話要讓她的丈夫明白。那日是聖凱瑟琳日，紀念被綁在輪子上殉道的古代聖女凱瑟琳。據說，只要繞著圈子一直走，最後可以到達目的地。至少，理論上是如此。但他未曾見過十二歲以上的人做過這樣的事。

他感覺到自己有一股力量，從體內傳到骨頭。如果他手中握著一把斧頭，他可以用這股力量把斧頭揮出去；他也可以選擇不動，但即使不動，那股力量依然在他體內震盪。

✿ ✿ ✿

翌日，在漢普頓宮有一場盛大的婚禮：國王的私生子里奇蒙公爵與諾福克公爵的女兒瑪麗·霍華德結為夫妻。這門親事是安妮安排的，以讓霍華德家族更加榮耀，免得里奇蒙娶了外國公主，正所謂肥水不落外人田。她還說服國王別計較嫁妝。她為了這個計畫沾沾自喜，與大家一起跳舞。她那白細的臉頰泛著紅暈，閃亮的黑髮編成髮辮，點綴著刀尖形狀的鑽石。國王目不轉睛地看著她，克倫威爾也是。

其他人的目光都在里奇蒙公爵身上。他就像是春風得意的小公馬，炫耀這場華麗的婚禮，一下子轉身，一下子跳起來，或是趾高氣揚地走著。在場的女士盯著他，嘆道：你看看那神采。他皮膚細嫩得就像女孩子，跟他父王年輕的時候一模一樣。里奇蒙公爵對他說：「克倫威爾，我父王要我回去自己的領地，瑪麗則跟著王后，但請你告訴我父王，我想跟我的妻子住在一起。」

「公爵，國王想必是為了你的身體著想。」

「我明年就十五歲了。」

「到你明年生日還有半年。」

男孩頓時變得無精打采，灰頭土臉，「再等半年又有什麼了不起。等我十五歲，就可以變成真正的男人了。」

閒著沒事的羅奇福德夫人剛好站在一旁。她說：「聽說陛下曾找人來作證，證明您的伯父在十五歲就能做那件事，一個晚上還不只一次。」

「我們也該為了新娘的身體著想。」他說。

「布蘭登的太太比我太太還年輕，他已經跟她進洞房了。」里奇蒙公爵說。

羅奇福德夫人說：「他每次看到她，我都可以從她臉上看到那驚恐的表情。」

里奇蒙公爵準備引用前例，跟他纏鬥下去，這也是他老爸辯論的方式。「我的曾祖母瑪格麗特·博福德夫人不是在十三歲就生下我的祖父老亨利·都鐸？」

波思沃斯的戰場、軍旗破爛、屍首遍野、染上分娩血汙的床單。他想，我們是從哪裡來的？還不是從這個祕密的洞口。乖孩子，請屈服吧。「但她後來身體一直很不好，脾氣也沒改善，而且再也沒生下第二個小孩了。」他突然覺得很累，不想爭辯。他用疲倦、平淡的語氣說：「別鬧了。一旦你做了這事，之後愛怎麼做就怎麼做，沒有人會阻擋你的。過了三年，也許你就覺得無聊了。對了，你父王有事情要交給你做。也許，他要派你坐鎮都柏林。」

羅奇福德夫人說：「乖，我的小綿羊。山不轉路轉，還有其他方法啊。像你這麼可愛的年輕人，總會遇上願意投懷送抱的女人。」

「夫人，我要以朋友的立場勸妳一句：如果妳干預這事，國王一定會勃然大怒。」

「噢，」她不以為意地說：「如果是美人，國王就不會追究了。畢竟這是男人的本性。」

男孩說：「為什麼我得過著像僧侶一樣的生活？」

「僧侶？男人比較像公羊吧。這事，克倫威爾會告訴你。」

里奇蒙說：「或許王后是希望拆散我們夫妻。在她自己還沒生下兒子之前，不希望父王已經有孫子。」

羅奇福德夫人轉過頭去對他說：「難道你不知道王后已經有喜了？」

男孩一臉愕然。「甜心，也許到了夏天，你就會失去原來的地位了。一旦國王有合法的繼承人，你就可以像一頭公羊，愛怎麼就怎樣，沒有人會管你。可是你不可能當上國王，你的後代也不可能成為王位繼承人。」

一個小王子的希望就這麼被摧殘，像燭火被捏熄一樣。這個工於算計的女人甚至用不著先把自己的手指舔溼就辦到了。

里奇蒙垮著一張臉說：「也許，這次還是女孩。」

羅奇福德夫人說：「你要是這麼想，和犯了叛國罪差不多。即使她這胎生的是女兒，她還可能生下第三個和第四個。我本來以為她不會再懷孕了，但我錯了。安妮現在已經證明她可以再生。」

❁ ❁ ❁

克雷默回到坎特伯里，像以前的大主教，赤腳走在一條沙子小徑，完成就任典禮。典禮結束，他老淚縱橫地走出基督教會的小修道院。這小修道院裡的僧侶曾鼓勵那個通靈女說出預言。要是把每一個僧侶找來仔細盤問，可得花不少時間。李羅倫神父已來到這裡調查此案，葛雷哥利則是他的隨從。此刻，克倫威爾正在倫敦展讀兒子的來信。他現在寫信不像小時候那麼馬虎了，也不會沒時間寫。

他寫信給克雷默，要他對當地的僧侶仁慈一點，把他們當作一時糊塗、被人誤導。原諒那個在抹大拉的馬利亞信上貼金箔的那個僧侶。他們如果拿出三百英鎊獻給國王，國王必然會息怒的。這個教會和整個教區都需要好好整頓。華翰在此地當了三十年的大主教，家族勢力根深柢固，他的私生子還是副主教呢。他要克雷默帶一些自己的人過去。

他發現書桌下、他的腳邊好像有東西。他不去想那是什麼。他把椅子推開，原來是馬林史派克送給他的禮物：半隻老鼠。他把牠撿起來，想到老懷特曾在地牢裡吃這種東西。接著，他又想起為了主教學院洋洋得意的沃爾西主教。他把那老鼠扔進火爐裡。屍體在火焰的燃燒下發出嘶嘶聲，接著發出砰的響聲，連骨頭都碎裂、焚燒成灰。他提起筆，寫信給克雷默，要他把教區裡的牛津人趕走，換上我們認識的劍橋學者。

他也寫信給兒子，回來吧，跟我們一起過新年。

❁ ❁ ❁

十二月，削瘦、冷漠的瑪格麗特・波爾從雪中走來，背後是藍色光線，看起來就像穿過教堂玻璃窗，衣服上還有玻璃碎片。但那不是玻璃碎片，是鑽石。她是他找來的。她的眼睛從沉重的眼皮下方瞅著他，金雀花家族特有的長鼻子抬得高高的。她走進克倫威爾家的客廳，冷若冰霜地說道：「克倫威爾。」這就是她的問候。

她直截了當地問：「妳為何要瑪麗公主從埃塞克斯那房子搬走？」

「羅奇福德爵爺需要那房子，因為那裡是狩獵的好地方。瑪麗即將到哈特菲爾德服侍小公主。她自己的侍女可以全部解散了。」

「我願意無償服侍她，自己負擔費用。你不能阻止我這麼做吧。」

妳最好試試看，他心想。「我只是代為執行國王的旨意。我想，妳和我一樣，急於完成國王交辦的事吧。」

「這還不是那個狐狸精的旨意！我和公主都不相信這是國王的意思。」

「夫人，妳最好相信國王。」

她像是一尊女神像，用不可一世的眼神看著雕像底座的他。她是薩里斯伯里女伯爵，克拉倫斯公爵之女，愛德華四世的姪女。在以前，像克倫威爾這樣的男人只有跪著跟她說話的份。「凱瑟琳王后結婚那天，我就在她的寢宮當侍女。對瑪麗公主而言，我就像她的第二個母親。」

「夫人，她差點被妳害死。妳還要當她的第二個母親？」

他們像站在深淵的兩側怒目相視。「夫人，我可要提醒妳……國王懷疑你們一家對他的忠誠。」

「這就是你要把我和瑪麗公主拆散的原因吧，就是為了懲罰我。那你起訴我啊！把我押送到倫敦塔，和那個叫巴頓的女人關在一起。」

「那不是國王的意思。他一直很尊重妳，尊重妳的家世以及年紀。」

「你們有證據嗎？」

「去年六月，王后加冕大典後不久，你的兩個兒子蒙太古男爵亨利·波爾和傑福瑞·波爾與瑪麗女士一起用餐。才過了兩個禮拜，蒙太古勛爵又和她一起吃飯。我想知道他們到底談了什麼？」

「你真的看到了嗎？」

他笑著說：「不是我親眼所見，但為他們送上蘆筍那道菜的僕人是我的人，切杏子的那個孩子也是我的手下。席間，他們談到西班牙皇帝以及如何協助他入侵英格蘭。夫人，妳瞧，你們這一家虧欠我不少吧。我相信日後你們會對國王忠心耿耿。」

他沒說的是，他企圖用她在英格蘭的兒子牽制她在海外興風作浪的三子瑞金諾德．波爾。他還沒說，你們家老四傑福瑞的薪水還是我發的呢。傑福瑞．波爾是個火爆浪子，個性很不穩定，不知道以後會變成什麼樣子。他今年已在他身上花了四十英鎊，希望他能走上正途。

她噘著嘴唇：「公主不可能默默離開的。」

「諾福克公爵將親自去告訴她這個消息。當然，她可能抗命。」

其實，他曾建議國王讓瑪麗繼續過著像公主一樣的生活，別讓她難堪，別給她的堂兄西班牙皇帝任何發動戰爭的藉口。

國王對他吼叫：「那你去跟王后說，讓瑪麗繼續當她的公主！克倫威爾，我告訴你，我絕不會做這件事。你要是去跟她說，讓她氣壞身子，肚子裡的孩子沒能保住，你可要負責！我絕不會饒了你的！」

他走到議事廳外頭，靠在牆上，翻了一下白眼，然後對雷夫說：「天啊，難怪沃爾西主教老得這麼快。如果國王認為王后只要發脾氣就會流產，那這個孩子在子宮裡大概無法黏得牢，很容易掉出來。上個禮拜，他還抱著我，把我當弟兄，這禮拜就威脅說要我的命。」

雷夫說：「幸好，你不像沃爾西主教。」

的確，沃爾西總期待國王對他好，但那一定會令人失望的。儘管他能力很強，但容易感情用事，因此覺得很累。克倫威爾則不為感情左右，幾乎從來不會感到疲倦。障礙可以移除，情緒可以安慰，所有結也都能解開。在這一五三三年歲末，他精神飽滿、意志堅強、外表冷靜，每一個朝臣都知道他有呼風喚雨的能力。在這麼一個動盪不安的世界、在這個朝代、在這麼一個位於世界邊陲，沉浸在苦雨的島嶼上，他給人帶來穩固的感覺，壓下他們內心的恐懼。

長日將盡，他正在研究凱瑟琳的領地，看如何重新分配。他把薩里郡的兩間宅第給了國王的親信卡魯。卡魯本來就住在那一帶，這下子他的地盤就擴大不少。卡魯本來對他和安妮都沒有好感，現在卻受寵若驚，並希望求見克倫威爾，親自表示謝意。他去找理查，看哪個時間合適。理查就像克倫威爾的祕書，行程都是他負責登記的。理查幫他排兩天後的時間。沃爾西主教曾說，你叫一個人等愈久，他就愈尊敬你。

卡魯一邊走進來，一邊調整自己的表情：冷淡、專注、嘴角微微上揚，希望自己看起來像一個標準的臣子。結果卻像少女一樣傻笑，配上濃密、突兀的鬍子。

「噢，這是你應得的，」克倫威爾輕描淡地說：「你是和國王從小一起長大的朋友。看到老朋友受到獎賞，國王一定很高興。尊夫人是否和瑪麗女士一直都有接觸？她們是親密的朋友嗎？」他溫柔地說：「請夫人多多指導這個女孩，勸她順從國王。國王最近脾氣很差，我實在不能告訴你反抗他的旨意會有什麼樣的後果。」

申命記告訴我們：賄賂能叫智慧人的眼變瞎了。卡魯雖然不是特別有智慧的人，但這話套在他的身上也準。卡魯雖沒變瞎，至少看起來已經高興得頭暈目眩。「你不妨把這個當作早到的耶誕禮物。」他微笑著說，然後把桌上的文件推到一邊。

克倫威爾家宅正在大興土木。儲藏室拆掉了，將改建成更舒適的房間。今年他們因而在史戴普尼的房子過節。天使的翅膀已經搬過去了，克倫威爾一直想留著這對翅膀，等孫子輩誕生，再大一點就可以扮演小天使。僕人一直用細緻的棉布把這對翅膀包起來，好好保存。耶誕樹上的那顆巨大的星星也拿到推車上。克里斯多福問：「這種多角形的刑具要怎麼用？」

他把套在星星上的帆布套解開，讓他瞧瞧。克里斯多福驚呼：「我的耶穌、我的瑪利亞，這是指引我們前往伯利恆的星星。我還以為這是刑具呢。」

諾福克親自到博利厄告訴前瑪麗公主，說她必須到哈特菲爾德服侍小公主，而且必須受到王后的阿姨安妮．薛頓的監督。

後來呢？諾福克接著用悲痛的語氣描述。

「王后的阿姨？」瑪麗說：「這裡只有一個王后，也就是我的母親。」

「瑪麗——」諾福克的話讓她淚如泉湧。她跑回房間，把自己反鎖在裡面。

薩福克公爵布蘭登則去巴克登，想要說服凱瑟琳搬到另一間房子。凱瑟琳已經知道她會被送到一個比巴克登更潮濕的地方，那樣的溼氣會要了她的命，因此她也把自己反鎖在房間裡，用三種語言對薩福克吼叫，要他滾蛋。她叫道，她哪裡也不去，除非他把門踹開，用繩索把她綁起來，再把她運到那裡。布蘭登認為那麼做似乎太極端了一點。

布蘭登沒能達成使命，只好寫信回倫敦問說該怎麼辦。他在信上說，這個耶誕節，我把十四歲的嬌妻放在家裡不管，跑到這個鳥不生蛋的地方！有人在所有朝臣面前把他的信唸出來。克倫威爾捧腹大笑，抱著愉悅的心情進入新的一年。

這時，有人說在馬路上看到一個年輕女孩。她自稱瑪麗公主，她的父親把她變成乞丐。北至約克郡、東到林肯郡，都有人看見她。善良的百姓把她帶回家，讓她過夜，給她飯吃，臨別之時也給她一點錢。克倫威爾請人密切注意這個女孩的行蹤。但是到目前為止，他們還沒找到她。如果抓到她，該怎麼做？他還不知道。一個女孩承受詛咒的壓力，獨自在雪地行走，這已是莫大的懲罰。他想像這個女孩的身影：一身土黃衣裙，在平坦、泥濘的荒野，朝著地平線走去。

第3章・畫家之眼

一五三四年

霍爾拜因把完成的肖像送到家裡來的時候，克倫威爾竟然有點害羞。他記得老爹曾說：小子，你要說謊，就看著我，看著我這張臉。他盯著畫布下面的角落，再讓目光緩緩往上爬：鵝毛筆、剪刀、紙、放在小袋子裡的印章、一本墨綠色皮革裝幀的厚書。那本書的封面不但有金邊裝飾，每一頁的邊緣也都貼上金箔。霍爾拜因本來叫他把聖經拿來，但他看了一下，說聖經看起來太平常，而且家中的聖經邊緣已經翻得破破爛爛。他在家裡到處找，終於在艾佛瑞的書桌上發現這本《數學大全》。作者是一個名叫帕西歐里的修士，其中有一部分談到簿記。這書是克倫威爾在威尼斯的朋友送他的。

他看到他的手：手肘靠在桌上，手裡拿著一張紙片，微微握拳。這種感覺實在很奇特，他就像被抽離一般，一個部位接著一個部位，逐步檢視自己。畫家筆下的他，皮膚細緻得就像寵妓，但畫家捕捉到的動作，也就是他手指微微彎曲、拿著紙片的樣子，就像一個屠夫拿著一把刀，然而手上還戴著沃爾西主教送他的那個綠松石戒指。

他自己也有一個綠松石戒指，那是麗茲生下葛雷哥利之後送給他的，但那綠松石是心形的。

他的目光往上，轉移到臉部，似乎跟小裘安在復活節彩蛋上畫的那張臉差不多。畫中的他好像擠在一個狹小的空間，他像是要把前方的桌子推開似的。霍爾拜因作畫的時候，顯然有時間胡思亂想。他的思緒曾帶他飄到一個遙遠的國度，然那些思緒已無跡可尋。

他曾問過霍爾拜因，可否以花園為背景？畫家說，他一想到就滿頭大汗。簡單一點，好嗎？

他穿著厚重的冬衣。他的內在似乎是用不透氣而且堅實的材質做的。如果可以的話，他寧願穿盔甲。他已經預見，有一天他必須全副武裝。不管在國內或是國外（不只是在約克郡），都有人想給他一刀。

他在想，我的心可會被剖成兩半？國王曾經問他：你這個人是什麼做的？

他不禁微笑，但畫中人沒有一絲笑容。

「好，」他飛快走到另一個房間，「你們可以進來看了。」

大夥兒爭先恐後地擠到畫布前。鴉雀無聲，大家似乎在讚嘆這位畫家的功力。愛麗絲說：「舅舅，他把你畫得太壯碩了。」

理查說：「正如達文西所言，一條曲線足以分散加農砲的撞擊力。」

「我覺得不像你，」海倫．巴爾說：「雖然五官很像，但這不像是你的表情。」

雷夫說：「你錯了！他對男人正是這種表情。」

艾佛瑞說：「大使來了，他可以進來看看嗎？」

「歡迎，歡迎。」

夏普義很快走到畫布前面，一下子往前，一下子往後。他在絲質上衣上面加了件松貂皮草。小袞安伸手遮住嘴巴：「天啊，他就像一隻猴子在跳舞。」

「啊，」夏普義嘆道：「唉，唉，唉，唉，唉，這個畫家根本畫錯了。你怎麼可能一個人呢？你總是和一群人在一起，注意別人的表情，好像你是畫家，要幫他們畫一幅肖像。別人看到你的時候，不是在想：『你像什麼？』而是『我在你的眼裡看起來像什麼？』」他悄悄溜走，又突然轉身。「不過，看了這幅畫，恐怕沒有人敢跟你作對。這點畫家倒是表現得很好。」

葛雷哥利從坎特伯里回來，才剛踏進家門，連沾了泥巴的外套都沒來得及脫下，克倫威爾就帶他去看這幅畫作。他想聽聽兒子的意見，免得他被其他人的評論干擾。他說：「你母親常說，她會嫁給我，不是看上我的長相。但這畫送來的時候，我有點驚喜。這畫讓我想起自己二十年前剛離開義大利的模樣。那時，你還沒出生呢。」

葛雷哥利站在他肩膀後方，盯著眼前的畫，一言不發。

他發覺兒子已經比他高了。他走到一旁，用畫家之眼來看他的兒子。這孩子白白淨淨的，眼珠是榛果色，瘦瘦高高的，像是溼壁畫上的中級天使。在一座遙遠的山城，可以看到這樣的壁畫。他想像他是在畫布上的森林裡騎馬前行的年輕騎士，至於他身邊那些人，也就是他們家的家僕，一個個像鬥犬一樣強壯，頭髮剪得短短的，眼睛像劍尖一樣銳利。他想，葛雷哥利是個好孩子，我把全部的希望都放在他身上。他坦誠、溫文、含蓄，而且懂得深思熟慮。此刻，他心裡滿溢對兒子的愛，幾乎要流下淚來。

克倫威爾對著那幅畫說：「馬克說的或許沒錯。」

「誰是馬克？」

「那個傻小子啊，喬治．博林的跟屁蟲。有一次，我偷聽到他跟別人說話。他說，我像一個殺人凶手。」

葛雷哥利說：「本來就是。難道你不知道？」

第六部

第1章・王權至上

一五三四年

在耶誕節與新年之間這段歡樂假期，宮廷飲酒歡宴，布蘭登在沼澤地裡的太妃府對著一扇門大叫，而他則重讀帕多瓦的馬西略[1]。一三二四年，馬西略在書中提出四十二個主張。過了主顯節之後，他走到國王跟前，陳述馬西略的一些理念。

就馬西略的理念而言，有些國王已經知道了，有些則尚未聽過，有些正好觸及現今的情況，還有一些在他看來則是異端思想。這個早晨陽光燦爛，但冷得刺骨，河面吹來的風像刀子一樣，就連從河畔經過都像在冒險。

馬西略說，基督來到人世，不是為了當統治者或法官，而是當臣民。他既沒爭取統治權，也沒把統治的任務交給使徒去完成，甚至沒把權力交給他的追隨者。要不然，我們可以讀讀聖經中有關彼得的章節。基督既沒要任何人當教宗，也沒要追隨者制訂法律及徵稅，但教會的神職人員卻認為這兩者是他們的權力。

亨利說：「我不記得沃爾西跟我提過這樣的理念。」

「如果您是樞機主教，您會跟我提嗎？」

既然基督沒賦予追隨者世俗的權力，為什麼君主的權力竟是來自教宗？其實，基督認為所有的神職人員也是臣民。君王是治理全體國民的人，他才有權宣布誰的婚姻有效，誰能結婚，誰是合法的繼承人，誰是私生子。

那麼，君王的權力從何而來？他何以有這種執法的權力？這權力來自代表人民的立法機關，如議會或國會。

亨利聽他述說，耳朵似乎覺得有點難以承受，好像聽到人民在大街上高喊，要把他趕出王宮。克倫威爾說，這不必擔心：馬西略反對叛變。也許人民可以聚集起來推翻專制暴君，但亨利國王絕不是專制暴君，他是一位依照法律行使統治權的君主。雖然亨利喜歡在市區騎馬接受萬民歡呼，但他也知道，明智的君主不一定是最受到人民歡迎的。

有關馬西略的主張，克倫威爾還提到一點：基督並沒有賜予追隨者土地、壟斷權、官位或爵位，凡此種種都是世俗的權力。如果一個人發誓與世俗生活隔離、過著清貧的生活，為何會擁有土地？僧侶可以當地主嗎？

國王說：「克倫威爾，我知道你對數字很有一套……」他看著遠方，手指輕輕拔著袖口上的銀線飾邊。

克倫威爾說：「神父和主教等神職人員的生活所需該由立法機關制訂法律來補給。教會的財富該用在公眾利益上。」

「我想，為了使教會得到解放，所有的神龕都該搗毀。只要有人敢這麼做。」亨利說。這麼一來，他就可把所有的珠寶鑲在自己身上。

亨利就是這樣。你還在思量下一步時，他已經跑到前頭了。他本來想用諄諄善誘的方式，引導他了解剝奪或收回教會財產牽涉到的那些複雜的法律過程。首先，必須聲張遠古的君主權力，然後取回國王應得的。然而他永遠記得，最先提出拿起鑿子把聖人雕像的藍寶石眼珠挖出來的，就是國王本人。但他願意照國王的意思去做。「基督教我們如何記得祂。祂給我們麵包和酒，聖體和聖血。我們還需要別的嗎？祂不曾要求我們設立神龕，或是在雕像的身體部位、頭髮和指甲裝飾珠寶，也不曾要我們塑造、膜拜偶像。」

「你可以估計一下，」亨利說：「還是算了……我想，那很難。」他站起來，「可是我們要趁熱……」

打鐵趁熱。他把文件收起來。「包在我身上。」亨利拿件雙層騎馬外套穿上。他想，我們怎可讓國王成為歐洲最貧窮的君主。每年，源源不斷的金銀財寶從美洲湧向西班牙和葡萄牙。我們的財寶呢？

他猜測，英格蘭有三分之一的財產是由教職人員把持。不久，國王將問他如何奪回這個部分。這就像送禮物給小孩。有一天，你拿一個盒子給他。小孩問，盒子裡有什麼？然後他就去睡覺，忘了這事。但第二天，他想起來了，再問一次。你要是不把盒子打開，把裡面的糖果拿出來給他，他是不會善罷干休的。

快召開國會了。他告訴國王，他將盡全力完成國王交給他的任務，這將是國會史上的創舉。

亨利說：「你就放手去做。我會支持你的。」

1、帕多瓦的馬西略（1275-1342）：義大利思想家。馬西略的政治思想具有擺脫神學束縛的傾向，對近代資產階級的民主思想有一定影響，其中關於教會改革的主張，為宗教改革運動提供了重要的思想依據。其政治思想主要反映在《和平的保衛者》一書中。

他覺得他等了一輩子，就是在等這句話。這就像聽到一句完美的詩行，而那詩的語言在他出生前就會了。

他吹著口哨回到家，感覺主教已在角落等他。沃爾西穿著大紅袍，身體和坐墊一樣鼓鼓的。他帶著殺氣騰騰的表情跟他說，儘管那是你的好主意，最後所有的功勞都算他的，至於他搞砸的，錯全在你。你應該知道會有這樣的下場吧？等你開始倒楣，你就知道命運女神的打擊多麼無情。受到打擊的總是你，不會是他。

他說，噢，沃爾西（此刻，國內已無樞機主教立足之地，因此他對沃爾西說話的口吻就像同事，而不是像對主人一樣），親愛的沃爾西，不會這樣的。布蘭登的矛射中他的頭盔，他也沒怪布蘭登，只怪自己沒把頭盔面罩戴好。

沃爾西說，你以為政壇就像比武場？你認為所有的人都會按照規則來，裁判也是公正的？有一天，你還在調整韁繩，抬起頭來，卻發現國王正在大發雷霆，要把你活活劈死。

哈哈哈，沃爾西大笑，他的身影隨即消失。

在下議院開會之前，他的對手已經擬定反擊計畫。然而即使這是密商，也不免走漏消息。僕人進進出出，他又可重施故計，派人在波爾家臥底。克倫威爾的年輕家僕放下驕傲，穿上圍裙，為波爾家的賓客送上一盤大比目魚或是一塊美味的牛肉。現在，英格蘭仕紳無不以克倫威爾家做為政治訓練所，把他們的兒子、姪子、外甥等人送來學習政治手腕、外語翻譯、練習寫一手好公文以及閱讀治國典籍。克倫威爾很重視仕紳對他的信賴。他把這群吵鬧的年輕人手裡握的匕首和筆拿走，跟他們談話，找出他們的熱情和驕傲。看這群約莫十五歲或二十歲的年輕人有何才幹，在壓力之下會秉持哪些價值，而且有什麼樣的表現。如果他高傲怠慢，不把人看在眼裡，只會重挫別人的尊嚴，那就無法了解一個人。他必須探問，這些年輕人想做什麼、能做到什麼。

那些孩子聽到這樣的問題非常吃驚，於是把自己的靈魂和滿腔熱血抖出來。或許從來沒有人跟他們談過這些，就連他們的父親也不曾這麼做。

儘管這些孩子桀驁難馴、粗野無文，還是漸漸學會讚美詩，學會使用去骨切片的刀和削皮的刀，知道如何用刺劍自衛，從肋骨下方刺進去讓人一刀斃命，也知道如何使人手腕應聲而斷。克里斯多福自願擔任指導老師。他說，這些年輕人如果只會砍下鹿頭或老鼠尾巴，還是把他們送回給他們的爸爸。主人，只有你、我和理查三個人知道如何在路上把那些小渾蛋攔住，送他們上西天，讓他們甚至連尖叫一聲的機會都沒有。

在春天來臨之前，有些站在克倫威爾家門口的窮人已入內充當家僕。雖然他們目不識丁，然論耳聰目明，不會輸給那些仕紳家的孩子。並非飽讀群書的學者才是聰明人。在馬廄和在養狗場工作的孩子往往可以偷聽到爵爺說的話。清晨，點火柴和負責生火的男孩在進出臥房之際，常可聽到有人在枕邊人耳邊呢喃的祕密。

一天，陽光普照，在這虛偽的溫暖中，小黎踏進克倫威爾家，有氣沒氣地喊了聲：「早安！」然後丟下外套，把凳子搬近書桌，坐在那裡。他舉起鵝毛筆，看著筆尖。「有我可以效勞的嗎？」他雙眼發亮，耳朵尖端有著粉紅色澤。

「賈德納已經回來了吧。」克倫威爾說。

「你怎麼知道？」小黎把筆放下，跳起來，然後走來走去，「他為什麼老是這樣？喜歡爭論、煩躁不安，動不動就丟出問題，但是只把你的回答當成屁話。」

「可是你在劍橋的時候，好像不討厭這樣。」

「噢，那時候，」小黎似乎對年輕的自己充滿鄙視，「那或許是心靈的鍛鍊吧。」

「我兒子跟我抱怨他最討厭那種學究式的辯論，認為那只是在耍嘴皮子。」

「這麼看來，也許葛雷哥利並不笨。」

「那做老爹的我就值得欣慰了。」

小黎臉漲得很紅，「大人，我不是有意冒犯。你知道，葛雷哥利和我們是不一樣的人。世道險惡，他太善良了。當然，你也不必跟賈德納那種人學。」

「以前我們在沃爾西主教底下做事的時候，常必須提出計畫，或許我們會因意見不同而起爭辯，但總是能夠討論出一個結果，修正計畫之後就可以實行了。但當國王的顧問則不是這樣。」

「怎麼會這樣？是諾福克？還是布蘭登？他們因為瞧不起你，所以要跟你作對。即使他們同意你的看法，即使知道你是對的，也要反對一下。」

「我猜，賈德納一定威脅過你。」

「是的，他威脅我說要毀了我，」他用手包覆另一隻手的拳頭，「我才不在乎呢。」

「你該小心。賈德納是個有權勢的人，如果他說要毀了你，必然不是隨便說說。」

「他說我對他不忠。他說，即使他在海外工作，我也該幫他做事，而不是為你跑腿。」

「就我的了解，今天不管誰當樞密大臣，你都是在這個大臣底下做事。如果我，」他在此停頓一下，「將來國王下令讓我當上樞密大臣，我就會讓你負責玉璽。」

「那我不就高升了？」他腦中閃現可以得到的好處。

「現在，你還是回去賈德納那裡，向他道歉，看他願不願意給你什麼好處。反正，你要懂得分散風險。」他神色嚴峻地說，但小黎還是裹足不前。「小子，快跑吧。」克倫威爾拿起他的外套丟給他，「他現在還是樞密大臣，或許會把玉璽要回去。你告訴他，他如果要玉璽，請親自來這裡拿。」

小黎哈哈大笑，一邊擦拭額頭，有點頭暈目眩，似乎方才跟人打了一架似的。他穿上外套，「我們真是無藥可救，不是嗎？」

這種逞凶鬥狠，恐怕積習難改，就像爭食屍體的狼，搶奪教徒屍骨的獅子。

✽ ✽ ✽

國王傳喚他和賈德納過來看看即將提交給國會審議的法案，以確保安妮子女的繼承權。安妮也在一旁。克倫威爾心想，現在國王的臣子見到老婆的時間恐怕遠遠比不上國王。國王要出去騎馬，安妮也要騎馬。國王要打獵，她也跟著去。她甚至把國王的朋友變成自己的朋友。

她常站在國王的肩膀後面伸長脖子看他在看的東西。她的手透過層層絲綢撫摸他的身體，甚至用指甲勾住他的襯衫領子，把他的衣服稍稍提起來。亨利的大手也伸過去愛撫她。他們就這樣纏綿，旁若無人。草案上一再出現這樣的字眼：「陛下最摯愛的妻子安妮王后。」

溫徹斯特主教賈德納看得瞠目結舌。由於他是男人，實在無法把目光從眼前這一幕移開，但他身為主教，因此不得不清清喉嚨。然而，安妮還是我行我素，繼續和國王打得火熱，一邊把草案唸出來。唸到一半時，她好像嚇壞一樣，抬起頭來說：「這個法案居然提到我的死亡！『萬一陛下最摯愛的妻子安妮王后仙逝……』」

「這是不得已的，」他說：「王后陛下，我們必須考慮到種種情況，除非是違反自然的事。」

她漲紅了臉，「我還年輕，身子好得很，不會難產而死。」

他不記得麗茲懷孕的時候像她這樣不講情理，反而變得更明智、節儉，還花時間去整理儲藏櫃裡的東西。安妮把那紙草案從國王的手中搶過來。她非常激動，像對這張紙發怒，好像嫉妒上面的墨水似的。她說：「這上面寫，我要是死了，也就是說如果我現在就死了，得了瘟疫死了，或是難產死了，國王就可以找另一個女人當新王后。」

「親愛的，」國王說：「我無法想像任何一個女人會取代妳。這只是假設罷了，我們的大臣必須把這個條款寫清楚。」

「王后陛下，」賈德納說：「克倫威爾只是就一般習俗加以說明。您總不能要國王陛下畢生當鰥夫吧？再說，生死有命，哪一個人知道自己可以活多久？」

安妮當做沒聽見，自顧自地說：「照這法案來看，合法的男性繼承人才能繼承王位。如果哪個女人生下兒子，那個男孩就有繼承權。我的女兒該怎麼辦？她應得的權利呢？」

「她還是英格蘭的公主，」國王說：「如果妳再往下看……」他閉上眼睛，祈求上帝：請祢賜給我力量吧。

賈德納跳出來解釋：「克倫威爾提議，如果國王在合法的婚姻之內沒能生下兒子，您的女兒將成為女王。」

「為什麼一定要這麼寫？上面已經寫明那個西班牙瑪麗是私生女了嗎？」

「瑪麗已不在繼承人之列，」他說：「因此已經夠清楚了。請原諒這種冷冰冰的法律用語。我們必須盡可能寫得簡潔、客觀！」

「天啊，」賈德納說：「如果這不算客觀，那什麼是客觀？」

國王今天請賈德納前來，似乎是想挫挫他的銳氣，但明天可能又不同了，他可能和賈德納手挽著手在雨中散步。

「國王陛下將發誓以這法案維護合法繼承人的決心，並經過國會認可。」

「發誓？」賈德納說：「哪一個法案需要發誓的？」

「總有人說國會受到誤導或收買，不足以代表全體人民。也有人聲稱國會沒有立法能力，必須交由其他機關，如羅馬教廷。我認為這是個錯誤。羅馬教廷在英格蘭沒有發聲的餘地。我只要在法案中強調，我們的國會是有能力、獨立自主的機關，國會就會樂意讓這案子通過，國王也就能簽署。如此，我才能要求全體人民為這個法案背書。」

「那你要怎麼做？」賈德納冷嘲熱諷地說：「叫你的家僕到每一個角落，把張三、李四從酒館裡拖出來，要他們支持這個法案？要讓每一個阿貓、阿狗都知道？」
「為什麼不能尋求他們的支持？難道他們不是主教，就是畜生？任何一個教徒的誓言都有效力。主教大人，請你睜大眼睛，好好看著這個國家吧。有人被地主趕出去，不知有多少男女淪為乞丐，餐風露宿。但再過一個世代，這些不幸的人都能讀書識字，即使是耕童也能力爭上游。賈德納，請相信我，這個國家能脫胎換骨。」
「你大概氣得答非所問，」賈德納說：「我問的是你能找到多少人支持，而不是他們的支持有什麼用。聽說，你曾在下議院提出一個關於養羊的法案——」
「養羊限制法案。」克倫威爾露出微笑。
國王幫他解釋：「賈德納，那是考量到大多數的人民才提出的，也就是不得養超過兩千頭以上的羊——」
國王還沒說完，賈德納就急著插嘴，好像把他當成小孩，「兩千頭羊，噢，所以你的手下跑到各地去數羊囉？也許還叫牧羊人發誓，是不是？那些小耕童，那些文盲，甚至包括那些倒在水溝中的人，對不對？」
看到賈德納這麼激動，他不由得笑了出來，「大人，只要統治權能平安順利地從國王轉移給下一代的子孫，國家統一、國運昌隆，找什麼人來發誓都可以。國王如果有臣子輔佐，加上負責各地治安的太平紳士，我們這些顧問官即使赴湯蹈火也會完成國王交代的使命。」
國王說：「對，所有的主教也必須從命。」
「我們需要新的主教。」安妮說。她提到她的朋友拉提摩，以及他的朋友李羅倫，她好像早就想好名單了。麗茲知道未雨綢繆，而安妮則會製造主教。
「拉提摩？」賈德納只能搖搖頭，他無法當著王后的面指控她對異端情有獨鍾，「據我所知，李羅倫不曾站在講壇講道。有人從事神職工作其實是為了野心。」
「有人甚至大剌剌表現出野心勃勃的樣子，懶得掩飾。」克倫威爾說。
「我一生奉獻給上帝，」賈德納說：「我走的是正義的路。」
他抬起頭來看著安妮。安妮眼睛閃爍著快樂的光芒。她字字句句都聽到了，一字不漏。
亨利說：「溫徹斯特主教，你出使外國，離開國內已有很長一段時間了。」

「但願陛下認為微臣有助益。」

「話雖沒錯，但你疏於教區的管理。」

「身為主教，」安妮說：「教區裡的民眾就像你的羊，你該好好看管他們，或許還得數一數。」

他鞠躬：「微臣的羊群都安全地待在羊欄裡。」

國王只差沒一腳把他踢下樓，或是叫衛士把他拖出去。「我的意見也是一樣，好好照顧你自己的羊吧。」國王喃喃地說。

他聞到狗即將反擊發出的動物臭味，這氣味瀰漫了整個大廳。安妮把身體轉到一側，而賈德納用手撫著胸口，似乎要把身上的毛弄得膨鬆，以彰顯身體的龐大，然後露出牙齒。賈德納把來自五臟六腑的怒吼化為甜美的聲音，說道：「再過一個禮拜我再回來陛下跟前吧。」

國王哈哈大笑，「我真喜歡克倫威爾，他對我們真好。」

賈德納一走，安妮又黏在國王身上了。她的目光飄向站在一邊的他，像是要拉他密謀。她身穿緊身馬甲，因此只有豐滿的胸部透露一點孕婦的姿態。這次，安妮懷孕的事沒做任何宣布。女人的身體變化莫測，而且可能出錯。但宮裡每一個人都知道她懷了兒子。她也對自己這麼說。她沒說要吃蘋果，上次懷小公主想吃的東西，現在則完全無法入口，種種跡象都顯示這胎一定是男孩。安妮心想，克倫威爾即將在下議院提出的法案不是災難的預兆，而是鞏固她的地位。她今年應該三十三歲了。過去，不知有多少年，克倫威爾曾在私底下嘲笑安妮胸部平坦，皮膚蠟黃，但現在她已成了王后，他終於能看得出她的美了。他可從她的臉看出單純的線條之美，她的頭顱小得像貓的頭，而她的喉嚨好像灑了金粉，散發出微微的金光。

亨利說：「我一定得把賈德納外派到國外，不能讓他接近我。我這麼信任他，他卻背棄我。」他搖搖頭，「我最痛恨忘恩負義的人了。我厭惡對我不忠的人。這就是為什麼我這麼看重你。即使你以前的主子沃爾西失勢，你還是不離不棄。真是值得嘉許。」從國王的語氣聽來，似乎沃爾西遭難與他無關，像是沃爾西自個兒遭到天打雷劈，「還有一個人讓我很失望，就是摩爾。」

安妮說：「在起訴那個通靈女騙子巴頓的時候，記得把摩爾列入共犯，把他的名字寫在費雪旁邊。」

他搖搖頭，「這不成。國會不會認同的。不利費雪的證據很多。費雪好像把下議院的議員都當成土耳其人，因此下議員沒人喜歡他。但摩爾在巴頓被捕之前就來找我澄清，也提出他不是同夥的證據。」

安妮說：「我只要是嚇嚇他。恐懼可使一個人崩潰。這是我親眼見過的事。」

* * *

下午三點，僕人送蠟燭進來。他翻了一下理查的記事簿：費雪主教正在等他。他必然要好好發頓脾氣。他想以賈德納當火種，點燃自己的怒火，結果一想到他就大笑不止。理查說：「調整一下臉色吧。」

「沒想到賈德納會欠我錢。我幫他墊了主教就任的費用。」

「把這筆錢要回來吧。」

「可是我把他的房子要來給王后，他還在發牢騷呢。我最好別逼人太甚，讓他有個喘息的空間。」

費雪主教已經坐好在等他了，他那瘦骨嶙峋的手握著象牙枴杖，克倫威爾對他說：「晚安，主教大人。您怎麼這麼容易上當？」

費雪主教似乎有點驚愕：不是應從禱告開始的嗎？儘管如此，他還是自顧自的先唸了段禱詞。

「您最好懇求國王陛下原諒。請他考慮到您年老體衰、惛眊昏聵。」

「我不知道我犯了什麼罪。不管你怎麼想，我都不是三歲小孩。」

「可是您卻是個老糊塗，不然怎麼會被那個叫巴頓的女人騙了？如果您在街上看見有人表演傀儡戲，會不會站在那裡歡呼：『你看那木頭人兒會走路，還會揮手？你看到他們吹喇叭了嗎？』您說，您難道會這樣？」

「我這輩子甚至沒看過傀儡戲，」費雪無奈地說：「至少，不是你說的那種。」

「主教大人，可是您就像劇中人！請您看清楚，巴頓這個事件不正像是一齣傀儡戲？」

「可是很多人相信她，」費雪說：「包括已故的坎特伯里大主教華翰。還有幾十個、甚至幾百個虔誠、博學的修士。他們都親眼目睹那些奇蹟。為什麼她不能說出她知道的？為什麼不能說出聖者告訴她的？我們都知道舊約中的先知亞毛斯說，上帝會先啟示祂的僕人，否則絕不會動手……」

「老兄，別用亞毛斯來唬我了。那個女騙子威脅國王，預言說他會死。」

「預言又不代表她內心希望如此，更別提陰謀了。」

「如果是她不希望發生的事，就不會在預言說出來了。她和國王的敵人同桌吃飯，還說出種種對國王不利的事。」

「如果你指的是艾克斯特侯爵，」費雪說：「他已經被赦免了。當然，侯爵夫人也沒事了。如果他們真的有罪，國王絕對不會饒了他們的。」

「國王寬宏大量，為了和諧才不追究，但他可還沒原諒您。您必須認錯。艾克斯特可沒留下白紙黑字的證據，但是您有。」

「在哪裡？給我看。」

「你瞞得了別人，可騙不了我。從現在開始，您不能發表任何文章了。」費雪眼睛看著上方，他輕巧地移動，緊緊抓著手杖，手杖把手是隻鍍金的海豚，「您在國外的印刷商不會再幫您了。我的朋友弗翰提出更好的價格。」

「你要用國王的離婚案來陷我於罪，而不是巴頓那個案子。你要對付我，因為我是凱瑟琳王后的顧問。」

「我要求您守法，您卻說我陷您於罪？別以為那個女騙子的事與您無關。我可以把您帶到她那裡，把您關在她的隔壁牢房。如果她早在安妮加冕的一年前預言她會成為王后，您一定會說這個叫巴頓的女人是女巫。如果是這樣，您還會相信她的話嗎？」

費雪搖搖頭，一時之間也不知道說什麼才好。「其實，我心裡一直有個疑惑：抹大拉的馬利亞是否就是馬大的妹妹？巴頓斬釘截鐵地說，的確是這樣。」

他笑道：「噢，那巴頓和那兩姊妹很熟囉，常去她們那裡串門子，還一起吃粥呢。主教大人，過去或許有人相信這樣的事，但那畢竟是過去，不是現在。我們正在作戰。您要是以為在路上看不到西班牙士兵，就以為沒有戰爭，那就錯了。我們正在作戰，而您在敵人的陣營。」

費雪不語。他在板凳上搖晃了一下，抽抽鼻子，然後說道：「我知道沃爾西為什麼會用你這樣的人。你是壞蛋，他也是。我從事神職四十年來，還沒有看過小人如此囂張。你們真是國王身邊的魔鬼。」

「您最好還是生場病，好好躺在床上。」克倫威爾說。

✿ ✿ ✿

二月二十一日，禮拜六早上，上議院審理巴頓案。費雪和摩爾都在共犯之列。克倫威爾到倫敦塔看那個叫巴頓的女人，看她死到臨頭是否還有什麼話要說，以卸下良心的負擔。

儘管這個冬天她手鐐腳銬站在刺骨的寒風裡，在全國各地公開懺悔，這樣的酷刑並沒奪走她的性命。克倫威爾拿了支蠟燭走進她的牢房，發現她蜷曲著身子坐在凳子上，然而幾乎已不成人形。牢房寒冷，而且有著一股陳腐的氣味。她抬起頭來，一副他們已談了很久似的。她說：「抹大拉的馬利亞告訴我，說我就要死了。」

他想，或許在她腦子裡，她也不斷跟我說話。「她告訴你哪一天了嗎？」

「這樣會有幫助嗎？」她問。他很好奇她是否知道國會因為摩爾牽涉在內而忿恨不平，她的案子恐怕要拖到春天了。「克倫威爾大人，很高興你來看我。這裡每天都一樣。」

不管偵訊再怎麼冗長，問得再怎麼仔細，這個女人都不怕。為了讓她供出凱瑟琳，他試過各種方法，但還是沒有結果。他問：「妳在牢裡吃得不錯吧，是不是？」

「是啊，還有人幫我洗衣服。但我還是懷念以前去蘭巴思宮找大主教的日子。我可以看到河流。人來人往，好不熱鬧，還有船隻卸貨。我會被火刑嗎？歐德立說，我會被燒死。」從她的語氣聽來，好像歐德立是她的老朋友似的。

「我希望妳能被赦免，但要看國王怎麼決定。」

「最近幾個晚上，我去了地獄，」她說：「魔鬼先生給我看了一把椅子。椅子是人骨做的，墊子則是火焰。」

「那是給我坐的嗎？」

「不是，給國王坐的。」

「妳看到沃爾西了嗎？」

「他還在上次那個地方。」也就是和未出生的人坐在一起等候。她在這裡停頓了好一會兒，久久才回過神來，「有人說，火刑歷時約一個小時。聖母瑪利亞會為我慶賀。我將沐浴在火焰中，有如浸泡在涼爽的泉水中。」她看著他的臉，然而他的表情卻使她無法再看下去，於是轉過頭去。「有時，他們會在火刑的木頭塞入彈藥，是不是？這樣才能燒快一點。有多少人將與我一起遭到處決？」

六個。他說出他們的名字，「本來應該有六十個人。妳知道嗎？因為妳的虛榮，他們才會走上這條死路。」

說完之後，他心想，她也是被那些人的虛榮帶上死路的。或許，她希望六十個人跟她一起死，希望見到艾克斯特和波爾這兩個家族蒙羞，那她就更出名了。如果是這樣，為什麼她不把凱瑟琳供出來？能毀掉一個王后豈不是更大的勝利？他想，我似乎不該對她太好，或許該好好利用她的貪婪。她問：「我能再見到你嗎？我接受火刑的時候，你會來看嗎？」

「那個人骨寶座，妳還是為自己留著吧。這種話別傳到國王耳朵裡。」

「應該讓他知道的，警告他死後有什麼在等著他。反正他已經決定怎麼處置我了，還有更糟的嗎？」

「妳不希望為妳的肚皮求情嗎？」

她雙頰緋紅，「我又沒懷孕。你在取笑我，是嗎？」

「我會勸告任何一個人，能活著就盡量活著吧，多幾個禮拜也好。妳可以說你在路上被人非禮，或是守衛奪走妳的貞操。」

「那我就得說出那個人的名字。那個人必然要接受審判。」

他搖搖頭，說道：「守衛玷汙一個女囚犯，怎麼可能說出自己的名字呢？」

不管怎麼說，她不喜歡這個建議。他離開她的牢房。倫敦塔就像是一個小鎮，有自己的生活步調。守衛和皇家鑄幣廠的人跟他打招呼。皇家動物園的管理員說，吃正餐的時候到了，這些畜牲吃得很早，他想看看嗎？他謝謝他的好意。他還沒吃早餐，腐敗的血腥味令他微微作嘔。他聽到籠子傳來呼嚕聲和吼叫聲。在倫敦塔頂端，有人在吹口哨，最後那人唱起副歌：我住在森林，快樂無比。這絕對不是實話。

他一邊左顧右盼，尋找船夫的身影，一邊心想，巴頓那女人是不是病了，是否該請大夫幫她看看，免得她在火刑前死了。他把她監禁在家裡的時候沒讓她受過任何傷害，只是威嚇她而已，而且頂多一、兩個晚上沒睡。他自己甚至睡得更少，常為國王的事操勞到天亮。但這種事他是不會說的。現在是九點，十點他將與諾福克與歐德立一起吃正餐。他希望這兩人不會像動物園裡的那些野獸叫來叫去。陽光冰冷，水氣在河面上盤旋，升起潦草的白霧。

他到了西敏寺。諾福克公爵把僕人都趕出去。「如果老子要喝酒，會自己去啊。你們走吧，全部出去。把門關好！如果有人敢鬼鬼祟祟，從鑰匙孔偷看，我一定把那人的皮剝下來，灑上鹽巴！」他轉過身來，低聲咒罵幾句，咕噥一聲坐在椅子上。「如果我去求國王呢？如果我跪下來，懇求他放過摩爾呢？」

「如果我們都去求他呢？」歐德立說：「我們每個人都跪下來求他？」

克倫威爾說：「對，還有克雷默。我們也得把他拉進來。他不會錯過這麼感人的一幕的。」

歐德立說：「國王說，要是國會反對這個法案，他會親上火線說明，堅持立場。如果必要，上、下兩個議院他都肯去。」

「他可能當眾出糗，」諾福克說：「拜託，克倫威爾，看在上帝的分上，還是別讓他去吧。他知道摩爾不支持他，因此讓他爬回雀爾西，沉溺在自己的良心中。我想，非把他揪出來不可的是我的外甥女。女人總是這樣。她以為摩爾是針對她個人，因此展開復仇行動。」

「我想，國王也認為摩爾對他個人有意見。」

「在我看來，」諾福克說：「這部分比較薄弱。他怎麼會在意摩爾怎麼評判他？」

歐德立露出疑惑的微笑，「你是指國王怯懦？」

「我說國王怯懦？」諾福克衝到歐德立面前嘶吼，就像是隻會說話的鵲鳥，「國務大臣，你這是什麼意思？你是在為你自己說話是嗎？你總是吱吱喳喳、唯唯諾諾地跟在克倫威爾後面當應聲蟲！」

門開了，小黎站在外面，探頭進來。「我發誓，」公爵說：「如果我手上有十字弓，馬上把你的頭射穿。我不是說過了？任何人都不准進來！」

「摩爾的女婿羅波幫他岳父送信來。摩爾想知道各位怎麼做。」

「告訴羅波，我們在排練如何在國王面前為他岳父求情。」

諾福克把自己倒的那杯酒打翻了。他猛拍桌子，杯子都跳了起來。「你那樞機主教沃爾西常說，國王寧可讓出半個王國，也不可能接受威嚇，更何況被牽著鼻子走。」

「可是，我覺得……國務大臣，難道你不是……」

「當然啦，」公爵說：「你怎麼想，他就怎麼想。」

小黎一臉驚愕，「我該把羅波帶進來嗎？」

「所以，我們現在團結了嗎？我們都願意跪下求情？」

公爵說：「克雷默願意下跪，我才做。我又不是神職人員，何苦虐待自己的膝關節？」

「我們請薩福克公爵布蘭登做代表如何？」歐德立提議。

「不行。布蘭登的寶貝兒子快死了。他的繼承人命在旦夕。」公爵用手背擦過嘴巴，「再一個月就是這孩子的十八歲生日。」他的手指撫摸掛在身上的那些十字架和聖物，「布蘭登只有一個兒子，我也是。還有克倫威爾、摩爾，你們也都只有一個兒子。求上帝保佑他，讓他和新娶的妻子多生幾個兒子吧。我想，這時候，他一定很難過。」接著，公爵突然爆笑出來，「如果我能把我老婆打發走，換個十五歲的嫩妻，不知該有多好。那個老婆娘死都不肯走。」

歐德立聽不下去了，他面紅耳赤地說：「公爵大人，這二十年來，你的婚姻不是幸福美滿嗎？」

「美滿個頭啦！我感覺就像被裝在一個皮革做的袋子，不能發出聲音。」公爵抓著克倫威爾的肩膀，「求求你，幫我訴請離婚吧。你和大主教只要想出個理由就行了。我保證不會發生任何謀殺事件。」

「哪裡？哪裡有謀殺案？」小黎問。

「我們要準備謀殺摩爾嗎？刀子也磨好了，要對付老費雪，是嗎？」

歐德立站起來，說道：「拜託，這哪是大惡不赦之罪？摩爾和費雪只是從犯，不是始作俑者。」

小黎說：「但他們的良心必然飽受煎熬。」

諾福克聳聳肩，「反正他們早晚該死。摩爾不會宣誓為你的法案背書的。費雪也是。」

歐德立說：「他們不會這麼不識時務吧。我們想辦法說服他們吧。除非失去理性、不顧國家安危，才會反對這個王位繼承法案。」

「那凱瑟琳也得宣誓囉？」公爵說：「她會支持我外甥女生的孩子當繼承人嗎？瑪麗呢？如果她們不肯呢？把她們綁起來，拖到泰伯恩刑場吊起來，給她們的親戚西班牙皇帝瞧瞧？」

克倫威爾和歐德立面面相覷。歐德立說：「公爵，你不該在中午前喝這麼多酒的。」

「噢，你又在吱吱喳喳了。」公爵說。

❁ ❁ ❁

一個禮拜前，他帶葛雷哥利去了一趟哈特菲爾德，探視國王的兩個女兒：小公主伊莉莎白與凱瑟琳生的瑪麗。在路上騎馬的時候，他就警告兒子：「你別把頭銜搞錯了。」

葛雷哥利說：「你一定很遺憾，今天跟你來的不是理查。」

這時正是國會最繁忙的時候，他實在不想離開倫敦，但國王跟他說，兩天內你就可以回來，再說我需要你親眼幫我看看。

鄉間路上有著融化的雪水，有人把屍體放在路旁尚未融化的冰塊上。他們進入赫福郡時，微弱的陽光一閃一閃地照在他們身上，黑刺李已經開花，像是在對他陳情：趕快讓這個漫長的冬天離去吧。

「多年前，我常來這個地方。那時，這裡還是摩頓主教的府邸。每年春暖花開之時，他就會離開這裡。那時，我才九歲或十歲，在這裡做廚子的約翰叔叔把最好的乳酪和派藏在推車裡給我帶去，以免在半路被人偷走了。」

「沒有警衛保護你嗎？」

「他才怕警衛發現呢。」

「誰來看守門人呢？」

「顯然是我。」

「那你會怎麼做？」

「不知道，或許咬他們吧。」

那府邸正面的磚牆比他記憶中的來得小，不過記憶是靠不住的。見習騎士和隨從進進出出，帶他們的馬進馬廄，幫他們溫酒。這樣的待遇是當年的他無可想像的。那時，他只是個小毛頭，扛柴、提水、生火，這些活兒都不是他能夠勝任的，但他還是在一旁幫忙，直到他差點餓昏，或真的餓得倒下去，才有人給他東西吃。

這裡的一家之主是約翰．薛頓。克倫威爾刻意挑薛頓爵爺不在的時候來訪，好跟這裡的女人好好談談，不然只能坐在餐桌上聽薛頓爵爺聊馬匹、狗和他的英勇往事。但他一踏入門檻，幾乎要改變心意。迎面走來的是布萊恩夫人，獨眼龍布萊恩的母親，小公主的保母。她已年近七十，可說是老祖母級的人物。他還沒聽到她的聲音，就先看到她的嘴巴在動：小公主睡到十一點，一直吵吵鬧鬧，直到半夜精疲力盡才肯罷休。這個小寶貝睡不到一個小時，又醒來，然後哇哇大哭，臉頰漲得紅通通的，像發燒一樣。薛頓夫人被吵醒來了，大夫也驚醒，這孩子正在長牙，正是最難帶的時候！天亮了，好不容易才安靜一下，九點又醒來，喝了奶……「噢，克倫威爾大人，」老太太說：「哎喲，這不可能是你兒子吧！都這麼大了！願上帝保佑他！這個高個子的年輕人真是可愛。瞧，這臉蛋多俊秀，一定長得像媽媽。今年幾歲啦？」

「我確定已到會說話的年齡。」

布萊恩夫人臉上洋溢慈愛的光采，似乎想唱一首兒歌給他聽。這時，薛頓夫人過來，說道：「兩位好。」然後遲疑了一下，似乎在思考：王后的姑姑是否該向皇家珠寶館館長行禮？她想，應該不用。「布萊恩夫人為你們詳細介紹過了吧？」

「是的，或許我們也該聽聽妳介紹？」

「你們不能就這樣去看瑪麗女士。」

「是的，有什麼要注意的嗎？」

「我姪女安妮王后建議我用拳頭對付她，但到目前為止，我還沒對她使用武器。」她的眼睛上下打量著他，氣氛變得頗為緊張。為什麼女人會變成這樣？或許是有樣學樣。葛雷哥利不由得往後退，差點撞上後面的展示櫃，裡面擺放的是小公主的金製和銀製餐具。薛頓夫人說：「如果瑪麗不聽話，我就得好好管她。我不得不再引述王后的話，我怎麼打她、踢她都可以，反正她是私生女。」

「噢，聖母瑪利亞，」布萊恩夫人說：「我也是瑪麗的保母。她從小就很頑固。所謂江山易改，本性難移，妳還是好好把她打一頓吧。你們要不要先來看看小公主？跟我來吧……」老太太的手抓著葛雷哥利的手臂，繼續嘮叨：瞧，這個年紀的孩子如果發燒，有很多可能，或許是麻疹。噢，上帝，但願不要。也有可能是天花。寶寶才六個月大，實在不知道原因可能是什麼……老太太的喉嚨動了一下。她舔舔乾燥的嘴唇，吞下口水。

他現在終於了解國王為何非要他親自跑一趟不可。這裡發生的一切，不可能寫在信紙上。他問薛頓夫人：「你方才說的可是王后寫信交待的？」

「當然不是，是王后口頭指示的。」她搶先一步，「你認為我該執行王后的旨意嗎？」

「這事我們或許私下再談談吧。」他低聲說。

「是啊，有何不可？」她轉過頭去，小聲回應。

伊莉莎白小公主被一層又一層的衣服包裹得緊緊的，拳頭也被包起來了，不然她會一直揮舞拳頭，好像要給人一拳。她的帽兒下方露出薑黃色的毛髮，眼睛靈活地轉來轉去。這個小寶寶好像隨時會發動攻擊似的。他從未見過這樣的嬰兒。老太太問：「你覺得她像國王嗎？」

他疑惑了一下，希望對父母雙方都公平，「是啊，就像女兒長得像父親一樣。」

「啊，但願她別遺傳到她父王的水桶腰，」薛頓夫人說：「國王現在瘦一點了嗎？」

「只有王后的弟弟喬治說他沒瘦，」布萊恩夫人低頭看著搖籃裡的小寶寶說：「但他說小公主百分之百像他們博林家的人。」

薛頓夫人說：「我們都知道我這姪女三十幾年來一直守身如玉，但不可能無沾成胎吧。」

「可是她的頭髮！」他說。

「我知道，」布萊恩夫人說：「要不是她的父母是國王和王后，你可把她當作豬寶寶一樣在市集上展示。」她捏捏寶寶頭頂，然後忙著把寶寶頭髮塞進帽兒裡。小公主皺眉蹙眼，還打了幾個嗝，好像在抗議。葛雷哥利看著她說：「她可能像任何人。」

薛頓夫人掩住嘴巴，笑道：「葛雷哥利，你的意思是所有的寶寶看起來都一樣，是嗎？來吧，克倫威爾。」

她拉著他的袖子帶他走開。小公主的衣服有一個地方鬆掉了，布萊恩夫人幫她重綁。他轉過頭去教訓兒子：「看在上帝分上，請你別亂說話。有人話比你少，都被送進倫敦塔了。」他又對薛頓夫人說：「瑪麗怎麼會是私生子？她母親懷她的時候，與國王的婚姻關係是合法的。」

她停下腳步，揚起眉毛，不以為然地說：「你可以說給王后聽嗎？我指的是，你能當面把這句話說給她聽嗎？」

「我已經說過了。」

「她能接受嗎？」

「薛頓夫人，我可以告訴妳，當時她手裡要是握著斧頭，必然會把我的頭砍下來。」

「我告訴你一件事，要是你願意，可以再說給安妮聽。如果瑪麗真是私生女，而且是窮苦人家的私生女，我一定會好好照顧她。其實，她是個善良的年輕小姐，除非鐵石心腸，否則很難不同情她的處境。」

薛頓夫人腳步很快，她的裙擺掃過石頭地板，進入大廳。瑪麗的老僕人也在這裡，有幾個人的臉孔他以前見過。他們的上衣有一塊特別乾淨，那是因為那裡本來繡了代表瑪麗公主的紋章，最近剛拆掉，準備縫上國王的紋章。舊地重遊，他東張西望，這裡有很多東西他都還認得。他在樓梯底下駐足，上去就是他的禁地。像他這樣的孩子只能從後面的樓梯上下，幫忙搬運木頭或煤炭。有一次，他偷偷從前方的樓梯跑上去，一個拳頭從暗處伸出來，打中他的頭。他想，躲在那裡可是摩頓主教本人？

他碰觸這裡的石頭。那石頭冰冷得像墓石，上面長了蔓藤和不知名的花朵。他在微笑，薛頓夫人大惑不解地看著他：這個人為什麼裹足不前？「也許我們該換下這身騎馬的裝束再去見瑪麗女士，以免讓她覺得……」

「那她就得多等上一會兒了。我說，我同情她。這小妞還真頑固。正餐和晚餐，她都不肯下來吃飯，只因為她不願屈居於小公主之下。但我姪女安妮說了，無論如何，都不准送東西到她的房裡給她吃。因此，她一天只吃一頓，只有在早餐的時候才跟我們一起吃點麵包。」

她帶他來到一扇緊閉的門，「這個房間還叫『藍房』嗎？」

「啊，你父親以前曾來過這裡。」她對葛雷哥利說。

「他什麼地方都去過。」

她在轉身離去之前，說道：「你們跟她好好談談吧。對了，如果你們稱呼她『瑪麗女士』，她是不會理你們的。」

那是個狹長的房間，裡面幾乎什麼家具都沒有。一股寒意像魔鬼的大使在門檻迎接他們。牆上的藍色繡帷已經拆掉，露出赤裸的水泥牆面。爐火快熄了。瑪麗坐著，身體縮成一團，一副幼小的樣子。葛雷哥利在他耳邊低語：「她看起來就像是個小精靈。」

這可憐的小精靈只靠麵包屑和蘋果皮過活。有時，如果你下來，靜悄悄地站在樓梯下，可以看到她坐在灰燼裡。

瑪麗抬起來，一臉驚喜：「啊，克倫威爾！」她從椅子上站起來，走向他。她的腳被裙擺絆住差點跌倒，「上次在溫莎見到你，不知道是多久以前的事了？」

「我幾乎想不起來了，」他說：「幾年不見，妳已經長大了。」

她咯咯地笑。她已經十八歲了。她看了一下四周，似乎覺得奇怪，不知她剛剛坐著的凳子到哪裡去了。就在她坐下之前，他喊了聲：「葛雷哥利！」葛雷哥利連忙跨出一步扶住她，就像跳舞一般，以免讓她跌坐在地上。這孩子還是有他的用處。

「對不起，讓你們一直站在那裡，」她輕輕地招招手，「你們就坐在那個櫃子上吧。」

「我們身體強壯，站著沒關係，但妳則不然。」他看到葛雷哥利瞄他一眼，似乎這輩子沒聽到他用這種溫柔的語調說話，「他們不會叫妳一個人孤伶伶地坐在這裡吧。這裡幾乎沒有火可以取暖了。」

「送木頭來的那個人不肯叫我公主。」

「妳一定要跟他說話嗎？」

「除非我故意逃避，但我不會這麼做。」

他想，唉，妳這是自討苦吃。「薛頓夫人說了妳的難處……用餐的困難。我請大夫來如何？」

「我們這裡有大夫。或者該說，那嬰兒有大夫。」

「我或許可請一個比較能幫得上忙的大夫，幫妳恢復健康。也許，從此妳可以在房裡吃一頓營養的早餐。」

「肉嗎？」

「嗯，很多的肉。」

「你會派誰來呢？」

「巴茨大夫如何？」

她的臉色柔和多了。「我在拉德洛的宮廷就認識他了。那時我還是威爾斯公主。當然，我現在還是。請告訴我，為何我不在繼承人之列？這是合法的嗎？」

「如果國會通過這個法案，那就是合法的。」
「但在國會的法律之上還有上帝的法律。你去問費雪主教。」
「然而上帝的意旨隱晦，天曉得費雪是否為詮釋的好人選。相形之下，我發覺國會的意志要來得簡單明白。」
她咬著嘴唇，別過頭去，「我聽說巴茨大夫是異端。」
「他相信的東西與妳父王相信的一樣。」
她轉過頭來，灰色的眼珠盯著他的臉，這才慢慢地說：「我不會說我的父王是異端。」
「很好，如果有陷阱，最好請妳的朋友先試一下。」
「如果你是那個女人的朋友，我指的是彭布羅克女侯爵，那你怎麼會是我的朋友？」瑪麗說。彭布羅克女侯爵是安妮．博林在加冕為后之前受封之爵位。她死都不肯稱安妮為王后。
「以那個女士現在的地位而言，她不需要朋友，只需要僕人。」
「我的表哥瑞金諾德．波爾說你是撒旦。他說，你剛出生的時候，就像任何一個善良的教徒，後來魔鬼進入你的身體。」
「你知道嗎？我剛來這個地方的時候，只是個九歲或十歲的小男孩。我叔叔是摩頓主教的廚子。我只是個愛哭哭啼啼的窮小孩，在附近撿拾山楂樹枝回來生火，或在太陽升起之前，幫忙殺雞。妳認為撒旦會在那時候進入我的身體嗎？或者更早，也就是在其他小孩受洗的時候？我對妳方才說的大感興趣。」
瑪麗瞄著他。她還戴著老式帽兜，帽子下緣很低，快遮到她的眼睛，就像馬的頭巾滑下來。他輕柔地說：「我不是撒旦，妳的父王也不是異端。」
「那我也不是私生子囉？」
「當然不是。」他重複一次他對薛頓夫人說的，「妳是在合法的婚姻關係之下誕生的。那時，妳的父母認為他們是夫妻，但這並不表示他們的婚姻是幸福的。妳知道其中差異吧？」
她用食指揉揉鼻子，「是的，我知道其中有何不同。其實，他們過得很幸福。」
「王后不久後將過來看她的女兒。我希望妳能尊敬妳父王的妻子——」

「她只是他的寵妓。」

「如果妳順從一點，父王才可能讓妳回到宮廷，到時候妳就可以擁有一切，過著舒適、有尊嚴的生活。聽我說，我希望妳這麼做是為了妳好。王后不期待妳的友誼，她只是好面子，妳就咬緊牙關，向她行禮吧。只是心跳一下的工夫而已，妳的世界就會完全改變。在她另一個孩子出世之前，跟她和好吧。如果她這回生的是兒子，那就更沒有理由對妳好了。」

「她怕我，即使生下兒子，她還是怕我。她怕我結婚生子，而我的兒子會威脅到她的地位。」

「有人跟妳提過婚事嗎？」

她苦笑了一下，說道：「我還是個嬰兒時，就與法蘭西王子有過婚約，接著我父王又要我嫁給西班牙皇帝，然後改口要我跟法蘭西國王結婚，不久對象又換成他的長子、次子以及其他兒子，然後又改為西班牙皇帝或者他的表親。我的婚約已經多到數不清了。也許，有一天，我真能和某個人結婚。」

「無論如何，妳不能與波爾家的人結婚。」

她愣了一下。他知道有人跟她提與波爾家結親的事，也許是她的老管家波爾夫人，或許是西班牙大使夏普義。夏普義常徹夜未眠研究英格蘭貴族家譜：如果有一半西班牙血統的瑪麗·都鐸能與金雀花家族結親，不是更具有繼承王位的正當性？他說：「在瑞金諾德·波爾流亡海外之前，我就見過他了。他不是適合妳的對象。不管妳嫁給什麼人，他都必須是強壯的男人。而瑞金諾德·波爾就像個坐在火爐邊彎腰駝背的老人。這人的血液似乎含有一點聖水，即使僕人打死一隻蒼蠅，他都哭得唏啦嘩啦的。」

她笑了一下，但立刻用手遮住。「沒錯，」他說：「這事不可跟任何人說。」

她從手指後方說話：「我最近看不到書上的字了。」

「什麼？他們連蠟燭都不給妳嗎？」

「不是這樣的，是我自己視力模糊，而且經常頭痛。」

「妳是不是常常在哭？」她點點頭。「巴茨大夫會幫妳送藥過來。在那之前，請人朗讀給妳聽吧。」

「有人讀丁道爾的聖經給我聽。你知道嗎？湯斯托主教和摩爾在這個聖經譯本找出兩千多個誤譯之處。這本聖經比穆斯林的聖書含有更多異端邪說。」

她在打口水戰，但他看到她眼裡泛著淚光。他說：「那些都可以更正。」她一個不穩，幾乎要倒在他身上。他想，她就要靠在他的騎裝上放聲大哭了。他說：「大夫在一天內就會趕到。不管怎麼說，現在妳需要一個溫暖的火爐和一頓像樣的餐點。」

「讓我見我母親。」

「國王雖然現在不允許，但這是可能改變的。」

「我父王還很愛我，都是她，都是那個無恥的女人，她把我父王的心變成黑的。」

「如果妳配合一點，薛頓夫人會對妳很好。」

「她算什麼東西？不管她對我好不好，我一定會活下去的。相信我，我會比她還長命，她的姪女也不會活得比我久。任何一個阻撓我的人都不會有好下場的。我還年輕，我可以等，等他們全部下地獄。」

他告退。葛雷哥利跟在後頭走了出去，但又回頭看那個可憐的女孩。她坐在火爐邊，然爐子裡幾乎只剩灰燼。她表情呆滯、手臂交叉坐在那兒等待。

葛雷哥利說：「她身上穿的那件兔毛外套，那毛像是被啃咬過。」

「她的確是國王的女兒。」

「誰說她不是呢？」

他笑著說：「我不是這個意思。你想想看……如果凱瑟琳王后承認犯了通姦，她的女兒一下子就會被除掉了，但人人都知道凱瑟琳是個從一而終的女人。」即使是最忠誠擁護國王的人，都很難把她視為亞瑟王子的妻子。葛雷哥利說：「從二而終吧。」克倫威爾瞪他兒子一眼：「瑪麗從沒正眼看你。」

「有一天，她會多看我一眼嗎？」

「布萊恩夫人說你是個可愛的年輕人，說不定年輕女孩也會喜歡你。這就是女孩子的天性吧。」

「但我想她的天性已被扭曲。」

「你找人幫她生火吧。我去安排晚餐。國王不會希望她餓死的。」

「我看得出來，她倒是很喜歡你，」葛雷哥利說：「真是奇怪。」

「這哪有什麼奇怪？我女兒也都喜歡我，可憐的小葛蕊思。不過她說不定還不知道我是她的爹地呢。」

「你幫她做那對天使翅膀的時候，她的確很喜歡你，還說那對翅膀她一定會永遠保存下來。」葛雷哥利別過頭去，好像在怕他的樣子，「雷夫說，你是全英格蘭的第二號人物了。他說，你早就是了，再加上頭銜就更名符其實。他說，國王會讓你超越現在的首席國務大臣歐德立以及其他的每一個人，甚至連諾福克也在你之下。」

「雷夫在做白日夢吧。兒子，瑪麗的事你千萬別跟任何人說，連雷夫都不行。」

「有什麼我不該聽到的嗎？」

「你想，如果國王明天死了，會怎麼樣？」

「我們都會很傷心吧。」

「誰來統治這個國家呢？」

葛雷哥利朝著小公主搖籃那個方向點點頭。「這是國會說的，不然就是王后肚子裡頭的那個孩子了。」

「那怎麼可能？現實呢？一個未出生的孩子可以當國王嗎？或是一個未滿週歲的女嬰？安妮攝政？當然博林家的人希望她能攝政。」

「那麼是里奇蒙公爵。」

「最好還是都鐸王朝的人。」

葛雷哥利轉過頭去看著瑪麗那邊，「正是，」他說：「我們可能得做好半年內的計畫，甚至一整年的計畫，但是如果你連明天的事都沒計畫好，那就一點用都沒有。」

✽ ✽ ✽

晚餐後，他和薛頓夫人聊天。布萊恩夫人本來已經上床，但又跑下來催促他們早點休息。「別聊了，明天會太累的。」

「好，好，」薛頓夫人揮揮手，要她快去睡覺，「反正我們明天早上沒事。連早餐都不必吃了。」

他們聊個沒完，直到所有的僕人都打呵欠，回房睡了，燭火熄了，才換到一個小一點、溫暖一點的房間繼續聊。她說，謝謝你開導瑪麗，我希望她聽進去了。我擔心她還有苦日子要過呢。薛頓夫人還提到她的弟弟湯瑪斯·博林。

她說，她認為他是全世界最自私的男人，難怪他的女兒安妮什麼都要抓在手裡。她只聽到這個弟弟談錢以及如何利用別人。如果有好價錢，他甚至願意把女兒剝光光送到奴隸市場賣掉。

他想像自己被一堆手持短彎刀的人團團圍住，眾人爭相競標安妮的姊姊瑪麗．博林。他微笑，然後看著這個姑姑。她告訴他博林家的許多祕密。他雖然沒跟她說什麼，但她認為他一定也有祕密。

他回房睡覺的時候，葛雷哥利已經睡著了。他聽到聲音，翻過身來，問說：「爸爸，你到哪裡去了，跟薛頓夫人上床了嗎？」

他的確可能跟女人上床，但絕不是博林家的女人，「你在做夢吧。薛頓夫人已經結婚三十年了。」

「我以為可以跟瑪麗一起吃晚餐的。」葛雷哥利喃喃地說：「我沒說錯什麼吧。可是她很驕傲，愛嘲笑別人。算了吧。我無法忍受跟這樣的女孩一起吃飯。」他在羽毛床上翻來覆去，不久又睡著了。

✽ ✽ ✽

費雪終於想清楚了，於是去請求國王原諒。他請國王考慮到他年事已高，體弱多病。國王說，這案子應該要依照法律程序來辦理，但既然主教已經認錯，他就特別開恩。

那個叫巴頓的女人將被處以絞刑。克倫威爾沒提到人骨椅的事，只是告訴國王她已經不再預言。他只希望，她被送到泰伯恩刑場，脖子套上繩子的那一刻別再說國王是騙子。

所有的顧問官都跪在國王面前，請他原諒摩爾。國王最後同意了。或許，他一直在等他們過來求他、說服他。幸好當時安妮不在，否則摩爾恐怕過不了這關。

他們站起來，拍拍身上的灰塵準備離去。克倫威爾似乎聽到某個角落傳來已故樞機主教沃爾西的笑聲。歐德立覺得還好，諾福克看起來焦躁不安，他要站起來，但雙腿一軟又跌了下去，克倫威爾和歐德立趕緊過去抓著他的手肘，扶他站好。諾福克說：「我還以為要再一個小時，不斷懇求他，他才會點頭。」

克倫威爾告訴歐德立：「有件事很好笑。摩爾還領取撫恤金。應該停止發放了吧。」

「他現在終於可以鬆一口氣。我向上帝祈求，希望上帝讓摩爾識時務一點。他都安排好了嗎？」

「是的，他的女婿羅波說，他都把家裡的財產交給孩子了。」

「噢，你們這些律師就是這樣！」公爵說：「哪天我不行了，不知道誰會來照顧我？」

諾福克公爵滿頭大汗，克倫威爾不由得慢下腳步，歐德立也跟著慢慢走，跟在最後的則是克雷默。克倫威爾往後走，到克雷默身邊挽著他的手。最近，國會每次開會他都現身，還好他出席了，主教區幾乎空無一人。

就在這個月，教宗對凱瑟琳王后婚姻申訴案做出最後的裁決。拖了這麼久，克倫威爾還以為在教宗有生之年不會做出決定。克勉教宗認為英王亨利與凱瑟琳的結婚特許狀有效，因此兩人的婚姻是合法的。西班牙皇帝的支持者在羅馬放煙火，亨利則對這樣的裁決不屑一顧。他決定好好跳舞，拋開煩惱。安妮雖然肚子已經大了，還能跳舞，但她想這個夏天最好別亂動。克倫威爾還記得安妮懷第一胎的時候，亨利的手放在麗茲·西摩的柳腰上。當然這是沒有結果的，麗茲·西摩不是沒腦子的女人。現在和亨利翩翩起舞的則是安妮的表妹瑪莉·薛頓。亨利把她抱起來，讓她雙腳離地，逗她發笑，還用無盡的讚美讓她無法喘息，但這也只是逢場作戲。他看見安妮的下巴抬得高高的，靠在椅子上，轉過頭去看別的地方，或是喃喃說著什麼，還做出淘氣的表情。有那麼一瞬，她的面紗貼著那個傻小子韋士敦的上衣。顯然，安妮認為如果亨利可以跟表妹瑪莉·薛頓眉來眼去，她也可以對韋士敦拋媚眼，這麼一來兩人就扯平了。如果姊妹不在，把國王留在表姊妹身邊也可以，畢竟還在她可以掌控的範圍內。瑪麗·博林到哪裡去了？有人說她在鄉下，或許她和他一樣渴望和暖的天氣。

似乎都還沒春天的消息，夏天便已悄然來到，四月十三日，一個禮拜一早晨，夏天像一個新來的僕人，露出燦爛的臉龐。這日，大夥兒都在蘭巴思宮，除了克倫威爾，還有歐德立和大主教克雷默。強烈的陽光從玻璃窗射進來。他站在窗口，看著下面的花園。《烏托邦》一書正是這樣起頭的：幾個朋友在花園裡閒聊。拉提摩和國王的幾個神父像野孩子一樣玩鬧拉扯。拉提摩的兩隻手分別勾住兩個神父的脖子，讓自己騰空。要是給他們一顆球去踢，就像是個完美的假日。他說：「摩爾，你何不去外面曬曬太陽？半個小時後，我們叫你過來，然後再請你宣誓。這樣好嗎？」

摩爾站起來。克倫威爾聽到他的關節發出啪地一聲。「連諾福克都跪下來為你求情了！」他說。那好像是幾個禮拜前的事了。這陣子熬夜加上白天繁忙，吵嚷不休，他已精疲力盡，然而感官似乎更加敏銳，因此他可以感覺到站在後面的克雷默陷入嚴重焦慮。他希望在克雷默崩潰前，摩爾能暫時離開一下。

摩爾說：「半個小時能做什麼？」他的語氣平和，幾乎像是在開玩笑，「當然，你們或許能做點什麼事。」

摩爾要求看一下王位繼承法案。歐德立把文件攤開。他刻意低下頭來，逐字細讀，其實他已看過十幾遍了，「我得明說，我不能宣誓支持這個法案，然而我不是反對你們，也不會阻止任何人支持這個法案。」

「你知道，這麼說是不夠的。」

摩爾點點頭，朝向門口走去，但先衝到角落的桌子，克雷默急忙閃到一邊，接著握住墨水瓶。門砰地一聲關上。

「所以呢？」

歐德立把文件收好，輕敲桌面，看著摩爾剛剛站的那個地方。克雷默說：「我有個主意。如果我們讓他祕密宣誓，如何？我們說，我們不會把他宣誓的事告訴任何人，請他放心。如果他不能說出這樣的誓詞，我們也可問他，看他願意說出什麼樣的誓詞？」

他噗嗤一聲笑了出來。

「這不符合國王的要求吧。」歐德立嘆了一口氣，又輕敲桌面，「我們已經盡力了。我們為他和費雪向國王求情，洗刷巴頓共犯的罪名。費雪只要繳交一筆罰金，摩爾也沒事了，他們還要怎樣？看來，我們只是白費功夫。」

「摩爾好像恨不得要把某個人掐死似的。」

克雷默說：「我們再給摩爾一次機會。他要是再拒絕，至少得說出理由。」

他低聲咒罵一聲，然後從窗口轉過身來：「我們已經知道他的理由了。其實，全歐洲的人都曉得。他反對國王的離婚，也不認可國王是教會之首。但他說得出來嗎？我了解他。他是不會說的。你們知道我痛恨什麼嗎？我痛恨這是他一手導出來的戲。我痛恨這樣浪費時間。我痛恨被捲入這件事。這齣大戲落幕之後，我們也已經老了。而我最生氣的莫過於摩爾還坐在觀眾席上竊笑，笑我的台詞說得結結巴巴，因為全部的劇本都是他寫的。這些年他早就寫好了。」

克雷默就像侍童為他倒了杯酒，把酒杯送到他面前，「喝吧。」

這酒經過大主教的手後，似乎也增添了聖禮的色彩：不是摻了水，而是某種奇妙的混合物：這是我的血，這就像我的血，這個或多或少和我的血很像，喝下去之後，你就不會忘了我。他把這杯酒拿回去給克雷默。北日耳曼人會釀一種烈酒，名之為「生命之水」，那種酒會比較有用。他說：「叫摩爾回來吧。」

不一會兒，摩爾出現在門口，輕輕地打噴嚏。「拜託，」歐德立笑著對他說：「這怎麼像英雄出場呢？」

「我可以保證，我無意當英雄，」摩爾說：「有人在割草。」他又要打噴嚏了，於是捏著鼻子。他把長袍掛在肩上，拖著腳步走到他們面前，然後坐在椅子上。先前，他無論如何都不肯坐下。

「好多了，」歐德立說：「我就知道去外面呼吸一下新鮮空氣，會有好處的。」他抬起頭來，眼睛瞄向克倫威爾，似乎邀請他過來，但他還是想靠在窗邊。歐德立打趣說：「一開始，你不肯坐下。現在又換另一個人不肯坐下。真不知道這是怎麼回事。」他把一紙文件推到摩爾面前，「上頭列的這幾個主教今天已經宣誓支持這個法案。你可以此做為榜樣。國會的每一個議員都贊成了，為什麼你不肯配合？」

摩爾抬起頭來，說道：「這裡讓人不舒服。」

「比起你要去的地方舒服多了吧。」克倫威爾說。

「地獄嗎？」摩爾笑道：「我相信那不是我要去的地方。」

「如果你會因為宣誓支持這個法案而受到詛咒，這些人該怎麼辦？」他從牆邊衝過來，抓起歐德立手中那張名單，揉成一團，對準摩爾的肩膀丟過去，「這些人也會被詛咒嗎？」

「我無法代表他們的良心發言，只能為自己說話。我若是照你們的意思宣誓，一定會被詛咒。」

「有人羨慕你的洞見，知道如何得到上帝的恩典。然而，照你的語氣聽來，你和上帝好像是熟得不得了的朋友，好像造物主是禮拜天下午跟你一起去釣魚的鄰居。我實在很好奇，你為何這麼自大狂妄？」

歐德立傾身向前，「我們必須先把這事弄明白。你不肯宣誓是因為你的良心不允許你這麼做？」

「是的。」

「你可否說明清楚一點？」

「不行。」

「你反對宣誓，但你不肯說出理由。」

「是的。」

「你反對的是這個法案本身、宣誓的形式或者你根本反對宣誓這件事？」

「我不願回答。」

接著，換克雷默上場，「如果這是良心的問題，心裡必然會有些疑慮……」

「這不是我一時興起想到的，而是經過長時間的深思熟慮、與自己不斷對話得到的結果。就這件事來說，我清清楚楚聽到自己良心的聲音。」他把頭偏向一邊，笑道：「大主教，難道你不是嗎？」

「或多或少吧，」克雷默說：「難道你不曾困惑？當然，你一定問過自己。你是個大學者，精於辯論，為什麼不曾疑惑何以那麼多學者都站在同一邊，唯獨你自己站在另一邊？我們可以確定的是，你必須效忠國王，像任何一個臣子那樣順從國王。再說，多年前你擔任國王的顧問官，不是曾宣誓效忠他？現在為什麼不肯這麼做？」克雷默對他眨眼，「想到這些懷疑和困惑，你應該恍然大悟，可以宣誓了吧。」

歐德立靠在椅背上，閉上眼睛，似乎在說，我們能說的都說了。

摩爾說：「克雷默，你就任大主教的時候，不是向羅馬教廷發誓過了？但是有人說在典禮中，你手中都握著一張紙條，上面寫著你如此宣誓是被迫的。這是不是真的？有人還說，那張紙條是克倫威爾幫你寫的。」

歐德立睜大雙眼，心想，這摩爾實在無藥可救。然而，摩爾還是笑瞇瞇的，就像戴著惡意的面具，輕聲地說：「我不屑玩這種把戲。我不會把上帝當成傀儡戲的玩偶，更不會這樣欺騙全英格蘭的教徒。你們說你們占多數，但站在我這邊的才是真正的多數；你們說，你們背後有國會全體議員的支持，而站在我後頭支持我的是所有的天使、聖人以及已逝的教徒。自基督教創建以來，基督與教會就是一體，無法分割的——」

「我的天啊，」他說：「謊言就是謊言，不會因為流傳了一千年而變成真理。你所謂的那無可分割的教會只會迫害信徒，在他們選擇面對良心的時候，燒死他們、砍死他們，把他們開腸剖肚，讓野狗來啃食他們的五臟六腑。你援引歷史來做說明，但歷史對你來說又是什麼？不過是一面奉承你的鏡子。我也要拿出一面鏡子請你自己照一照，你將在鏡中看到一個虛榮而危險的人，一個殺人凶手。只有上帝知道你把多少人送上火刑台和絞架。你本來就不是一個單純的人，不可能把此事變得單純。你可知道我曾尊敬你？我從小時候就尊敬你。見到你拒絕宣誓，讓英格蘭所有的敵人快意，我真是心痛如絞，與其這樣，我還寧願看到自己的兒子被斬首。」

摩爾抬起頭來。有那麼一瞬，兩人四目相接。摩爾別過頭去，喃喃地說：他居然會為了這件事，就這件事，寧願看到自己的兒子去死。「別這麼說。葛雷哥利是個好孩子。如果他過去表現得不夠好，將來還會進步的。我也這麼說我兒子。我說，你這孩子簡直是窩囊廢，有什麼用？但他的價值還是勝過一個論點。」

克雷默心灰意冷地搖搖頭，「唉，辯論這個做什麼呢？」

「你提到你兒子，」他說：「你可曾想過，你這麼做，他會如何？你也為你女兒設想了嗎？」

「我將勸他們宣誓支持這個法案。我有我的顧慮，他們不一定要和我一樣。」

「你知道，這不是我的意思。你背叛的是下一代。你希望西班牙皇帝踩在他們的脖子上，是不是？你根本不是我們的人。」

「得了吧，說我是叛徒，難道你是愛國英雄？」摩爾說：「你不是曾為法蘭西人打仗，嗯，還有為義大利人管帳？你幾乎不是在這裡長大成人的。你當年一定是作姦犯科，怕被打進牢裡或被絞死，才流亡海外吧。克倫威爾，我跟你說你是什麼樣的人吧。你骨子裡是義大利人，你的血液流著他們的罪惡與他們的熱情。」他往後靠在椅背上，冷笑道：「你們現在看起來一團和氣，總有一天會反目成仇。這就像太多人摸過的硬幣，表面的鍍銀掉了之後，就可以看到下面是什麼金屬了。」

歐德立笑著說：「你沒注意到克倫威爾多麼努力管理鑄幣廠嗎？他鑄造的每一個硬幣都是經得起考驗的。」首席國務大臣就是喜歡說這種笑話，總有人必須保持冷靜。克雷默臉色蒼白，不斷冒汗。克倫威爾甚至看得到摩爾的太陽穴青筋凸起。他說：「我們不能讓你回家。今天似乎你已不是原來的你，我們最好把你送到倫敦塔。現在暫時由西敏寺修道院長監管你吧……坎特伯里大主教，這樣可好？」

克雷默點點頭。摩爾說：「克倫威爾，我不該笑你的，是嗎？你一直是我最特別、最溫柔的一個朋友。」

歐德立對門外的衛士點點頭。摩爾迅速起身，聽到監管他腳底就像裝了彈簧，只是他平常穿的這身衣服不夠輕便，像是枷鎖一般，即使後退，也好像踩到自己的腳。他想起目前人在哈特菲爾德的瑪麗，從凳子上站起來之後，就忘了她的凳子在哪裡。不久，摩爾就被押出去了。「現在，他終於得到他想要的。」克倫威爾說。

他把手掌靠在窗玻璃上，看手在老舊玻璃上留下的印子。河上的天空有雲聚集，這一天已經差不多要結束了。歐德立從房間的另一頭走過來，站在他的肩膀旁邊，想了一下，才說：「如果摩爾可以指出他反對這誓詞的哪一句，或許還可以修改，那就沒有什麼好反對的。」

「算了吧。如果他願意指出來，早就這麼做了。他唯一的希望就是保持沉默。這麼一來，我們就不用巴望他會合作了。」

克雷默說：「國王還是可能妥協的。」

克倫威爾說：「我擔心王后不肯。」他又虛弱無地力補上一個疑問：「她為什麼要妥協？」

歐德立把一隻手放在他手臂上，「親愛的克倫威爾。誰了解摩爾？他的朋友伊拉斯謨斯勸他遠離政界。他說，他對政治一點胃口也沒有。這是對的。當初，他不該同意接受我這個職位，還不是因為痛恨沃爾西，他才會這麼做。」

克雷默說：「要是我沒搞錯，伊拉斯謨斯也要他遠離神學。」

「錯不了的！摩爾把每個朋友寫給他的信都出版了。即使朋友指責他不該這麼做，最後只是讓自己更加難堪，而摩爾卻坐收其利。他是一言一行全部攤開來的公眾人物。一有什麼想法，就拿紙寫出來。直到現在，他才希望保留一點隱私。」

歐德立伸手過去，打開窗戶。好幾隻田鶇站在窗欞上高歌，流暢的歌聲飄然入內。

「我想，他正在把今天的遭遇寫出來，」他說：「然後送到國外出版。歐洲人看了他的書，就會笑我們是傻子、是壓迫者，而他則是才高八斗、文采煥發的受害者。」

歐德立拍拍他的手臂，想要安慰他，但無濟於事。畢竟，他是無可接受安慰的克倫威爾：他的往事成謎，你無法解釋他是怎麼樣的一個人，或許也是立於不敗之地的克倫威爾。

❀　❀　❀

第二天，國王傳喚他去。他心裡有數：因為摩爾拒絕宣誓，國王肯定會把他罵得狗血淋頭。他問：「誰要陪我去？雷夫？」

他一來到國王面前，國王即比了個手勢，要所有的侍官出去，讓他們單獨說話。群臣像退潮一樣退去。

「克倫威爾，我這個做主子的難道對你不好？」從國王的表情看來，像是要大發雷霆。

他的嘴巴動了……皇恩浩蕩……小的沒用……他就像犯了滔天大罪般請求國王施恩……

他可以這樣說上一整天。這是他從沃爾西那兒學來的。

「我的大主教克雷默認為我對你不夠好。但是，」國王用澄清的口吻說：「哪個君主比我更寬宏大量的？」

他正大惑不解時，國王接著說：「我將任命你為樞密大臣，還會給你其他賞賜。我真不明白，幾年前我為什麼不這麼做？請告訴我……我記得曾跟你討論過你祖先的事，他們應該曾是貴族。你說，你和他們沒有關係。這事，你曾再想過嗎？」

「老實說，微臣不曾再想過。我不會穿別人的外套、用另一個人的紋章。那人或許會從墳墓爬出來跟我理論呢。」

「諾福克說，你在下層社會如魚得水。他說，這是你故意設計要折磨他的。」國王挽著他的手，「在我看來，這似乎滿方便的，因為我們就可以去任何地方。今年夏天因為王后的身子，我們最好不要跑太遠。這樣好了，我在我的寢宮旁邊給你準備個房間，我可以隨時找你說話。因為我們房間相鄰，我就可以直接去找你，不必麻煩那些僕人傳話了。」他又說：「我會珍惜朋友的。如果我對你不好，一定會遭到天打雷劈。」

他們走到外面。雷夫說：「天打雷劈……國王居然會說這麼可怕的誓言。」雷夫擁抱主人，「等了這麼久，總算苦盡甘來。對了，等我們到家，我有件事要告訴你。」

「現在就說吧。什麼事？是好事嗎？」

有一個僕人走上前來，說道：「樞密大臣，您的船已經準備好了，可以載您回到城裡。」

「我該在河濱找間房子，」他說：「像摩爾家那樣的。」

「噢，那原來的家呢？我們不是有網球場，」雷夫說：「還有花園。」

任命克倫威爾做樞密大臣一事，國王早就悄悄進行了。賈德納塗在船上的紋章都被燒黑了。克倫威爾家的旗幟就立在都鐸王朝的旗子旁。他第一次踏上樞密大臣專用的船來到河上。雷夫說了那個消息。船很平穩，絲毫沒有搖晃的感覺。旗子下垂。現在還是早上，霧很濃，其中冒出斑點，不知是人、床單或是樹葉，天色則是蛋殼般灰灰白白的。整個世界都在柔和的光影之中，少了稜角，多了水光和綠意。

「我半年前祕密結婚了，」雷夫說：「沒有人知道，但你現在知道了。我娶了海倫・巴爾。」

「天啊，」他說：「這種事竟然發生在我家屋簷下。你為什麼要娶她？」

雷夫靜靜地坐著聽他說：她的確是個可愛的女人，但她沒有身分、地位，不能給你帶來任何財產。我可以為你安排一個女繼承人。先別告訴你父親吧。他一定會活活氣死，說我沒為你的利益著想。「再說，如果有一天她老公又冒出來了呢？」

「你不是跟海倫說她已經自由了？」雷夫說道，身子不停地顫抖。

「天底下哪一個人是自由人呢？」

他想起海倫說的：「如果有任何人要我，我就可以再婚了吧？」他想起她意味深長地看著他，只是他那時沒讀懂她的表情。她即使在他面前翻筋斗，他也不會發現。他老是在想別的事、在忙別的事。如果我要她，誰會怪我娶了個身無分文的洗衣婦，甚至像是乞丐的一個女人？社會上的人會說，克倫威爾要的就是這種肉感美女，難怪他對城裡的寡婦不屑一顧。他不需要錢，不需要關係，只要他想要的東西，都能到手。他現在是樞密大臣，接下來呢？

他盯著河水，河水在光線照耀下看起來有時土黃，有時清澈，但一直在流動。水中有魚、水草，溺死者的白骨也在水中飄流。在泥濘的河邊則散布著皮帶扣環、碎玻璃和小小的銅板。銅板上的國王肖像已經模糊不清。他還記得小時候在這裡發現了一個馬蹄鐵。馬會跑到河裡來嗎？在他看來，這馬蹄鐵就像幸運寶物。但他老爹說，如果這叫幸運，那我早就是糖糕國的國王了！

✿ ✿ ✿

他先走到廚房，告訴舍斯頓升官的消息。「很好，」舍斯頓說：「你又扳下一城。賈德納不只五雷轟頂，他的五臟就像被他自己的脂肪燃燒一樣。」他掀開蓋在盤子上的一條沾了血的布巾，「看到了嗎？這些鵪鶉的肉還比黃蜂的肉少。」

克倫威爾建議：「那就用馬姆齊甜酒悶煮。」

「這裡有三、四十隻鵪鶉。別浪費那麼好的酒了。我想辦法幫你煮。這是加萊總督萊爾子爵送的。如果你要寫信給他，請告訴他，下次請送肥美一點的過來，不然乾脆不要送。你會記得吧？」

「好，我會記著。我想，以後我們可能有時候會在家裡開會，開會前可以吃正餐。」

「對，」舍斯頓說：「諾福克可以貢獻他那兩隻鳥腿，給我們嘗嘗。」

「舍斯頓，你有事要忙，別弄髒了你的手。你可以在肩上掛上金鍊，趾高氣昂地走出去。」

「你要自己動手？」舍斯頓把一隻雞啪一聲放在檯子上，抹淨指頭上的雞毛，看著他，「如果有我能做的，我願意插手，免得情勢逆轉。不是說事情一定會這樣，但還是記取沃爾西主教的教訓吧。」

他想起諾福克說的：叫他趕快動身北上，不然，他要是被我逮到，我一定會用我的牙齒撕他的皮，咬他的骨。

換言之，您要將他拆吃入腹？

他想到一句拉丁文諺語：Homo homini lupus（人就像狼，會把另一個人吃下去）。

✿　✿　✿

吃完晚飯，他對雷夫說：「雷夫・塞德勒先生，你已經成名了，成為浪費的最佳典範。所有的父親都會以你為例，對他們的兒子說，這個人就是把關係視作敝屣的人。」

「我是不得已的。」

「怎麼說不得已呢？」

「我瘋狂愛上她了。」

「或許，你現在才是熱情洋溢地活著。」

「是的，沒有愛，我就像槁木死灰。」

他不禁好奇，沃爾西是否曾墜入情網。人不癡狂枉少年，主教也曾年輕。但他為什麼這麼懷疑？也許沃爾西的自戀就像一把烈火，足以烤焦全英格蘭。「告訴我，是不是王后加冕的那個晚上……」他搖搖頭，翻看桌上的文件，其中有赫爾市長寫來的信。

「只要你問，我一定說出來，」雷夫說：「我無法想像有事瞞著你。只是我的妻子海倫希望先保密。」

「她現在已經有孕，所以你不得不承認了吧。」

雷夫臉紅。

「那晚，我回家來找她，要帶她去克雷默那裡……她走下來，」他的眼神在屋子游移，似乎還看得見那日的經過，「她走下來，但沒戴帽子。你跟在後頭，頭髮翹得亂七八糟，還氣我要把她帶走……」

「是的，」雷夫說，一邊用手掌撫平頭髮，「大夥兒都上街看熱鬧了。那晚就是我們的初夜。之後，她就答應要跟我廝守終生。」

他想，也好，雷夫不是冷血無情，一心只求升遷的年輕人。沒有熱情，哪來歡愉？至少在我的保護之下，雷夫可以做個有感情的人，「雷夫，我想，你幹了件蠢事，但不算是災難。告訴你父親，我要飛黃騰達，一定會拉你一把。當然，他還是會暴跳如雷。但做父親的難免會這樣。他會吼叫，說我真後悔把你送到克倫威爾家。但我們會慢慢地，一點一點讓他明白。」

雷夫一直站著，直到現在才坐下。他手放在頭上，頭往後仰，一副如釋重負的樣子。他真的那麼怕我嗎？「對了，你父親看到海倫的時候，他可能會知道……除非他……」除非什麼？除非他死了，不然怎麼會沒注意到海倫軀體的美麗、眼神的迷人。「我們必須讓她脫下圍裙，把她打扮成塞德勒夫人的模樣。當然，你得有一棟屬於你自己的房子。我會幫你的。我和梅喜都會想念海倫的孩子。如果你只想要你和海倫的愛情結晶，海倫和前夫生的孩子可以留在這裡。」

「多謝，但是海倫不會和她的孩子分開的。」

他想，那他們家就再也聽不到孩子的聲音了，除非他能從國王的事脫身，去跟某個女人求愛。其實，如果有女人跟他說話，他還是會洗耳恭聽。「好吧，你看看怎麼跟你父親說他才會接受。從現在起，如果我分身乏術，不能待在國王身邊，你就得陪伴國王。小黎喜歡跟使節周旋，研究密碼，這種狡猾的工作最適合他。理查得待在這裡，幫我管家裡的大小事。因此，我和你必須侍奉國王，就像兩個甜美的宮女，對他百依百順，讓他龍心大悅。」他笑道：「你是好人家出身的，他或許會讓你做他的侍臣。真能這樣，對我來說，更是如虎添翼。」

「我沒料想到會這樣。」雷夫低下頭，「那我就不能帶海倫一起進宮了。」

「恐怕不行。這輩子大概就是這樣，不能改變了。但你已經做出選擇，不能後悔了。」

雷夫說：「在你面前，我就像是透明人。我哪有什麼祕密瞞得了你？」

「啊，我也不是什麼都看得出來的。」

雷夫出去之後，他把晚上要處理的文件拿出來，依序放好。一個法案通過了，下一個法案又來。他可藉由法律條文的書寫測試文字能有多大的力量。這些文字就像咒語，可讓一些事在真實世界發生，然而只有人們相信這樣的咒語才有效。如果他在法律條文中載明要罰鍰，就必須一視同仁地執行，不管是富人或窮人都得遵守，不管是在蘇格蘭邊界、威爾斯沼澤、康瓦爾、蘇塞克斯或肯特郡，每一個地方都一樣。他擬出繼承人法案，以測試眾人對國王是否忠誠，他要全國人民，每一個自治區、每一個村子的人、繼承遺產的寡婦和地主，都必須宣誓效忠國王。即使是在高原或野地、幾乎不曾聽過安妮．博林這個名字的人也必須支持她子宮裡的胎兒成為王位繼承人。凡是知道國王叫做亨利的人，都該矢志效忠，不管他是否把現在的國王和他那名叫亨利的老爸或是以前叫亨利的國王搞混。反正其他時代的亨利國王將消失在人民的記憶中，即使他們的肖像仍在硬幣上，也沒人知道是誰。有一次，他從河邊的泥巴裡挖出一枚硬幣，問說，這是凱撒嗎？他老爹說，我看看，然後帶著嫌惡的表情把那硬幣丟在一邊，說道：這不過是一個不值錢的法尋，是個曾和法蘭西人打過仗的國王鑄造的。出去幹活吧，別管凱撒了。亞當還是個少年郎，凱撒已經垂垂老矣。

他唱了一首歌：「亞當耕田，夏娃織布，那時誰是紳士淑女？」他一唱，華特就在他後面追，如果逮到他，就打他一頓。華特說：這是叛徒唱的歌，你知道我們要怎麼處置叛徒吧。我們會在地上挖個洞，把他們埋進去。在他小時候，康瓦爾人曾經入侵，但更多的康瓦爾人將會再來。在康瓦爾之下，在整個英格蘭之外，在威爾斯沼澤地、蘇格蘭邊界再過去的地方，還有另一片土地，那裡埋葬了另一個帝國，恐怕那是無人可及之處。那些住在樹籬和枯木之間的妖怪，躲在叢林中的野人，你如何讓他們宣誓？那些在神龕中的聖人、在井裡窸窸窣窣的幽靈以及草草埋在地底下的死胎，他們要怎麼宣誓？冬日，那些在打鐵鋪和火爐邊徘徊、取暖的鬼魂呢？他們也都是同胞啊。在活人腳下，世世代代無可計數的死者在地底下呼吸，偷取活人的光。那些死去的爵爺、惡棍、修女、妓女、神父和僧侶都在英格蘭的土地裡寄生，吸取未來的資源。

他盯著桌上的文件，心不知飄到哪裡去了。他記得他的女兒安曾說：「我要嫁給雷夫。」他低下頭，把頭埋進手掌中，閉上眼睛。安出現在他眼前，約莫十歲或十一歲的模樣。她就像士兵一樣堅毅果敢，小小的眼睛眨也不眨，相信命運就掌握在自己手裡。

他揉揉眼睛，整理文件。這是什麼？一張清單，字跡端正，但不知代表何意。

兩張地毯。（由一張地毯剪半而成。）
七件床單。兩個枕頭。一個靠墊。
兩個大盤、四個小盤、兩個碟子。
一個重十二磅的調菜盆，每磅四便士；這盆子目前在修女院長那裡，她付了四先令。

他把這張清單翻過來看，想知道是從哪裡來的。原來是巴頓離開修女院的時候遺留下來的東西。由於這是叛徒的私人物品，該全數沒收交給國王。如果是一塊木板，或許可以用來做桌子；三個枕頭套、兩根蠟燭和一件外套價值約是五先令；老舊的斗篷可以轉送給修道院裡年紀最小的修女。另一個名叫愛麗絲的修女已經接收了一件被套。

他曾告訴摩爾，預言沒能給那個叫巴頓的女人帶來金錢。他在備忘錄上記上一筆：「巴頓必須給執行絞刑的劊子手一筆錢。」再過五天，她就要被處決了。在她爬上絞架後，最後一眼看到的將是那個劊子手。如果她沒付錢請他行行好，死前的折磨不知會有多久。她一直在猜想火刑需要的時間，不知在套索上斷氣需費時多久。那裡可說是窮人的地獄，即使要被處決，為求好死，也得付一筆錢。

摩爾的家人都已經宣誓，他也親自去看了。愛麗絲認為沒能說服她的丈夫完全是他的錯。「你去問他，到底他以上帝之名在做什麼。請你問他，讓他的老婆失去倚靠、兒子無人教導、女兒沒人保護，讓我們一家都得受制於克倫威爾這樣的人，這算是聰明人的作法嗎？」

梅格似笑非笑地在母親耳邊悄悄地說：「妳已經說過了。」她頭低低的，握著他的手，「我父親一直在說你。他說你對他多客氣，對他多好。他說，他相信你，你也了解他，就像他了解你一樣。」

「梅格，妳可以看著我嗎？」

梅格調整一下面紗，像是在強風中行走，如果不保護好，就會被吹走似的。

「我可以設法拖個一、兩天。我想國王也不願令尊被關在倫敦塔，他好像時時刻刻都在等……」

「投降？」

「支持吧。那麼，國王可能會給他……」

「我懷疑國王給他的榮耀是他想要的，」羅波說：「梅格，算了。我們還是回家吧。我們最好在妳母親哭鬧起來之前，把她拉上船。」羅波伸出手，「我們知道你不是喜歡復仇的人。只有上帝知道，對你那群朋友而言，他從來就不是一個朋友。」

「你曾是新教的人。」

「人是會變的。」

「我完全同意。請你去跟你岳父說吧。」

他想，我不該讓摩爾和他的家人對我存有幻想，認為他們了解我。我連自己都不甚了解，他們怎麼可能了解我？

他寫了張字條：理查·克倫威爾前去西敏寺修道院長那裡，把犯人摩爾押送到倫敦塔。

他還在猶豫什麼？

再多給他一天吧。

一五三四年四月十五日。他叫一個助手幫他把文件整理、歸檔，以便明日使用。他在火爐邊走來走去，自語自語。現在是半夜，燭火已滅。他拿了支蠟燭上樓去。克里斯多福躺在他的床腳下，睡成大字型，鼾聲大作。他想，啊，上帝！我真命苦。他在那小子耳邊輕輕說：「醒來！」但克里斯多福一點反應也沒有。他只好伸出手把他搖醒。當他是一個鍋蓋似的。那小子咕噥著法語，髒話連篇。「他媽的，原來是主人，我不知道是你。我在做夢，夢見自己是一塊糕餅。對不起，昨晚我一定喝到掛了。我們在慶祝美麗的海倫和幸運的雷夫成為一對。」他舉起前臂，握著拳頭，做了個極其猥褻的手勢，接著手臂癱軟，掉了下去，眼皮又不由自主地滑下來，打了個嗝又沉沉睡去。

他把這小子抬到他睡覺的草墊上。克里斯多福現在已經很重，就像隻壯碩的鬥牛犬。他咕噥一下，又喃喃自語，但是不再醒來。

他把衣服脫下，放在旁邊，做睡前禱告，接著躺下來，頭靠在枕頭上：七件床單。兩個枕頭。一個靠墊。蠟燭一滅，他就睡著了。他的女兒安來到他夢裡。她帶著悲傷的面容，伸出她的左手讓他看：她手上沒有婚戒。接著，她把自己的長髮編成髮辮，像套索一樣套在自己的脖子上。

✿ ✿ ✿

仲夏，女人捧著乾淨的床單急忙跑到王后寢宮。她們的臉除了空洞就是驚愕，腳步之快，好像沒有任何人可以擋得住。房裡的火爐烈火熊熊，吞噬血汙與死亡。那些女人只能把今天的一切當作祕密埋藏在心底。

那晚，亨利坐在窗邊，身體縮成一團。夜空中的星星像匕首一樣明亮、刺眼。亨利告訴他：都是凱瑟琳的錯。因為她的詛咒，才會這樣。你知道嗎？她的子宮早就沒用了，但她一直在騙我。她根本不可能懷孕，她和巴次大夫早就知道了。但她還是口口聲聲說她愛我，然後一邊破壞我。她在半夜悄悄溜進來，躺在我和我愛的女人中間。她的手是冷的，心是冰的。她把手放在我胯下，那手有著墳墓的氣味。

不知有多少爵爺和夫人塞錢給當天在安妮身邊服侍的侍女和產婆，要她們說出胎兒是男是女，但那些女人每次說的都不一樣。話說回來，哪一個結果比較差：她懷的又是女孩，或者死產的是男孩？

仲夏夜，倫敦到處有人點燃篝火。巨龍在大街上緩緩前行，噴出煙霧，鼓動機械翅膀。

第2章·基督王國的地圖

一五三四年～一五三五年

「你想要歐德立那個職位嗎？」國王問他：「如果你要，那就是你的了。」

夏天已過。西班牙國王沒攻打過來。克勉教宗死了，他的裁決也跟著壽終正寢，又是新的局面。他沒把門完全關上，留下一個縫隙，等下一任羅馬主教前來對話。如果是他個人的事，他必然恨不得砰一聲把門關上，但這不是個人的事。

他仔細思量：他真的適合當首席國務大臣？如果能在法律位階占有一席之地，應該不錯，何不爬到最頂端？「我不想讓歐德立困擾。如果陛下對他的表現滿意，我就滿意了。」

他還記得沃爾西當年如何被這個職位綁得死死的，不得離開倫敦一步，特別是國王不在的時候。沃爾西當時在法庭相當活躍，但現在我們有足夠的律師了。

亨利說，告訴我，你認為怎麼做最好。他就像是個謙卑的情人，想不出該送什麼禮物才好。他說，克雷默囑咐我，聽克倫威爾的，看他想要什麼職位，或是要徵稅、在國會實行新的方案或者要貴族頭銜，就給他吧。

目前，卷宗主事官這職位是空的。這是個司法職位，已有長遠的歷史，是國家最重要的祕書處。以前擔任卷宗主事官的通常是學識淵博的主教。他們現已躺在墓地底下，墓碑上用拉丁文刻著他們的懿德。他掐著這個成熟果子的蒂頭，從樹上採摘下來。這真是他有生以來最雀躍的一刻。

「果然如你所料，」亨利說：「那樞機主教法爾內塞成了新的教宗——不，該說是羅馬主教——我跟著你下注，贏了不少。」

「瞧，」克倫威爾得意地說：「克雷默說對了吧，聽我的話準沒錯。」

聽說克勉教宗的死讓羅馬人歡天喜地。他們破壞他的墓穴，把他的屍體挖出來，在街上拖著走。亨利及眾朝臣聞訊樂不可支。

卷宗主事官的辦公處在大法官巷。他從來沒見過這麼詭異的房舍，裡面有一股濃濃的霉味和油味。這棟建築外觀有著彎彎曲曲的線條，主體是狹長的，往後延伸，裡面通道狹小，天花板很低。我們的祖先是侏儒嗎？還是他們不知道如何把天花板撐高一點？

這棟房子是三百年前的亨利國王興建的。他讓願意改教的猶太人以此做為庇護所。如果他們想免於受到暴力威脅，就得放棄猶太信仰，並把所有的財物都交給國王。因此，國王必須提供住處和食物給他們。

克里斯多福跑在前頭，進入深處。「瞧！」他用手指戳起一張巨大的蜘蛛網。

「冒失鬼，別把蜘蛛小姐的家毀了。」他細看留在蜘蛛網上的殘肢：一條腿、一個翅膀。「在主人回來之前，我們還是快走吧。」

這個庇護所用了五十年後，所有的猶太人都被趕出英格蘭。然而，這裡依然有人溜進來。直到今天，還有兩個女人住在這裡。克倫威爾說，我得拜訪她們一下。

克里斯多福在牆和梁柱上東敲西敲，好像要找什麼東西似的。克倫威爾跟他開玩笑：「如果有人也應和，敲了幾下，你會不會嚇得奪門而出？」

「天啊，」他在胸前畫了個十字，「我猜至少有一百個人死在這裡，包括猶太人和基督徒。」

沒錯，他覺得在護牆板後方必然有許多小小的老鼠骨頭：牠們大概在此衍生了一百代，前腳交叉，在那裡安息，而牠們的子孫仍在此地繁衍、流竄。他鼻子抽動一下。他說，如果我們找到馬林史派克，讓牠在這裡大展身手吧。馬林史派克是他從沃爾西那裡帶回來養的貓，現在已成一隻野貓，在倫敦的花園裡遊蕩，不時被修道院池裡養的鯉魚吸引過去。牠也曾跑到河的對岸，蜷伏在妓女那擦抹玫瑰花瓣和龍涎香的乳溝中。他想像馬林史派克四處晃蕩，愜意地打著呼嚕，一點都不想回家。他對克里斯多福說：「我想，我得先管好一隻貓，才能做卷宗主事官。」

「卷宗又沒有腳爪。」克里斯多福踢了壁腳，「你看！我的腳可以穿過去。」

他願意離開位於奧斯丁修士會區舒適的家宅，到像鬼屋一樣的房子辦公嗎？卷宗主事官辦公處窗戶很小、牆面彎曲，走道地板踩起來會發出嘎吱聲，還有陣陣陰風。他說：「但這裡離西敏寺比較近。」他看中的就是這點，這個辦公處就在白廳、西敏寺、泰晤士河一帶，而且他可乘坐樞密大臣專用的船，到下游的格林威治或是到上游的漢普頓宮。他對自己說，況且我也可以常回家，幾乎每天都可以。他在家裡裝潢了一間收藏室，把國王給他的金質餐具放在這裡。他收藏的任何東西都可以立刻變現。如果要運送出去，他得吩咐僕人用普通推車，以掩人耳目。畢竟，隨時都有人在門口東張西望。他特別訂製真皮禮盒來存放黃金打造的大酒杯。碗和盤子則用一碼七便士的高級白色毛料包起來，放在帆布袋中。珠寶則包裹在絹絲裡，再置入木盒，上面有著嶄新、晶亮的鎖頭，鑰匙則在他那裡。他收藏之物包括來自海洋、光澤動人的大珍珠、藍寶石，還有一些珠寶則很像午后鄉間採摘的果實，如狀似黑刺李的石榴石及像玫瑰果的粉鑽。愛麗絲說：「如果能給我一些，我願意推翻基督王國的任何一個王后。」

「愛麗絲，幸好國王沒遇見妳。」

小裘安則說：「我想趕快拿到出口許可證或是軍隊合約，好從愛爾蘭戰爭撈一票。熱門商品包括豆子、麵粉、麥芽、馬肉……」

「我看看能幫妳什麼忙。」克倫威爾說。

他已和奧斯丁修士會區的地主簽了九十九年的約，就連他的曾孫仍可住在這裡。後代子孫看到地租合約的時候，將會發現他的名字。他的紋章也都刻畫在走道上方。他的手靠在樓梯欄杆上，抬起頭來看著上方那高高的窗戶。上次他這麼做是在什麼時候？年初，他去哈特菲爾德的蘭巴思宮時，也曾這樣抬起頭來，傾聽多年前摩頓府的聲音。很久以前，少年摩爾不是也在這個地方待過？也許，當時他期待樓梯上面傳出的是摩爾那輕輕的腳步聲？

他又想起當年他爬到樓梯上方，冷不防被揍了一拳。不知是從哪裡冒出來的拳頭。

他最先想到把文件都搬到卷宗主事官辦公處，他的夥計也都去那裡工作，在奧斯丁修士會區的家宅就能成為真正的家了。但這個家要給誰住呢？他拿出麗茲的祈禱書，扉頁上列出的家人名字已經修改，該加的也寫上去了。雷夫不久就要搬到哈克尼的新房，理查也在這一區找房子，將和新婚妻子法蘭西絲一起住。愛麗絲就要嫁到羅瑟翰家，至於她的哥哥克里斯多福．韋斐德則已被授予有俸聖職。小裘安的新娘禮服也訂做了，擄獲佳人芳心的則是他的朋友萊斯。萊斯是律師，也是學者，對他非常忠誠，他很欣賞這個人。他想，我對這些親戚可說仁至義盡：他們沒有一個落得窮愁潦倒或還不知道自己要做什麼。他遲疑了一下，然後看著天空。一片雲飄過，天色時而金黃，時而湛藍。如果有人要他，現在就下樓來吧。他還記得他的女兒安走起路來總是乒乒砰砰的。他常對她說：安，我們能不能在你的腳蹄子底下貼上消音棉？葛蕊思則像一粒塵埃悄然飛來，旋轉……又悄悄消失了。

麗茲走下樓來。

她靜默不語，既不是要留，也不是要走。她總是這樣，像是一直在他身邊，但又讓人捉摸不到。他轉過身去，這房子畢竟還是辦公的地方。他的每一間房子都是辦公的地方。我的家就在這裡，這裡有我的夥計和我的檔案，不然就要看國王在哪裡，那裡就是我的家。

克里斯多福說：「現在，我們要搬到大法官巷囉。主人，你願意帶我一起去，我真是太高興了。你不在的時候，他們都說我是蝸牛腦袋蕪菁頭。」

「那我瞧瞧……」他打量著克里斯多福，「你的頭確實很像蕪菁。經你這麼一說，我才發現。」

入主卷宗主事官辦公處後，他檢視一下全部的財產，覺得很滿意。他賣了兩棟在肯特郡的房子，但國王又給他一間蒙茅斯的宅第，他也在埃塞克斯買了一間房屋。目前，他正鎖定哈克尼和休爾迪契地區的房產，租用鄰近奧斯丁修士區住家的土地，以進行家宅擴建計畫，並打算在家宅外面蓋一堵大圍牆。他準備把貝福德郡和林肯郡的房子及埃塞克斯的兩塊土地給葛雷哥利繼承。然而這些財產算不上什麼，遠遠比不上他想得到的，或是國王欠他的。

國王每每出遊，花費之大令人咋舌。如果國王想要做什麼，他就得想辦法幫他找陪同的人員和經費。很多貴族花錢也像流水，有些等於是住在當鋪裡，每個月都得去他那兒借錢，才能彌補帳戶上的破洞。他知道如何讓錢周轉。貸款給這些貴族就像撒下一張錢網，貴族欠他一份人情，也不忘給他好處。如果有人想見國王，都得花點錢才有機會，而通往國王的捷徑就是他了。同時，大家都知道：你幫克倫威爾，克倫威爾也會幫你，就跟魚幫水，水幫魚一樣。如果你對他忠誠、勤快、聰明，必然會得到獎勵。你努力為他做事，一定會得到升遷和保護。他是你的主人，也是你的好朋友。到處都有人這麼讚美他。不過，說他壞話的也不少。他老爸是鐵匠，是個黑心釀酒商，而且是愛爾蘭人、罪犯、猶太人，而他本來是做羊毛買賣的，以前做過修剪羊毛的工人，現在則是巫師。他要不是巫師，怎麼可能攬來這麼大的權力？夏普義在給西班牙皇帝的信上這麼描述他：他早年生活成謎，但他對朋友很好，很重義氣，家僕也都過得很好。他是語言天才，口才便給，至於他的法語程度，只是「尚佳」。

他心想，我的法語要應付你這種人已經綽綽有餘了。只要點個頭、眨眨眼，你不就知道了？

近幾個月，國事都在他掌控之下。經過一個夏天的努力談判，他們與蘇格蘭人簽訂合約，但愛爾蘭起兵叛變，只有都柏林城堡和沃福德城依然效忠國王。那些叛變的貴族向西班牙皇帝輸誠，也讓皇帝的軍隊入港。那裡猶如悲慘之島。他們不肯繳交駐兵所需的錢，但國王也不敢輕易放棄這個地方，以免敵人趁虛而入。這裡的人幾乎不把法律看在眼裡。即使殺了人，也可花錢了事，就像威爾斯人用小牛抵命一樣。人民因為苛稅、財物遭到沒收，連白天都有人公然搶劫，日子苦不堪言。虔誠的英格蘭人禮拜三和禮拜五因為齋戒不吃肉，但愛爾蘭人說，他們更加虔誠，簡直像神仙，每隔一天就不吃肉。那裡的貴族野蠻專橫、反覆無常、奸險狡詐；逞凶鬥狠是他們的天性，不但善於強取豪奪，甚至不惜劫持人質。他們與英格蘭有何關係可言？在愛爾蘭，人們不知忠誠和法律為何物，誰武力強，誰就是大爺。至於當地的首領，他們說土地上的一切都是他們的，包括每一片斜坡、每一個湖泊、所有的石南、青草地和吹過大地的風。每一隻牲畜、每一個老百姓也是他們的。在歉收的年頭，他們甚至會把老百姓的麵包搶過來餵家裡的獵犬。

難怪他們不想當英格蘭人，因為如此一來，他們就不能當奴隸主了。諾福克公爵的土地上還有一些農奴，即使公爵必須依照法律給他們自由，他還是希望能得到金錢補償。國王想把公爵送到愛爾蘭，但他說那裡太無聊。如果要他去愛爾蘭，除非造一座橋，讓他每個週末都能回家。這麼一來，他的腳才不會弄溼。

克倫威爾常常和諾福克在議事廳上吵架。公爵大聲咆哮時，他會坐著，雙手交叉，看他要鬧到什麼時候。他建議送里奇蒙公爵到都柏林，讓他去那裡當實習國王，灑點錢，讓人民仰望他。

理查對他說：「或許我們該去愛爾蘭。」

「我的仗已經打完了。」

「每個男人一生至少要當一次兵，才能成為真正的男人。我想從軍。」

「你可能被你外公附身，才會說出這樣的話。專心準備明天比武的事吧。」

理查果然武功高強。就像克里斯多福說的，他一出手，對手就躺平了。這應該是天賦，他身上流著貴族的血液，天生勇武。他穿戴代表克倫威爾家的顏色出場時。國王很欣賞他，就像欣賞任何一個有才華、勇氣、體能過人的年輕人。國王因為腳傷，最後只能坐在觀眾席上，不得上場比武。國王的腳一疼痛時，就會變得恐慌，從他的眼神就可以看出來。他要是好多了，就像生龍活虎那樣活躍。由於身體狀況不可預期，他對舉辦比武大會漸漸變得意興闌珊。不辦也好，不但可省下不少麻煩，也可省錢。但他只要上場，由於經驗老道，加上體重、身高的優勢和鋼鐵般的意志，贏面通常居大。但為了避免意外，他寧可跟熟人一起比武。

亨利說：「兩、三年前，西班牙皇帝在日耳曼的時候，他的大腿不是流出可怕的液體？有人說他是水土不服才這樣，他的臣子於是建議他到另一個氣候區。但在我這個王國，哪裡才能找到另一種氣候？」

「我想，都柏林的氣候比這裡更糟。」

亨利以絕望的眼神看著大雨唏哩嘩啦從天而降，「我騎馬出去的時候，人民對我大叫。他們從水溝裡爬出來，大叫凱瑟琳的名字，要我把她帶回來。這些人真是的，如果有人命令他們，要他們的老婆、孩子、房子如何如何，他們會高興嗎？」

即使天氣好轉，國王的憂慮未曾稍減。他說：「凱瑟琳一定會想辦法逃亡，起兵攻打我。你無法預料這個女人會做出什麼樣的事。」

「她親口告訴我，她不會逃跑的。」

「她從來不說謊嗎？我知道她會說謊，我有證據。她騙我她是處子之身。」

拜託，他又來了。

國王不相信全副武裝的衛士可以保護他，也不相信鎖頭和鑰匙。他認為西班牙皇帝查理五世會號召天使來把他們擊潰。國王每次出門，總會帶著一個巨大的鎖頭，不但要僕人把他的房門鎖上，還要人在他門外看守。他的餐點都必須有人先試食，看是否被下毒。就寢前也必須仔細檢查床鋪的每個角落，以免凶器藏在那裡，比方說一根針。即使如此，他還是害怕有人會在他睡著的時候謀殺他。

1、即弓箭手伊凡之子威廉。

❀ ❀ ❀

秋天，摩爾漸漸消瘦。他本來就不是結實的人，現在更瘦得不成人形。克倫威爾請城裡的商人朋友波維西送些吃的去牢裡給他。「不是你們義大利人才懂得美食。我想自己送去，但萬一他病了，別人會怎麼說？我只知道他喜歡吃蛋，其他就不知道了。」

波維西嘆了一口氣，「牛奶布丁。」

他微笑，「難怪他怎麼吃都不會胖。」

「我認識他四十年了，」波維西說：「可以算是一輩子的朋友。你不會傷害他吧，是不是？如果你能跟我保證這點，那我相信沒有人可以傷害得了他。」

「你知道嗎？我也一樣煎熬。我沒有必要讓他受這種苦。他的家人和朋友都願意宣誓，是吧？」

「你難道不能放過他？就算忘了這個人？」

「如果國王允許，當然沒問題。」

他安排摩爾的女兒梅格去探視。這對父女，手挽著手在花園散步。有時，他會從倫敦塔都尉房間的窗口觀看他們。

十一月，懷柔策略宣告失敗。他就像忘恩負義的狗，帶牠回家，還被牠狠狠咬一口。梅格說：「爸爸要我告訴他的朋友，他不可能宣誓，不論是什麼樣的誓言。如果我們聽說他已經宣誓，一定是他被威脅或是迫害。要是有一紙文件上有他的簽名，必然是別人偽造的，不是他的手筆。」

摩爾必須宣誓支持王權至上法案，也就是認可國王擁有至高無上的權力和尊榮。國王並非因為這個法案才成為教會之首。法案中明言：國王自古以來即是教會之首，現今仍是。如果人民不喜歡這個「新思維」，那就擁抱舊的，反正自古以來國王就是至高無上。假使人民需要，他也可舉出前例。另外，在新年即將執行的是叛國罪相關法律條文，包括叛國罪的定義。凡是否認亨利的頭銜或管轄權，以文字或言語公然侮辱國王，稱國王為異端或分裂教會的人，都會觸犯叛國罪。其他如散播恐慌言語的僧侶、說西班牙人即將進攻，拱瑪麗為女王的人也是叛國者。如果神父在傳道時質疑國王的權威，說他把所有的臣民一起拖下地獄，也會被打入大牢。國王阻止臣民亂說話，這可算是過分的要求？

有人對克倫威爾說，因為說了幾句話就被判叛國罪，這是前所未見的吧？他說，以前的判例法早就有了，只是現在才形諸於文字。以前的法律含混不清，還是清晰明白來得好。

法案再度送到摩爾面前，但他還是拒絕宣誓，因此所有的財物都被沒收了。他現在已無被釋放的希望，或者該說希望就在他自己身上。克倫威爾現在必須負起告知責任，從今以後訪客無法來探視，他也不能在花園散步了。

「反正，這時節，也沒有什麼可以看的。」摩爾望著高高的窗口，天空只是狹長的、灰灰的一小塊，「我還能擁有自己的書嗎？寫信呢？」

「目前還可以。」

「約翰．伍德也可以陪我嗎？」

伍德是他的僕人。「當然。」克倫威爾說。

「他有時會告訴我一些消息。據說，國王在愛爾蘭的軍隊得了汗熱病。沒想到冬天還會流行。」

他沒告訴摩爾，國王的軍隊在愛爾蘭被打得落花流水。那裡就像個無底洞，不知吞噬多少錢了。他真希望聽理查的話，親自去那裡打仗。

「汗熱病不知帶走多少人，」摩爾說：「這病魔奪命只是一眨眼的工夫，死的多半是年輕人。如果你得了這病，逃過一死，絕對沒有力氣去跟那野蠻的愛爾蘭人作戰。我還記得上次梅格得病，差點死掉。你得過這種病嗎？你應該不曾生病，是吧？」他東聊西扯，然後抬起頭來，看著他說：「告訴我，你可有安特渥普那邊的消息？有人說，丁道爾在那裡。他們說他躲在英格蘭商人的屋子裡，不敢出門。這豈不是有如關在監獄，跟我沒什麼兩樣？」

他說對了一半。丁道爾在貧困中求生，現在他的世界縮小為一個小房間。因為西班牙皇帝的法律規定，膽敢印刷聖經的將被處以烙刑，眼珠子也會被挖出來。不知有多少兄弟姊妹因為信仰被殺害，男的被斬首，女的慘遭活埋。摩爾曾在歐洲用錢撒下天羅地網，派人跟蹤丁道爾。克倫威爾想盡辦法，要他的朋友弗翰在當地明察暗訪，但仍然追查不出哪些英格蘭人是摩爾的間諜。摩爾說：「丁道爾如果跑回倫敦反而比較安全，因為有你保護，因為你是藏汙納垢的大師。你瞧今天的日耳曼，就知道異端會帶我們到哪裡。如果這樣，倫敦就成了明斯特，不是嗎？」

明斯特[2]已被宗派主義者和再洗禮派信徒掌握。即使做了可怕的惡夢，醒來的時候發現自己不能動彈，以為自己已經死了，和身在明斯特相比，還是像置身於天堂。明斯特市長已被逐出議會，盜匪和瘋子跳上議事堂，宣布末日來了，所有的人都必須重新接受洗禮。反對的市民都將被逐出城外，被剝光衣服在雪地中凍死。現在明斯特主教正帶兵圍城，企圖切斷該城的物質供給，讓城裡的人挨餓，最後不得不投降。有人說，留在明斯特城內的多半是婦人和兒童。有一個名叫布洛克森的裁縫自封為「耶路撒冷之王」，並對市民進行恐怖統治。有人說，布洛克森的朋友按照舊約的建議施行一夫多妻制，是為「亞伯拉罕法」。有的婦女因為不願被強暴而被吊死或丟進河裡淹死。城裡的祭司自認有權搜刮老百姓的財物，於是在光天化日之下行搶。他們占據了富人的家，燒毀他們的信件，撕毀他們的畫像，用精美的刺繡擦地板，並把過去所有的財產紀錄撕碎。

「這不是烏托邦嗎？」他說。

「我聽說他們把城裡圖書館的書全部燒掉。伊拉斯謨斯也被燒死。什麼樣的魔鬼會把謙謙君子般的伊拉斯謨斯活活燒死？但是，」摩爾點點頭，「明斯特將恢復秩序。路德的朋友黑森公國的菲利親王將會給明斯特主教炮彈和炮手。一個異端將鎮壓另一個異端。城裡的弟兄自相殘殺，就像在大街上亂竄、流口水的瘋狗，把同類的內臟從肚子裡拖出來。」

「這就是明斯特的命運。他們最後一定會投降的。」

「你認為如此？這是你的賭注。可惜，我對賭注沒有興趣。再說，我的錢都在國王那裡了。」

「瞧，一個裁縫竟然在一、兩個月內變成國王。」

「你看，一個做羊毛買賣的、一個鐵匠的兒子，竟然在一、兩年內……」

他拿起披風站起來。那披風是黑色毛呢做的，有羊皮飾邊。摩爾的眼睛出現閃光，啊，你要走了。他喃喃地說，像是在晚宴中對朋友說，你現在非走不可嗎？再多待一會兒吧，好不好？他抬起下巴，「我真的再也看不到梅格了嗎？」

他的語氣充滿無限的空虛、失落。克倫威爾覺得胸口像被人刺了一刀那樣難受。他轉身準備離去，平靜地說道：

「你只需要說幾個字。就這樣。」

「啊，只是幾個字。」

「如果你不想說，也可以寫在紙上。再簽上你的名字，國王就心滿意足了。我會用我的船送你回雀爾西，把船停泊在你家花園盡頭的碼頭。正如你說的，這時節一片蕭瑟，沒什麼可看的，但想想你的家人會有多高興。你的夫人愛麗絲正在等你回去，她會為你煮一頓豐盛的晚餐，讓你恢復氣力。她會站在餐桌旁看你大快朵頤。你拿起餐巾，想要擦嘴巴，她馬上靠過來，抱著你，吻去你嘴邊的油。啊，老公，我想死你了！她帶你回臥房，把門鎖上，把鑰匙放在口袋裡，然後幫你脫掉長褲。你只穿襯衫，露出兩條白白、細細的腿。第二天，天還沒亮，你就起來了。你走到熟悉的地窖，進行鞭笞苦行。之後，你叫人送麵包和水來。八點，你穿上用你的毛髮織成的苦行衫，再套上那件破了個洞、老舊的紅色羊毛長袍……。你坐下，抬起腳放在凳子上，叫你兒子把信拿過來……，撕開你的老友伊拉斯謨斯的來信封緘……。讀完信後，你就可以出去溜達。你說，今兒天氣真好，你看看籠子裡的小鳥、窩在畜欄裡的小狐狸，然後說，我也曾經被關在籠子裡，但我已經自由了。克倫威爾告訴我，只要我照他的話做，就能獲得自由……。這難道不是你想要的？你不願走出這個地方嗎？」

「你應該去寫劇本。」摩爾說。

他笑道：「或許吧。」

「那會比喬叟寫的還精采。唉，字，字，只是一大堆字。」

他轉過身來，盯著摩爾。天色似乎變了，窗戶開了，窗外是陌生的鄉村景色，一陣涼風從童年吹來。「那本書……是字典嗎？」

摩爾皺著眉頭，「你在說什麼？」

「我在蘭巴思宮，走上樓梯——不對，讓我想一下——我用跑的上樓，幫你送一點啤酒和麵包過去，免得你半夜醒來餓了。那年，我才七歲。當時，你在看書。你抬起頭來，手放在一本書上，好像在保護那本書。我問你，那本書寫什麼？你說，還不是字，字，只是一大堆字。」

2、明斯特（Münster）：位於今日德國北萊因—西發里亞邦（Nordrhein-Wostfalen）境內。

摩爾斜著頭，「那是什麼時候的事？」

「應該是我七歲那年。」

「胡說，你七歲的時候，我怎麼可能認識你……」他皺眉說道：「這麼說來，你一定是……而我是……」

「你要去牛津求學之前的事。你應該不記得了。你怎麼可能記得呢？」他聳聳肩，「我想，那時候你一定在心裡嘲笑我。」

「嗯，很有可能，」摩爾說：「即使真有這麼一回事，但風水輪流轉，現在不是換你過來嘲笑我了。說我老婆愛麗絲，還笑我的腿。」

「我想，那時你手中那本書是字典。你真的不記得了嗎？啊……我的船在等我了，還是別讓船夫在寒風中等太久吧。」

「這裡的白天真是漫長，」摩爾說：「晚上更長。我胸部難受，呼吸不順。」

「那就回家吧。巴茨大夫會去看你的。他會說，啊，摩爾，你可是虐待自己了？來，捏著鼻子把這藥水喝下去……」

「有時，我在想，我大概看不到第二天的早晨了。」

他打開門。「馬丁？」

馬丁今年三十歲，精瘦結實，然帽子底下的金髮已經開始稀疏。他笑容可掬，但是一笑，臉皮就出現皺紋。他老家在科爾切斯特，父親是裁縫，在屋頂的茅草中藏了一本威克里夫的聖經。馬丁就是從這本聖經識字的。現在和舊時代不可同日而語，在今天的英格蘭，人們大可從屋頂把那本老舊的書拿下來，拿給街坊鄰居看。他有幾個弟兄也都是讀威克里夫的聖經長大的。馬丁的老婆快生第三胎了。

「有什麼消息嗎？」

「沒有。克倫威爾先生，您願意當我孩子的教父嗎？如果是男孩就叫湯瑪斯，要是女孩，就由您來幫她命名吧。」

兩人握手、微笑。克倫威爾說：「那就叫葛蕊思吧。」為了慶賀這個新生兒的誕生，免不了要送上一點禮金。他轉頭過去，看看摩爾。摩爾正趴在桌上。「摩爾先生說，他晚上呼吸不順。給他幾個枕頭或靠墊吧，讓他舒服一點。我希望再給他機會好好想想。如果他能對國王表現忠誠，就可以回家了。兩位再見。」

摩爾抬起頭來，「我想寫信。」

「沒問題，我會請人給你紙墨。」

「我想寫信給梅格。」

「很好，寫出你的感情吧。」

摩爾的信似乎都是冷冰冰的。即使是寫給女兒的信，看起來也像是要寫給歐洲的朋友看的。

「克倫威爾……？」摩爾的聲音把他叫回來，「王后怎麼樣？」

摩爾果然是個小心翼翼的人，不像有人失言說出「凱瑟琳王后」。摩爾問的是安妮。但他能說什麼？他急著想走，於是走出門外。牢房那個窗口的天色已從灰轉為藍。

❁ ❁ ❁

他聽到隔壁傳來她的聲音：低沉，但緊迫盯人。國王憤怒地叫喊：「不是我！不是我！」

湯瑪斯．博林在前廳，一臉嚴肅。幾個博林家的親戚在旁邊偷看，互使眼色，如韋士敦和布萊恩。那個彈魯特琴的男孩馬克則躲在角落。這個小子在這裡做什麼？看來，這不像是家族祕密會議。喬治．博林人在巴黎。據說，小公主伊莉莎白將嫁給法蘭西的一個王子。博林家的人認為這大有可能。

「王后在氣什麼呢？」他的語調充滿驚訝，似乎王后是全世界脾氣最好、最文靜的女人。

韋士敦說：「是卡瑞夫人，她——她發現自己——」

布萊恩說：「肚子被搞大了啦。」

「啊，你難道不知道？」眾人皆驚奇克倫威爾也有不知道的事。他聳聳肩說：「我想，這是私事。」

布萊恩今天戴了黃膽色的眼罩，「克倫威爾，請你小心看著她。」

湯瑪斯．博林說：「顯然，我這個做父親的太粗心了。她說，孩子的父親是威廉．史特福德，而且她已經嫁給他了。你認識這個叫史特福德的人嗎？」

「只有點頭之交。」他歡喜地說：「我們可以進去了嗎？」他轉頭對魯特琴男孩馬克說：「這事用不著譜成曲子，你去找事情做吧。」

目前陪伴在國王身邊的只有諾里斯一個人，在王后身邊的則是她的弟媳羅奇福德夫人。國王臉色蒼白，「你怪我，說這都是我的錯。連認識妳之前做的事都要跟我算帳。」

眾人把國王圍住。亨利對他岳父說：「威爾特伯爵，你難道不能好好管管你這兩個女兒？」

布萊恩嗤之以鼻地說：「只有克倫威爾對她們有辦法吧。」

湯瑪斯．博林開口了，但支支吾吾的，即使他是舌燦蓮花的外交使節，也難以收拾這個局面。安妮打斷他的話：「她為什麼會懷了史特福德的孩子？我才不相信是他的種。為什麼那個男人要娶她？是為了野心吧。但他可就看走眼了。他永遠都別想踏進王宮一步，瑪麗也是。不過，她要用爬的來見我，我就不反對。我才不在乎她嫁給誰。她餓死算了。」

他想，如果安妮是我老婆，這個下午我一定要去外頭透透氣。她看起來非常憔悴，似乎不能靜靜地坐著。這樣的女人千萬別讓她接近刀子。諾里斯跟他說悄悄話：「怎麼辦？」羅奇福德夫人靠在繡帷上，上面描繪的是林中仙女，她的裙擺似乎浸在繡帷的溪流，而她的面紗倚著一朵雲，有個女神正從雲後面偷看。她抬起頭來，一副得意洋洋的模樣。

他想，我該把大主教克雷默找來。在他眼前，安妮就會收斂一點，不會咆哮、跺腳。現在，她拉著諾里斯的袖子。她想做什麼？「我姊姊做這件事是為了復仇。她以為她可以挺著大肚子在宮裡晃來晃去，可憐我、嘲笑我，笑我生不出來。」

「我認為，如果從這個角度來看這件事……」她父親說。

「出去！」她說：「全都滾出去！你們告訴她，告訴史特福德夫人，她不再是博林家的人。我不認識她。」

「威爾特伯爵，我們走吧。我等會兒再跟你談。」亨利說，他的語調聽來像是要被打一頓屁股的小男孩。

克倫威爾說：「陛下，今日我們不討論國事，休息一天好嗎？」國王會心一笑。

羅奇福德夫人在他身邊小跑步。他不想慢下來，她只得提起裙擺，「樞密大臣，你真的知道這事？還是你是從他們的表情看出來的？」

「夫人，妳真厲害，我被妳摸得一清二楚。」

「卡瑞夫人的事可瞞不了我。」

❀ ❀ ❀

「你跟蹤她了嗎？」他想，除了她，還有誰？想必她的丈夫喬治不在，不能監視他，正悶得發慌。

瑪麗的床上鋪滿各色絲綢——火焰紅、橘色、皮膚色——似乎床墊上有一把火。她在板凳和窗邊的座椅之間掛著罩衫、糾結的緞帶、不成雙的手套和一雙綠色絲襪。有一次，她跑向他，說她願意嫁給他，並露出膝蓋下方的絲襪。她那天穿的是這雙綠色絲襪嗎？

他站在門口。「威廉．史塔福德，是嗎？」

她站起來，雙頰緋紅，手裡拿著一隻紫色拖鞋。現在，大家都知道她的祕密了。她也不再穿著緊身馬甲。她的目光掠過他。「珍，請放在這裡。」

「對不起，大人，借過一下。」珍．西摩躡手躡腳地拿著一堆折好的衣服進來，後面跟著一個男孩，提著一只笨重的黃色皮箱。「馬克，這裡就可以了。」

「大人，」馬克說：「我真的是來幫忙的。」

珍把箱子打開，「裡面要鋪上細麻布嗎？」

「別管細麻布了。我的另一隻拖鞋呢？」

羅奇福德夫人說：「妳趕快走吧。諾福克舅舅要看到妳，肯定會拿棍子來揍妳。妳的王后妹妹以為國王把妳的肚子搞大。她一直問，怎麼可能是威廉．史特福德？」

瑪麗不以為然地說：「她知道什麼？妳可以告訴她，威廉很愛我，全世界沒有第二個男人像他那樣在意我。」

他靠上來，在珍．西摩的耳邊說：「我不知道妳是卡瑞夫人的朋友。」

她低著頭，露出粉色頸背，「沒有人肯幫她。」

「這些床簾是我的，」瑪麗說：「全部拉下來。」床簾上面有刺繡，他看出上面繡的是她亡夫卡瑞的紋章——他大概是七年前死的？「我可以把上面的紋章拆掉。」當然，死人的東西有什麼用？

「我的鍍金盆子呢？羅奇福德夫人，妳看到了嗎？」她用腳踢那個貼滿安妮紋章的皮箱，「要是被安妮的人看到，肯定會把箱子搶過去，把裡面的東西倒在路上。」

「如果妳能再等一個小時，」他說：「我請人送另一只箱子過來給妳。」

「上面會貼克倫威爾的紋章嗎？拜託，我不能等那麼久。啊，我知道了！」她把床上的床單拉下來，「我可以把床單捲成一團！」

「太丟臉了吧，」羅奇福德夫人說：「這樣不是像偷走銀器的僕人？妳在肯特郡哪用得著這些東西。史塔福德好歹也有個農莊吧？或是小一點的宅第？話說回來，妳還是可以把這些床單賣掉。說不定妳會有這個需要。」

「我弟弟從法蘭西回來後，就可以幫我了。他不會不管我的。」

「還是別這樣吧。妳弟弟喬治是個明理的人，我也是。妳已經讓我們家的人蒙羞了。」

瑪麗瞪著她，手臂亂揮，就像隻張牙舞爪的貓，「我比妳幸福多了，有如得到一整個屋子的禮物。妳無法愛，妳根本不知道愛是什麼，妳只會嫉妒別人，幸災樂禍。妳是個不幸的女人，永遠活在痛苦當中。妳的丈夫討厭你。我真可憐妳，我也可憐我的妹妹安妮。她如果要跟我交換人生，讓我當王后，我才不要呢。我寧可躺在一個窮小子身邊，因為他深愛著我。我才不要像安妮那樣，為了栓住男人，像一個老妓女使出全身解數。亨利親口告訴諾里斯，她在他身上下了什麼樣的功夫。但是不管她怎麼努力，還是沒能生出兒子。現在，宮裡的每一個女人都讓她害怕。妳注意到了嗎？妳看過她最近的樣子嗎？她花了七年的時間，費盡心機，才爬上王后寶座。她以為天天都是她的加冕日嗎？」瑪麗一口氣說完這些，激動得有點喘不過氣來。她從那堆雜物中撈出一雙袖套，丟給珍．西摩，「送妳！獻上我的祝福。妳是宮裡唯一有好心腸的女人。」

羅奇福德夫人砰一聲把門甩上，氣沖沖地走了。

「讓她走吧，」珍．西摩說：「忘了她。」

「走了最好！」瑪麗說：「幸好她沒在這裡挑出她要的東西，還出價要跟我買。」在一片靜默中，她的話語就像困在屋子裡的小鳥，盲目地亂飛亂撞。亨利親口告訴諾里斯，她在他身上下了什麼樣的功夫。在夜幕低垂之時，她又使出什麼招數？她是不是非這麼做不可？他猜諾里斯一定隨時豎起耳朵在偷聽。天啊，這些人！馬克站在門後，一副張口結舌的模樣。「你要是像條死魚站在那裡，我一定叫人來把你的肉切下來，放進油鍋。」那小子夾著尾巴逃走了。

珍．西摩幫忙把床單綑成一團，就像斷了翅膀的鳥。他把床單拿過來，解開，再用繩子重新綑綁。「大人，你總是隨身帶著繩子嗎？」

瑪麗說：「噢，我的情詩選集！那本在瑪莉．薛頓那裡。」她飛快跑出去。

「肯特郡的生活恐怕無聊得很，」他說：「她需要那本詩集。」

「羅奇福德夫人會告訴她，十四行詩又不能取暖，」珍說：「可我從未讀過十四行詩，所以不知道究竟如何。」

麗茲，他想，妳的手別放在我身上吧。別為了這個小女孩跟我嘀嘀咕咕的。她這麼小、這麼瘦，長得如此普通。他轉身。「珍——」

「大人？」她跪著整理床墊旁邊的東西，然後坐正，抓著床柱踩在床墊上，她的手伸得長長的，要把那些床簾拆下來。

「下來！讓我來吧。我會給史特福德夫人一輛推車的。她無法提著這麼多東西走出去。」

「還是我來吧。拆床簾不是樞密大臣的工作。」

「樞密大臣什麼都得做。奇怪，我怎麼沒幫國王做幾條裙子？」

珍的腳陷入羽毛床墊中，從他上方輕輕掠過。「凱瑟琳王后還在幫他做裙子呢。」

「她現在是凱瑟琳太妃了。下來吧。」

她跳下來，裙子抖動。「即使經歷了這麼多的風風雨雨，她上禮拜還寄包裹過來。」

「我想國王已經禁止她這麼做了。」

「安妮說，把包裹拆開來，看看裡頭有什麼笑話。國王很生氣，也許他被『笑話』那兩個字刺激到了。」

「是的，他不再喜歡笑話。」國王禁止臣僕使用粗鄙的語言，沒有幾個臣子敢跟他說淫穢的笑話，「方才瑪麗說的是真的嗎？她說王后怕宮裡的女人？」

「國王跟瑪莉．薛頓眉來眼去，打情罵俏。你應該知道，你什麼都看在眼裡。」

「不會有什麼吧？國王只是喜歡對女孩子獻殷勤，到了一定年紀，就會穿上長袍，和神父坐在爐火邊。」克倫威爾說。

「你再怎麼跟安妮解釋，她都聽不進去的。她想把瑪莉．薛頓送走。但她的父親和哥哥都不同意，因為瑪莉是他們家的表親。如果亨利要看上其他女人，他們也希望是他們家族的女人，那會比較好控制。這年頭亂倫真是流行！諾福克舅舅說──我是說公爵──」

「沒關係，」他說：「我也這麼叫他。」

珍用手遮住嘴巴。那手看起來就像孩子的手，有著小小的、晶盈的指甲。「如果我去了鄉下，太無聊的話，就可以此自娛。那他會叫你親愛的甥兒克倫威爾嗎？」

「妳要離開宮廷了嗎？」她應有對象了，某個在鄉下的仕紳吧。

「我希望下一季節就能離開這裡。」

瑪麗回來了，嘴裡直咕噥。她把兩個繡花坐墊放在肚子上，一手拿著那個鍍金的盆子，盆子裡裝著那本詩集。她把坐墊放下，張開手，十來個亮晶晶的銀扣子像骰子一樣掉進盆裡。「這些東西都在薛頓那裡。我咒她來世變成鵲鳥。」

「王后不喜歡我，」珍．西摩說：「再說，我也很久沒回狼廳了。」

❀ ❀ ❀

他請霍爾拜因在羊皮紙上畫了幅迷你的所羅門王迎接希巴女王，做為送給國王的新年禮物。他解釋說，這幅畫的寓意是國王接受教會的果實與人民的崇拜。

聽他這麼一說，霍爾拜因神情沮喪，說道：「我知道了。」

霍爾拜因先素描。所羅門坐姿莊嚴，希巴女王站在他面前，背對著觀畫者，頭抬起來。克倫威爾問：「即使你只看到她的背後，可以想像出她的臉嗎？」

「你付的錢只夠看到她的背後！」霍爾拜因擦擦額頭。

「我可以想像出她的臉。」克倫威爾說。

「就像你在街上看到的女人？」

「不是，比較像是記憶中的某個女人，像是兒時就認識的一個女人。」

他們坐在國王送他的繡帷前面。畫家的眼睛向那幅繡帷，「這曾是沃爾西的東西，後來在國王手中，現在又在你這裡。」

「我可以向你保證，現實生活中沒有這樣的女人。除非西敏寺有個才高八斗、行事謹慎的妓女。」

「我知道她是誰了。」霍爾拜因意味深長地點點頭，嘴巴緊閉，眼神機警，像偷了主人手帕的小狗，只能在牠後面追，「有人跟我說你在安特渥普的豔遇。你為什麼不去把她找回來？」

「她結婚了。」想到自己的私事變成別人茶餘飯後的話題，他不由得倒吸了一口氣。

「她會不肯跟你走嗎？」

「那已是多年前的往事。再說，我已經不一樣了。」

「是啊，你變成有錢人了。」

「可是別人會怎麼說我？如果說我引誘別人的老婆呢？」

霍爾拜因聳聳肩。這對日爾曼人來說，有如家常便飯。摩爾說，路德教派甚至會在教會翻雲覆雨。霍爾拜因說：「只是——」

「什麼？」

他聳聳肩，「真的沒什麼！但你會把我吊起來，直到我說出來，是不是？」

「我不會那麼做，只是會威脅你。」

「只是還有別的女人想嫁給你。你知道嗎？有很多太太都有一本祕密記事本，上面列出一串男人的名字，都是她們想要的男人。等她們把老公毒死，就可如願以償。據說，每個太太的第一志願都是克倫威爾。」

他一個禮拜總有兩、三個空檔，那時他會把辦公處裡的檔案抽出來看。雖然英格蘭不讓猶太人進來，但他哪知道那些被命運的浪潮帶到這裡的異鄉人、流浪漢是什麼人？在三百年間，這房子只有一個月是空的。他翻看這些用希伯來文寫的文件，包括死者遺留下來的物資清單。有人甚至在這裡住了五十年，但遺世獨立，和外面的倫敦人不相往來。他走過彎曲的走道，感覺自己踩在他們的腳步之上。

他去看仍住在這裡的兩個女人。她們沉默寡言，好像很有戒心，年齡則難以斷定。她們的名字是：凱薩琳・惠特利與瑪莉・庫克。

「妳們平常都做些什麼？」

「禱告。」

她們注視著他，猜測他的意圖。她們的表情似乎告訴他：我們一無所有，除了自己的故事，但我們為何要把自己的身世告訴你？

他送給她們禽鳥的肉，但不知道她們肯不肯吃。也許她們嫌這是非猶太人準備的食物，不夠潔淨。耶誕節快到的時候，坎特伯里修道院副院長送他一打肯特蘋果，每一個都用灰布包起來，這種蘋果和酒一起享用，非常美味。他把蘋果拿去給她們，還挑了瓶好酒。他說：「一三五三年時，這裡只住一個人。想到她一個人孤伶伶地住在這裡，就覺得可憐。她最後居住的城市是愛塞特，不知以前她曾住過哪裡？她名叫克蕾瑞西亞。」

「我們不認識這個女人。」回答的不知是凱薩琳，還是瑪莉，「我們會知道才怪呢。」她用指尖輕觸蘋果。或許她不知道這種蘋果很稀有。那是修道院副院長所能找到最好的禮物了。他說：「如果你們不喜歡吃蘋果，我還可以送燉梨過來。有人送我五百顆梨子。」

「那人一定想引起你的注意吧，」凱薩琳或瑪莉說，另一個接著說：「如果是五百英鎊，不是更好？」

她們發出冷冷的笑聲。他大概不可能跟她們做朋友。他喜歡克蕾瑞西亞這個名字。他該建議馬丁為女兒取這個名字。這名字好美，好夢幻，又帶有透明的感覺。

霍爾拜因完成送給國王的新年禮物後，說道：「我第一次幫他畫肖像。」

「希望不久後他又會請你再畫一幅。」

霍爾拜因知道他有一本翻譯幾已完備的英文聖經。他把手指放在唇上。現在提，恐怕太早了，或許明年吧。「如果你想把那本聖經獻給亨利，」畫家說：「他會拒絕嗎？我可以在扉頁畫上他的肖像，加上教會之首的字樣。」霍爾拜因走來走去，畫了幾張草圖。他在想紙張和印刷價格，以及可以獲利多少。他提到日耳曼宮廷畫家克拉納赫為路德在扉頁畫了張畫。「他畫了路德和他太太。那張畫不知賣了多少張。但克拉納赫筆下的每個人看起來都很像豬。」

沒錯，即使他畫的裸體女人也都有豬臉、女工腿和橡皮耳。「如果我要幫亨利畫肖像，一定要把他畫得俊美一點，差不多是五年前或十年前的樣子。」

「還是五年前的樣子好了，免得他認為你有嘲諷他的意思。」

霍爾拜因用一根手指劃過脖子，假裝雙腿發軟，像吊死鬼一樣伸出舌頭。他似乎想像過死刑犯的各種姿態。

「你該畫出他的平易近人。」克倫威爾說。

他燦然一笑：「沒問題。」

❁ ❁ ❁

那年歲末，泰晤士河和倫敦城籠罩在寒冷、碧綠的天光下。信件如雪片飛來：日耳曼神學博士、法蘭西大使、瑪麗·博林。

他拆開信封上的封蠟，告訴理查：「瑪麗需要錢。她說，她不該匆促成婚。她說，當時愛情戰勝理智。」

「愛情，是嗎？」

他繼續讀。她沒有一刻後悔嫁給史特福德。她寧可和史特福德在一起，即使是貴族頭銜、富有的男人，她也看不上。「我真心誠意地告訴他，我寧可跟他一起乞討，也不願當王后。」

她不敢寫信給王后，也不敢去找她父親、舅舅或弟弟。他們都是冷酷無情的人。所以，她只好寫信給他。他很好奇，她在寫這封信的時候，史特福德是不是站在她後面看？她是否咯咯笑道，這個克倫威爾，我曾一度挑起他的希望呢？

理查說：「我差點忘了有人想把我和她送作堆的事。」

「此一時，彼一時也。」他說。現在理查過得幸福美滿。瞧，咱們不靠博林家的人，也能過得很好。整個基督王國已被安妮．博林與國王的婚姻搞得天翻地覆，但最後搖籃裡只多了頭黃毛小豬。要是國王已經對安妮生厭，要是我們都被詛咒了呢？「請威爾特伯爵過來。」

「來這裡嗎？」

「你一吹口哨，他就來了。」

他得好好羞辱他，用最溫柔、和善的話語讓他無地自容，最後答應每年給瑪麗一筆錢。那女兒一直為他做事，現在他該好好補償她了。理查坐在陰影中記下一些事。他要提醒博林以前的事，大概是六、七年前的事。上個禮拜，夏普義對他說，在這個王國，你等於是過去的樞機主教沃爾西，不，你已經勝過他了。

✿ ✿ ✿

耶誕節前一天，愛麗絲．摩爾來找他。天色是淺灰色的，就像一把舊刀子。在這光線之下，愛麗絲看起來變得更蒼老了。

他像迎接王妃一樣歡迎她大駕光臨，帶她進入重新鑲板、油漆的客廳。壁爐也是新的，裡頭的火焰在跳躍。空氣中瀰漫著松枝燃燒的香味。她問：「你也在這裡宴請賓客？」看來她為了見他，刻意打扮過：用力把頭髮梳到後面，戴了一頂綴滿小珍珠的帽子。她說：「啊，我記得以前來這裡的時候，還有一股霉味。我丈夫從前常說，」他注意到她用的是過去式，「我丈夫從前常說，如果你在早上把克倫威爾關進地牢，到了晚上，就可以看到他坐在鬆軟的坐墊上大啖雲雀舌頭，還讓所有的獄卒都欠他錢。」

「他常說把我關進地牢的事嗎？」

「噢，那只是閒聊，」她有點不安，「我想你或許可以帶我去見國王。我知道他對女人彬彬有禮而且很親切。」他搖搖頭。如果他帶愛麗絲到國王面前，她一定會提起國王從前到他們家作客、在他們家的花園散步，國王聽了不免心煩。「他現在忙著接見法蘭西使節。這個時節，宮廷人很多，也最繁忙。請妳相信我說的。」

「你一直對我們很好，」她說：「我認為你是很有辦法的人。」

「天生詭計多端吧，」他說：「我就是這樣。愛麗絲，你丈夫為什麼那麼頑固？」

「我不了解他，就像我不了解為什麼聖父、聖子、聖靈三者是一體的。」

「那麼我們該怎麼做？」

「如果國王以前曾說，他只要說出理由，就可以免除所有刑罰的話，我想他還是應該說出來，看能不能私底下跟國王說。」

「免除叛國罪嗎？國王不可能這麼做的。」

「聖艾格尼斯！克倫威爾，你竟然說國王不可能這麼做！我曾在穀倉看到一隻公雞趾高氣揚地走來走去，一天有個女孩過來把牠的脖子扭斷。」

「這是我們這個國家的法律。」

「國王不是在法律之上？」

「夫人，這裡不是君士坦丁堡。我無意說那些土耳其人的壞話。只要他們牽制住西班牙皇帝，即使是異教徒，我們也會為他們歡呼。」

「我現在沒多少錢了。每個禮拜還要花十五先令幫他買生活必需品。我擔心他在牢裡受凍，」她抽了一下鼻子，「當然，他大可親自對我說。但他從來不寫信給我。他只寫信給她，他的寶貝女兒梅格。她不是我生的。我真希望他的前妻沒死，能告訴我這個女孩打從出生就是這個樣子。她和她爸爸非常親密。她告訴我，他把染血的襯衫脫下來要她洗，也告訴她，他在布衫底下穿了件用毛髮編的苦行衫。我們結婚之後，我要求他脫掉那件苦行衫。我怎麼會知道他穿什麼？還不是梅格告訴我的。他總是一個人睡，房門上鎖。如果他身體癢，不得不抓，我也不可能知道。反正那是他們父女之間的祕密，我永遠沒份。」

「愛麗絲——」

「你別以為我對他沒有感情。如果他要過著太監一樣的生活，又何必娶我？我們也曾恩愛過。」她臉紅了，但似乎是因為憤怒，而不是害羞。「我既然跟一個男人在一起，還曾合為一體，就會在乎他，擔心他會不會挨餓、受凍。他就像個孩子，讓人牽腸掛肚。」

「愛麗絲，用妳的力量把他拖出來吧。」

「那得看你的力量，而不是我的。」她無奈地笑了一下，「你那孩子葛雷哥利回家過節了嗎？我曾跟我丈夫說，如果葛雷哥利是我兒子，我就會把他做成一個甜派，送進烤箱，然後整個吃下去。」

葛雷哥利回家過耶誕，並帶了封李羅倫寫來的信。他在信上說，這孩子是不可多得的人才，隨時歡迎葛雷哥利回去他府上工作。「我該回去嗎？還是我已經結業了？」

「在這新的一年，我計畫加強你的法文。」

「雷夫說，我像王子一樣被養育成人。」

「現在，我只需要把你訓練成材。」

「親愛的爸爸……」葛雷哥利抱起小狗，輕輕撫摸牠背上的毛，「雷夫和理查說，等我完成教育，你就會要我娶某個年老的公爵夫人。她擁有很大的莊園和黑黑的牙齒，還是個需索無度的女人，每天晚上都纏著我，不讓我睡覺，而且反覆無常，我只能完全服從。她不把財產給她的孩子，因此她的孩子都恨我入骨。一天早上，我被人發現時，已經死在床上。」

小狗在他的臂彎裡掙扎，用圓圓的、好奇的眼睛看著他。「葛雷哥利，他們是在逗你玩的。如果我知道有這樣的公爵夫人，還是我去娶她吧。」

葛雷哥利點點頭。「你不會被她牽著鼻子走的。我敢說，她一定有座很大的鹿苑，可以讓你在那裡打獵。她的孩子也都怕你，即使他們已經長大成人，也不敢得罪你。」他似乎寬心多了。「這是什麼地圖？這裡是印度群島嗎？」

「這裡是蘇格蘭邊界，」他溫柔地說：「珀西的領地。他已經把一些土地給債主抵債。不能再這樣下去了，邊界如果守不住是很危險的。」

「有人說他生病了。」

「不是生病，就是發瘋吧。」他漠然地說：「他沒有繼承人，他和他太太也不可能和好。他和幾個弟弟鬧翻了，又欠國王一大筆錢。最後，所有的財產可能必須交給國王。他一定得清醒，看清現實。」

葛雷哥利為他感到難過的樣子。「沒收他的領地嗎？」

「他還是可以過得不錯。我們會讓他活下去的。」

「這樣就可以安慰沃爾西主教在天之靈了嗎？」

當年，主教南下之際，珀西在卡伍德攔下他。他手裡拿著鑰匙，因為被路上的泥巴濺到，一身髒兮兮的。他說，主教大人，我必須以叛國罪逮捕你。主教說，看著我的臉：我不怕任何一個人。

他聳聳肩。「葛雷哥利，出去玩吧。帶貝拉一起去，跟牠說法文。貝拉是我從加萊的萊爾夫人那裡帶回來的。等我一會兒，我還有些國家的帳目需要處理。」

下一份奏摺寫的是國王在愛爾蘭的軍隊需要的工具和武器，包括銅炮、鐵丸、搗錘、裝料桶、蛇紋石粉、四英擔的硫磺、五百支紫杉弓、兩綑弓弦、鐵鍬、鐵鏟、鐵橇棍與尖嘴鎬各兩百支、馬革、一百支伐木斧、一千個馬蹄鐵以及八千根釘子。接著是金匠的請款單。國王和安妮為最近夭折的那個孩子訂製了一個搖籃，上面有著昂貴的金飾。為了搖籃上畫的亞當和夏娃，他必須支付霍爾拜因二十先令。其他裝飾品如白緞、金色流蘇和伊甸園的銀蘋果，也還沒付錢。

他正在和佛羅倫斯的人談，看能不能雇用一百個火槍騎兵前去愛爾蘭打仗。即使要在樹林中或崎嶇之地作戰，他們也會勇往直前，但英格蘭士兵則常常裹足不前。

國王說，克倫威爾，祝你新年幸運，往後每年也都好運連連。在國王得到的新年禮物中，他最喜歡霍爾拜因畫的希巴女王、獨角獸的角和一種可以擠出柳橙汁的器具，上面有個金色、大大的「H」字形。

✿ ✿ ✿

年初，國王賜給克倫威爾一個前所未有的頭銜：宗教特使，授權他處理國內教會事宜。早在三年前或是更久以前，已有人不斷在說國王將打壓所有的修道院。現在，克倫威爾不但有權拜訪、視察修道院，甚至可使之改革。如果需要，讓修道院關門亦可。其實，每一家修道院的情況，他幾乎已瞭若指掌，那是因為他曾在沃爾西底下工作多年，每天處理來自各修道院的信件——有的僧侶抱怨遭到虐待、修道院裡發生醜聞或院長對國王不忠，有的則希望轉調等。只要回覆得宜，這些僧侶永遠欠他一份人情。

他對夏普義說：「你去過夏爾特大教堂嗎？你在教堂裡的迷宮行走，似乎這樣繞來繞去一點意思都沒有。然而你要是虔敬地不斷地走，最後終能抵達中心。」

表面上看來，他和夏普義似乎沒有交情，但私底下，夏普義送他一罐上等橄欖油，他則回贈一隻閹雞。不久，大使又上門了，後面的僕人捧著一塊帕瑪森起士。

夏普義的表情既悲傷又冷淡，「可憐的王后在金博頓過著貧苦的日子。她很怕國王身邊那些邪惡的顧問官會在她食物下毒。因此，廚子必須在她房裡生火煮食。金博頓那地方簡直像個馬廄，不像房子。」

「胡說！」他說。他端給大使一杯溫熱的香料酒，「我們要她從巴克登搬過去，就是因為她一直抱怨巴克登太潮溼。金博頓那房子很不錯。」

「你會這麼說是因為那房子圍牆很厚，四周還有一圈深溝。」蜂蜜和肉桂的香味在屋裡飄散，壁爐不時傳出木頭碎裂的聲音，裝飾的樹枝也散發出樹脂香。「還有，瑪麗公主病了。」

「瑪麗女士什麼時候健康來著？」

「她需要別人照顧！」夏普義克制自己，用柔和的語調說：「如果她母親能去看她，對她們兩人來說都是莫大的安慰。」

「對她們的逃亡計畫來說，等於是莫大的契機。」

「你這沒心沒肺的。」夏普義啜了一口酒，「我們的西班牙皇帝願意當你的朋友。」他在這裡停頓，然後嘆了一口氣。「聽說那個安妮發瘋了。亨利正在物色新歡。」

他倒抽了一口氣，滔滔不絕地說：國王沒時間找別的女人，他正忙著數他的錢，他現在管錢管得很嚴，不希望國會知道他的收入有多少。我現在很難說服他捐些錢給大學，即使是付工程款或是要他施捨給窮人也很難。他只想到軍需、軍火、戰船、烽火、堡壘。

夏普義嘴角往下撇，他知道這些都是克倫威爾編出來逗著他玩的，他才不會上當。「那我就回去稟報我的主子，說英王亨利現在一心想作戰，沒時間做愛囉？」

「除非你的主子攻打過來，否則不會有戰事的。你的主子現正忙著應付土耳其人，沒時間打過來吧。噢，我還知道他的財政赤字大得像是個無底洞。他要真的想打過來，只會落得兩敗俱傷。」他微笑，「這樣對貴國國王有什麼好處？」

人民的命運就是這樣決定的：兩個人在密室裡談話。什麼加冕大典、樞機主教會議、盛大的慶典和遊行，都只是幌子。改變這個世界的往往是微不足道的事：推到桌子另一邊的籌碼、大筆一揮修改一個片語或是一個女人的嘆息——凡她行經之處都飄散著一絲橙花或玫瑰水的氣味。她伸手把床簾拉上，肉體交纏之際發出輕微的呻吟。現在，大而化之的國王必須學習注重細節，依循明智的貪婪。

他父王生性謹慎，亨利這個做兒子的也遺傳到這點，對所有英格蘭貴族及其財產瞭若指掌。他在腦中記下每個人的領地，細如水道和雜樹林也記得一清二楚。現在他即將把全國修道院的資產納為己有，他必須知道他們究竟有多少價值。雖然財產法複雜得令人討厭，就像船殼上的藤壺或是長滿苔蘚的屋頂，但他有數不清的律師為他辦事，讓他盡情搜刮。雖然英格蘭人民很迷信，害怕未來，對自己的王國不甚了解，但很多人都有加減的基本數學技能。在西敏寺，一千枝筆在紙上狂舞，沙沙作響。克倫威爾想，國王現在需要新的人才、新的組織，以及新的思維。同時間，他的手下已經上路了。他說，六個月內，就能完成修道院資產調查。這真是前所未見的壯舉。的確，他已經做了很多別人夢想不到的事。

初春料峭。一天，他從西敏寺回來，受了風寒。他覺得臉部疼痛，有如皮肉不見了，寒意直接侵襲他的骨頭。他想起年少時，他老爹在碎石路上對他拳打腳踢，差點把他踢上黃泉路。他用眼睛餘光瞥見他老爹的靴子。他想趕快回家，因為家裡的壁爐是新安裝的，整間房間都暖洋洋。大法官巷那個辦公處只有幾處比較暖和。再說，待在自己的屋裡比較有安全感。

理查說：「你又連續工作十八個小時了。不能老是這樣。」

「沃爾西主教以前也是這樣。」

那晚，他在夢裡去了一趟肯特郡。他翻看貝翰修道院的財產報告。這修道院即將被沃爾西關閉，僧侶一個個用仇恨的臉看著他，在他身邊繞來繞去。他開始冒汗，於是對雷夫說，把這些帳簿綑起來，放在騾背上，我們回去吃晚餐的時候再來細看，同時享用勃根地美酒。在這盛夏時節，他們騎馬，騾子跟在後頭。他們從修道院荒廢的葡萄園裡的一條小路出發，結果來到一片森林，進入滿是闊葉植物的谷底。他跟雷夫說，我們兩個就像溜進沙拉碗的兩條毛毛蟲。他們繼續往前走，走入燦爛的陽光，不久史卡特尼城堡出現在眼前，護城河的波光映照在城堡的沙岩石牆上。

他醒來。他到底是夢見肯特郡，還是曾經去過那裡？陽光照在他的皮膚上。他叫克里斯多福過來。什麼事也沒有，也沒有人過來。他靜靜躺著。時間還很早，樓下靜悄悄的。窗戶是關上的，星光勉強從縫隙擠進來。他這才想起，他或許沒叫克里斯多福過來，只是夢見自己這麼做。

有一大堆葛雷哥利的老師拿著學費通知單來要他付。沃爾西主教一身大紅袍站在他的床腳。接著，主教變成了克里斯多福。他幫他打開窗戶遮板，讓室內通風。「主人，你發燒了。」

他當然知道。我必須什麼都知道嗎？「噢，這不過是義大利熱病。」他說，一副沒什麼了不起的樣子。「那我們需要請一位義大利大夫來為你治病嗎？」克里斯多福疑惑地說。

雷夫在這裡，家裡的人也都在，布蘭登也來了。他想，這是真的了。接著，他看見死了多年的摩根．威廉斯走進來，以及丁道爾——他不是在安特渥普的英格蘭商人家裡，不敢走出大門一步？然後，他聽到老爹華特穿著鋼頭靴乒乒砰砰走下樓梯的聲音。他心臟快停止了。

理查．克倫威爾怒吼：你們能不能安靜？他吼叫的時候就跑出威爾斯口音。他想，他平常說話的時候，我倒是沒注意到。他閉上眼睛。他可以感覺女人在他前面走來走去，她們像小蜥蜴一樣透明，擺動小小的尾巴。長了黑色毒牙的英格蘭毒蛇王后以高傲的姿態拖著染血的衣裙往前走。眾人皆知，她們會把自己的孩子殺了，然後吃掉，在孩子出生前就吸乾他們的骨髓。

有人問他，他是否想告解。

「我一定得這麼做嗎？」

「是的，不然你會被視為異端。」

可是我的罪惡就是我力量的泉源。而我做的壞事，其他人甚至沒機會做。我緊緊擁抱我的罪惡，這些罪惡有如屬於我的寶貝。在我接受最後審判的時候，我手中將拿著一張小抄：我將對造物主說，我把我做過的五十件惡事都列出來了，或許還不只這些。

「如果我非告解不可，請把李羅倫主教找來。」

他們告訴他，主教在威爾斯，要花幾天的工夫才能來到這裡。

巴茨大夫來了，不只是他，國王還派了一大群大夫前來為他診治。他解釋說：「這是我在義大利得的熱病。」

「好吧，就照你說的。」巴茨大夫皺著眉頭看著他。

「如果我快死了，把葛雷哥利找來，我有事情要告訴他。要是我不會死，那就別打擾他的課業。」

巴茨大夫說：「克倫威爾，我即使用炮彈打穿你的身體，你也不會死的。連大海都不要你。你要是遭遇船難，還是會被沖上岸的。」

他偷聽到那些大夫在討論他的心臟。他覺得他們不該這樣：我的心像一本祕密的書，豈能讓別人看到？那不是一本寫訂單的冊子，放在櫃臺上讓所有夥計隨便翻看、記錄的。他們給他藥水，要他吞下去。不久，他就可以看帳冊了。帳冊上的線條一直溜走，所有的數字都混淆在一起，他才算好一列，總數又錯了。他不斷地計算，直到他吞下去的毒藥或良藥效力退去，總算清醒過來。帳冊上的資料又好端端地出現在眼前。巴茨以為他遵照醫囑休息了，他的腦子依然忙碌，他看到每一個小小的數字都長了手和腳，從帳冊爬出來到處走動。僕人扛了柴火進廚房，但那已經綑綁起來的鹿肉變回鹿，跑了出去，用樹幹磨擦肌膚。已經宰殺好，準備下鍋的歌雀又長出羽毛，飛上樹枝。樹枝也是柴薪還原的，蜂蜜又回到蜜蜂的胃裡，蜜蜂飛回蜂巢。他聽到樓下傳來聲響，但那是其他房子傳來的聲音，那房子在另一個國家。錢幣從一個人的手到另一個人手上。木箱拖過石頭地板。他聽到自己的聲音，提起在托斯卡尼、帕特尼、法蘭西軍營的往事，還有野蠻人說的拉丁文。或許這是烏托邦？烏托邦的中央是一個島，那裡有個地方叫做「夢之城」。

他為了解讀這個世界的密碼而精疲力盡。他累了，無法繼續對敵人微笑。

艾佛瑞從帳房過來看他，坐在他身邊，握著他的手。拉提摩也過來，為他讀讚美詩。克雷默也過來看他，只是以不安的表情看著他，也許正在擔心他是否會因為發燒，而神智不清地問道：近來你太太葛瑞特好嗎？

克里斯多福對他說：「我希望你的老主人沃爾西主教能來這裡安慰你。他能給人舒服的感覺。」

「你怎麼知道？」

「我偷過他的東西。你不知道嗎？我偷過他的金質餐具。」

他努力掙扎坐起來，「克里斯多福？你就是孔皮耶涅那個小偷？」

「正是在下。我提著熱水從後面樓梯上來，給主教放洗澡水，下去的時候，空桶子就裝了金杯。他人這麼好，我不該偷他的東西的。『你又提著桶子過來了嗎？法布里斯？』在孔皮耶涅，我的名字就叫法布里斯。『給這個可憐的孩子好好吃一餐吧。』我吃了杏子，我從來沒吃過如此美味的水果。」

「他們沒逮到你？」

「我的頭子被抓了。他是個江洋大盜，受到烙刑的懲罰。他身上紅了一片，還不斷慘叫。主人，你知道我嚮往更大的財富。」

他說，我記得，我還記得加萊、煉金師和那個記憶機器。「卡密羅正為法王弗朗索瓦設計一種機器，讓他成為全世界最聰明的國王，但那個呆瓜不知道怎麼使用。」

這都是他的幻想。巴茨大夫說，他發燒得更嚴重了，但克里斯多福說，真的，在巴黎有一個人知道怎麼建造靈魂。那是一個活的建築，裡面有很多小架子，每一個架子上都擺著一些羊皮紙，上面寫了字。這些文件就像鑰匙，你可藉以打開另一個盒子，裡面有一把鑰匙，鑰匙當中還有鑰匙，但這些鑰匙不是金屬，都是木盒，一層又一層的木盒。

有人問，青蛙男孩，然後呢？

這些盒子都是靈魂。有人說，如果全世界的書都燒掉了，我們只剩這些了。然而我不但可利用這種記憶裝置想起過去，也能知道未來，得知所有將來在這個地球上會出現的東西。

巴茨說，他又燒得更嚴重了。他想起小畢爾尼，他在火刑前一晚把手指伸入燭火中，以得知被火燒灼的痛苦。那夜，他的皮膚灼傷、皺縮，哭得像個孩子，一直吸吮燒傷的指頭。天亮之後，他被拖到刑傷，遭到烈火焚身。即使他的臉已被燒毀，還是有人拚命把教宗的飾品和旗幟塞進去。布料著火了，在一旁觀看、眼神空洞的處女有如煙燻鯡魚。

他用好幾種語言客氣地說，他要喝水。巴茨說，別太多，一次給他一點點。他聽說有一個島嶼叫歐慕茲，是全世界最乾燥的王國。那裡沒有樹木、沒有作物，只有鹽。站在島中央，放眼望去都是沙地，陸地邊緣都是珍珠，再過去就是大海。

夜晚，他的女兒葛蕊思來看他。她的頭髮耀眼得就像光源。她目不轉睛地看著他，直到天亮，窗戶打開，星光褪去，太陽和月亮同時高掛在幽冥的天空中。

過了一個禮拜。他好多了，希望在病榻上辦公，但大夫不准。他問，事情進行得如何了？理查說，你把我們訓練得很好，我們就像你的徒弟。你已經打造出一種可以獨立運作的思想機器，你不必每天、每分鐘都親自看著。

克里斯多福說，有人說國王不斷呻吟，好像他也受到痛苦似的。他不斷問道：克倫威爾在哪裡？

有人傳信來，國王說要親自來看你。他說，如果那是義大利熱病，那他不會被傳染的。

他覺得難以置信。當年，安妮得到汗熱病，國王怕被傳染，離她遠遠的。那還是他對她最情深意濃之時。

他說，叫舍斯頓過來。他最近吃的都是病人吃的清淡飲食，像是火雞肉。他告訴舍斯頓，我們得好好計畫一下。做什麼菜好呢？烤乳豬好了。我曾在教宗宴會上看過這道菜。你得把雞肉、培根和羊肝剁碎，塞進小豬體內，加上茴香、馬郁蘭、薄荷、薑、奶油、糖、胡桃、雞蛋和番紅花。有人還會放乳酪進去，但倫敦沒有我要的那種，還是作罷。要是有問題，你把波維西的廚子找來，他會告訴你該怎麼做。

他說：「你們去隔壁找修道院副院長喬治，請他在國王來訪那日，要他的僧侶別待在街上，免得國王又急於進行教會改革。」他現在覺得這事急不得，必須慢慢來，讓人民了解這是應該的。在他門口乞討的僧侶雖然見不得人，但他們畢竟是好鄰居。他們不再一起在食堂吃飯。晚上，他們的窗口傳出歡宴之聲。不管哪一天，他都可以跟他們在旁邊一家酒館喝兩杯。這裡的修道院不再是清修之地，反而比較像是市場，甚至是個人肉市場。很多在義大利富商家工作的年輕人來這裡見習。他經常招待他們，讓他們吃飽喝足，也吸取了不少市場消息。接下來，那些年輕人就迫不及待往隔壁的修院道跑，那裡不但是倫敦女孩避風遮雨的地方，也是她們用肉體營生之處。

❁ ❁ ❁

四月十七日，國王大駕光臨。一早，下起陣雨，但到了十點，天候就和牛奶一樣溫和、舒適。他從椅子上站起來迎接：「親愛的克倫威爾。」國王用力吻他的兩邊臉頰，挽著他的手（克倫威爾不禁覺得他是全國唯一強壯的男人）。國王要他坐下。「你坐好，不要再跟我爭辯了，」他說：「我的樞密大臣，就這麼一次，別跟我爭辯了。」

他的岳母梅喜和小姨子裘安打扮得像沃爾辛漢的聖母，對國王行屈膝禮。國王從她們眼前晃過。他今天穿得比較輕便，銀色上衣加上巨大的金鍊，手指上有晶亮的印度翡翠戒子。他還不大清楚這一家人的稱謂。「這位可是樞密大臣的姊姊？」他對裘安說：「啊，對不起，克倫威爾，我想起來了，我妹妹過世之時，你也失去了你的姊姊貝蒂。」

如此簡單、感人的語話，出自國君之口，實在令人動容。梅喜和裘安傷感得眼眶泛紅。亨利用食指輕觸她們的臉頰，逗她們發笑。愛麗絲和小裘安這兩個新嫁娘翩然而至，就像兩隻蝴蝶。國王吻她們的櫻桃小口，說他真希望在自己年少的時候遇見她們。他說，樞密大臣，你注意到沒有，男人愈老，眼裡的女孩就更加可愛？

克倫威爾說，那上了年紀也有好處。在一個八十歲男人眼裡，即使母豬也會變成珍珠。梅喜向對鄰居說話一樣對國王說：您看起來永遠都一樣，好像不會老。亨利伸出手臂，當眾宣布：「今年七月，我就四十五了。」

眾人一聽，驚異得鴉雀無聲。亨利很滿意大家有反應，龍心大悅。

國王在大廳走來走去，欣賞牆上的畫作，問上面的人物是誰。他看著繡帷上的安瑟瑪，也就是希巴女王。他抱起貝拉，學萊爾子爵用拙劣的法語跟牠說話。「萊爾夫人送王后一隻小公狗，比你們的貝拉更嬌小。那隻狗頭會歪一邊，豎起耳朵，好像在問，你們為什麼要跟我說話？王后因此給他起了個法文名字，叫『*Pourquoi*』（為什麼？）」一提到安妮，他的聲音洋溢著柔情，就像清澈的蜂蜜。克倫威爾家的女人都微笑，看得目不轉睛。「克倫威爾，你該知道牠，就是常窩在她臂彎裡的那隻。她不管走到哪裡，都會帶著牠。有時候，」他點點頭，「我想她比較愛狗。是的，我還不如那隻小公狗。」

克倫威爾坐著微笑。大病初癒，他還沒有胃口，因此看著國王大快朵頤。今天裝菜的銀盤也是霍爾拜因設計的。

亨利親切地跟理查說話，還叫他表弟。他在跟克倫威爾說話的時候，比個手勢要他靠近一點，同時請其他人退後一點。他問：如果法王弗朗索瓦這樣或那樣，那他該不該親自渡海去法蘭西跟他協議什麼？如果你能站起來，你會去嗎？萬一愛爾蘭人這樣或蘇格蘭人那樣，情況失控，我們是否會像日耳曼一樣陷入戰爭，農民自立為王？萬一查理五世攻打過來，凱瑟琳占了上風，又該如何？你也知道她個性剛烈，但人民都很愛她。天啊，為什麼人民沒那麼愛我？

如果這樣，他說，我將從這張椅子爬起來，揮舞著劍，為國王衝鋒陷陣。

國王酒足飯飽後坐在他身邊談起自己的事。這個清新多雨的四月天讓他想起他父王逝世那日。他提到他的童年：小時候，我住在艾爾森的宮殿，我有個弄臣叫做呆頭鵝。七歲那年，康瓦爾人叛變，領頭的是個巨人，你還記得嗎？我父王送我到倫敦塔躲起來，他說那裡比較安全。我說，讓我出去，看我把那些叛徒宰了！那時，我不怕西方來的巨人，但是一看到我的祖母瑪格麗特．博福德就嚇得魂不守舍。她的臉就像死人，她抓我手腕的那隻手有如白骨。

他說，小時候，我們常聽大人說，祖母十三歲那年就生下我父王。每當她提起過去時，就像拿著一把利劍刺向你：什麼？你在四旬齋還哈哈大笑？我在你這個年紀，沒比你大多少，就已經生了一個孩子了？什麼？你在跳舞？亨利，你怎麼成天打球？她的一生是沒完沒了的責任。她在她住的沃金宮供養了十二個乞丐，有一次命令我端著盆子跪下來，為他們洗腳。算她幸運，那天我沒把吃的東西吐在他們腳上。她每天凌晨五點開始禱告。她跪在祈禱台上，因為膝蓋痠痛而大哭大叫。宮廷裡有任何慶典或宴會，不管是婚禮或是皇室成員誕生，在這喜氣洋洋的時刻，你知道她做什麼嗎？她總是嚎啕大哭。每次都這樣，沒有一次例外。

她心裡只有我哥哥亞瑟。他是她的光，是聖人。「我當上國王之後，她就悲憤死了。你知道她死前跟我說什麼嗎？」他嗤之以鼻地說：「凡事都要聽費雪主教的！真是可悲，她怎麼沒叫費雪聽我的！」

國王帶著侍官離去後，裘安過來跟他說話。雖然他們沒說什麼不能讓人聽到的事，但還是像在說悄悄話。「今天很圓滿。」

「我們一定要好好賞賜廚房的人。」

「所有的人都表現得可圈可點。真高興今天見到國王。」

「他和妳想的一樣嗎？」

「我沒想到他是這麼溫柔的一個男人。我終於知道凱瑟琳為什麼不肯放手，她爭的不是王后的地位，而是她的丈夫。他是值得愛的男人。」

愛麗絲突然闖進來，「四十五歲！我以為他更老呢。」

「他如果給妳一把石榴石，妳不是就願意跟他上床？」小裘安不以為然地說：「這可是妳自己講的。」

「喔，妳也願意為了出口許可證而獻身，不是嗎？」

「住嘴！」他說：「別鬧了！萬一妳們的老公聽到怎麼辦？」

小裘安說：「我們的老公最了解我們了。我們家的女人可不是害羞的小媳婦。我們是支娘子軍，你應該給我們武器的。」

「我真想送妳們去愛爾蘭打仗。」

不一會兒，這兩個女孩又跑出去了。裘安確定她們不會在附近偷聽到，靠過來小聲地說，接下來，我要跟你說個祕密。

「什麼祕密？」

「我看得出來，亨利怕你。」

他搖搖頭。誰能讓英格蘭之獅害怕呢？

「我可以發誓。就在你說你將拿著劍衝鋒陷陣那一刻，他露出驚懼的表情。」

✿ ✿ ✿

諾福克公爵來看他。僕人幫他把馬繫好。他從進入院子後就喋喋不休：「是肝的問題嗎？我的肝臟大概支離破碎了。這五年來，我的肌肉不斷萎縮。你看！」他伸出一隻枯槁的手，「所有的大夫我都看過了。他們也不知道我究竟得了什麼病，但是總不忘給我帳單。」

他再清楚不過，諾福克公爵是一毛不拔的鐵公雞，連看病這種小錢也不願意付。

公爵說：「我肚子常痛得死去活來，就像在煉獄一樣。有時，我一整晚都得坐在馬桶上。」

「大人，您或許壓力太大，應該放輕鬆一點。」雷夫說。他指的是吃東西別狼吞虎嚥，且別或像驛馬一樣急躁不安、馬不停蹄地到處跑。

「相信我，我也想放輕鬆。我外甥女要我離她遠遠的。我現在住在肯寧宮，方便國王找我。樞密大臣，願上帝使你早日康復。聽說聖沃特很靈驗，希望對你來說不會太麻煩。對了，聖歐伯對付頭痛很有辦法。我的頭痛就是他治好的。」他伸手到上衣裡面，「這個給你，這是教宗加持過的十字項鍊。啊，對不起，不是教宗，是羅馬主教。」他把項鍊放在桌上，「我想，你可能還沒有這聖物。」

他走出去之後，雷夫拿起項鍊，說道：「什麼加持！說不定是詛咒過的。」

公爵那個大喉嚨的聲音從樓梯傳來。他悲傷地說：「我以為他就要死了！他們告訴我，他已經快死了……」

他對雷夫說：「你去送客吧。」

雷夫笑道：「薩福克也差不多了。」

薩福克公爵要娶國王的妹妹的時候，曾提出願意給國王三萬英鎊，求他息怒。這筆錢一直欠到現在。國王現在又想起這筆欠款。為了還債，布蘭登不得不放棄他在牛津和伯克郡的土地，現在他只能住在鄉下。

他閉上眼睛，想到這兩個公爵從此不能耀武揚威，他就得意萬分。

他的鄰居夏普義來看他，「我在奏摺中告訴我的主子，國王來看你了。我的主人非常驚訝，國王居然曾親自到臣子的家，還問那臣子是不是貴族。我說，你該看看克倫威爾為他做了什麼。」

「他也該有這樣的僕人服侍他，」他說：「大使，我知道你是隻老狐狸。你巴不得在我墳上起舞。」

「親愛的湯瑪斯，你是我唯一的敵人。」

艾佛瑞悄悄送來一本帕西歐里寫的棋題。他把所有的題目都解出來，自己還在背面空白處設計了一些題目。僕人把信件送來，他拆開來看看最近有什麼災難。有人告訴他，那個在明斯特自立為王的裁縫娶了十六個老婆。其中一個跟他吵架，他就在市場把她的頭砍下來。

他又回到這個世界了。有人把他擊倒，他還是會爬起來的。死神曾來到他面前，上下打量著他，但在他臉上吹了一口氣就走了。衣服告訴他，他變瘦了。他現在覺得身體輕盈，不再像以前一樣笨重，每天都充滿生氣與樂觀。博林家的人恭喜他恢復健康。畢竟沒有克倫威爾，就沒有今天的博林家族。他再次見到克雷默的時候，這個老友靠過來拍拍他的肩膀，緊握他的手。

在他漸漸康復之際，國王把頭髮剪短了。他這麼做是為了掩飾禿頭，然而只是欲蓋彌彰。忠心的臣子也都一一效法，不久整個朝廷就像光頭黨的天下。小黎說：「天啊，如果我以前不怕你，現在可是怕死了。」

克倫威爾說：「小黎，可是你以前就很怕我了。」

理查則沒有什麼改變，他剪短頭髮是為了比武要戴頭盔，頭髮短一點比較舒服。光頭小黎看起來更聰明了，而雷夫剃光頭髮看起來更加機警。李奇沒了頭髮，似乎成熟多了。薩福克那張大臉則多了天真。湯瑪斯·博林看起來像僧侶。至於諾福克，沒有人發現他有什麼不同。雷夫問：「他以前留什麼樣的頭髮？」現在，他的頭皮出現一道道鐵灰色，就像戰車開過一樣。

這股光頭風也擴散到全國各地。有一次，李羅倫主教走進他的辦公處，他還以為一顆加農炮朝他飛來。他兒子的眼睛看起來更大、更寧靜，而且有著金色光澤。他輕輕摸著兒子的頭，一副無限憐愛似地說：「你媽要是看見你那可愛的鬈髮剪掉了，一定會哭得很傷心。」葛雷哥利說：「會嗎？我幾乎想不起她的樣子了。」

❁ ❁ ❁

五月初，四個僧侶遭到審判。他們都拒絕發誓支持王權至上法案。那個叫巴頓的女人被吊死，已是一年前的事了。當時，國王對她的支持者不予追究。現在他可沒那麼寬宏大量。那四個僧侶同屬倫敦修道院。摩爾年輕的時候也曾在這裡苦修，後來才走上仕途。克倫威爾親自來到這個修道院調查，他軟硬兼施，既用甜言蜜語，也用威脅恐嚇，還請八個神職人員來開導他們，讓他們了解王權至上法案的用意，也叫他們的弟兄來勸說，然這一切只是白費功夫。他們只是說，走吧，走吧，讓我們從容赴義。

如果他們認為最後仍可平靜地面對死亡，那就錯了。根據法律規定，叛國者必須在公開場所被開膛剖肚，然後再以火點燃臟器，凌遲至死。這應該是最恐怖的死刑了，充滿痛苦、憤怒與羞辱。看到同黨在自己眼前這樣慢慢死去，像動物一樣在沾滿血跡的地上爬，即使是最強壯的人，也不免喪膽。

威爾特伯爵湯瑪斯·博林與其子喬治·博林代表國王觀看行刑，諾福克則被人從鄉下拖回來，要他準備出使法蘭西。國王很想親自去瞧瞧那些僧侶死亡的過程。所有的臣子都會戴上面具騎著馬，現場還有市府官員和百來個民眾。但國王體格壯碩，恐怕很容易被指認出來。他還擔心那些民眾又要為凱瑟琳求情。愈卑賤、低下的人就愈愛戴她。亨利說，那就叫我兒子里奇蒙公爵出席吧。或許有一天他必須上戰場，捍衛皇室的光榮，現在親眼見識什麼是屠殺也好。

行刑的前一天晚上，里奇蒙公爵來找他。「樞密大臣，你行行好，明天代替我去看行刑吧。」

「那你代替我明天早上和國王討論國事，如何？」他用堅定、和善的語氣告訴他：「如果你明天拿生病做藉口、從馬上摔下來，或是在你岳父諾福克公爵面前嘔吐，他保證會叫你沒齒難忘。假使你要父王答應你和新娘同房，證明你是個男人，就勇敢地面對這件事吧。你好好看著你岳父，跟他學學吧。」

但諾福克在事後來找他，跟他說，克倫威爾，我發誓，有一個僧侶心臟被挖出來之後，還會開口說話。耶穌，他呼求主名，耶穌，救救我們這些可憐的人吧。

「不可能。」

「怎麼說呢？」

「這是我從經驗得知的。」

公爵不寒而慄。他大概在想，這個克倫威爾一定曾經挖出別人的心臟。諾福克在胸口畫了個十字，說道：「我想，你說的沒錯。那大概是從群眾裡面發出來的聲音。」

✽ ✽ ✽

在那幾個僧侶遭到處決的前一晚，克倫威爾簽了一紙同意書，讓梅格進入倫敦塔探視她父親。他們已經好幾個月沒見面了。看到叛國者即將遭受這種極刑，梅格必然會再努力勸她父親。她會對摩爾說，爸爸，瞧，國王已經殺紅了眼，你快跟我們一樣宣誓吧。你只要做做表面功夫，照克倫威爾或其他官員要你說的話說出來，就可以回家了。

但這個策略還是失敗了。這對父女大眼瞪小眼地站在窗口看著那幾個僧侶被拖出去，準備被押送到泰伯恩刑場。他想，我老是忘了摩爾這個人完全不肯為別人著想，不同情別人，當然也不覺得自己可憐。我以為他會保護自己的女兒，也絕對不願看到梅格受傷。但梅格來看他，只是讓他的決心更加堅定。如果她不讓步，他也不讓，兩人就這樣僵持不下。

第二天，他去牢裡看摩爾。傾盆大雨敲打在屋頂，也打在腳底下的石頭上。牆和水已難以分辨，一個角落傳出呼呼的風聲，就像冬風。他好不容易把溼淋淋的外衣脫下來，站著和獄卒馬丁聊了一下，問他的老婆和新生兒可好。最後，他問馬丁，摩爾現在如何？馬丁說，你注意到了嗎？他肩膀一邊高，一邊低。

他說，那是長時間寫作造成的。他把一隻手肘擱在桌上，另一邊的肩膀就下垂了。馬丁說，不管怎麼說，他看起來就像一尊駝子雕像。

摩爾的鬍子長了，讓人聯想到明斯特的先知——摩爾本人必然憎惡這樣的比喻。「樞密大臣，聽說西班牙皇帝的軍隊已經開始行動。國王有何反應？」

「我想，查理五世的軍隊是要前往突尼斯。」他瞄了一下外面的雨勢，「如果你是西班牙皇帝，你不是也會選擇突尼斯，而不是倫敦？聽我說，我不是來跟你吵的，只是來看看你是否還好。」

摩爾說：「聽說連我家那個傻僕人帕汀森都宣誓了。」他笑了一下。

「以你做為模範，拒絕宣誓的那幾個昨天已經死了。」

「我得言明，我無意做任何人的模範，我只是做我自己。我沒說過任何一句反對法案的話，也沒批評過制訂這法案的人，也沒說宣誓不對，或是反對任何人宣誓。」

「是啊，」他坐在摩爾存放日用品的小櫃子上，「但只是保持緘默是不成的。在審判的時候，陪審團是不會認同的。」

「你是來威脅我的。」

「最近查理五世動作頻頻，國王變得更沒耐心了。他想派人來問你的意見，只要你支持他的頭銜就可以了。」

「他會派歐德立過來？還是李奇？用不著你這些大官朋友親自出馬，隨便一個人就行了。我已準備赴死，死在你手裡，或者說死在自然的手中。我最後要祈求的，只是詳和與寧靜。」

「你想當殉道者。」

「不對，我只想回家。我很軟弱，就和任何人一樣軟弱。我希望國王接納我，讓我做他的僕人，他親愛的臣民。我每天都是他的僕人，無一日不是。」

「我實在不了解犧牲和自我屠殺的分界線在哪裡。」

「這是基督劃分的。」

「難道你看不出來拿這兩者相比有什麼不對嗎？」

他無語。一向雄辯滔滔的摩爾變得出奇安靜，最後才開口說，他愛這個國家，但他擔心全英格蘭都會被詛咒。他只得和上帝商討條件，然這個上帝是愛好屠殺的，「如果能為所有的同胞犧牲生命，那也是值得的。」克倫威爾對他說：「我告訴你，看你愛怎麼跟上帝談條件，必要的時候，把你自己交給劊子手。根本沒有人在乎。今天是五月五日，再過兩天，委員會的人就會來到這裡。我們會請你坐下，但是你會拒絕。你寧可站得高高的，就像教會史上的荒漠教父[3]，而我們則因為怕冷，縮成一團坐在下面。我說我要說的，你也說你要說的。或許，我會承認你贏了，我說不過你。我只能走開，讓你這個好臣子、好僕人留在這裡，直到你鬍子長到膝蓋，蜘蛛在你的眼眶結網。」

✿ ✿ ✿

他都計畫好了，但人算不如天算。他跟理查說，歷史上有哪個天殺的羅馬主教發神經挑了這麼一個時間點？新教宗保祿三世宣布，他將任命費雪為新的樞機主教。亨利雷霆大怒，他發誓他會送費雪的人頭去羅馬戴那頂禮帽。

六月三日，克倫威爾親自來到倫敦塔，威爾特伯爵湯瑪斯·博林也來了，為的是維護博林家的利益，布蘭登則是來看看能否趁機撈到好處。另外，李奇做記錄、歐德立則負責說笑話。布蘭登說，最近又常常下雨，潮溼得很，這個夏天看來會很難熬，是吧？他說，是的，幸好國王陛下不是迷信的人。大夥兒哈哈笑，只有布蘭登有一點存疑。

有人說，一五三三年是世界末日。去年，也有人深信不疑，認為世界會滅亡。為什麼不是今年呢？反正，每一年都有人宣稱是世界末日，並提名鄰居為反基督者。根據明斯特傳來的消息：天就要塌了。圍城的人命令城裡的人無條件投降，而城裡的人則威脅他們將集體自殺。

克倫威爾在前面帶路。「天啊，這是什麼鬼地方？」布蘭登說。水滴滴答答落在他的帽子上，「你們不覺得難受嗎？」

3、荒漠教父（desert father）：指公元四世紀一群刻意離開鬧市，隱居在埃及和敘利亞沙漠一帶靜修的修士。

「噢，我們一天到晚都在這裡，」李奇聳聳肩，「樞密大臣不是忙著跑鑄幣廠就是珠寶館。」

馬丁讓他們進去。摩爾看到他們，頭抬起來。

「今天的答覆是什麼？是或否？」克倫威爾問。

「怎麼連一聲『早安』和『你好嗎』都沒有？」有人遞給摩爾一把梳子，讓他梳理鬍子，「你們知道來自安特渥普的消息嗎？聽說丁道爾被逮捕了，是嗎？」

「這不是重點，」歐德立說：「請你就宣誓和王權至上法案表明立場。你認為這是根據法律制定的條例嗎？」

「據說，他跑到屋外，被查理五世的士兵捉到了。」

克倫威爾冷冷地說：「你早就知道了嗎？」

丁道爾是被出賣才被逮捕的。有人誘使他走出來，而摩爾知道是誰這麼做的。他看到另一個自我，在相同的雨天早晨，令人把囚犯拖出來毒打，要他供出密探的姓名。他對薩福克說：「大人，請你冷靜，別露出這麼誇張的表情。」

「我嗎？」布蘭登問。歐德立哈哈笑。摩爾說：「丁道爾要被西班牙皇帝燒死了。連魔鬼都將拋下他不管。由於他不支持國王的新婚姻，國王因此不會救他，即使是舉手之勞，也不願意。」

「也許，你可從這件事看出道理？」李奇說。

歐德立：「說吧。」他盡可能保持風度。

摩爾動怒了，他不管歐德立，對著克倫威爾咆哮：「你不可能強迫我，讓我自己置身於危險當中。我不反對王權至上法案，但你們還是要我宣誓，這不是要我面對雙面刃？如果我不宣誓，我的身體將會遭受危險，但要是我同意宣誓，那我的靈魂將萬劫不復。因此，我只能保持沉默。」

「你曾審問那些所謂的異端，你不允許他們逃避，強迫他們開口說出來，如果不說，就嚴刑拷問。如果他們非回答不可，為什麼你就可以保持沉默？」

「我們的情況不同，不可同日而語。我要求異端回答的時候，我憑藉的是法律整體以及整個基督王國的力量。然而在此，你們以某一條法律、最近才通過的某一個制度來威脅我，而且這條法律、這個制度只有英格蘭才有，並非放諸四海皆準——」

他看到李奇振筆疾書。他轉到一邊。「結果都是一樣的：異端被火燒死，而你將被砍頭。」

「那還得看國王是否願意讓你死得這麼痛快。」布蘭登說。

此時，摩爾面露懼色，手放在桌上，手指彎曲。他不動感情地看著他。他可再用凌遲的極刑來恐嚇他，讓他更加害怕。儘管他這麼想，他知道他不會這麼做。那種念頭就像毒素。「好，論法律條文數量，或許你贏了。但你最近看過地圖嗎？你可知道現在的基督王國已和過去不同？」

李奇說：「樞密大臣，比起眼前這個犯人，費雪還比較像人，他雖然有異議，但他畢竟接受所有的結果。摩爾，你則是個囂張的叛徒。」

摩爾輕柔地說：「你錯了。不是我強行撲到上帝身上，而是上帝把我拉過去的。」

「我們將記下你的頑冥。」歐德立說：「我們原諒你用酷刑對待別人。」他站起來，「我們必須將他起訴，讓他接受審判。如此一來，我們才算對得起國王，完成他交付給我們的任務。」

「上帝啊！我人被關在這裡，究竟造成什麼禍害？我沒傷害任何人，沒說任何人的壞話，也沒有邪惡的思想。難道這樣還不能活下來——」

他可不相信這些。他打斷他的話：「你沒傷害過任何人？那班翰的事該怎麼說？你還記得班翰吧？你沒收他的財物，把他的可憐的太太關進牢裡，親眼看他接受酷刑。你不但把他關進史托克思禮主教的地牢，也把他帶回你自己的家，把他綁在柱子上，長達兩天兩夜。接著，你又把他送回史托克思禮那裡，看他足足被鞭打了一個禮拜。即使至此，你依然憤恨難消。你把他送回倫敦塔，讓他接受酷刑的折磨，直到他身體癱瘓，最後無法行走，必須坐在椅子上被抬到史密斯菲德的火刑場被活活燒死。而你，湯瑪斯．摩爾，仍然宣稱你沒傷害過任何人？」

李奇把摩爾桌上寫的東西收起來。有人說，他偷偷寫信給囚禁在樓上的費雪主教。說不定這些書信還能成為他與費雪串通叛國的鐵證。摩爾伸出手，張開手指，壓在紙張上，然後聳聳肩，放手。「如果你們一定要這麼做，那就拿去吧。你們可以讀讀我的文章。」

克倫威爾說：「除非我們聽到你改變心意，否則我們將把你的筆、紙和你的書都拿走。我會派人過來拿。」

摩爾似乎退縮了一下，咬著下唇，說道：「你們一定要拿走的話，就現在拿吧。」

「什麼話！」薩福克說：「我們又不是幫你拿東西的僕人！」

❀ ❀ ❀

安妮說：「他們都是衝著我來的。」他向她鞠躬。「如果你們最後讓摩爾說出他良心的負擔，你們會發現說到底他就是不肯向我行禮，承認我是王后。」

蒼白、嬌小的她氣得火冒三丈。她伸出纖纖玉手，兩手相合，指尖互抵，眼睛炯炯有神。

在進行下一步之前，他回想起國王去年遭遇到的災難，提醒自己不可為所欲為。話說去年夏天，英格蘭北方的一個貴族達克男爵因與蘇格蘭人勾結觸犯叛國罪。指控達克的包括達克家的世仇克里夫德家族和博林家的人。達克因為公開支持前王后凱瑟琳而與博林家結怨。審判地點在西敏寺大廳，由諾福克擔任貴族法庭審判長，主持開庭，參與審判的包括二十個貴族。也許，博林家的人過於心急，或者諾福克本身就是個問題……，總之，最後場面失控。也許，克倫威爾上場辯論，就不會變成這樣，但這是貴族法庭，貴族對他向來沒有好感，因此他決定退居一旁、冷眼旁觀。到頭來，所有對達克男爵的指控最後都不成立，國王既震驚又憤怒。接著，國王的侍衛把達克帶回倫敦塔。最後達克男爵與國王談成條件。他承認包庇叛國者，因此罪行較輕，同意以一萬英鎊換回自由。在審判庭中，達克為自己辯論，滔滔不絕講了七個小時，但如果是克倫威爾，則可講上七天七夜。達克獲得釋放，回到北方之時，已一文不名。

現在，為了摩爾的事，王后耿耿於懷。她希望殺雞儆猴。法蘭西那邊也不如人意，有人說弗朗索瓦一聽到她的名字就竊笑。她懷疑克倫威爾只在日耳曼親王那邊下功夫，沒經營法蘭西這邊的關係。她的懷疑是對的，但是她要算帳也得挑個好時機。她說，除非費雪死了，摩爾也死了，她的心情才能平復。她在房裡繞圈子，躁動不安，一點母儀天下的樣子都沒有。她不時朝向國王走去，碰觸他的袖子，拉他的手，但國王每次都把她的手甩開，好像她是討人厭的蒼蠅。這一切，克倫威爾都看在眼裡。這對夫妻的關係日日生變，時而恩愛、時而冷淡、疏離，但卿卿我我、情話綿綿的樣子反而更加難以入目。

「我不會為了費雪的事有任何罣礙，」他說：「他的犯罪事實很明確。至於摩爾的案子……以道德層面而言，我們理由充分、無可指摘。他對羅馬教廷忠心耿耿，不願承認國王陛下為教會之首。但從法律層面來看，我們的立論還不夠充分，摩爾可以運用種種法律手段和程序為自己辯護，要擊敗他不是那麼容易的。」

亨利被刺激到了，「我雇用你，是要你做容易的事嗎？上帝同情我的單純吧。我今天提拔你到這等地位，你捫心自問，在不列顛史上，像你這樣出身的人，哪一個人做到這樣的官？」他壓低聲調，「我提拔你，是因為你長得俊美嗎？還是你風度翩翩？我要你這個人是因為你機靈，而且像一袋毒蛇那樣狡滑，然而可別成為一隻爬到我胸口的蠍子。反正，你知道我的決定，只要執行就對了。」

他告退，感覺在身後有種令人不安的靜默。安妮走到窗邊，亨利盯著自己的腳。

❁　❁　❁

李奇進來的時候，全身發抖，像是得知了什麼大祕密似的。克倫威爾真想像打蒼蠅一樣用力拍他一下，但他克制住了，只是磨擦自己的手掌，「噢，李奇，你把他的書都拿走了嗎？他現在情況如何？」

「他把窗簾拉下。我問他為什麼要這麼做。他說，他所有的東西都被拿走了，既已空無一物，只好關店。」想到摩爾孤單地坐在黑暗之中，他就於心不忍。

「你看，」李奇手裡拿著一張折起來的紙，「我們交談的一些話，我已經記錄下來了。」

「說給我聽聽吧。」他坐下。「你是李奇，我是摩爾。」李奇瞪著他。「那我們該把窗簾關上嗎？在黑暗中演出會不會更逼真？」

「可是，」李奇語帶遲疑地說：「我得再去跟他談一次——」

「沒錯，你有你的方式。然而，如果他不願跟我說話，為什麼要跟你談？」

「因為他根本不把我放在眼裡。」

「可是你已經是副檢察長了。」

「所以，我們是在陳述案件囉。」

「就像你當年在律師學院，茶餘飯後和師友討論案子。」

「說真的，我很同情他。他非常渴望有個說話的對象。我對他說，假設國會通過一個法案，說我李奇是國王。你會不會把我當成國王？他聽了之後，哈哈大笑。」

「你必須承認，這是不可能的。」

「於是，我向他施壓，要他給我一個答覆。他說，是的，陛下，如果國會通過這麼一個法案，我只好承認你是國王。既然如此，如果有一天早上，我醒來發現國王換成克倫威爾，也不會有多大的驚訝。如果一個裁縫能成為耶路撒冷之王，一個鐵匠的兒子當然可以成為英格蘭國王。」

李奇在此停頓一下，擔心克倫威爾介意他這麼說？結果，他笑道：「如果我是克倫威爾國王，我一定給你當公爵。話說回來，你的重點是……」

「摩爾說，好，你的申辯有理，那我再提出一個例子。假設國會通過一個法案，說上帝不再是上帝呢？我說，這樣的法案是沒有效力的，因為國會沒有權力做這樣的事。他說，很好，年輕人，至少你看得出其中的荒謬。但他在這裡打住，看我一眼，似乎在說，讓我們面對真實世界的情況吧。於是我說，你知道國會通過法案，稱國王為教會之首。你為何不同意國會這個決定？然而國會說我是國王，你卻可以認可？他說，這兩件案例不同。他就像指導小孩一樣解釋給我聽：因為其中之一涉及世俗的管轄，這是國會可以做的事，但另一個則是精神的管轄，那就不是國會所能做的。這種精神管轄是超乎王國的。」

他瞪著李奇，「他竟然說這種話，把他吊死算了。」

「是。」

「我們知道他在想什麼，但他就是不肯說出來。」

「他說，在所有的王國之上，有更高的法律，那就是上帝的律法。要是國會膽敢僭越……」

「他指的是教宗的法律吧。這點他無可否認，是不是？為什麼他總是在檢視自己的良心？是不是日日夜夜都在擔心自己是否悖叛羅馬教會？那是他的安慰，他的精神嚮導。在我看來，如果他否認國會的能力，也就不認可國王的頭銜。這就是叛國罪。」他聳聳肩，繼續說道：「我們能做到什麼樣的程度？我們能證明他的否認是惡意的嗎？他會說，他只是跟你閒聊，打發時間罷了。你提出假設，陳述案件，這樣的討論怎麼能拿來定一個人的罪？」

「但陪審團只會拿他說過的話來質問他。畢竟，這不是幾個學生在辯論。」

「沒錯。一般學生不會在倫敦做這樣的討論。」

李奇拿出他做的紀錄，「就我記憶所及，我盡可能忠實地寫下來。」

「你難道沒有證人？」

「他們都進進出出，用箱子搬書。摩爾的書可真不少。請勿怪我粗心。我哪裡知道他肯跟我說話？」

「我怎麼會怪你呢？」他嘆道：「在我眼裡，你可是不可多得的人才。你願意在法庭上說出這些嗎？」

雖然他心有疑慮，還是點點頭。「告訴我，你願意，即使不願意，你也得說出來。我們總得把話說清楚。如果你覺得勇氣不夠，那就用你的風雅來說，說你願意。說實在的，這次的審判，我們可輸不起。如果輸了，只能跟我們的前途說再見。過去的努力也就化為雲煙。」

「你看，他努力要引導我，不得不說出他心底的話，」李奇說：「他把我當成孩子，當成佈道的對象。那麼，他下次就到法庭上佈道吧。」

✿ ✿ ✿

費雪行刑前夕，克倫威爾又去看摩爾。這回，他帶了個壯碩的守衛一起去，但吩咐守衛在外面等候，他單獨進去牢房。「我已經習慣把窗簾拉下，過著暗無天日的日子，」摩爾用近乎歡欣的語氣說：「你不在意坐在黑暗的地方吧？」

「你不必擔心陽光。太陽已經下山了。」

「沃爾西常自誇，說他能呼風喚雨。」他咯咯笑了一下，「克倫威爾，謝謝你來看我。但現在我們已經沒有什麼好談的，不是嗎？」

「明天一早，守衛就會把費雪主教帶走。我擔心他們會吵到你。」

「既然如此，我該為他守夜的，這才算是好弟兄。」他的微笑消失了，「聽說國王特別開恩，讓他別死得太痛苦。」

「是的，費雪很老了，而且身體虛弱。」

摩爾挖苦自己，說道：「我已經盡力變得枯槁皺縮了。」

「你聽我說。」克倫威爾從桌子的另一頭伸出手來，緊緊抓著他的手。他想，我這鐵匠的腕力不是蓋的吧。摩爾退縮，他的皮膚乾燥得就像骨頭上的薄紙。「你出庭那一刻，得先感謝皇恩浩蕩。」

摩爾很好奇。「這麼做有什麼好處？」

「你該知道，國王不是殘酷的人。」

「是嗎？他以前的確是很好的一個人，但現在身邊都是小人。」

「只要有人跟他求情，他都會開恩的。我不敢說他一定會讓你活，畢竟你不願宣誓，至少你去求他，他會讓你和費雪一樣，不至於死得太痛苦。」

「身體會如何，不是很重要。我已經過了相當幸福的一生。上帝對我很好，而且不曾試探我。現在接受試探，我絕不能讓祂失望。我一直提高警覺，我也知道凡事不可能盡如人意。如果我最後還是會落到劊子手的手上，那就這樣吧。不久，上帝的手就會把我接走。」

「如果我說，我不想看你被砍頭，你是否會認為我是個多愁善感的人？」他沒回答。「你難道不怕痛苦？」

「噢，我非常害怕。我不像你那麼大膽、強壯，而且心裡已經演練過了。但我想，那痛苦只是一剎那，之後上帝就會讓我忘記所有的痛苦。我很慶幸，我不像你。」

「那是一定的，不然坐在這裡等死的就是你了。」

「我指的是，我會想到來世。就我的了解，你已不想讓今世變得更好。」

「你真的了解？」

這幾乎是個輕率的問題。此時，一陣冰雹打在玻璃窗上。啪啦！兩人都嚇了一跳。克倫威爾站起來，急著了解外面的情況，不知這冰雹和暴雨會造成什麼樣的損害。他不是只會躲起來猜想的人。他說：「我一度對這個世界抱著很大的希望。我想，這個世界讓我墮落。然而，或許只是天氣。天氣不好，我就消沉，讓我的思想變得和你一樣，只想往內縮，退縮到內心的最深處，縮到最後，只剩一個光點。孤寂的靈魂有如玻璃下方的一團火焰。我看到周遭的痛苦與羞辱、無知、不加思考的胡作非為、貧窮、失望。噢，這雨——雨打在英格蘭，讓作物腐爛、澆熄人們眼中的光和求知的光。如果牛津一片汪洋，而劍橋被沖刷到下游，法官都得游泳求生，誰來執法？上禮拜，約克郡人民暴動。收成這麼少，價格是去年的兩倍，人民也是逼不得已的吧。我不得不訴諸正義與公理，否則北方所有的人將會拿著鐮刀和長矛，互相殘殺。要是天氣好一點，我就能成為一個更好的人。如果我住在一個陽光和煦、富足自由的國度，我必然能成為更好的人。如果真能這樣，摩爾先生，你就不必那麼努力為我祈禱了。」

摩爾說：「瞧你多會說話，」字，字，只是一大堆字。他又說：「當然，我會為你禱告。我用全心全靈禱告，希望你知道你已被誤導而走上險路。我希望，將來我們在天堂相遇的時候，能忘記我們之間的差異。然而，現在，我們的差異不是那麼容易一筆勾銷的。你的任務是殺了我。我的任務則是活下去。那不只是我的角色，也是我的責任。我能存活，仰賴的立足之地也就是我自己。我怎能讓步，讓你把我的立足之地奪走？」

「如果你需要紙筆把你對自我的辯護寫下來，我會滿足你的要求的。」

「你這個人總是鍥而不捨，是不是？告訴你，我的辯詞都在這裡，」他敲敲前額，「你無法奪走存放在這裡的東西。」

摩爾的牢房少了書後，變得十分空洞，只剩下影子。他喊叫：「馬丁，拿蠟燭過來。」

「明天，費雪主教就要被處死。你會來這裡嗎？」

他點點頭，然而他不會觀看行刑經過。一般而言，觀者必須屈膝、脫帽，向逝去的靈魂致意。

馬丁把燭台拿來，「還需要什麼嗎？」克倫威爾坐下，他和摩爾都沒說話。馬丁離開之後，兩人依然靜默。摩爾彎腰駝背地坐著，一直看著燭火。他如何知道這是靜默的開頭，或者摩爾正在準備接下來要說什麼？靜默之後，可能是言語，也可能是替代言語的靜默，不需要用一段話來打斷，但可用遲疑插入：像是如果……或許……可能的話……他說：「你知道，如果我是國王，我就會讓你活下去，讓你為過去殺了那麼多的人悔恨。」

光線漸漸黯淡。一陣穿堂風吹來，燭火突然旺盛起來。他們面前的桌子空蕩蕩的，摩爾寫的那一大堆東西都被拿走了，桌子似乎有點像祭壇。摩爾終於打破沉默：「如果，直到最後，我已經沒有力氣，國王還是不肯原諒我，如果我必須接受最殘酷的刑罰……。那會怎麼進行呢？你會想，一個人被開膛剖肚，血流滿地，就要死了，其實似乎不然……。他們會用什麼特別的刑具，在犯人還活著的時候，把他的內臟挖出來嗎？」

「你怎會以為我是這方面的專家？」

然而諾福克不是知道他曾挖出一個人的心臟？想必全天下的人都知道了，包括摩爾。

他說：「那是劊子手的祕密，沒有人知道，好讓我們敬畏。」

「我只求一件事，讓我死得乾脆一點吧。」摩爾抓著凳子，身體搖晃，接著大哭失聲，從頭到腳都在顫抖。克倫威爾的手虛弱無力地在潔淨的桌面上輕輕敲擊。他在離去之前，對馬丁說：「拿點酒進去給他喝吧。」摩爾還在痛哭，全身發抖，猛捶桌子。

下次，他見到摩爾，將是在西敏寺的審判庭上。

✿ ✿ ✿

在審判當日，河水凶猛地拍打岸邊，泰晤士河水面上升、冒泡，就像地獄裡的河流，不斷把垃圾、殘骸沖到碼頭上。

他說，這是英格蘭與羅馬、生者與死者的對決。

今天的審判長是諾福克。克倫威爾告訴他今天的策略：從最初起訴的罪名開始進行辯論，陪審團將聽取各方面、各個時間點的說法，包括是否支持法案與宣誓事項，以及摩爾與費雪密謀叛國的書信——然這方面的證據似乎已被銷毀。接著，他們將提出第四項罪名，並聽取副檢察長李奇的證詞。克倫威爾說，這將使摩爾分心，因為摩爾一直無法忘記李奇年少做過的一些荒唐事。公爵揚起眉毛：「喝酒、打架、女人、賭博。」

諾福克撫摸刺刺的下巴。「我注意到一點，像那樣長相俊俏的年輕人還是會打架鬧事，但這需要證明。至於像我們這些滿臉橫肉、一臉凶相的老傢伙，好像一出生就是全副盔甲，那就不必證明了。」

他說：「我們是最愛好和平的。大人，請注意，這次要是像上回審判達克男爵那樣，我們就活不成了。趁早提出幾項罪名，陪審團就會豎起耳朵。這次陪審團可是我精挑細選的。」

摩爾將面對這個城市的父老：他們是倫敦人、同業公會的商人，都有社會歷練，懷有城市人的一些成見，而且都見識過教會的貪婪、自大。他們曾經受到恐嚇，說他們不配閱讀母語聖經。這些人打從二十年前就認識摩爾了。他們知道他使露西．波堤特變成寡婦；他們知道他毀了蒙茂慈的生意，只因丁道爾曾是蒙茂慈的客人；他們知道他派密探潛入他們家，做學徒或僕人，每晚偷聽他們禱告。

然而，有一個人讓歐德立皺起眉頭：「布行商會的帕聶爾？這個人不能讓人心服吧。大家都知道他是摩爾的死對頭，曾對他提出控告，跟他死纏爛打——」

「我知道這個案子。那是摩爾自己搞砸的。他大概忙著跟伊拉斯謨斯通信或是把某個可憐的教徒關在他家，所以沒空看文件。老兄，那你要我上那兒找陪審團？威爾斯？坎伯蘭？或者對摩爾特別尊崇的地區？我不得不用這些倫敦人。我無法抹去他們的記憶，除非找一票新生兒來當陪審團。」

歐德立搖搖頭。「我不知道。」

「這人很精明，」公爵說：「沃爾西失勢的時候，我就說，你們要好好注意克倫威爾，他是個精明的人。你要跑在他前頭，除非比他起得更早。」

✿ ✿ ✿

審判的前一晚，他在家裡整理文件。有人從門口探過頭來：一個理平頭、小頭銳面的倫敦小夥子。「迪克．帕瑟。進來吧。」

迪克進去之後，東張西望。由於他是帶著猛犬站在大門的夜班守衛，以前沒進來過。「進來，坐下吧。別害怕。」他用沃爾西主教給他的威尼斯酒杯盛了點酒給他喝。「喝喝看吧。這酒是威爾特伯爵送的，不是什麼上等美酒。」

迪克危危顫顫地捧著酒杯。酒像夏日之光，近乎無色。他喝了一口，「大人，明天我可以跟你一起去看審判嗎？」

「這酒烈嗎？」迪克本來是摩爾的僕人，因為說上帝是一塊麵包而被摩爾打個半死，後來逃出來，被克倫威爾收留。那時，他只是個孩子。他剛來這裡的時候，他們說他會在睡夢中哭泣。「你去找一件僕役的制服穿上吧。」他說，「早上記得把手、臉洗乾淨。別丟我的臉。」

「丟臉」這個字眼似乎觸動了他的回憶。他說：「我根本不在意疼痛。除了大人，我們大概小時候都被爸爸痛打過。」

「沒錯，」他說：「我爹打我才兇呢，我就像一塊鐵片，被他狠狠地打。」

「讓我最難受的是，他把我的衣服剝光。家裡的女人都在看，包括愛麗絲夫人和那幾個年輕女孩。我本以為她們會為我求情，但她們只是袖手旁觀、偷笑。摩爾鞭打我的時候，她們甚至笑出聲來。因此，我打從心底討厭她們。」

年輕、無知的女孩總是和拿著鞭子或斧頭的男人站在同一邊。我們來看看這個受害者：他露出光溜溜的小屁股、一對小蛋蛋、害羞的雞雞縮小成一顆鈕扣；家裡的夫人、小姐站在一旁竊笑，其他男僕則在譏諷他；他那蒼白的皮膚冒出一條條紅腫的傷痕，滲出血液。

「那已經過去，忘了吧。別哭了。」他站起來，迪克把頭埋在他的肩膀嚎啕大哭。這孩子心中百感交集，除了羞恥，鬆了一口氣，還有獲得最後勝利的感覺：那個人永遠不能再虐待他了。迪克的父親因為擁有德文聖經而被摩爾處死。克倫威爾抱著這個孩子，感覺到他脈搏的跳動及筋肉的緊張。他用話語安慰他，就像安慰自己的孩子一樣，他也這麼安慰一隻尾巴被踩到的小狗。給人安慰，自己又有什麼損失？

「直到我死，我都會忠心地跟著您。」那男孩宣布。他緊握著拳頭，手臂用力抱著主人。他的指關節抵著主人的脊椎，接著抽抽鼻子說：「我想，我穿上制服，看起來會很帥的。我們什麼時候出發？」

❁　❁　❁

大清早。克倫威爾帶著僕人第一個抵達西敏寺。他進入備戰狀態，在做最後一分鐘的準備，看看哪裡可能出現問題。眾人魚貫入內。摩爾被帶進來的時候，看起來枯槁、憔悴、鬍子灰白，一下子老了許多，就像一個七十歲的老人，讓人看了大吃一驚。倫敦塔本來就不是一個仁慈的地方。歐德立在克倫威爾耳邊說：「他看起來吃了不少苦頭。」

「他總說我會用各種把戲來整他。」

歐德立用輕快的口吻說：「我問心無愧。我們對他夠關心了。」

帕聶爾向他點點頭，李奇則對他微笑。今天他不但是副檢察長，也是證人。歐德立請人搬一張椅子給摩爾。摩爾激動得坐立不安。

他瞄了一下，看誰在做記錄。

字，字，不過只是一大堆字。

他心想，摩爾，我還記得你，但你已經忘了我。也許，你根本沒看見我走向你。

第3章・前往狼廳

一五三五年七月

摩爾被處死的那天黃昏，雨停了。他和雷夫、理查在花園散步。微弱的陽光在碎雲間形成銀色薄霧。花床被雨打得七零八落，強風不時吹來，像要拉走他們的衣服似的。風打在他們的頸後，然後轉到一側，掌摑他們的臉。雷夫說，這就像在海上。他們在他左右兩側，三人靠在一起，以防任何意外，像是鯨魚、海盜或美人魚。

摩爾的審判已是五天前的事。這段期間，他們忙得不可開交，但腦海仍不斷浮現審判時的情景，並和朋友聊起這件事：副檢察長李奇在起訴書上寫下最後一個要點；書記官說拉丁文出現口誤時，摩爾還竊笑了一下；博林父子坐在審判席上，一臉冷漠；摩爾從頭到尾聲音都低低的，坐在歐德立給他的那把椅子上，全神貫注地聆聽，頭微微側向左邊，挑弄著袖子。

摩爾面向李奇之時，露出驚訝的神色，後退一步，不得不靠著桌子，才能穩住自己。「李奇，我很久以前就認識你了。我為什麼敞開我的內心給你看？」摩爾站起來，聲音滿是不屑，「從你年少，我就知道你這個人了。你吃喝嫖賭，樣樣都來……」

「聖朱里安！」國王法庭首席法官費茲詹姆斯低聲驚嘆，然後在克倫威爾耳邊說：「他這麼說可以扳回一城嗎？」

摩爾這番話沒能引起陪審團的共鳴。其實，陪審團的好惡總是難以捉摸。摩爾突然變得生氣勃勃，在他們看來卻是惱羞成怒，不敢面對自己說過的話。當然，他們早就知道李奇的名聲了。但吃喝嫖賭、好勇鬥狠不是年輕人的天性？有幾個少年寧可齋戒、祈禱和自我鞭笞？諾福克打斷摩爾的長篇大論，用沙啞的聲音說：「別管這個年輕人的品德了。你對證人的指控有什麼話說？你真說了這些話？」

摩爾把他的長袍拉好，情緒平復之後，一手緊抱另一手的拳頭。「李奇指控說我說了那些話。其實沒有。我沒說。如果我真的說了，也沒有惡意。我沒觸犯法條。」

他注意到帕聶爾的臉上露出譏諷的笑容。你把一個倫敦布商當作傻瓜，他會不知道嗎？像歐德立這樣的律師，或許可以找出更中立的人來當陪審團，但陪審團要聽的不是律師的陳述，而是事實：你說了嗎？或者你沒說？喬治・博林傾身向前，說道：我們可否讓犯人陳述他自己是怎麼說的？

摩爾轉過來，面露微笑，似乎在說：喬治，說得好。「各位請看，我沒有寫下來。我沒有任何可以書寫的東西。我的紙筆都被拿走了。羅奇福德爵爺，李奇來找我，就是為了從我這裡拿走所有的文具，讓我不得寫字。」

他在這裡停頓，看著陪審團，似乎在期待掌聲，然而他們每一個人的臉都像石頭。

這可是個轉捩點？他們或許會相信摩爾，因為他一度是首席國務大臣，而指控他的李奇，正如大家知道的，曾經是浪蕩子。他完全不知道陪審團會怎麼想。雖然他把他們找來的時候，認為自己說服力十足。那天早上，他跟他們說：我不知道摩爾會如何為自己辯護，也不知道中午以前可否結束，希望你們早餐都吃飽了。你們退席後，當然可以在裡面慢慢討論，然而如果離開超過二十分鐘，我就必須進去看看你們討論得如何。如有任何法律上的疑點，我可為你們解釋。

結果，他們只花了十五分鐘。

這天是七月六日聖高德娃日（以紀念布魯日一個被丈夫害死的年輕女人。他那邪惡的丈夫竟把貞潔無瑕的她推入池塘，淹死她）。傍晚，他們來到花園，仰望天空，感覺空氣中彌漫著一點微微的、潮溼的秋意。微弱的陽光已經不見了。風從埃塞克斯把雲吹來，經過潮溼的原野、溼漉漉的牧草地、洶湧的河流、滴瀝的森林，在城市的高空堆成塔樓和城垛，然後拂過海面，往愛爾蘭。理查撿起飄落到薰衣草花圃上的帽子，甩掉上面的水滴，輕輕咒罵一聲。雨滴打在他們臉上。「該進去了。我還有信要寫。」

「今晚別再熬夜工作了。」

「好的，雷夫爺爺，我吃點麵包、喝些牛奶，向聖母禱告之後就上床睡覺。我可以帶我的狗上樓嗎？」克倫威爾刻意說。

「當然不行！你最近不是老是忙東忙西整晚沒睡？」

沒錯，他昨晚睡得很少。摩爾倒是睡得很香，不知那就是他在人世的最後一晚。他很少因為一個被詛咒的人徹夜未眠，他想，那就算為他守靈吧。算是送他最後一程。

他們趕緊進入室內，風把門砰一聲關上。雷夫挽著他的手臂。他說，摩爾的沉默其實不是真的沉默，是不是？那是有叛國意圖的喧囂之聲，等於是他在紙上振筆疾書；那靜默是抗議、挑剔，也是故意含混不清。他拒絕用簡單的話語說出來，以無言的字典對抗你的字典。沉默可能包含千言萬語，像是靜止的魯特琴，準備奏出音符，又如維奧爾琴，琴弦不動，但即將發出和弦；一片皺縮的花瓣暗含香氣，禱詞可能是喋喋不休的詛咒；一棟空屋，主人出去之後，鬼魂就開始喧嘩。

✿ ✿ ✿

是誰把一盆矢車菊擺在他桌上？那花種在亮銀色的花盆裡。他想，或許不是克里斯多福。花瓣中央的暗藍讓他想起那天早上的晨光。那天，天亮得晚，天色陰沉。五點前，倫敦塔的侍衛已進入牢房帶摩爾出來。

他聽到一群信使進入庭院。死囚離去後，牢房必須清理一番。他想，當我還是小男孩時，也曾為摩頓主教底下的年輕人服務過。今兒，就當作是最後一次吧。他想像自己在凌晨的微光中，把劣質啤酒的糟粕倒在一只皮袋中，再把燭台底部的蠟挖出來交給管蠟燭的重新融化。

大廳傳來聲音。別理他們。他拆信來看。羅理修道院院長希望能為朋友找個職位。約克市長寫信來跟他討論攔河壩和魚柵。市長說，漢伯河和烏斯河水質清澈、甘美。加萊總督萊爾子爵來信澄清一些事，他說……我說……他說……。

摩爾站在他面前，死到臨頭之際，他看來要比以前堅挺。在審判的最後一刻，他依然展現敏捷的才思與堅定的心志。歐德立很滿意陪審團做出的判決：有罪。他大概高興過頭了，忘了問囚犯是否還有什麼話說，就宣布結果。費茲詹姆斯伸出手，拍一下歐德立的手。摩爾站起來制止，因為他還有很多話要說，他說起話來依然很有精神，言語犀利。從他的眼神和姿態看來，一點都不像是剛被判了死刑的人。

但他說來說去還是那些。摩爾說，我依照良心行事，你們也必須跟隨自己的良知。我問心無愧，因此我要說清楚，你們的法條有瑕疵（諾福克對他咆哮），而你們的權威沒有根據（諾福克再度怒吼：現在我們都清楚你的邪惡了）。

帕聶爾笑了一下，陪審團的成員你看著我、我看著你，然後點點頭。整個西敏寺迴蕩著嗡嗡私語聲。摩爾再度以數量為自己辯白，說他是站在多數的一邊，但只是愈辯愈黑，愈說愈像叛國言論：「我站在所有的基督王國那邊，對抗亨利的王國。你們的一個主教可以抵得過我這邊的一百個聖人嗎？你們只有一個國會，我則有無數個總議會，且可上溯一千年以上。」

諾福克說，審判終結，把他拖出去吧。

禮拜二，早上八點。雨打在窗玻璃上，像打鼓一樣。他拆開里奇蒙公爵寄來的信。這孩子抱怨他在約克郡的領地沒有鹿苑，因此無法和朋友去那裡遊獵。噢，可憐的小公爵。我如何為你解憂？葛雷哥利不是說，他的新娘將是一個牙齒黑黑的公爵夫人，還有一座鹿苑。也許，小公爵該和諾福克的女兒離婚，娶那個公爵夫人？他把里奇蒙的信丟在一邊。西班牙皇帝已帶著艦隊離開薩丁尼亞，航向西西里。聖瑪麗伍爾教會的神父說克倫威爾是非教會派的新教徒，但他可不怕：這個傻瓜。莫利爵爺送他一隻灰狗。據說明斯特的人變成難民，逃到歐洲各地，有些正朝向英格蘭。

歐德立說：「罪犯摩爾，本庭將要求國王施恩予你，讓你死得乾淨俐落。」歐德立靠過來，問道：樞密大臣，你曾答應他什麼要求嗎？沒有，我以性命保證，沒有。但國王也許仍會以德報怨？諾福克說，那你向國王求情吧，他會聽你的話的。如果失敗，我再親自去懇求他。真是太陽打西邊出來了，諾福克竟然大發慈悲。他抬起頭來一看，摩爾已經被帶出去了。持戟士兵排好隊形。船也準備好了，要帶摩爾回倫敦塔。摩爾或許會有回家的感覺，他又將回到那個熟悉的房間——狹小的窗戶、桌上空無一物、燭台、窗簾緊閉。

窗戶被風震得喀噠喀噠響，讓克倫威爾心頭一震。他想，我該把窗板緊閉。他正起身，要走到窗戶那邊時，雷夫進來了，手裡拿著一本書，「這是摩爾最後留下的祈禱書。」

他看了一下。謝天謝地，沒沾上血跡。他捧著書背，翻開來看。雷夫說：「我已經檢查過了。」

摩爾在書上寫了名字，書頁上有不少畫線之處，像是：**請忘了我年少的罪愆**。「那他怎麼念念不忘李奇年輕時候的荒唐事？」

「我該把書還給摩爾夫人嗎？」

「不要給她。她會認為自己也是摩爾的罪。」這女人已經受夠了。摩爾在最後一封信上，甚至沒跟她道別。他把書闔上。「給梅格吧。他應該想把這本書給他女兒。」

整棟房子被風吹得搖搖晃晃，風灌進煙囪、從門縫鑽進來。雷夫說，好冷，該生火了，我該去看看嗎？他搖搖頭。「你去跟理查說，明天早上去一趟倫敦橋，去找管橋的人打點一下。摩爾的女兒梅格一定會去找他，求他把她父親的人頭交給她，讓她帶回去埋葬。請那管橋的別為難她，並守口如瓶。」

他想起年輕時候曾在義大利幫忙埋葬死人。他當然非自願，而是被人拉去的。他們把布綁在嘴巴上，在地上挖個洞，然後把死人丟進去。離開的時候，靴子發出一股惡臭。

他想，哪一種情況比較糟：女兒比你早死，或者讓她們處理你的遺骸？

他皺著眉頭看著桌上的文件，「啊，我忘了一件事……」

「忘了吃晚餐？」

「晚點再吃沒關係。」

「萊爾子爵的事？」

「不是，他的來信我已經處理好了。」他想，漢伯河的事處理好了，至於聖瑪麗伍爾教會神父的毀謗，他先暫時擱著，早晚會讓他好看。他笑道：「你知道我需要什麼嗎？我需要一部記憶機器。」

他們說，卡密羅已離開巴黎，夾著尾巴逃回義大利，丟下那部建造到一半的機器。他們說，他在離開的前幾個禮拜，不說話，也不吃東西。他的敵人說他已經發瘋，被他自己設計的機器嚇到。也有人說，魔鬼從那部機器的縫隙中鑽出來，把他嚇得屁滾尿流，於是連夜逃跑，丟下所有的書本和袍子，連一小塊麵包和一塊乳酪都沒帶走。

卡密羅的設計圖可能還留在法蘭西，花點錢應該可以拿到。他也可以派人跟蹤他到義大利。然而這麼做，又有什麼用？我們或許無法得知他創造出來的到底是什麼樣的東西：一部可以自行創作的印刷機？可以思考自我的心靈？如果我得不到，至少法王弗朗索瓦也沒拿到。

他伸手去拿筆，打了個呵欠，又把筆放下，再提起筆。他想，有一天他將死在書桌上，就像詩人佩脫拉克。佩脫拉克寫了一大堆無法投遞的信：他寫給一千兩百多年前就已經死去的西塞羅，他還寫信給荷馬。世上究竟是否有這個人，還是個問號。他想，我有好多事要處理，我要回信給萊爾子爵，跟市長討論魚柵，以及查理五世沉在地中海的大帆船。佩脱拉克曾說：「在一筆畫與下一筆畫之間，時間悄然流逝。我很急，我不斷催促自己，趕快走向死亡。時時刻刻，我們都在接近死亡。在我寫作的這一刻，你在閱讀的這一刻，以至於其他豎起耳朵或塞住耳朵的人也一樣，他們也正一步步朝向死亡前進。」

他拿出下一綑信件。一個名叫巴特卡克的人要求進口一百噸靛藍染料；亨利．珀西又病倒了；約克郡的叛亂者都被逮捕了，有些人的罪名是鬥毆與謀殺，還有一些人則被控謀殺和強暴。強暴？什麼時候暴徒不只搶奪食物，還開始強暴女人？啊，我忘了，那是約克郡。

「雷夫，幫我把國王的行程表拿來。我處理完信件就來看看。也許，睡前可以來點音樂。」

國王一行人這個夏天將西行，最遠至布里斯托。儘管下雨，國王已準備好要動身了。他們將從溫莎出發，然後到瑞汀、米森登、亞賓頓，越過牛津郡。他告訴雷夫，一想到遠離倫敦，就令人精神大振。呼吸完鄉間的新鮮空氣之後，打道回府之時王后說不定就又有喜了。雷夫說，幾次希望與落空下來，我真擔心國王撐不住。如果是懦弱的人，早就崩潰了。

「如果我們在十八日從倫敦出發，就可在薩德利趕上他們。應該可以吧？」

「不知路況如何，還是早一天出發比較保險。」

「看來不能抄近路，是嗎？」他不會涉過河流淺水處，寧可過橋，而且喜歡走大路。如果有更好的地圖，那就好了。沃爾西還在世的時候，就問過自己這個問題：我們該製作地圖嗎？當然，目前有一些地圖，上面畫著城堡和漂亮的城垛、可供遊獵的林苑，邊界則畫上一排樹叢做為標示，圖上還有公鹿和野豬。難怪葛雷哥利會把諾桑比亞看作印度群島，這些地圖都中看不中用，沒指出東西南北，也沒畫出橋梁，更沒標示兩地間的距離，或是離海洋多遠。還有一個問題：他看到的地圖總是前一年製作的。英格蘭的地殼隨時都在改變，懸崖被侵襲，沙岸飄移，死地上冒出泉水。在我們睡覺的時候，地表仍在移動、重組，即使是我們留下的歷史也會再出現變化。山巒進入迷霧之中，死人的臉也與他人的臉交疊、融合。

在他兒時，約莫六歲大的時候，他老爹的學徒練習用廢鐵做釘子。那個學徒說，他在做最簡單的平頭釘，就是釘棺材板的那種。小小的鐵塊在火裡變成一團亮橘色的東西。他問：「為什麼棺材板要釘起來？」

那學徒熟練地錘打釘子，頭也不抬地說：「怕死人跑出來追我們啊。」

但現在不同了。活人轉過身來追逐死人。裹屍布被掀開，露出長長的白骨和骷髏頭，活人的話語像石頭一樣射入死人的嘴：我們修改死者的文字，重寫他們的生平。摩爾不斷散布謠言，說小畢爾尼被綁在柱子上即將被火燒死之前已經悔悟。你奪走他的生命還不夠，連他的死亡，你也不放過。

今天，摩爾戴上手鐐腳銬被送上斷頭台。風水輪流轉，今天押送他的是當年差點被他折磨至死的蒙茂慈。也許，我們該為蒙茂慈歡呼？

摩爾站上斷頭台，身穿粗布做的灰色斗篷。克倫威爾還記得那是他僕人伍德的衣服。摩爾對劊子手說話，顯然在他跟說俏皮話，一邊擦拭臉上和鬍子上的雨水。他脫下斗篷。斗篷下面的邊緣已被雨水浸溼。他跪下，嘴裡唸唸有詞。他在做最後的禱告。

克倫威爾和其他在場觀看的人，把斗篷甩到一邊，跪下。他聽到斧頭斬斷脖子的聲音，心頭為之一懍，然後抬頭一看。屍體似乎跳起來往後倒下，像一堆舊衣服。他知道，摩爾的脈搏仍在搏動。接著，他在胸前畫了個十字架。往事鬱積在他體內。人事變遷正如滄海桑田。

「所以呢，」他說：「國王將從葛羅斯特前往松恩伯里，然後到白奈斯家。白奈斯知道國王要去了吧？接著，他們將到布洛翰……」

去年，有個外國學者寫了一部不列顛編年史，完全沒提到亞瑟王，認為這個君王乃子虛烏有。葛雷哥利說，錯了，如果他是對的，那亞瓦隆呢？石中劍呢？

他抬起頭來說：「雷夫，你幸福嗎？」

「你是說和海倫？」他臉紅，「沒有人比我更幸福吧。」

「你父親如果見過她，會常來這裡走走的。」

「託您的福。」

從布洛翰再往下走——那時該是九月初——前往溫徹斯特。他計畫從華森走到艾頓，再從艾頓到法爾翰，希望在十月初讓國王完成這趟壯遊回到溫莎。他在紙上畫好草圖，在記事本上振筆疾書。「那我似乎還有四、五天的時間。

啊，誰說我從不曾休假？」

在「華翰」這個地名前，他加上了個點，畫了個長長的箭頭。「在我們去溫徹斯特之前，還有一點時間。雷夫，我想去西摩家拜訪一下。」

他寫下來。

九月初。五天。狼廳。

誌謝

感謝戴莉絲·尼爾（Delyth Neil）指導我威爾斯語，萊斯利·威爾森（Leslie Wilson）指導我德語，以及一位諾福克郡的女士指導我法蘭德斯語。感謝古妲·阿貝爾（Guada Abale）借我聽一首歌。感謝茱蒂絲·芙蘭德絲（Judith Flanders）在我無法前往大英圖書館查資料時協助我。感謝克里斯多福·海伊教授（Dr. Christopher Haigh）邀請我參加牛津基督學院沃爾西廳舉辦的盛宴。感謝簡·羅傑斯（Jan Rogers）帶我到坎特伯里朝聖，還帶我到「克雷默紋章」酒吧喝一杯。感謝傑若·麥克伊旺（Gerald McEwen）開車載我到處亂晃，並容忍我的偏見。感謝我的經紀人比爾·漢米爾頓（Bill Hamilton）以及出版社對我的鼓勵與支持。我最要感謝的是瑪麗·羅伯森博士（Dr. Mary Robertson）。羅伯森博士是克倫威爾專家，在這本小說的創作當中，她毫無保留地貢獻其所學，並給我許多寫作上的建議，更以寬容的角度來看待我的諸多臆測，以及對克倫威爾生平的描寫。我把我的感謝與愛，連同這本書一起獻給她。

國家圖書館出版品預行編目資料

狼廳 / 希拉蕊.曼特爾(Hilary Mantel)著；
廖月娟譯. -- 第一版. -- 臺北市：遠見天下文化,
2010.06
面； 公分. -- (文學人生；LH080)
譯自：Wolf Hall
ISBN 978-986-216-563-8(平裝)

873.57 99010830

| 文學人生 BLH080A |

狼廳

作者／希拉蕊．曼特爾（Hilary Mantel）
譯者／廖月娟
總編輯／吳佩穎
責任編輯／林煜幃
美術設計／李健邦

出版者／遠見天下文化出版股份有限公司
創辦人／高希均、王力行
遠見．天下文化．事業群 董事長／高希均
事業群發行人／CEO／王力行
天下文化社長／林天來
天下文化總經理／林芳燕
國際事務開發部兼版權中心總監／潘欣
法律顧問／理律法律事務所陳長文律師 著作權顧問／魏啟翔律師
地 址／台北市104松江路93巷1號2樓
讀者服務專線／(02) 2662-0012 傳 真／(02)2662-0007；(02)2662-0009
電子郵件信箱／cwpc@cwgv.com.tw
直接郵撥帳號／1326703-6號 遠見天下文化出版股份有限公司

電腦排版／極翔電腦印前排版有限公司
製版廠／東豪印刷事業有限公司
印刷廠／祥峰印刷事業有限公司
裝訂廠／聿成裝訂股份有限公司
登記證／局版台業字第2517號
總經銷／大和書報圖書股份有限公司 電話／(02)8990-2588
出版日期／2020年11月15日第二版第2次印行

定價／600元
EAN：4713510945506
書號：BLH080A
天下文化官網 bookzone.cwgv.com.tw

天下文化

BELIEVE IN READING